D0842059

SÉPULCRE

Kate Mosse est anglaise. Son précédent roman, *Labyrinthe*, a été traduit dans trente-cinq langues et a connu un immense succès international. Cofondatrice et présidente honoraire du Orange Prize for Fiction, Kate Mosse partage sa vie entre le Sussex et Carcassonne.

Paru dans Le Livre de Poche :

LABYRINTHE

KATE MOSSE

Sépulcre

ROMAN TRADUIT DE L'ANGLAIS
PAR VALÉRIE ROSIER ET DENYSE BEAULIEU

JC LATTÈS

Titre original :

SEPULCHRE
Publié par Orion Books,
une division de The Orion Publishing Group Ltd.

*À ma mère, Barbara Mosse,
pour ce premier piano.*

*Et, comme toujours, à Greg, mon
bien-aimé, pour toutes les choses
présentes, passées et à venir.*

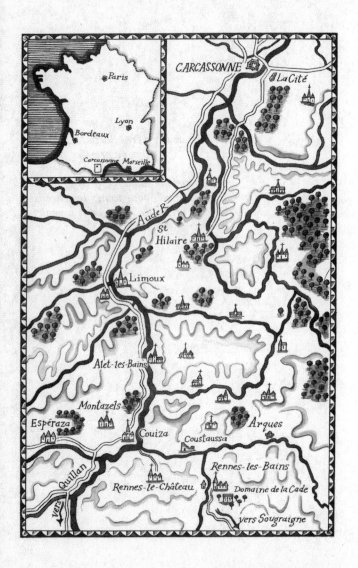

SÉPULTURE

Si par une nuit lourde et sombre
Un bon chrétien, par charité
Derrière quelque vieux décombre
Enterre votre corps vanté,

À l'heure où les chastes étoiles
Ferment leurs yeux appesantis,
L'araignée y fera ses toiles,
Et la vipère ses petits ;

Vous entendrez toute l'année
Sur votre tête condamnée
Les cris lamentables des loups

Et des sorcières faméliques,
Les ébats des vieillards lubriques
Et les complots des noirs filous.

Charles BAUDELAIRE, 1857.

« L'âme d'autrui est une forêt obscure
où il faut marcher avec précaution. »

Claude DEBUSSY,
Lettre, 1891.

« Le véritable tarot n'est que symbolisme ; il ne parle pas d'autre langue
ni ne propose d'autres signes. »

Arthur Edward WAITE,
*The Pictorial Key
to the Tarot*, 1910.

PRÉLUDE

Mars 1891

Mercredi 25 mars 1891

Cette histoire commence dans une cité d'ossuaires. Dans les allées de la mort. Sur les avenues, les promenades, les impasses silencieuses du cimetière de Montmartre à Paris, au milieu des tombes, des anges de pierre, des âmes errantes de ceux qu'on oublia avant même que le froid du tombeau les eût saisis.

Cette histoire commence par ceux qui guettent aux portes, les pauvres et déshérités de Paris, réduits au désespoir et venus glaner ici de quoi survivre en profitant de la mort d'autrui. Mendiants aux bouches caves, chiffonniers à l'affût, vendeurs de couronnes et d'ex-voto, gamines qui façonnent des fleurs en papier, cochers qui attendent dans leurs voitures aux capotes noires et aux vitres ternies.

L'histoire commence par un simulacre d'enterrement, une pantomime. Une petite annonce parue dans *Le Figaro* a prévenu des lieu, date et heure, mais l'assistance est clairsemée. Quelques hommes en jaquettes et bottines reluisantes, quelques femmes voilées de noir s'abritent des giboulées de mars sous d'extravagants parapluies.

Debout près de la fosse, entre son frère et sa mère, cachée sous sa voilette de dentelle noire, Léonie écoute le prêtre débiter de vaines platitudes, des formules d'absolution toutes faites qui ne touchent ni le cœur ni l'esprit. Le cheveu gras, la peau luisante, laid, avec son col blanc non amidonné et ses très ordinaires souliers à boucles, le prêtre ignore tout du réseau de mensonges et de faux-semblants qui les a conduits à ce lopin de terre du 18e arrondissement, à l'extrême nord de Paris.

Léonie non plus n'a aucune idée de ce qui se joue en cet après-midi pluvieux. Elle est venue pour soutenir son frère dans sa douleur et rendre un dernier hommage à sa maîtresse, une femme morte avant l'heure, qu'elle n'a jamais rencontrée de son vivant.

L'œil sec, elle contemple le cercueil qu'on abaisse dans la terre meuble, repaire des vers et des araignées. Si en cet instant précis elle regardait son frère à la dérobée, elle découvrirait avec stupeur sur le visage d'Anatole non pas du chagrin, mais du soulagement.

Et comme elle se contente de regarder la fosse, elle ne remarque pas non plus le visiteur en redingote et haut-de-forme gris qui s'abrite de la pluie sous les cyprès, tout au fond du cimetière. C'est le genre d'homme dont l'élégante silhouette attire le regard des belles Parisiennes et leur fait porter une main à leurs cheveux, relever un peu leurs voilettes. Ses mains gantées de cuir souple reposent sur le pommeau d'argent de sa canne en acajou. Des mains puissantes, faites pour serrer la taille d'une femme, l'attirer à soi, lui caresser la joue.

Il observe la scène d'un regard intense, et ses pupilles percent tels deux trous d'épingle le bleu clair de ses yeux.

Les pelletées de terre tombent lourdement sur le couvercle du cercueil tandis que résonnent les dernières paroles du prêtre. *« In nomine Patri, et Filii, et*

Spiritus Sancti. » Amen. Il fait un signe de croix, puis s'éloigne.

Ainsi soit-il.

Léonie lâche la rose blanche qu'elle a cueillie ce matin dans le parc Monceau, et la fleur du souvenir tombe de ses doigts gantés de noir pour tournoyer tel un petit éclair blanc dans l'air morne et glacé.

Que les morts reposent en paix. Qu'ils dorment du sommeil éternel.

La pluie a redoublé. Par-delà les grilles en fer forgé du cimetière, les toits, les flèches, les dômes de Paris sont voilés d'un linceul de brume argentée qui étouffe le roulement des voitures sur le boulevard de Clichy et, plus loin, les sifflements aigus des trains partant de la gare Saint-Lazare.

Le cortège funèbre s'en retourne et quitte les lieux. Léonie touche le bras de son frère. Il lui tapote la main, hoche la tête. Tandis qu'ils s'éloignent du cimetière, Léonie espère ardemment que ce jour marquera la fin de leurs tourments. Qu'après ces mois de persécution et de tragédie, ils pourront enfin laisser tout cela derrière eux, sortir de l'ombre et se remettre à vivre.

Mais voilà qu'à des centaines de kilomètres plus au sud, comme sous l'effet d'une réaction en chaîne, quelque chose frémit.

Dans les antiques bois de hêtres qui surplombent la ville d'eaux de Rennes-les-Bains, le vent soulève les feuilles et une musique se fait entendre, que personne n'écoute.

Enfin, souffle le vent. Enfin.

Le geste innocent d'une jeune fille dans un cimetière parisien a réveillé quelque chose qui remue, dans l'enceinte du sépulcre. Une chose qui était tombée dans l'oubli et qui marche à présent, dans les allées envahies par les herbes du Domaine de la Cade. Des yeux non avertis n'y verraient qu'un simple effet d'optique, un jeu de lumière dans l'après-midi déclinant, mais l'espace d'un instant, les statues de plâtre semblent respirer, bouger, soupirer.

Et les figures des cartes enfouies sous la terre et la pierre, là où la rivière se tarit, semblent momentanément s'animer. Ce ne sont que des images floues, des impressions, des ombres, pas davantage. Une suggestion, une illusion, une promesse. La réfraction de la lumière, le courant d'air sous le tournant de l'escalier en pierre. La concordance inéluctable du lieu et de l'instant.

Car en vérité, cette histoire commence non par les ossuaires d'un cimetière parisien, mais par un jeu de cartes.

Le livre d'images du Diable.

I

Paris
Septembre 1891

1.

Campée sur les marches du palais Garnier, Léonie
Vernier s'impatientait. Cramponnée au sac de soirée
qu'elle portait à la ceinture, elle tapait du pied.

Mais où peut-il bien être ? se demanda-t-elle.

Le crépuscule enveloppait la place de l'Opéra d'un
satin de lumière bleutée.

C'était exaspérant. Voilà presque une heure qu'elle
attendait son frère au rendez-vous qu'ils avaient fixé,
sous le regard impassible des statues en bronze qui
ornaient le toit de l'Opéra. Elle avait dû supporter
des coups d'œil impertinents alors que les différents
véhicules, fiacres, voitures privées aux capotes remon-
tées, omnibus ouverts aux quatre vents, cabriolets et
berlines déversaient leurs passagers en un océan de
hauts-de-forme noirs et de robes de soirée provenant
de fameuses maisons de couture telles que Léoty et
Charles Worth. Le public d'une première, une foule
rivalisant d'élégance, venue pour voir et être vue.

Mais d'Anatole, point.

Une fois, elle avait cru l'apercevoir. Un grand jeune
homme bien mis et large d'épaules, semblable à son
frère jusque dans sa démarche. De loin, elle avait

21

même cru reconnaître ses yeux bruns, sa fine moustache noire, et elle avait agité la main pour lui faire signe. Mais alors le passant s'était retourné, et Léonie avait constaté sa méprise.

Elle regardait vers l'avenue de l'Opéra qui s'étirait en diagonale jusqu'au Louvre. Les lanternes brillaient dans la pénombre, les fenêtres éclairées des cafés et des bars projetaient sur les trottoirs des rectangles de lumière chaude, les brûleurs à gaz des réverbères s'allumaient en crachotant.

C'était à cette heure, entre chien et loup, que la ville s'emplissait de bruits et de clameurs. Le cliquetis des harnais, les roulements des roues sur les pavés. Les pépiements des oiseaux au loin, dans les arbres qui bordaient le boulevard des Capucines. Les appels des colporteurs, ceux des valets d'écurie, des vendeuses de fleurs artificielles postées sur les marches de l'Opéra, des gamins qui, pour un sou, ciraient les chaussures des beaux messieurs, voix qui se croisaient et s'entremêlaient en résonnant sur des timbres différents, du plus rauque au plus aigu.

Un omnibus en route vers le boulevard Haussmann passa devant elle. Léonie eut le temps d'apercevoir sur la plate-forme le receveur qui sifflait tout en poinçonnant les tickets. Un vétéran avec une médaille du Tonkin épinglée sur la poitrine, qui titubait et beuglait d'une voix avinée un chant militaire. Et même un clown au visage fardé de blanc sous son domino noir, dans un costume pailleté d'or.

Comment peut-il m'obliger à l'attendre ainsi, en pleine rue ? songea-t-elle.

Des cloches se mirent à sonner les vêpres à toute volée. Celles de Saint-Gervais, ou bien d'une autre église du quartier ?

Léonie haussa un peu les épaules, et soudain sa

déception se mua en euphorie. Impossible d'attendre davantage. Si elle voulait entendre le *Lohengrin* de Wagner, il lui faudrait prendre son courage à deux mains et entrer seule.

Par chance, elle avait son billet. Mais aurait-elle cette audace ? C'était une première, à Paris, qui plus est. Pourquoi se priverait-elle de ce plaisir inouï par la faute d'Anatole et de sa désinvolture ?

À l'intérieur de l'Opéra, les lustres en cristal brillaient de mille feux. Tout n'était que lumière et élégance et l'invitait à entrer. Décidée, Léonie gravit les marches en courant, passa les portes vitrées et rejoignit la foule.

La sonnette retentit. Dans deux minutes, ce serait le lever de rideau.

Relevant ses jupes sur un éclair de bas de soie, Léonie traversa en courant le Grand Foyer, suivie de regards appréciateurs. À dix-sept ans, elle était en passe de devenir une femme d'une grande beauté, tout en gardant quelques traces de l'enfant qu'elle était. Avec son teint diaphane et ses traits délicats, c'était le type même qu'affectionnaient tout particulièrement M. Moreau et ses amis préraphaélites. Mais il ne fallait pas se fier aux apparences. Léonie n'avait rien de la sage retenue d'une dame du Moyen Âge, c'était un être de passion, au caractère affirmé, en accord avec la modernité de son époque. D'ailleurs, Anatole la taquinait en disant qu'elle avait beau ressembler de façon frappante à la *Damoiselle Élue* de Rossetti, elle était en réalité son image inversée, son double, son *Doppelgänger*. Des quatre éléments, Léonie était feu et non eau, terre et non air.

Ses joues d'albâtre étaient maintenant empourprées, des boucles folles d'un roux cuivré s'étaient échappées de ses peignes pour tomber sur ses épaules nues, et ses yeux verts ourlés de longs cils lançaient des éclairs.

Il m'avait donné sa parole qu'il ne serait pas en retard, songea-t-elle avec amertume.

Tenant son sac de soirée devant elle comme un bouclier, relevant de l'autre main les pans de sa robe en soie verte, Léonie fila sur le sol en marbre sans tenir compte des regards désapprobateurs que lui jetaient au passage les douairières et les veuves. L'ourlet de sa robe brodé de fausses perles et de grains d'argent claqua sur le rebord des marches tandis qu'elle se hâtait vers le Grand Escalier entre les colonnes de marbre rose, les statues dorées et les frises. Oppressée par son corset, elle haletait et son cœur battait comme un métronome affolé.

Pourtant, Léonie ne ralentit pas le pas. Devant, elle voyait les placeurs qui s'apprêtaient à fermer les portes de la Grande Salle. Avec un sursaut d'énergie, elle fonça vers l'entrée.

— Voilà, dit-elle en tendant son billet à l'employé. Mon frère va arriver...

Il s'écarta et la laissa passer.

Après l'espace sonore empli d'échos du Grand Foyer en marbre, la salle paraissait particulièrement calme. Une ambiance feutrée où les gens chuchotaient en se saluant et échangeaient des politesses, et où tous les bruits étaient amortis par la moquette épaisse ainsi que par les multiples rangées de sièges en velours rouge.

Telles des bribes de brume automnale, les habituelles envolées d'arpèges, de gammes et de fragments d'opéra s'élevèrent de la fosse d'orchestre et allèrent s'amplifiant.

J'ai osé, songea Léonie en reprenant son souffle et en lissant sa robe, une nouvelle acquisition livrée par

La Samaritaine cet après-midi même et encore raide de n'avoir jamais été portée. Elle remonta ses longs gants verts jusqu'au-dessus du coude, ne laissant voir qu'une mince bande de peau nue, puis descendit l'allée vers la scène.

Leurs places étaient au premier rang, parmi les meilleures, grâce aux bons offices de l'ami d'Anatole qui était aussi leur voisin, le compositeur Achille Debussy. Léonie longea de part et d'autre de l'allée des rangs entiers de hauts-de-forme noirs, de coiffes emplumées, d'éventails pailletés. Faciès rubiconds de messieurs colériques, douairières au teint plâtré de poudre, à l'impeccable mise en plis. Elle répondait à chaque coup d'œil qu'on lui lançait par un sourire cordial et une légère inclinaison de la tête.

Il y avait une étrange intensité dans l'air.

Le regard de Léonie s'aiguisa. À mesure qu'elle avançait dans la Grande Salle, elle surprenait sur les visages une tension inhabituelle, comme une attente. Quelque chose couvait sous la surface et lui donnait des picotements dans la nuque. Manifestement, le public était aux aguets.

Ne sois pas idiote ! s'intima-t-elle.

Léonie se souvenait vaguement d'un article de journal qu'Anatole avait lu à haute voix à la table du souper, sur les protestations qui s'étaient élevées contre la représentation à Paris d'œuvres d'artistes prussiens. Mais on était ici au palais Garnier, pas au fin fond d'un quartier populaire.

Que pouvait-il arriver à l'Opéra ?

Léonie se fraya un passage entre les genoux et les robes qui encombraient la rangée et s'assit enfin à sa place, soulagée. Elle prit le temps de se remettre de ses émotions, puis jeta un coup d'œil à ses voisins. Sur sa gauche, une femme d'âge mûr croulant sous les bijoux était assise auprès de son mari, un vieux monsieur aux sourcils broussailleux dont les mains marbrées par l'âge reposaient sur le pommeau argenté d'une canne gravée d'une inscription sur le col. À sa droite, séparés d'elle par le vide que laissait la place d'Anatole, quatre barbus d'âge moyen à l'air peu amène tenaient chacun une canne en buis très commune d'aspect. Il y avait quelque chose de crispant dans la façon dont ils restaient immobiles, à fixer la scène en silence.

Fait étrange, ils avaient tous gardé leurs gants de cuir, songea Léonie, mais l'un d'eux tourna la tête et la regarda. En rougissant, elle détourna les yeux pour admirer les magnifiques rideaux en trompe l'œil dont les plis de pourpre et d'or tombaient du haut de l'arc de scène jusqu'au plancher.

Et si Anatole n'était pas en retard ? S'il lui était arrivé quelque chose de fâcheux ?

Léonie rejeta cette idée troublante, sortit son éventail de son sac et l'ouvrit d'un claquement sec. Elle avait beau chercher des excuses à son frère, il s'agissait sans doute d'un simple retard, comme cela lui arrivait si souvent ces temps derniers.

À vrai dire, depuis les événements funestes qui avaient eu lieu au cimetière de Montmartre, Anatole était encore moins fiable qu'avant. Léonie se rembrunit au souvenir de ce jour qui la hantait et qu'elle revivait sans cesse.

En mars, elle avait espéré que ce serait fini et bien fini, mais son frère continuait d'avoir un comportement étrange, il disparaissait pendant des jours, revenait au beau milieu de la nuit, évitait la plupart de ses amis et relations pour se jeter dans le travail.

Mais ce soir, il avait promis qu'il serait à l'heure.

Quand le chef d'orchestre avança sur son perchoir, ses inquiétudes s'envolèrent. Un tonnerre d'applaudissements retentit dans la salle de concert, violent, intense. Léonie applaudit avec force et enthousiasme, pour mieux chasser son anxiété. Les quatre messieurs à côté d'elle ne bronchèrent pas et gardèrent les mains sur leurs vilaines cannes. Les trouvant discourtois et grossiers, elle leur jeta un regard critique. Pourquoi avoir pris la peine de venir s'ils étaient décidés à ne pas apprécier la musique ? Tout en s'en voulant de sa pusillanimité, elle regrettait d'être assise auprès d'eux.

Le chef d'orchestre s'inclina profondément, puis se tourna face à la scène.

Les applaudissements moururent doucement. Le silence tomba sur la Grande Salle. Le chef tapa de sa baguette sur son pupitre en bois. Les lampes à gaz qui éclairaient la salle réduisirent leur flamme en crachotant. C'était l'instant suspendu où chacun retient son souffle. Les musiciens se redressèrent, levèrent leurs archets, portèrent le bec de leurs instruments à leurs lèvres.

Le chef brandit sa baguette, et les premiers accords de l'ouverture de *Lohengrin* emplirent l'immense salle de concert.

À côté d'elle, le siège resta vide.

2.

Les sifflets et les cris d'animaux partirent presque immédiatement de la galerie la plus haute. Au début, la majorité du public ignora ces trouble-fête. Mais le raffut se fit plus fort, plus envahissant. Bientôt des voix s'élevèrent aussi du balcon et de l'orchestre.

Léonie n'arrivait pas à distinguer ce que vociféraient les protestataires et gardait les yeux obstinément fixés sur la fosse d'orchestre, décidée à ne pas leur prêter attention. Mais à mesure qu'on jouait l'Ouverture, une agitation sournoise, insidieuse se répandit à travers la salle, du haut en bas et au long des rangs. N'y résistant plus, Léonie se pencha vers sa voisine.

— Qui sont ces gens ? chuchota-t-elle.

La douairière prit un air fâché, mais daigna lui répondre en s'abritant derrière son éventail.

— Ils se surnomment les « abonnés ». Ils s'opposent à la représentation d'œuvres de compositeurs autres que français, en se targuant d'être des mélomanes patriotes. J'avoue avoir quelque sympathie pour leur cause, mais je suis contre ces méthodes.

Léonie la remercia d'un hochement de tête et se redressa sur son séant, rassurée par l'attitude posée de sa voisine, malgré le tapage qui allait en s'amplifiant.

À peine avait-on joué les dernières mesures de l'Ouverture que la contestation commença pour de bon du haut de la corbeille tandis que le rideau se levait sur le décor, un chœur de chevaliers teutoniques du Xe siècle postés sur les rives d'une antique rivière près d'Anvers. Une bonne dizaine d'énergumènes se dressèrent d'un bond et se mirent à huer et à siffler tout en claquant des mains sur un rythme lent, fort dérangeant. Un murmure de désapprobation parcourut les rangs de l'orchestre et la galerie la plus haute, contré par d'autres éclats de protestation. Puis les manifestants se mirent à scander des mots que Léonie ne comprit pas tout de suite. Mais bientôt, le volume s'amplifia et on ne put s'y tromper.

« Boche ! Boche ! »

La clameur avait atteint les oreilles des chanteurs. Léonie vit des échanges de regards alarmés fuser entre le chœur et les chefs de pupitre.

« Boche ! Boche ! Boche ! »

Tout en redoutant que la représentation soit interrompue, Léonie ne pouvait s'empêcher de trouver l'atmosphère excitante. C'était le genre d'événement dont elle n'entendait parler d'ordinaire que dans les pages du *Figaro* que lisait Anatole, et voilà qu'elle en était le témoin.

À vrai dire, Léonie était lasse du train-train et des contraintes de sa petite vie. Il fallait accompagner maman l'après-midi dans ses visites chez d'anciens collègues et relations de son père, des gens ennuyeux, qui habitaient des demeures quelconques. Et puis faire la conversation à l'ami actuel de sa mère, un vieux militaire qui traitait Léonie comme si elle n'était encore qu'une écolière en jupe courte.

Quand je raconterai ça à Anatole..., songea-t-elle, ravie.

Mais la protestation changea de registre.

Livides sous leur épais maquillage de scène, les

chanteurs continuèrent sans faiblir, jusqu'à ce qu'un premier projectile soit lancé sur la scène. Une bouteille, qui manqua de peu le basse jouant le rôle du roi Heinrich, et tournoya comme au ralenti dans la lumière crue des projecteurs en jetant des éclairs verts, heurta la toile du décor avec un bruit mat et roula dans la fosse.

Un instant, il s'abattit un tel silence sur la salle qu'il sembla que l'orchestre avait cessé de jouer. Puis la réalité revint à la charge avec son cortège de chahut et de désordre, sur la scène et en dehors. Un deuxième projectile survola les têtes d'un public stupéfié pour exploser sur le plateau. Une femme assise au premier rang hurla et se couvrit la bouche alors qu'une puanteur immonde se répandait dans les rangs, mélange de sang, de pourriture et d'égouts.

« Boche ! Boche ! Boche ! »

L'inquiétude effaça le sourire de Léonie, qui sentit son cœur se soulever. Cela n'avait plus rien d'une aventure excitante. C'était affreux, effrayant. Les quatre spectateurs assis sur sa droite se levèrent soudain comme un seul homme et se mirent à taper des mains en rythme, lentement au début, en brayant, bêlant, beuglant, couinant des cris d'animaux. Puis, d'un air mauvais et agressif, ils entonnèrent le leitmotiv anti-prussien, repris à présent aux quatre coins de la salle.

— Asseyez-vous, bon Dieu ! s'exclama un monsieur à lunettes et grosse barbe en tapant sur le dos d'un contestataire avec son programme. Ce n'est ni le temps ni le lieu. Assis !

L'homme qui était devant lui se retourna pour lui assener sur les mains un violent coup de canne qui le fit hurler et lâcher son programme, puis regarder avec stupeur le sang qui sourdait de sa blessure. Celui qui l'accompagnait se leva d'un bond et tenta de s'emparer de l'arme de l'assaillant, car c'était bien une arme que cette canne dont le pommeau se terminait par une pointe en métal. Mais des mains brutales le repoussèrent et il retomba en arrière.

Le chef d'orchestre s'évertuait à garder le tempo, mais les musiciens affolés jetaient des regards à la ronde et la musique finit par en pâtir. En coulisses, on avait pris une décision. Des machinistes en blouses noires, les manches relevées jusqu'aux coudes, sortirent de chaque côté de la scène et firent dégager les chanteurs hors de la ligne de tir.

Avec une hâte maladroite, on tenta de baisser le rideau, mais les poids remontèrent trop vite et le lourd tissu accrocha dans sa chute un élément du décor, qui l'empêcha de recouvrir la scène.

Le chahut s'amplifiait. Les spectateurs des loges furent les premiers à partir. En une bourrasque bruissante de plumes, d'or et de soie, les bourgeois se précipitèrent vers la sortie. La même envie gagna alors les galeries supérieures où les nationalistes étaient regroupés, puis les rangs de l'orchestre derrière Léonie, qui déversèrent un par un leurs spectateurs dans les allées. De chaque partie de la Grande Salle, elle entendit des sièges se relever en claquant. Aux sorties, on tira brutalement les lourds rideaux en velours dont les anneaux tintèrent en raclant leurs tringles en cuivre.

Mais les manifestants n'avaient pas atteint leur but, arrêter pour de bon la représentation. D'autres projectiles furent lancés sur la scène. Bouteilles, pierres, briques, fruits pourris. Les musiciens évacuèrent la fosse en emportant à la hâte leurs précieux instruments, se frayant un passage à travers les fauteuils et les pupitres pour sortir sous la scène.

Enfin, le directeur du théâtre se glissa par l'ouverture du rideau et apparut tout transpirant pour appeler au calme.

— Mesdames, messieurs, s'il vous plaît. S'il vous plaît ! lança-t-il en s'épongeant le front avec un mouchoir.

Mais, malgré sa corpulence, ni sa voix ni son maintien n'en imposaient assez, et Léonie surprit de la panique dans ses yeux alors qu'il battait des bras pour tenter de ramener un peu d'ordre et endiguer le chaos montant.

C'était trop peu, trop tard.

Un nouveau projectile fut lancé, cette fois, un morceau de bois planté de clous, que le directeur reçut juste au-dessus de l'œil. Il vacilla en arrière en portant la main à son visage. Du sang se mit à couler entre ses doigts et il s'effondra sur la scène comme une poupée de chiffon.

À ce spectacle, Léonie sentit son courage l'abandonner.

Je dois sortir d'ici, songea-t-elle.

Elle jeta des regards désespérés autour d'elle, mais elle était piégée, cernée de tous côtés par la foule et la violence. Elle s'agrippa aux dos des fauteuils avec l'idée de s'échapper en les escaladant, mais quand elle voulut bouger, elle découvrit que le bord emperlé de sa robe s'était accroché aux boulons en métal situés sous son siège. Elle se pencha et s'efforça de tirer sur le tissu pour se libérer.

Un nouveau concert de protestations s'éleva des quatre coins de la salle.

« À bas ! À bas !... Et maintenant, à l'attaque ! »

Tels des croisés assiégeant un château, les manifestants se ruèrent en avant en agitant des gourdins, des cannes. Ici et là, on aperçut même l'éclat d'une arme blanche. En frissonnant de terreur, Léonie comprit qu'ils avaient l'intention de déferler sur la scène. Or elle était en plein sur leur chemin.

Ce qui restait du vernis de la bonne société parisienne se fissura, puis vola en éclats. L'hystérie s'empara de ceux qui se retrouvaient piégés et ce fut la débandade. Avocats, journalistes, peintres, intellectuels, banquiers, hauts fonctionnaires, épouses et courtisanes, tous et toutes se précipitèrent affolés vers les portes.

Sauve qui peut. Chacun pour soi.

Avec une précision militaire, les nationalistes avançaient de chaque partie de la salle en sautant par-dessus les fauteuils, les rampes, pour emplir la fosse d'orchestre et grimper sur le plateau. À force de tirer sur sa robe, Léonie réussit à se libérer en déchirant le tissu.

« À bas les Boches ! Alsace française ! Lorraine française ! »

Les manifestants arrachèrent la toile de fond et piétinèrent le décor peint. Les arbres, l'eau, les rochers et les soldats imaginaires du Xe siècle furent détruits par une armée réelle du XIXe et la scène se retrouva jonchée des vestiges de la bataille, éclats de bois, toile déchirée, poussière, tandis que le monde de *Lohengrin*, dévasté, s'abîmait.

Enfin, il y eut un élan de résistance. Une cohorte de jeunes idéalistes et de vétérans sortis d'anciennes campagnes parvint à se regrouper dans l'orchestre et poursuivit les nationalistes sur la scène. La porte séparant la salle de spectacle de l'arrière de la maison fut enfoncée. Ils les chargèrent dans les coulisses et joignirent leurs forces au personnel du théâtre, qui avançait sur les anti-prussiens entre les plateaux et l'arrière du décor.

Léonie regardait, en proie à un mélange de stupeur et de fascination. Un tout jeune homme moustachu vêtu d'un costume de soirée manifestement trop grand pour lui qu'il avait dû louer se lança sur le meneur des manifestants et le prit au collet pour tenter de le renverser, mais c'est lui qui se retrouva à terre. Léonie l'entendit hurler de douleur quand son adversaire lui planta dans le ventre une botte ferrée d'acier.

« Vive la France ! À bas les Boches. »

Une frénésie guerrière s'empara des combattants et Léonie vit luire dans leurs yeux enfiévrés une envie de meurtre.

« S'il vous plaît ! » s'écria-t-elle au désespoir, mais personne ne l'entendit et il n'y avait pour elle aucune issue, aucun moyen de forcer le passage.

Quand un machiniste fut jeté à bas de la scène, Léonie se recroquevilla, horrifiée. Le corps du machiniste culbuta par-dessus la fosse d'orchestre abandonnée et retomba sur la rampe de cuivre, avec un bras tordu, désarticulé. Ses yeux restèrent ouverts.

Il faut que tu recules.

Mais c'était comme si le monde autour d'elle avait basculé dans le sang et la haine. Elle le voyait sur le faciès déformé des hommes qui l'entouraient. À quelques mètres d'elle, un blessé rampait sur les mains et les genoux en laissant sur les planches une traînée ensanglantée.

Derrière lui, un assaillant brandit un couteau.

Non !

Léonie voulut l'avertir, mais l'horreur lui vola sa voix. La lame s'abattit et le blessé s'affala sur son flanc. Il leva les yeux vers son agresseur, vit le couteau et jeta sa main en avant pour se protéger, en vain. L'autre s'acharna sur lui, plongeant et replongeant le couteau dans sa poitrine.

Le blessé eut un dernier soubresaut, il battit des bras et des jambes comme une marionnette au guignol des Champs-Élysées, puis retomba, inerte.

Léonie se rendit compte avec stupeur qu'elle pleurait. Alors la peur revint, plus farouche que jamais.

— S'il vous plaît, laissez-moi passer !

Elle tenta de se frayer un chemin à coups d'épaule, mais elle était trop légère, trop frêle. Les gens formaient une masse entre elle et la sortie, et l'allée centrale était bloquée par des coussins en velours rouge. Sous la scène, des étincelles jaillies des brûleurs à gaz tombèrent sur les partitions de musique qui jonchaient le sol. Il y eut un crépitement, des flammèches d'un jaune orangé et, d'un seul coup, le feu s'enfla en s'attaquant à la charpente en bois qui soutenait la scène.

« Au feu ! Au feu ! »

L'affolement se mua en panique générale et déferla sur la salle.

— Laissez-moi passer ! cria Léonie. Je vous en supplie.

Personne ne lui prêta attention. Le souvenir de l'horrible incendie qui avait dévasté l'Opéra-Comique cinq ans plus tôt en tuant plus de quatre-vingts personnes s'empara des esprits. Le sol était recouvert de débris piétinés, programmes, coiffes, plumes et aigrettes, lorgnettes, jumelles, tel le lit d'ossements d'un antique sépulcre.

Léonie continuait d'avancer en aveugle entre les coudes et les nuques sans rien voir des visages qui l'entouraient, centimètre par centimètre, réussissant à s'éloigner tant bien que mal du plus fort des combats.

Sur son flanc, elle sentit trébucher une vieille dame qui glissa à terre.

Elle va être piétinée, pensa Léonie en la rattrapant

par le coude. Sous le tissu empesé, elle sentit son bras grêle.

— Je voulais seulement écouter la musique, se lamenta la vieille dame. Allemande ou française, cela m'importe peu. Jamais je n'aurais pensé revoir ce genre de choses. À notre époque ! Quel malheur, quelle honte...

Léonie avança vers la sortie en chancelant sous le poids de la vieille dame, qui perdait peu à peu conscience. Le fardeau lui semblait plus lourd à chaque pas.

— Ce n'est plus très loin, s'écria Léonie. De grâce, faites un effort. Nous y sommes presque.

Enfin elle aperçut la livrée familière d'un placeur.

— Mais aidez-moi, bon Dieu, s'écria-t-elle. Par ici, vite !

Le placeur obéit aussitôt et soulagea Léonie en prenant la vieille dame dans ses bras pour la porter jusque dans le Grand Foyer.

Léonie sentit ses jambes fléchir sous elle, mais elle se força à continuer. Plus que quelques pas.

Soudain quelqu'un lui saisit le poignet.

— Non ! s'écria-t-elle. Non !

Elle ne se laisserait pas piéger à l'intérieur dans l'incendie, la foule, les barricades. Léonie frappa en aveugle, sans rien atteindre.

— Ne me touchez pas ! Lâchez-moi !

3.

« Léonie, c'est moi. Léonie ! »

Une voix d'homme, familière, rassurante. Une odeur de tabac turc et de gomina au bois de santal qu'elle connaissait bien.

Anatole ? Ici ?

Elle sentit des mains puissantes la saisir par la taille pour la retenir et ouvrit les yeux.

— Anatole ! s'écria-t-elle en jetant ses bras autour de son cou. Où étais-tu ?

Puis, passant de l'étreinte à l'attaque, elle lui bourra la poitrine de coups de poing rageurs.

— J'ai attendu, attendu et tu n'es pas venu. Comment as-tu pu me laisser...

— Je sais, s'empressa-t-il de répondre. Et tu es en bon droit de m'en vouloir, mais pas maintenant.

Sa colère la quitta aussi vite qu'elle était venue. Soudain, épuisée, elle posa la tête sur la poitrine de son grand frère.

— J'ai vu...

— Je sais, petite, dit-il doucement en caressant ses cheveux en désordre, mais les soldats sont déjà là, dehors. Il nous faut partir au plus vite, sinon nous risquons d'être pris dans les affrontements.

— Cette haine sur leurs visages, Anatole ! Ils ont tout saccagé. Tu as vu, tu as vu ?

Léonie sentit l'hystérie la gagner, monter de son bas-ventre jusqu'à sa gorge, sa bouche.

— À mains nues, ils...

— Tu me raconteras ça plus tard, l'interrompit vivement Anatole. Pour l'heure, il faut prendre le large. Avance.

Aussitôt, Léonie recouvra ses esprits et inspira une longue goulée d'air.

— Brave petite, dit-il en voyant poindre dans son regard une lueur décidée. Allons-y !

Anatole usa de sa stature puissante pour forcer un chemin à travers la cohue qui fuyait la salle de concert.

Après les rideaux en velours, c'était le chaos. Main dans la main, ils dépassèrent en courant les balcons, puis descendirent le Grand Escalier. Jonché de programmes, de bouteilles de champagne, de seaux à glace renversés, le sol de marbre glissait comme une patinoire, mais ils réussirent à avancer en gardant à peu près l'équilibre, atteignirent les portes vitrées et se retrouvèrent dehors, sur la place de l'Opéra.

Aussitôt, derrière eux, il y eut un bruit de verre brisé.

— Léonie, par là !

Si les scènes qui s'étaient déroulées dans la Grande Salle lui avaient paru proprement incroyables, dans les rues, c'était pire encore. Les abonnés avaient aussi investi les marches du palais Garnier. Armés de cannes ferrées, de bouteilles, de couteaux, ils y campaient en trois lignes serrées et scandaient leurs mots d'ordre haineux. En dessous, sur la place elle-même, des soldats en uniformes rouges et casques dorés étaient agenouillés et les tenaient en joue au bout de leurs fusils en espérant qu'on leur donnerait l'ordre de tirer.

— Ils sont si nombreux ! s'écria-t-elle.

Anatole ne répondit pas et continua à fendre la foule massée devant la façade baroque du palais Garnier. Au coin du bâtiment, il tourna pour s'engager dans la rue Scribe, hors de la ligne de tir. Portés par le mouvement de foule comme du bois flottant sur une rivière en crue, bousculés, tiraillés, malmenés, ils parcoururent ainsi tout un pâté de maisons, cramponnés l'un à l'autre, avec la hantise d'être séparés.

Un instant, Léonie se sentit rassurée. Elle était avec Anatole.

Mais alors on entendit un coup de fusil, il y eut comme un suspens, une sorte d'immobilité étrange, puis la marée humaine repartit de plus belle, affolée. Léonie sentit que ses pieds se déchaussaient, à cause des coups rageurs décochés par les fuyards qui se prenaient dans la bordure déchirée de sa robe. Elle s'efforça de garder l'équilibre. Une rafale de tirs retentit derrière eux. Son seul repère, son unique recours dans le chaos ambiant, c'était la main d'Anatole.

— Ne me lâche pas ! s'écria-t-elle.

Derrière eux, une violente explosion fit vibrer les pavés sous leurs pieds. Se tordant à demi, Léonie vit un champignon de fumée et de poussière grise monter dans le ciel de la place de l'Opéra. Alors une deuxième explosion résonna dans l'air.

— Des canons ! Ils tirent !

— Non, ce sont des pétards !

Léonie cria et serra encore plus fort la main d'Anatole. Ils se lancèrent en avant, sans avoir aucune notion du temps ni du lieu où ils arriveraient, poussés seulement par un instinct animal qui leur intimait de ne pas s'arrêter, tant que le bruit, le sang, la poussière ne seraient pas loin derrière.

Léonie ne sentait plus ses jambes tant elle était fatiguée, mais elle continua à courir, courir. La foule se dispersa peu à peu et ils se retrouvèrent enfin dans une rue tranquille, bien loin des combats, des explosions, du canon des fusils.

Elle fit halte et s'appuya d'une main contre un mur, en sueur, congestionnée, le cœur battant à tout rompre, tandis que le sang lui martelait les tempes.

Anatole s'adossa au mur. Léonie s'affala contre lui et sentit son bras protecteur entourer ses épaules, où sa chevelure cuivrée s'était déroulée tel un écheveau de soie.

Elle tenta de reprendre son souffle en inspirant l'air de la nuit, ôta ses gants maculés de suie et les lâcha sur le pavé.

Anatole passa les doigts dans ses cheveux en bataille. Lui aussi était essoufflé, malgré les heures qu'il passait à s'entraîner à l'épée dans les salles d'armes.

Chose extraordinaire, on aurait dit qu'il souriait.

Pendant un moment, aucun d'eux ne parla. Ils se contentèrent de haleter en soufflant des bouffées de vapeur blanche dans l'air frais de septembre. Enfin Léonie se redressa.

— Pourquoi es-tu arrivé si tard ? lança-t-elle avec hargne, comme si rien ne s'était passé entre-temps.

Éberlué, Anatole la regarda, puis il se mit à rire, de plus en plus fort, sans pouvoir s'arrêter.

— Tu me passerais un savon même en de pareilles circonstances, hein ?

Léonie s'efforça de garder son sérieux, mais malgré elle, ses lèvres tressaillirent et elle fut vite secouée d'un tel fou rire que les larmes lui montèrent aux yeux.

Anatole ôta son veston pour couvrir ses épaules nues.

— Tu es vraiment unique en ton genre ! lui dit-il.

Léonie lui répondit par un sourire contrit en constatant combien son allure était débraillée à côté de l'élégance de son frère. Elle contempla tristement sa robe neuve toute déchirée, sa bordure qui lui faisait comme une traîne, où les perles qui restaient ne tenaient plus qu'à un fil.

Malgré leur fuite éperdue dans les rues de Paris, Anatole semblait impeccablement mis, avec son gilet bleu laissant voir des manches de chemise d'un blanc immaculé et un col amidonné aux pointes bien droites.

Il recula pour regarder la plaque au-dessus de sa tête.

— Rue Caumartin. Parfait. Si on dînait ? Je parie que tu as faim.

— Une faim de loup.

— Je connais un café non loin d'ici. La salle du bas est un peu populaire, fréquentée par les artistes du cabaret La Grande-Pinte et leurs admirateurs, mais à l'étage, il y a des salons privés très convenables. Ça t'irait ?

— Pourquoi pas ?

— Alors c'est décidé. Je t'embarque. Tant pis si tu te couches un peu tard, pour une fois. Je n'ose te ramener à la maison dans cet état, conclut-il avec un petit sourire. Maman ne me le pardonnerait jamais.

4.

Marguerite Vernier descendit du fiacre au coin de la rue Cambon et de la rue Saint-Honoré, accompagnée du général Georges Du Pont.

Tandis que son protecteur réglait la course, elle s'enveloppa de son étole pour se protéger de la fraîcheur de la nuit et sourit de contentement. Avec ses fameuses fenêtres garnies de la plus fine dentelle bretonne, Voisin était le meilleur restaurant de la ville, et il fallait que Du Pont la tienne en haute estime pour l'amener en ces lieux.

Des murmures approbateurs accueillirent leur entrée. Marguerite sentit Georges bomber le torse et relever un peu la tête, tout fier des regards envieux que lui jetaient les autres hommes. Elle lui serra le bras et il répondit à sa légère pression, petit échange complice évoquant l'agréable façon dont ils venaient de passer les deux dernières heures. Comme il la couvait d'un regard possessif, Marguerite lui adressa un tendre sourire, puis écarta un peu les lèvres. Amusée, elle le vit rougir jusqu'aux oreilles. Tout à la fois invite et promesse, sa bouche aux lèvres pleines et voluptueuses conférait à sa beauté quelque chose d'unique, qui la distinguait des autres femmes.

Du Pont tira sur son col empesé et relâcha un peu le nœud de sa cravate. Sa veste de soirée remarquablement bien coupée l'aidait à faire illusion. Mais à soixante ans, ce n'était plus la force de la nature qu'il était du temps où il servait encore dans l'armée. Les festons colorés accrochés à sa boutonnière représentaient les médailles qu'il avait remportées à Sedan et à Metz. Plutôt qu'un gilet, qui aurait accentué sa bedaine, il portait une ceinture de smoking rouge sombre. Avec ses cheveux gris et sa moustache bien fournie, Georges était à présent un diplomate respectable, à cheval sur l'étiquette et tout rempli de sa propre importance.

Pour lui plaire, Marguerite s'était habillée modestement d'une robe de soie en moire violette brodée d'argent et de perles. Les manches gigot faisaient ressortir la minceur de la taille qui pointait en fuseau sur des jupes bouillonnantes. Le col montant ne laissait voir qu'une mince bande de peau, ce qui sur Marguerite rendait sa tenue d'autant plus provocante. Une seule aigrette de plumes violettes ornait ses cheveux noirs retenus en un savant chignon d'où son cou sortait, mince et délié. Elle avait des yeux d'un brun lumineux, un teint d'une nuance exquise, veloutée.

Chaque douairière ou femme d'âge mûr se morfondait en la contemplant avec envie, d'autant qu'à quarante-cinq ans, Marguerite n'était plus de prime jeunesse. L'absence d'une alliance à son doigt les offusquait, sa beauté et sa silhouette leur inspiraient un sentiment d'injustice. Une liaison de cette nature devait-elle s'afficher ainsi chez Voisin, au mépris des convenances ?

Deux dames-cerbères gardaient l'entrée derrière leur comptoir. Sans leur accord, pas une âme n'entrait dans ce saint des saints de l'art culinaire. Le patron, homme de distinction assorti à sa clientèle, s'abritait derrière elles. Sortant de l'ombre, il s'avança pour accueillir Georges. Le général Du Pont était un client de longue date, qui commandait le meilleur champagne et distribuait de généreux pourboires. Mais il s'était fait rare ces derniers temps. Manifestement, le patron avait craint qu'il ait délaissé son établissement pour le café Paillard ou le café Anglais.

— Monsieur, quel plaisir de vous accueillir à nouveau. Nous nous étions dit que vous aviez peut-être été nommé à l'étranger.

Georges parut embarrassé. Il est si collet monté, songea Marguerite, sans animosité. Car par ailleurs il était beaucoup plus généreux, déférent et simple dans ses besoins que bien des hommes auxquels elle s'était liée par le passé.

— C'est entièrement ma faute, dit-elle avec un battement de ses longs cils noirs. Je l'ai trop accaparé.

Le patron se mit à rire. Il claqua des doigts. Tandis que le préposé au vestiaire débarrassait Marguerite de son étole et Georges de sa canne, les deux hommes échangèrent des politesses et parlèrent de la situation en Algérie. Des rumeurs annonçaient une manifestation anti-prussienne. Marguerite laissa ses pensées divaguer. Elle contempla la desserte où les plus beaux fruits étaient exposés. Évidemment c'était trop tard pour les fraises, et puis Georges préférerait sans doute se retirer tôt, et ils ne resteraient probablement pas jusqu'au dessert.

Marguerite fit mine de réprimer un petit soupir alors que les hommes finissaient leur conversation. Le restaurant avait beau être bondé, il y régnait un sentiment de paix et de bien-être. Son fils aurait trouvé l'endroit démodé et mortellement ennuyeux, mais pour elle, qui avait souvent lorgné ce genre d'établissements de l'extérieur, il avait gardé tout son charme et il la confirmait dans l'idée qu'elle avait enfin trouvé la sécurité sous la protection de Du Pont.

Le patron leva la main et le maître d'hôtel s'avança pour les conduire à travers la salle éclairée aux bougies jusqu'à une table située dans une alcôve surélevée, à l'abri du regard des autres clients et loin des portes battantes de la cuisine. Sous sa moustache bien taillée, une fine couche de sueur ourlait sa lèvre supérieure, et Marguerite se demanda quelles étaient vraiment les responsabilités de Georges à l'ambassade pour qu'on tienne tant à lui faire bonne impression.

— Monsieur, madame, un apéritif pour commencer ? s'enquit le sommelier.

— Du champagne ? proposa Georges en interrogeant Marguerite du regard.

— Oui, ce serait parfait.

— Une bouteille de Cristal, dit-il en se renfonçant dans son fauteuil comme pour épargner à Marguerite la vulgarité de l'entendre commander le meilleur champagne de la maison.

Dès que le maître d'hôtel se fut éloigné, elle avança le pied pour toucher ceux de Du Pont sous la table et elle eut à nouveau le plaisir de le voir tressaillir, puis gigoter dans son fauteuil.

— Voyons, Marguerite, protesta-t-il sans grande conviction.

Elle ôta son escarpin et posa le pied sur sa jambe de pantalon, sentant la couture à travers son fin bas de soie.

— Ils ont la meilleure cave de tout Paris, dit-il d'un ton bourru, comme s'il avait besoin de s'éclaircir la voix. Bourgogne, bordeaux, des plus grands crus aux petits vins bourgeois.

Marguerite n'aimait pas le vin rouge qui lui donnait mal à la tête. Elle préférait le champagne, mais elle était résignée à boire ce que Georges voudrait bien commander.

— C'est drôlement fréquenté pour un mercredi soir, constata-t-elle en jetant un regard à la ronde. Et vous nous avez trouvé une table. Vous êtes si ingénieux, Georges...

— Il faut juste savoir à qui s'adresser, dit-il, ravi. Vous n'avez encore jamais dîné ici ?

Marguerite fit non de la tête. Méticuleux, pointilleux, pédant, Georges aimait étaler ses connaissances. Évidemment, comme tout Parisien qui se respecte, Marguerite connaissait l'histoire de chez Voisin, mais elle voulut bien se prêter au jeu et feignit de l'ignorer. Durant les douloureux mois de la Commune, le quartier du restaurant avait été le théâtre des plus violentes altercations entre les communards et les forces du gouvernement. Là où aujourd'hui les fiacres et les cabriolets attendaient de transporter les clients d'un côté de Paris à l'autre s'étaient dressées vingt ans plus tôt des barricades faites de bric et de broc, sommiers en fer, chariots renversés, palettes, caisses de munitions. Avec son mari, son héros, son merveilleux Léo, elle s'était tenue sur ces barricades, tous deux unis et égaux dans leur combat contre la classe dirigeante, durant un bref et glorieux moment.

— Après la défaite honteuse de Napoléon à la bataille de Sedan, les Prussiens ont marché sur Paris, commença Georges.

— Oui, murmura-t-elle, en se demandant pour la première fois quel âge il lui prêtait pour lui donner ainsi une leçon d'histoire sur des événements qu'elle avait vécus d'aussi près.

— À mesure que le siège et les bombardements se faisaient plus durs, il y eut pénurie de nourriture. C'était la seule manière de donner une leçon à ces maudits communards. Mais cela signifiait aussi que les meilleurs restaurants ne pouvaient pas ouvrir. Pas assez de provisions, vous comprenez. Moineaux, chats, chiens, toute créature errant dans les rues de Paris était la proie des affamés. Même les animaux du zoo furent abattus pour leur viande.

Marguerite sourit en hochant la tête pour l'encourager.

— Et quel plat Voisin a-t-il proposé au menu, à votre avis ?

— Je n'en ai aucune idée, dit-elle en écarquillant les yeux avec innocence. Vraiment, je ne vois pas. Du serpent peut-être ?

— Non, répondit-il avec un éclat de rire satisfait. Essayez encore.

— Je ne sais pas, Georges. Du crocodile ?

— De l'éléphant ! répondit-il d'un air triomphal. Un plat de trompes d'éléphant. Je vous demande un peu. Magnifique, hein ? Quel courage, quelle merveilleuse faculté d'adaptation, n'est-ce pas ?

— En effet, acquiesça Marguerite en riant aussi, même si son souvenir de l'été 1871 différait beaucoup.

Des semaines de famine, à tenter de soutenir dans son combat un mari idéaliste et passionné tout en s'échinant à trouver de quoi nourrir son Anatole bien-aimé. Du pain noir, des châtaignes, des baies volées la nuit aux buissons du jardin des Tuileries.

Quand la Commune était tombée, Léo s'était enfui. Il demeura caché par des amis pendant presque deux ans. À la fin, lui aussi fut capturé et échappa de peu au peloton d'exécution. Plus d'une semaine passa, durant laquelle Marguerite courut tous les commissariats et les tribunaux de Paris pour découvrir sur une liste de noms affichée sur un bâtiment municipal qu'il avait été jugé et condamné à être déporté en Nouvelle-Calédonie.

Pour lui, l'amnistie des communards était arrivée trop tard. Il était mort durant la traversée, sans même savoir qu'il avait une fille.

— Marguerite ? s'enquit Du Pont, un peu irrité par son long silence.

— Je me disais juste comme cela avait dû être extraordinaire, s'empressa-t-elle de répondre en se composant un visage. Cela en dit long sur le talent et l'ingéniosité du chef de chez Voisin. C'est si merveilleux d'être assise en un lieu rempli d'histoire... en votre compagnie.

Georges sourit avec complaisance.

— La force de caractère finit toujours par l'emporter, conclut-il. Il y a toujours moyen de retourner une mauvaise situation à son avantage, même si la génération d'aujourd'hui n'en a aucune notion.

— Excusez-moi de vous déranger en plein souper.

Par courtoisie, Du Pont se leva, visiblement contrarié. Marguerite se retourna. L'intrus était un homme distingué, de grande taille, aux cheveux épais et au front haut. Il la scruta de ses yeux d'un bleu frappant, où les pupilles étaient semblables à deux trous d'épingle.

— Monsieur ? dit Georges d'un ton sec.

Son allure évoquait quelque chose à Marguerite, pourtant elle était certaine de ne pas le connaître. Il devait avoir à peu près son âge, il était habillé d'un costume noir classique, impeccable, qui flattait sa carrure athlétique et puissante. En quête d'indices sur son identité, Marguerite jeta un coup d'œil à la chevalière en or qu'il portait à la main gauche. Il tenait un haut-de-forme noir, ainsi que des gants et une écharpe en cachemire blanche, ce qui laissait supposer qu'il venait juste d'arriver ou qu'il s'apprêtait à s'en aller.

À la façon dont il la déshabillait du regard, Marguerite devint rouge de confusion. Elle sentit sa peau devenir brûlante. Des gouttes de transpiration perlèrent entre ses seins et sous son étroit corset en dentelles.

— Pardonnez-moi, dit-elle en jetant un regard inquiet à Du Pont, mais...

— Monsieur, dit l'intrus en s'excusant auprès de Du Pont par un bref hochement de tête. Puis-je ?

Radouci, Du Pont opina du chef.

— Je suis en relation avec votre fils, madame Vernier, dit-il en sortant une carte de visite de son carnet. Victor Constant, comte de Tourmaline.

Marguerite hésita, puis prit la carte.

— C'est très discourtois de ma part d'interrompre votre dîner, mais il faut à tout prix que je parvienne à joindre Vernier pour une affaire de la plus haute importance. J'étais en province, je ne suis arrivé en ville que ce soir, et j'espérais trouver votre fils chez vous. Cependant...

Il haussa les épaules.

Marguerite avait connu bien des hommes. Elle savait depuis toujours comment les prendre, leur parler, les flatter, les charmer. Mais celui-là ? Impossible de le déchiffrer. La seule chose dont elle était sûre, c'est que cet homme ne supportait pas qu'on lui résiste.

Elle lut la carte qu'elle tenait à la main. Anatole ne lui confiait pas grand-chose sur ses affaires, mais Marguerite était certaine de ne l'avoir jamais entendu citer ce nom, ni comme client, ni comme ami.

— Savez-vous où je pourrais le trouver, madame Vernier ?

Un frisson la parcourut, mêlé d'attirance et de peur.

Elle en ressentit tout à la fois du plaisir et de l'inquiétude. Les yeux de l'homme se rétrécirent, comme s'il lisait dans son esprit. Il fit un petit hochement de tête.

— Je crains que non, monsieur, j'ignore où il se trouve à cette heure, répliqua-t-elle en s'efforçant de maîtriser sa voix. Peut-être pourriez-vous lui laisser votre carte à son bureau....

Constant inclina la tête.

— Je n'y manquerai pas. Et où le trouve-t-on ?

— Rue Montorgueil. Je ne me souviens pas du numéro exact.

Constant continuait à la scruter.

— Très bien, finit-il par dire. Encore toutes mes excuses de vous avoir dérangée. Si vous étiez assez aimable pour dire à votre fils que je cherche à le voir, je vous en serais extrêmement reconnaissant.

Sans prévenir, il se baissa, prit sa main, qui reposait sur ses genoux, et la porta à ses lèvres. Marguerite sentit son souffle et le picotement de sa moustache à travers son gant, et elle en voulut à son corps de la trahir en réagissant à l'encontre de sa volonté.

— À bientôt, madame Vernier. Mon général.

Il fit une demi-révérence, puis partit. Le serveur vint les resservir en champagne. Quand il se fut éloigné, Du Pont explosa.

— Sale petit insolent ! fulmina-t-il en se radossant. Quel manque d'égards ! Pour qui se prend cette canaille pour vous insulter de la sorte ?

— M'insulter ? Georges ?

— Il vous a dévorée des yeux.

— Vraiment, Georges, je n'ai rien remarqué. Cet importun ne m'intéressait nullement, dit-elle, redoutant qu'il lui fasse une scène. Je vous en prie, ne le prenez pas mal.

— Connaissez-vous cet homme ? s'enquit Du Pont, soudain méfiant.

— Non, je vous l'ai déjà dit, répondit-elle posément.

— Lui connaissait mon nom, insista-t-il.

— Peut-être qu'il vous a reconnu pour vous avoir vu dans les journaux, Georges, dit-elle. Vous ne vous doutez pas du nombre de gens qui vous connaissent. Vous oubliez que vous êtes une personnalité.

La flatterie produisit l'effet désiré, et Marguerite le vit baisser sa garde. Voulant mettre un point final à cette affaire, elle prit la carte de Constant par un bout et la tint à la flamme de la bougie posée au centre de la table. La carte s'enflamma d'un seul coup.

— Que faites-vous, au nom du Ciel ?

— Là, dit-elle en déposant les cendres grises dans le cendrier du bout de ses doigts gantés. Oublié. Et si le comte est une relation d'affaires de mon fils, alors qu'il le visite en les lieux et heures qui conviennent. À son bureau, entre 10 et 17 heures.

Georges approuva d'un hochement de tête. Avec soulagement, elle vit la méfiance s'effacer de son regard.

— Ignorez-vous vraiment où se trouve votre fils à l'heure qu'il est ?

— Bien sûr que non, répondit-elle en lui souriant comme pour le mettre dans la confidence, mais il vaut toujours mieux se montrer circonspect. Je ne suis pas de ces femmes qui ont la langue trop bien pendue.

— Vous avez raison, acquiesça-t-il encore.

Marguerite avait tout intérêt à ce qu'il la croie discrète et loyale.

— En fait, Anatole a emmené Léonie à l'Opéra pour la première du *Lohengrin* de Wagner.

— Maudite propagande prussienne, grommela Georges. On aurait dû l'interdire.

— Et je crois qu'il avait ensuite l'intention de l'emmener souper.

— Dans l'un de ces lieux bohèmes comme le café de la place Blanche, je parie. Bourré d'artistes et de Dieu sait quelle faune. Comment s'appelle cet autre bouge sur le boulevard Rochechouart ?

— Le Chat noir, répondit Marguerite.

— On devrait le fermer. Il n'y a que des feignants et des parasites, là-dedans, déclara Georges en s'échauffant sur ce nouveau thème. Des barbouillis sur un morceau de toile et on appelle ça de l'art. Est-ce là un métier convenable pour un homme ? C'est comme ce jeune impertinent qui habite dans votre immeuble, ce Debussy. Ce genre de traîne-savates, on devrait les mater en leur donnant le fouet.

— Achille est un compositeur, chéri, le corrigea-t-elle doucement.

— Toujours l'air maussade, à taper comme un sourd sur son piano la nuit, le jour... Je suis surpris que son père ne lui mette pas une raclée. Histoire de lui faire rentrer un peu de bon sens dans le crâne.

Marguerite dissimula un sourire. Achille étant à peu près de l'âge d'Anatole, c'était un peu tard pour ce style de mesures disciplinaires. Et puis Mme Debussy avait eu la main plutôt lourde quand ses enfants étaient jeunes et, manifestement, cela ne leur avait fait aucun bien.

— Ce champagne est vraiment délicieux, Georges, dit-elle en changeant de sujet.

Elle tendit la main par-dessus la table, lui prit la sienne, puis la retourna pour entrer ses ongles dans la chair tendre de sa paume.

— C'est si gentil à vous, dit-elle en observant son

visage où le tressaillement de douleur se muait en plaisir. Alors, Georges. Qu'allons-nous manger ? Depuis le temps que nous sommes assis là, je me découvre un fameux appétit.

5.

Léonie et Anatole furent conduits dans un salon
privé au premier étage du Bar Romain, qui donnait sur
la rue.

Elle lui tendit sa veste de soirée, puis elle alla se
rafraîchir et se recoiffer dans le petit cabinet de toilette
adjacent. Pour rendre sa robe un peu plus présentable,
il lui aurait fallu les services de sa femme de chambre,
toutefois elle y parvint en relevant le bord avec une
épingle.

Dans le miroir incliné, Léonie fut surprise par
l'éclat de sa peau et de ses yeux émeraude, qui brillaient à la lueur des bougies. Sans doute l'effet de sa
course nocturne dans les rues de Paris. Maintenant que
le danger était passé, les événements se peignaient en
couleurs vives dans sa mémoire, et leur côté romanesque lui faisait déjà oublier les visages déformés par
la haine, ainsi que sa terreur.

Anatole commanda deux verres de Madère, puis du
vin rouge, pour accompagner une simple collation de
côtelettes d'agneau et de gratin dauphinois.

— Ensuite, si tu as encore faim, nous prendrons du
soufflé aux poires, dit-il en congédiant le garçon.

Tout en mangeant, Léonie lui raconta ce qui s'était
passé jusqu'au moment où il l'avait retrouvée.

— Une drôle de clique, ces abonnés, conclut Anatole. Tout ça pour exiger qu'on joue uniquement de la musique française sur le sol français. En 1860, ils ont conspué *Tannhäuser* et ont empêché la représentation. Mais on dit que pour eux, la musique ne serait qu'un prétexte. En fait, ils s'en fichent bien.

— Alors pourquoi font-ils ça ?

— Par pur chauvinisme.

Anatole repoussa sa chaise de la table, étira ses longues jambes et sortit son étui à cigarettes de la poche de son gilet.

— À mon avis, Wagner ne remettra plus jamais les pieds à Paris, après ce qui s'est passé.

Léonie réfléchit un instant.

— Pourquoi Achille t'a-t-il fait cadeau de ces billets d'opéra ? N'est-il pas un fervent admirateur de Wagner ?

— Il l'était, répondit Anatole en écrasant sa cigarette sur le couvercle en argent, mais il ne l'est plus. « Un magnifique crépuscule que l'on a pris pour une aurore », voici le dernier jugement qu'Achille a prononcé sur Wagner. Pardonne-moi, j'aurais dû dire Claude-Achille, puisque c'est ainsi qu'il veut se faire appeler dorénavant.

Debussy, pianiste et compositeur brillant au tempérament lunatique, vivait avec ses frères et sœurs et ses parents dans le même immeuble que les Vernier, rue de Berlin. Il était à la fois l'enfant terrible du conservatoire et, bon gré mal gré, son meilleur espoir. Pourtant, dans leur petit cercle d'amis, sa vie sentimentale tumultueuse lui valait plus de notoriété que sa réputation en tant qu'artiste. Sa maîtresse du moment était Gabrielle Dupont, une jeune femme de vingt-quatre ans.

— Cette fois, c'est du sérieux, confia Anatole. Gaby admet que sa musique doit passer en premier et ça ne la rend que plus attirante aux yeux d'Achille. Elle ne prend pas mal de le voir disparaître chaque mardi pour se rendre aux salons de maître Mallarmé. Ces visites lui remontent le moral et il en a bien besoin, lui qui se trouve en butte aux récriminations constantes de l'Académie. Ce sont tous de vieux abrutis, qui ne comprennent rien à son génie.

Léonie haussa les sourcils.

— Selon moi, Achille est l'artisan de sa propre infortune. Il a vite fait de se brouiller avec ceux qui pourraient le soutenir. Toujours prêt à s'échauffer, à dire des choses blessantes d'un trait de sa langue acérée. En vérité, il ne sait pas se tenir et peut se montrer grossier, brutal, à tel point qu'on ne sait comment le prendre.

Anatole ne la contredit pas et continua à fumer en silence.

— Mis à part l'amitié que j'ai pour lui, poursuivit-elle en versant une troisième cuillerée de sucre dans son café, j'avoue avoir quelque sympathie pour ses détracteurs. Pour moi, ses compositions sont un peu vagues, déconcertantes, méandreuses, dirais-je. Elles manquent de structure. J'ai trop souvent l'impression d'attendre que se révèle enfin la ligne mélodique. C'est un peu comme si on écoutait sous l'eau.

— Justement, c'est ce qu'il cherche, repartit Anatole en souriant. Debussy dit que l'on ne doit plus avoir de repères de tonalité. À travers sa musique, il veut atteindre l'illumination, révéler les liens mystérieux qui unissent les sphères matérielles et spirituelles, le visible et l'invisible. Or un tel projet ne peut emprunter une forme traditionnelle.

Léonie fit la moue.

— C'est le genre de théories fumeuses que les gens se plaisent à énoncer et qui sonnent creux !

Anatole ne releva pas et poursuivit.

— Pour lui, l'évocation, la suggestion, la nuance sont plus puissantes, plus véridiques que tout ce qui est narratif ou descriptif. Les souvenirs lointains ont une valeur et une force qui surpassent ce qui relève de la pensée consciente, explicite.

Léonie fit un petit sourire gentiment moqueur. Tout en admirant la loyauté de son frère envers son ami, elle savait qu'il ne faisait que répéter mot pour mot ce qu'il avait précédemment entendu de la bouche d'Achille. Et, malgré tout le feu de sa plaidoirie en faveur de l'œuvre de son ami, elle savait aussi que les goûts d'Anatole le portaient vers Offenbach et l'orchestre des Folies-Bergère plutôt que vers les compositions de Debussy, Dukas, ou d'aucun de leurs amis du conservatoire.

— Puisque nous en sommes aux échanges de confidences, ajouta-t-il, je confesse que je suis retourné la semaine dernière rue de la Chaussée-d'Antin pour acheter un exemplaire des *Cinq Poèmes* d'Achille.

Un éclair de colère passa dans les yeux de Léonie.

— Anatole, tu avais donné ta parole à maman.

— Je sais, mais je n'ai pu m'en empêcher, répondit-il d'un air fataliste. Le prix était très abordable, et comme Bailly n'en a tiré que cent cinquante exemplaires, c'est un investissement sûr.

— Nous devons nous montrer économes. Maman compte sur toi. Nous ne pouvons nous permettre de contracter des dettes supplémentaires... Au fait, combien devons-nous ?

Ils s'affrontèrent du regard.

— Voyons, Léonie. Tu n'as pas à te soucier de l'état de nos finances.

— Mais...

— Il n'y a pas de mais, dit-il fermement.

— Tu me traites comme une enfant ! s'exclama-t-elle, boudeuse, en lui tournant le dos, ce qui le fit rire.

— Quand tu te marieras, tu pourras harceler ton mari en lui demandant des comptes sur le budget du ménage, mais en attendant... Néanmoins, je te donne ma parole qu'à partir de maintenant, je ne dépenserai plus un centime sans ta permission, dit-il d'un air taquin.

— Et voilà que tu te moques de moi, à présent... Méfie-toi, je te prends au mot ! prévint-elle.

— Sur mon honneur, assura Anatole en faisant un signe de croix.

Ils restèrent un moment à se sourire, puis Anatole devint grave et allongea le bras par-dessus la table pour poser sa main sur celle de sa sœur.

— Plus sérieusement, je m'en veux de t'avoir laissée seule traverser cette épreuve, petite. Me pardonneras-tu ?

Léonie sourit.

— C'est déjà oublié.

— Je ne mérite pas ton indulgence. Et je dois dire que tu t'es comportée avec beaucoup de courage. La plupart des filles de ton âge auraient perdu la tête. Je suis fier de toi, déclara-t-il, avant de se radosser pour allumer une autre cigarette. Mais tu auras peut-être un contrecoup. C'est courant, après ce genre de choc.

— Je ne suis pas si timorée, assura-t-elle.

Au contraire, elle se sentait grandie par cette expérience, plus audacieuse, plus proche de son être véritable. Pas le moins du monde perturbée.

Sur la tablette de la cheminée, la pendule sonna l'heure.

— Par contre, Anatole, ce n'est pas ton style de

manquer le lever du rideau. Je crois bien que ça ne t'est encore jamais arrivé.

Anatole avala une gorgée de cognac.

— Il faut une première fois à tout.

— Qu'est-ce qui t'a retenu ? Pourquoi es-tu arrivé si tard ?

Il reposa lentement le verre ventru sur la table, puis tira sur les pointes cirées de sa moustache, signe indubitable qu'il s'apprêtait à mentir ou à esquiver.

— Anatole ? insista Léonie en plissant les yeux.

— Je m'étais engagé à retrouver un client hors de la ville. Il devait arriver à 18 heures, mais il a pris du retard et il est resté plus longtemps que prévu.

— Et tu t'étais déjà habillé pour la soirée ? Ou bien es-tu passé par la maison avant de me rejoindre au palais Garnier ?

— J'avais pris la précaution d'emporter mon habit de soirée au bureau.

Il se dressa d'un mouvement vif, traversa la pièce et tira sur le cordon de la sonnette, mettant brusquement fin à la conversation. Avant que Léonie puisse le questionner davantage, les serveurs entrèrent pour débarrasser la table, rendant tout échange impossible.

— Il est temps de te ramener à la maison, dit-il en l'invitant à se lever. Je réglerai la note quand je t'aurai mise dans un fiacre.

Quelques instants plus tard, ils se retrouvèrent dehors, sur le trottoir.

— Tu ne rentres pas avec moi ?

Anatole l'aida à monter dans le fiacre, puis referma la clenche de la portière.

— Non, j'ai envie d'aller faire un saut chez Frascati. Peut-être jouer aux cartes.

Léonie eut un frisson d'angoisse.

— Et maman, que vais-je lui dire ?

— Elle sera déjà couchée.

— Mais si elle ne l'est pas ? objecta-t-elle en essayant de différer le moment du départ.

Il lui baisa la main.

— Auquel cas, dis-lui de ne pas m'attendre.

Anatole tendit le bras pour glisser un billet dans la main du cocher.

— Rue de Berlin, annonça-t-il, puis il recula et tapa sur le côté de la voiture. Dors bien. Je te verrai au petit déjeuner.

Le fouet claqua. Quand les chevaux s'élancèrent, les harnais cliquetèrent, leurs fers résonnèrent sur les pavés, et les lanternes tapèrent contre le côté du cabriolet. Léonie abaissa la vitre pour se pencher à la fenêtre. Debout dans une flaque de lumière jaune, sous les réverbères dont les becs de gaz grésillaient, Anatole tenait toujours sa cigarette d'où s'élevait une mince volute de fumée blanche.

Pourquoi n'a-t-il pas voulu me dire ce qui l'avait mis en retard ? se demanda Léonie.

Elle resta penchée à la fenêtre à le regarder tandis que la voiture remontait la rue Caumartin, passant devant l'hôtel Saint-Pétersbourg, le lycée Fontanes, où Anatole avait fait ses études, pour rejoindre le croisement de la rue Saint-Lazare.

Juste avant que la voiture ne tourne le coin de la rue, Léonie aperçut une dernière fois son frère. Anatole jeta son mégot de cigarette dans le caniveau, puis tourna les talons pour rentrer dans le Bar Romain.

6.

L'immeuble de la rue de Berlin était silencieux.

Léonie ouvrit elle-même la porte avec sa clef et entra dans l'appartement. On avait laissé une lampe à pétrole allumée à son intention. Elle lâcha la clef dans la coupelle en porcelaine posée à côté du plateau du courrier, vide à cette heure. Écartant l'étole que sa mère y avait posée, elle se laissa tomber sur une chaise du couloir, ôta ses escarpins maculés de poussière, ses bas de soie, et se massa la plante des pieds en songeant à l'attitude fuyante d'Anatole. S'il n'y avait rien de répréhensible dans ses actes, alors pourquoi lui cachait-il la raison de son retard ?

Léonie jeta un coup d'œil dans le couloir et vit que la porte de la chambre de sa mère était fermée. Pour une fois, elle en fut déçue. D'habitude sa compagnie lui pesait, elle jugeait ses sujets de conversation limités, sans surprise. Mais ce soir, elle n'avait pas envie de se retrouver seule.

Elle prit la lampe et pénétra dans le salon. C'était une pièce spacieuse, qui occupait tout le devant de la maison et donnait sur la rue de Berlin. Les trois fenêtres étaient fermées, mais les rideaux de chintz jaune qui pendaient du plafond jusqu'au sol étaient restés ouverts.

Posant la lampe sur la table, elle gagna la fenêtre

pour regarder la rue déserte et s'aperçut alors qu'elle était transie jusqu'aux os. Elle songeait toujours à Anatole. Où se trouvait-il à cette heure ? Dans quel quartier de la ville ? Elle espérait de tout son cœur qu'il fût en sécurité.

Enfin, des pensées insidieuses lui vinrent sur ce qui aurait pu se produire ce soir-là. Le courage qui l'avait soutenue tout au long de la soirée se tarit soudain, la laissant effrayée et craintive. C'était comme si chacun de ses membres, de ses muscles, de ses sens était submergé par le souvenir des scènes dont elle avait été le témoin.

Du sang, de la violence, de la haine.

Léonie ferma les yeux, mais chaque épisode repassa dans son esprit avec la précision de clichés photographiques. La puanteur qui s'était répandue quand les bombes artisanales remplies de pourriture et d'excréments avaient explosé. Les yeux vitreux de l'homme quand le couteau avait plongé dans sa poitrine, cet instant figé entre la vie et la mort.

Il y avait un châle vert étalé sur le dos de la méridienne. Elle s'en enveloppa, baissa la flamme de la lampe à gaz et se pelotonna dans son fauteuil préféré, les jambes repliées sous elle.

Soudain, de l'étage en dessous, de la musique filtra à travers les lattes du plancher. Léonie sourit. Achille à son piano, encore et toujours. Elle regarda l'heure à la pendule posée sur le manteau de la cheminée.

Minuit passé.

C'était bon de savoir qu'elle n'était pas seule à veiller dans l'immeuble. Il y avait quelque chose d'apaisant dans cette présence et elle s'enfonça plus profondément au creux du fauteuil en écoutant. Debussy jouait *La Damoiselle Élue*, une composition qu'elle connaissait bien et dont Anatole prétendait qu'il l'avait écrite en pensant à elle. Léonie savait que c'était faux. Achille lui avait dit que le livret était une version en prose d'un poème de Rossetti, lui-même inspiré par *Le Corbeau* d'Edgar Allan Poe. Vrai ou faux, en tout cas ce morceau lui était cher, et ses arpèges aériens s'accordaient parfaitement à son état d'esprit du moment.

Sans prévenir, un autre souvenir remonta à sa mémoire, celui du matin des funérailles. Comme à présent, Achille martelait son piano, mais cette fois-là, elle avait cru en devenir folle. Tout lui revenait. L'unique rameau flottant dans la coupe en verre. Les fumées de l'encens et des bougies qu'on faisait brûler pour masquer l'odeur de mort qui émanait du cercueil fermé, cet arôme douceâtre et écœurant qui s'insinuait partout dans l'appartement...

Tu confonds ce qui fut avec ce qui est.

Alors, tous les matins ou presque, Anatole disparaissait de la maison avant même le lever du jour, et tous les soirs ou presque, il ne rentrait que bien après l'heure du coucher. Une fois, son absence avait duré une semaine sans qu'il fournisse la moindre explication. Quand Léonie avait enfin osé lui demander où il avait disparu de la sorte, il lui avait répondu de ne pas s'en inquiéter et que cela ne la concernait pas. Elle s'était dit qu'il avait dû passer ses nuits à jouer au baccara. Par les commérages des domestiques, elle avait aussi appris qu'il était l'objet d'attaques féroces et de dénonciations anonymes dans les colonnes des journaux.

Et puis ce qu'il avait mauvaise mine à cette époque ! Émacié, livide, il faisait peine à voir, avec ses yeux injectés de sang, ses lèvres desséchées. Léonie redoutait qu'il ne retombe dans cet état et était prête à tout pour l'empêcher.

Enfin, quand les arbres eurent reverdi sur le boulevard Malesherbes et les lilas refleuri dans les allées du parc Monceau, les attaques visant à détruire sa réputation avaient soudain cessé. À partir de là, son moral s'était amélioré ainsi que sa santé. Le grand frère qu'elle connaissait et aimait lui avait été rendu. Depuis lors, il n'y avait plus eu de disparitions, plus de propos évasifs, plus de demi-vérités.

Jusqu'à ce soir.

Léonie s'aperçut que ses joues étaient mouillées de larmes. Elle sécha ses pleurs, puis, engourdie de froid, resserra le châle sur elle.

On est en septembre, pas en mars, songea-t-elle.

Mais Léonie en avait gros sur le cœur. Elle savait qu'il lui avait menti. C'est pourquoi elle restait postée à la fenêtre, et malgré la musique d'Achille qui la berçait en la plongeant peu à peu dans un demi-sommeil, elle continuait à guetter le bruit de la clef d'Anatole dans la serrure.

7.

Laissant la belle endormie, Anatole quitta discrètement la minuscule chambre meublée, ses chaussures à la main. Soucieux de ne pas déranger les autres locataires de la pension, il descendit à pas feutrés l'escalier étroit et poussiéreux dont chaque palier était éclairé par un brûleur à gaz. Enfin, il se retrouva dans le corridor qui donnait sur la rue.

L'aube n'était pas encore levée, pourtant Paris s'éveillait. Anatole entendait au loin les bruits des carrioles qui roulaient sur les pavés pour livrer du lait et du pain frais aux cafés et bars du faubourg Montmartre.

Il s'arrêta pour enfiler ses chaussures, puis repartit. La rue Feydeau était déserte et seul le bruit de ses talons sur le trottoir résonnait dans le silence. Absorbé dans ses pensées, il marcha vite jusqu'au croisement de la rue Saint-Marc dans l'intention de couper par l'arcade du passage des Panoramas, sans voir ni entendre âme qui vive.

Les idées se bousculaient dans sa tête dans un grand brouhaha. Leur plan réussirait-il ? Pourrait-il quitter Paris sans se faire repérer ni éveiller des soupçons ? Malgré les discussions animées de ces dernières heures et les assurances qu'il avait données, Anatole avait des doutes. Il savait que sa conduite les jours à venir déterminerait leur succès ou leur échec. Déjà Léonie se méfiait de lui, et comme son soutien s'avérerait décisif pour la réussite de leur entreprise, il maudit la suite d'événements qui avait retardé son arrivée à l'Opéra, puis le hasard malencontreux qui avait voulu que les abonnés aient choisi précisément ce soir-là pour déclencher la manifestation la plus sanglante qu'ils eussent organisée jusqu'à ce jour.

En inspirant profondément, il sentit pénétrer dans ses poumons l'air vif de ce petit matin de septembre mêlé aux fumées et aux vapeurs encrassées de la ville. La culpabilité qu'il éprouvait d'avoir fait faux bond à Léonie s'était évanouie durant les moments bénis où il avait tenu sa bien-aimée dans ses bras. Mais voilà qu'elle lui revenait, plus aiguë encore.

Je lui revaudrai ça, se promit-il.

Pressé par le temps, il accéléra le pas en revivant les délices de la nuit qui venait de s'écouler, savourant les impressions dont son amante avait imprégné son corps et son esprit, son parfum, la douceur de sa peau, de ses cheveux. Il était las des secrets et des faux-fuyants perpétuels. Dès qu'ils seraient loin de Paris, c'en serait fini des intrigues et des sorties imaginaires dans les maisons de jeu, fumeries d'opium, ou lieux de mauvaise vie qu'il inventait pour couvrir ses véritables allées et venues.

Quant aux attaques des journaux dont il avait été victime, elles lui pesaient terriblement, d'autant qu'il était dans l'incapacité de défendre sa réputation. Il soupçonnait Constant de les avoir fomentées pour salir son nom. Cette souillure affectait aussi la position sociale de sa mère et de sa sœur. Son seul espoir, c'était qu'il resterait assez de temps pour réparer la situation, quand l'affaire éclaterait au grand jour.

Comme il tournait au coin de la rue, une méchante rafale de vent lui cingla le dos. Il resserra sa veste sur lui en regrettant de ne pas avoir de foulard et traversa la rue Saint-Marc, perdu dans ses pensées, ne songeant qu'aux jours et aux semaines à venir de sorte qu'il en oubliait le présent, et n'avait aucune conscience de ce qui l'entourait.

C'est pourquoi il n'entendit pas tout de suite les pas derrière lui, qui se rapprochaient en s'accélérant. Aux aguets, il se rendit compte qu'en habit de soirée, sans arme, sans escorte, avec peut-être en poche ses gains de la nuit remportés aux tables de jeu, il faisait une proie rêvée pour les détrousseurs de tout poil.

Anatole marcha plus vite. Ses pisteurs, dont il avait deviné au bruit de leurs pas qu'ils étaient deux, l'imitèrent.

Certain à présent qu'ils l'avaient pris pour cible, il fonça droit dans le passage des Panoramas en se disant que, s'il pouvait couper par là pour déboucher sur le boulevard Montmartre, il y trouverait des cafés déjà ouverts, des voitures de livraison, et y serait en sécurité.

Quelques réverbères diffusaient encore une froide lumière bleutée. Il longea l'enfilade d'échoppes étroites qui vendaient des timbres et des ex-voto, l'atelier de l'ébéniste exposant en vitrine une commode ancienne en restauration, ainsi que divers antiquaires et vendeurs d'objets d'art.

Ils étaient toujours après lui.

Anatole sentit la peur l'aiguillonner. Il chercha dans sa poche de quoi se défendre, mais n'y trouva rien qui puisse lui servir d'arme.

Il avança plus vite, résistant à l'envie de courir.

Mieux valait garder la tête haute et faire comme si tout allait bien. Se persuader qu'il réussirait à passer de l'autre côté avant qu'ils aient eu la possibilité de frapper.

Alors il les entendit courir. Dans la vitrine de chez Stern, le graveur, il aperçut un éclair, un reflet de lumière évoquant un mouvement vif et saccadé. Anatole fit volte-face, juste à temps pour parer le coup de poing qui s'abattait sur lui. Il le reçut au-dessus de l'œil gauche, mais son geste avait amorti le choc, et il réussit à frapper en retour. Son agresseur portait une casquette en laine et un foulard noir sur le visage. Il poussa un grognement, mais aussitôt Anatole sentit l'autre lui coincer les bras par-derrière, le laissant sans défense. Un premier coup dans le ventre lui coupa le souffle, puis une volée de directs en pleine face fit valser sa tête d'un côté à l'autre.

Du sang coulait de sa paupière, mais il réussit à courber l'échine en se contorsionnant pour amortir la violence des coups. L'homme qui le tenait portait lui aussi un foulard sur le visage mais pas de couvre-chef, de sorte qu'on voyait son cuir chevelu couvert de cloques rouge vif. Anatole releva le genou pour lui décocher un coup de pied dans le menton. Un instant l'étau se desserra, juste assez pour qu'il saisisse l'homme par le collet et, assurant sa prise, l'envoie valdinguer contre des colonnes cannelées.

Alors Anatole se lança en avant de tout son poids pour forcer le passage, mais l'autre lui flanqua un direct sur la tempe. Il tomba à genoux en s'efforçant sans grand effet de lui enfoncer les côtes.

Se servant de ses deux poings serrés comme d'une massue, son agresseur lui assena un coup terrible sur la nuque. Il s'effondra en avant, puis bascula à terre. Un coup de botte ferrée d'acier à l'arrière des jambes le fit s'étaler au sol. Il leva les mains au-dessus de sa tête et remonta ses genoux sous son menton en tentant vainement de se protéger. Mais les coups se succédèrent, visant ses côtes, ses reins, ses bras, et il se rendit compte alors que ce tabassage en règle ne s'arrêterait peut-être pas.

— Hep ! Hé ! Vous là-bas ! Qu'est-ce qui se passe ? lança une voix depuis l'autre bout du passage, et Anatole crut voir une lumière luire dans l'obscurité.

Un instant, le temps s'arrêta. Anatole sentit l'haleine brûlante de l'un de ses agresseurs quand il lui chuchota à l'oreille : « Que cela te serve de leçon. »

Puis des mains palpèrent son corps meurtri, des doigts s'immiscèrent dans la poche de son gilet et, d'un coup sec, on arracha la montre de gousset de son père.

— Par ici ! lança Anatole, retrouvant enfin sa voix.

Après un dernier coup de pied dans les côtes qui le fit s'arc-bouter, les deux agresseurs s'enfuirent en courant en sens inverse de la lumière vacillante qui s'approchait.

— Par ici ! s'écria encore Anatole.

Il entendit des pas traînants, puis un cliquetis de verre et de métal alors que le veilleur de nuit posait sa lampe par terre pour l'examiner.

— Qu'est-ce qui s'est passé, mon bon monsieur ? s'enquit le vieux bonhomme.

Anatole réussit à s'asseoir et le veilleur l'aida à se redresser.

— Ça va, dit-il en essayant de reprendre son souffle.

Il porta la main à son œil et retira ses doigts rougis de sang.

— Dites donc, vous avez drôlement reçu !

— Ce n'est rien, répéta-t-il. Juste une entaille.

— On vous a dépouillé ?

Anatole ne répondit pas tout de suite. Il inspira profondément, puis se releva en s'appuyant sur le veilleur de nuit, en proie à une douleur fulgurante qui remonta de ses jambes à son dos. Encore chancelant, il examina ses mains, leurs jointures meurtries, leurs paumes maculées de sang. Une plaie à la cheville frottait contre le tissu de son pantalon.

Anatole prit le temps se remettre, puis il épousseta ses vêtements.

— Alors, qu'est-ce qu'ils vous ont pris, mon bon monsieur ?

Tapotant sa veste, Anatole découvrit avec surprise que son carnet et son étui à cigarettes s'y trouvaient toujours.

— Seulement ma montre, apparemment, répliqua-t-il.

Sa voix lui semblait venir de très loin et il était encore sonné, comme décalé de la réalité. Ce n'était pas juste un vol à la tire. Mais une leçon, comme l'avait bien précisé ce type.

Chassant cette idée, Anatole sortit un billet.

— Pour vous remercier de votre aide, mon ami, et il glissa le billet entre les doigts du vieux, tachés de nicotine.

Le visage du veilleur s'illumina.

— C'est très généreux de votre part, monsieur.

— Mais inutile de rapporter cet incident à quiconque, n'est-ce pas, mon brave ? Et maintenant, si vous pouviez me trouver un fiacre ?

— Tout ce que vous voudrez, mon seigneur, acquiesça le vieux en tapant sa casquette.

8.

Léonie se réveilla en sursaut, complètement désorientée, incapable de se rappeler pourquoi elle était blottie dans un fauteuil du salon, emmitouflée dans une couverture en laine. Puis elle vit sa robe de soirée déchirée et tout lui revint. L'émeute au palais Garnier. Le souper tardif avec Anatole. Achille jouant des berceuses en pleine nuit. Elle jeta un coup d'œil à la pendule de Sèvres posée sur le manteau de la cheminée.

Cinq heures et quart du matin.

Transie jusqu'aux os et un peu nauséeuse, elle gagna l'entrée et remonta le couloir en remarquant que la porte de la chambre d'Anatole était à présent fermée. Ce constat la rassura.

Sa chambre était au bout du couloir. Claire, agréable, elle était plus petite que celles de sa mère ou de son frère, mais très joliment meublée dans une harmonie rose et bleue. Un lit, une armoire, une commode, une table de toilette avec une cuvette et un broc en porcelaine, une coiffeuse et un petit tabouret aux pieds griffus avec un coussin en tapisserie.

Léonie se défit de sa robe de soirée dépenaillée qui glissa à terre en froufroutant. La femme de chambre passerait du temps à la raccommoder. Le bord en dentelle était tout déchiré et taché. Puis elle dénoua ses jupons et entreprit d'ôter son corset, ce qui n'était pas une mince affaire. En se tortillant, elle réussit à le dégrafer et le jeta sur une chaise. Après une toilette de chat, car l'eau apportée la veille au soir était glacée, elle enfila sa chemise de nuit et se mit au lit.

Deux heures plus tard, le raffut des domestiques qui s'affairaient dans l'appartement la réveilla.

Soudain affamée, elle s'empressa de se lever et ouvrit elle-même les rideaux et les volets de sa chambre. Le jour avait redonné vie au monde indistinct et figé de la nuit. De sa fenêtre, elle s'étonna de trouver Paris inchangé, malgré la tourmente de la veille au soir. En se brossant les cheveux, elle s'examina dans le miroir, mais là non plus elle ne trouva rien, pas la moindre trace de ses aventures nocturnes, et en fut un peu désappointée.

Après avoir ceint d'un double nœud sa lourde robe de chambre en brocart, elle sortit dans le couloir.

Quand elle entra dans le salon, un bon arôme de café frais l'accueillit. Elle eut la surprise d'y trouver sa mère et Anatole déjà à table. D'habitude, Léonie prenait son petit déjeuner toute seule.

Même à cette heure matinale, sa mère s'était déjà préparée en se nimbant d'un nuage de poudre de riz et en relevant artistiquement ses cheveux. Elle était dos aux fenêtres, mais à la lumière impitoyable du matin, on discernait des ridules au coin de ses yeux et de sa bouche. Léonie remarqua son nouveau négligé en soie rose orné d'un nœud jaune. Encore un cadeau du pompeux Du Pont, se dit-elle en soupirant. Plus il sera généreux avec elle, plus il nous faudra le supporter.

S'en voulant d'avoir des pensées si peu charitables, Léonie s'avança pour embrasser sa mère sur la joue avec plus de chaleur que d'habitude, puis elle se tourna vers son frère, qu'elle n'avait pas encore vu de face. Alors, choquée, elle se figea sur place.

Il avait l'œil gauche fermé, tout gonflé, une main bandée et une vilaine ecchymose sur le menton. Mais Anatole intervint vivement sans lui laisser le temps de réagir et il lui jeta un regard aigu, pour lui clouer le bec.

— J'ai raconté à maman que nous avions été pris dans une manifestation au palais Garnier hier soir, dit-il. Et que j'ai eu la malchance d'écoper de quelques coups.

Léonie en resta coite.

— L'événement a même fait la une du *Figaro*, ajouta Marguerite en tapotant le journal de ses ongles impeccables. Quand j'y pense ! Dieu merci, Anatole était là pour veiller sur toi. Mais il aurait pu se faire tuer. D'après le journal, il y aurait eu plusieurs morts.

— Ne te tracasse pas, maman. J'ai déjà vu un médecin qui m'a ausculté, déclara Anatole. C'est impressionnant, mais en réalité, je n'ai rien de grave.

Léonie s'apprêta à parler, puis y renonça en croisant à nouveau le regard impératif d'Anatole.

— Plus d'une centaine d'arrestations, continua Marguerite. Sans parler des explosions ! Au palais Garnier, vous vous rendez compte ? Paris est devenu invivable. Une cité sans foi ni loi. Je trouve cela franchement insupportable.

— Maman, tu n'as rien eu à supporter du tout pour la bonne raison que tu n'y étais pas, alors arrête de te plaindre, lui lança Léonie avec impatience. Regarde, je vais bien. Et Anatole... Anatole t'a dit qu'il allait bien lui aussi, ajouta-t-elle après un temps d'arrêt où elle fixa son frère d'un regard appuyé. Tu ne fais que te contrarier à plaisir.

— Tu n'as aucune idée de ce qu'une mère peut endurer, lui répliqua Marguerite avec un pâle sourire.

— Et ça ne m'intéresse pas, marmonna Léonie en prenant un pain au levain qu'elle tartina copieusement de beurre et de confiture d'abricot.

Un silence s'installa, durant lequel chacun but et mangea. Léonie cherchait Anatole du regard, mais son frère se dérobait.

Enfin la servante arriva avec le courrier sur un plateau.

— Il y a quelque chose pour moi ? s'enquit Anatole.

— Non, rien, mon chéri, répondit Marguerite.

Elle prit une grosse enveloppe d'un air intrigué et, quand elle examina le tampon de la poste, Léonie la vit soudain changer de couleur.

— Si vous voulez bien m'excuser, dit leur mère en se levant promptement de table pour quitter la pièce, sans que ses enfants aient eu le temps de protester.

— Qu'est-ce qui t'est arrivé, au nom du ciel ? souffla Léonie à son frère dès qu'elle fut partie. Dis-le-moi avant que maman ne revienne.

Anatole posa sa tasse de café.

— Je n'en suis pas fier, mais figure-toi que je me suis pris le bec avec le croupier de chez Frascati. Il essayait de m'escroquer, et j'ai fait l'erreur d'en parler au directeur.

— Et alors ?

— Alors pour tout dire, il m'a ordonné de quitter les lieux et je me suis fait reconduire, soupira Anatole. Je n'avais pas fait plus de cinq cents mètres que deux lascars me sont tombés dessus.

— Envoyés par le club ?

— Je suppose.

Elle le scruta en se doutant que l'affaire ne se terminait pas là.

— Tu leur dois de l'argent ?

— Un peu..., reconnut-il d'un air gêné. D'ailleurs, après tout ce qui s'est déjà passé, je me dis qu'il serait sage de me faire oublier en m'éloignant quelque temps de Paris.

— Oh non ! Je t'en prie ! s'exclama Léonie, mortifiée à l'idée de se retrouver seule dans l'appartement entre sa mère et l'ennuyeux Du Pont. En plus, où irais-tu ?

— J'ai une idée, sœurette, répondit Anatole en s'accoudant et en baissant la voix. Mais j'aurai besoin de ton soutien... Tu m'aideras ?

— Évidemment, mais...

À cet instant, leur mère réapparut sur le seuil, la lettre à la main. Ses ongles vernis de rose tranchaient sur le bistre du papier à lettres. Quand Anatole lui fit signe de se taire en mettant un doigt sur ses lèvres, Léonie s'empourpra violemment.

— Chérie, ne rougis pas comme une pivoine, dit Marguerite en revenant à la table. C'est presque indécent. On dirait une grisette des faubourgs.

— Désolée, maman, rétorqua Léonie, mais nous étions inquiets, Anatole et moi. Tu n'as pas reçu de mauvaises nouvelles, au moins ?

Marguerite se contenta de contempler la lettre sans rien dire.

— De qui est-ce, maman ? finit par demander Léonie, comme sa mère restait sans réaction.

On aurait presque dit qu'elle avait oublié leur présence.

— Maman ? insista Anatole. Tu veux que j'aille te chercher quelque chose ? Tu n'as pas l'air bien.

— Non, merci, mon chéri. C'est juste l'effet de surprise.

— Qui t'a envoyé cette lettre ? répéta Léonie d'un air excédé, comme si elle s'adressait à une enfant particulièrement bornée.

— Elle vient du Domaine de la Cade, répondit enfin Marguerite. De votre tante Isolde. La veuve de mon demi-frère, Jules.

— Celui qui est mort en janvier ?

— Qui s'est éteint. Mort, cela fait vulgaire, corrigea sa mère presque machinalement. Oui, il s'agit bien de lui.

— Pourquoi t'écrit-elle si longtemps après ?

— Oh, cela lui arrive à l'occasion. Une fois, c'était pour m'annoncer leur mariage, une autre pour m'informer de la mort de Jules et des détails de ses funérailles... Je regrette seulement que ma santé ne m'ait pas permis de faire le voyage en cette époque de l'année.

Léonie savait pertinemment que sa mère ne voudrait jamais retourner dans la demeure où elle avait grandi aux abords de Rennes-les-Bains, quelles que soient la saison ou les circonstances. Marguerite et son demi-frère étaient brouillés.

Léonie tenait l'histoire d'Anatole, qui la lui avait racontée dans les grandes lignes. Guy Lascombe, le père de Marguerite, s'était marié jeune, pressé par les événements. Quand sa femme était morte six mois plus tard en donnant le jour à Jules, Lascombe avait confié son fils à la garde d'une gouvernante, puis d'une longue file de précepteurs, et était rentré sur Paris. Il avait pris en charge l'éducation de son fils et l'entretien du domaine. Puis, quand Jules était devenu majeur, il lui avait octroyé une rente annuelle confortable, sans toutefois lui accorder plus d'attention qu'auparavant.

Ce ne fut qu'à la fin de sa vie que Grand-Père Lascombe se remaria. Mais il ne renonça pas pour autant à sa vie dissolue. Il installa sa douce épouse et leur toute petite fille au Domaine de la Cade, là où Jules habitait déjà, et leur rendit visite de loin en loin, quand l'envie lui en prenait. À voir l'expression chagrine de Marguerite les rares fois où elle parlait de son enfance, Léonie savait que sa mère n'y avait guère été heureuse.

Grand-Père Lascombe et son épouse périrent une nuit, après que leur cabriolet se fut renversé. Quand on donna lecture du testament, il s'avéra que Guy avait légué toute sa fortune à Jules, sans laisser un sou à sa fille. Marguerite partit sur-le-champ pour Paris, où elle rencontra et épousa en février 1865 Léo Vernier, un idéaliste radical. Comme Jules était un partisan de l'ancien régime, il n'y avait plus eu depuis lors aucun contact entre les demi-frère et sœur.

— Et pourquoi t'écrit-elle cette fois ? demanda Léonie en soupirant.

Marguerite regarda la lettre d'un air incrédule.

— Eh bien elle t'invite à venir chez elle pour un séjour de quatre semaines, Léonie.

— Quoi ! s'écria Léonie en arrachant presque la lettre des mains de sa mère.

— Chérie, s'il te plaît !

— Et tante Isolde explique-t-elle pourquoi elle me fait maintenant l'honneur de cette invitation ?

Anatole alluma une cigarette.

— Peut-être qu'elle souhaite réparer les torts de son défunt mari envers nous.

— C'est possible, convint Marguerite, pourtant, dans la lettre elle-même, rien ne le laisse accroire.

— Ce n'est pas le genre de chose qu'on écrit noir sur blanc, maman, remarqua Anatole d'un air amusé.

Léonie croisa les bras.

— Eh bien c'est absurde. Je n'envisage pas un instant d'accepter l'invitation d'une tante à laquelle on ne m'a jamais présentée, et ce pendant une aussi longue période. Non mais quelle idée ! Comme si j'étais prête à aller m'enterrer à la campagne pendant des semaines avec une veuve pour parler du bon vieux temps.

— Mais Isolde n'est pas vieille du tout, protesta Marguerite. Elle était bien plus jeune que Jules. Elle doit avoir trente ans, guère plus.

Un silence tomba sur la table du petit déjeuner.

— Ça ne change rien au fait que je décline son invitation, finit par dire Léonie.

Marguerite consulta son fils, assis en face d'elle.

— Anatole, qu'en penses-tu ?

— Je n'irai pas, déclara Léonie encore plus fermement.

— Allons, Léonie, dit Anatole avec un sourire, un séjour au pied des montagnes, ça ne se refuse pas. Encore la semaine dernière, tu me disais combien tu étais lasse de la vie à Paris. Ça tombe à pic.

Léonie le regarda, éberluée.

— Cela te ferait du bien de changer d'air et de décor, poursuivit Anatole. Et puis le climat à Paris est insupportable. On passe sans arrêt du froid au chaud. Un jour venteux et humide, le lendemain une chaleur torride, digne du désert saharien.

— Peut-être mais...

— Toi qui te plaignais de ta vie monotone, qui avais envie d'un peu d'aventure, quand l'occasion se présente, voilà que tu es trop timorée pour la saisir.

— Mais tante Isolde a peut-être un caractère de chien. Comment savoir si je m'entendrais avec elle ?

Et puis que ferais-je à la campagne, comment occupe-rais-je mon temps ? Maman, tu as toujours dit pis que pendre du Domaine de la Cade, remarqua-t-elle en jetant à sa mère un regard de défi.

— C'était il y a longtemps, répondit posément Marguerite. Peut-être que les choses ont changé.

Léonie invoqua un autre argument.

— Et puis c'est loin. Il y en a pour des jours de voyage. Je ne peux pas faire tout ce trajet sans cha-peron.

— Non, non... bien sûr que non, convint Margue-rite en la considérant. Mais il se trouve qu'hier soir, le général Du Pont m'a proposé d'aller visiter la vallée de la Marne pendant une semaine ou deux. Anatole, pourrais-je compter sur toi pour accompagner Léonie dans le Midi ?

— Mais oui, je suis sûr de pouvoir me libérer quelques jours.

— Mais maman..., objecta Léonie.

Son frère lui coupa la parole.

— En fait, je disais justement que j'avais envie de quitter Paris pour un temps. Tout s'arrange merveilleu-sement. Et puisque tu as peur de te retrouver loin de chez toi, seule, en terrain inconnu, ajouta-t-il en fixant sa sœur d'un air de conspirateur, je suis sûr que tu sauras persuader tante Isolde de m'inviter aussi.

— Oh, dans ce cas, convint Léonie en comprenant enfin où Anatole voulait en venir.

— Alors tu pourras prendre une semaine ou deux de congés, Anatole ? insista Marguerite.

— Je ferais n'importe quoi pour ma petite sœur, dit-il, et il sourit à Léonie. Si tu acceptes l'invitation, alors je suis à ton service.

Elle eut soudain un petit frisson d'excitation.

Marcher dans la campagne, respirer du bon air au

lieu de l'atmosphère viciée de Paris. Pouvoir lire ce que je voudrai quand je le voudrai sans craindre ni critique ni réprimande...

Avoir Anatole pour moi toute seule.

Et si je me plaisais au Domaine de la Cade, contrairement à Marguerite ?

Léonie fit mine d'hésiter encore un moment, pour que sa mère ne devine pas que son frère et elle étaient de mèche. Elle jeta un coup d'œil en coin à Anatole, à son beau visage meurtri. Dire qu'elle avait cru que tout était derrière eux. La soirée de la veille lui avait prouvé qu'il n'en était rien.

— Très bien, dit-elle avec un léger vertige, tandis que le sang lui montait à la tête. Si Anatole veut bien m'accompagner et rester jusqu'à ce que je m'y sente à mon aise, alors c'est d'accord. Maman, tu voudras bien écrire à tante Isolde pour lui dire que je, ou plutôt nous, sommes ravis d'accepter sa généreuse invitation.

— J'enverrai un télégramme pour confirmer les dates qu'elle a proposées, acquiesça Marguerite.

— Alors, à l'avenir ! lança Anatole en levant sa tasse de café, tout sourires.

— À l'avenir ! renchérit Léonie en riant. Et au Domaine de la Cade !

II

Paris
Octobre 2007

9.

Meredith Martin contemplait son reflet dans la fenêtre tandis que le train fonçait vers le terminal Eurostar à Paris. Cheveux noirs, visage blanc. Elle n'avait pas bonne mine.

Elle jeta un coup d'œil à sa montre.

21 h 15. Ouf ! Nous sommes presque arrivés, se dit-elle.

Maisons et petits bourgs défilaient dans la pénombre en un réseau de plus en plus dense. Le compartiment était presque vide. Deux femmes d'affaires en chemisier blanc et tailleur-pantalon gris. Deux étudiants endormis sur leur sac à dos. En fond sonore, les clapotis des touches d'ordinateur, les chuchotis des téléphones portables, le bruissement des journaux français, anglais, américains. De l'autre côté de l'allée, un quartette d'avocats en chemises rayées et pantalons chinos au pli impeccable, de retour chez eux pour le week-end, commentaient en parlant fort une affaire d'escroquerie autour d'une table jonchée de bouteilles et de tasses en plastique. Bière, vin, bourbon.

Le regard de Meredith revint à la brochure touris-

tique en papier glacé posée sur sa tablette, qu'elle relut
pour la énième fois.

HÔTEL DOMAINE DE LA CADE
11190 RENNES-LES-BAINS

*Situé dans un ravissant parc boisé au-dessus de la
pittoresque ville d'eaux de Rennes-les-Bains, dans la
belle région du Languedoc, l'Hôtel Domaine de la
Cade allie à la somptueuse élégance du XIXe siècle tout
le confort moderne de notre temps. L'établissement se
trouve sur les lieux de la maison de maître d'origine,
qui fut en partie détruite par un incendie en 1897 et
transformée en hôtel dans les années 1950. Après une
complète rénovation et un changement de direction, le
Domaine de la Cade a rouvert ses portes en 2004, et
il est maintenant reconnu comme étant l'un des meilleurs hôtels du sud-ouest de la France.*

Pour les tarifs et conditions, voir ci-contre.

Cela paraissait grandiose. Lundi prochain, elle y
serait. C'était le petit cadeau qu'elle s'offrait, deux ou
trois jours fastueux après les vols discount et les hôtels
bon marché. Elle rangea la brochure dans la chemise
en plastique transparent avec le reçu qui confirmait sa
réservation et remit le tout dans son sac.

Puis elle s'étira, fit rouler sa tête, ses épaules.
Autant qu'elle s'en souvienne, jamais elle ne s'était
sentie aussi fatiguée. Meredith avait réglé sa note
d'hôtel à Londres à midi, déjeuné dans un café près
de Wigmore Hall avant d'assister l'après-midi à un
concert soporifique, puis avalé un sandwich à la gare

de Waterloo... Enfin elle était montée à bord du train, en nage, épuisée.

Pour couronner le tout, le train était parti avec du retard. Elle avait passé presque tout le trajet dans un état d'hébétude, à contempler par la fenêtre la verte campagne anglaise qui défilait au lieu de taper ses notes. Puis le train avait plongé sous la Manche pour être englouti par le tunnel en béton. L'atmosphère était devenue oppressante, du moins avait-elle mis fin au babil incessant des portables. Trente minutes plus tard, ils émergeaient de l'autre côté, dans le paysage brun et plat du nord de la France.

Meredith se renfonça dans son siège et laissa vagabonder ses pensées. Elle était partie pour un voyage d'études de quatre semaines en France et en Grande-Bretagne afin d'écrire une biographie sur le compositeur Claude Debussy et les femmes qu'il avait connues. Après deux ans de recherches et de projets qui ne l'avaient menée nulle part, elle avait décidé de faire une pause. Il y a six mois, une petite maison d'édition universitaire nouvellement fondée lui avait fait une offre modeste pour le livre. L'avance n'était pas énorme, mais comme Meredith n'avait encore aucun renom dans le domaine de la critique musicale, c'était déjà bien. Assez en tout cas pour réaliser son rêve de venir en Europe. Car elle voulait écrire non pas un énième mémoire sur Debussy, mais *le* livre, la biographie de référence.

Deuxième coup de chance, elle avait obtenu un poste de professeur à temps partiel dans un collège privé aux abords de Raleigh Durham, qui débuterait au second semestre. L'avantage, c'était que le collège se trouvait non loin de chez ses parents adoptifs – ce qui lui permettrait d'économiser sur tous les frais courants, blanchisserie, notes de téléphone, alimentation –, et tout près de l'université de Caroline du Nord, son Alma Mater.

Après dix ans d'études autofinancées, Meredith avait accumulé beaucoup de dettes. Mais avec l'argent qu'elle avait gagné en donnant des leçons de piano, plus l'avance de la maison d'édition et la perspective d'un salaire régulier, elle avait pris son courage à deux mains et réservé ses billets pour l'Europe.

Elle devrait remettre le manuscrit à son éditeur fin avril. Pour le moment, elle était dans les temps. Et même un peu en avance. Elle avait d'abord passé dix jours en Angleterre, et s'apprêtait maintenant à séjourner deux semaines en France, principalement à Paris. Mais elle avait aussi prévu un séjour éclair dans une petite ville du sud-ouest, Rennes-les-Bains. D'où ces deux nuits d'hôtel au Domaine de la Cade.

La raison officielle de ce détour, c'était qu'il lui fallait vérifier une piste sur la première femme de Debussy, Lilly, avant de rentrer à Paris. S'il ne s'était agi que de cela, elle ne se serait pas donné tant de peine. Bien sûr, c'était une recherche intéressante, mais les indices dont elle disposait étaient ténus et ne représentaient rien d'essentiel pour l'ensemble du livre. Mais elle avait un autre motif pour se rendre à Rennes-les-Bains. Un motif personnel.

Meredith tira de la poche intérieure de son sac une enveloppe en papier kraft, où la formule *ne pas plier* était inscrite en rouge. Elle en sortit deux ou trois vieilles photographies sépia, écornées et gondolées, ainsi qu'une partition de musique pour piano. Elle contempla une fois de plus des visages devenus familiers avant de se pencher sur la partition écrite à la main sur du papier jaune. C'était une simple mélodie en *la* mineur, dont on avait inscrit le titre et la date en haut de la feuille dans une écriture à l'ancienne mode, penchée et un peu ornementée : *Sépulcre 1891.*

Elle connaissait cette musique par cœur, sur le bout des doigts. Avec les trois photos qui l'accompagnaient, c'était tout ce que Meredith avait reçu de sa mère naturelle. Plus qu'un héritage, un talisman.

Elle était bien consciente que ce voyage pourrait se révéler décevant. Les événements remontaient si loin dans le temps qu'ils avaient dû s'estomper. Mais ignorant pratiquement tout du passé de sa famille, Meredith n'avait rien à perdre, et peut-être quelque chose à y gagner. Cela valait le coup, ainsi que le prix du billet d'avion.

Les voies s'étaient multipliées. Le train se mit à ralentir et les lumières de la gare du Nord se profilèrent enfin. Une certaine agitation s'empara de la voiture. Après avoir partagé ce voyage dans un temps suspendu, chacun retournait au monde réel, resserrait sa cravate, prenait son manteau, à nouveau tendu vers un but précis.

Elle rassembla les photos, la musique, ses autres documents, et rangea le tout dans son sac. Elle se fit une queue-de-cheval, lissa sa frange et s'avança dans l'allée.

Avec ses hautes pommettes, ses yeux brun clair et sa silhouette menue, Meredith avait plus l'air d'une élève de terminale que d'une étudiante de vingt-huit ans. Aux États-Unis, elle avait toujours sa carte d'identité sur elle au cas où on la lui réclamerait avant de la servir dans un bar. Comme elle levait les bras pour descendre du porte-bagages son blouson et son sac fourre-tout, son haut remonta, découvrant un ventre plat et bronzé, et elle se rendit compte que les quatre types assis de l'autre côté de l'allée la mataient.

Meredith enfila son blouson.

— *Have a good trip, guys*, leur lança-t-elle avec un petit sourire ironique, avant de se diriger vers la sortie.

À la seconde où elle descendit sur le quai, elle se heurta à un vacarme assourdissant. Les cris et les appels des gens qui se faisaient signe de loin, la foule, la cohue, les ding-ding-dong tonitruants suivis des annonces que les haut-parleurs beuglaient pour informer les voyageurs des prochains départs. Une frénésie générale qui lui parut folle, après l'atmosphère feutrée du train.

Les sens en éveil, Meredith sourit en absorbant avec délices tout ce qui faisait de Paris une ville unique en son genre. Déjà elle se sentait quelqu'un de différent.

Un sac sur chaque épaule, elle traversa le hall de la gare en suivant les pancartes et fit la queue pour avoir un taxi. L'homme qui la précédait hurlait dans son portable en agitant sa cigarette. Des volutes de fumée bleue sentant la vanille serpentaient dans la nuit, sur le fond grisâtre des immeubles d'en face.

Elle donna au chauffeur l'adresse d'un hôtel du 4e arrondissement, rue du Temple, dans le quartier du Marais. Il était situé en plein centre, ce qui lui permettrait de faire un peu de tourisme si elle en avait le temps, en allant au Centre Pompidou et au musée Picasso, tout près, mais surtout de peaufiner ses recherches en divers lieux de la ville, le Conservatoire, des salles de concerts, ainsi que des archives et adresses privées.

Le chauffeur mit son sac fourre-tout dans le coffre, claqua la portière, puis démarra en trombe, projetant Meredith en arrière sur son siège. À mesure qu'il se faufilait dans les encombrements à une allure folle, elle se cramponna à son sac tout en regardant les cafés, boulevards, scooters et réverbères qui défilaient à toute allure.

Meredith avait l'impression de connaître intimement toutes les femmes qui avaient gravité autour de Debussy, les muses, maîtresses ou épouses, Marie Vasnier, Gaby Dupont, Thérèse Roger, Lilly Texier, sa première femme, Ema Bardac, sa seconde, et Chouchou, sa fille bien-aimée. Leurs visages, leurs histoires, leurs traits de caractère habitaient son esprit, ainsi que les dates, les références et les compositions qui les concernaient. Le premier jet de la biographie prenait déjà une tournure prometteuse. Il lui fallait maintenant donner vie et couleur à ses personnages, et restituer l'atmosphère de l'époque.

Par moments, la vie de Debussy lui semblait plus réelle que sa morne existence, et elle s'en inquiétait un peu. Alors elle chassait vite cette idée. C'était agréable d'avoir un but. Si elle voulait respecter sa date de remise, il fallait qu'elle s'y tienne encore un peu.

Le taxi s'arrêta dans un crissement de pneus.

— Hôtel Axial-Beaubourg. Nous y sommes, dit le chauffeur.

Meredith lui régla sa course, puis entra dans l'hôtel.

Le décor était très moderne, froid, minimaliste, tout en lignes droites, acier et verre. En fait, on aurait pu se croire à New York, dans l'un de ces *boutique hotels*. Il n'avait rien de typiquement français et elle le regrettait.

Tout ça manque un peu de simplicité, songea Meredith.

À l'autre bout du hall les clients accoudés au bar étaient habillés de vêtements bien coupés et de bon ton. Beaucoup de grège et de noir. Des shakers étincelaient sur le comptoir en ardoise, les bouteilles se reflétaient dans le miroir sous les néons bleus, dans le tintement des verres et des cubes de glace.

Meredith sortit de son portefeuille une autre carte de crédit que celle qu'elle utilisait en Grande-Bretagne, au cas où elle aurait dépassé la limite autorisée, et s'approcha de l'accueil. En costume gris, impeccable, le réceptionniste se montra chaleureux et efficace. Apparemment, il la comprenait parfaitement, et Meredith s'en réjouit. Elle n'avait pas pratiqué le français depuis un bon moment et craignait qu'il se fût un peu rouillé.

C'est sûrement bon signe, se dit-elle.

Il lui proposa de lui porter ses bagages, mais elle déclina son offre et nota juste le mot de passe permettant d'accéder à Internet. Après quoi, elle prit le petit ascenseur qui la déposa au troisième étage et avança dans le couloir jusqu'au numéro de porte indiqué sur sa clef.

La chambre était exiguë, mais propre et raffinée, tout en brun, crème et blanc. On avait allumé sa lampe de chevet. Les draps étaient de bonne qualité et il y avait un placard spacieux, dont elle n'aurait d'ailleurs pas l'usage. Elle déposa son sac de voyage, sortit son ordinateur portable, l'installa sur la surface vitrée du bureau et le mit en charge.

Puis elle gagna la fenêtre, tira les rideaux, ouvrit les volets. Le bruit de la circulation s'engouffra dans la pièce. En bas, dans la rue, des promeneurs, jeunes pour la plupart, profitaient de cette soirée d'octobre étonnamment douce. Meredith se pencha. En face, au coin de la rue, il y avait un grand magasin, fermé. Une pâtisserie et une épicerie fine, des cafés et des bars, tous ouverts, d'où s'échappait de la musique. La lueur chaude des réverbères et celle, plus froide, des néons, illuminaient ou dessinaient les pleins et les contours des choses, dans les demi-teintes propres à la nuit.

Les coudes appuyés sur la balustrade en fer forgé, Meredith resta un moment à observer. Elle aurait voulu avoir assez d'énergie pour descendre et se mêler aux badauds. Mais elle s'aperçut alors qu'elle frissonnait et rentra à l'intérieur.

Là, elle défit ses bagages, rangea ses quelques vêtements dans la penderie, puis gagna la salle de bains. Cachée derrière une drôle de porte en accordéon, elle était en céramique blanche, et minimaliste en diable. Meredith prit une douche rapide, puis, enveloppée d'un peignoir et chaussée d'épaisses socquettes en laine bouclée, elle alla puiser dans le minibar de quoi se servir un verre de vin rouge et s'assit pour consulter son courrier électronique.

Elle obtint assez vite la connexion, mais il n'y avait pas grand-chose... un ou deux mots d'amis demandant des nouvelles, un autre de sa mère, Mary, qui voulait savoir si tout allait bien, une annonce pour un concert. Meredith soupira. Toujours rien de son éditeur. La première part de son avance aurait dû être versée sur son compte fin septembre, avant son départ. On était maintenant en octobre et elle commençait à s'impatienter. Elle avait envoyé un ou deux rappels et on lui avait assuré que tout était en bonne voie. Sa situation financière n'était pas trop catastrophique, du moins pour l'instant. Elle avait ses cartes de crédit, et elle pourrait toujours emprunter un peu d'argent à Mary qui la dépannerait bien volontiers, en cas de besoin. Mais elle aurait été soulagée de savoir que ce n'était plus qu'une question de jours.

Meredith éteignit son ordinateur. Elle vida son verre, se brossa les dents et se mit au lit avec un livre pour lui tenir compagnie.

Elle tint environ cinq minutes.

La rumeur de la ville s'estompait. Meredith s'assoupit peu à peu, sans éteindre la lumière, la tête posée près de son vieil exemplaire des nouvelles d'Edgar Allan Poe, abandonné sur l'oreiller.

10.

Quand Meredith se réveilla le lendemain matin, la lumière coulait à flots par la fenêtre.

Elle sauta du lit, se brossa les cheveux, se fit une queue-de-cheval et enfila un jean, un pull vert et son blouson. Elle vérifia qu'elle avait tout ce qu'il lui fallait dans son sac, portefeuille, carte, carnet, lunettes de soleil, appareil photo, puis, toute guillerette à l'idée de la journée qui l'attendait, elle quitta la chambre et dévala l'escalier quatre à quatre jusqu'au hall d'entrée.

C'était une merveilleuse journée d'automne, un temps frais, ensoleillé, une belle lumière dorée. Meredith alla prendre son petit déjeuner à la brasserie d'en face. On avait sorti quelques tables de bistrot sur le trottoir, au soleil. Dedans, tout était en bois brun laqué. Un comptoir en zinc faisait toute la longueur de la salle où deux garçons de café en gilet noir sur chemise blanche évoluaient entre les clients avec une vélocité stupéfiante.

Meredith prit la dernière table libre qui restait en terrasse. Elle commanda un petit déjeuner complet, puis sortit son carnet, une réplique des fameux blocs-notes en moleskine d'Hemingway. En prévision de ce voyage, elle en avait acheté un paquet de six, en promotion chez Barnes & Noble, et en était déjà à son troisième. Tout y passait, des détails essentiels aux plus insignifiants. Ensuite, elle transférait les notes qu'elle jugeait importantes sur son ordinateur.

Son programme était de passer la journée à visiter les lieux privés qui avaient compté pour Debussy, par opposition aux lieux publics ou salles de concerts. Il serait toujours temps d'en changer si, en cours de route, son itinéraire se révélait décevant. Elle prendrait quelques photos, et verrait bien jusqu'où ce jeu de piste la mènerait.

Debussy était né à Saint-Germain-en-Laye le 22 août 1862, là où s'étendait maintenant la grande banlieue. Mais c'était un vrai Parisien, car il avait passé pratiquement ses cinquante-cinq années d'existence dans la capitale, de la demeure de son enfance rue de Berlin à celle sise au 80 avenue du Bois de Boulogne, où il était mort le 25 mars 1918, quatre jours après le début des bombardements allemands sur Paris. La dernière étape de son itinéraire, peut-être à son retour à la fin de la semaine, serait le cimetière de Passy, dans le 16e arrondissement, où le compositeur était enterré.

Meredith inspira profondément. Elle se sentait chez elle ici, dans la ville de Debussy. Les événements s'étaient tellement précipités jusqu'à son départ qu'elle avait encore du mal à y croire. Pourtant elle était là, en plein cœur de Paris. Elle resta un moment à jouir de cette sensation et à contempler le décor qui l'entourait. Puis elle sortit sa carte multicolore, déjà bien écornée, l'étala sur la table devant elle, et ramena derrière son oreille une mèche de cheveux rebelle. La première adresse de sa liste était la rue de Berlin, où Debussy avait vécu avec ses parents et frères et sœurs du début des années 1860 jusqu'à l'âge de vingt-neuf ans. Juste au coin de la rue se trouvait l'appartement de Mallarmé. Il y donnait ses fameux salons du mardi après-midi, que Debussy avait fréquentés. Après la Première Guerre mondiale, tout comme beaucoup d'autres rues françaises qui portaient des noms allemands, elle avait été rebaptisée et s'appelait maintenant la rue de Liège.

Meredith suivit du doigt le trajet qui menait jusqu'à la rue de Londres, où Debussy s'était installé dans un meublé avec sa maîtresse, Gaby Dupont, en janvier 1892. Ensuite ils avaient habité rue Gustave-Doré, dans le 17e, puis avaient emménagé juste au coin de la rue Cardinet, dans un appartement où ils avaient vécu jusqu'à ce que Gaby le quitte au jour de l'an 1899. Debussy avait demeuré à la même adresse les cinq années suivantes avec Lilly, sa première épouse, avant leur rupture.

Paris se prêtait bien à ce genre de déplacements. Elle pourrait tout faire à pied, d'autant que Debussy avait passé sa vie dans une zone géographique relativement circonscrite, qui formait comme une étoile à quatre branches à partir de la place de l'Europe, à la limite du 8e et du 9e arrondissement, en surplomb de la gare Saint-Lazare.

Au feutre noir, Meredith encercla chaque lieu, réfléchit un instant, puis décida qu'elle commencerait par le point le plus éloigné pour se rapprocher peu à peu de son hôtel.

Elle remballa ses affaires, s'escrima à rabattre sa carte dans les bons plis, termina son café, chassa les miettes de croissant accrochées à son pull et se lécha les doigts, en résistant à la tentation de commander autre chose. Malgré sa silhouette mince et déliée, Meredith était gourmande. Elle aimait les pâtisseries, le pain, les chocolats, toutes ces bonnes choses qu'on était censé bannir de son alimentation. Elle laissa un billet de dix euros pour régler l'addition plus un peu de monnaie comme pourboire, et se mit en marche.

Il ne lui fallut qu'un quart d'heure pour atteindre la place de la Concorde. De là elle prit au nord, croisa l'église de la Madeleine, ce curieux édifice aux allures de temple romain, puis longea le boulevard Malesherbes. Cinq minutes plus tard, elle tournait à gauche pour entrer dans l'avenue Velasquez, qui menait au parc Monceau. Après le bruit de la circulation, le silence de cette avenue imposante qui se terminait en impasse semblait presque inquiétant. Le trottoir était bordé de platanes à l'écorce tachetée, dont les troncs étaient presque tous couverts de graffitis. Meredith jeta un coup d'œil aux immeubles d'ambassade blancs, froids, un peu dédaigneux, qui donnaient sur les jardins. Elle s'arrêta pour prendre une ou deux photos, afin de se rappeler la disposition des lieux si jamais la mémoire lui faisait défaut.

À l'entrée du parc Monceau, un panneau annonçait les heures d'ouverture et de fermeture en été et en hiver. Dès que Meredith eut dépassé les grilles en fer forgé pour pénétrer dans les jardins proprement dits, elle n'eut aucun mal à imaginer Lilly, Gaby ou même Debussy lui-même s'y promenant main dans la main avec sa fille, sur les larges allées. Longues robes d'été ondoyantes, dames coiffées de capelines assises sur les bancs en fonte verts en bordure des pelouses. Généraux à la retraite en uniforme, enfants de diplomates jouant au cerceau sous le regard attentif de leurs gouvernantes. À travers les arbres, elle aperçut les colonnes d'une folie imitant le style d'un temple grec. Un peu plus loin se profilaient les statues de marbre représentant les Muses. Des poneys de couleur fauve attachés les uns aux autres promenaient sur leurs dos des enfants excités.

En plein ravissement, Meredith prit des tas de photos. À part les vêtements et les téléphones portables, le parc Monceau avait à peine changé par rapport aux clichés d'avant 1900 qu'elle avait pu voir. Tout était si vivant, si coloré.

Après avoir passé une demi-heure à faire le tour du parc, elle finit par en sortir et se retrouva du côté nord, devant la station de métro. L'entrée de style Art nouveau où était inscrit le nom de la station, Monceau, semblait elle aussi n'avoir pas bougé depuis l'époque de Debussy. Elle prit encore un ou deux clichés, puis traversa le croisement pour pénétrer dans le 17e arrondissement. Avec ses commerces minables, ses immeubles quelconques, ce quartier lui sembla bien terne, après l'élégance fin de siècle du parc.

Elle trouva facilement la rue Cardinet et identifia l'immeuble où Lilly et Debussy avaient vécu, plus d'une centaine d'années auparavant. De l'extérieur, il était banal à pleurer. Pourtant, dans ses lettres, Debussy parlait avec affection de leur modeste logement, en décrivant les aquarelles, les tableaux à l'huile qui ornaient les murs.

Un instant, elle faillit sonner. Quelqu'un la laisserait peut-être entrer pour jeter un coup d'œil. Après tout, c'était là que Debussy avait composé l'œuvre qui avait transformé sa vie, son seul opéra, *Pelléas et Mélisande*. Et c'était également là que Lilly Debussy avait voulu mettre fin à ses jours en se tirant une balle dans la poitrine, peu avant leur cinquième anniversaire de mariage, quand elle avait compris que Debussy la quittait pour de bon pour se mettre en ménage avec Emma Bardac, la mère d'une de ses élèves. Lilly avait survécu, mais les chirurgiens n'avaient jamais réussi à enlever la balle. Et c'était peut-être le détail le plus poignant de toute l'histoire, sinon le plus horrible, songeait Meredith. Qu'elle ait dû vivre le restant de ses jours avec ce rappel constant de son ancien amour et de sa trahison, logé en elle, immiscé dans son intégrité physique.

Elle allait appuyer sur l'une des touches de l'interphone quand elle se ravisa. Meredith croyait que les lieux gardaient en eux un peu de l'esprit de ceux qui les avaient occupés. Oui, en certaines circonstances, il pouvait demeurer comme une sorte d'écho du passé. Mais en l'occurrence, trop de temps s'était écoulé. Les briques, le ciment étaient les mêmes, mais en cent ans, tant de gens avaient défilé... Cela faisait trop d'ombres, trop de passages.

Elle reprit la rue Cardinet en sens inverse, sortit la carte, la plia en carré, et se mit en quête du square Claude-Debussy. Là encore, quelle déception ! Des immeubles d'une laideur accablante, avec au coin de la rue une pauvre boutique de troc. Et pas âme qui vive. L'endroit semblait abandonné. En songeant aux élégantes statues du parc Monceau érigées en l'honneur d'écrivains, de peintres, d'architectes, Meredith s'indigna que Paris ait rendu un aussi piètre hommage à l'un de ses plus glorieux enfants.

Elle rejoignit le populeux boulevard des Batignolles. Dans toute la littérature qu'elle avait lue sur le Paris des années 1890, celui de Debussy, on le décrivait comme un endroit dangereux, mal fréquenté, à l'écart des grands boulevards et des avenues. Un de ces quartiers mal famés, à éviter.

Elle poursuivit sa route jusqu'à la rue de Londres, où Gaby et Debussy avaient loué leur premier appartement en janvier 1892, mais là aussi elle fut déçue, et rien ne vint nourrir son secret désir de nostalgie.

Quand elle s'arrêta là où l'immeuble de Debussy aurait dû se trouver, elle recula d'un pas, sortit son carnet pour vérifier qu'il s'agissait du bon numéro, puis fronça les sourcils, dépitée.

Décidément, ce n'est pas mon jour, songea-t-elle.

Durant les cent dernières années, l'immeuble avait dû être englouti par la gare Saint-Lazare qui n'avait cessé de s'étendre en mordant sur les rues avoisinantes. Il ne restait plus aucun lien entre le passé et le présent. Et rien non plus qui mérite d'être photographié. Juste une absence.

Meredith repéra un restaurant situé de l'autre côté de la rue, Le Petit Chablisien. Elle avait faim. Surtout, elle avait envie de déguster un petit ballon de bon vin rouge.

Elle traversa la rue pour regarder le menu écrit à la craie sur une ardoise, calée contre un chevalet. De modestes rideaux en dentelle couvraient le bas des fenêtres, cachant l'intérieur du restaurant. Elle saisit la poignée en cuivre, et la porte s'ouvrit en faisant tinter une clochette. Un serveur l'accueillit aussitôt, ceint d'un tablier blanc.

— Pour manger ?

Meredith hocha la tête et il l'escorta jusqu'à une table pour une personne, disposée dans un coin. Sur la nappe en papier, le couvert était mis, et on y avait déjà posé une carafe d'eau. Elle commanda le plat du jour et un verre de Fitou.

Tout en mangeant, Meredith regarda les photographies en noir et blanc accrochées au mur. Des images du quartier dans l'ancien temps, l'équipe du restaurant posant fièrement en devanture, les serveurs moustachus avec leurs cols empesés, le patron et son imposante épouse au centre, dans leurs habits du dimanche. Un cliché montrant de vieux trams passant dans la rue d'Amsterdam, un autre, récent, de la fameuse tour d'horloges dressée sur le parvis de la gare Saint-Lazare.

Mais surtout, ô ravissement, une photographie qu'elle reconnut entre toutes. Au-dessus de la porte qui menait aux cuisines, à côté du portrait d'une femme accompagnée d'un jeune homme et d'une petite fille à la lourde chevelure, il y avait une reproduction de l'une des plus fameuses photographies de Debussy, prise à la Villa Medicis à Rome en 1885, quand il n'avait que vingt-trois ans. Les cheveux coupés court, une ombre de moustache, il fixait l'objectif d'un regard noir, avec l'air ombrageux qui lui était coutumier. Meredith avait d'ailleurs l'intention de mettre cette photo comme illustration au dos de son livre.

— Il habitait dans cette rue, dit-elle au serveur tout en tapant son code de carte bancaire, et elle désigna la photo. Claude Debussy. Juste là.

Le serveur haussa les épaules d'un air indifférent, mais quand il vit le pourboire qu'elle lui laissait, son œil s'alluma et il lui sourit.

11

Le reste de l'après-midi se déroula comme prévu.

Meredith fit le tour des adresses qui figuraient sur sa liste et, lorsqu'elle revint à l'hôtel à 18 heures, elle avait visité tous les lieux de la capitale où Debussy avait vécu. Elle prit une douche, se changea, mit un pantalon blanc et un pull bleu pâle. Après avoir transféré les photos de son appareil numérique sur son ordinateur, elle vérifia son courrier – toujours pas de nouveau versement –, dîna légèrement à la brasserie d'en face, puis termina la soirée en prenant au bar de l'hôtel un cocktail qui se révéla excellent malgré sa couleur verdâtre peu appétissante.

De retour dans sa chambre, elle eut envie d'entendre une voix familière et appela chez elle.

— Coucou, Mary. C'est moi.

— Meredith !

Le ravissement qu'elle entendit dans la voix de sa mère l'émut. Elle se sentit soudain très seule et très loin de tout.

Malgré le coût des unités téléphoniques qui défilaient comme un petit compteur dans sa tête, Meredith raconta à Mary tout ce qu'elle avait fait depuis leur dernière conversation et tous les endroits qu'elle avait déjà visités depuis son arrivée à Paris. Il y avait un léger décalage entre leurs deux voix, dû à l'appel longue distance.

— Et ton autre projet, où en est-il ? demanda Mary.

— Je n'ai pas encore eu le temps d'y penser. Il y a tellement à faire ici, à Paris. Je m'y mettrai quand je serai à Rennes-les-Bains, après le week-end.

— Ne te fais pas trop de souci, dit Mary avec une hâte qui trahissait sa propre inquiétude.

Elle avait toujours soutenu Meredith dans son besoin de faire des recherches sur son passé. Mais cela n'allait pas sans quelque anxiété, et Meredith ne le comprenait que trop bien, éprouvant la même chose. Comment savoir ce qui remonterait à la surface ? Et s'il s'avérait que les maux qui avaient assombri toute la vie de sa mère naturelle la rattrapaient ? Si elle-même commençait à présenter les mêmes symptômes ?

— Je ne m'en fais pas, rétorqua-t-elle un peu sèchement, et elle s'en voulut aussitôt. Je suis en pleine forme. Plus enthousiaste que jamais. Je te tiendrai au courant. Promis.

Elles parlèrent encore une ou deux minutes, puis se dirent au revoir.

— Je pense à toi.

— Moi aussi, répondit-elle, réconfortée par sa chaleur, en dépit des milliers de kilomètres qui les séparaient.

Le dimanche matin, Meredith se mit en route pour le palais Garnier.

Depuis 1989, Paris disposait d'un nouvel opéra construit à la Bastille, et au palais Garnier, on donnait principalement des ballets. Mais du temps de Debussy, cet édifice à l'exubérance baroque était le rendez-vous mondain par excellence. C'était là qu'avaient eu lieu les célèbres émeutes contre Wagner en septembre 1891, et c'était aussi là que Gaston Leroux avait planté l'intrigue de son roman, *Le Fantôme de l'Opéra*.

Il lui fallut un bon quart d'heure pour arriver jusqu'au théâtre en zigzaguant entre les groupes de touristes qui cherchaient le Louvre, avant de remonter l'avenue de l'Opéra. Là, elle dut prendre son courage à deux mains avant de se lancer pour traverser le flot houleux de circulation qui la séparait du palais Garnier.

Haletante, elle contempla l'imposante façade, les grandes balustrades, les colonnes en marbre rose, les statues dorées, le toit blanc et or et le dôme en cuivre vert-de-gris qui luisait sous le soleil d'octobre, en essayant de s'imaginer le terrain marécageux sur lequel le théâtre avait été construit. Puis elle chercha à s'abstraire du vacarme frénétique qui l'entourait en se figurant les attelages de l'époque, les femmes en longues robes de soirée, les hommes en haut-de-forme... En vain. L'univers sonore était bien trop strident pour laisser filtrer les échos du passé.

Par contre, elle eut le plaisir de constater que le théâtre était ouvert même en ce dimanche, car on allait y donner un concert au profit d'une œuvre caritative. À l'instant où elle en franchit le seuil, le silence qui y régnait l'enveloppa. Le Grand Foyer était juste comme elle se le représentait d'après les photos qu'elle avait pu voir. Il s'ouvrait devant elle, telle la nef d'une immense cathédrale. Elle contempla le Grand Escalier qui s'élevait sous le dôme en cuivre poli, hésitante.

Avait-elle le droit de pénétrer en ces lieux ? se demanda-t-elle en entendant le crissement de ses baskets sur le marbre. Les portes qui donnaient sur la salle de concerts étaient ouvertes, une discrète invite à laquelle elle ne résista pas longtemps. Elle voulait voir de ses yeux le fameux lustre monumental et le plafond décoré par Chagall.

En contrebas, un quatuor répétait. Meredith se glissa dans la rangée du fond et, l'espace d'un instant, elle sentit tout près d'elle la présence familière d'un certain petit fantôme. Celui de la concertiste qu'elle aurait pu être. La sensation était si vive qu'elle faillit se tourner pour regarder derrière elle.

Comme des arpèges montaient de la fosse d'orchestre pour s'égrener dans les allées vides, Meredith songea à toutes les fois où elle-même avait attendu dans les coulisses, son violon et son archet à la main. Cette sensation aiguë qui lui étreignait le ventre avant de monter sur scène, mélange d'ardeur et d'appréhension, d'impatience et de peur. Les derniers accordages et ajustements, la colophane dont elle frottait les crins d'archet et dont la poudre se répandait sur sa longue jupe noire.

Mary lui avait acheté son premier violon quand elle avait huit ans, juste après qu'elle fut venue vivre avec eux pour de bon. Plus besoin de rentrer chez sa « vraie mère » le week-end. L'étui l'attendait sur le lit de la chambre qui allait être la sienne, un cadeau qui tombait à point nommé pour une petite fille au destin chaotique qui en avait déjà trop vu.

La musique devint son moyen d'évasion et elle ne bouda pas son plaisir. Elle était douée, apprenait vite, travaillait dur. À neuf ans, elle se produisit lors d'une soirée de gala organisée au Milwaukee Ballet Company Studio de Walker's Point. Très rapidement, elle se mit aussi au piano. Et la musique domina sa vie.

Son rêve de devenir musicienne professionnelle persista durant toutes ses études secondaires, jusqu'à sa dernière année d'université. Ses professeurs, ainsi que

Mary, l'encouragèrent à postuler pour entrer au Conservatoire, en lui assurant qu'elle avait une bonne chance de réussir.

Mais à la dernière minute, Meredith flancha. Elle se persuada qu'elle n'était pas assez bonne, qu'elle n'en avait pas l'étoffe. À la place, elle déposa une demande d'inscription à l'université de Caroline du Nord pour se spécialiser en littérature et fut acceptée. Elle enveloppa son violon dans l'étoffe de soie rouge, le coucha dans l'étui doublé de velours bleu, détendit ses précieux archets, les coinça dans le couvercle, rangea le pain de colophane dans son compartiment spécial, mit l'étui au fond de sa penderie et l'y laissa, quand elle quitta le Milwaukee pour entrer à l'université.

Meredith y étudia avec ardeur et obtint son diplôme *magna cum laude*. Elle jouait encore du piano durant les vacances et donnait des leçons aux enfants des amis de Bill et de Mary, mais c'était tout. Le violon demeura au fond de sa penderie.

Pas un instant elle n'avait regretté sa décision.

Jusqu'à ces deux dernières années. Car à mesure qu'elle découvrait les liens ténus qui la rattachaient à sa famille de sang, le doute s'était mis à la tenailler. Et aujourd'hui qu'à vingt-huit ans, elle était assise là, dans la salle du palais Garnier, un regret poignant lui serrait le cœur.

La musique s'arrêta.

Dans la fosse d'orchestre, quelqu'un rit.

Le présent reprit ses droits. Meredith se leva. Avec un soupir, elle écarta les cheveux de son visage, puis s'en alla en silence. Venue à l'Opéra pour évoquer l'époque de Debussy et son esprit, elle n'avait fait surgir que ses propres fantômes.

Une fois dehors sous le chaud soleil, décidée à chasser son humeur mélancolique, Meredith revint sur ses pas, longea le flanc du bâtiment et remonta la rue Scribe, avec l'intention de couper par le boulevard Haussmann pour gagner le Conservatoire, situé dans le 8e arrondissement.

Il y avait foule dans les rues et il régnait une atmosphère de carnaval. Tout Paris semblait être de sortie pour goûter à la douceur dorée de ce jour d'octobre, et Meredith dut se faufiler entre les passants pour avancer. Un musicien chantait au coin d'une rue en s'accompagnant à l'orgue de Barbarie. Des étudiants distribuaient des prospectus publicitaires pour des restaurants ou des soldes de vêtements de marque. Un jongleur faisait rebondir un diabolo sur une corde tendue entre deux baguettes, il l'envoyait en l'air à une hauteur vertigineuse avant de le rattraper d'un geste souple ; un camelot vendait des montres et des bijoux fantaisie dans une valise posée par terre.

Son portable se mit à sonner. Meredith fouillait dans son sac pour répondre quand une femme qui venait juste après elle lui tamponna les chevilles avec sa poussette.

— Excusez-moi, madame.

— Non, non. C'est moi, désolée.

Quand elle sortit son téléphone, il avait cessé de sonner. Elle s'écarta de la foule pour consulter la liste de ses appels en absence. C'était un numéro français qui lui disait vaguement quelque chose. Elle allait appuyer sur la touche de rappel automatique quand quelqu'un lui ficha un prospectus dans la main.

— On croirait que c'est vous, pas vrai ?

— Pardon ? fit Meredith, surprise, en relevant la tête.

La fille qui s'était adressée à elle était jeune et jolie.

En gilet sans manches et treillis, avec ses cheveux blonds relevés par un bandana, elle avait l'allure des voyageurs et hippies qui se baladaient nombreux dans les rues de Paris.

— Je trouve qu'elle vous ressemble, répondit la fille en souriant, et elle lui indiqua le prospectus que Meredith avait à la main.

C'était une réclame pour des séances de tarot, de chiromancie et de divination, illustrée par l'image d'une femme portant une couronne sur la tête. Dans la main droite elle tenait une épée. Dans la gauche, une échelle. Sur le bord de sa longue jupe couraient des notes de musique.

— En fait, ce pourrait être vous, ajouta la jeune fille.

En haut de l'image un peu floue, Meredith devina tout juste le nombre onze en chiffres romains et, en bas, ces mots, « La Justice ». En y regardant de plus près, elle dut reconnaître qu'en effet, il y avait une certaine ressemblance.

— Vous trouvez ? Moi, cela ne me frappe pas, répliqua-t-elle pourtant, et soudain elle rougit, un peu honteuse d'avoir menti. De toute façon je quitte Paris demain, alors...

— Gardez-le quand même, insista la fille. Nous sommes ouverts sept jours sur sept et c'est tout près d'ici. À cinq minutes à pied.

— Merci, mais ce n'est pas mon truc, dit Meredith.

— Ma mère est très douée.

— Votre mère ?

— Elle tire les cartes de tarot et elle les interprète, expliqua la jeune fille, avec un sourire. Vous devriez venir.

Meredith s'apprêtait à répondre mais se tut. Inutile de s'embarquer dans ce genre de discussion à sens unique. Autant garder le prospectus et le jeter plus tard à la poubelle. Avec un sourire crispé, elle le mit dans la poche intérieure de son blouson.

— Il n'y a pas de coïncidence, vous savez, ajouta la fille. Chaque chose arrive à son heure.

Meredith hocha la tête, puis s'éloigna, son portable à la main. Au coin de la rue, elle s'arrêta. La fille n'avait pas bougé, et elle la regardait toujours.

— Vous lui ressemblez comme deux gouttes d'eau ! lui lança-t-elle. Sérieux, vous devriez venir. Ce n'est qu'à cinq minutes d'ici.

12.

Cette histoire de prospectus lui sortit aussitôt de la tête.

Elle s'occupa de rappeler son correspondant, en l'occurrence l'agence de voyages qui l'avait contactée pour lui confirmer sa réservation d'hôtel, puis joignit la compagnie aérienne pour vérifier son heure de départ le lendemain.

Il était 18 heures quand elle rentra à l'hôtel, fatiguée et moulue d'avoir arpenté les rues tout l'après-midi. Après avoir téléchargé ses photos sur le disque dur de son ordinateur, elle se mit à transcrire les notes qu'elle avait prises ces trois derniers jours. Vers 21 h 30, elle eut un petit creux et alla chercher un sandwich à la brasserie d'en face, qu'elle mangea dans sa chambre, sans s'interrompre. À 23 heures, elle avait fini et s'estimait parfaitement à jour.

Une fois couchée, elle alluma la télé, zappa un moment en quête des jingles et des voix de CNN qu'elle connaissait bien, mais ne parvint à capter que les chaînes nationales. Il y avait une série policière française sur France 3, *Columbo* sur TF1, et un film érotique à prétention artistique sur la 2... Elle finit par abandonner et lut un moment avant d'éteindre la lumière.

Allongée dans la semi-pénombre confortable de la

chambre, les mains en couronne au-dessus de sa tête, les orteils enfouis dans la fraîcheur des draps, elle contempla le plafond, et ses pensées vagabondes la ramenèrent au week-end où Mary lui avait enfin confié le peu qu'elle savait sur ses origines.

C'était au Pfister Hotel, à Milwaukee, en décembre 2000. Le Pfister était l'endroit où ils célébraient les anniversaires, mariages ou autres grandes occasions, généralement en soirée. Mais, cette fois, Mary avait retenu des chambres pour tout le week-end, manière de fêter avec un peu de retard l'anniversaire de Meredith et Thanksgiving, tout en faisant quelques achats en prévision de Noël.

L'hôtel était de style fin de siècle, d'une élégance discrète. Des couleurs chaudes, des corniches dorées, des piliers, des balustrades en fer forgé, des portes vitrées habillées de rideaux blancs immaculés, qui leur donnaient du chic. Meredith descendit au bar de l'hôtel pour attendre Bill et Mary et s'installa au creux d'un profond canapé. Comme elle avait enfin l'âge légal de commander de l'alcool dans un endroit public, elle s'offrit du Sonoma Cutter Chardonnay à sept dollars le verre. C'était cher, mais il le valait. Moelleux et velouté, il gardait au cœur de son arôme le bois du fût où il avait mûri pour obtenir une belle nuance jaune d'or.

Mais pourquoi diable se souvenait-elle de ça ?

Dehors, il neigeait. Des flocons persistants, réguliers, dans un ciel blanc, couvrant le monde d'une chape de silence. Au comptoir du bar, une vieille dame en manteau rouge et chapeau de laine enfoncé sur les yeux criait au barman « Parlez-moi ! Pourquoi refusez-vous de me parler ? » exactement comme la femme dans le fameux poème d'Eliot, *The Waste*

Land. Comme Meredith, les autres clients accoudés au bar faisaient mine de ne pas la remarquer.

Meredith venait juste de rompre avec son petit ami, et elle était contente de passer un week-end loin du campus. C'était un prof de maths de l'université. Ils étaient devenus amants tout naturellement, après de petits signes avant-coureurs, échanges de regards, gestes familiers. Lui, s'asseyant sur le bord du tabouret de piano pendant qu'elle jouait, ou posant nonchalamment une main sur son épaule tard le soir, entre les rayons sombres de la bibliothèque. C'était une relation sans avenir car ils n'avaient pas les mêmes envies, mais tant qu'elle avait duré, ils avaient pris du bon temps ensemble, au lit comme ailleurs, et Meredith n'avait pas eu le cœur brisé.

N'empêche, c'était bon de se retrouver chez soi.

Presque tout le week-end, coincées par la neige, Mary et elle n'avaient fait que parler. Elle l'avait questionnée sur la vie et la mort précoce de sa mère biologique, ces mystères, ces non-dits qu'elle avait toujours voulu éclaircir tout en redoutant ce qu'elle pourrait apprendre. Les circonstances de son adoption, le suicide de sa mère, les souvenirs douloureux, plantés comme des éclats de verre sous sa peau.

Meredith en connaissait les grandes lignes. Jeanette, sa génitrice, était tombée enceinte toute jeune, lors d'une fête bien arrosée que les supporters de l'équipe de son lycée avaient organisée sur le parking d'un stade, et elle s'en était rendu compte trop tard, quand il n'y avait plus moyen d'y remédier. Les cinq premières années, Louisa, la mère de Jeanette, avait essayé de soutenir sa fille, mais elle était morte subitement d'un cancer, privant ainsi Meredith d'une influence stable et rassurante. Ensuite, les choses s'étaient vite dégradées. Quand elles avaient vraiment mal tourné, Mary, une cousine éloignée de Jeanette, était intervenue. Un jour, il était devenu évident que, pour sa propre sécurité, Meredith ne devait plus revenir chez elle. Quand Jeanette se suicida, deux ans plus tard, il parut judicieux de donner à ce lien une forme plus officielle. Alors Mary et Bill adoptèrent Meredith. Et même si elle avait gardé son nom de famille et continué d'appeler Mary par son prénom, comme elle l'avait toujours fait, Meredith s'était enfin senti le droit de considérer Mary comme sa mère.

C'était au Pfister Hotel que Mary avait donné à Meredith les photographies, ainsi que la partition de musique pour piano. Sur la première photo, un jeune homme en uniforme posait debout sur une place de village. Des cheveux noirs bouclés, des yeux gris, un regard franc. Il n'y avait pas son nom, mais une date, 1914, ainsi que les noms du photographe et du lieu, Rennes-les-Bains, imprimés au dos. Sur la deuxième, on voyait une petite fille habillée à l'ancienne mode. Il n'y avait rien d'écrit, ni date, ni lieu, ni nom. La troisième montrait Louisa Martin, sa grand-mère. Elle avait été prise quelques années plus tard, aux alentours de 1940, à en juger par sa tenue. Louisa était assise devant un majestueux piano à queue. Mary lui expliqua que sa grand-mère avait été une concertiste réputée. La partition qui se trouvait dans l'enveloppe était son morceau fétiche, celui qu'elle jouait en rappel.

Quand elle vit la photo pour la première fois, Meredith resta songeuse. Aurait-elle persisté dans son envie de devenir musicienne professionnelle si elle avait su plus tôt que sa grand-mère avait vécu elle-même de son talent ? Comment savoir ? Elle n'avait aucun souvenir d'avoir vu ni entendu sa propre mère chanter ou jouer du piano. Seulement crier, pleurer, et le reste.

Pour Meredith, la musique était entrée dans sa vie

quand elle avait huit ans. Découvrir qu'en fait, elle avait été présente dès avant sa naissance, cachée sous la surface, bouleversait la donne. En ce week-end neigeux de décembre 2000, le monde de Meredith avait changé de base. Les photos, la musique étaient devenues une ancre qui la reliaient à son passé. Un passé dont elle savait qu'un jour elle partirait à sa recherche.

Sept ans plus tard, elle s'y mettait enfin. Demain elle serait à Rennes-les-Bains, un lieu qu'elle avait tant de fois imaginé. Elle espérait seulement qu'il y aurait là quelque chose à découvrir.

Jetant un coup d'œil sur son téléphone portable, elle vit qu'il était minuit passé et sourit.

Non, pas demain, aujourd'hui, se dit-elle.

Quand Meredith se réveilla au matin, ses angoisses de la nuit s'étaient évaporées. Elle avait hâte de quitter la ville. Qu'ils se révèlent fructueux ou non, ces quelques jours de relâche dans les montagnes lui feraient du bien. C'était exactement ce dont elle avait besoin.

Son avion pour Toulouse ne décollait qu'en milieu d'après-midi. Elle avait rempli son programme et n'avait pas envie de se lancer dans une nouvelle recherche, aussi resta-t-elle un moment au lit à bouquiner, puis elle se rendit à la brasserie d'en face prendre un brunch au soleil avant de faire un peu de tourisme.

Retrouvant les colonnades de la rue de Rivoli, elle se faufila entre des essaims d'étudiants chargés de sac à dos et des groupes de touristes suivant la piste du *Da Vinci Code*. Elle aurait bien visité le Louvre, mais la longueur de la queue l'en dissuada.

Un fauteuil en fer resté libre dans les jardins des Tuileries lui tendit les bras et elle s'y laissa choir, en regrettant de n'avoir pas mis une tenue plus légère. Il faisait un drôle de temps pour une fin octobre, très chaud et humide. Elle adorait Paris, mais aujourd'hui, l'air était lourd, chargé des vapeurs de pollution dues aux gaz d'échappement. Elle songea à descendre sur la rive de la Seine pour prendre un bateau-mouche. Ou alors marcher jusqu'à la fameuse librairie Shakespeare & Co, sur la rive gauche, lieu de pèlerinage des Américains en goguette. Mais elle n'en avait pas l'énergie. À dire vrai, elle aurait voulu faire du tourisme sans se mêler aux touristes.

La plupart des lieux qu'elle aurait pu visiter étant fermés, Meredith revint à Debussy et décida de retourner à la maison de son enfance, dans l'ancienne rue de Berlin. Nouant son blouson autour de ses hanches, elle se mit en route sans même sortir sa carte pour se repérer. Marchant d'un pas vif, elle prit cette fois un autre itinéraire. Cinq minutes plus tard, elle s'arrêta pour lire le nom de la rue inscrit sur la plaque émaillée en s'abritant les yeux des rayons du soleil.

Tiens, sans l'avoir cherché, voilà qu'elle se retrouvait rue de la Chaussée-d'Antin. Elle regarda de chaque côté. À l'époque de Debussy, le fameux cabaret La Grande Pinte était situé en haut de la rue, près de la place de la Trinité. Un peu plus bas on trouvait le fameux Hôtel-Dieu, datant du XVIIe siècle. Et tout en bas, à peu près là où elle se tenait, la célèbre librairie ésotérique d'Edmond Bailly. Là, aux jours glorieux du tournant du siècle, poètes, occultistes et compositeurs se rejoignaient pour échanger des idées nouvelles, parler de mysticisme, de mondes parallèles et d'autres dimensions. Dans l'antre du mystère qu'était la librairie de Bailly, le jeune et ombrageux Debussy n'avait jamais eu à expliquer ni à justifier le caractère obscur de ses œuvres.

Meredith vérifia les numéros de la rue.

Aussitôt, son enthousiasme s'effondra. Elle était

pile au bon endroit, sauf qu'il n'y avait plus rien à voir. Elle se heurtait au problème qu'elle avait rencontré tout le week-end. De nouveaux immeubles avaient remplacé les anciens, de nouvelles rues s'étaient rallongées, élargies, des adresses avaient été grignotées par la marche inexorable du temps.

Le numéro 2 rue de la Chaussée-d'Antin était maintenant un immeuble en béton moderne, sans caractère. Il n'y avait plus de librairie. Pas même une plaque en façade évoquant son existence.

Par contre, il y avait une porte étroite dans un renfoncement du mur, à peine visible de la rue, sur laquelle un écriteau coloré peint à la main indiquait : SORTILÈGE, DIVINATION, TAROTS. Et en dessous, écrit en plus petit, *English spoken*.

Soudain, elle mit la main à la poche de son blouson. Le prospectus que la fille lui avait donné la veille s'y trouvait toujours. Elle le prit et contempla l'image. Malgré ses contours flous et la mauvaise qualité de la reproduction, on ne pouvait nier une certaine ressemblance.

On jurerait que c'est moi.

Meredith regarda à nouveau le panneau. Voilà que la porte était ouverte, à présent. Comme si quelqu'un en était sorti à son insu pour défaire le loquet. Elle fit un pas en avant et scruta à l'intérieur. Il y avait un petit couloir avec des murs violets décorés d'étoiles, de lunes et de symboles astrologiques argentés. Pendus au plafond, des mobiles en cristal ou en verre, elle n'aurait su dire, tournoyaient en spiralant, attrapant la lumière.

Meredith s'arrêta net. L'astrologie, les cristaux, la bonne aventure, très peu pour moi ! se dit-elle. Elle ne prenait même pas la peine de lire son horoscope dans le journal, alors que pour Mary, c'était un rituel obligé, qu'elle accomplissait religieusement tous les matins, en buvant son café.

Non, Meredith ne comprenait pas qu'on puisse considérer que l'avenir était d'une certaine façon déjà écrit. C'était absurde, et bien trop fataliste à son goût. Une manière de ne pas assumer pleinement sa propre vie, de s'en remettre à une instance supérieure, et non à soi-même, pour mener sa barque.

Elle recula avec humeur. Pourquoi restait-elle plantée là ? Elle aurait dû déjà s'en aller, oublier ce stupide prospectus.

C'est de la superstition !

Pourtant, quelque chose l'en empêchait. Oui, elle était intriguée, mais c'était par pure curiosité intellectuelle. Rien d'émotif là-dedans. La coïncidence de l'image, le hasard de l'adresse... Tout cela lui donnait envie d'entrer.

Elle se rapprocha. Une volée de marches peintes alternativement en rouge et vert partait du couloir. En haut de l'étroit escalier, elle repéra une deuxième porte, bleu ciel, qui se devinait à peine sous un rideau de perles en bois jaunes.

Toutes ces couleurs ! pensa-t-elle.

Elle avait lu quelque part que certaines personnes voyaient la musique en couleurs dans leur tête. De la synesthésie ? Oui, c'était bien ainsi qu'on appelait cette faculté de perception.

Il faisait frais à l'intérieur, grâce à un vieux ventilateur qui ronflait, placé au-dessus de la porte. Des grains de poussière dansaient dans l'air. Puisqu'elle avait envie d'une atmosphère fin de siècle, quoi de mieux que de vivre le genre d'expérience qui s'offrait ici même, un siècle plus tôt ?

Une recherche comme une autre, tout compte fait.

Il y eut un moment d'indécision, où même l'immeuble sembla retenir son souffle. En attente, aux aguets. Tenant le prospectus à la main comme une sorte de talisman, Meredith entra dans le couloir. Puis elle posa le pied sur la première marche et monta l'escalier.

Des centaines de kilomètres plus au sud, dans les bois de hêtres au-dessus de Rennes-les-Bains, une soudaine rafale de vent agita les branches des vieux arbres dans une envolée de feuilles pourpres. Issu d'un lointain passé, un long soupir passa, telle une main effleurant les touches d'un piano.

Un jeu de lumière, un remuement d'air, au tournant d'un autre escalier.

13.

Domaine de la Cade

— Oui, monsieur l'abbé, et merci à vous pour votre gentillesse. À tout à l'heure.

Julian Lawrence garda un instant le téléphone à la main, puis raccrocha. Svelte, bronzé, il ne paraissait pas ses cinquante ans. Tirant un paquet de cigarettes de sa poche, il en alluma une à la flamme de son Zippo. La fumée aux arômes boisés s'éleva en sinuant.

Les dispositions avaient été prises pour le service funèbre du soir. Pourvu que son neveu Hal ne fasse pas de bévue, la cérémonie se déroulerait sans accroc. Bien sûr il avait de la compassion pour lui, mais c'était fort gênant que Hal se soit mis à poser des questions à tout bout de champ sur l'accident de son père. Il s'était même rendu au bureau du médecin légiste pour mettre en doute la cause du décès figurant sur le certificat. L'inspecteur chargé de l'enquête au commissariat de police de Couiza étant l'ami d'un ami de Julian, et le seul témoin de l'incident étant une alcoolique notoire, on avait réglé le problème en douceur, et les gens avaient interprété les questions de Hal comme la réaction bien compréhensible d'un fils éploré plutôt que comme des remarques fondées.

N'empêche, Julian serait content de le voir déguerpir d'ici. Même sans fondement, dans une petite ville comme Rennes-les-Bains, ce remue-ménage susciterait tôt ou tard une curiosité malsaine et les commérages iraient bon train. Pas de fumée sans feu. Après l'enterrement, Julian espérait bien que Hal quitterait le Domaine de la Cade pour rentrer en Angleterre.

Julian et son frère Seymour, le père de Hal, avaient acquis le domaine en commun, quatre ans plus tôt. Seymour, qui était son aîné de dix ans, s'ennuyait après avoir pris sa retraite et quitté la City, obsédé qu'il était par les prévisions du marché, placements et bénéfices – tout ce qui pouvait accroître son capital. Quant à Julian, il n'avait pas les mêmes préoccupations.

Depuis son premier voyage dans la région en 1997, les rumeurs qui circulaient sur Rennes-les-Bains en général et sur le Domaine de la Cade en particulier l'avaient fortement intrigué. Toute la région grouillait de mystères et de légendes : trésors enfouis, conspirations, histoires à dormir debout sur des sociétés secrètes, tout y passait, des Templiers aux Cathares en remontant jusqu'aux Wisigoths, aux Romains et aux Celtes. Pourtant, ce qui avait le plus excité son imagination remontait juste à la fin du siècle dernier. Des écrits datant de cette période parlaient d'un sépulcre enfoui dans le parc, en terre non consacrée, d'un jeu de tarot peint, agencé comme une sorte de carte au trésor, et de l'incendie qui avait détruit en partie la demeure d'origine.

Au Ve siècle, la région de Couiza et de Rennes-le-Château était au cœur de l'Empire wisigoth. C'était un fait attesté. Les historiens et archéologues avaient longtemps avancé des hypothèses selon lesquelles le trésor légendaire pillé par les Wisigoths durant la mise à sac de Rome avait été transporté dans le sud-ouest de la France. À partir de là, les hypothèses tournaient court faute d'éléments. Mais plus Julian avait avancé dans ses découvertes, plus il s'était persuadé que la majeure partie du trésor wisigoth était toujours là. Et que les cartes de tarot, les originales, en étaient la clef.

C'était devenu une obsession. Il avait déposé des demandes de permis pour faire des fouilles et tout son argent, ses ressources étaient passés dans ces recherches, dont le résultat s'était révélé limité : quelques objets funéraires, épées, boucles de ceinture, gobelets – rien de spécial. Quand son permis avait expiré, il avait continué à creuser en toute illégalité, gagné par une sorte d'ivresse semblable à la folie du jeu. Et il demeurait convaincu que ce n'était qu'une question de temps.

Lorsque l'hôtel avait été mis en vente quatre ans plus tôt, Julian avait persuadé Seymour de faire une offre. Curieusement, malgré leurs disparités, ils avaient réussi à monter une affaire fructueuse et leur partenariat s'était relativement bien déroulé jusqu'à ces derniers mois, quand Seymour s'était mêlé de la gestion de l'hôtel. Et qu'il avait demandé à consulter les livres de comptes.

Un ardent soleil dardait ses rayons sur la pelouse, et le vieux bureau aux hautes fenêtres du Domaine de la Cade était inondé de lumière. Julian contempla le tableau accroché au mur, au-dessus de son secrétaire. C'était un ancien symbole de tarot, ressemblant à un huit couché. Le symbole de l'infini.

— Tu es prêt ?

Julian se retourna. Son neveu se tenait sur le seuil, en costume et cravate noirs, sa tignasse noire peignée en arrière pour dégager son front. Il avait beau approcher la trentaine, avec ses larges épaules, sa peau claire, Hal ressemblait au sportif accompli qu'il était du temps de ses études. Un rugbyman doublé d'un joueur de tennis hors pair.

Julian écrasa sa cigarette dans le cendrier en verre posé sur le bord de la fenêtre, puis avala d'un trait le reste de son whisky. Vivement que l'enterrement soit fini et que les choses retournent à la normale. Il en avait plus qu'assez de voir Hal traîner ses guêtres par ici.

— Laisse-moi deux minutes, dit-il. Je te rejoins tout de suite.

14.

Paris

Arrivée en haut de l'escalier, Meredith écarta le rideau en perles et ouvrit la porte bleu clair.

Le couloir sur lequel elle donnait était si étroit qu'on pouvait toucher les murs sans même tendre les bras. Sur sa gauche, une carte représentait les signes du Zodiaque en une profusion de couleurs, de motifs et de symboles qui lui étaient pour la plupart inconnus. Sur le mur à sa droite était accroché un miroir à l'ancienne au cadre en bois doré. Elle s'y regarda un bref instant, puis tapa à la porte qui lui faisait face.

— Il y a quelqu'un ?

Pas de réponse.

Meredith attendit, puis frappa encore, un peu plus fort cette fois.

Toujours rien. Elle essaya de tourner la poignée. La porte s'ouvrit.

— Hello ? Il y a quelqu'un ? lança-t-elle en entrant à l'intérieur.

La pièce était petite, mais éclatante de vie et de couleurs, avec ses murs jaune, rouge, vert ornés de frises et de motifs, lignes, rayures, triangles, zigzags, en violet, bleu, argent. L'unique fenêtre qui faisait face à la porte était couverte d'un rideau de gaze transparente couleur lilas, qui laissait voir les murs de pierre claire de l'immeuble XIXe situé derrière, ainsi que son balcon en fer forgé et ses longues portes aux volets clos, égayés par des caisses de géraniums et de pensées violettes et orange.

Pour seul mobilier, il y avait une petite table en bois carrée juste au milieu, recouverte d'une nappe en lin noire et blanche imprimée de cercles et de symboles astrologiques. La table était encadrée de deux chaises en bois à dossier droit et sièges en paille, qui lui firent penser à celle peinte par Van Gogh.

Meredith entendit une porte claquer, puis des bruits de pas. Confuse d'être entrée sans qu'on l'y invite, elle allait s'éclipser quand une femme sortit de derrière une cloison en bambou, de l'autre côté de la pièce.

Une belle femme, très soignée, qui ne correspondait pas du tout à l'idée que Meredith se faisait d'une diseuse de bonne aventure. Pas d'anneaux aux oreilles, de foulard sur la tête, mais une tenue chic et sobre à la fois, un chemisier ajusté sur un pantalon kaki, avec des cheveux bruns striés de gris d'une coupe très étudiée qui lui arrivaient à l'épaule et un sourire décontracté.

— J'ai frappé, dit Meredith, affreusement gênée. Personne n'a répondu, alors je suis montée. J'espère que j'ai bien fait.

— Mais oui, vous avez très bien fait, la rassura la femme avec un sourire.

— Vous êtes anglaise ?

— Touché ! J'espère que vous n'avez pas trop attendu ?

— Non. Juste une minute ou deux.

— Moi, c'est Laura, dit la femme en lui tendant la main.

— Et moi Meredith.

Laura lui avança une chaise.

— Asseyez-vous... C'est normal d'être un peu nerveuse, ajouta-t-elle en la voyant hésiter. La plupart des gens le sont, la première fois.

Meredith sortit le prospectus de sa poche et le posa sur la table.

— En fait... une jeune fille m'a donné ça dans la rue il y a un jour ou deux. Et comme je passais... Ce serait dans le cadre de recherches, en quelque sorte. Mais je ne veux pas vous faire perdre votre temps.

— Ah oui, ma fille m'a parlé de vous, confirma Laura en voyant le prospectus.

— Ah bon ? fit Meredith, sur le qui-vive.

— À propos de la ressemblance, dit Laura en contemplant l'image de la Justice. Elle m'a dit que c'était frappant.

Comme Meredith restait silencieuse, Laura s'assit à la table et l'invita à faire de même. Meredith se retrouva donc bon gré mal gré assise en face d'elle. Ou plutôt, perchée sur le bord du siège, pour bien montrer qu'elle n'avait pas l'intention de s'éterniser.

— Vous habitez Paris ? lui demanda Laura.

— Non, je suis juste de passage.

— Me suis-je trompée en supposant que c'est la première fois que vous vous faites tirer les cartes ?

— Non, répondit Meredith, toujours sur la réserve.

— Bon, dit Laura. Puisque vous avez lu le prospectus, vous savez qu'une séance d'une demi-heure revient à trente euros, et à cinquante pour une heure ?

— Une demi-heure, ça m'ira très bien, dit Meredith.

Elle s'aperçut qu'elle avait la bouche sèche, car Laura la dévisageait attentivement, comme pour déchiffrer chaque trait, chaque nuance, chaque ombre de sa physionomie.

— Très bien, mais comme je n'ai personne après vous, si jamais vous changez d'avis, nous pourrons toujours continuer. Y a-t-il un problème en particulier que vous aimeriez aborder, ou votre intérêt est-il d'ordre plus général ?

— Comme je vous l'ai dit, cela participe pour moi d'un travail de recherche. Je rédige actuellement une biographie. Or dans cette rue, à l'endroit précis où nous nous trouvons, se trouvait une fameuse librairie qui a disparu pour faire place à un immeuble. Disons que cette coïncidence m'a intriguée, conclut-elle en souriant pour paraître détendue. Même si votre fille – car c'est bien votre fille, n'est-ce pas ? – dit que les coïncidences n'existent pas.

— Je comprends, acquiesça Laura. Vous cherchez comme un écho du passé.

— Exactement, confirma Meredith avec un soupir de soulagement.

— Entendu. Certains clients viennent chercher une réponse à une question précise touchant divers domaines comme le travail, une relation, une décision importante à prendre... À peu près tous les aspects de la vie, en fait. D'autres recherchent une approche plus générale.

— Alors j'opte pour l'approche plus générale.

— Très bien. Maintenant, il vous faut choisir quel jeu vous voulez utiliser.

— Je regrette, mais je n'y connais rien. Je préférerais que vous choisissiez pour moi.

Laura lui désigna différents jeux de cartes, tous face en dessous, alignés sur un côté de la table.

— Je sais, c'est un peu déstabilisant comme début, mais il vaut mieux que vous choisissiez vous-même. Je vais vous les présenter, et vous verrez si l'un d'eux éveille en vous une sensation particulière. D'accord ?

— D'accord, acquiesça Meredith en haussant les épaules.

Laura prit le jeu le plus proche et étala les cartes en éventail sur la table. Elles avaient un dos bleu roi piqueté d'étoiles d'or à longues queues.

— Elles sont belles, remarqua Meredith.

— C'est le tarot Rider-Waite, un jeu universel, très populaire.

Le dos du paquet suivant était orné d'un simple motif rouge et blanc répétitif.

— Celui-là est par bien des côtés le plus classique, déclara Laura. On l'appelle le tarot de Marseille. Il date du XVIe siècle. Je m'en sers à l'occasion, mais à dire vrai, il est un peu trop simple au goût de nos contemporains. La plupart des consultants préfèrent les jeux modernes.

— Excusez-moi, mais qu'entendez-vous par « consultant » ?

— Désolée, répondit Laura avec un sourire. Le consultant est la personne à qui l'on tire les cartes, celle qui pose les questions.

— Bien.

Meredith regarda la rangée et désigna un jeu qui était un peu plus petit que les autres. Le dos était d'un beau vert profond filigrané d'or et d'argent.

— Et celui-ci ?

— C'est le tarot Bousquet.

— Bousquet ? répéta Meredith, avec l'impression d'avoir déjà entendu ce nom. C'est le nom de l'artiste ?

— Non, c'est celui de l'éditeur d'origine. Personne ne connaît l'artiste ni celui ou celle qui lui a commandé les cartes au départ. On sait juste que le jeu vient du sud-ouest de la France où il est apparu vers 1890.

Meredith sentit soudain des picotements dans sa nuque.

— Et où précisément dans le Sud-Ouest ?

— Je ne m'en souviens pas. Quelque part dans la région de Carcassonne, je crois.

— Je connais, répliqua Meredith en se figurant la carte de la région, avec Rennes-les-Bains en son centre.

— Cela vous évoque quelque chose ? s'enquit Laura en la scrutant d'un air intrigué.

— Non, ce n'est rien, s'empressa de répondre Meredith. Ce nom m'était familier, voilà tout. Mais je vous en prie, continuez, ajouta-t-elle avec un sourire.

— Le jeu de cartes d'origine est bien plus ancien, du moins en grande partie. Nous ne pouvons être certains de l'authenticité de toutes les images, car certaines caractéristiques des arcanes majeurs laissent à penser qu'ils furent modifiés par la suite. Les motifs, les vêtements des personnages sur certaines cartes s'apparentent au style fin de siècle, tandis que les arcanes mineurs sont plus classiques.

— Arcanes mineurs, arcanes majeurs... Je m'excuse, mais vraiment je n'y connais rien. Puis-je vous poser une ou deux questions avant d'aller plus loin ?

— Évidemment, répondit Laura en riant.

— Bon, commençons par les bases. Combien de cartes y a-t-il ?

— À une ou deux exceptions près, un jeu de tarot standard comprend soixante-dix-huit cartes divisées en arcanes mineurs et majeurs. *Arcana* signifie « secrets » en latin. Les arcanes majeurs, vingt-deux cartes propres au jeu de tarot, sont numérotés de un à vingt et un, Le Mat (ou Le Fou) ne portant pas de numéro. Sur chacune de ces cartes figure une image allégorique ainsi qu'un ensemble de signes distinctifs précis.

— Comme celle-ci, par exemple, fit Meredith en jetant un coup d'œil à La Justice imprimée sur le prospectus.

— Exactement. Les cinquante-six cartes qui restent, dites arcanes mineurs ou « habituelles », sont divisées en quatre couleurs ou séries et ressemblent à des cartes de jeu ordinaires, sauf qu'elles comportent une figure supplémentaire. Ainsi dans un jeu de tarot standard nous avons Le Roi, La Reine, Le Valet, puis Le Cavalier ou Chevalier, avant Le Dix. Selon les jeux, les couleurs s'intitulent pentacles, deniers ou écus, bâtons, épées, coupes. Généralement, elles correspondent aux couleurs normales des jeux de cartes carreau, cœur, trèfle et pique.

— D'accord.

— La plupart des experts s'accordent pour dire que les plus anciennes cartes de tarot, celles qui ressemblent aux jeux que nous avons aujourd'hui, sont apparues en Italie du Nord au milieu du XVe siècle. Mais le regain du tarot moderne commence au début du siècle dernier, quand Arthur Edward Waite, un occultiste anglais, créa un nouveau jeu. Son innovation majeure fut de donner pour la première fois un cadre individuel et symbolique à chacune des soixante-dix-huit cartes. Avant cela, les cartes « habituelles » n'avaient que des numéros.

— Et le jeu Bousquet ?

— Les figures de chacune des couleurs sont illustrées. Le style de dessin laisse à penser qu'elles datent de la fin du XVIe siècle. D'avant Waite, en tout cas. Mais les arcanes majeurs sont différents. Comme je vous l'ai dit, les personnages sont vêtus à la mode de l'Europe des années 1890.

— Comment cela se fait-il ?

— On s'entend généralement pour dire que l'éditeur, Bousquet, ne possédait pas au départ un jeu de cartes complet. Il fit donc peindre ou copier les arcanes majeurs dans le style et le caractère des cartes existantes.

— Mais à partir de quoi ?

— Je ne sais pas au juste. De fragments de cartes subsistantes, ou peut-être d'illustrations du jeu d'origine trouvées dans un livre. Comme je vous l'ai dit, je ne suis pas experte en la matière.

Meredith revint aux cartes à dos vert traversé d'or et d'argent.

— En tout cas c'est du beau travail.

Laura étala en éventail sur la table la série de pentacles face à Meredith, en partant de l'as pour finir par le roi. Puis elle disposa quelques cartes des arcanes majeurs en haut du jeu.

— Vous voyez la différence entre les deux styles ?

— Oui, même s'ils sont très semblables, en particulier les couleurs.

Laura tapota l'une des cartes.

— Voici encore une modification propre au tarot Bousquet. De même que les noms des figures ont été changés, Roi et Reine en Maître et Maîtresse, par exemple, il y a aussi des touches personnelles dans certains des arcanes majeurs. Par exemple, la carte II est généralement appelée La Grande Prêtresse. Là, elle a le titre de La Prêtresse. Le même personnage apparaît ici dans la carte VI, celle des Amoureux. Et lorsqu'on regarde la carte XV, Le Diable, c'est à nouveau la même femme qui est enchaînée aux pieds du démon.

— Et c'est inhabituel ?

— Beaucoup de jeux lient les cartes VI et XV, mais généralement pas la carte II.

— Quelqu'un s'est donné beaucoup de mal pour

personnaliser ces cartes, commenta Meredith lentement en pensant à voix haute. De sa propre initiative ou sur commande.

— Sans aucun doute, acquiesça Laura. Je me suis même demandé si les arcanes majeurs de ce jeu ne se fondaient pas sur des gens ayant réellement existé. Les personnages semblent si vivants dans leurs expressions.

Meredith regarda le visage de La Justice figurant sur le prospectus.

C'est le mien, songea-t-elle.

Puis elle revint à Laura, assise en face d'elle, et elle eut soudain envie de lui parler de la quête qui l'avait amenée en France. Lui dire que dans quelques heures elle partirait pour Rennes-les-Bains. Mais Laura reprit la parole, et l'instant fut passé.

— Le tarot Bousquet respecte aussi les associations traditionnelles. Par exemple, les épées forment la série air, représentant l'intelligence et l'intellect, les bâtons la série feu, énergie et conflit, les coupes la série associée à l'eau et aux émotions. Enfin, dit-elle en tapotant du doigt sur la carte du roi assis sur son trône entouré de ce qui ressemblait à des pièces d'or, les pentacles ou écus constituent la série terre, celle du trésor et de la réalité physique.

Meredith scruta les images pour bien les engranger dans sa mémoire, puis elle hocha la tête pour faire savoir à Laura qu'elle pouvait poursuivre ses explications.

Laura débarrassa la table en ne laissant que les arcanes majeurs, qu'elle disposa face à Meredith en trois rangées de sept cartes, du numéro le plus bas au plus haut. Quant au Mat, Fou ou « Zéro », elle le plaça seul, tout en haut.

— J'aime voir dans les arcanes majeurs les étapes

d'un voyage, expliqua Laura. Ce sont les impondé-
rables, les problèmes essentiels de la vie, qu'on ne
peut ni changer ni combattre. Étalées ainsi, il apparaît
clairement que ces trois rangées représentent les trois
niveaux de développement, le conscient, l'inconscient
et le supra-conscient.

Meredith sentit son scepticisme inné lui donner une
pichenette.

C'est là qu'on quitte le pur domaine factuel pour
entrer dans l'irrationnel, se dit-elle.

— Au début de chaque rangée se trouve une image
puissante. Le Pagad, ou Magicien, au début de la première. La Force, en tête de la deuxième. Enfin, pour
celle du bas, nous avons la carte XV, Le Diable.

L'image du démon grimaçant évoquait quelque
chose à Meredith, ainsi que l'homme et la femme
enchaînés à ses pieds. Telle une étincelle, cette rémi-
niscence fusa dans son esprit, puis s'évanouit.

— Cette disposition des arcanes majeurs permet de
faire apparaître en premier lieu le parcours du Fou,
ou Mat, de l'ignorance à l'illumination, mais aussi les
connexions verticales entre les cartes, poursuivit
Laura. Ainsi, voyez comme La Force est à l'octave du
Magicien, et Le Diable à l'octave de La Force.
D'autres motifs surgissent également : Le Magicien et
La Force ont tous deux le signe de l'infini au-dessus
de leurs têtes. Et Le Diable lève le bras en un geste
qui rappelle celui du Magicien.

— Comme les deux facettes d'une même personne.

— C'est possible, acquiesça Laura. Les motifs, les
relations entre une carte et une autre, voilà ce qui
constitue le tarot.

Meredith n'écoutait qu'à moitié. Pourtant une chose
que Laura venait de dire la titillait. Mais quoi ? Ah
oui, ce terme d'octave qu'elle avait employé.

— Expliquez-vous généralement ces principes en termes musicaux ? demanda-t-elle.

— Cela m'arrive, répondit Laura. Tout dépend du consultant. Il y a bien des langages pour interpréter le tarot. La musique en est un. Pourquoi cette question ?

— Oh, parce que c'est mon domaine, répliqua Meredith avec désinvolture. Je me demandais juste si vous l'aviez deviné... Je ne me souviens pas d'en avoir parlé, voilà tout.

— Cette idée vous trouble ? s'enquit Laura avec un léger sourire.

— Quoi, que vous l'ayez deviné ? Non, mentit-elle.

Décidément Meredith ne se sentait pas à l'aise. Son cœur lui disait qu'elle risquait d'apprendre quelque chose sur elle, sur qui elle était vraiment. Aussi voulait-elle que Laura ait en mains les bons éléments. Mais, en même temps, sa tête ne cessait de lui seriner que tout cela n'était qu'un tissu d'absurdités.

Meredith désigna La Justice.

— Il y a des notes de musique sur le bord de sa jupe. C'est curieux, non ?

— Comme vous l'a dit ma fille, il n'y a pas de coïncidences, remarqua Laura en souriant.

Meredith eut un petit rire. Pourtant elle ne trouvait pas ça drôle.

— Tous les systèmes de divination, comme la musique elle-même, travaillent en usant de motifs, de signes graphiques, continua Laura. Si cela vous intéresse, Paul Foster Case, un cartomancien américain, a sorti toute une théorie liant chacun des arcanes majeurs à l'une des notes de la gamme.

— Oui, je regarderai peut-être à l'occasion, répondit Meredith.

Laura rassembla les cartes en une pile bien nette. Elle soutint son regard et, l'espace d'un instant, Meredith sut qu'elle voyait au fond de son âme l'angoisse, le doute, l'espoir aussi, qui se reflétaient dans ses yeux.

— Voulez-vous qu'on commence ? proposa Laura.

Il fallait s'y attendre...

— Pourquoi pas ? Allons-y, murmura Meredith avec un pincement au cœur.

15.

— Alors, si nous nous en tenions au jeu Bousquet ? s'enquit Laura. Manifestement, vous avez pour lui une inclination particulière.

Meredith baissa les yeux. Le dos des cartes lui rappelait les bois qui entouraient la maison de Mary, à Chapel Hill. Les couleurs de l'été mêlées à celles de l'automne. Une ambiance si différente de celles des paisibles banlieues de Milwaukee où elle avait grandi.

— D'accord.

Laura enleva de la table les trois autres jeux ainsi que le prospectus.

— Comme nous en sommes convenues, je vais donc faire une lecture générale d'après ma propre méthode de tirage, fondée sur une version de la Croix celtique. Vous puiserez dix cartes dans tout le paquet, aussi bien arcanes mineurs que majeurs. Elle offrira une excellente vue d'ensemble de là où vous en êtes, de ce qui s'est produit dans votre passé récent, et ce que l'avenir peut vous réserver.

Et nous voilà revenus au pays des inepties, se dit Meredith, tout en s'apercevant qu'elle était impatiente d'entendre la suite.

— À l'époque où le jeu Bousquet fut imprimé, c'est-à-dire fin XIXᵉ, le tarot divinatoire restait un domaine mystérieux, dominé par des cabalistes et des élites. Heureusement, les choses ont changé depuis. Les interprètes modernes cherchent à donner aux gens des outils pour devenir plus forts, qu'ils aient le courage de se changer eux-mêmes et de changer leur vie. Une lecture a d'autant plus de valeur si le consultant se confronte à ses motivations cachées ou à ses modes de comportement inconscients.

Meredith acquiesça d'un hochement de tête.

— L'inconvénient, c'est qu'il y a une variété presque infinie d'interprétations. Certains vous diront, par exemple, que lorsqu'il sort une majorité d'arcanes majeurs dans un tirage, cela indique que la situation échappe à votre contrôle, tandis qu'une majorité d'arcanes mineurs laisse à penser que votre destin est entre vos mains. Tout ce que je puis dire pour ma part avant de commencer, c'est que pour moi un tirage est une sorte de guide indiquant ce qui pourrait arriver, et non pas ce qui arrivera à coup sûr.

— D'accord.

Laura posa le jeu de cartes entre elles sur la table.

— Remuez-les bien, Meredith. Et pendant que vous les battez, pensez à ce que vous souhaitez le plus découvrir, ce qui vous a amenée ici aujourd'hui. Certains disent que cela aide de fermer les yeux.

Une légère brise filtrait par la fenêtre ouverte, agréable après la moiteur oppressante des heures précédentes. Lentement, le présent passa au second plan de sa conscience à mesure qu'elle se perdait dans le mouvement répétitif de ses mains battant les cartes.

Des bribes de souvenirs, des images, des visages flottèrent dans son esprit dans des tons sépia et gris, puis s'effacèrent. Sa mère, belle, vulnérable, abîmée par la vie. Sa grand-mère Louisa, assise au piano. Le jeune homme à l'air grave, dans son uniforme.

Toute la famille qu'elle n'avait jamais connue.

Un moment, Meredith eut l'impression de flotter en apesanteur. La table, les deux chaises, les couleurs, elle-même, tout lui apparaissait vu d'une autre perspective.

— Bien. Quand vous serez prête, ouvrez les yeux.

La voix de Laura aussi était distante à présent, à peine audible, comme le son d'une musique dont la dernière note vient d'être jouée.

Meredith cligna des yeux et la pièce lui réapparut, brouillée au début, puis au contraire de façon plus nette, plus vive qu'auparavant.

— Maintenant posez le jeu sur la table et coupez-le en trois en vous servant de votre main gauche. Voilà. Rassemblez les cartes, la pile du milieu en premier, puis celle du haut, enfin celle du bas... Bien, dit Laura quand elle eut fini. La première carte que vous allez tirer est appelée le signifiant. Pour cette lecture, c'est la carte qui vous représentera, vous, le consultant, la personne que vous êtes au présent. Le genre du personnage figurant sur la carte n'a pas d'importance, car chaque carte porte en elle les qualités et caractéristiques archétypales des deux sexes.

Meredith sortit une carte du milieu du jeu et la posa devant elle.

— La Fille d'Épées, déclara Laura. Rappelez-vous, les épées constituent la série Air, celle de l'intellect. Dans le jeu Bousquet, La Fille d'Épées est une figure puissante, quelqu'un de fort, qui réfléchit. En même temps, elle est parfois coupée des autres. Cela peut venir de sa jeunesse, d'ailleurs la carte représente souvent une jeune personne, ou de décisions qui ont été prises. Elle peut aussi indiquer que le consultant s'apprête à faire un voyage.

Meredith regarda l'image sur la carte. Une femme gracile portant une robe rouge à hauteur des genoux, avec des cheveux noirs et raides lui descendant aux épaules. On aurait dit une danseuse. Elle tenait l'épée à deux mains, non pour répondre à une menace ou elle-même menacer, mais plutôt pour protéger quelque chose. Derrière elle, la cime déchiquetée d'une montagne se détachait sur un ciel azur ponctué de nuages blancs.

— C'est une carte active, dit Laura. L'une des rares cartes épées indéniablement positive.

Cela se voit, pensa Meredith en hochant la tête.

— Tirez encore, dit Laura. Posez la prochaine sous La Fille d'Épées à votre gauche. Cette deuxième carte indique votre situation actuelle. L'environnement dans lequel vous évoluez, les influences que vous subissez.

Meredith la mit en position.

— Le Dix des Coupes, dit Laura. Les coupes forment la série de l'eau, de l'émotion. C'est aussi une carte positive. Dix est le chiffre de la complétude. Il marque la fin d'un cycle et le commencement d'un autre. Cela suggère que vous vous tenez sur un seuil, que vous êtes sur le point d'opérer des changements par rapport à votre situation actuelle, qui est déjà liée à l'accomplissement et au succès. Oui, c'est le signe de changements dans les temps à venir.

— Vous parlez de seuil, mais de quel domaine s'agit-il ?

— Ça peut être le travail, votre vie personnelle, ou les deux. Les choses s'éclairciront à mesure que nous avancerons dans le tirage. Suivante.

Meredith prit une troisième carte dans le jeu.

— Placez celle-ci dessous et à droite du signifiant, lui précisa Laura. Elle indique d'éventuels obstacles sur votre chemin. Des choses, circonstances, ou personnes qui risquent de vous empêcher d'avancer, de changer, ou d'atteindre votre but.

Meredith retourna la carte et la plaça sur la table.

— Le Pagad, dit Laura. Carte I, Le Magicien. *Pagad* est un mot archaïque qu'on trouve dans le jeu Bousquet, rarement utilisé par ailleurs.

Meredith observa attentivement l'image.

— Représente-t-il une personne ?

— Généralement, oui.

— Quelqu'un à qui l'on peut se fier ?

— Cela dépend. Comme le suggère le nom, Le Magicien peut être de votre côté, ou pas. Souvent c'est quelqu'un de puissant qui agit comme un catalyseur et provoque des transformations, quelqu'un chez qui le jugement et l'intuition s'équilibrent, et qu'accompagne toujours une certaine dose de ruse ou de supercherie. Le Magicien contrôle tous les éléments, eau, air, feu et terre, ainsi que les quatre symboles des séries, coupes, épées, bâtons et deniers. Il peut représenter quelqu'un qui intervient en votre faveur en se servant de ses talents, langages et connaissances. Ou bien au contraire qui se sert de ses dons pour vous bloquer d'une manière ou d'une autre.

Meredith regarda le visage sur la carte, les yeux d'un bleu perçant.

— Y a-t-il quelqu'un dans votre vie qui pourrait selon vous jouer ce rôle ?

— Non, je ne vois pas.

— Ce peut être aussi quelqu'un du passé qui influence non pas votre quotidien, mais l'image que vous avez de vous-même. Un être qui, malgré son absence, exerce sur votre vie un ascendant négatif. Ou bien quelqu'un que vous n'avez pas encore rencontré. En tout cas, une connaissance, qui ne joue pas encore un rôle central dans votre vie.

Meredith contempla encore la carte, attirée par l'image et les contradictions qu'elle recelait, avec le désir d'y trouver un sens. Rien n'en sortit. Personne ne lui vint à l'esprit.

Elle tira la suivante. Cette fois, sa réaction fut tout autre. Un élan d'émotion et de chaleur la parcourut. C'était une jeune fille, debout à côté d'un lion. Le symbole de l'infini était placé au-dessus de sa tête, comme une couronne. Elle portait une robe à l'ancienne, blanche et verte, avec des manches gigot. Ses cheveux cuivrés tombaient en boucles jusqu'à sa taille menue. Depuis toujours, c'était ainsi que Meredith s'imaginait *La Damoiselle Élue* de Debussy, moitié Rossetti, moitié Moreau.

Meredith se rappela ce que Laura lui avait dit. Pour elle, il n'y avait aucun doute. Cette illustration s'était inspirée d'une personne réelle, qui avait bel et bien existé. Elle lut le nom sur la carte : La Force. Numéro VIII. Des yeux verts, si vifs...

Plus elle regardait, plus elle était certaine d'avoir vu cette image, ou une autre très semblable, sur une photographie, un tableau, ou dans un livre. Quelle folie. Ça n'avait aucun sens. Pourtant, l'idée s'enracina en elle.

Meredith regarda Laura qui lui faisait face, de l'autre côté de la table.

— Parlez-moi de celle-ci, lui dit-elle.

16.

— La carte VIII, La Force, est associée au signe du Lion, expliqua Laura. La quatrième carte du tirage sert à indiquer un problème primordial, très souvent inconscient, non reconnu par le consultant, qui l'a poussé à se faire lire les cartes. Bref, un moteur puissant. Quelque chose qui guide et anime le consultant.

— Mais je n'ai pas cherché à..., protesta Meredith.

Laura leva la main.

— Je sais, vous m'avez dit que c'était fortuit. Ma fille vous glisse un prospectus dans la main, vous passez dans cette rue aujourd'hui par le plus grand des hasards, et comme il se trouve que vous avez du temps à tuer, vous vous décidez à grimper les marches... Mais n'y aurait-il pas autre chose dans le fait d'être assise ici, maintenant, devant moi ? Vous auriez pu poursuivre votre route. Choisir de ne pas entrer, ajouta-t-elle après un petit silence.

— En effet, admit Meredith, pensive.

— Y a-t-il une situation particulière ou une personne que vous pourriez associer à cette carte ?

— Non, pas que je sache. Quoique...

— Oui ?

— La jeune fille. Son visage m'évoque quelque chose de familier. Mais je n'arrive pas à mettre le doigt dessus. Qu'y a-t-il ? demanda Meredith en percevant chez Laura une soudaine perplexité.

— C'est étrange. Les lectures fondées sur le tirage en Croix celtique ont généralement un motif séquentiel direct, déclara Laura en scrutant le dessin formé par les quatre cartes étalées sur la table, et Meredith entendit de l'hésitation dans sa voix. Nous n'en sommes qu'au début, mais généralement, à cette étape, je vois clairement quels événements appartiennent au passé, au présent ou au futur. Mais là, je ne sais pourquoi, la ligne temporelle est confuse. La séquence semble faire de brusques saccades en arrière, en avant, comme si les événements étaient brouillés, comme s'ils oscillaient entre passé et présent.

Meredith se pencha en avant.

— Vous voulez dire que vous ne parvenez pas à interpréter les cartes à mesure que je les tire ?

— Non, non, ce n'est pas ça... À dire vrai, Meredith, je ne puis me prononcer avec certitude. Les choses se mettront sans doute en place à mesure que nous avancerons, ajouta-t-elle en haussant les épaules.

Meredith ne savait comment réagir. Elle avait envie que Laura se montre plus explicite, mais ignorait quelles questions poser pour obtenir les réponses qu'elle désirait, aussi ne dit-elle rien.

À la fin, ce fut Laura qui rompit le silence.

— Tirez-en une autre, dit-elle. La cinquième carte représente le passé récent.

Meredith tira Le Huit des Deniers à l'envers et fit la moue quand elle apprit sa signification. Selon Laura, la carte indiquait que de gros efforts et un indéniable talent ne produiraient peut-être pas les fruits escomptés.

La sixième carte, associée au futur proche, était Le Huit des Bâtons, inversé. Meredith sentit un frisson dans sa nuque. Elle jeta un coup d'œil à Laura, sans rien laisser paraître de ce qu'elle ressentait.

— C'est une carte de mouvement, d'action, déclara Laura. Elle suggère un dur labeur et des projets arrivant à terme. Des choses sur le point de décoller. Sous certains aspects, c'est le plus optimiste des huit, ajouta-t-elle, et elle s'interrompit pour regarder Meredith. Je suppose que toutes ces références au travail signifient quelque chose pour vous ?

— Oui, admit Meredith. Je suis en train d'écrire un livre. Mais... Est-ce que la signification change quand la carte est à l'envers, comme ici ?

— L'envers indique du retard, dit Laura. Une entreprise coupée dans son élan. Un projet qui reste en suspens.

Comme abandonner Paris pour Rennes-les-Bains, par exemple, songea Meredith. Faire passer l'intérêt personnel avant le professionnel.

— Hélas, cela aussi a du sens, convint-elle avec un petit sourire désabusé. Serait-ce un avertissement, conseillant au consultant de ne pas se disperser ?

— C'est fort possible, convint Laura. Pourtant le retard n'est pas forcément mauvais. Il se peut que ce soit pour vous la bonne attitude à adopter en ce moment précis de votre vie.

Meredith sentait que Laura attendait tout en l'observant qu'elle en ait fini avec cette carte avant de l'inviter à en tirer une autre.

— La suivante représente l'environnement dans lequel les événements présents ou futurs arrivent ou vont se produire. Vous la placerez au-dessus de la carte six.

Meredith tira donc la septième et la posa.

C'était une haute tour grise sous un ciel menaçant. Un éclair en fourche semblait couper l'image en deux.

Meredith frémit et eut pour la carte une antipathie immédiate. Balivernes, se dit-elle. Alors pourquoi regrettait-elle à ce point de l'avoir tirée ?

— La Tour, lut-elle. Pas terrible, comme carte, hein ?

— Aucune carte n'est bonne ou mauvaise, répliqua machinalement Laura, mais son visage exprimait tout autre chose. Cela dépend du moment où elle sort et de sa relation aux cartes voisines... Cela dit, traditionnellement, La Tour indique en effet un changement dramatique. Elle évoque la destruction, le chaos. (Elle jeta un coup d'œil à Meredith, puis revint à la carte.) Lue de façon positive, c'est une carte de libération, quand l'édifice de nos illusions, limites, frontières s'effondre, nous laissant libres de repartir de zéro. Un éclair d'intuition, si vous préférez. Elle n'est pas nécessairement négative.

— J'ai compris, dit Meredith avec un soupçon d'impatience. Mais en l'occurrence, ce n'est pas ainsi que vous l'interprétez, n'est-ce pas ?

Laura croisa son regard.

— Un conflit, déclara-t-elle. Voilà ce que j'y vois.

— Avec qui ou avec quoi ? s'enquit Meredith en se reculant sur sa chaise.

— Cela, vous seule pouvez le savoir. Peut-être est-ce ce que vous avez évoqué tout à l'heure, un conflit entre des exigences personnelles et professionnelles. Mais il peut s'agir aussi d'une divergence entre ce que les gens attendent de vous et ce que vous pouvez donner, une divergence débouchant sur un malentendu.

Meredith ne dit rien. Intérieurement, elle s'efforçait d'empêcher une certaine idée de sortir la tête du trou où elle l'avait soigneusement enfouie.

Et si je découvrais sur mes origines quelque chose qui vienne tout bouleverser ? songea-t-elle.

— Voyez-vous à quoi cette carte pourrait se référer ? demanda doucement Laura.

— Je... Non, affirma Meredith avec plus d'assurance qu'elle n'en éprouvait. Comme vous dites, ce pourrait être tant de choses.

Elle hésita, pleine d'appréhension, puis tira une nouvelle carte, celle qui représentait le soi. Le Huit des Coupes.

— Encore ! marmonna-t-elle, et elle tira aussitôt la suivante.

Le Huit des Épées.

Encore une octave.

Laura réagit malgré elle. Sa respiration se fit plus rapide, plus saccadée.

— Tous ces huit... Qu'est-ce que ça peut vouloir dire ?

Il y eut un silence.

— C'est très inhabituel, finit par avouer Laura.

Meredith étudia l'ensemble du jeu. Il n'y avait pas que les octaves qui liaient les cartes des arcanes majeurs, ni la répétition du chiffre huit. C'était aussi les notes sur la robe de La Justice, et les yeux verts de la jeune fille représentant La Force.

— La probabilité de tirage est évidemment la même pour toutes les cartes, dit Laura, pour la forme et sans grande conviction, comme pour cacher ce qu'elle pensait vraiment. Il y a ni plus ni moins de probabilités que les quatre cartes d'un chiffre ou d'une figure sortent durant un tirage qu'au cours d'autres jeux.

— Mais cela vous est-il déjà arrivé ? insista Meredith en contemplant l'ensemble. La Tour est également un multiple de huit, puisqu'il s'agit de la carte XVI.

— Non, autant que je m'en souvienne, convint Laura à contrecœur.

144

— Et que signifie Le Huit des Épées ? s'enquit Meredith en tapotant la carte du doigt.

— Une interférence. Elle indique quelque chose, ou quelqu'un, qui vous retient, vous tire en arrière.

— Comme Le Pagad ?

— C'est possible, mais..., hésita Laura, comme pour prendre le temps de choisir ses mots. D'un côté, il y a l'aboutissement imminent d'un projet important, qui touche au travail, à la vie personnelle, ou peut-être aux deux. C'est le cas ? demanda-t-elle en levant la tête.

Meredith se rembrunit.

— Continuez, dit-elle sans rien ajouter.

— D'un autre côté, en parallèle, il y a les signes d'un voyage ou d'un changement de circonstances.

— Cela correspond assez bien, mais...

— Je sens autre chose, affirma Laura en l'interrompant. Ce n'est pas très clair, mais je le sens. Cette dernière carte... elle parle d'un élément que vous allez découvrir, ou mettre en lumière.

Le regard de Meredith se fit plus pénétrant. Depuis le début, elle ne cessait de se rabâcher que ce n'était qu'une expérience amusante, sans conséquences et qui ne signifiait rien. Alors pourquoi son cœur battait-il si fort, sur un rythme si désordonné ?

— Rappelez-vous, Meredith, lui dit Laura d'un ton pressant, l'art de la divination par l'interprétation des cartes ne prétend pas prédire ce qui va ou non se produire. Il explore les possibilités, découvre les motivations et désirs inconscients susceptibles d'influencer un comportement donné.

— Je sais.

Un jeu amusant et inoffensif, c'est tout, se répéta-t-elle.

Mais il y avait une telle intensité chez Laura, sur

145

son visage tendu par la concentration, que l'atmosphère, au lieu de légèreté, était empreinte d'une extrême gravité.

— Une lecture de tarot devrait accroître le libre arbitre, non le diminuer, pour la simple raison qu'elle nous en dit plus sur nous-même et sur les problèmes auxquels nous sommes confrontés. Nous sommes libres de prendre les décisions que nous pensons les meilleures. D'emprunter tel ou tel chemin.

— Je comprends, acquiesça Meredith.

Soudain, elle n'eut plus qu'une envie, en finir. Tirer la dernière carte, entendre ce que Laura avait à lui dire, puis sortir d'ici.

— Du moment que vous vous en souvenez, ajouta Laura.

C'était une mise en garde sans ambiguïté. Meredith dut lutter contre son envie de se lever pour partir sur-le-champ.

— Cette dernière carte, la dix, complétera le tirage. Elle se place en haut, du côté droit.

Un moment, la main de Meredith sembla planer au-dessus du jeu. C'était comme si des lignes invisibles reliaient sa paume aux dos vert, or et argent des cartes.

Alors elle prit la dernière et la retourna.

Un petit cri s'échappa de ses lèvres. De l'autre côté de la table, elle s'aperçut que Laura serrait les poings.

— La Justice, dit Meredith d'une voix égale. Celle qui me ressemble, d'après votre fille.

Laura ne releva pas la tête.

— La pierre associée à La Justice est l'opale, récita-t-elle comme elle aurait lu la page d'un livre. Les couleurs sont bleu saphir, jaune topaze. Il y a aussi un signe astrologique lié à cette carte. La Balance.

Meredith eut un petit rire, qui sonna creux.

146

— Je suis Balance, dit-elle. Je suis née un 8 octobre.

Laura ne réagit pas, comme si rien ne la surprenait dans ce nouvel élément d'information.

— Dans le tarot Bousquet, La Justice est une carte puissante, continua-t-elle. Si vous acceptez l'idée que les arcanes majeurs sont le voyage du Fou allant d'une bienheureuse ignorance à l'illumination, La Justice se trouve au point médian de ce voyage.

— Ce qui veut dire ?

— Généralement, quand cette carte sort lors d'un tirage, elle incite à conserver un point de vue équilibré. Le consultant doit prendre garde de ne pas s'égarer, de parvenir à une compréhension juste et appropriée de la situation.

Meredith sourit.

— Mais elle est à l'envers, remarqua-t-elle, surprise du calme de sa propre voix. Cela change la donne, n'est-ce pas ?

Laura resta silencieuse.

— Alors ? insista Meredith.

— Inversée, la carte avertit de quelque injustice. Peut-être d'un préjudice, d'une distorsion, d'une erreur judiciaire. Elle contient aussi de la colère, inspirée justement par un sentiment d'injustice, celui d'être jugé ou méjugé à tort.

— Et d'après vous, cette carte me représente-t-elle ?

— Oui, je le crois, conclut Laura après un petit temps. Pas seulement parce qu'elle est sortie en dernier dans le tirage... Ni à cause de l'évidente ressemblance physique...

— Laura ? dit Meredith en cherchant cette fois son regard.

— Eh bien, je crois effectivement qu'elle vous

représente, mais en même temps, je ne pense pas qu'elle indique une injustice qui vous serait faite. J'aurais plutôt tendance à croire que vous pourriez être appelée à réparer un tort. Vous en agent de la justice, conclut-elle, levant enfin les yeux. C'est peut-être ce que je pressentais plus tôt. Qu'il y avait autre chose, caché sous les éléments explicites indiqués par la séquence.

Meredith contempla les dix cartes étalées sur la table. Les paroles de Laura tournoyaient dans sa tête.

Explorer les possibilités, découvrir les motivations, les désirs inconscients.

Le Magicien et Le Diable, avec leurs yeux d'un bleu perçant, le premier étant le double octave du second. Tous ces huit, chiffre de la mise en lumière et de l'accomplissement.

Avançant la main, Meredith prit d'abord la quatrième carte du jeu exposé, puis la dernière. Force et Justice.

Inexplicablement, elles lui semblaient liées.

— À un moment, j'ai eu l'impression de comprendre, dit-elle posément, plus pour elle-même que pour Laura. Comme si, quelque part sous la surface, tout cela avait un sens.

— Et maintenant ?

Meredith releva la tête et les deux femmes se regardèrent un instant dans les yeux.

— Maintenant ce ne sont plus que des images. Juste des formes et des couleurs.

Ces paroles restèrent comme suspendues entre elles. Puis, sans prévenir, Laura rassembla prestement les cartes. On aurait dit qu'elle ne voulait pas laisser une seconde de plus le motif dessiné par les cartes intact sur la table.

— Vous devriez les prendre, dit-elle. Résoudre les choses par vous-même.

— Comment ? fit Meredith, persuadée d'avoir mal entendu.

— Ce jeu vous appartient, affirma Laura en lui tendant le paquet.

— Mais non, enfin, je ne vois pas pourquoi..., protesta Meredith.

Laura sortit un grand carré de soie noire et y rangea les cartes.

— Tenez, dit-elle en les plaçant devant elle. C'est une autre tradition du tarot. Pour beaucoup de gens, on ne doit jamais acheter soi-même un jeu, mais attendre qu'on vous en offre un comme cadeau, qui sera le bon.

— Laura, je ne puis accepter. D'ailleurs je ne saurais qu'en faire.

Elle se leva, enfila son blouson. Laura aussi se leva.

— À mon avis, vous en aurez besoin.

Un instant, leurs yeux se croisèrent.

— Mais je n'en veux pas.

Si j'accepte, il n'y aura plus moyen de revenir en arrière, se dit-elle.

— Le jeu vous appartient... Et je crois qu'au fond de vous, vous le savez.

Meredith sentit la pièce se refermer sur elle. Les murs en couleur, la nappe imprimée sur la table, étoiles, soleils, croissants de lune, tout vibrait, changeait de forme, grossissait, rapetissait. Et il y avait autre chose, un rythme qui pulsait dans sa tête, comme une musique. Ou le vent dans les arbres.

Enfin.

Meredith entendit le mot aussi fort et distinctement que si elle l'avait prononcé. Elle se retourna, pensant que quelqu'un était peut-être entré derrière elle. Il n'y avait personne.

Comme si les événements oscillaient entre passé et présent.

Ces cartes, elle ne voulait plus en entendre parler, mais face à la détermination de Laura, il n'y avait pas moyen de s'esquiver.

Elle les prit. Puis, sans un mot, elle tourna le dos et dévala l'escalier.

17.

Meredith erra dans les rues de Paris sans notion du temps, gardant le jeu dans sa main, avec l'impression qu'à tout moment les cartes pouvaient exploser, et elle avec. Elle n'en voulait pas, pourtant elle se savait incapable de s'en débarrasser.

Ce ne fut qu'en entendant les cloches de Saint-Gervais sonner une heure qu'elle se rendit compte qu'elle risquait bel et bien de rater son avion pour Toulouse.

Rassemblant ses esprits, elle s'engouffra dans un taxi à l'arrêt en criant au chauffeur qu'il recevrait un bon pourboire s'il parvenait à l'amener rapidement à bon port. Ils démarrèrent en trombe et se mêlèrent à la circulation.

Dix minutes plus tard, ils étaient rue du Temple. Meredith sauta du taxi, et tandis que le chauffeur l'attendait en laissant tourner le compteur, elle fonça, monta l'escalier jusqu'à sa chambre, fourra les affaires dont elle avait besoin dans son sac de voyage, saisit au passage l'ordinateur et son chargeur, puis redescendit comme une flèche. Elle confirma au réceptionniste qu'elle serait de retour à Paris à la fin de la semaine et resterait une ou deux nuits, puis remonta dans le taxi qui fila à travers la ville vers l'aéroport d'Orly.

Elle arriva un quart d'heure avant le décollage.

Tout ce temps, Meredith était en pilotage automatique. Son côté efficace et organisé la poussait à s'activer presque machinalement, mais son cerveau était ailleurs. Des phrases dont elle se souvenait par bribes, des idées qu'elle avait saisies à moitié, des subtilités qui lui avaient échappé. Toutes ces choses que Laura avait dites.

L'effet qu'elles ont eu sur moi.

En passant la sécurité, Meredith se rendit compte que, dans sa hâte, elle avait oublié de payer la séance à Laura. Rouge de confusion, elle calcula qu'elle avait dû y rester une bonne heure, sinon deux, et se promit d'envoyer de l'argent, supplément compris, dès son arrivée à Rennes-les-Bains.

Sortilège. L'art de lire le sort, autrement dit l'avenir, dans les cartes.

Comme l'avion décollait, Meredith sortit son carnet de son sac et se mit à écrire tout ce dont elle put se souvenir. Un voyage. Le Magicien et Le Diable, deux personnages aux yeux bleus à qui l'on ne pouvait totalement se fier. Elle, agissant pour rétablir la justice. Tous les huit.

Tandis que le 737 traversait les cieux azur du nord de la France et survolait le Massif central vers le sud à la poursuite du soleil, Meredith écouta au casque la *Suite Bergamasque* de Debussy et écrivit jusqu'à en avoir mal au bras, noircissant des pages et des pages de remarques et de croquis précis. Les paroles de Laura passaient et repassaient en boucle dans sa tête, rivalisant avec la musique.

Des glissements entre passé et présent.

Et tout ce temps, comme un hôte indésirable, les cartes étaient tapies au fond de son sac de voyage, dans le casier à bagages au-dessus de sa tête.

Le Livre d'images du Diable.

III

Rennes-les-Bains
Septembre 1891

18.

Sitôt la décision prise d'accepter l'invitation d'Isolde Lascombe, Anatole organisa leur départ.

Après le petit déjeuner, il alla envoyer le télégramme de confirmation et acheter les billets de train pour le lendemain, tandis que Marguerite emmenait Léonie faire des emplettes en prévision de son séjour à la campagne. Elles entrèrent d'abord à La Maison Léoty pour acheter de coûteux dessous qui donnèrent à Léonie l'impression d'être devenue une « vraie femme », tant ils transformaient sa silhouette. À La Samaritaine, elles choisirent une robe d'après-midi et un costume d'automne qui lui permettrait de marcher dans la campagne. Quoique chaleureuse et affectueuse, sa mère restait distante, comme préoccupée. Léonie se doutait que tous leurs achats étaient mis sur le compte de Du Pont, et elle se résignait à l'idée que lorsque Anatole et elle reviendraient à Paris en novembre, ils se retrouveraient encombrés d'un nouveau père.

Bien sûr, elle était excitée par la perspective du voyage à venir, mais elle se sentait aussi un peu déboussolée. Sans doute le contrecoup des émotions de la veille au soir. Elle n'avait pas eu l'occasion de parler avec Anatole ni de discuter avec lui de cette invitation, si opportune pour lui. Une coïncidence qui lui semblait un peu étrange.

Après le déjeuner, profitant de la douceur de l'après-midi, Marguerite et Léonie allèrent se promener au parc Monceau, où se retrouvaient les fils et filles d'ambassadeurs habitant dans le coin. Une bande de garçonnets jouait aux gendarmes et aux voleurs en poussant des cris surexcités, tandis que des petites filles en rubans et jupons blancs, surveillées par des nurses et des gardes du corps à la peau sombre, faisaient une partie de marelle. C'était l'un des jeux préférés de Léonie quand elle était petite, aussi s'arrêtèrent-elles pour regarder les gamines jeter le palet dans les carrés et sauter à cloche-pied de la terre jusqu'au ciel. Voyant sa mère doucement émue par ces échos du passé, Léonie se décida à l'interroger.

— Pourquoi n'étiez-vous pas heureuse au Domaine de la Cade, maman ?

— Je ne m'y me sentais pas à mon aise, ma chérie, voilà tout.

— Mais pourquoi ? À cause des gens qui vous entouraient ou de l'endroit lui-même ?

Marguerite haussa les épaules, éludant sa question, mais Léonie insista.

— Voyons, maman, il doit bien y avoir une raison.

— Mon demi-frère était un homme étrange et solitaire, avoua sa mère avec un soupir. Il n'avait pas envie d'avoir une petite sœur sur le dos, et encore moins la deuxième épouse de son père. Nous avions toujours l'impression d'être de trop.

Léonie resta pensive un instant.

— Et moi, croyez-vous que je vais m'y plaire ?

— Oh oui, j'en suis certaine, s'empressa de

répondre Marguerite. La propriété est magnifique, et j'imagine qu'en trente ans on a dû encore l'améliorer.

— Et la maison elle-même ?

Marguerite ne répondit pas.

— Maman ?

— C'était il y a longtemps, affirma-t-elle. Les choses ont dû changer depuis.

Le vendredi 18 septembre, jour de leur départ, l'embellie était finie. Il faisait un temps humide et venteux.

Léonie se réveilla tôt, nerveuse, palpitante, regrettant déjà de quitter son petit monde familier. Les bruits de la ville, les moineaux qui pépiaient en ligne sur les gouttières en zinc, les visages connus des voisins et des commerçants, tout lui semblait charmant et lui inspirait à l'avance tant de nostalgie qu'elle en avait les larmes aux yeux.

Anatole non plus ne paraissait pas dans son assiette. La bouche pincée, l'œil éteint, il était posté à l'une des fenêtres du salon et observait la rue en contrebas, comme aux aguets.

— Dites au chauffeur que nous descendons tout de suite, ordonna-t-il à la servante venue les prévenir que le fiacre les attendait.

— Tu vas voyager ainsi accoutré ? remarqua Léonie en le voyant en costume gris et redingote. On dirait que tu vas au bureau.

— C'est exprès, lui rétorqua-t-il en quittant la fenêtre pour la rejoindre. Quand nous serons loin de Paris, je me changerai et endosserai une tenue moins guindée.

— Bien sûr, que je suis bête, dit Léonie, confuse de n'avoir pas compris plus tôt.

— Dépêche-toi, sœurette, lui lança-t-il en prenant

son haut-de-forme. Il ne faut pas que nous rations notre train.

Dans la rue, une fois leurs bagages chargés, ils montèrent en voiture.

— À la gare Saint-Lazare ! cria Anatole haut et fort, pour se faire entendre du cocher par-dessus les rafales de vent.

Léonie serra sa mère dans ses bras et promit d'écrire. Quand elle vit que Marguerite avait les yeux rouges, la surprise lui fit à elle aussi verser des larmes. Leurs adieux dans la rue de Berlin furent donc plus émus que Léonie ne l'avait prévu.

Le fiacre se mit à rouler. Comme il tournait au coin de la rue d'Amsterdam, prise d'une impulsion, Léonie abaissa la fenêtre.

— Au revoir, maman ! lança-t-elle à Marguerite, toujours campée sur le trottoir.

Puis elle se rassit et se tamponna les yeux avec un mouchoir. Anatole lui prit la main.

— Je suis sûr qu'elle se débrouillera très bien sans nous, la rassura-t-il.

— Du Pont veillera sur elle, renchérit Léonie en reniflant. Mais dis-moi, tu ne t'es pas trompé ? L'express ne part-il pas de la gare de Lyon et non de Saint-Lazare ?

— J'aime mieux laisser croire aux fouineurs éventuels que nous partons pour les banlieues ouest, lui murmura-t-il d'un air de conspirateur.

— Ah je vois... pour donner le change.

— Exactement ! lui rétorqua Anatole en lui donnant une petite tape sur le bout du nez.

Quand ils furent arrivés gare Saint-Lazare, il fit transférer leurs bagages dans une deuxième voiture, puis il se mit à discuter ostensiblement avec le chauffeur. Mais, malgré son air désinvolte, Léonie remarqua qu'il était congestionné et que son front luisait de sueur, alors qu'il faisait froid et humide.

— Tu ne te sens pas bien ? lui demanda-t-elle, inquiète.

— Si... mais tous ces subterfuges me mettent les nerfs en pelote. Ça ira mieux quand nous serons loin de Paris.

— Qu'aurais-tu fait si l'invitation n'était pas arrivée à point nommé ? s'enquit Léonie, intriguée.

— Je me serais arrangé autrement, répliqua Anatole en haussant les épaules et, décevant les attentes de sa sœur, il s'en tint là.

— Maman est-elle au courant de tes... obligations chez Frascati ? murmura-t-elle.

Anatole ne répondit pas directement à sa question.

— Je l'ai prévenue. Si quelqu'un vient chez nous la relancer, elle doit prétendre que nous sommes allés à Saint-Germain-en-Laye. La famille de Debussy est de là-bas... Bon, ça ira comme ça, sœurette ? lui demanda-t-il en lui mettant les deux mains sur les épaules pour la faire se tourner face à lui.

— Ça ira, assura Léonie en relevant le menton.

— Plus de questions ?

— Plus de questions, répondit-elle avec un petit sourire contrit.

À leur arrivée à la gare de Lyon, Anatole régla le cocher en lui jetant presque le prix de la course et fonça dans le hall comme s'il avait une meute de chiens à ses trousses. Léonie le suivit sans protester, comprenant qu'après s'être fait remarquer à Saint-Lazare, il voulait en ces lieux passer inaperçu.

Comme il consultait le tableau des départs, il porta machinalement sa main à la poche de son gilet avant de se raviser.

— Tu as égaré ta montre ? s'inquiéta-t-elle.

— Non, on me l'a prise durant l'attaque.

Ils longèrent le quai en cherchant leur compartiment. Léonie lut les destinations placardées sur le flanc des voitures : Valence, Avignon, et enfin Marseille.

Le lendemain, ils prendraient le train qui longeait le littoral de Marseille à Carcassonne. Puis le dimanche matin, ils quitteraient Carcassonne pour Couiza-Montazels, la gare la plus proche de Rennes-les-Bains. De là, d'après les indications de leur tante, il n'y avait qu'un court trajet en voiture jusqu'au Domaine de la Cade, situé au pied des collines des Corbières.

Pendant qu'Anatole s'absorbait dans sa lecture, caché par les feuilles dépliées d'un journal, Léonie observa les passants, messieurs en haut-de-forme et dames en longues robes traînantes. Un mendiant au visage émacié apparut à la fenêtre de leur compartiment première classe et, de ses doigts crasseux, il remontait la vitre pour demander l'aumône, quand le chef de gare le fit déguerpir.

Il y eut un son strident, un sifflet, puis la machine mugit, crachant son premier jet de vapeur par la gueule noire de sa cheminée. Une volée d'étincelles, le crissement du métal sur le métal, et le train s'ébranla lentement en toussant.

Il prit de la vitesse à mesure qu'il s'éloignait du quai. Léonie se radossa et regarda Paris disparaître dans un tournoiement de fumées blanches.

19.

Léonie trouva très plaisant ce voyage de trois jours à travers la France. Dès que l'Express eut quitté la lugubre banlieue parisienne, Anatole avait retrouvé sa bonne humeur et l'avait distraite en la régalant d'anecdotes, en jouant aux cartes, en discutant de la manière dont ils allaient passer le temps à la montagne.

Peu après 18 heures le vendredi, ils étaient descendus à Marseille. Le lendemain, ils avaient longé la côte jusqu'à Carcassonne, puis passé une assez mauvaise nuit dans un hôtel au service déplorable, sans eau chaude. Léonie s'était réveillée avec la migraine, et ils avaient eu tant de mal à trouver un fiacre un dimanche matin qu'ils avaient bien failli manquer leur correspondance.

Cependant, sitôt que le train avait quitté la ville et sa périphérie, Léonie s'était sentie mieux. Sous le charme, elle avait posé son guide touristique sur le siège, à côté d'un recueil de nouvelles, et contemplait à présent les paysages méridionaux qui défilaient par la fenêtre.

La voie ferrée suivait le cours méandreux de l'Aude au fond d'une vallée argentée, en direction des Pyrénées. Au début, les rails avaient longé la route à travers un pays plat et désertique. Mais bientôt, ce fut une région de vignobles à perte de vue, rompus çà et là par des champs de tournesols encore en fleur, qui tendaient vers l'est leurs lourdes corolles jaune d'or.

Le train s'arrêta un quart d'heure à Limoux, une ville de moyenne importance. Ensuite, le paysage devint plus escarpé, plus rocailleux et moins riant, à mesure que les plaines cédaient le pas aux garrigues des Hautes Corbières. Le train bringuebalait en équilibre précaire sur des rails étroits au-dessus de la rivière quand soudain, au détour d'un virage, les Pyrénées apparurent au loin, blancheur bleutée scintillant dans une brume de chaleur.

Léonie en eut le souffle coupé. Magnifiques, immuables, les montagnes se dressaient telle une muraille puissante reliant le ciel à la terre. Face à une telle splendeur, les ouvrages des hommes semblaient bien peu de chose, et billevesées les acides controverses sur la tour en métal de M. Eiffel, les grands boulevards du baron Haussmann ou l'opéra du sieur Garnier. Ce paysage-là était d'une tout autre échelle. Ici, la terre, le feu, l'air et l'eau se déclinaient avec une harmonique aussi précise que les touches d'un piano.

Le train avait considérablement ralenti son allure, il sifflait et ahanait dans un bruit de ferraille, en avançant par saccades. Quand Léonie abaissa la vitre, l'air du Midi vint lui caresser les joues. Des collines boisées d'un vert brun enflammé de rouge s'élevaient à l'ombre de falaises en granit gris. Bercée par les oscillations du train et le chuintement des roues sur les rails, Léonie sentit ses paupières se fermer peu à peu.

Elle fut brusquement réveillée par les crissement aigus des freins et, après un instant d'égarement, voyant son guide couché sur ses genoux et, en face d'elle, Anatole endormi, elle se souvint. Non, elle n'était pas à Paris, mais dans un train cahotant à travers le Midi.

Encore engourdie, Léonie regarda à travers la vitre crasseuse pour tenter de distinguer les lettres peintes sur la pancarte du quai. Puis elle entendit le chef de gare annoncer avec un fort accent du Midi « Couiza-Montazels. Dix minutes d'arrêt ».

Se redressant d'un bond, elle tapota son frère sur le genou.

— Anatole, nous y sommes ! Lève-toi !

Déjà les portières des voitures s'ouvraient et se fermaient avec des claquements rappelant les applaudissements peu nourris du public aux concerts Lamoureux.

— Anatole ! répéta-t-elle, certaine qu'il faisait semblant de dormir. C'est l'heure. Nous sommes arrivés à Couiza.

Elle se pencha à la fenêtre.

On était un dimanche, qui plus est dans l'arrière-saison, pourtant des porteurs attendaient, adossés à leurs chariots. Presque tous portaient une casquette ramenée en arrière et un gilet ouvert sur une chemise aux manches relevées jusqu'aux coudes.

— Porteur, s'il vous plaît ! appela-t-elle en levant le bras.

Le premier de la file se précipita, manifestement alléché. Léonie se retira dans le compartiment pour rassembler ses affaires. Soudain la portière s'ouvrit.

— Permettez, mademoiselle, lui lança un homme depuis le quai, et alors qu'elle déclinait poliment son offre, il s'avança pour regarder dans le compartiment.

En voyant Anatole toujours endormi et les valises

restées sur le porte-bagages, il monta dans la voiture sans y être invité en disant « J'insiste ».

Il inspira immédiatement à Léonie une violente antipathie. Malgré son faux col amidonné, son gilet croisé, son haut-de-forme, il n'avait pas l'air d'un monsieur comme il faut. Quelque chose en lui dénotait. Son regard était trop hardi, trop impertinent.

— Merci, mais ce n'est pas la peine, répondit-elle, sentant dans son haleine des effluves d'eau-de-vie.

Mais sans attendre sa permission, il soulevait déjà l'une de leurs valises du porte-bagages en bois. Léonie le vit jeter un coup d'œil aux initiales gravées dans le cuir quand il posa par terre la malle d'Anatole.

Agacée, elle secoua rudement son frère par le bras.

— Anatole, on est à Couiza ! Réveille-toi !

Enfin, il daigna bouger, battit des paupières, regarda autour de lui d'un air ébahi, puis lui sourit.

— J'ai dû m'assoupir, dit-il en lissant ses cheveux gominés. Désolé.

Quand l'homme lâcha sans ménagement la malle d'Anatole qui tomba sur le quai avec un bruit sourd, Léonie fit la grimace.

— Attention. C'est fragile, lui dit-elle vivement, comme il revenait pour prendre sa précieuse boîte à ouvrage en bois laqué.

— Bien sûr, ne vous en faites pas, répliqua-t-il en la dévisageant, avant de regarder les initiales dorées gravées sur le couvercle – L.V.

Quand Anatole se leva, le compartiment parut brusquement rapetisser. Il se regarda brièvement dans le miroir au-dessus du porte-bagages, se rajusta, redressa son col, tira sur ses manchettes. Puis il se pencha et s'empara prestement de son chapeau, de ses gants et de sa canne.

— Nous y allons ? dit-il avec désinvolture en lui offrant son bras.

Alors seulement il remarqua qu'on avait déjà descendu leurs bagages sur le quai.

— Merci infiniment, monsieur, dit-il à leur compagnon. Vous êtes bien aimable.

— Je vous en prie. Tout le plaisir était pour moi. Monsieur...

— Vernier. Anatole Vernier. Et voici ma sœur, Léonie.

— Charles Denarnaud, à votre service, répliqua l'homme en tapotant son chapeau. Vous séjournez à Couiza ? Dans ce cas, je serais ravi de...

Un coup de sifflet strident l'interrompit.

— En voiture ! Les voyageurs pour Quillan et Espéranza, en voiture ! cria le chef de gare.

— Non, pas à Couiza même, répondit Anatole en hurlant presque par-dessus le rugissement de la chaudière. Mais tout près. À Rennes-les-Bains.

— Ma ville natale ! s'exclama Denarnaud avec un large sourire.

— Ah oui ? Nous résidons au Domaine de la Cade. Vous connaissez ?

Éberluée, Léonie fixait Anatole. Lui qui avait tant insisté pour qu'ils fassent preuve de la plus grande discrétion, voilà qu'il étalait leur vie privée à un complet inconnu, sans réfléchir.

— Domaine de la Cade. Oui, je connais, répondit Denarnaud d'un ton circonspect.

La machine lâcha un énorme jet de vapeur dans un bruit assourdissant. Léonie recula en sursautant et Denarnaud remonta d'un bond à bord du train.

— Merci encore pour votre obligeance, lança Anatole.

Denarnaud se pencha à la fenêtre et les deux

hommes échangèrent leurs cartes, puis se serrèrent la main tandis que le quai disparaissait dans un nuage de vapeur.

— Il a l'air d'un chic type, dit Anatole en reculant enfin.

— Tu disais que nous devions garder nos projets pour nous, déclara-t-elle, les yeux étincelants de colère.

— Simple politesse, il n'y a rien de mal à ça, répliqua Anatole.

L'horloge de la gare se mit à sonner.

— Alors nous sommes toujours en France, semble-t-il, commença Anatole d'un air guilleret, puis il s'interrompit en voyant son regard. Mais qu'est-ce qui se passe ? Ai-je fait ou dit quelque chose qui t'a déplu ?

— Je suis de mauvaise humeur et j'ai chaud, soupira Léonie. Je me suis ennuyée, toute seule. Et puis tu m'as laissée à la merci de ce gêneur.

— Tu es bien sévère. Moi, je l'ai trouvé plutôt sympathique, ce Denarnaud, rétorqua-t-il en lui pressant la main. Mais je te demande pardon. C'est vrai, je me suis endormi. Quel crime odieux !

Léonie fit la moue.

— Allons nous restaurer, sœurette, dit-il en l'entraînant. Tu te sentiras mieux après.

20.

Le soleil les frappa de plein fouet à l'instant où ils sortirent de l'ombre de la gare tandis qu'un vent tournoyant leur jetait au visage des nuages de sable et de poussière brune. Léonie se débattit avec le fermoir de sa toute nouvelle ombrelle.

Pendant qu'Anatole s'occupait de leurs bagages avec le porteur, elle regarda alentour. Elle n'avait jamais voyagé si loin de Paris et de sa banlieue. En fait, ses expéditions ne l'avaient pas menée au-delà de Chartres ou des bords de Marne où ils allaient pique-niquer étant enfants. C'était la France, bien sûr, mais une France si différente... Léonie reconnaissait certains panneaux indicateurs ainsi que des affiches publicitaires pour des apéritifs, du cirage, du sirop pour la toux, mais pour le reste, c'était un autre monde.

Le hall de gare débouchait sur une petite rue animée bordée de larges tilleuls, où vaquait une population de femmes à la peau brune, de cheminots, de rouliers, de gosses des rues crasseux en culottes courtes. Un homme en veste d'ouvrier, sans gilet, une miche de pain sous le bras, en croisait un autre en costume noir, les cheveux coupés court, qui avait l'allure d'un professeur d'école. Une charrette roulait, chargée de sacs de charbon et de petit bois. Léonie avait l'étrange impression d'être ramenée dans l'ancien temps et projetée par hasard dans l'univers des *Contes d'Hoffmann* d'Offenbach.

— D'après ce qu'on m'a dit, il y aurait un restaurant convenable sur l'avenue de Limoux, dit Anatole en réapparaissant avec sous le bras *La Dépêche de Toulouse,* le journal local. Il y a aussi un bureau avec télégraphe, téléphone, et même un service de poste restante. À Rennes-les-Bains également, paraît-il, ainsi nous ne serons pas complètement coupés de la civilisation. Quant à trouver une voiture, il ne faut pas trop y compter, surtout pas un dimanche et si tard dans la saison, ajouta-t-il en grattant une allumette après avoir tassé sa cigarette sur son étui.

Le Grand Café Guilhem se trouvait de l'autre côté du pont. Quelques tables étaient disposées en terrasse à l'ombre d'un grand auvent qui faisait toute la longueur du restaurant. Des caisses et des pots en terre cuite garnis d'arbustes et de géraniums formaient une haie de verdure qui protégeait l'intimité des clients.

— Je doute qu'il y ait des salons privés, mais la terrasse m'a l'air convenable. Ça te va ?

On les escorta jusqu'à une table bien située. Anatole commanda pour eux deux et se mit à discuter avec le patron, tandis que Léonie promenait son regard à la ronde. Des rangées de platanes à l'écorce mouchetée, plantés au passage de Napoléon, donnaient de l'ombre à la rue. Elle fut surprise de constater qu'en plus de l'avenue de Limoux, les rues voisines étaient elles aussi bitumées. Cela venait sans doute de la proximité de la station thermale, très fréquentée, et de la forte circulation de voitures publiques ou privées qui en découlait au plus fort de la saison.

Dès qu'ils furent assis, le serveur s'empressa d'apporter un plateau de boissons, une carafe d'eau fraîche, un grand verre de bière pour Anatole et un pichet de vin du pays. Puis ce fut le déjeuner, simple, mais qu'ils trouvèrent tout à fait convenable, et même assez bon : œufs mimosa, galantine et charcuteries, aspic de volaille, fromage du pays. À un moment, Léonie s'absenta pour aller aux toilettes, et quand elle revint dix minutes plus tard, Anatole était en grande conversation avec leurs voisins de table, un monsieur d'âge mûr, dans un habit très strict de banquier ou d'homme de loi, face à un jeune homme blond à la moustache fournie.

— Dr Gabignaud, maître Fromilhague, j'ai le plaisir de vous présenter ma sœur, Léonie, dit Anatole.

Les deux hommes se levèrent à demi pour la saluer.

— Le Dr Gabignaud me parlait de Rennes-les-Bains, où il exerce comme médecin, expliqua Anatole, tandis que Léonie se rasseyait. Vous disiez que vous aviez été l'assistant du Dr Courrent pendant trois ans ?

— En effet, confirma Gabignaud. Nos thermes sont les plus anciens de la région. En outre, grâce à la variété de nos sources, nous pouvons traiter un spectre de symptômes et de pathologies beaucoup plus large que les autres établissements. Il y a par exemple la source du Bain Fort, une eau à cinquante-deux degrés...

— Inutile de leur donner tous les détails, Gabignaud, grommela Fromilhague.

— C'est juste, convint le médecin en rougissant. Si j'ai pu comparer, c'est que j'ai eu l'occasion de visiter d'autres stations thermales. J'ai même eu l'honneur de passer quelques semaines de formation sous l'égide du Dr Privat, à Lamalou-les-Bains.

— Lamalou ? Ce nom-là ne me dit rien, remarqua Léonie.

— Vous me surprenez, mademoiselle Vernier.

C'est une charmante ville d'eaux, fondée elle aussi par les Romains. Elle se trouve juste au nord de Béziers. Évidemment, ajouta-t-il en baissant la voix, l'atmosphère y est un peu sinistre. Dans les cercles médicaux, elle est surtout réputée pour traiter des patients atteints d'ataxie.

Me Fromilhague tapa du poing sur la table, ce qui fit sursauter Léonie et trembler les tasses de café.

— Gabignaud, vous vous oubliez, mon cher !

Le jeune médecin devint écarlate.

— Pardonnez-moi, mademoiselle Vernier. Je ne voulais pas vous offenser.

— Rassurez-vous, Dr Gabignaud, je n'en ai pas pris ombrage, répondit Léonie, déconcertée, en jetant à maître Fromilhague un regard froid.

Quant à Anatole, visiblement, il se retenait d'éclater de rire.

— Enfin, Gabignaud, ce n'est pas une conversation à tenir devant une dame !

— Évidemment, pardonnez-moi, bredouilla le docteur. L'intérêt que je porte à la médecine me fait parfois oublier que de tels sujets...

— Vous êtes venus à Rennes-les-Bains pour suivre une cure ? demanda Fromilhague d'un ton courtois.

— Non, répondit Anatole. En fait, nous allons séjourner quelque temps chez notre tante, dans sa propriété située aux abords de la ville. Le Domaine de la Cade.

Léonie vit passer dans les yeux du docteur une drôle de lueur. De surprise ou d'inquiétude ?

— Chez votre tante ? dit-il d'un air si troublé que Léonie se mit à le scruter.

— Plus précisément, il s'agit de l'épouse de notre défunt oncle, expliqua Anatole, à qui l'embarras de Gabignaud n'avait pas échappé. Jules Lascombe était

170

le demi-frère de ma mère. Quant à notre tante, nous n'avons pas encore eu le plaisir de faire sa connaissance.

— Quelque chose ne va pas, Dr Gabignaud ? s'enquit Léonie, intriguée.

— Non, non. Aucunement. Pardonnez-moi... J'ignorais que Jules Lascombe avait de proches parents. Il vivait retiré, et il n'a jamais évoqué sa famille... Pour être franc, mademoiselle Vernier, nous avons tous été très surpris quand il a pris la décision de se marier sur le tard. Lascombe avait tout du célibataire endurci. Et prendre femme quand votre maison jouit d'une réputation aussi mauvaise, eh bien...

— Une mauvaise réputation ?

Mais Anatole changea de sujet.

— Vous connaissiez Lascombe, Gabignaud ?

— Disons que nous nous étions rencontrés. Ils passaient l'été ici, durant les premières années de leur mariage. Par ailleurs Mme Lascombe préférait vivre en ville, et il lui arrivait régulièrement de quitter le domaine pour un ou deux mois.

— Vous n'étiez pas le médecin de famille de Lascombe ?

— Non, je n'avais pas cet honneur. Son médecin traitant était à Toulouse. Jules Lascombe était en mauvaise santé depuis bien des années. Pourtant sa fin a été plus précipitée qu'on n'aurait pu s'y attendre. C'est le froid terrible du début de l'année qui l'a provoquée. Quand il s'est avéré qu'il ne s'en remettrait pas, début janvier, votre tante est rentrée au Domaine de la Cade. Lascombe est mort quelques jours plus tard. Bien sûr, certaines rumeurs ont prétendu qu'il était mort de...

— Gabignaud ! l'interrompit Fromilhague. Tenez donc votre langue !

Le jeune médecin rougit violemment tandis que

Fromilhague, outré, mettait brusquement fin à la conversation en appelant le serveur. Il insista pour que celui-ci lui rende compte point par point de l'addition, manière d'empêcher toute reprise du dialogue entre les deux tables.

Anatole laissa un généreux pourboire. Quant à Fromilhague, il jeta un billet sur la table et se leva.

— Mademoiselle Vernier, monsieur Vernier, dit-il, ôtant son haut-de-forme en guise de salut. Venez, Gabignaud. Nous avons des affaires à régler.

À la surprise de Léonie, le médecin le suivit sans dire un mot.

— Pourquoi est-il si inconvenant de parler de Lamalou ? demanda Léonie dès qu'ils furent hors de portée de voix. Et pourquoi le Dr Gabignaud permet-il à Me Fromilhague de le malmener de la sorte ?

— Lamalou est connue pour ses traitements de la syphilis, ou ataxie. Elle est à l'avant-garde de la recherche dans ce domaine, répondit Anatole avec une petite moue ironique. Quant aux relations qui unissent ces deux compères, j'imagine que Gabignaud a besoin de la protection de Me Fromilhague. Dans une petite ville comme celle-ci, l'appui des notables fait toute la différence, la réussite ou la faillite d'un cabinet de médecin en dépendent. Lamalou-les-Bains ! Je vous demande un peu ! ajouta-t-il avec un petit rire.

Léonie restait pensive.

— Mais pourquoi le Dr Gabignaud a-t-il été si surpris quand je lui ai dit que nous allions séjourner au Domaine de la Cade ? Et qu'entendait-il en disant de la maison qu'elle avait une mauvaise réputation ?

— Gabignaud parle trop et Fromilhague désapprouve les commérages. Voilà tout.

— Non, ce n'est pas tout, objecta Léonie. Maître Fromilhague l'a délibérément empêché de parler.

Anatole haussa les épaules.

— Fromilhague a manifestement un tempérament sanguin et colérique. Voir Gabignaud jacasser comme une femme aura suffi à l'exaspérer, voilà tout.

— Goujat ! s'écria Léonie, piquée au vif, en lui tirant la langue.

Anatole s'essuya la moustache, jeta sa serviette sur la table, puis se leva.

— Nous avons du temps devant nous. Allons donc découvrir Couiza et ses charmes insoupçonnés.

21.

Paris

À Paris, la frénésie de la matinée avait cédé la place au calme plat. Tous les petites gens et commerçants montés du 8e arrondissement, les marchands de quatre-saisons, les mendiants qui rôdaient toujours dans les marchés ouverts, avaient disparu, laissant un air chargé de poussière, de relents de fruits et de légumes pourris, et des trottoirs jonchés de détritus.

Rue de Berlin, le silence régnait aussi dans l'appartement de la famille Vernier, baigné d'une lumière bleutée en ce milieu d'après-midi où le soleil commençait à décliner. Les meubles étaient recouverts de housses blanches. Les longues fenêtres du salon qui donnaient sur la rue, fermées. On avait tiré les rideaux de chintz jaune. Le papier peint à fleurs, jadis de bonne qualité, s'était fané sous l'effet persistant des rayons du soleil. Des particules de poussière dansaient au-dessus des rares meubles restés sans protection.

Sur la table, des roses oubliées dans un vase retombaient tristement, sans plus de parfum. Pourtant un effluve flottait dans la pièce, à peine perceptible, qui mêlait un léger arôme de tabac turc à l'odeur, plus intriguante en ces lieux, de la mer et de ses embruns.

Il imprégnait les vêtements gris de l'homme qui se tenait debout en silence, entre les deux fenêtres, masquant la pendule en porcelaine de Sèvres posée sur le manteau de la cheminée.

Les épaules larges et le front haut, il avait le corps puissant d'un aventurier plutôt que celui d'un dandy, et sous des sourcils noirs retaillés, des yeux d'un bleu perçant, où les pupilles ressortaient.

Marguerite était assise très droite sur l'un des fauteuils en acajou, dans son négligé de soie rose attaché au cou par un gros nœud jaune. Le tissu drapait ses belles épaules blanches et retombait de façon exquise sur le siège et les bras du fauteuil en velours jaune. On aurait dit qu'elle posait pour un peintre. Seule l'angoisse qui se lisait dans ses yeux démentait le charme enchanteur de l'image qu'elle formait. Cela, et l'étrange position de ses bras, qui étaient tirés en arrière et ligotés.

Un deuxième homme, dont le crâne rasé était couvert de cloques et de vilaines taches rouges, montait la garde derrière le fauteuil, aux ordres de son maître.

— Alors, où est-il ? demanda ce dernier d'un ton glacial.

Marguerite le regarda. Elle se rappela l'attirance soudaine qu'elle avait ressentie pour lui au premier coup d'œil et l'en détesta plus encore. De tous les hommes qu'elle avait connus, seul son mari, Léo Vernier, avait eu sur elle ce pouvoir.

— Vous étiez au restaurant. Chez Voisin, dit-elle, mais il ne releva pas.

— Où est Vernier ?

— Je l'ignore, répéta Marguerite. Il est maître de son temps. Souvent il disparaît pendant des jours sans donner de nouvelles.

— Votre fils, oui. Mais pas votre fille. Elle mène une vie régulière et ne vagabonde pas sans chaperon. Pourtant elle aussi est absente.

— Elle est chez des amis.

— Et Vernier, est-il avec elle ?

— Non.

Son œil froid se promena sur les meubles couverts de draps blancs, les placards vides.

— Combien de temps l'appartement va-t-il rester inoccupé ?

— Quatre semaines. En fait, j'attends le général Du Pont, dit-elle en s'efforçant de maîtriser sa voix. Il peut arriver à tout moment pour venir me chercher et...

Ses paroles finirent dans un cri quand le valet lui renversa la tête en arrière. L'autre appuya la lame d'un couteau sur sa peau.

— Si vous partez maintenant, je ne dirai rien, dit-elle d'une voix étouffée. Je vous le promets. Laissez-moi, allez-vous-en.

L'homme lui caressa la joue de sa main gantée.

— Personne ne viendra, Marguerite. À l'étage en dessous le piano est silencieux. Les voisins du dessus sont à la campagne pour le week-end. Quant à vos domestiques, je les ai vues partir toutes les deux. Elles aussi vous croient déjà en route avec Du Pont.

Il était bien informé. Un éclair de peur passa dans les yeux de Marguerite. Victor Constant approcha une chaise, si près qu'elle sentit son haleine sur son visage. Sous la moustache bien taillée, elle vit ses lèvres charnues, dont le rouge sang ressortait sur la peau pâle. C'était le faciès d'un prédateur, d'un loup. Et elle remarqua aussi un défaut. Une petite bosse derrière son oreille gauche.

— Mon ami...

— L'estimé général a reçu un mot reportant votre

rendez-vous à 20 h 30. C'est-à-dire dans plus de cinq heures, observa-t-il après avoir jeté un coup d'œil à la pendule posée sur la cheminée. Vous voyez donc que nous avons tout notre temps. Et l'état dans lequel il vous trouvera en arrivant ici dépend entièrement de vous. Vivante ou morte... Pour moi, cela m'est bien égal, conclut-il, et il appuya la pointe de son couteau sous son œil.

Un cri s'échappa des lèvres de Marguerite.

— Très chère, je crains fort que vous n'ayez plus le même succès dans le monde, après avoir perdu votre beauté.

— Que nous voulez-vous ? De l'argent ? Si Anatole vous en doit, je peux régler ses dettes.

— Ah, si seulement c'était aussi simple ! répondit-il avec un rire. Et puis je me suis laissé dire que votre situation financière n'était pas des plus florissantes. Aussi généreux que puisse être le général envers vous, je doute qu'il paierait de quoi épargner à votre fils la banqueroute et l'assignation au tribunal.

En secouant la tête, comme regrettant ce qu'on l'obligeait à faire, Constant appuya un peu plus la pointe du couteau.

— Ce n'est pas une question d'argent. Vernier m'a pris quelque chose qui m'appartenait, dit-il, changeant soudain de ton.

Ce qu'elle perçut dans sa voix l'effraya tant que Marguerite se mit à se débattre. Mais les efforts qu'elle fit pour dégager ses bras ne réussirent qu'à resserrer encore le fil métallique qui lui liait les poignets. Il lui rentra dans la chair et du sang goutta sur le tapis bleu.

— Je vous en supplie ! s'écria-t-elle en luttant contre la panique qui l'envahissait. Laissez-moi lui parler. Je le persuaderai de vous rendre ce qu'il a pu vous prendre. Je vous en donne ma parole.

— Il est trop tard, dit-il doucement en lui caressant la joue. Au fait, avez-vous pensé à transmettre ma carte à votre fils, chère Marguerite ?

Sa main gantée de noir vint se poser sur la gorge blanche de sa victime et il serra, de plus en plus fort. Cherchant désespérément à aspirer de l'air, Marguerite s'arc-bouta en tendant le cou, et la jouissance qu'elle vit dans les yeux de son tortionnaire la terrifia autant que la violence de sa prise.

Sans prévenir, il la relâcha et elle retomba dans le fauteuil en hoquetant, les yeux rouges, la gorge marquée de zébrures écarlates.

— Commence par la chambre de Vernier, dit-il à son comparse. Cherche son journal. Il a à peu près cette taille, lui montra-t-il en écartant les mains.

L'homme au crâne rasé se retira.

— Reprenons, dit Constant comme s'il s'agissait d'une banale conversation. Où est votre fils ?

Marguerite croisa son regard. Son cœur était rempli d'effroi à l'idée de ce qu'il allait lui infliger. Mais elle avait déjà été maltraitée par d'autres avant lui, et elle y avait survécu.

— Je ne sais pas, dit-elle.

Cette fois, il la frappa durement, d'un coup de poing en pleine face, qui fit craquer l'os de sa joue et valser sa tête en arrière. Du sang plein la bouche, Marguerite baissa la tête et cracha pour ne pas s'étouffer. Elle tressaillit au contact de ses gants en cuir sur sa peau, alors qu'il tirait sur le nœud de son déshabillé. Il se mit à respirer plus fort et elle sentit la chaleur qui se dégageait de lui tandis que de son autre main, il remontait les plis du tissu, découvrant ses genoux, ses cuisses.

— Je vous en prie, non, murmura-t-elle.

— Il est à peine 15 heures, dit-il en écartant une boucle de cheveux de son visage, d'un geste plein d'une cruelle douceur. Cela nous laisse largement le temps de vous persuader de parler. Et pensez à Léonie, Marguerite. Une si jolie jeune fille. Un peu trop impétueuse à mon goût, mais je suis tout prêt à faire une exception.

Il dénuda ses épaules. Soudain Marguerite se calma, elle se retira en elle-même comme elle avait dû le faire tant de fois, contrainte et forcée. Elle fit le vide, chassant de son esprit l'image de l'homme qui se penchait sur elle. En cet instant, c'était la honte qui dominait ses autres sentiments, la honte de cet émoi qui l'avait prise quand elle avait ouvert la porte et l'avait introduit dans l'appartement.

Sexe et violence. Deux vieux alliés qu'elle connaissait bien pour les avoir vus à l'œuvre tant et tant de fois. Sur les barricades de la Commune, dans les quartiers louches, ou encore cachés sous le respectable vernis des salons mondains qu'elle avait fréquentés ces derniers temps. Tous ces hommes que la haine animait au lieu du désir. Marguerite avait su en faire bon usage. Elle avait tiré parti de ses charmes, afin que sa fille n'ait jamais à mener la même vie.

— Où est Vernier ?

Il desserra ses liens et la traîna à terre.

— Où est Vernier ?

— Je ne sais pas...

La maintenant au sol, il la frappa. Encore et encore.

— Où est ton fils ? exigea-t-il, impérieux.

Tandis que Marguerite sombrait dans l'inconscience, une seule idée l'habitait, protéger ses enfants. Ne pas les trahir en les livrant à cet homme. Mais comment ? Il fallait l'amadouer, lui donner quelque chose en pâture.

— À Rouen, souffla-t-elle entre ses lèvres tuméfiées. Ils sont partis à Rouen.

22.

Rennes-les-Bains

À quatre heures moins le quart, après avoir visité Couiza et ses modestes curiosités, Léonie et Anatole rejoignirent le parvis de la gare pour monter à bord du courrier public.

Contrairement aux voitures que Léonie avait vues circuler dans Carcassonne, rappelant un peu les landaus qui déambulaient dans le bois de Boulogne avec leurs capotes relevées et leurs sièges en cuir noir, le courrier était un mode de transport bien plus rustique. En fait, il ressemblait fort à une charrette de ferme : on s'asseyait sur les deux bancs de bois peints en rouge qui jouxtaient les flancs de la voiture sous un auvent de toile noire fixé à une armature en métal, censé abriter les passagers du soleil.

Les chevaux, gris tous les deux, avaient sur les oreilles et les yeux des franges de broderie blanche qui les protégeaient du harcèlement des insectes.

Les autres passagers comptaient un monsieur âgé et son épouse beaucoup plus jeune, venus de Toulouse, ainsi que deux dames, des sœurs selon toute vraisemblance, qui pépiaient d'une voix flûtée sous leurs chapeaux.

Léonie se réjouit de voir que le Dr Gabignaud, leur

voisin de table du Grand Café Guilhem, était aussi du voyage. Cependant, tandis que le cocher chargeait les bagages, maître Fromilhague se l'appropria avec un soin jaloux tout en tirant régulièrement sa montre de la poche de son gilet pour vérifier l'heure.

— Cet homme a visiblement des affaires pressantes, murmura Anatole. S'il ne tenait qu'à lui, il se serait déjà emparé des rênes pour faire partir les chevaux.

Dès que chacun fut installé, le cocher grimpa sur la cabine pour se camper jambes écartées sur l'amoncellement de valises et de malles et, de là, surveiller l'horloge encastrée au fronton de la gare. Quand elle frappa la demi-heure, il fit claquer son fouet et la voiture s'ébranla.

Peu de temps après, ayant laissé Couiza derrière eux, ils roulaient sur la grand-route le long d'une rivière en direction de l'ouest, entre de hautes collines. Le climat rigoureux de vents violents et d'averses dont la France avait souffert une grande partie de l'année avait ici créé un Éden. Au lieu d'une terre brûlée par le soleil, c'était une vallée verdoyante avec des prairies à l'herbe grasse. Sur les flancs des collines s'étendaient d'épaisses forêts où se côtoyaient sapins, chênes verts, noisetiers, châtaigniers. Perché sur une hauteur à leur gauche, un château en ruine se profilait. Un vieil écriteau en bois planté sur le bas-côté de la route indiquait qu'il s'agissait du village de Coustaussa.

Gabignaud était assis à côté d'Anatole et lui signalait les principaux repères du paysage. À cause du roulement des roues et du cliquetis des harnais, Léonie ne percevait leur conversation que par bribes.

— Et ça ? demanda Anatole en désignant bien au-dessus de la route un minuscule hameau accroché au flanc escarpé de la montagne, qui scintillait dans la chaleur torride de l'après-midi.

— Rennes-le-Château, répondit Gabignaud. À le voir, on ne le croirait pas, mais c'était jadis l'ancienne capitale wisigothe de la région, Rhedae.

— Et qu'est-ce qui a provoqué son déclin ?

— Charlemagne, la croisade contre les Albigeois, des bandits venus d'Espagne, la peste, la marche impitoyable de l'Histoire. Aujourd'hui, ce n'est plus qu'un petit village de montagne oublié, qui vit dans l'ombre de Rennes-les-Bains. Cela dit, le curé qui y exerce fait beaucoup pour ses paroissiens. C'est un personnage.

— Qu'a-t-il donc de si spécial ? s'enquit Anatole en se penchant pour mieux entendre.

— C'est un érudit, un homme volontaire, manifestement ambitieux, ce qui ne manque pas d'intriguer les gens du pays. Pour quelles raisons est-il venu s'enterrer dans une paroisse aussi pauvre ? Mystère.

— Peut-être pense-t-il que c'est ici qu'il peut être le plus efficace ?

— Pour ça, le village l'apprécie. Il fait du bon travail.

— Sur quel plan, matériel ou spirituel ?

— Les deux. Par exemple, l'église de Sainte-Marie-Madeleine était toute délabrée quand il est arrivé. La pluie passait à travers le toit, c'était devenu le repaire des souris, des oiseaux et des chats sauvages. Mais à l'été 1886, la mairie lui a octroyé une somme de deux mille cinq cents francs pour commencer des travaux de restauration, en particulier remplacer l'ancien autel.

— Une somme rondelette ! s'étonna Anatole.

— En effet. D'après ce que j'ai entendu dire, ce curé est un homme très cultivé. Les travaux ont paraît-il mis au jour un bon nombre d'objets ayant un grand intérêt archéologique, ce qui, évidemment, avait beaucoup enthousiasmé votre oncle.

— Quel genre d'objets ?

— Un autel d'une grande valeur historique, m'at-on dit. Ainsi que deux piliers wisigoths et une antique pierre tombale, la Dalle dite du Chevalier, d'origine mérovingienne ou datant de l'ère wisigothe. Passionné par cette période, Lascombe s'était beaucoup investi dès le début dans le chantier de Rennes-le-Château.

— Vous m'avez tout l'air d'être vous-même un historien, avança Léonie.

— Pour moi, c'est un passe-temps, mademoiselle Vernier, rien de plus, répondit Gabignaud en rougissant de plaisir.

Anatole sortit son étui et offrit une cigarette au médecin.

— Et quel est le nom de ce prêtre modèle ? demanda-t-il en lui donnant du feu.

— Saunière. Bérenger Saunière.

La route filant en ligne droite, les chevaux prirent de la vitesse et le vacarme rendit toute conversation impossible. Léonie ne fut pas mécontente de ce répit. Ses pensées se bousculaient dans sa tête. Elle avait beau chercher, elle ne parvenait pas à se souvenir d'une chose précise qu'elle avait saisie dans ce qu'avait raconté Gabignaud, et qui lui avait semblé importante, sur le moment. Mais quoi ?

Peu après, le cocher ralentit les chevaux et, dans un bruit de ferraille dû aux cliquètements des harnais et aux lanternes qui rebondissaient contre ses flancs, le courrier quitta la route principale pour suivre la vallée de la Salz.

Captivée, Léonie se penchait dangereusement pardessus le bord de la voiture pour mieux admirer le paysage, ensemble sublime de ciel, de massifs et de forêts. Deux éperons rocheux qu'elle prit au départ pour d'anciens bastions en ruine et qui étaient en fait des formations naturelles veillaient sur la vallée, telles d'immenses sentinelles. Ici la forêt venait presque au bord de la route. Léonie avait l'impression de pénétrer en un lieu secret, comme un explorateur dans l'un de ces palpitants romans d'aventures écrits par Rider Haggard, découvrant au fin fond de l'Afrique des royaumes méconnus.

La route se mit à sinuer en décrivant des courbes élégantes, suivant le lit de la rivière. C'était une nouvelle Arcadie, fertile, luxuriante, où les arbres et les buissons déclinaient toutes les nuances de vert, olive, bleuté, absinthe, et où le dessous des feuilles soulevées par la brise jetait sur la masse plus sombre des sapins et des chênes des éclats argentés. Au-dessus de la forêt, la ligne des crêtes et des sommets dessinait des formes d'une beauté stupéfiante, des sculptures naturelles évoquant les anciens mégalithes. L'histoire antique de la contrée s'ouvrait aux yeux émerveillés de Léonie telles les pages d'un livre. Et toujours, la présence complice de la rivière qui courait sous le soleil et sur les pierres, jouant à cache-cache avec eux, apparaissant, disparaissant, montrant le reflet doré de son eau entre les branches entremêlées des saules, les guidant de son chant vers leur destination.

23

Rennes-les-Bains

Après avoir passé un petit pont en une cavalcade assourdissante, les chevaux ralentirent et se mirent au trot.

Devant, au détour d'un virage, Léonie aperçut pour la première fois Rennes-les-Bains : un édifice de trois étages, l'Hôtel de la Reine, comme l'indiquait un écriteau, flanqué d'un corps de bâtiments assez austères, dont elle supposa qu'ils constituaient la station thermale.

Le courrier ralentit et les chevaux avancèrent au pas pour s'engager dans la grand-rue, adossée du côté droit aux contreforts gris de la montagne. Sur la gauche, maisons, pensions et hôtels se succédaient, et des lampes à gaz à lourde armature de métal étaient encastrées dans les murs.

Sa première impression fut autre que ce qu'elle attendait. La ville avait du style, ainsi qu'un air de prospérité résolument moderne. Les marchepieds et les perrons des maisons qui donnaient sur la chaussée étaient en pierre, propres, élégants, et la chaussée elle-même, bien que non pavée, tout à fait praticable. Des lauriers plantés dans de larges caisses bordaient la rue, amenant les bois jusque dans la ville. Elle vit un monsieur replet en redingote, deux dames avec ombrelles, trois infirmières poussant chacune une chaise roulante. Ainsi que des petites filles enrubannées en jupons blancs à volants, qui se promenaient avec leurs gouvernantes.

Le cocher quitta la grand-rue et amena les chevaux à l'arrêt.

— Place du Pérou. Terminus ! claironna-t-il.

La petite place était bordée d'immeubles sur trois côtés et ombragée de grands tilleuls. À travers cette voûte de feuillage, le soleil doré filtrait en projetant sur le sol un damier d'ombre et de lumière. Il y avait un abreuvoir pour les chevaux, et les balcons des maisons bourgeoises étaient ornés de jardinières d'où retombaient en cascade les dernières fleurs d'été. À la terrasse d'un petit café, sous des auvents rayés, des élégantes gantées et voilées prenaient des rafraîchissements en compagnie de leurs messieurs respectifs. Au coin, dans un renfoncement, on apercevait l'entrée d'une chapelle.

— Tout ça est d'un pittoresque, marmonna Anatole.

Le cocher sauta à bas de sa cabine et se mit à débarquer les bagages.

— Place du Pérou. Terminus, tout le monde descend ! lança-t-il à la ronde.

Un par un, les voyageurs descendirent. Il y eut les adieux un peu gênés de ceux qui ont fait un bout de route ensemble, mais n'ont pas grand-chose en commun. Maître Fromilhague leva son chapeau et disparut. Quant à Gabignaud, il serra la main d'Anatole et lui remit sa carte, en disant combien il espérait avoir le plaisir de les revoir pendant leur séjour, peut-être pour une partie de cartes ou encore à l'une des soirées musicales qui avaient lieu à Limoux et à Quillan. Puis, donnant une petite tape sur son chapeau à l'adresse de Léonie, il se hâta de traverser la place.

Anatole passa un bras autour des épaules de Léonie.

— C'est moins rébarbatif que je ne le craignais, dit-il.

— Tu plaisantes ? C'est charmant. Tout à fait charmant.

Une jeune fille vêtue de l'uniforme gris et blanc d'une soubrette surgit du coin gauche de la place, essoufflée. Potelée, jolie, elle avait des yeux d'un beau noir profond, une bouche pulpeuse, et des mèches de cheveux bruns s'échappaient de sa coiffe.

— Tiens ! S'agirait-il de notre comité d'accueil ? s'interrogea Anatole.

Derrière elle, tout aussi essoufflé, suivait un jeune homme au visage large et débonnaire, qui portait une chemise ouverte et un foulard rouge noué autour du cou.

— Si je ne me trompe, voici ce qui a mis en retard cette jouvencelle, ironisa Anatole.

La servante tenta d'arranger ses cheveux, puis elle courut au-devant d'eux et leur fit une petite révérence.

— Sénher Vernier ? madomaisèla. Madama m'a envoyé vous chercher pour vous emmener au Domaine de la Cade. Elle m'a priée de vous présenter ses excuses, mais il y a eu un problème avec le cabriolet. Il est en réparation, mais Madama vous conseille de venir à pied, ce sera plus rapide, dit-elle, puis elle s'interrompit pour jeter un coup d'œil dubitatif aux bottines en vachette de Léonie. Si cela ne vous fait rien...

Anatole toisa la jeune fille des pieds à la tête.

— Et vous êtes ?

— Marieta, Sénher.

— Très bien. Et combien de temps vont prendre ces réparations, Marieta ?

— Je ne saurais dire. Il y a une roue de cassée.

— Bon, et à combien d'ici se trouve le Domaine de la Cade ?

— Pas luènh.

Anatole regarda par-dessus l'épaule de Marieta le garçon qui reprenait son souffle.

— Et nos bagages, vous pensez les récupérer plus tard ?

— Oc, Sénher, dit-elle. Pascal s'en chargera.

Anatole se tourna vers Léonie.

— Dans ce cas, comme nous n'avons pas vraiment le choix, je propose que nous suivions le conseil de notre tante. En route.

— Quoi ? s'indigna Léonie malgré elle. Mais tu détestes marcher ! Et puis, ce sera trop éprouvant pour toi ! lui dit-elle en portant la main à ses côtes, pour lui rappeler les coups qu'il avait reçus.

— Mais non, ça ira très bien. Je reconnais que c'est ennuyeux, ajouta-t-il en haussant les épaules. Mais à tout prendre, je préfère avancer que de faire le pied de grue.

Prenant les paroles d'Anatole pour un assentiment, Marieta fit une rapide révérence et se mit en marche.

Léonie la regarda s'éloigner, bouche bée.

— Ça alors ! s'exclama-t-elle.

Anatole rejeta la tête en arrière en éclatant de rire.

— Bienvenue à Rennes-les-Bains, dit-il en la prenant par la main. Allons, sœurette, du nerf ! Sinon nous allons rester en plan !

Marieta leur fit prendre une ruelle obscure entre des maisons. Ils sortirent dans la vive clarté du soleil et s'engagèrent sur l'arche d'un vieux pont de pierre. En contrebas, bien au-dessous, la rivière coulait sur des roches plates. Léonie s'arrêta, le souffle coupé, étourdie par un trop-plein de sensations dû à la lumière, l'espace, la hauteur.

— Léonie, dépêche-toi ! lui lança Anatole.

Juste après avoir passé le pont, la servante tourna à droite et prit un sentier mal tracé qui montait abruptement dans les bois, sur le flanc de la colline. Léonie et Anatole suivaient en silence l'un derrière l'autre en ménageant leur souffle, car plus ils montaient, plus la piste mouchetée de pierres et de feuilles mortes devenait raide et s'enfonçait dans la forêt. Bientôt, elle s'ouvrit sur un chemin plus large, dont la terre défoncée et restée sèche à cause du manque de pluie gardait les traces des nombreux passages de charrettes et de chevaux. Ici, les arbres étaient plus éloignés du chemin et le soleil projetait de longues ombres aux contours estompés entre les taillis et les bosquets.

Léonie se retourna pour regarder derrière eux. Au bas de la pente escarpée se voyaient, encore proches, les toits rouges et gris de Rennes-les-Bains. Elle distinguait même les hôtels et la place où ils étaient descendus de voiture. La rivière scintillait tel un ruban de soie vert et argent teinté des reflets pourpres de l'automne. Après une légère déclivité du chemin, ils atteignirent un plateau. Devant, entre des piliers de pierre, s'élevait le portail d'un domaine entouré de grilles de fer forgé qui disparaissaient à perte de vue derrière des sapins et des ifs. La propriété semblait refermée sur elle-même, presque hostile, et Léonie frissonna, sentant un instant son esprit d'aventure l'abandonner. Elle se rappela les réticences de sa mère dès qu'elle l'interrogeait sur son enfance au Domaine, et les mots prononcés par le Dr Gabignaud au déjeuner lui revinrent. *Une maison d'une aussi mauvaise réputation.*

— Et le mot cade, que signifie-t-il ? s'enquit Anatole.

— C'est le nom qu'on donne ici au genévrier, répondit la servante.

Léonie jeta un coup d'œil à son frère, puis s'avança résolument et posa les mains sur les grilles, tel un prisonnier derrière des barreaux. Appuyant ses joues empourprées contre le métal froid, elle scruta les jardins qui s'étendaient au-delà. Tout baignait dans une lueur vert sombre, celle du soleil filtrant à travers un réseau serré d'antiques feuillages. Des sureaux, des fourrés, des haies et des plates-bandes jadis taillées et entretenues se fondaient en un ensemble désordonné, manquant de couleur, qui donnait à la propriété un air de beauté négligée, sinon décrépite, peu encline à recevoir des visiteurs. Une grande vasque vide se dressait au centre d'une allée couverte de graviers, qui partait du portail en ligne droite pour pénétrer au cœur du domaine. À gauche de Léonie se trouvait un bassin rond ornemental surmonté d'une structure en fer rouillé. Lui aussi était à sec. Sur sa droite, des genévriers retournés à l'état sauvage formaient un épais taillis, derrière lequel on apercevait les vestiges d'une ancienne orangerie aux vitres cassées et aux armatures tordues. Si le hasard l'avait amenée en ces lieux, Léonie les aurait crus abandonnés, à voir leur état de délabrement. Jetant un coup d'œil à droite, elle découvrit un écriteau accroché à la grille, où les mots gravés dans l'ardoise étaient en partie effacés par de profondes entailles, ressemblant à des marques de griffes. DOMAINE DE LA CADE. Décidément, cette demeure n'avait rien de très hospitalier.

24

— J'imagine qu'on peut accéder à la maison par un autre chemin ? demanda Anatole.

— Oc, Sénher, répondit Marieta. L'entrée principale se trouve du côté nord de la propriété. Le dernier maître a fait ouvrir un chemin qui part de la route de Sougraigne. Mais il oblige à contourner tout Rennes-les-Bains, puis à remonter la colline, ce qui fait une bonne heure de marche. C'est bien plus rapide par l'ancien chemin forestier.

— Et votre maîtresse vous avait-elle demandé de nous conduire par là, Marieta ?

La jeune fille rougit.

— Elle ne m'a pas interdit de vous mener par les bois, riposta-t-elle, sur la défensive.

Ils attendirent patiemment que Marieta ait fini de farfouiller dans la poche de son tablier pour en sortir une grande clef en cuivre. La serrure s'ouvrit avec un bruit sourd, puis la servante poussa le portail du côté droit. Une fois qu'ils eurent passé le seuil, elle le referma et il s'enclencha derrière eux en vibrant et en grinçant sur ses gonds.

Léonie avait des nœuds dans l'estomac, mélange d'énervement et d'excitation. Tout en suivant Anatole au long de petites sentes herbeuses, manifestement peu empruntées, elle se sentait dans la peau d'une aventurière. Peu après, une haute haie de buis se profila. Une ouverture en arche y était découpée. Mais au lieu de prendre par là, Marieta continua tout droit et ils arrivèrent enfin à une allée large et bien entretenue, recouverte de gravier. Ici, pas trace de mousses ni d'herbes folles. Majestueuse, l'allée était bordée de châtaigniers aux branches chargées de fruits.

Quand enfin elle aperçut la maison, Léonie fut saisie d'admiration.

Imposante, mais bien proportionnée, elle bénéficiait d'un emplacement idéal, par son ensoleillement et les perspectives que lui offrait sur le sud et l'ouest sa position en surplomb de la vallée. Elle comptait trois étages, un toit en pente douce, des fenêtres munies de volets qui s'alignaient sur une élégante façade blanchie à la chaux. Celles du premier étage donnaient chacune sur des balcons de pierre ornés de balustrades en fer forgé. Tout l'édifice était couvert d'une vigne vierge d'un rouge flamboyant dont les feuilles vernissées luisaient au soleil.

Alors qu'ils approchaient, Léonie aperçut derrière la corniche qui courait tout au long du dernier étage huit fenêtres rondes, sans doute celles d'un grand grenier.

Peut-être que maman aimait bien se poster là-haut pour regarder de l'une de ces fenêtres ? songea-t-elle.

Un large escalier semi-circulaire en pierre menait à une majestueuse porte d'entrée à deux battants peinte en noir, munie d'un marteau et de ferrures en cuivre, sous la courbe d'un portique. Deux cerisiers ornementaux plantés dans d'énormes pots encadraient l'entrée.

Léonie gravit les marches après la servante et Anatole, et ils pénétrèrent dans un grand vestibule au sol carrelé en damier noir et rouge et aux murs recouverts d'un papier peint crème décoré de fleurs vertes et jaunes, dont les nuances délicates donnaient une impression de lumière et d'espace. Au centre, un grand vase de roses blanches reposait sur le bois poli d'une table en acajou. Tout cela formait un décor à l'intimité chaleureuse.

Sur les murs étaient accrochés des portraits d'hommes à moustache et favoris en uniforme et de femmes en robes à crinolines, ainsi que quelques paysages brumeux et des scènes pastorales de facture plus classique. Du vestibule partait un grand escalier et, à sa gauche, Léonie remarqua un piano quart de queue, dont le couvercle fermé était couvert d'une fine couche de poussière.

— Madama vous recevra sur la terrasse d'après-midi, dit Marieta, et elle les conduisit jusqu'à des portes vitrées qui ouvraient face au sud, sur une terrasse.

Ombragée par une treille de vigne et de chèvre-feuille, la terrasse faisait toute la largeur de la maison. De là, on dominait les pelouses et les parterres, dont une allée de marronniers et de cyprès marquait au loin les limites. Plus près, un belvédère en verre et bois peint en blanc luisait au soleil, et au premier plan, un lac ornemental miroitait.

— Par ici, madomaisèla, Sénher.

Marieta les emmena tout au bout de la terrasse. À l'ombre d'une marquise jaune, une table dressée pour trois les attendait : sur une nappe blanche, un service en porcelaine blanche, des couverts en argent et, au milieu, un somptueux bouquet mêlant fleurs des champs, violettes de Parme, géraniums roses et blancs et lys violets des Pyrénées.

— Je vais prévenir ma maîtresse que vous êtes là, dit Marieta, et elle disparut dans l'ombre de la maison.

Léonie s'appuya contre la balustrade, les joues en

feu. Elle s'empressa de déboutonner ses gants et d'ôter son chapeau, qu'elle agita pour s'éventer.

— Elle nous a fait faire un tour complet, dit-elle.

— Comment ça ?

— Si nous étions venus par là, dit Léonie en désignant l'ouverture pratiquée dans la haie en buis, à bonne distance de la pelouse, nous aurions traversé le parc. Alors qu'elle nous a fait passer par les terres en faisant un détour pour arriver par-devant.

Anatole ôta son canotier, ses gants, et les posa sur le muret.

— Eh bien, c'est une bâtisse splendide, et la perspective valait le coup d'œil.

— Pas de voiture, pas de majordome pour nous accueillir, poursuivit Léonie. Tout ça est pour le moins curieux.

— Ces jardins sont exquis.

— Ici, oui, mais à l'arrière, tout le domaine est en piteux état. Tu as vu l'orangerie, les parterres, tout est laissé à l'abandon...

— À l'abandon, vraiment, Léonie, tu exagères ! J'admets que le domaine est en partie retourné à l'état sauvage, mais de là à dire...

— Tu plaisantes ! s'exclama-t-elle, il est envahi par les ronces et les mauvaises herbes. Comment s'étonner qu'il soit mal vu par les gens de la région ?

— Qu'est-ce que tu racontes ?

— Ce Denarnaud que nous avons croisé à la gare, as-tu vu son air quand tu lui as dit où nous nous rendions ? Et rappelle-toi comme Me Fromilhague a mouché ce pauvre Dr Gabignaud pour l'empêcher de parler. Que de mystères !

— Mais non, Léonie, la tança Anatole, exaspéré. Qu'est-ce que tu vas chercher ? Nous ne sommes pas dans l'une de ces nouvelles d'Edgar Poe que tu prises tant et qui ont dû te monter à la tête, comme *La Chute de la Maison Usher*. (Prenant un air sinistre, il se mit à parler avec des trémolos dans la voix.) « Nous l'avons enterrée vivante, et la voici sortie du tombeau ! »

— La serrure du portail était rouillée, poursuivit-elle obstinément. Personne n'est entré par là depuis un bout de temps. Je t'assure, Anatole, tout cela est on ne peut plus étrange.

De derrière eux une voix de femme leur parvint, douce, claire, posée.

— Je regrette que vous ayez eu cette impression, mais vous n'en êtes pas moins les bienvenus.

Léonie entendit Anatole retenir son souffle.

Mortifiée, elle fit volte-face, le visage enflammé. Une femme se tenait sur le seuil, dont l'aspect allait de pair avec sa voix. Grande, mince, d'un maintien élégant et assuré, elle avait de beaux traits, remarquablement proportionnés, et un air de grande sagacité. Un teint éclatant et d'épais cheveux blonds relevés haut sur la tête, en un chignon impeccable. Mais le plus frappant, c'était ses yeux, d'un gris pâle rappelant la couleur d'une pierre de lune. D'une tenue irréprochable, elle portait un chemisier crème à col montant et manches gigot, de coupe très actuelle, ainsi qu'une jupe assortie, plate sur le devant, pincée à la taille, avec un bouillon de tissu ramassé sur les reins.

Léonie porta une main à ses boucles rebelles, qu'elle avait tant de mal à discipliner, et baissa les yeux sur sa propre tenue de voyage, chiffonnée, poussiéreuse.

— Ma tante..., commença-t-elle, confuse, mais Isolde s'avança.

— Vous devez être Léonie, dit-elle en lui tendant une main blanche aux doigts effilés. Et vous, Anatole ?

Avec une petite inclinaison de la tête, Anatole prit la main d'Isolde et la porta à ses lèvres.

— Ma tante, dit-il avec un sourire en la regardant sous ses longs cils. C'est un grand plaisir.

— Tout le plaisir est pour moi. Et je vous en prie, appelez-moi Isolde. Tante, cela fait si guindé. J'ai l'impression d'avoir cent ans.

— Votre domestique nous a amenés par le portail arrière, dit Anatole. C'est cela, plus la chaleur, qui a troublé ma sœur. Mais si c'est là notre récompense, ajouta-t-il en englobant la maison et le domaine d'un geste large, alors tous les petits aléas de notre voyage sont déjà oubliés.

Isolde reçut le compliment en baissant la tête, puis se tourna vers Léonie.

— C'est vrai, j'ai demandé à Marieta d'expliquer ce malheureux contretemps qui nous a privés de voiture, mais elle se laisse vite déborder, dit-elle avec légèreté. Excusez-moi pour ces désagréments. Qu'importe. Vous êtes là maintenant.

Léonie retrouva enfin l'usage de sa langue.

— Tante Isolde, de grâce, pardonnez ma grossièreté.

— Il n'y a rien à pardonner, lui répondit Isolde en souriant. À présent, asseyez-vous. Nous allons d'abord prendre le thé, puis Marieta vous montrera vos chambres.

Dès qu'il furent installés, on leur apporta une théière en argent, une cruche de limonade fraîche, ainsi que des plateaux de délicieuses friandises.

Isolde se pencha en avant et servit le thé.

— Quel parfum merveilleux, dit Anatole en respirant un arôme délicat de bois de santal. Qu'est-ce ?

— C'est mon propre mélange de lapsang souchong et de verveine. Je le trouve tellement plus rafraîchissant que ces thés anglais et allemands si prisés, trop forts à mon goût.

Isolde tendit à Léonie une coupelle de porcelaine remplie de lamelles de citron.

— Le télégramme de votre mère acceptant l'invitation que je vous avais adressée était tout à fait charmant. J'espère avoir bientôt l'occasion de la connaître. Peut-être pourrait-elle venir au printemps prochain ?

Léonie songea au peu de sympathie que sa mère avait pour le Domaine où elle ne s'était jamais sentie chez elle, mais par souci des convenances, elle mentit allégrement.

— Maman en serait ravie. Elle n'était pas bien en début d'année, un coup de froid dû à la rigueur de l'hiver, sinon elle n'aurait pas manqué de venir rendre les derniers hommages à l'oncle Jules.

Isolde sourit, puis se tourna vers Anatole.

— J'ai lu dans les journaux que la température était descendue bien en dessous de zéro à Paris. Est-ce possible ?

Les yeux d'Anatole s'allumèrent.

— En effet. On se serait cru en pleine glaciation. La Seine elle-même était gelée, et tant de malheureux mouraient la nuit dans les rues que les autorités ont dû leur ouvrir les gymnases, les salles d'armes, les écoles et les bains publics. On a même installé un asile de nuit au Champ-de-Mars dans le palais des Arts libéraux, à l'ombre de la fameuse tour de M. Eiffel.

— Les salles d'armes aussi ?

— Oui, pourquoi ?

— Pardonnez-moi, dit Isolde, mais en voyant la marque que vous avez au-dessus de l'œil, je me suis dit que vous faisiez peut-être de l'escrime.

— Anatole a été agressé il y a quatre nuits, intervint Léonie. Le fameux soir des émeutes du palais Garnier.

— Léonie, je t'en prie, protesta-t-il.

— Vous avez été blessé ? s'enquit Isolde avec vivacité.

— Juste quelques égratignures et quelques bleus. Rien de grave, répondit-il en jetant un regard noir à Léonie.

— Vous n'en avez pas entendu parler ? s'étonna Léonie. Les arrestations des abonnés ont fait les gros titres des journaux, à Paris.

Isolde gardait les yeux fixés sur Anatole.

— On vous a dérobé quelque chose ? lui demanda-t-elle.

— Ma montre de gousset, que je tenais de mon père. Mais ils ont dû s'enfuir au beau milieu de leur larcin.

— Ce n'était donc qu'un simple vol à la tire ? répéta Isolde comme pour mieux s'en persuader.

— Mais oui, rien de plus qu'un mauvais coup.

Un drôle de silence s'installa.

Puis, se rappelant soudain ses devoirs, Isolde se tourna vers Léonie.

— Votre mère a passé une partie de son enfance ici, au Domaine de la Cade, n'est-ce pas ?

— En effet.

— Elle a dû se sentir bien seule sans autre enfant pour lui tenir compagnie.

Léonie sourit, soulagée de n'avoir pas à mentir à ce propos, et répondit sans réfléchir.

— Avez-vous l'intention de vous installer ici ou de retourner vivre à Toulouse ?

Les yeux gris d'Isolde se voilèrent.

— À Toulouse ? Je ne vois pas...

— Léonie ! dit vivement Anatole.

Elle rougit, mais soutint le regard de son frère.

— À ce que maman m'a dit, il m'a semblé comprendre que tante Isolde venait de Toulouse.

— Ne craignez rien, Anatole, je n'en prends pas ombrage, dit Isolde. En fait, j'ai grandi à Paris.

Intriguée, Léonie se pencha en avant en ignorant délibérément son frère. Elle était de plus en plus curieuse d'apprendre comment sa tante et son oncle avaient fait connaissance. D'après le peu qu'elle savait sur l'oncle Jules, leur couple semblait bien mal assorti.

Mais Anatole la devança, et l'occasion fut ratée.

— Avez-vous des contacts avec Rennes-les Bains ?

— Très peu, car mon défunt mari n'avait guère de goût pour les distractions et les mondanités. Quant à moi, depuis sa mort, je dois dire que j'ai négligé tous mes devoirs de maîtresse de maison.

— Les gens auront certainement compati à votre situation, lui assura Anatole.

— De nombreux voisins nous ont témoigné leur sympathie, durant les dernières semaines de la vie de mon mari. Sa santé déclinait depuis quelque temps déjà. Après sa mort, il y a eu tant d'affaires à régler loin du Domaine de la Cade que j'ai dû longtemps m'absenter, sans doute plus que je n'aurais dû. Mais... si cela vous faisait plaisir, reprit-elle en souriant à Léonie pour l'inclure dans la conversation, j'avais pensé me servir du prétexte de votre visite pour donner un dîner ce samedi. Cela vous plairait-il ? Rien de grandiose, mais ce serait l'occasion de vous présenter à quelques personnes de la région.

— J'en serais ravie, s'empressa de répondre Léonie et, oubliant tout le reste, elle se mit à presser sa tante de questions.

L'après-midi s'écoula agréablement. Isolde était une hôtesse admirable, attentive, charmante, et Léonie se plut beaucoup en sa compagnie.

— Et ça, qu'est-ce que c'est ? s'enquit Léonie en montrant du doigt un plat de bonbons violets enrobés d'un glaçage blanc. Ça a l'air délicieux.

— Des perles des Pyrénées, des gouttes d'essence de schoenanthus cristallisées. L'une de vos friandises préférées, Anatole, je crois. Quant à ceux-là..., dit Isolde en désignant un autre plat, ce sont des chocolats faits maison. La cuisinière de Jules est un vrai cordon-bleu. Elle sert la famille depuis presque quarante ans.

Percevant dans sa voix un brin de mélancolie, Léonie se demanda si Isolde se sentait, comme jadis leur mère, une intruse plutôt que la châtelaine en titre du Domaine de la Cade.

— Vous travaillez dans la presse ? demanda Isolde à Anatole.

— Non, plus depuis quelque temps, répliqua Anatole. La vie de journaliste ne me convenait pas : débats internes, conflit algérien, dernière crise au sein de l'Académie des beaux-arts... je trouvais si démoralisant de devoir rendre compte d'affaires pour moi dénuées d'intérêt que j'ai fini par jeter l'éponge. À présent, j'écris encore pour *La Revue blanche* et *La Revue contemporaine*, deux périodiques un peu à part dans le monde des lettres, mais surtout je poursuis ma carrière littéraire dans une sphère moins mercantile.

— Anatole fait partie du bureau éditorial d'un magazine pour collectionneurs, éditions anciennes..., précisa Léonie.

Isolde sourit et revint à Léonie.

— Laissez-moi vous redire comme j'ai été contente que vous ayez pu accepter mon invitation. Je craignais qu'un mois à la campagne ne vous semble bien fastidieux, après les trépidations de la vie parisienne.

— À Paris on peut s'ennuyer tout autant, répondit Léonie avec grâce. Trop souvent je passe mon temps à écouter des veuves ou des vieilles filles se plaindre des tares de notre époque en évoquant avec nostalgie l'ère impériale. Je préfère encore lire !

— Léonie est une lectrice assidue, expliqua Anatole en souriant. Même si elle dévore principalement les œuvres d'auteurs à sensation ! Ce qui n'est pas du tout ma tasse de thé. Des histoires de fantômes et autres horreurs gothiques en tous genres...

— Nous avons la chance d'avoir ici une bibliothèque extrêmement bien fournie. Mon défunt mari était un fervent historien et il s'intéressait à d'autres domaines moins courus... des champs d'études plus circonscrits, dirons-nous, ajouta Isolde après avoir cherché ses mots.

Comme elle semblait encore hésiter, Léonie la scruta, intriguée, mais Isolde ne donna pas d'autres détails.

— Il y a quelques livres rares ainsi que des premières éditions dont je suis sûre qu'elles vous intéresseront, Anatole, poursuivit-elle. Également, un bon choix de romans et d'anciens numéros du *Petit Journal* qui risquent de vous tenter, Léonie. Je vous en prie, faites-en bon usage. Vous êtes ici chez vous.

Il était presque 19 heures. Masqué par les grands châtaigniers, le soleil avait quasiment disparu de la terrasse et les ombres allongées des arbres rayaient la pelouse, tout au bout. Isolde agita une clochette en argent posée à côté d'elle sur la table.

Marieta apparut sur-le-champ.

— Pascal est-il revenu avec les bagages ?

— Il y a déjà quequ' temps, Madama.

— Bien. Léonie, je vous ai attribué la Chambre Jaune. Anatole, vous aurez la Suite Anjou, sur le devant de la maison. Elle fait face au nord, mais n'en demeure pas moins agréable.

— Je n'en doute pas un instant.

— Nous nous sommes bien restaurés, et je me suis dit que vous aimeriez vous retirer tôt dans vos appartements pour vous reposer des fatigues du voyage. Aussi n'ai-je pas prévu de dîner pour ce soir. S'il vous plaît, n'hésitez pas à sonner en cas de besoin. J'ai pour habitude de prendre un digestif dans le salon à 21 heures. N'hésitez pas à m'y rejoindre si vous en avez envie, j'en serais ravie.

— Merci.

— Merci, renchérit Léonie.

Ils se levèrent de concert.

— J'avais pensé faire un petit tour dans les jardins avant la tombée de la nuit. Pour fumer une cigarette..., dit Anatole, mais Léonie vit aussitôt passer une lueur dans les yeux gris d'Isolde.

— Si ce n'est pas trop vous imposer, puis-je vous suggérer de remettre votre promenade à demain matin ? Il fera bientôt nuit. Je n'ai pas envie d'envoyer quelqu'un à votre recherche dès votre première soirée ici.

Un moment, tout le monde resta coi. Puis, à la stupéfaction de Léonie, au lieu de protester contre cette brimade, Anatole sourit, comme à une plaisanterie comprise de lui seul. Il prit la main d'Isolde, la porta à ses lèvres. Ce fut un baisemain on ne peut plus convenable.

Et pourtant...

— Bien sûr, ma tante, comme vous voudrez, dit Anatole. Je suis votre serviteur.

25.

Après avoir pris congé de son frère et de sa tante, Léonie suivit Marieta qui la mena par un escalier jusqu'au premier étage. Une fois dans le couloir qui faisait toute la longueur du bâtiment, la servante s'arrêta pour lui indiquer les toilettes ainsi qu'une spacieuse salle de bains attenante, au centre de laquelle trônait une grande baignoire en cuivre, avant de la conduire à sa chambre.

— La Chambre Jaune, madomaisèla, dit Marieta en s'écartant pour la laisser entrer. Il y a de l'eau chaude sur la table de toilette. Avez-vous besoin d'autre chose ?

— Merci, tout me semble parfait.

La servante lui tira sa révérence et disparut.

Léonie contempla avec plaisir la pièce qui serait son refuge durant les quatre semaines à venir. C'était une chambre bien conçue, élégante et confortable, donnant sur les pelouses situées au sud de la propriété. La fenêtre était ouverte, et des bruits de vaisselle lui parvenaient de la terrasse en dessous, où les domestiques débarrassaient la table.

Les murs étaient recouverts d'un délicat papier peint à fleurs roses et mauves, assorti aux rideaux et aux draps, qui offrait une impression de lumière malgré la nuance profonde des meubles en acajou. Quant au lit, jamais Léonie n'en avait vu de plus large. Il occupait le centre de la pièce, et les reliefs sculptés de la tête et des marchepieds rappelaient un peu ceux d'une barque égyptienne. À côté, sur une bonnetière aux pieds griffus, étaient posés une bougie plantée dans un chandelier en cuivre, ainsi qu'un verre et une carafe d'eau qu'un napperon blanc brodé protégeait des mouches. On y avait aussi placé sa boîte à ouvrage, son carnet de papier fort et son matériel de peinture. Son chevalet portatif reposait par terre, appuyé contre la bonnetière.

Léonie traversa la pièce jusqu'à une grande armoire sculptée dans le même style égyptien. Deux longs miroirs encastrés dans les portes reflétaient la pièce derrière elle. Elle ouvrit la porte de droite et fit défiler les cintres suspendus à la rampe où ses jupons, robes d'après-midi, robes du soir et vestes étaient pendus, bien rangés. Tous ses bagages avaient été défaits.

Dans la commode à côté de l'armoire, elle trouva sa lingerie, dessous, corsets, liquettes, chemisiers, bas, pliée avec soin et rangée dans de profonds tiroirs qui fleuraient bon la lavande.

La cheminée faisait face à la porte, et elle était surmontée d'un miroir au cadre d'acajou. La pendule de Sèvres en porcelaine et dorure au centre du manteau ressemblait fort à celle de leur salon de la rue de Berlin.

Léonie se déshabilla en posant ses vêtements à mesure, robe, bas en coton et fil d'Écosse, combinaison, corset et liquette, sur le tapis et le fauteuil. En chemise et dessous, elle souleva le broc et versa de l'eau fumante dans la cuvette. Elle se lava le visage et les mains, se frotta sous les bras et au creux des seins. Puis elle décrocha sa robe de chambre en cachemire bleu suspendue au dos de la porte, et s'assit à la table de toilette placée au milieu, devant l'une des trois longues fenêtres croisées.

Épingle après épingle, elle relâcha ses cheveux cuivrés qui lui tombaient jusqu'à la taille, puis inclina vers elle le miroir et se mit à leur donner de larges coups de brosse jusqu'à ce qu'ils se déroulent dans son dos comme un écheveau de soie.

Du coin de l'œil, elle vit quelque chose bouger dans les jardins en dessous.

— Anatole, murmura-t-elle, songeant que son frère avait peut-être outrepassé la requête d'Isolde qui le priait de rester dans la maison.

Chassant cette vilaine pensée de son esprit, Léonie reposa sa brosse à cheveux sur la table de toilette, se leva et la contourna pour se poster devant la fenêtre. Les derniers vestiges du jour disparaissaient. Alors que ses yeux s'accoutumaient à la pénombre, elle remarqua un autre mouvement, tout au fond des pelouses au-delà du lac, près de la haie en buis.

Cette fois, elle distingua nettement une silhouette, celle d'un homme tête nue, qui avançait furtivement en se retournant tous les deux ou trois pas pour regarder derrière lui, comme s'il craignait d'être suivi.

Jeu de lumière ? Illusion d'optique ?

La silhouette disparut dans les ombres. Léonie crut entendre une cloche tinter dans la vallée en dessous, une seule note ténue, mélancolique, mais quand elle tendit l'oreille, elle ne perçut que les bruits de la campagne au crépuscule. Le murmure du vent dans les arbres, les chants croisés des oiseaux à la nuit tombée. Puis le cri perçant d'un hibou s'apprêtant à une nuit de chasse.

Bras nus, frissonnante, Léonie finit par refermer les battants de la fenêtre et, après une hésitation, elle tira les rideaux. C'était sans doute l'un des jardiniers qui avait bu un coup de trop, ou bien un jeune gars en maraude qui prenait un raccourci interdit en coupant par les pelouses. Pourtant elle regrettait de l'avoir surpris, car il y avait quelque chose de déplaisant, voire de menaçant, dans cette silhouette entrevue, qui lui laissait une impression de malaise.

Le silence de la pièce fut soudain troublé par un coup sur la porte.

— Qui est-ce ? lança-t-elle.

— C'est moi, répondit Anatole. Puis-je entrer ? Tu es visible ?

— Attends, j'arrive.

Léonie boutonna sa robe de chambre et lissa ses cheveux, surprise de s'apercevoir que ses mains tremblaient.

— Qu'est-ce qui ne va pas ? lui demanda-t-il quand elle lui ouvrit la porte. Tu as l'air inquiète.

— Non, tout va bien.

— C'est sûr, sœurette ? Tu es blanche comme un linge.

— Ce n'est pas toi qui marchais sur les pelouses, il y a quelques minutes ?

— Mais non. Je suis resté sur la terrasse après vous juste le temps de fumer une cigarette. Pourquoi ?

— Non, rien... Aucune importance.

Sans doute l'un des garçons d'écurie, se dit-elle.

Anatole fit valser les vêtements de Léonie par terre pour prendre place dans le fauteuil, puis il tira son étui à cigarettes et sa boîte d'allumettes de sa poche et les posa sur la table.

— Pas ici ! implora Léonie. Ton tabac est une infection.

Haussant les épaules, il sortit de son autre poche un petit opuscule bleu et, se levant, il traversa la pièce pour lui tendre la monographie.

— Tiens. Je t'ai apporté quelque chose pour t'aider à passer le temps. *Diables, esprits maléfiques et fantômes de la montagne*, dit-il avant de retourner s'asseoir.

Mais Léonie n'écoutait pas, elle songeait encore à l'homme et à sa démarche furtive. Était-il toujours là, tapi dans l'ombre ?

— Léonie, tu es sûre que ça va ?

La voix d'Anatole la fit revenir à elle et, baissant les yeux, elle découvrit le volume qu'elle avait à la main, comme surprise de l'y trouver.

— Mais oui, répondit-elle vivement, gênée. Quel genre de livre est-ce là ?

— Je n'en ai pas la moindre idée. Il m'a l'air passablement horrible, et donc susceptible de te plaire. Je l'ai déniché dans la bibliothèque, couvert de poussière. L'auteur est un certain Audric Baillard, qu'Isolde compte justement inviter samedi à souper. Certains passages ont trait au Domaine de la Cade. Il y a toutes sortes d'anecdotes remontant aux guerres de religion sur des démons, mauvais esprits et autres fantômes associés à cette région, semble-t-il, et à ce domaine en particulier.

Il lui fit un petit sourire en coin.

— Et que me vaut cette charmante attention ? s'enquit Léonie, soudain méfiante.

— Voyons Léonie, c'est tout naturel, venant d'un frère affectionné, non ?

— Venant de toi, sûrement pas.

— Très bien, lança-t-il en levant les deux mains, je le confesse. Je me suis dit que cela t'occuperait et que, pendant ce temps, tu ne ferais pas de bourdes comme à ton habitude.

Léonie lui jeta un oreiller et Anatole plongea la tête pour l'éviter.

— Raté. Ouh que c'est mal visé ! dit-il en riant.

Ramassant d'un geste son étui à cigarettes et sa boîte d'allumettes, il se leva d'un bond et, en quelques pas, fut à la porte.

— Tu me diras comment tu t'en sors avec M. Baillard. J'ai envie d'accepter l'invitation d'Isolde nous proposant de la rejoindre pour prendre un verre plus tard au salon. Ça te dit ?

— Tu ne trouves pas étrange qu'il n'y ait pas de dîner ce soir ?

— Pourquoi, tu as faim ?

— Non, je n'ai pas faim, mais quand même...

— Chut ! fit-il en mettant un doigt sur ses lèvres, et il ouvrit la porte. Ne cherche pas toujours midi à quatorze heures, sœurette. Et commence ta lecture. Je compte sur toi pour m'en faire un rapport complet tout à l'heure.

Léonie l'écouta s'éloigner en sifflotant, le bruit de ses bottes s'atténuant à mesure qu'il remontait le couloir pour regagner sa chambre.

Elle entendit une autre porte se fermer. Alors la paix redescendit sur la maison.

Léonie ramassa l'oreiller, grimpa sur le lit et, s'installant confortablement, les genoux remontés, elle ouvrit le livre.

Sur le dessus de la cheminée, la pendule sonna la demie.

26.

Paris

Les rues et boulevards des quartiers chics étaient enveloppés d'une épaisse pénombre crépusculaire, une chape d'un brun sale qui étouffait aussi les bas quartiers et leur réseau tortueux de ruelles, d'impasses et de taudis.

La température descendait en chute libre.

Immeubles, passants, tramways et voitures surgissaient de cette brume opaque pour y être à nouveau engloutis, et tout cela donnait à Paris une allure de ville-fantôme. Les bourrasques faisaient claquer les auvents des cafés de la rue d'Amsterdam qui tiraient sur leurs cordes comme des chevaux sur leurs licous cherchant à se libérer. Les arbres des Grands Boulevards étaient secoués comme jamais.

Les feuilles rasaient les trottoirs, dansaient, tourbillonnaient dans le ciel du 9ᵉ arrondissement et au-dessus des allées du parc Monceau. Pas de marelle ni de jeux de chat ; les enfants étaient restés bien au chaud dans l'enceinte des ambassades. Le vent s'amusait à faire chanter les nouveaux fils télégraphiques de la Poste et siffler les rails des tramways, produisant une étrange musique vibrante, chuintante.

À 19 h 30, la brume céda le pas à la pluie qui se

mit à tomber, froide et grise comme de la limaille de fer, éparse d'abord, puis de plus en plus drue. Les domestiques s'empressèrent de fermer les volets des appartements et des maisons avec force claquements. Dans le 8e arrondissement, les passants égarés cherchèrent à s'abriter de la tempête qui menaçait en s'engouffrant dans les cafés. Au Weber, rue Royale, on commanda des bières et de l'absinthe tout en se disputant les rares tables restées libres. Quant aux mendiants et chiffonniers sans domicile, ils allèrent chercher refuge sous les ponts et les arches des voies ferrées.

Dans son appartement de la rue de Berlin, Marguerite gisait sur la chaise longue, un bras blanc replié sous sa tête, l'autre jeté par-dessus le bord du divan. Sa main pendante dont les doigts frôlaient le tapis rappelait la pose alanguie d'une jeune fille rêvant sur une barque, au fil de l'eau. Une belle endormie, aurait-on dit, s'il n'y avait eu ses lèvres bleuâtres, l'hématome violacé qui lui couvrait le menton, et l'hideux bracelet de sang coagulé qui ceignait son poignet meurtri.

Comme Tosca, Emma Bovary ou Carmen, l'héroïne maudite de Prosper Mérimée, Marguerite était belle dans la mort. Le couteau ensanglanté reposait près de sa main, comme s'il était tombé de ses doigts, après l'agonie.

Pour Victor Constant, elle avait cessé d'exister dès l'instant où il avait compris qu'il n'obtiendrait d'elle rien de plus, et la présence de la morte le laissait de marbre.

À part le tic-tac de la pendule posée sur le dessus de la cheminée et le rond de lumière tremblotant projeté par l'unique bougie, tout n'était que silence et obscurité.

Rajustant son pantalon, Constant alluma une cigarette turque, puis il s'assit à la table pour examiner le journal que son valet avait trouvé dans la chambre de Vernier, à son chevet.

— Apporte-moi un cognac.

De son couteau, un Nontron à manche jaune, Constant coupa le cordon qui retenait l'enveloppe de papier brun paraffiné et en sortit un carnet de poche bleu roi. Le journal tenait le rapport détaillé des activités de Vernier au jour le jour durant l'année : les salons qu'il avait fréquentés, la liste de ses dettes, soigneusement établies sur deux colonnes et biffées quand il les avait réglées ; ses relations épisodiques avec un cercle d'occultistes durant les premiers mois de l'année, en tant qu'acheteur de livres plutôt qu'adepte ; des achats, tels qu'un parapluie et une édition limitée de *Cinq Poèmes* acquise à la librairie Edmond Bailly, dans la rue de la Chaussée-d'Antin.

Tous ces détails domestiques n'intéressaient pas Constant et il feuilleta rapidement le carnet en quête de dates ou de références susceptibles de lui fournir les informations souhaitées.

Il cherchait des détails, des indices, sur la liaison de Vernier avec la seule femme qu'il ait jamais aimée, et dont il ne pouvait toujours pas se résoudre à évoquer le nom. Le 31 octobre de l'année précédente, elle lui avait annoncé qu'il fallait mettre un terme à leur relation, jusque-là tout à fait honorable, car il avait pris ses réticences pour de la pudeur et n'avait exercé sur elle aucune pression. Sous le choc, il avait été envahi d'une telle rage qu'il l'aurait tuée, si ses cris n'avaient alerté les voisins de l'immeuble d'à côté.

Finalement, il l'avait laissée partir, sans chercher à lui faire du mal. Il l'aimait, l'adorait. Mais elle l'avait trahi, et c'était plus qu'il n'en pouvait supporter.

Après cette nuit-là, elle avait disparu de Paris.

Novembre, décembre avaient passé. Il ne cessait de penser à elle. C'était simple. Il l'aimait et, en retour, elle l'avait trompé. Son corps, son esprit lui renvoyaient sans relâche les souvenirs amers des moments qu'ils avaient passés ensemble, son parfum, la grâce de son maintien, son calme quand elle s'asseyait auprès de lui, sa gratitude pour l'amour qu'il lui portait. Pudique, obéissante, elle avait pour lui toutes les qualités. Alors, devant sa traîtrise, l'humiliation revenait, plus forte que jamais, et avec elle, la colère.

Pour l'effacer de sa mémoire, Constant avait trouvé refuge dans les passe-temps ordinaires d'un élégant aux poches pleines. Salles de jeu, clubs, plus du laudanum, pour contrebalancer les effets des doses de mercure toujours plus fortes qu'il devait prendre afin de soulager les symptômes de sa maladie, qui ne faisait qu'empirer. Il avait collectionné les aventures sans lendemain, avec des midinettes à la peau douce qui avaient l'air de putains à côté d'elle, et à qui il faisait payer dans leur chair sa déloyauté. D'une beauté frappante, il savait aussi se montrer généreux et possédait le charme nécessaire pour séduire, amadouer. Les filles étaient assez complaisantes, tant qu'elles n'avaient pas découvert la nature de ses appétits.

Tout cela ne lui avait apporté aucun répit, ni apaisé son angoisse.

Durant trois mois, Constant avait survécu sans elle. Pourtant, fin janvier, tout changea. La Seine commençait son dégel quand une rumeur lui parvint que, devenue veuve, elle était rentrée à Paris, mais surtout, qu'elle avait un amant. Qu'elle avait donné à un autre ce qu'elle lui avait toujours refusé.

Dès lors, il fut possédé du besoin irrépressible de se venger et n'eut plus qu'un seul but, châtier cette perfide. Il l'imaginait, tombée entre ses mains et payant de ses souffrances tous les tourments qu'elle lui avait infligés. Il n'eut aucun mal à découvrir le nom de son rival, et cette idée devint une obsession. De l'instant où il ouvrait les yeux à la tombée de la nuit, il pensait aux deux amants, et c'était la dernière image qu'il emportait dans son sommeil.

Courant janvier, Constant entama sa campagne de persécutions. Il commença par Vernier, bien décidé à détruire sa réputation. Sa tactique était simple. Des ragots chuchotés à l'oreille de journalistes véreux. Des lettres falsifiées, passées de main en main. De sales rumeurs, injectées dans les réseaux labyrinthiques des cercles clandestins d'initiés, d'adeptes et de mesméristes qui grouillaient sous la respectable façade de Paris et cultivaient tous la crainte et la suspicion. Entrefilets abjects, lettres anonymes diffamantes parues dans les journaux, calomnies susurrées, toutes armes dont l'art est de forger des mensonges en les rendant plausibles.

Mais sa croisade contre Vernier, pourtant bien menée, ne donnait aucun répit à Constant, dont les nuits et les jours étaient toujours hantés de visions des amants enlacés. La progression implacable de sa maladie lui volait aussi son sommeil. Quand il fermait les yeux, des images funestes l'assaillaient : il se voyait cloué sur une croix, flagellé, gisant tel un Sisyphe ou un Prométhée moderne écrasé sous son rocher, tandis qu'accroupie sur sa poitrine, elle lui arrachait le foie.

En mars, il y eut un dénouement. Elle mourut, et sa mort fut pour Constant comme une libération. Posté en retrait, il assista à son enterrement au cimetière Montmartre, avec l'impression qu'on lui ôtait un peu de son fardeau. Ensuite, il avait vu avec délectation la vie de Vernier s'effondrer sous le poids du chagrin.

Durant la belle saison, Constant avait connu une

paix relative. Mais en septembre, un commentaire entendu par hasard, une blondeur entrevue sous un chapeau bleu sur le boulevard Haussmann, des murmures circulant à Montmartre sur un cercueil vide enterré six mois plus tôt l'inquiétèrent, et Constant finit par envoyer deux hommes interroger Vernier, la nuit des émeutes du palais Garnier. Peine perdue, car ils avaient été interrompus avant d'avoir pu apprendre quoi que ce soit.

Constant feuilleta encore le journal et parvint à la date du 16 septembre. La page était blanche. Vernier n'avait pas mentionné les émeutes à l'Opéra, ni l'attaque qu'il avait subie dans le passage des Panoramas. Ses dernières notes écrites dataient de deux jours auparavant. Constant tourna la page et relut le seul mot inscrit en grosses lettres d'une main assurée.

« FIN. »

Une rage froide l'envahit. Les trois lettres semblaient danser devant ses yeux, se moquer de lui. Après tout ce qu'il avait enduré, découvrir qu'on l'avait encore berné aiguisait le fil de son amertume. Avec le recul, il lui semblait fou d'avoir pu penser que déshonorer Vernier suffirait à lui apporter la paix. Constant savait à présent ce qui lui restait à faire.

Il les traquerait. Et puis il les tuerait.

Son valet posa un verre de cognac à portée de sa main.

— Le général Du Pont peut arriver d'un moment à l'autre..., murmura-t-il, puis il alla se poster à la fenêtre.

Revenant au présent, Constant saisit la feuille de papier brun où le carnet était enveloppé. La présence de ce journal dans l'appartement le déconcertait. Pourquoi Vernier l'avait-il laissé, s'il n'avait pas l'intention de revenir ? Parce qu'il était parti en toute hâte ?

Ou parce qu'il ne pensait pas s'absenter longtemps de Paris ?

Constant avala le cognac d'un trait, puis il lança le verre dans le foyer de la cheminée. Quand il explosa, le serviteur tressaillit et, un instant, l'air sembla vibrer de la violence du geste.

Constant se leva, prit soin de replacer la chaise. Puis il se dirigea vers la cheminée, ouvrit la vitre bombée qui protégeait la pendule de Sèvres et avança les aiguilles jusqu'à 8 heures et demie. Alors il frappa le dos de la pendule contre l'entourage en marbre jusqu'à ce que le mécanisme s'arrête. S'accroupissant, il posa ensuite la pendule face contre terre, parmi les débris de verre brisé.

— Ouvre le champagne et va chercher deux coupes, ordonna-t-il.

Le valet s'exécuta. Constant alla jusqu'au divan, il saisit Marguerite par les cheveux et prit sa tête dans ses bras. Autour d'elle flottait l'odeur de sang un peu âcre et métallique qu'on trouve dans les abattoirs. Les coussins pâles étaient souillés d'écarlate et une tache de sang s'épanouissait sur la poitrine de la morte, telle une fleur de serre capiteuse.

Constant versa un peu de champagne dans la bouche de Marguerite, puis il appuya le rebord du verre contre ses lèvres écartées pour le maculer d'une traînée de rouge à lèvres. Remplissant à moitié la coupe de champagne, il la posa sur la table à côté d'elle et, après avoir rempli l'autre coupe, il coucha la bouteille par terre. Le liquide se déversa sur le tapis en un filet mousseux.

— Nos camarades de l'ombre savent-ils qu'ils auront peut-être de quoi s'occuper ce soir ?

— Oui monsieur, répondit le serviteur, et un instant, il laissa tomber le masque. La dame... elle est morte ?

Constant ne répondit pas.

Son valet se signa. Constant alla prendre sur le buffet une photographie. Marguerite était assise au centre, encadrée de ses enfants, debout derrière elle. Il lut le nom du studio et la date. Octobre 1890. La fille avait les cheveux dénoués. C'était encore une enfant.

Le serviteur toussa.

— Irons-nous à Rouen, monsieur ?

— À Rouen ?

Retrouvant dans les yeux de son maître une expression qu'il connaissait bien, le valet se tordit les mains et poursuivit, sur la défensive.

— Pardonnez-moi, monsieur, mais Mme Vernier n'a-t-elle pas dit que ses enfants s'étaient rendus à Rouen ?

— Ah... Oui, elle a montré plus de courage et d'esprit d'initiative que je ne m'y attendais. Mais je doute que Rouen soit leur vraie destination. Peut-être l'ignorait-elle, tout compte fait.

Il lança la photo à son domestique qui la rattrapa au vol.

— Sors et renseigne-toi. Cette fille ne passe pas inaperçue. Les gens se souviendront d'elle. Quelqu'un finira par parler, comme toujours, ajouta-t-il avec un sourire glacial. Elle nous conduira à Vernier et à sa putain.

27.

Domaine de la Cade

Léonie se dressa en hurlant, le cœur battant la chamade. La bougie s'était éteinte et la chambre était noyée dans la pénombre.

Un instant, elle se crut revenue dans le salon de la rue de Berlin. Puis, baissant les yeux, elle reconnut la monographie de Baillard posée sur l'oreiller à côté d'elle et retrouva ses esprits.

Quel cauchemar !

Démons, spectres, créatures griffues, fantômes aux yeux caves, ruines antiques peuplées de toiles d'araignée.

Léonie s'adossa à la tête de lit, encore sous le coup des sombres visions qu'elle avait eues en rêve : un sépulcre de pierre sous un ciel gris, des guirlandes flétries ornant un écusson usé. Un blason familial, souillé, déshonoré.

Si le rythme de son pouls se calmait un peu, dans sa tête, le martèlement ne faisait qu'empirer.

— Madomaisèla Léonie ? Madama m'a envoyée pour voir s'il ne vous manquait rien.

Avec soulagement, Léonie reconnut la voix de Marieta.

— Entrez, répondit-elle, se reprenant.

218

— Pardon, madomaisèla, mais la porte est verrouillée, insista Marieta après avoir en vain tourné la poignée.

Léonie ne se souvenait pas de l'avoir fermée à clef. Elle se leva prestement, enfila ses pieds glacés dans ses pantoufles en soie et courut ouvrir.

Marieta esquissa une petite révérence.

— Madama Lascombe et Sénher Vernier m'ont envoyée vous demander si vous désiriez vous joindre à eux.

— Quelle heure est-il ?

— 9 heures et demie.

Si tard !

Léonie se frotta les yeux comme pour en chasser les dernières bribes de son cauchemar.

— Bien sûr. Je me débrouillerai toute seule. Pouvez-vous juste leur dire que je ne serai pas longue ?

Elle s'habilla d'une robe du soir toute simple, remonta ses cheveux avec des peignes et des épingles, se passa un peu d'eau de Cologne derrière les oreilles et sur les poignets, puis descendit au salon.

Quand elle entra, Anatole et Isolde se levèrent d'un même mouvement. Isolde était exquise, dans une robe bleu turquoise à col montant assez sobre, dont les manches mi-longues étaient ornées de perles de jais.

— Je regrette de vous avoir fait attendre, s'excusa Léonie en embrassant d'abord sa tante, puis son frère.

— On ne t'espérait plus, répondit Anatole. Qu'est-ce qui te ferait plaisir ? Nous sommes au champagne. Oh, pardon Isolde, il est vrai que ce n'est pas du champagne. Préférerais-tu autre chose ?

— Comment ça, pas du champagne ? s'enquit Léonie, intriguée.

— Il vous taquine, répondit Isolde en souriant. En effet, c'est une blanquette de Limoux, un vin d'ici qui ressemble beaucoup au champagne en plus doux, plus léger, plus rafraîchissant, à mon avis. J'avoue y avoir pris goût.

— Volontiers, dit Léonie en acceptant le verre qu'Anatole lui tendait. Je me suis plongée dans l'ouvrage de M. Baillard. Ensuite, c'est le trou noir. Quand j'ai émergé, Marieta frappait à la porte et il était 9 heures et demie.

— Ce livre est-il soporifique à ce point ? demanda Anatole en riant.

— Bien au contraire. Il est fascinant. Le Domaine de la Cade, ou plutôt le site qu'occupent aujourd'hui le domaine et la maison, a longtemps inspiré bon nombre de superstitions et de légendes locales. Fantômes, démons, esprits errant la nuit... La plupart de ces récits parlent d'une noire créature, mi-démon, mi-bête, qui aurait terrorisé le pays dans les temps difficiles en s'emparant d'enfants et de bétail.

Anatole et Isolde échangèrent un regard, tandis que Léonie poursuivait.

— D'après Baillard, c'est la raison pour laquelle tant de lieux-dits de la région portent des noms se référant à ce passé surnaturel. Il rapporte une légende parlant d'un lac de la montagne Tabe, l'étang du Diable, dont on dit qu'il communique avec l'enfer. Si l'on y jette une pierre, des nuages de gaz sulfureux s'élèvent de l'eau, provoquant de violentes tempêtes. Durant l'été 1840, qui fut particulièrement sec, un meunier du village de Montségur qui désespérait d'avoir de la pluie grimpa en haut de la montagne de Tabe, et il jeta un chat vivant dans le lac. L'animal se débattit si violemment que le Diable, exaspéré, fit pleuvoir sur les montagnes durant les deux mois qui suivirent sans discontinuer.

Anatole s'étira en allongeant le bras sur le dossier du canapé. Un bon feu crépitait dans l'âtre.

— Quelles balivernes ! s'exclama-t-il affectueusement. Je regrette presque d'avoir mis un livre pareil entre tes mains.

Léonie fit la moue.

— Tu peux te moquer, mais ces histoires reposent toujours sur un fond de vérité.

— Bien répondu, Léonie, renchérit Isolde. Mon défunt mari s'intéressait beaucoup aux légendes associées au Domaine de la Cade. Sa passion s'attachait en particulier à la période wisigothe, mais M. Baillard et lui dissertaient parfois jusque tard dans la nuit sur toutes sortes de sujets. Le curé de Rennes-le-Château, notre village frère, se joignait parfois à eux.

Léonie eut soudain une vision des trois hommes penchés sur des livres savants, et elle se demanda si Isolde n'avait pas souffert de se trouver si souvent exclue.

— L'abbé Saunière, renchérit Anatole. Gabignaud nous en a parlé durant le trajet, quand nous sommes venus de Couiza cet après-midi.

— Cela dit, poursuivit Isolde, Jules gardait une sorte de réserve quand il était en compagnie de M. Baillard.

— Pourquoi ça ?

— Oh, je ne saurais moi-même l'expliquer, répondit Isolde en agitant une blanche main. Il avait un grand respect pour son âge et son savoir, mais ses enseignements lui inspiraient une sorte de crainte révérencieuse.

Anatole remplit leurs verres, puis sonna pour faire apporter une autre bouteille.

— Vous dites que Baillard est de la région ?

— Oui, il possède un logement à Rennes-les-Bains,

mais sa résidence principale est ailleurs. Dans le Sabarthès, je crois. C'est un homme remarquable, mais très secret. Il demeure assez peu loquace sur ses expériences passées et ses intérêts sont très étendus. En plus du folklore et des coutumes locales, c'est aussi un historien spécialiste de l'hérésie albigeoise, ajouta Isolde avec un petit rire. Pour tout dire, Jules m'a confié un jour qu'à entendre Baillard, on jurerait qu'il a assisté en personne à certaines de ces batailles médiévales, tant les descriptions qu'il en fait sont saisissantes.

Cela les fit sourire.

— Ce n'est pas la meilleure époque de l'année, mais vous aimeriez peut-être visiter certaines de ces anciennes places fortes tombées en ruine ? demanda Isolde à Léonie. Si le temps le permet.

— Oh oui, j'en serais ravie.

— Je vous placerai près de M. Baillard au dîner de samedi, afin que vous puissiez le questionner tout votre soûl sur ce qui touche aux diableries, superstitions et légendes de ces montagnes.

Léonie acquiesça en silence, la tête encore pleine des récits de Baillard. Anatole aussi restait silencieux. Au fil de la conversation, l'ambiance avait changé insidieusement, sans que personne y prenne garde. Pendant un moment, on n'entendit que le balancier de l'horloge et le crépitement des flammes dans la cheminée.

Le regard de Léonie glissa malgré elle vers les fenêtres. On avait fermé les volets pour la nuit, pourtant l'obscurité était là, toute proche. Elle la sentait presque vibrer, respirer. Ce n'était que le vent sifflant autour du bâtiment, mais on aurait dit que la nuit elle-même appelait de son murmure les anciens esprits des bois.

Elle jeta un coup d'œil à sa tante, belle à la lueur douce des bougies, étonnamment immobile.

Le ressent-elle aussi ? se demanda-t-elle.

L'expression d'Isolde était sereine, ses traits impassibles. Il était impossible de dire ce qui occupait ses pensées. Aucun chagrin dû à son deuil n'embrumait son regard. Et elle ne semblait pas s'inquiéter le moins du monde de ce qui se trouvait au-dehors, à l'extérieur de la maison et de ses murs de pierre.

Léonie avala d'un trait la blanquette qui restait dans son verre.

L'horloge sonna la demi-heure.

Se levant, Isolde annonça son intention de rédiger les invitations pour la soirée du samedi et se retira dans son bureau. Anatole prit la bouteille de Bénédictine posée sur le plateau et déclara qu'il traînerait un peu au salon, le temps de fumer un cigare.

Léonie embrassa son frère en lui souhaitant bonne nuit et quitta la pièce. Elle traversa le couloir, un peu chancelante, songeant à la journée écoulée. Aux choses qui lui avaient apporté du plaisir, et à celles qui l'avaient intriguée. Comme c'était futé de la part de tante Isolde d'avoir deviné que les bonbons préférés d'Anatole étaient les Perles des Pyrénées. Comme ils s'étaient bien entendus, tous les trois, la plupart du temps. Elle songea aux aventures qui l'attendaient peut-être. Tout ce domaine à explorer, la maison, bien sûr, mais aussi les terres qui l'entouraient, si le temps le permettait.

Elle s'apprêtait à monter quand elle remarqua que le couvercle du piano était levé. À la lueur des bougies, les touches blanches et noires du clavier et les meubles en acajou qui l'entouraient prenaient de beaux reflets profonds, miroitants.

Léonie n'était pas une pianiste virtuose, mais elle

ne résista pas à cette invite. Elle fit courir ses doigts sur le clavier en arpège, puis plaqua un accord. Le piano avait un timbre doux et sonnait juste, comme un instrument qu'on prend soin d'accorder régulièrement. Elle laissa ses doigts improviser d'eux-mêmes et ils pianotèrent quelques notes répétitives formant une mélodie en mineur, désuète, d'une douce mélancolie, presque nostalgique. *La, mi, do, ré*[1]. Son écho résonna un bref instant dans le silence du vestibule, puis se tut.

Léonie termina par une suite d'octaves ascendante, une dernière fioriture, puis elle se leva du tabouret et monta l'escalier pour regagner sa chambre.

Au fil des heures, tandis qu'elle dormait, la maison sombra peu à peu dans le silence. On souffla les bougies l'une après l'autre. Au-delà des murs gris, des parterres, des pelouses, du lac, le bois de hêtres demeurait, tranquille sous une lune blanche. Tout était calme.

Et pourtant...

---

1. Soit en anglais A, E, C, D, les quatre lettres formant le mot CADE, nom du domaine. (*N.d.T.*)

IV

Rennes-les-Bains
Octobre 2007

28.

Son avion atterrit à Toulouse dix minutes avant l'horaire prévu. À 16 h 30, Meredith avait pris possession de sa voiture de location et sortait du parking. En baskets et blue-jean, avec son gros sac fourre-tout sur l'épaule, elle avait l'air d'une étudiante.

Quand elle eut rejoint l'autoroute, le rythme de la circulation se calma et elle se sentit assez à l'aise pour allumer la radio. Elle trouva une station pré-enregistrée, Radio Classique, et monta le volume. Rien que de très classique en effet. Bach, Mozart, Puccini, un peu de Debussy.

La route allait quasiment en ligne droite. Elle prit la direction de Carcassonne et sortit trente minutes plus tard pour s'engager sur une départementale vers Mirepoix et Limoux. À Couiza, elle tourna à gauche en direction d'Arques puis, après dix minutes d'une route sinueuse, vira à droite. À 18 heures, tout à la fois impatiente et excitée, elle pénétrait dans la ville à laquelle elle songeait depuis si longtemps.

Loin de la décevoir, Rennes-les-Bains lui fit très bonne impression. C'était une ville bien plus petite qu'elle ne l'avait imaginée et la grand-rue méritait

227

assez mal son nom. Elle était à peine assez large pour laisser passer deux voitures et complètement déserte à cette heure, mais Meredith lui trouva du charme.

Elle croisa un bâtiment en pierre assez laid, puis un joli square en retrait appelé JARDIN DE PAUL-COURRENT, d'après la plaque qui figurait à l'entrée, et vit sur le mur un panneau indiquant LE PONT DE FER. Soudain elle pila, et la voiture s'arrêta juste à temps pour ne pas tamponner l'arrière d'une Peugeot bleue stationnée devant elle, dernière d'une courte file de voitures. Meredith éteignit la radio et, abaissant sa vitre, elle se pencha pour mieux voir ce qui se passait dans la rue. Un petit groupe d'ouvriers s'activait auprès d'un panneau routier jaune marqué ROUTE BARRÉE.

Le conducteur de la Peugeot sortit et s'approcha des cantonniers en vitupérant. Meredith attendit, mais voyant deux autres conducteurs sortir de leurs véhicules, elle fit de même, alors que le type à la Peugeot faisait demi-tour pour regagner sa voiture. Proche de la soixantaine, c'était un homme séduisant quoique un peu empâté, qui grisonnait sur les tempes. Il avait de l'allure, et le comportement de quelqu'un habitué à faire ses quatre volontés. Ce qui frappa surtout Meredith, ce fut sa tenue très habillée, veston noir, pantalon noir, chaussures lustrées.

Elle jeta un coup d'œil à sa plaque d'immatriculation. Elle finissait par un 11, le chiffre du département.

— Qu'est-ce qui se passe ? demanda-t-elle alors qu'il arrivait à sa hauteur.

— *Tree's down*, répondit-il brusquement, sans même la regarder.

Un arbre abattu. Meredith fut vexée qu'il lui ait répondu en anglais. Son accent était-il mauvais à ce point ?

— Et combien de temps cela va-t-il durer, d'après eux ? lança-t-elle.

— Au moins une demi-heure, répliqua-t-il en montant dans sa voiture. Ce qui peut aussi bien signifier trois heures, dans le Midi. Ou même nous mener jusqu'à demain.

Manifestement, il avait hâte de repartir. Meredith s'avança et le retint en posant une main sur la portière de sa voiture.

— Y a-t-il un autre chemin ?

Cette fois, il daigna enfin la regarder. Il avait des yeux bleu acier, très directs.

— Il faut retourner à Couiza et passer les collines en direction de Rennes-le-Château, dit-il. Vous en avez pour quarante minutes, à cette heure. À votre place, j'attendrais. Dans le noir, ce n'est pas évident de se repérer et vous risquez fort de vous égarer. Bon, si vous voulez bien m'excuser ? dit-il en posant un regard appuyé sur sa main.

— Merci pour votre aide, dit Meredith en rougissant, et elle recula d'un pas.

Elle le regarda faire marche arrière pour se garer le long du trottoir, puis descendre de voiture et s'éloigner à pied dans la grand-rue.

— Pas commode, marmonna-t-elle, sans savoir au juste pourquoi elle était si vexée par son attitude.

Certains conducteurs manœuvraient tant bien que mal pour faire demi-tour. Meredith hésitait. Malgré tout, ce goujat devait avoir raison. Il valait mieux ne pas prendre le risque d'aller se perdre dans les collines.

Elle décida d'explorer la ville à pied et se gara derrière la Peugeot bleue. Meredith ignorait si ses ancêtres étaient vraiment originaires de Rennes-les-Bains, ou si c'était par hasard que le soldat en uniforme de la guerre de 1914 avait été pris en photo ici plutôt qu'ailleurs. Mais c'était l'une des rares pistes dont elle disposait. Peut-être aurait-elle le fin mot de l'histoire d'ici la fin de la journée.

Elle se pencha par-dessus le siège pour prendre son sac tant l'idée de se faire voler son ordinateur portable lui était intolérable, puis vérifia que le coffre où se trouvaient ses affaires était bien fermé. Une fois la voiture verrouillée, elle parcourut la courte distance qui la séparait de l'entrée principale de la station thermale et climatique.

Un avis écrit à la main affiché sur la porte disait qu'elle était fermée pour l'hiver, du 1er octobre au 30 avril 2008. Meredith le fixa avec stupeur. Escomptant que la station serait ouverte tout au long de l'année, elle ne s'était pas renseignée.

Mains dans les poches, elle resta là un moment. Aucune lumière ne brillait aux fenêtres, l'immeuble était apparemment complètement vide. Si retrouver la trace de l'éventuel séjour de Lilly Debussy en cette ville lui avait servi de prétexte pour y venir, elle comptait aussi profiter elle-même de la station, après avoir lu de vieux articles et vu des photographies datant du début du siècle, quand Rennes-les-Bains était l'une des villégiatures les plus en vogue de la région.

À présent, face aux portes closes de la station thermale, elle n'aurait pas accès aux fichiers ni aux archives prouvant que Lilly y avait été envoyée en convalescence durant l'été 1900, et n'obtiendrait aucun indice sur le jeune homme en uniforme.

Peut-être parviendrait-elle à persuader la mairie, ou quelque responsable, de la laisser entrer, mais elle n'y comptait pas trop. Furieuse contre elle-même de s'être montrée si imprévoyante, Meredith s'en retourna vers la rue.

Un sentier longeait les thermes en partant sur la droite, nommé l'allée des Bains de la Reine. Elle le suivit jusqu'à la berge de la rivière en resserrant sur elle son blouson, car un vent mordant s'était levé. Elle passa devant une grande piscine vidée de son eau. Sur la terrasse déserte régnait un air d'abandon. Le carrelage bleu effrité, le ponton badigeonné de rose qui s'écaillait, des fauteuils de repos en plastique blanc démantibulés. Il était difficile d'imaginer la piscine en activité.

Elle poursuivit son chemin. La berge n'était guère plus engageante d'aspect, elle lui fit penser aux terrains boueux et marqués de traces de pneus au lendemain d'une fête d'avant match. Le sentier était bordé de bancs en fer tordus, il y avait aussi une pergola rouillée et bringuebalante en forme de couronne au-dessus d'un banc en bois, qui semblait n'avoir accueilli personne depuis des années. Levant les yeux, Meredith vit deux crochets métalliques, sans doute destinés à fixer une sorte de pare-soleil. Un décor un peu déprimant.

Cédant à la force de l'habitude, elle sortit pourtant son appareil photo de son sac et le régla en fonction de la faible luminosité avant de prendre quelques clichés, en doutant du résultat. Elle essaya de se figurer Lilly assise sur l'un de ces bancs, en chemisier blanc, jupe noire et capeline, rêvant de Debussy et de Paris. Puis son soldat couleur sépia, se promenant sur la berge avec, qui sait, une fille à son bras. En vain. Cet endroit ne favorisait pas l'inspiration. Négligé, abandonné, il était resté en rade, hors de la marche du monde.

Avec un peu de vague à l'âme, nostalgique d'un passé qu'elle n'avait pas connu, Meredith chemina lentement sur la berge. Elle suivit le cours de la rivière jusqu'à une passerelle en béton. Elle hésita avant de traverser. L'autre rive était plus sauvage d'aspect, et manifestement peu fréquentée. Ce n'était pas très malin de traîner dans une ville étrangère seule, avec un ordinateur et un appareil photo dans son sac.

Et puis il commence à faire sombre, songea-t-elle.

Mais Meredith ressentit comme un appel qui la poussait à continuer. L'esprit d'aventure, supposa-t-elle. Elle avait envie de pénétrer la ville et ses secrets sous la simple apparence des lieux, d'accéder à ce qui s'y trouvait depuis des centaines d'années, au lieu de se contenter de la grand-rue dans son état actuel, avec ses cafés, ses voitures. Autant profiter de son bref séjour ici pour voir si, en vérité, un lien particulier l'unissait à cette ville. Après avoir passé la bandoulière de son sac par-dessus sa tête pour la croiser sur sa poitrine, elle traversa.

L'atmosphère était différente, de l'autre côté du pont. Le paysage au-delà lui semblait plus proche de ce qu'il devait être à l'origine, moins influencé par les gens et les modes. Le flanc escarpé de la colline se dressait devant elle, comme sorti de terre. Les teintes vertes, brunes et cuivrées des bois et des fourrés prenaient les riches nuances du crépuscule. Pourtant, malgré sa beauté, il lui manquait quelque chose. Une sorte de profondeur, comme s'il n'était qu'à deux dimensions, comme si son véritable caractère était caché sous une façade peinte en trompe l'œil.

Dans l'obscurité grandissante, Meredith avança prudemment à travers les fourrés de ronces, les herbes couchées et les déchets apportés par le vent. Une voiture passa sur le pont routier au-dessus, et ses feux projetèrent fugitivement deux trouées de lumière sur les contreforts de roche grise, là où les montagnes descendaient jusqu'à la ville.

Puis le bruit du moteur s'estompa et ce fut de nouveau le silence.

Meredith suivit le sentier jusqu'au moment où elle ne put aller plus loin. Elle se retrouva à l'entrée d'un tunnel qui s'enfonçait sous la route, dans le flanc de la montagne.

Peut-être un collecteur d'eaux pluviales, ou un drain en cas d'inondation ?

Posant la main sur la bordure en brique, Meredith se pencha pour regarder à l'intérieur et sentit aussitôt sur sa peau la morsure de l'humidité que recelait la voûte en pierre. L'eau qui s'engouffrait dans l'étroit chenal courait plus vite sur les rochers aux arêtes saillantes, éclaboussant au passage les murs de brique.

Il y avait un rebord juste assez large pour marcher dessus.

Ce n'est pas une raison pour y aller..., se dit-elle.

Pourtant elle baissa la tête et, s'appuyant de la main droite sur les parois du tunnel pour garder l'équilibre, elle avança dans la pénombre. L'air chargé d'humidité, d'écume, d'odeur de mousse et de lichen la saisit. Le rebord devint plus glissant à mesure qu'elle avançait pas à pas. Bientôt la pénombre du dehors ne fut plus qu'un miroitement violine et elle ne distingua plus la berge.

Courbant la nuque pour ne pas se cogner la tête contre la voûte en pierre, Meredith s'arrêta pour regarder l'eau en contrebas. Elle vit des bancs de petits poissons noirs fuser entre des algues vertes aplaties par la force du courant, qui frisait les arêtes des pierres et des rocs immergés d'une dentelle d'écume blanche.

Bercée par le bruit et le mouvement de l'eau, Meredith s'accroupit et ses yeux s'y perdirent. Cet endroit inspirait un sentiment de paix, c'était un lieu caché, secret, où elle pouvait plus facilement évoquer le passé. En contemplant l'eau, elle imaginait sans mal des garçonnets en culottes courtes allant pieds nus et des petites filles aux boucles retenues par des rubans en satin jouant à cache-cache sous ce vieux pont. Et l'écho des voix de leurs parents, qui les appelaient depuis l'autre rive.

Un bref instant, Meredith crut voir sous l'eau le contour d'un visage. Elle plissa les yeux. Le silence semblait plus profond. L'air vide et froid, comme si toute vie en avait été aspirée. Soudain ses sens s'aiguisèrent, son cœur se mit à battre plus vite.

Ce n'était que mon reflet, se rassura-t-elle.

En se traitant de poule mouillée, elle regarda de nouveau dans le miroir clapoteux de l'eau.

Cette fois, pas de doute. Il y avait un visage sous la surface de l'eau. Ce n'était pas un reflet, même si Meredith eut l'impression de deviner ses propres traits cachés derrière l'image, mais une jeune fille, dont les longs cheveux dénoués ondulaient dans le courant, telle une Ophélie moderne. Alors elle ouvrit lentement les yeux et son regard franc et clair soutint celui de Meredith. Des yeux d'un vert translucide, contenant en eux toutes les nuances changeantes de l'eau.

Sous le choc, Meredith poussa un cri et fit un bond en arrière. Manquant perdre l'équilibre, elle jeta ses mains derrière elle pour se retenir au mur. Puis se força à regarder de nouveau.

Plus rien...

Rien du tout. Aucun reflet ni apparition, juste les contours déformés des rochers et du bois flotté remué par le courant, les ondulations des herbes couchées qui dansaient au fil de l'eau.

Meredith n'eut plus qu'une envie, sortir de ce tunnel. En glissant et trébuchant, elle avança petit à petit sur le rebord et se retrouva enfin à l'air libre, tremblant sur ses jambes. Ôtant son sac de son épaule, elle s'effondra sur un tapis d'herbe sèche et remonta les genoux sous son menton. Au-dessus d'elle sur la route, deux traits de lumière fusèrent alors qu'une autre voiture sortait de la ville.

Est-ce que ça commence ?

Sa plus grande peur, c'était que se manifeste chez elle la maladie de sa mère, cette forme de délire où Jeanette voyait et entendait des choses que personne d'autre ne percevait.

Elle inspira et expira profondément.

Je ne suis pas comme elle.

Meredith s'accorda encore un peu de temps, puis se releva. Elle se brossa, enleva la glaise et les herbes accumulées sous les semelles de ses baskets, ramassa son sac et revint sur ses pas en traversant la passerelle jusqu'au sentier.

Elle était encore ébranlée, mais surtout elle s'en voulait d'être aussi impressionnable. Recourant à des techniques éprouvées, acquises il y a longtemps, elle évoqua de bons souvenirs pour chasser les mauvais. Au lieu de l'écho douloureux des pleurs de Jeanette, elle entendit la voix de Mary dans sa tête. Revit les petits épisodes d'une vie de famille normale. Toutes ces fois où elle était rentrée à la maison couverte de boue et d'égratignures, son pantalon troué aux genoux. Mary serait inquiète si elle la savait toute seule à rôder dans des coins perdus comme celui-ci.

Il faut toujours que tu fourres ton nez où il ne faut pas, pensa-t-elle.

Soudain elle eut le mal du pays. Pour la première fois depuis qu'elle s'était envolée pour l'Europe deux semaines plus tôt, Meredith eut envie d'être pelotonnée bien au chaud dans son fauteuil préféré avec un bon livre, enveloppée dans la vieille courtepointe que

Mary lui avait confectionnée quand elle était entrée au collège comme interne, sachant qu'elle ne reviendrait pas à la maison avant six mois. Oui, se retrouver chez elle, au lieu d'être partie au loin dans cette course en solitaire dont elle reviendrait peut-être bredouille.

Transie et lassée, Meredith vérifia l'heure sur son téléphone portable, qui par ailleurs ne recevait pas de signal. Il ne s'était passé que quinze minutes depuis qu'elle avait laissé sa voiture. Découragée, elle se dit que la route serait probablement encore fermée.

Plutôt que de retourner par l'allée des Bains de la Reine, elle resta sur le sentier qui longeait l'arrière des maisons, au niveau de la rivière. De là elle voyait la structure en béton qui soutenait la piscine, placée en surplomb. Vu sous cet angle, le dessin des bâtiments d'origine lui apparut plus nettement. Dans l'ombre elle vit briller les yeux d'un chat qui se faufilait entre les étançons. Des détritus poussés par le vent s'amassaient contre les briques et les grillages, bouteilles de soda, canettes de bière, sacs plastique, journaux déchirés.

La rivière s'incurvait vers la droite. Sur l'autre rive, Meredith vit qu'un passage voûté pratiqué dans le mur descendait de la rue jusqu'au chemin du bord de l'eau. Les réverbères s'étaient allumés et elle discerna une vieille femme en bonnet et costume de bain à fleurs qui faisait la planche sur l'eau, à l'intérieur d'un cercle de pierres. Sa serviette-éponge pliée était posée sur l'allée juste à côté. Cette vision fit frissonner Meredith, puis elle remarqua que de la surface de l'eau montait de la vapeur. Près de la femme, un vieillard au corps mince et ridé se séchait.

Meredith admira leur courage. Elle-même n'aurait pas choisi de passer ainsi cette fraîche soirée d'octobre. Elle essaya de s'imaginer les jours glorieux de la fin du siècle, quand Rennes-les-Bains était une villégiature à la mode, qui prospérait. Les cabines sur roulettes, les dames et les messieurs en costumes de bain à l'ancienne immergés dans les sources d'eaux chaudes, sous l'œil attentif de leurs domestiques et infirmières, postés sur cette même rive.

Mais rien ne lui vint. C'était comme au théâtre après le tomber du rideau, quand les machinistes ont éteint les lumières. Dans le triste état où elle se trouvait, Rennes-les-Bains ne favorisait guère l'inspiration.

Un étroit escalier sans rampe montait à une passerelle en métal bleu qui reliait la rive gauche à la droite. Meredith se rappela le panneau qu'elle avait vu plus tôt, indiquant LE PONT DE FER. C'était là qu'elle avait laissé sa voiture de location.

Prenant l'escalier, elle retourna vers la civilisation.

29.

Comme Meredith le craignait, la rue était toujours barrée. Sa voiture de location était juste là où elle l'avait laissée, derrière la Peugeot bleue. Deux autres voitures s'étaient garées depuis derrière elle.

Passant le jardin Paul-Courrent, elle suivit la grand-rue vers les feux, puis tourna à droite pour s'engager dans une rue très raide qui semblait mener droit dans la colline. Elle déboucha sur un parking étonnamment plein, comparé au peu de monde qui circulait dans les rues. Le panneau de l'Office de tourisme proposait des promenades à pied jusqu'aux principaux sites des alentours : L'Homme Mort, La Cabanasse, La Source de la Madeleine, ainsi qu'un chemin de randonnée menant au village voisin de Rennes-le-Château.

Il ne pleuvait pas, mais l'air chargé d'humidité adoucissait les couleurs et les contours des choses. Meredith continua son chemin en jetant des regards curieux dans des ruelles qui semblaient ne mener nulle part et se permit quelques coups d'œil furtifs par les fenêtres éclairées des maisons, puis elle revint vers la grand-rue. Juste devant se trouvait la mairie avec son drapeau tricolore. Elle prit à gauche et se retrouva sur la place des Deux-Rennes.

Meredith s'arrêta au coin un moment, pour mieux s'imprégner de l'atmosphère. Il y avait une charmante pizzeria sur sa droite, avec des tables en bois disposées dehors dont deux seulement étaient occupées par des Anglais. Elle entendait des bribes de leurs conversations. À la première table, ces messieurs discutaient de football et de Steve Reich, tandis que ces dames partageaient une bouteille de vin en parlant du dernier Ian Rankin.

À l'autre bout de la place, Meredith remarqua un clocher-mur qui surplombait les toits des immeubles. Sans doute celui de l'église.

En effet, après avoir traversé un parvis pavé, elle arriva devant l'église de Saint-Celse et Saint-Nazaire. Une unique lampe brillait sous son porche d'aspect modeste, ouvert au nord et au sud. Deux tables vides encadraient l'entrée, dont on ne voyait pas bien ce qu'elles faisaient là.

L'avis figurant sur le panneau de la paroisse indiquait que l'église était ouverte de 10 heures du matin jusqu'après les vêpres, sauf en cas de jours fériés, de mariages et d'enterrements. Mais quand elle voulut tourner la poignée, elle s'aperçut que la porte était verrouillée, malgré les lumières qui brillaient à l'intérieur.

Elle regarda l'heure à sa montre. 18 h 30. Peut-être l'église venait-elle juste de fermer.

Meredith se retourna. Sur le mur opposé, une plaque commémorative faisait la liste des hommes de Rennes-les-Bains qui avaient perdu la vie durant la Première Guerre mondiale.

À Ses Glorieux Morts.

La mort est-elle jamais glorieuse ? se demanda Meredith en songeant à son soldat couleur sépia. Puis à sa mère, entrant dans les eaux glacées du lac Michigan les poches remplies de cailloux. Y avait-il une cause qui mérite qu'on lui sacrifie des vies ?

Elle s'avança et parcourut la liste de noms de haut

en bas, sachant qu'il était vain, et même idiot, d'espérer y trouver celui de Martin. D'après le peu de choses que Mary avait pu lui transmettre sur ses aïeux, Meredith savait que Martin était le nom de famille de la mère de Louisa, et non pas celui de son père. En fait, son certificat de naissance indiquait *De père inconnu*. Mais Meredith savait aussi que ses ancêtres avaient émigré de France en Amérique dans les années qui avaient suivi la Première Guerre mondiale, et d'après les recherches qu'elle avait effectuées, elle était presque sûre que le soldat sur la photo était le père de Louisa.

Il lui manquait juste un nom.

Quelque chose attira son regard. Celui de Bousquet était inscrit sur le mémorial. Comme le jeu de tarot rangé dans son sac de voyage. Peut-être s'agissait-il de la même famille ? Encore une chose à vérifier. Elle continua. Au bas de la plaque figurait un nom moins courant : Saint-Loup.

À côté se trouvait une plaque de pierre à la mémoire de Henri Boudet, curé de la paroisse de 1872 à 1915, et une croix noire en métal. Meredith réfléchit. Si son soldat inconnu venait bien d'ici, Henri Boudet l'avait peut-être connu. C'était une petite ville après tout, et les dates correspondaient.

Elle nota tout dans son carnet. C'était la première et la dernière règle d'un chercheur : tout noter, tout enregistrer. Plus tard seulement, avec le recul, on parvient à distinguer ce qui est pertinent de ce qui ne l'est pas.

Sous la croix était inscrit le fameux précepte de l'empereur Constantin : *In hoc signo vinces*. « Par ce signe tu vaincras », murmura-t-elle. Meredith l'avait déjà souvent rencontré, mais cette fois, il fit surgir dans sa tête une idée qu'elle essaya en vain de retenir.

Elle traversa le perron en passant devant la porte principale qui donnait dans l'église et se retrouva dehors, dans le cimetière. Là se dressait un autre monument aux morts où figuraient à peu de chose près les mêmes noms, plus deux ou trois ajouts et quelques différences d'orthographe, comme si un seul mémorial dédié à ces vies sacrifiées avait été jugé insuffisant.

Des générations d'hommes, pères, frères, fils, tant de vies fauchées.

Meredith marcha à pas lents dans la pénombre grandissante, sur le sentier de gravier qui longeait l'église. Des tombes, des dalles, des anges de pierre, des croix surgissaient de l'obscurité à mesure qu'elle avançait. Elle s'arrêtait çà et là pour lire une inscription. Certains noms se répétaient, génération après génération, gravés dans le granit et dans le marbre. Des familles d'ici : Fromilhague, Saunière, Denarnaud, Gabignaud.

À l'autre extrémité du cimetière, surplombant la gorge de la rivière, Meredith se retrouva devant un mausolée au style ornementé où les noms FAMILLE LASCOMBE-BOUSQUET étaient gravés au-dessus de la grille en métal.

Elle s'accroupit et, dans les derniers vestiges du jour, lut les dates des mariages et des naissances qui avaient uni les deux familles dans la vie et dans la mort. Guy Lascombe et sa femme avaient été tués en octobre 1864. Le dernier de la lignée Lascombe était Jules, mort en janvier 1891. La dernière survivante de la branche Bousquet, une certaine Madeleine, morte en 1955.

Meredith se redressa, sentant dans sa nuque un picotement familier. Ce n'était pas seulement le jeu de tarot que Laura avait voulu à toute force lui donner, ni la coïncidence de retrouver ici le nom de Bousquet, mais autre chose. Quelque chose concernant la date, qu'elle avait vù sans y prêter attention sur le moment.

Alors cela lui apparut. L'année 1891 revenait sans cesse, plus qu'elle n'aurait dû. Et si elle l'avait remarqué, c'était parce que cette date avait pour elle une signification particulière. 1891. L'année qui figurait sur la partition de musique. Elle revoyait le titre et le chiffre dans son esprit, aussi nettement que si elle avait eu la feuille à la main.

Mais ce n'était pas tout. Meredith repassa dans son esprit tout ce qu'elle avait pu voir depuis l'instant où elle était entrée dans le cimetière, et elle trouva enfin. Ce n'était pas tant l'année en elle-même que le fait que cette même date se répétait encore et encore.

Avec une montée d'adrénaline, Meredith se hâta de revenir sur ses pas et elle refit le tour des tombes pour vérifier les inscriptions. Non, sa mémoire ne lui avait pas joué de tours. Elle sortit son carnet et se mit à écrire, notant la même date de décès pour différentes personnes, trois, quatre fois de suite.

Ils sont tous morts le 31 octobre 1891.

Derrière elle, la petite cloche de l'église se mit à sonner.

Meredith se retourna pour regarder les lumières qui brillaient à l'intérieur, puis elle leva les yeux et s'aperçut que le ciel était maintenant piqueté d'étoiles. Prêtant l'oreille, elle entendit des voix qui murmuraient, alors la porte de l'église s'ouvrit et les voix lui parvinrent plus fortes, en un brouhaha confus, avant que la porte ne se referme en claquant.

Elle regagna le porche. Les tables à tréteaux incongrues avaient trouvé leur utilité. L'une était couverte de gerbes de fleurs et de plantes en pots sous cellophane. La deuxième était nappée d'un tissu épais en feutre rouge où un grand recueil de condoléances était posé.

Meredith ne put s'empêcher d'y jeter un coup d'œil. Sous la date du jour figurait un nom accompagné des dates de naissance et de décès : SEYMOUR FREDERICK LAWRENCE : 15 septembre 1938-24 septembre 2007.

Elle comprit que des funérailles allaient avoir lieu, malgré l'heure tardive. Par crainte d'être surprise, elle regagna d'un pas rapide la place des Deux-Rennes, qui grouillait de monde à présent. Des gens de tous âges, y compris des enfants, tranquilles, mais pas silencieux pour autant, et tous bien mis. Dans leurs habits du dimanche, aurait dit Mary.

Postée en retrait sous l'auvent de la pizzeria par souci de discrétion, Meredith les regarda entrer dans le presbytère attenant à l'église, y demeurer quelques instants, puis en sortir pour aller sous le porche signer le livre de condoléances. On aurait dit que toute la ville s'était donné rendez-vous.

— Que se passe-t-il ? demanda-t-elle à la serveuse.

— Un enterrement, madame. Quelqu'un de très estimé.

Une femme mince aux cheveux courts et bruns était debout, adossée au mur, et son immobilité contrastait avec ses yeux qui ne cessaient de papillonner à la ronde. Quand elle leva la main pour allumer une cigarette, les manches de son chemisier glissèrent et Meredith remarqua de larges cicatrices rouges sur ses deux poignets.

Comme si elle avait senti son regard, la femme tourna la tête vers elle.

— Quelqu'un de très estimé ? répéta Meredith, prise au dépourvu.

— *Someone popular. Well-respected*, répondit la femme.

— Merci, répliqua Meredith en lui adressant un sourire embarrassé.

La femme resta à la fixer un instant, puis détourna la tête. La cloche commença à sonner le glas avec insistance, sur un timbre grêle, aigu. La foule recula quand quatre hommes sortirent du presbytère en portant un cercueil fermé. Derrière eux suivait un jeune homme tout de noir vêtu, qui ne devait pas avoir trente ans, avec une épaisse tignasse brune. Livide, il serrait les mâchoires, comme pour mieux réprimer ses émotions.

Un homme plus mûr l'accompagnait, lui aussi vêtu de noir, que Meredith reconnut aussitôt, éberluée. C'était le conducteur de la Peugeot bleue, et il semblait parfaitement maître de lui.

Soudain elle se sentit coupable de la réaction qu'elle avait eue un peu plus tôt.

Il avait de bonnes raisons de se montrer expéditif, se dit-elle.

Meredith regarda le cercueil faire le court voyage du presbytère jusqu'à l'église. Les touristes assis au café d'en face se levèrent en voyant défiler le cortège funèbre. Les étudiants s'interrompirent et restèrent debout en silence, mains croisées, tandis que la lente cohorte disparaissait en bas du passage.

La porte de l'église se referma bruyamment. La cloche s'arrêta de sonner, et un doux écho subsista dans l'air du soir. Sur la place, tout revint vite à la normale. Les gens se rassirent, et l'on entendit de nouveau des bruits de chaises, de verres, de conversations reformer le même fond sonore qui habitait les lieux quelques minutes plus tôt.

Meredith vit une voiture remonter la grand-rue vers le sud. Puis d'autres encore. Ainsi, la rue était rouverte, se dit-elle avec soulagement, pressée d'arriver à son hôtel.

Sortant de son retrait, elle eut enfin une vue d'ensemble de la place et soudain, cela lui apparut. La photographie du jeune soldat, son ancêtre, avait été prise ici, en ce cadre précis, entouré des immeubles qui donnaient sur le Vieux Pont, bordé d'un côté par une rangée de platanes et de l'autre par le flanc boisé de la colline, qu'on apercevait dans la trouée entre les maisons.

Meredith fouilla dans son sac, sortit l'enveloppe, en tira la photo.

C'était exactement ça.

Du côté est de la place, les enseignes des cafés avaient changé et il y avait maintenant des chambres d'hôtes, mais sinon, c'était le même décor. Ici même, en 1914, un jeune homme avait posé et souri à l'objectif avant de retourner au front. Son arrière-grand-père, elle en était certaine.

Avec un regain d'enthousiasme pour la tâche qu'elle s'était fixée, Meredith retourna à sa voiture. Elle était ici depuis moins d'une heure et, déjà, elle avait découvert quelque chose. Un fait avéré, net et précis.

30.

Meredith démarra et, en passant la place des Deux-Rennes, elle jeta un coup d'œil vers l'endroit où la photo avait été prise, comme si la silhouette de son lointain ancêtre était postée là, entre les arbres, et lui souriait.

Peu de temps après, elle avait quitté les abords de la ville et roulait dans la nuit noire. Au bord de la route, les arbres prenaient des formes étranges, mouvantes. De loin en loin, des bâtisses surgissaient de la pénombre, maisons ou granges. Elle verrouilla sa portière d'un petit coup de coude et le mécanisme s'enclencha avec un clic rassurant.

À vitesse réduite, elle suivit les directions indiquées par le plan qui figurait sur la brochure et alluma la radio pour se tenir compagnie. Il régnait sur la campagne un silence absolu. La route était entourée d'une épaisse forêt, avec au-dessus d'elle une portion de ciel éclairée par de rares étoiles. Il n'y avait aucun signe de vie et elle n'aperçut aucun animal, pas même un chat ou un renard.

Meredith trouva la direction de Souraigne indiquée sur la brochure et tourna à gauche. Elle se frotta les yeux pour ne pas se laisser gagner par une douce somnolence. À vrai dire, elle n'était pas en état de conduire. Au bord de son champ de vision, les taillis et les poteaux télégraphiques vibraient et tremblo-taient. Une ou deux fois, elle crut voir dans le faisceau de ses feux une silhouette marcher sur le bas-côté, pour découvrir en approchant que ce n'était qu'un panneau, ou l'un de ces petits autels édifiés au bord des routes.

Elle essayait de rester concentrée, mais la fatigue aidant, ses pensées divaguaient malgré elle. Quelle journée ! Depuis la lecture du tarot, puis la folle traversée de Paris en taxi jusqu'à son arrivée ici, cette suite carambolesque d'émotions fortes ressemblait à un tour forcé sur des montagnes russes. Épuisée, vidée de toute énergie, l'esprit ailleurs, elle n'avait plus qu'un désir, prendre une longue douche bien chaude, puis boire un verre de vin, dîner, et s'endormir comme une masse.

Bon Dieu !

Meredith pila à fond. Il y avait quelqu'un debout en plein milieu de la route. Une femme en longue cape rouge, la capuche remontée sur la tête. Meredith cria, aperçut le reflet de son propre visage paniqué sur le pare-brise et donna un brusque coup de volant en sachant qu'elle ne pourrait éviter la collision. Comme au ralenti, elle sentit les pneus quitter la chaussée et jeta instinctivement ses mains en avant pour se préparer au choc.

La dernière chose qu'elle vit, ce fut deux yeux verts qui la regardaient.

La voiture dérapa, fit un tête-à-queue, puis glissa encore sur quelques mètres avant de s'arrêter dans un crissement de pneus, à quelques centimètres du fossé. Meredith entendit comme un roulement de tambour tonitruant et mit un moment à comprendre que c'était le battement de son sang dans ses oreilles.

Elle ouvrit les yeux et resta quelques secondes

cramponnée au volant, comme si elle craignait de le lâcher. Puis, avec des sueurs froides, elle se rendit compte qu'il lui fallait sortir de la voiture. Elle avait sûrement percuté la femme. Peut-être même l'avait-elle tuée.

Elle déverrouilla maladroitement sa portière et sortit en chancelant. Pleine d'appréhension, elle gagna l'avant de la voiture en se préparant au pire.

Il n'y avait rien, aucun corps pris sous les roues ou projeté un peu plus loin. Incrédule, Meredith regarda tout autour de la voiture, elle marcha dans la lueur des feux jusqu'à la limite où ils cédaient la place à l'obscurité.

Rien. La forêt était silencieuse. Aucun signe de vie.

— *Hello* ? appela-t-elle. Y a-t-il quelqu'un ?

Seul l'écho de sa voix lui répondit.

Sidérée, elle se pencha pour examiner l'avant du véhicule, puis en fit le tour en passant les mains sur la carrosserie. Il était intact, sans aucune marque.

Meredith remonta en voiture. Elle était certaine d'avoir vu quelqu'un. Quelqu'un qui la fixait, debout dans la nuit. Ce n'était pas un effet de son imagination. Ou bien si ? Jetant un coup d'œil dans le rétroviseur, elle ne vit que son propre reflet qui la regardait, un peu fantomatique. Alors, surgissant de l'ombre, le visage désespéré de sa mère lui apparut.

Je ne veux pas devenir folle !

Elle se frotta les yeux, s'accorda une ou deux minutes, puis démarra. Ébranlée par ce qui venait de se produire, que cela fût réel ou non, elle adopta une allure régulière en laissant l'air entrer par la vitre ouverte, pour s'éclaircir les idées.

Enfin, soulagée, elle aperçut l'enseigne de l'hôtel et quitta la route de Souraigne pour s'engager sur un chemin sinueux, qui grimpait à l'assaut d'une colline.

248

Deux ou trois minutes plus tard, elle arrivait devant un portail en fer forgé encadré de piliers de pierre. Sur le mur, un grand panneau en ardoise annonçait HÔTEL DOMAINE DE LA CADE.

Déclenché par un détecteur de mouvement, le portail à deux battants s'ouvrit lentement pour la laisser passer. Il y avait quelque chose d'inquiétant dans ce silence, le cliquetis du mécanisme sur les graviers, et Meredith frissonna. On aurait dit que les bois alentour étaient vivants et qu'ils l'observaient, avec une sorte de malveillance. Elle avait hâte de se retrouver à l'intérieur du bâtiment.

La longue allée couverte de gravier sur laquelle elle roulait était bordée de châtaigniers, arbres rassurants, après la sauvagerie de la forêt, qui montaient la garde telles des sentinelles. De chaque côté, d'immenses pelouses allaient se perdre dans le noir. Enfin l'allée s'incurva et, au détour du virage, elle découvrit l'hôtel.

Malgré tout ce qui s'était passé plus tôt, elle en eut le souffle coupé, car elle ne s'attendait pas à tant de beauté. C'était une bâtisse de trois étages, élégante, aux murs blanchis à la chaux recouverts d'une vigne vierge flamboyante, dont les feuilles vernissées luisaient à la lumière des projecteurs. Des balustrades ornaient le premier étage et des lucarnes rondes s'alignaient au dernier, sans doute les anciens quartiers des domestiques. C'était un édifice parfait de proportion, ce qui était stupéfiant quand on savait qu'une partie de la maison de maître d'origine avait été détruite dans un incendie. Il semblait complètement authentique.

Meredith se gara sur le parking situé devant l'hôtel et monta les quelques marches arrondies du perron, ses bagages à la main. Elle était contente d'arriver en un seul morceau, même si elle gardait l'estomac noué à cause de l'accident qu'elle avait failli avoir et de l'apparition à la rivière.

Ce n'est que de la fatigue, se dit-elle.

Dès qu'elle entra dans le hall, elle se sentit mieux et son malaise se dissipa. Spacieux, il avait un sol carrelé d'un damier rouge et noir et des murs recouverts d'un papier peint délicat à fleurs jaunes et vertes. À gauche de l'entrée principale, devant de hautes fenêtres à guillotine, deux profonds canapés encadraient une cheminée. Un grand bouquet était disposé dans l'âtre. Partout, les miroirs et les vitres en verre reflétaient la lumière émanant des chandeliers, des dorures et des appliques.

Droit devant s'élevait un grand escalier circulaire, dont les rampes en bois ciré brillaient d'un doux éclat à la lueur diffuse du grand lustre de cristal. La réception se trouvait sur la droite, c'était une grande table en bois à pieds griffus au lieu de l'habituel comptoir. Sur les murs s'alignaient des photographies anciennes, sépia et noir et blanc. Des hommes en uniformes datant sans doute de l'époque napoléonienne, des dames en manches bouffantes et jupes en corolle, des portraits de famille, des vues de Rennes-les-Bains au faîte de sa gloire. Meredith sourit. Que de choses elle aurait à découvrir les jours à venir.

Elle s'avança vers l'accueil et salua la réceptionniste.

— Bienvenue au Domaine de la Cade, madame. Vous avez réservé ?

— Oui, au nom de Martin.

— C'est la première fois que vous venez chez nous ?

— Oui.

Meredith remplit la fiche, donna les numéros de sa carte de crédit, la troisième dont elle se servait dans la journée. On lui tendit une carte de l'hôtel et du domaine, une autre des environs, ainsi qu'une imposante clef en cuivre à l'ancienne mode ornée d'un pompon rouge et d'un disque portant le nom de sa chambre : la Chambre Jaune.

Soudain elle eut un frisson dans la nuque, comme si quelqu'un s'était approché subrepticement dans son dos et se tenait tout près d'elle. Elle perçut le rythme d'une respiration et regarda derrière elle. Personne.

— La Chambre Jaune est au premier étage, madame Martin.

— Pardon ? fit Meredith en se retournant vers l'employée.

— Je disais que votre chambre est au premier. L'ascenseur est juste là, poursuivit la réceptionniste en le lui indiquant. Ou si vous préférez, vous pouvez prendre l'escalier et tourner à droite. Le service du dîner s'arrête à 21 h 30. Voulez-vous que je vous réserve une table ?

Meredith regarda l'heure à sa montre. 19 h 45.

— Oui, merci bien. Pour 20 h 30 ?

— Très bien, madame. Le bar est en terrasse, on y accède par la bibliothèque. Il reste ouvert jusqu'à minuit.

— Très bien. Merci.

— Avez-vous besoin d'aide pour vos bagages ?

— Non, c'est inutile. Merci.

Avec un regard en arrière vers le hall désert, Meredith prit l'escalier et se retrouva sur le palier du premier. Elle jeta un coup d'œil en contrebas et remarqua un quart-de-queue, installé dans l'ombre de la cage d'escalier. Un bel instrument, à première vue, même si c'était un drôle d'endroit pour mettre un piano. Le couvercle était fermé.

Tandis qu'elle longeait le couloir, elle sourit en

voyant que toutes les chambres portaient des noms au lieu de numéros. La Suite Anjou, la Chambre Bleue, Blanche de Castille, Henri IV.

Une façon pour l'hôtel de mettre l'accent sur son ancienneté, à grand renfort de références historiques, songea-t-elle.

Sa chambre était tout au bout. Avec le frémissement d'impatience qu'elle avait toujours en entrant dans une chambre d'hôtel pour la première fois, elle se débattit un peu avec la lourde clef, poussa la porte de la pointe de sa basket, puis alluma la lumière.

Ses lèvres s'épanouirent en un grand sourire.

Il y avait un immense lit en acajou au centre de la pièce, ainsi qu'une armoire, une coiffeuse et deux tables de nuit assorties, du même bois rouge foncé. Elle ouvrit les portes de l'armoire et découvrit que le minibar, le poste de télévision et les télécommandes se trouvaient dissimulés à l'intérieur. Sur le secrétaire étaient posés des magazines, le guide de l'hôtel ainsi que les détails du room-service et des brochures sur l'histoire du lieu, ainsi qu'une sélection de vieux ouvrages, serrés entre deux presse-livres. Meredith parcourut du regard le dos des livres, des policiers et des classiques, plus le guide d'un musée du chapeau situé à Espéraza, et un ou deux livres d'histoire locale.

Elle traversa la chambre jusqu'à la fenêtre et, ouvrant les persiennes, inspira l'odeur enivrante de la terre humide et de l'air nocturne. Les immenses pelouses se perdaient dans l'obscurité. Elle distinguait tout juste un lac ornemental, puis une haute haie qui séparait les jardins cultivés des bois au-delà. Elle était contente d'être à l'arrière de l'hôtel, loin du parking, des bruits de moteur et de portières qui claquent, même si sa chambre donnait sur une terrasse en contrebas où des tables en bois étaient disposées, avec des fauteuils et des chauffages d'extérieur.

Meredith défit ses bagages, méthodiquement cette fois, au lieu de tout laisser dans son sac comme elle l'avait fait à Paris. Elle rangea ses jeans, ses tee-shirts et ses pulls dans les tiroirs de la commode et suspendit ses vêtements plus chics dans la penderie. Puis elle disposa ses affaires de toilette sur les étagères de la salle de bains et prit un bain en faisant bon usage des savons et shampoings raffinés offerts par l'hôtel.

Trente minutes plus tard, rassérénée, elle s'enveloppa dans un grand peignoir blanc, mit son portable à charger et s'assit devant son ordinateur. Découvrant qu'elle n'avait pas accès à Internet, elle saisit le téléphone pour appeler la réception.

— Bonjour. Meredith Martin à l'appareil. J'occupe la Chambre Jaune. J'aurais besoin de lire mes mails, mais je n'arrive pas à accéder à ma messagerie. Pourriez-vous me fournir le mot de passe s'il y en a un, ou bien me connecter depuis votre réseau ?

Tenant le combiné coincé entre l'oreille et l'épaule, elle gribouilla l'information qu'on lui donnait, remercia son interlocuteur et raccrocha.

Comme c'est étrange, songea-t-elle en tapant le mot de passe, CONSTANTIN. Elle obtint rapidement la connexion. Elle envoya son message quotidien à Mary, lui disant qu'elle était arrivée à bon port, qu'elle avait déjà trouvé l'endroit où l'une des photographies avait été prise, et lui promettant de la tenir au courant de la suite, si suite il y avait. Puis elle vérifia son compte et constata avec soulagement que l'avance de son éditeur avait été créditée.

Enfin !

Il y avait deux messages personnels, dont une invitation au mariage de deux de ses camarades d'université à Los Angeles, qu'elle déclina, et une autre à un concert dirigé par une ancienne copine de classe à présent retournée dans le Milwaukee, qu'elle accepta.

Elle s'apprêtait à se déconnecter quand elle eut envie de vérifier s'il y avait quelque chose sur l'incendie qui avait ravagé le Domaine de la Cade en octobre 1897. Mais elle ne trouva rien de plus que ce qu'elle avait déjà glané dans la brochure de l'hôtel.

Ensuite elle tapa LASCOMBE dans le moteur de recherche.

Là, elle en apprit un peu plus sur Jules Lascombe. Apparemment, c'était un historien amateur, spécialiste de la période wisigothe ainsi que du folklore et des superstitions locales. Il avait même fait paraître quelques ouvrages et opuscules à compte d'auteur chez un éditeur du pays, un certain Bousquet.

Le regard de Meredith s'aiguisa, elle cliqua sur un lien et l'information apparut sur l'écran. C'était une famille du pays bien connue, propriétaire du plus grand magasin de Rennes-les-Bains et d'une importante imprimerie. Les Bousquet étaient aussi cousins germains de Jules Lascombe, et ils avaient hérité du Domaine de la Cade à sa mort.

Meredith fit défiler la page et trouva la rubrique qu'elle cherchait. Elle cliqua et se mit à lire :

Le tarot Bousquet est un jeu rare, peu utilisé ailleurs qu'en France. Les tout premiers exemplaires de ce jeu ont été imprimés, à la fin des années 1890, par la maison d'édition Bousquet, installée à Rennes-les-Bains, dans le sud-ouest de la France.

Ce jeu s'inspire, paraît-il, d'un jeu plus ancien remontant au XVIIe siècle, et il a pour principale caractéristique de substituer aux quatre figures de chaque suite les termes de Maître, Maîtresse, Fils et Fille à ceux usités d'ordinaire. À cela s'ajoutent les costumes d'époque qu'elles portent et l'iconographie qui les accompagne. Quant à l'artiste qui a créé les cartes des arcanes majeurs, contemporaines du premier jeu imprimé, il est inconnu.

À côté d'elle sur le secrétaire, le téléphone sonna, rompant si fort le silence de la chambre que Meredith sursauta. Sans détacher les yeux de l'écran, elle décrocha.

— Oui ? Oui, c'est moi.

C'était le restaurant qui voulait savoir si elle désirait toujours dîner. Meredith jeta un coup d'œil à l'heure affichée sur l'écran de son ordinateur et découvrit avec stupeur qu'il était 20 h 45.

— En fait, je préférerais qu'on me monte un plateau, dit-elle, mais on lui fit posément remarquer que le room-service s'arrêtait à 18 heures.

Meredith hésitait. Elle n'avait pas envie de s'arrêter en si bon chemin, même si elle ignorait si ce chemin la mènerait quelque part. Mais elle mourait de faim. Elle avait déjà sauté le déjeuner et, le ventre vide, elle n'était bonne à rien.

Pour preuve, ses folles hallucinations à la rivière et sur la route.

— Je descends tout de suite, dit-elle.

Après avoir sauvegardé les pages et les liens, elle coupa la connexion.

31.

— Mais qu'est-ce qui t'a pris, bon sang ? Qu'est-ce qui ne va pas ? demanda Julian Lawrence.

— Tu me le demandes ? s'emporta Hal. Je viens seulement d'enterrer mon père. À part ça, tout va très bien.

Il claqua la portière de la Peugeot avec violence puis, avançant vers le perron, il tira sur sa cravate d'un coup sec et la fourra dans la poche de son veston.

— Baisse d'un ton ! lui lança son oncle d'une voix sifflante. On a déjà eu droit à une scène tout à l'heure, et devant toute la ville encore. Tu ne vas pas remettre ça ! À quoi est-ce que tu joues ?

Il verrouilla la voiture et suivit son neveu à travers le parking des employés vers l'entrée de service de l'hôtel.

De loin, à les voir si élégants en complets noirs et chaussures lustrées, on aurait dit un père et son fils se rendant ensemble à un dîner de gala. Seules l'expression de leurs visages et la façon dont Hal serrait les poings indiquaient la haine qu'ils s'inspiraient.

— Nous y voilà ! Ta réputation, c'est tout ce qui compte ! s'écria Hal. Est-ce que l'idée que ton frère, mon père, était enfermé là, dans cette boîte, a seulement pénétré ton esprit ? ajouta-t-il en se donnant une petite tape sur le crâne. J'en doute !

Lawrence posa une main sur l'épaule de son neveu.

— Écoute, Hal, dit-il d'une voix radoucie. Je comprends que tu sois bouleversé. Tout le monde le comprend. C'est bien naturel. Mais à quoi bon lancer de folles accusations en public ? Ça n'arrange rien, au contraire. Tu sais comment sont les gens. Ils vont finir par se dire qu'il n'y a pas de fumée sans feu.

Hal tenta de se dégager, mais son oncle resserra son emprise.

— La ville, le commissariat, la mairie, tout le monde compatit à ta douleur, continua-t-il. Et ton père était très aimé. Mais si tu continues à...

Hal le foudroya du regard et chassa la main de son oncle d'un coup d'épaule.

— Est-ce une menace ?

Le visage de Julian Lawrence se ferma. Envolées, la compassion, la sollicitude d'un oncle envers son neveu. Il n'exprimait plus que de l'irritation, et autre chose aussi. Du mépris.

— Ne sois pas ridicule, dit-il d'un ton glacial. Au nom du ciel, ressaisis-toi. On dirait un collégien trop gâté qui fait un caprice. Tu as vingt-huit ans, nom de Dieu ! s'exclama-t-il, puis il avança vers l'entrée de l'hôtel. Prends un verre et va te coucher, lui lança-t-il par-dessus son épaule. La nuit porte conseil. Nous en reparlerons demain matin.

Mais Hal le rejoignit et le dépassa.

— Il n'y a rien à ajouter. Tu sais ce que j'en pense. Rien de ce que tu pourras dire ou faire ne me fera changer d'avis, conclut-il, et il tourna à droite en direction du bar.

Son oncle resta un instant à l'observer jusqu'à ce que la porte vitrée se referme derrière lui. Puis il fit le tour pour gagner la réception.

— Bonsoir, Éloïse. Rien à signaler ?

— Non. C'est très calme, ce soir, répliqua la jeune femme, et elle lui sourit avec sympathie. Un enterrement est toujours un moment difficile, n'est-ce pas ?

— Comme vous dites, confirma Julian Lawrence en levant les yeux au ciel, et il posa les mains sur le bureau. Des messages ?

— Seulement un, répondit-elle en lui tendant une enveloppe blanche. Tout s'est bien passé, à l'église ?

— Aussi bien que possible étant donné les circonstances, acquiesça-t-il d'un air morose, puis il regarda l'écriture sur l'enveloppe et son visage s'éclaira d'un lent sourire.

C'était l'information qu'il attendait au sujet d'une chambre funéraire wisigothe découverte à Quillan, dont Julian espérait qu'elle apporterait un nouvel éclairage aux fouilles qu'il avait lui-même entreprises au Domaine de la Cade. Le site de Quillan était scellé, et aucun inventaire n'avait encore été rendu public.

— Quand cette lettre est-elle arrivée, Éloïse ?

— À 20 heures, monsieur Lawrence. Quelqu'un l'a apportée.

— Parfait. Merci, Éloïse, dit-il en tambourinant sur le comptoir. Passez une bonne soirée. En cas de besoin, je serai à mon bureau.

— D'accord, répondit-elle en souriant, mais il avait déjà tourné le dos.

32.

À 21 h 45, Meredith avait fini de dîner.

Elle retourna dans le hall. Malgré sa fatigue, elle savait qu'il ne servirait à rien d'aller se coucher maintenant. Les idées tourneraient dans sa tête et elle ne réussirait pas à s'endormir.

Et si je faisais une petite promenade, se dit-elle en sortant sur le perron de l'hôtel. Les chemins étaient bien éclairés, mais déserts et silencieux. Resserrant sur elle son cardigan rouge, elle y renonça. D'abord, elle n'avait fait que marcher depuis deux jours.

Et puis après ce qui s'est passé tout à l'heure...

Meredith chassa cette pensée. Des échos de voix provenaient du corridor qui menait au bar en terrasse. Elle n'avait rien d'un pilier de bar, mais n'avait pas non plus envie de regagner sa chambre. C'était donc l'occasion.

Passant devant des porcelaines exposées dans des vitrines, elle poussa la porte et entra. La salle ressemblait plus à une bibliothèque qu'à un bar. Les murs étaient couverts du sol au plafond de livres rangés sur des étagères vitrées. Dans le coin se trouvait un escabeau en bois coulissant qui permettait d'atteindre les rayonnages du haut.

Des fauteuils club en cuir étaient regroupés autour de tables basses et l'ambiance était confortable, détendue. Deux couples, une famille, quelques hommes seuls.

Il n'y avait pas de table de libre, aussi Meredith s'assit-elle au comptoir, sur un haut tabouret. Elle posa sa clef et la brochure pour consulter la carte des boissons.

— Cocktails d'un côté, vins de l'autre, lui indiqua le barman avec un sourire.

Meredith retourna la carte et lut la liste des vins servis au verre.

— Qu'est-ce que vous recommandez, dans les crus de la région ? demanda-t-elle, à court d'idée.

— Blanc, rouge ou rosé ?

— Du blanc.

— Essayez un Domaine Bégude Chardonnay, intervint quelqu'un d'autre, en anglais.

Surprise, Meredith se retourna. Un homme était assis au bar, un peu plus loin. Sur les deux tabourets qui les séparaient, il avait posé son veston. L'élégance de sa tenue, chemise blanche immaculée ouverte au col, pantalon noir au pli impeccable, chaussures reluisantes, jurait étonnamment avec son air abattu. D'épais cheveux noirs lui tombaient en désordre sur le visage.

— C'est un vignoble de la région. Cépie, juste au nord de Limoux. Très goûteux.

Il tourna la tête et la regarda comme pour vérifier qu'elle l'avait entendu, puis se remit à fixer le fond de son verre de vin rouge.

Ces yeux bleus ! songea-t-elle.

Meredith le reconnut alors avec un petit tressaillement. C'était l'homme qu'elle avait vu plus tôt sur la place des Deux-Rennes, marchant derrière le cercueil, en tête du cortège funèbre. Elle se sentit un peu mal à l'aise d'en savoir plus sur lui qu'il ne pouvait s'en douter. Comme si elle avait commis une indiscrétion, bien involontaire pourtant.

— D'accord, lui répondit-elle. S'il vous plaît, ajouta-t-elle à l'adresse du barman.

— Très bien, madame. Puis-je vous demander quelle est votre chambre ?

Meredith lui montra sa clef, puis jeta un coup d'œil au type assis au bar.

— Merci du conseil, lui dit-elle en anglais.

— Pas de quoi.

Meredith oscilla sur son tabouret, hésitant à engager ou non la conversation. Il prit l'initiative en se tournant soudain vers elle pour lui tendre la main par-dessus les deux sièges en cuir des tabourets.

— Au fait, je m'appelle Hal.

— Et moi Meredith. Meredith Martin.

Ils échangèrent une poignée de main.

Le barman posa un rond en papier devant elle, puis un verre rempli d'un vin à la robe veloutée, d'un beau jaune profond. Discrètement, il y adjoignit une note à signer, avec un stylo.

Consciente que Hal l'observait, Meredith but une gorgée. Léger, fruité, légèrement citronné, il lui rappelait les bons vins blancs que Mary et Bill servaient dans les grandes occasions, ou quand elle revenait à la maison le week-end.

— Il est excellent. Merci.

— Je vous ressers, monsieur ? demanda le barman à Hal.

— Merci, Georges, acquiesça Hal, puis il pivota d'un quart de tour, de manière à se retrouver presque face à elle.

— Alors, Meredith. Vous êtes américaine.

À peine eut-il dit cela qu'il se remit face au bar d'un air accablé, en passant les doigts dans son épaisse tignasse. Meredith se demanda s'il n'était pas un peu ivre.

— Pardon, c'est idiot.

— Il n'y a pas de mal, dit-elle en souriant. Oui, je suis américaine.

— Vous venez d'arriver ?

— Tout juste, il y a deux heures. Et vous ?

— Mon père..., commença-t-il, mais il s'interrompit, et une ombre passa sur son visage. Mon oncle est propriétaire de l'hôtel, reprit-il.

Sans doute était-ce à l'enterrement du père de Hal qu'elle avait assisté par hasard. Touchée par sa détresse, elle attendit qu'il se tourne à nouveau vers elle.

— Désolé. La journée n'a pas été fameuse, dit-il en prenant le verre que le barman venait de lui remplir. Vous êtes là pour affaires, ou pour le plaisir ?

Meredith avait l'impression d'être tombée dans une sorte de pièce surréaliste. Elle savait pourquoi Hal avait cet air égaré, mais ne pouvait le reconnaître. Et lui, en s'efforçant de faire la conversation à une complète inconnue, ratait toutes ses répliques. Le fil de ses pensées était manifestement chaotique et le silence s'étirait étrangement entre les phrases.

— Les deux, répondit-elle. Je suis écrivain.

— Journaliste ? s'enquit-il vivement, avec une lueur d'intérêt.

— Non. Je travaille sur un livre. Une biographie du compositeur Claude Debussy.

Meredith vit la lueur s'éteindre dans ses yeux et il retomba dans son accablement. Ce n'était pas la réaction qu'elle espérait.

— C'est un bel endroit, s'empressa-t-elle de dire en regardant autour d'elle. Votre oncle habite-t-il ici depuis longtemps ?

262

Elle sentit que Hal se crispait.

— Lui et mon père l'ont acquis ensemble en 2003, finit-il par répondre avec un soupir. Ils ont dépensé une fortune pour le remettre en état.

Meredith ne trouva pas comment relancer la conversation. Il faut dire qu'il ne lui facilitait pas les choses.

— Papa n'est venu vivre ici à plein temps que depuis le mois de mai, reprit Hal d'une voix changée. Il voulait s'engager davantage dans la gestion quotidienne du Domaine, mais... il... Il est mort dans un accident de voiture il y a un peu moins d'un mois. C'était son enterrement aujourd'hui.

— Je regrette, dit Meredith, soulagée de n'avoir plus à feindre l'ignorance, et avançant la main, elle prit celle de Hal d'un geste spontané, sans réfléchir.

À la façon dont ses épaules se relâchèrent, elle vit qu'il se détendait un peu. Ils restèrent un moment silencieux. Puis elle ôta doucement sa main de la sienne, comme si c'était juste pour prendre son verre.

— Quatre semaines ? s'étonna-t-elle. Cela paraît long comme délai...

— Oui. L'autopsie a pris du temps. Le corps n'a été rendu que la semaine dernière.

Meredith se demanda quelles en avaient été les conclusions. Mais Hal restait silencieux.

— Vous vivez ici ? lui demanda-t-elle.

— Non, à Londres. Je travaillais pour une banque d'investissement. Mais je viens de remettre ma démission... J'en avais ma claque. Même avant ça. Sur la brèche quatorze heures par jour, sept jours par semaine. Beaucoup d'argent, et pas le temps d'en dépenser.

— Vous avez de la famille dans la région ?

— Non. Je suis anglais à cent pour cent.

— Et maintenant, que comptez-vous faire ?

Il haussa les épaules.

— Vous allez retourner vivre à Londres ?

— Je ne sais pas. J'en doute.

Un peu à court, Meredith se tut et but une gorgée de vin.

— Debussy, fit soudain Hal, comme s'il venait seulement d'enregistrer ce qu'elle avait dit. À mon grand embarras, je dois reconnaître que je ne connais rien de lui.

Meredith sourit, contente de le voir faire un effort.

— Il n'y a pas de honte.

— Et quel lien a-t-il avec cette région de France ?

— Un lien plutôt mince, répondit-elle avec un petit rire. En août 1900, Debussy a écrit une lettre à un ami disant qu'il envoyait sa femme Lilly en convalescence dans les Pyrénées après une opération. En lisant entre les lignes, on devine qu'il s'agissait d'une interruption de grossesse. Jusqu'à ce jour, personne n'a pu confirmer si Lilly avait bien séjourné à Rennes-les-Bains. Dans ce cas, elle n'y est pas restée longtemps, car elle était de retour à Paris en octobre.

— C'est tout à fait plausible, remarqua Hal en faisant la moue. On a du mal à l'imaginer aujourd'hui, mais Rennes-les-Bains était une ville d'eaux très prisée, en ce temps-là.

— En effet, acquiesça Meredith. En particulier par les Parisiens. Et aussi parce que la station ne s'était pas spécialisée dans le traitement d'un seul problème, contrairement à d'autres lieux connus pour soigner les rhumatismes ou même la syphilis, dans le cas de Lamalou.

— Ne m'en veuillez pas, mais cela semble un peu démesuré de venir d'aussi loin juste pour vérifier si Lilly Debussy a séjourné ici. Est-ce si important pour l'ensemble de vos recherches ?

— À vrai dire, non, répliqua-t-elle, surprise de se sentir à ce point sur la défensive, comme si son véritable motif avait soudain été dévoilé et que cela lui était douloureux. Mais ce serait un élément inédit, original, que personne d'autre n'a encore établi. Un atout, susceptible de distinguer un ouvrage parmi tant d'autres... Et puis c'est une période intéressante de la vie de Debussy. Lilly Texier n'avait que vingt-quatre ans quand elle l'a rencontré, elle travaillait comme mannequin. Ils se sont mariés un an plus tard, en 1899. Il a dédié de nombreuses œuvres à des amis, maîtresses ou collègues, alors que le nom de Lilly apparaît très peu souvent sur ses partitions, mélodies ou pièces pour piano.

Meredith se rendait bien compte qu'elle se montrait trop volubile, mais emportée par son sujet, elle était incapable de s'arrêter. Elle se pencha vers lui.

— Selon moi, Lilly était présente durant des années primordiales pour la vie et la carrière de Debussy, celles où il composa son seul opéra, *Pelléas et Mélisande*, dont la première représentation eut lieu en 1902. Ce fut un tournant décisif. Or Lilly était à ses côtés quand il l'a écrit. Ce n'est pas rien.

Elle s'interrompit pour reprendre son souffle et s'aperçut que, pour la première fois depuis qu'ils avaient engagé la conversation, Hal souriait.

— Désolée, dit-elle avec une petite moue. Je ne voulais pas être si prolixe. C'est une terrible manie de supposer que ces sujets vont forcément intéresser tout le monde.

— Moi je trouve admirable de se passionner ainsi pour quelque chose, déclara-t-il posément.

Surprise par son changement de ton, Meredith lui jeta un regard et vit qu'il la fixait de son œil bleu. À son grand embarras, elle se sentit rougir.

— Je préfère le stade des recherches à la rédaction proprement dite, enchaîna-t-elle sans attendre, pour cacher sa gêne. C'est un peu comme des fouilles archéologiques. On déterre de vieux manuscrits, partitions, articles, lettres, et on les épluche avec une obsession maniaque en essayant de redonner vie à des instantanés, surgis du passé. C'est un lent travail de reconstitution, replacer les choses dans leur contexte, et accéder à ce qui se cache sous la surface des événements, avec l'avantage du recul.

— Un vrai travail de détective.

Le soupçonnant d'avoir l'esprit ailleurs, Meredith lui jeta un coup d'œil, mais il poursuivit.

— Et quand comptez-vous avoir fini ?

— Je dois avoir bouclé en avril prochain. J'ai amassé trop de matériaux, pour l'instant. Articles universitaires publiés dans les Cahiers Debussy, *Œuvres complètes de Claude Debussy*, notes sur chaque biographie publiée jusqu'à ce jour. Et puis Debussy a lui-même beaucoup écrit. Une volumineuse correspondance, mais aussi des articles pour un quotidien, *Gil Blas*, ainsi que tout un tas de critiques pour *La Revue blanche*. J'ai tout lu.

Soudain elle eut honte d'avoir ainsi continué à discourir alors qu'il traversait un moment si douloureux. Elle s'apprêtait à s'excuser pour son manque de sensibilité, quand quelque chose la retint dans l'expression de Hal, son air enfantin. Soudain il lui rappelait quelqu'un, mais elle eut beau se creuser la cervelle, elle fut incapable de trouver de qui il s'agissait.

D'un coup, la fatigue s'abattit sur elle. Elle regarda Hal, perdu dans ses propres pensées, l'air triste. Elle n'avait plus l'énergie d'entretenir la conversation. Il était temps d'aller se coucher.

Elle descendit de son tabouret, rassembla ses affaires.

Il redressa la tête.

— Vous partez ?

Meredith lui fit un petit sourire d'excuse.

— La journée a été longue.

— Bien sûr, dit-il en se levant aussi. Écoutez... Je sais que cela va vous paraître un peu cavalier, mais... si vous restez dans le coin demain, nous pourrions peut-être aller nous balader. Ou nous donner rendez-vous pour boire un verre ?

Prise au dépourvu, Meredith resta un instant sans répondre.

D'un côté, Hal lui plaisait bien. Il était agréable à tous points de vue, et il avait manifestement besoin de compagnie. De l'autre, il lui fallait se concentrer afin de découvrir ce qu'elle pouvait sur sa famille d'origine, et cela sans témoin. Elle n'avait pas envie d'avoir quelqu'un collé à ses basques. Et puis elle croyait entendre Mary la mettre en garde en lui disant qu'elle ignorait tout de ce type.

— Bien sûr, si vous êtes trop occupée...

Ce fut la déception qu'elle perçut dans sa voix qui la décida. D'ailleurs, à part le moment passé avec Laura durant la lecture de tarot, qui ne comptait pas pour une véritable conversation, cela faisait des semaines qu'elle n'avait pas parlé avec quelqu'un.

— D'accord, s'entendit-elle répondre.

Le visage de Hal s'illumina d'un grand sourire et il en fut transformé.

— Mais j'avais l'intention de partir tôt demain matin, s'empressa-t-elle d'ajouter. Pour faire des recherches.

— Je pourrais vous accompagner, proposa-t-il. Peut-être serais-je en mesure de vous aider un peu. Je ne connais pas très bien le coin, mais je suis quand même venu plusieurs fois au cours des cinq dernières années.

— Vous risquez de vous ennuyer.

Hal haussa les épaules.

— Ça ne me dérange pas. Vous avez une liste des lieux que vous voulez visiter ?

— Je pensais improviser. En fait... j'avais espéré obtenir des informations en puisant dans les archives de la sation thermale, mais elle est fermée pour l'hiver. Je me proposais d'aller à la mairie voir si quelqu'un pourrait m'aider.

Le visage de Hal s'assombrit.

— C'est une bande d'incapables ! s'emporta-t-il. À se taper la tête contre les murs.

— Désolée, je ne voulais pas remuer de mauvais souvenirs...

Mais Hal secoua vivement la tête.

— Non, pardon. C'est ma faute, s'excusa-t-il en soupirant, puis il lui sourit à nouveau. J'ai une proposition. Étant donné la période qui vous intéresse, vous pourriez trouver quelque chose d'utile au musée de Rennes-le-Château, concernant Lilly Debussy. Je n'y suis allé qu'une fois, mais je me souviens qu'il donne un bon aperçu de la vie de cette époque.

— Ça me paraît une très bonne idée, s'enthousiasma Meredith avec une pointe d'excitation.

— On se retrouve à 10 heures dans le hall ?

Meredith hésita un bref instant, puis décida de mettre sa défiance de côté.

— D'accord pour 10 heures, dit-elle.

Il se leva et enfonça ses mains dans ses poches.

— Bonne nuit.

— À demain, lui dit Meredith avec un petit hochement de tête.

33.

Une fois dans sa chambre, Meredith avait l'esprit trop agité pour songer à dormir. Tout en se brossant les dents face à la glace, elle se repassait la conversation qu'ils avaient eue, ce que chacun avait dit, cherchant à interpréter ce qui se cachait entre les lignes.

Hal semblait si vulnérable. Il lui inspirait de la compassion. Mais lui n'éprouvait sans doute pour elle qu'un intérêt passager. Dans sa détresse, il avait eu besoin de compagnie, voilà tout, se dit-elle en recrachant le dentifrice dans le lavabo.

Elle se mit au lit et éteignit la lumière. La chambre plongea dans une douce pénombre couleur d'encre. Immobile, elle resta à contempler le plafond jusqu'à ce que ses membres s'alourdissent et que son esprit à la dérive se laisse gagner par le sommeil.

À peine s'était-elle endormie que le visage qu'elle avait vu dans l'eau, puis l'étrange silhouette aperçue au milieu de la route surgirent dans son esprit. Pis encore, le beau visage tourmenté de sa mère lui apparut, en pleurs, tandis qu'elle suppliait les voix de la laisser en paix.

Meredith ouvrit les yeux.

Non. Pas question. Je ne me laisserai pas happer par le passé, se dit-elle.

Elle était là pour trouver qui elle était et en

apprendre plus sur sa famille afin d'échapper à l'ombre de sa mère, et non pour que celle-ci revienne, plus présente que jamais. Meredith repoussa ses souvenirs d'enfance en les remplaçant par les images du tarot qu'elle avait eues en tête toute la journée. Le Mat et La Justice. Le Diable aux yeux bleus, les Amants enchaînés, sans espoir, à ses pieds.

Elle se répéta les paroles de Laura, laissa ses pensées vagabonder d'une carte à l'autre et glissa peu à peu dans le sommeil. Lilly Debussy lui vint en tête, pâle, une balle logée pour l'éternité dans sa poitrine. Debussy à son piano, ronchonnant et fumant d'un air maussade. Mary, sur la véranda de la maison à Chapel Hill, plongée dans un livre, se balançant sur son rocking-chair. Et le soldat couleur sépia entre les platanes, sur la place des Deux-Rennes.

Meredith entendit claquer une portière de voiture et des chaussures crisser sur le gravier, puis le hululement d'un hibou s'apprêtant à chasser, ainsi que des bruits de tuyauteries en sourdine.

L'hôtel sombrait dans le silence. La nuit enveloppait la maison de ténèbres. Les terres du domaine dormaient sous une lune pâle.

Les heures s'écoulèrent. Minuit, 2 heures, 4 heures du matin.

Soudain, Meredith se réveilla en sursaut, les yeux grands ouverts dans le noir. Tout son corps aux aguets, ses nerfs, ses muscles tendus à l'extrême, comme les cordes d'un violon.

Quelqu'un chantait.

Non, quelqu'un jouait du piano. Tout près.

Elle se redressa. La chambre était froide. Ce même froid pénétrant qui l'avait saisie sous le pont. L'obscurité avait changé, elle était moins dense, plus fragmentée. C'était comme si Meredith percevait les matières

270

diverses qui la composaient et dansaient maintenant devant elle, particules de lumière, d'ombre et d'obscurité. Une brise s'était levée, venue d'on ne sait où. Car Meredith était bien certaine que toutes les fenêtres étaient fermées. Une brise légère, qui effleurait ses épaules et son cou en murmurant.

Il y a quelqu'un dans la chambre.

C'était impossible. Elle l'aurait entendu entrer. Pourtant elle avait la certitude que quelqu'un se tenait debout au pied du lit et la regardait. Deux yeux brillant dans la pénombre. Elle sentit des filets de sueur froide couler entre ses omoplates et au creux de ses seins. Avec une poussée d'adrénaline, elle se résolut à réagir.

Maintenant. Vas-y.

Comptant jusqu'à trois, elle roula sur le côté et alluma la lumière.

La pénombre éclata avec violence et tous les objets ordinaires, quotidiens, surgirent pour l'accueillir. Armoire, table, fenêtre, cheminée, secrétaire, psyché placée près de la porte de la salle de bains et qui reflétait la lumière... Tout était à sa place.

Personne.

Incroyablement soulagée, Meredith s'affala contre la tête de lit en acajou. Sur la table de nuit, un radio-réveil indiquait l'heure en rouge, 4 h 45. Ce n'étaient pas des yeux qu'elle avait vu briller dans le noir, seulement l'affichage numérique du réveil, qui clignotait et se reflétait dans le miroir.

Un simple cauchemar...

Elle aurait dû s'y attendre, après tout ce qui s'était passé dans la journée.

Meredith rejeta les couvertures pour se rafraîchir et resta immobile, les mains croisées sur la poitrine telle une gisante, puis elle se leva, prise du besoin de bouger, de s'activer. Elle alla chercher une bouteille d'eau minérale dans le minibar, gagna la fenêtre et regarda en contrebas les jardins silencieux, baignant toujours dans la clarté de la lune. Le temps avait changé et la terrasse en dessous était luisante de pluie. Un voile de brume blanche s'étirait au-dessus de la rangée d'arbres.

Meredith appuya sa main tiède sur le verre froid, comme pour chasser ses idées noires. Dans quoi s'était-elle engagée ? Le doute s'insinuait en elle. Et s'il n'y avait rien à découvrir ? Jusqu'à présent, ce projet de venir à Rennes-les-Bains avec pour seules armes une poignée de vieilles photographies et une partition pour piano l'avait poussée de l'avant.

Mais maintenant qu'elle y était, devant la petitesse des lieux, elle se sentait moins sûre d'elle. Quelle folle idée de partir sur les traces de sa famille biologique sans même avoir de noms précis à chercher ! C'était un rêve stupide, un scénario à l'eau de rose, bien loin de la vie réelle.

Meredith n'avait aucune idée du temps qu'elle avait passé à réfléchir, à faire le tri dans ses pensées, postée à la fenêtre. Soudain elle se rendit compte que ses orteils étaient engourdis par le froid et se retourna pour regarder le réveil. Ouf ! Il était plus de 5 heures du matin. Elle avait tué assez de temps. Chassé les fantômes, les démons de la nuit. Le visage dans l'eau, la silhouette sur la route, les images figurant sur les cartes.

Cette fois quand elle se recoucha, la chambre était paisible. Pas d'œil la fixant dans le noir ni de présence scintillante, juste les chiffres clignotants du réveil. Elle ferma les paupières.

Son soldat se fondit en Debussy, puis devint Hal.

V

Domaine de la Cade
Septembre 1891

34.

Léonie bâilla et ouvrit les yeux. Elle s'étira volup-tueusement, puis se redressa, calée contre de moelleux oreillers. Malgré la blanquette de Limoux dont elle avait un peu abusé la veille au soir, ou peut-être grâce à ses effets, elle avait bien dormi.

La Chambre Jaune était jolie dans la clarté matinale qui filtrait entre les rideaux. Léonie resta un moment couchée à écouter les rares bruits qui rompaient le silence de la campagne. Les chants des oiseaux, le murmure du vent dans les arbres. C'était bien plus agréable que de se réveiller à la maison par une aube grise, avec en fond sonore les crissements aigus et métalliques venant du trafic de la gare Saint-Lazare.

À 8 heures, Marieta apporta le plateau du petit déjeuner. Elle le posa sur la table près de la fenêtre, puis tira les rideaux, et la chambre s'emplit des pre-miers rayons du soleil. À travers les vitres imparfaites des vieilles fenêtres à battants, Léonie contempla le bleu limpide du ciel, où s'effilochaient des nuages blancs et mauves.

— Merci, Marieta, dit-elle. Vous pouvez disposer.

— Très bien, madomaisèla.

Léonie rejeta les couvertures et enfila ses mules,

puis sa robe de chambre en cachemire bleu. Après s'être aspergé un peu d'eau sur le visage, elle s'assit à la table devant la fenêtre et se sentit dans la peau d'une grande dame distinguée, à prendre ainsi son petit déjeuner toute seule dans sa chambre. Les rares fois où cela lui arrivait à la maison, c'était quand Du Pont rendait visite à sa mère.

Quand elle souleva le couvercle de la cafetière en argent, un délicieux arôme de grains fraîchement grillés s'en échappa, tel un bon génie d'une lampe à huile. Il y avait aussi un pot de lait tiède et mousseux, un sucrier, une pince à sucre en argent. Soulevant une serviette de lin posée sur une assiette, elle découvrit du pain blanc encore chaud à la croûte dorée, ainsi qu'un petit pot de beurre, trois sortes de confitures dans des coupelles de porcelaine et un bol de compote de pommes et coings.

Tout en mangeant, elle contempla les jardins et les pelouses qui paressaient sous le soleil de septembre. Une nappe de brume suspendue au-dessus de la vallée entre les collines effleurait les cimes des arbres, immobiles dans l'air léger. Il n'y avait plus trace du vent violent qui menaçait la veille au soir.

Léonie s'habilla d'une jupe en laine unie et d'un chemisier à col montant, puis elle prit le livre qu'Anatole lui avait apporté la veille. L'envie lui vint de se rendre elle-même à la bibliothèque, d'explorer ses rayonnages poussiéreux couverts de vieilles reliures en cuir. Si on lui demandait des comptes, elle prétexterait qu'elle était venue restituer la monographie de M. Baillard. Mais c'était peu probable, puisque Isolde leur avait assuré qu'ils étaient ici chez eux.

Elle s'avança dans le corridor. Le reste de la maisonnée semblait encore endormi. Tout était calme. Aucun signe de vie, aucun bruit venant des autres chambres. Si Anatole était levé, elle l'aurait entendu siffloter tout en faisant sa toilette du matin. En bas, le vestibule aussi était désert, même si des bruits lointains de vaisselle entrechoquée lui parvenaient de derrière la porte battante qui menait à l'affiche et aux cuisines.

La bibliothèque occupait l'aile sud-ouest de la maison et on y accédait par un petit couloir encaissé entre le salon et la porte du bureau. C'était étrange qu'Anatole soit tombé dessus par hasard l'après-midi même de leur arrivée, alors qu'il n'avait guère eu le temps d'explorer la maison.

En fait le petit couloir en question était bien éclairé, et assez large pour contenir plusieurs vitrines. La première exposait des porcelaines de Marseille et de Rouen ; la deuxième une antique cuirasse, deux sabres, un fleuret, très semblable à celui qu'aimait manier Anatole dans ses salles d'escrime, et un mousquet ; la troisième, plus petite, abritait une collection de décorations militaires, médailles et rubans, disposées sur du velours bleu. Rien n'indiquait à qui elles avaient été remises ni en vertu de quelle action d'éclat. Léonie présuma qu'elles avaient appartenu à l'oncle Jules.

Elle appuya sur la poignée de la porte de la bibliothèque et se glissa à l'intérieur. Tout de suite la pièce lui plut. Paisible, elle sentait bon l'encre et la cire d'abeille. Plus vaste que Léonie ne s'y attendait, elle était d'une belle symétrie, avec ses deux fenêtres donnant sur le sud et l'ouest ornées de rideaux en lourd brocart bleu et or, dont les plis tombaient du plafond jusqu'au sol.

Le bruit de ses talons, qui résonnaient si fort sur le parquet, était amorti par l'épais tapis ovale qui occupait le centre de la pièce, sur lequel trônait un guéridon assez large pour supporter les ouvrages les plus imposants. Sur un sous-main en cuir étaient disposés un bloc de papier, un encrier, un porte-plume et un buvard.

Léonie décida de commencer son exploration par le coin le plus éloigné de l'entrée. Elle parcourut du regard les rayons en lisant les noms qui figuraient sur le dos des livres, passant les doigts sur les reliures en s'arrêtant de temps à autre, quand un volume retenait son attention.

Elle dénicha un beau missel doté d'un fermoir ouvragé, imprimé à Tours, avec des pages de garde vert et or et des gravures protégées par du papier de soie. Sur la page de titre le nom de son défunt oncle, Jules Lascombe, était inscrit à la main, avec la date de sa confirmation.

Dans le rayonnage suivant, elle trouva une première édition du *Voyage autour de ma chambre* de Joseph de Maistre. Avec ses coins écornés, elle était dans un triste état, comparée à l'exemplaire original qu'Anatole avait à la maison. Dans une autre alcôve, elle découvrit une collection de textes religieux et antireligieux, regroupés comme pour mieux s'annuler les uns les autres.

Dans la section consacrée à la littérature française contemporaine, il y avait la série complète des Rougon-Macquart, ainsi que des œuvres de Flaubert, Maupassant et Huysmans, auteurs dont Anatole lui avait ardemment conseillé la lecture dans le désir qu'elle se cultive, avec un maigre résultat. Elle y vit aussi une première édition du roman de Stendhal, *Le Rouge et le Noir*. Également, quelques œuvres de littérature étrangère, mais rien qui la séduise, à part les nouvelles d'Edgar Allan Poe traduites par Baudelaire. Aucun roman de Ann Radcliffe ni de Sheridan Le Fanu.

Bref, une collection terne, ennuyeuse, songea-t-elle.

Dans le coin le plus éloigné de la bibliothèque, Léonie se retrouva devant une alcôve consacrée aux livres d'histoire locale. C'était sans doute là qu'Anatole était tombé sur la monographie de M. Baillard, supposat-elle. En s'enfonçant dans l'espace confiné, plus sombre, plus humide, elle sentit l'excitation la gagner.

Elle parcourut les rangées serrées de livres jusqu'à la lettre B et n'y découvrit aucun espace. Déconcertée, elle glissa quand même le mince volume là où elle pensait qu'était sa place, puis retourna vers la porte.

Alors seulement elle remarqua trois ou quatre vitrines contre le mur situé à droite de la porte, qui devaient contenir les ouvrages les plus précieux. Un escabeau coulissant était fixé à une rampe de cuivre. Léonie le saisit à deux mains et tira aussi fort qu'elle put. L'escabeau grinça un peu, mais il se rendit sans résistance, et elle put le faire glisser le long de la rampe jusqu'au milieu. Alors, calant les marchepieds, elle les déplia et grimpa, un peu gênée par l'ampleur de ses jupons en taffetas froufroutant, qu'elle coinça entre ses jambes.

Elle s'arrêta sur l'avant-dernière marche. En s'arcboutant sur les genoux, elle scruta ce qui se trouvait derrière la vitrine, mais la lumière provenant des deux hautes fenêtres l'aveuglait trop, et elle dut mettre ses mains en coupe afin de distinguer dans le clair-obscur de la vitrine les titres qui figuraient au dos des livres.

Le premier s'appelait *Dogme et rituel de la haute magie,* de Éliphas Lévi. Ensuite venait un volume intitulé *Traité méthodique de science occulte.* Sur l'étagère au-dessus, plusieurs écrits de Papus, Court de Gébelin, Etteilla et MacGregor Mathers. Elle n'avait jamais lu ces auteurs, mais savait qu'ils étaient occultistes et considérés comme subversifs. Leurs noms apparaissaient régulièrement dans les colonnes des journaux et périodiques.

Léonie allait redescendre quand son œil fut attiré par un gros volume relié en cuir noir, moins tapageur d'aspect que les autres, exposé de profil. Le nom de son oncle figurait sur la couverture, en lettres d'or et en relief, sous le titre *Les Tarots*.

35.

Paris

Quand une aube brumeuse et hésitante pointa sur les bureaux du commissariat de police du 8e arrondissement, rue de Lisbonne, les esprits étaient déjà passablement échauffés.

Le corps d'une femme identifiée comme étant celui de Mme Marguerite Vernier avait été découvert peu après 21 heures, le soir du dimanche 20 septembre. La nouvelle leur avait été transmise par téléphone de l'une des nouvelles cabines publiques installées au coin de la rue de Berlin et de la rue d'Amsterdam, par un journaliste du *Petit Journal*.

Le nom de la défunte étant associé à celui d'un héros de la guerre, le général Du Pont, le préfet Laboughe avait été rappelé d'urgence de sa résidence à la campagne pour superviser l'enquête.

De fort méchante humeur, il traversa la première pièce qui ouvrait sur l'extérieur et, une fois entré dans la seconde, lâcha sur le bureau de l'inspecteur Thouron une pile de journaux, les premières éditions du matin.

Un meurtre à la Carmen ! Un héros de la guerre en détention ! Une querelle d'amoureux qui finit dans le sang !

— Que diable signifie tout cela ? tonna Laboughe.

Subissant ses foudres avec humilité, Thouron se leva, murmura un salut respectueux, puis débarrassa les journaux qui encombraient la seule chaise laissée vacante dans la pièce exiguë et enfumée. Ôtant son haut-de-forme, le préfet se laissa tomber sur la chaise, qui gémit dangereusement sous son poids, mais tint bon.

— Eh bien, Thouron ? lança-t-il d'un ton impérieux, les mains croisées sur le pommeau de sa canne, dès que l'inspecteur eut rejoint sa place. J'exige des explications. Comment ces journaleux ont-ils pu obtenir tant de détails réservés à l'enquête ? L'un de vos hommes aurait-il bavé ?

L'inspecteur Thouron avait la mine défaite d'un homme qui a vu le jour se lever sans avoir fermé l'œil de la nuit, des cernes noirâtres, la moustache triste, des poils drus sur le menton.

— Non, monsieur, je ne le crois pas, assura-t-il. Les journalistes étaient déjà sur les lieux quand nous sommes arrivés.

Laboughe le scruta sous la barre de ses sourcils broussailleux.

— On les aurait tuyautés ?

— Apparemment.

— Qui donc ?

— Nul ne le sait. L'un de mes gendarmes a pu entendre quelques mots échangés par deux de ces vautours. Deux rédactions au moins ont reçu une communication vers 19 heures dimanche, leur conseillant fortement d'expédier un journaliste rue de Berlin.

— À l'adresse exacte, numéro d'immeuble compris ?

— J'ai le regret de vous dire qu'ils se sont refusés à divulguer cette information, mais je le suppose.

Le préfet Laboughe serra ses mains veinées de bleu sur le pommeau en ivoire de sa canne.

— Et le général Du Pont ? Nie-t-il que Marguerite Vernier et lui étaient amants ?

— Non, mais il a insisté pour que nous restions le plus discrets possible à ce sujet.

— Vous l'avez rassuré ?

— Oui, monsieur. Le général se défend avec véhémence de l'avoir tuée. Et il a avancé la même explication aux journalistes. Il prétend qu'un mot lui a été remis alors qu'il sortait d'un concert en matinée, remettant à plus tard leur rendez-vous fixé à 17 heures. Ils devaient partir ensemble ce matin pour passer quelques jours dans la vallée de la Marne. Les domestiques avaient tous été congédiés. Et l'appartement avait visiblement été préparé en vue d'une absence prolongée.

— Et Du Pont a-t-il toujours ce mot en sa possession ?

Thouron poussa un soupir éloquent.

— Par respect pour la réputation de cette dame, du moins c'est ce qu'il prétend, il l'aurait déchiré et jeté dehors, devant la salle de concert. J'ai dépêché un homme sur place pour vérifier, mais des balayeurs trop zélés avaient déjà nettoyé l'endroit, conclut Thouron, dépité, et appuyant ses coudes sur la table, il se passa les doigts dans les cheveux.

— Y a-t-il des signes montrant qu'il y a eu des rapports sexuels avant la mort ?

Thouron acquiesça en hochant la tête.

— Et qu'en dit le général ?

— Il a accusé le coup, mais il est resté digne. Il affirme que ce n'est pas lui et s'en tient à sa version des faits. Quand il est arrivé rue de Berlin, une foule de journalistes était déjà massée autour de l'immeuble.

Et ce n'est qu'une fois dans l'appartement qu'il a découvert le corps sans vie de sa maîtresse.

— A-t-on des témoins certifiant son arrivée ?

— Oui, il a bien été vu à 20 h 30. Le problème est de savoir si oui ou non il est venu plus tôt dans l'après-midi. Nous n'avons que sa parole.

— Le général Du Pont..., se désola Laboughe en secouant la tête. C'est un personnage haut placé, avec beaucoup de relations... Cette affaire est fâcheuse. Extrêmement fâcheuse. Comment est-il entré ? ajouta-t-il en revenant à Thouron.

— Il possède une clef de la porte d'entrée.

— Quels sont les autres occupants de l'appartement ?

Thouron fourragea dans les piles de papiers qui encombraient son bureau et menaçaient de s'écrouler. Manquant renverser un encrier, il trouva le dossier qu'il cherchait, et en tira une unique feuille.

— À part les domestiques, il y a un fils, Anatole Vernier, célibataire, vingt-six ans, ancien journaliste et aujourd'hui homme de lettres. Il fait partie du comité de rédaction d'une revue spécialisée en livres rares. Ainsi qu'une fille, ajouta-t-il après avoir jeté un coup d'œil à ses notes. Dix-sept ans, célibataire elle aussi.

— Ont-ils été informés de la mort de leur mère ?

— Non, malheureusement, soupira Thouron. Nous n'avons pas pu les localiser.

— Pourquoi ça ?

— Ils sont partis à la campagne vendredi matin, semble-t-il. Mes hommes ont interrogé les voisins, sans obtenir d'autres précisions.

Le préfet fronça ses épais sourcils blancs.

— Vernier ? Ce nom me dit quelque chose...

— Cela s'explique, monsieur. Le père, Léo Vernier, était un communard. Il a été arrêté, inculpé et condamné à la déportation. Il est mort durant la traversée.

Laboughe secoua la tête.

— Non, ça ne remonte pas aussi loin.

— Au cours de cette année, le nom de Vernier fils est apparu plus d'une fois dans les journaux. Des allégations infondées, l'accusant de fréquenter de mauvais lieux, cercles de jeu, fumeries d'opium, maisons de tolérance, tout cela sans preuve. Des insinuations mettant en doute sa moralité, sans consistance.

— Une campagne de diffamation ?

— Ça m'en a tout l'air, monsieur.

— Anonyme, je présume ?

Thouron acquiesça.

— *La Croix* en particulier semble avoir Vernier dans sa ligne de mire, continua-t-il. Par exemple, un de leurs articles parle d'un duel au Champ-de-Mars où il aurait été impliqué. Comme témoin, mais tout de même... Le journal a divulgué l'heure, le lieu, les noms. Vernier a été en mesure de prouver qu'il se trouvait ailleurs. Il a prétendu ne pas savoir qui se cachait derrière ces calomnies.

Laboughe perçut un doute dans la voix de son subalterne.

— Et vous ne le croyez pas ?

— Toutes les attaques anonymes le sont rarement pour leurs victimes, remarqua l'inspecteur d'un air sceptique. Ensuite, le 12 février, il a été mêlé à un scandale concernant le vol d'un manuscrit précieux à la bibliothèque de l'Arsenal.

— C'est ça ! s'exclama Laboughe en se tapant le genou. Voilà pourquoi son nom m'est familier.

— De par ses activités, Vernier était un visiteur régulier et estimé de l'Arsenal. En février, après un tuyau donné anonymement, on a découvert qu'un texte

d'occultisme extrêmement précieux avait disparu...
L'ouvrage d'un certain Robert Fludd, précisa Thouron
en jetant un coup d'œil à ses notes.

— Jamais entendu parler.

— On n'a trouvé aucun élément susceptible d'incriminer Vernier, et l'affaire ayant révélé les graves
insuffisances du système de sécurité de la bibliothèque, on a préféré l'enterrer.

— Vernier est-il l'un de ces ésotéristes ?

— Non, semble-t-il. Sauf quand cela touche à son
activité de collectionneur.

— L'a-t-on interrogé ?

— Oui, et encore cette fois-là, il a prouvé sans
mal qu'il ne pouvait être soupçonné. Comme on lui
demandait à nouveau s'il se connaissait des ennemis
susceptibles de répandre ces calomnies dans le but de
lui nuire, il a affirmé que non. Nous avons dû classer
l'affaire.

Laboughe resta silencieux un moment, le temps de
digérer toutes ces informations.

— Et quelles sont les sources de revenus de ce Vernier ?

— Irrégulières, mais conséquentes, répondit Thouron en consultant ses notes. Il gagne dans les douze
mille francs par an, et ce par divers moyens. Son poste
au comité de rédaction de la revue lui rapporte six
mille francs. Ses bureaux sont rue Montorgueil. S'y
ajoutent les articles qu'il écrit pour d'autres revues et
journaux spécialisés, plus quelques gains récoltés aux
tables de jeu.

— Aucun legs ni héritage en vue ?

— Non. Son père ayant été condamné comme
communard, ses biens ont été confisqués. Or Vernier
père était enfant unique, et ses parents décédés depuis
longtemps.

— Et Marguerite Vernier ?

— L'enquête est en cours. Ses voisins ne lui connaissent pas de famille proche, mais cela reste à vérifier.

— Du Pont contribue-t-il aux dépenses de la maison de la rue de Berlin ?

Thouron haussa les épaules.

— Il prétend que non, mais je doute de sa sincérité sur ce point. Et j'ignore si Vernier est ou non au courant de ces arrangements.

Laboughe remua sur sa chaise, qui grinça et gémit. Thouron attendit patiemment tandis que son supérieur réfléchissait.

— Vous dites que Vernier est célibataire. A-t-il une maîtresse ?

— Il a eu une liaison avec une femme, qui est morte en mars et a été enterrée au cimetière de Montmartre. Des rapports médicaux laissent à penser qu'elle a subi une intervention deux semaines plus tôt dans une clinique, la Maison Dubois.

Laboughe eut une moue de dégoût.

— Un avortement ?

— C'est possible, monsieur. Les rapports ont disparu. L'équipe médicale prétend qu'ils ont été volés. Mais la clinique a confirmé que les frais avaient été réglés par Vernier.

— En mars, vous dites, remarqua Laboughe. Il y a donc peu de chances que cela soit en rapport avec le meurtre ?

— En effet, monsieur, répondit l'inspecteur. J'inclinerais plutôt à penser que, si Vernier a bien été victime d'une campagne infamante, ces deux choses pourraient être liées.

— Allons, Thouron, commenta Laboughe en reniflant. Les calomnies sont rarement l'œuvre d'une personne d'honneur. Mais de là à commettre un meurtre...

— Dans des circonstances ordinaires, je serais d'accord avec ce principe. Mais un autre élément m'incite à penser que cette malveillance est montée d'un cran.

Comprenant que son inspecteur était loin d'avoir fini son exposé, Laboughe soupira et tira de la poche de son manteau une pipe Meerschaum, qu'il tapa contre le coin du bureau pour aérer le tabac, puis il gratta une allumette et l'approcha du fourneau. La petite pièce s'emplit d'une odeur âcre, entêtante.

— Évidemment, reprit Thouron, rien n'est certain sur le lien qui unit l'incident à l'affaire qui nous concerne, mais Vernier lui-même a été victime d'une agression dans le passage des Panoramas, à l'aube du 17 septembre, jeudi dernier.

— Le lendemain des émeutes au palais Garnier ?

— Vous connaissez l'endroit, monsieur ?

— Oui, des arcades avec des boutiques, des restaurants. Le graveur Stern y tient aussi office.

— C'est cela, monsieur. Vernier a reçu une mauvaise blessure au-dessus de l'œil gauche et s'est fait rouer de coups. L'incident a été rapporté, toujours anonymement, à nos collègues du 2e arrondissement, qui nous en ont informés à leur tour, sachant notre intérêt pour ce monsieur. Quand on l'a interrogé, le veilleur de nuit du Passage a admis avoir eu connaissance de l'attaque, en fait, il en a été le témoin, mais il nous a avoué que Vernier l'avait grassement rétribué pour qu'il n'en souffle mot à personne.

— Avez-vous poursuivi l'enquête ?

— Non, monsieur. La victime s'étant refusée à déposer plainte, nous n'en avions pas les moyens. Si je fais mention de cet incident, c'est dans l'hypothèse où il peut constituer un indice à prendre en considération.

— Un indice de quoi ?

— D'une escalade dans la violence et les hostilités, répondit patiemment Thouron.

— Dans ce cas, Thouron, pourquoi est-ce Marguerite Vernier qui se retrouve couchée sur une table d'autopsie et non Vernier lui-même ? Cela n'a pas de sens.

Le préfet Laboughe se radossa et tira sur sa pipe. Thouron l'observa en gardant le silence.

— À votre avis, inspecteur, Du Pont est-il coupable de ce meurtre ? Répondez par oui ou par non.

— Je reste dans l'expectative tant que nous n'aurons pas rassemblé plus d'informations, monsieur.

— Oui, oui, c'est entendu, fit Laboughe en agitant la main. Mais votre instinct ?

— En vérité, je ne crois pas que Du Pont soit notre homme. Bien sûr, tout l'accuse et il fait un suspect idéal. Il était présent sur les lieux du crime. Quant à savoir si Marguerite Vernier était morte à son arrivée, nous n'avons pour cela que sa parole. Il y a deux coupes de champagne, mais aussi un verre à cognac fracassé dans le foyer de la cheminée... Pourtant trop de choses ne collent pas avec ce tableau, ajouta Thouron, et il prit une profonde inspiration, avant de choisir ses mots avec soin. Le tuyau filé aux journalistes, par exemple. S'il s'agissait bien d'une querelle d'amoureux ayant mal tourné, qui donc a pris contact avec les journalistes ? Du Pont lui-même ? Ce serait absurde. Par ailleurs, tous les domestiques avaient été congédiés. Il ne peut s'agir que d'une tierce personne.

— Continuez, dit Laboughe en hochant la tête.

— Aussi, la coïncidence voulant que le fils et la fille aient quitté Paris et que l'appartement soit fermé pour plusieurs jours... Je ne sais qu'en penser, monsieur, dit-il en soupirant. Tout cela m'a l'air d'une mise en scène, ou d'un coup monté.

— Vous croyez que Du Pont a été choisi pour écoper ?

— Oui, c'est à envisager, monsieur. Si c'était lui le meurtrier, pourquoi inventer cette histoire de rendez-vous remis à plus tard et se pointer comme une fleur sur les lieux du crime ? S'il était coupable, il se serait justement arrangé pour ne pas se trouver dans le coin, non ?

— En effet, acquiesça Laboughe. Je dois reconnaître que ce serait un soulagement de ne pas avoir à poursuivre un héros de la guerre devant les tribunaux, en particulier un homme aussi décoré et distingué que Du Pont. Même si cela ne doit en aucun cas influer sur notre décision, inspecteur, ajouta-t-il en croisant son regard. Si vous le croyez coupable...

— Naturellement, monsieur. Mais je partage votre sentiment. On ne poursuit pas de gaieté de cœur un héros de la patrie !

Laboughe jeta un coup d'œil aux gros titres qui s'étalaient en première page des journaux.

— D'un autre côté, Thouron, nous ne devons pas oublier qu'une femme a été sauvagement assassinée.

— Non, monsieur.

— Notre priorité, c'est de retrouver Vernier et de l'informer de la mort de sa mère. S'il a refusé jusque-là de révéler à la police quels étaient ses détracteurs, peut-être que cette tragédie lui déliera la langue, remarqua-t-il, et il remua en faisant craquer la chaise sous son poids. N'avons-nous donc aucune idée de l'endroit où il peut se trouver ?

— Non, monsieur. Nous savons qu'il a quitté Paris il y a quatre jours en compagnie de sa sœur. Un cocher, l'un de ceux qui travaillent régulièrement dans la rue d'Amsterdam, rapporte avoir pris rue de Berlin un homme et une jeune fille correspondant à la description des Vernier, et les avoir conduits à la gare Saint-Lazare vendredi dernier, peu après 9 heures du matin.

— Quelqu'un les a-t-il vus dans l'enceinte de la gare Saint-Lazare ?

— Non, monsieur. Les trains partant de Saint-Lazare desservent les banlieues ouest, Versailles, Saint-Germain-en-Laye, ainsi que les trains-bateaux pour Caen. Mais ils ont pu descendre n'importe où pour prendre une correspondance. Mes hommes sont dessus. Pour l'instant, ils n'ont rien récolté.

Laboughe contemplait rêveusement la fumée qui s'échappait de sa pipe. Il semblait se désintéresser de l'affaire.

— Et vous avez passé le mot à la direction des chemins de fer, je présume ?

— Oui, aux deux réseaux, grandes lignes et lignes secondaires. Des affiches ont été placardées dans toute l'Île-de-France, et nous vérifions actuellement les listes des passagers pour les traversées de la Manche, juste au cas où ils auraient l'intention de pousser plus loin leur voyage.

Le préfet se mit péniblement debout. Il fourra sa pipe dans la poche de son manteau, prit son haut-de-forme et ses gants et se dirigea vers la porte en tanguant lourdement.

Thouron se leva également.

— Retournez donc voir Du Pont, lui dit Laboughe. C'est notre meilleur candidat, dans cette triste affaire. Même si j'ai tendance à penser que votre appréciation de la situation est la bonne.

Traversant lentement la pièce en s'aidant de sa canne, il arriva à la porte.

— Inspecteur ?

— Monsieur le Préfet ?

— Veuillez m'informer des derniers développements de l'enquête. Je préfère que ce soit vous qui me teniez au courant plutôt que les feuilles du *Petit Journal*. Tous ces ragots à sensation ne m'intéressent pas, Thouron. Laissons cela aux journalistes et romanciers à succès. Me suis-je bien fait comprendre ?

— Parfaitement, monsieur.

36.

Domaine de la Cade

Il y avait une toute petite clef fichée dans la serrure de la vitrine. Elle était coincée, mais Léonie la fit jouer et elle finit par tourner. Après avoir ouvert la porte vitrée, elle sortit le volume qui l'intriguait.

Perchée en haut de l'escabeau, elle ouvrit donc *Les Tarots*. De la couverture reliée s'échappa une odeur poussiéreuse de vieux grimoire. À l'intérieur elle trouva quelques feuillets formant un opuscule plutôt qu'un livre. Huit pages aux contours irréguliers, comme coupées au couteau. Le grain épais et la couleur crème du papier évoquaient une époque sinon antique, du moins ancienne. Le texte était manuscrit, d'une écriture nette et penchée.

Sur la première page on retrouvait le nom de son oncle, Jules Lascombe, et le titre, *Les Tarots*, portant cette fois en sous-titre : *Au-delà du voile, de l'art musical de tirer les cartes*. Dessous figurait un dessin rappelant un huit couché, ou un écheveau de fil. En bas de la page une date était inscrite, sans doute celle de l'année où son oncle avait écrit la monographie : 1870.

Après que ma mère se fut enfuie du Domaine de la Cade et avant l'arrivée d'Isolde, songea Léonie.

Le frontispice était protégé par une feuille de papier paraffiné. Léonie la souleva, puis retint une exclamation. C'était une gravure en noir et blanc, celle d'un diable qui narguait le lecteur du haut de la page, d'un regard lubrique et malveillant. Le dos voûté, il avait de vilaines épaules tordues, de longs bras, des griffes en guise de mains et un corps velu qui renforçait son aspect bestial. Sa grosse tête déformée ressemblait plus à une caricature qu'à un visage humain.

En regardant de plus près, Léonie vit que de petites cornes lui sortaient du crâne, qu'on distinguait à peine. C'était une image hideuse qui n'inspirait que dégoût, mais il y avait pire. Deux personnages, un homme et une femme, bien humains ceux-là, étaient enchaînés au pied du tombeau où le diable se tenait.

Sous la gravure, un chiffre romain : XV.

Léonie regarda plus bas, mais elle ne trouva aucune signature d'artiste, aucune information sur la provenance ni l'origine de la gravure. Un seul mot, un nom, inscrit en majuscules en dessous : ASMODEUS.

Impatiente de découvrir la suite, Léonie tourna la page. Elle tomba sur une introduction détaillée, expliquant le sujet du livre en lignes serrées. Elle parcourut rapidement le texte en retenant certains mots au passage. Il y était question de démons, de cartes de tarot, de musique... Son pouls s'accéléra, et un délicieux frisson d'horreur la saisit. Alléchée, elle décida de s'installer plus à son aise, descendit de sa tour de bois en sautant d'un bond les dernières marches puis, munie de son précieux volume, alla s'asseoir à la table centrale et s'y plongea.

Sur les dalles, dans le sépulcre, se trouvait le carré, peint en noir par mes soins plus tôt ce jour-là et qui semblait à présent émettre une lueur diffuse.

Aux quatre coins du losange, comme les points car-

dinaux d'une boussole, figurait la note musicale correspondante. C au nord, A à l'ouest, D au sud et E à l'est [1]. À l'intérieur étaient placées les cartes où la vie devait s'insuffler, et dont le pouvoir me permettrait alors de pénétrer dans une autre dimension.

J'allumai l'unique lampe accrochée au mur, d'où émanait une pâle lumière blanche.

Aussitôt, le sépulcre parut s'emplir d'un brouillard étouffant qui chassa tout l'air respirable. Le vent aussi affirma sa présence, car à qui d'autre attribuer les notes qui s'égrenaient à présent dans la chambre de pierre, comme le son d'un lointain pianoforte.

Dans cette atmosphère crépusculaire, les cartes prirent vie, du moins à ce qu'il me sembla. Libérées de leur carcan de pigments et de peinture, elles s'animèrent et foulèrent la terre une fois de plus.

Il y eut un violent courant d'air et j'eus soudain la sensation que je n'étais plus seul. J'étais certain à présent que le sépulcre était rempli d'êtres, ou plutôt d'esprits, dont je ne saurais dire s'ils étaient humains. Toutes les lois naturelles se trouvaient vaincues. Les entités m'entouraient. Mon être et mes autres êtres, passés et à venir, étaient également présents. Ils frôlaient mes épaules et mon cou, effleuraient mon front, sans jamais me toucher, mais en me serrant de plus en plus près. Ils semblaient voler autour de moi, de sorte que j'avais toujours conscience de leur présence fugace. Pourtant on aurait dit qu'ils avaient du poids et de la matière. En particulier dans l'air au-dessus de ma tête, il y avait un mouvement incessant accompagné de murmures, de soupirs et de pleurs qui me

---

1. Code anglo-saxon de notation musicale, correspondant respectivement à *do, la, ré, mi.*

faisait courber l'échine, comme sous le poids d'un fardeau.

Je compris alors qu'ils ne voulaient pas me laisser entrer, sans que je sache pourquoi. Je savais seulement que je devais regagner le carré, sinon je courrais un danger mortel. Comme j'avançais d'un pas dans sa direction, ils fondirent soudain sur moi en une bourrasque qui me repoussa, hurlante, mugissante, une effrayante mélodie, si je puis l'appeler ainsi, qui semblait résonner à la fois à l'intérieur et à l'extérieur de mon crâne. Les vibrations me firent craindre que les murs et la voûte du sépulcre finissent par s'écrouler sur moi.

Je rassemblai mes forces et m'élançai vers le centre du carré, comme un homme qui se noie cherche désespérément à rejoindre le rivage. Immédiatement, une créature dont je sus que c'était un démon, et qui pourtant demeura aussi invisible que ses infernaux compagnons, se jeta sur moi. Je le sentis qui plantait ses griffes dans mon cou, ses talons dans mon dos, je sentis sur ma peau son haleine fétide, et pourtant mon corps demeura intact, sans aucune marque apparente.

Je levai les bras au-dessus de ma tête pour me protéger, le front ruisselant de sueur. Mes battements de cœur devinrent désordonnés. En proie à un malaise grandissant, tremblant, suffoquant, les muscles tétanisés, je rassemblai ce qui me restait de courage et me forçai encore à avancer. La musique s'amplifiait. J'enfonçai mes ongles dans les fentes des dalles qui tapissaient le sol et, par miracle, réussis à me traîner dans le carré dessiné.

Aussitôt, un terrible silence s'abattit sur la pièce avec la force d'un cri, apportant avec lui la puanteur de l'Enfer et les profondeurs de la mer, si oppressant que je crus que mon crâne allait exploser. En bre-

douillant, je continuai à réciter frénétiquement les noms qui figuraient sur les cartes : Le Fou, La Tour, La Force, La Justice, Le Jugement. Appelais-je les esprits des cartes qui s'étaient manifestés pour me venir en aide, ou étaient-ce eux qui m'empêchaient d'atteindre le carré ? Ma voix semblait comme extérieure à moi. Basse au début, elle s'amplifia, gagna en volume, en intensité, et emplit le sépulcre de sa puissance.

Alors, comme je me sentais incapable de résister plus longtemps, quelque chose se retira de moi, de ma présence, s'extirpa de ma peau comme les griffes d'une bête sauvage lâchant prise en raclant la surface de mes os. Il y eut un souffle d'air. Et la pression exercée sur mon cœur défaillant se relâcha.

Je tombai prostré sur le sol, presque inconscient, mais percevant encore les notes, ces mêmes quatre notes, qui allaient s'atténuant ainsi que les murmures et soupirs des esprits, qui faiblirent, puis disparurent.

J'ouvris les yeux. Les cartes étaient retournées une fois de plus à leur léthargie. Sur les murs de l'abside, les peintures étaient inanimées. Alors une impression de vide et de paix tomba soudain sur le sépulcre, et je sus que tout était terminé. L'obscurité se referma sur moi. Je ne sais combien de temps je demeurai là, inconscient.

J'ai consigné la musique du mieux que j'ai pu. Les marques sur les paumes de mes mains, tels des stigmates, ne se sont pas effacées.

Léonie émit un long sifflement. Elle tourna la page. Plus rien.

Un moment elle resta à fixer les dernières lignes du manuscrit. Quelle histoire extraordinaire. Une mystérieuse interaction entre la musique et le lieu avait donné vie aux figures des cartes et, si elle avait bien compris, appelé ceux qui étaient passés de l'autre côté. *Au-delà du voile...* comme l'indiquait le titre inscrit sous le papier paraffiné.

Et mon oncle en est l'auteur, pensa Léonie.

Sur le moment, l'idée que quelqu'un de sa famille ait pu produire un tel récit et qu'elle n'en ait jamais entendu parler lui sembla aussi inouïe que le reste.

Et pourtant...

Léonie réfléchit en se radossant au fauteuil. Dans l'introduction, son oncle affirmait la véracité de son témoignage. Qu'entendait-il quand il parlait du pouvoir de « pénétrer dans une autre dimension » et de ses autres êtres, « passés et à venir » ? Une fois invoqués, les esprits s'étaient-ils ensuite retirés là d'où ils étaient venus ?

En frémissant, Léonie se retourna pour jeter un coup d'œil par-dessus son épaule, avec la sensation que quelqu'un se tenait debout derrière elle. Elle scruta l'ombre des alcôves de chaque côté de la cheminée et les coins poussiéreux, derrière les tables et les rideaux. Les esprits erraient-ils toujours dans la propriété ? Elle songea à la silhouette qu'elle avait vue traverser les pelouses, la veille au soir.

Une prémonition ? Ou autre chose ?

Vaguement amusée de voir combien elle se laissait entraîner par son imagination, Léonie secoua la tête et revint au livre. Si elle prenait ce que disait son oncle au pied de la lettre et donnait foi à ses dires, alors le sépulcre se trouvait-il ici, au Domaine de la Cade ? Elle inclinait à le penser, en particulier parce que les notes de musique requises pour appeler les esprits, C, D, A, E, correspondaient aux lettres du nom de la propriété : Cade.

Léonie appuya son menton sur sa main. Son sens pratique prit le dessus. Si vraiment ce sépulcre se trouvait dans l'enceinte du domaine, il devrait être assez aisé de le vérifier. Et il semblait raisonnable de penser qu'un domaine de cette importance possédât une chapelle ou un mausolée dans son parc. Sa mère ne l'avait jamais évoqué, mais elle avait si peu parlé de la propriété. Tante Isolde non plus n'en avait pas fait mention, mais ils n'avaient pas abordé le sujet au cours de leur conversation, et elle avait reconnu elle-même n'avoir que de vagues connaissances sur l'histoire du domaine familial de son mari.

Si le sépulcre existe toujours, je le découvrirai, se dit-elle.

Un bruit venant du couloir attira son attention.

Aussitôt, elle cacha le volume sur ses genoux. Elle ne voulait pas qu'on la trouve plongée dans ce genre de lecture. Non par crainte d'être embarrassée, mais parce que c'était son aventure, et qu'elle ne souhaitait la partager avec personne. S'il savait, Anatole en ferait des gorges chaudes.

Les pas s'éloignèrent, puis Léonie entendit une porte se refermer de l'autre côté du mur. Elle se leva, hésitant à emporter le manuscrit. Sa tante n'y trouverait rien à redire, puisqu'elle les avait assurés qu'ils étaient ici chez eux. Et si le livre était fermé sous clef dans une vitrine, c'était sans doute pour le protéger des ravages du temps, de la lumière et de la poussière, plutôt que pour empêcher quelqu'un de l'emprunter. Sinon, pourquoi aurait-on si obligeamment laissé la clef dans la serrure ?

Emportant sa précieuse trouvaille, Léonie se glissa hors de la bibliothèque.

37.

Paris

Victor Constant replia le journal et le posa sur le siège à côté de lui avec une moue de dédain, passablement agacé.

Un meurtre à la Carmen... La police recherche le fils !

Rien ne rapprochait Marguerite Vernier de l'impétueuse héroïne de Bizet, mais l'œuvre avait tant imprégné la conscience de ses contemporains qu'il suffisait d'un soldat et d'un couteau pour qu'on se permît les comparaisons les plus oiseuses. Alors qu'il leur avait mâché le travail, ces messieurs de la presse se révélaient décevants, sans surprise. C'était à prévoir.

En quelques heures, Du Pont était passé dans les colonnes des journaux du rôle de principal suspect à celui de victime innocente. Au début, constatant que le préfet ne l'accusait pas du meurtre, les journalistes avaient dû jeter plus loin leurs filets. À présent, en grande partie grâce aux efforts de Constant, ils avaient Anatole Vernier dans leur ligne de mire. Il ne constituait pas encore un suspect, mais l'on ignorait où il pouvait bien se trouver, et ce fait ne jouait pas en sa faveur. On disait que la police était incapable de localiser Vernier et sa sœur pour les informer de la tragédie. Un innocent aurait-il dissimulé à ce point ses allées et venues ?

En vérité, plus l'inspecteur Thouron niait que Vernier fût suspect, plus les rumeurs gagnaient en virulence. On déduisait de son absence de Paris sa présence dans l'appartement la nuit du meurtre, comme si l'une découlait de l'autre.

La paresse des journalistes arrangeait Constant. Il suffisait de leur servir une histoire bien ficelée dans un paquet cadeau pour qu'ils s'en saisissent et l'offrent telle quelle à leurs lecteurs, à quelques détails près. Il ne leur venait même pas à l'idée de vérifier par eux-mêmes la véracité des informations qu'on leur avait fournies.

Constant avait beau le haïr, il devait reconnaître que Vernier s'était montré assez futé, en l'occurrence. Car malgré les moyens dont lui-même disposait, son argent, son réseau d'espions et d'informateurs qui étaient restés toute la nuit sur la brèche, Constant n'avait pas réussi à découvrir où Vernier et sa sœur avaient bien pu passer.

Il jeta un regard indifférent par la vitre du compartiment. En bringuebalant dans un bruit de ferraille, l'express pour Marseille traversait les banlieues parisiennes vers le sud. Constant s'aventurait rarement au-delà. La nature, les paysages, l'oppressante immensité du ciel, qu'il fût d'un bleu azur ou d'un gris terne, le soleil qui dardait sans discernement son éclat aveuglant, tout cela lui déplaisait. Il ne s'y sentait pas dans son élément et préférait de loin la vie nocturne, les rues éclairées par les réverbères, les pièces confinées dans un clair-obscur où tremblotait la lueur des bougies, les couloirs parfumés des théâtres où se pressaient des filles attifées d'aigrettes et jouant d'un éventail, les clubs privés et leurs salons particuliers.

Pour finir, il avait réussi à défaire l'entrelacs de faux-semblants que Vernier avait tissé pour mieux dissimuler leur départ. Après qu'on leur eut graissé la patte, les voisins qui prétendaient ne rien savoir s'étaient soudain rappelé quelques bribes d'information. Assez en tout cas pour que Constant reconstitue tel un puzzle la journée où les Vernier s'étaient enfuis de Paris. Le patron du Petit Chablisien, un restaurant situé non loin de la rue de Berlin, avait surpris malgré lui une conversation où il était question de Carcassonne.

Avec une bourse bien remplie, l'homme de main de Constant avait facilement retrouvé la piste du cocher qui avait transporté les Vernier à la gare Saint-Lazare le vendredi matin, puis celle du deuxième fiacre qui les avait emmenés de là à la gare Montparnasse. Un nouvel élément, encore ignoré des gendarmes du 8e arrondissement.

Ce n'était pas grand-chose, mais assez pour convaincre Constant de prendre un train vers le sud. Si les Vernier séjournaient à Carcassonne, il serait facile de les débusquer. Avec ou sans la putain. Il ignorait sous quel nom elle vivait à présent. Il savait juste que le nom qu'il lui avait toujours connu était gravé sur un tombeau du cimetière Montmartre et que ce stratagème l'avait conduit à une impasse.

Constant arriverait à Marseille plus tard dans la journée. Demain il prendrait le train côtier de Marseille à Carcassonne et se tapirait au cœur de la vieille cité médiévale. Telle une araignée aux aguets dans sa toile, il attendrait que sa proie soit à sa portée.

Tôt ou tard, les gens parleraient. Ils parlaient toujours. Des murmures, des rumeurs. La jeune Vernier était d'une beauté frappante. Parmi les gens du Midi, mats de peau et noirs de cheveux, son teint pâle, ses cheveux cuivrés ne passeraient pas inaperçus.

Cela prendrait du temps, mais il les trouverait.

De ses mains gantées, Constant sortit de sa poche la montre de Vernier. Avec son boîtier en or marqué d'un chiffre en platine, c'était un bel objet, qu'il avait plaisir à posséder pour le simple fait qu'il appartenait à Vernier.

Un prêté pour un rendu.

Son visage se durcit. Il la voyait sourire à Vernier comme elle lui souriait jadis. Une vision insoutenable surgit dans son esprit tourmenté. Elle, dévêtue, offerte aux yeux de son rival...

Pour se changer les idées, Constant plongea la main dans sa mallette en cuir en quête de quelque chose qui l'aiderait à passer le temps. Il effleura le couteau qui avait tranché la vie de Marguerite Vernier, glissé dans son étui en cuir, et sortit deux livres, *Le Voyage souterrain* de Nicholas Klimm et *Les Merveilles du Ciel et de l'Enfer* de Swedenborg. Mais aucun ne fut à son goût, et il les échangea contre un autre, le *Traité de Chiromancie* de Robert Fludd.

Encore un souvenir. Ce livre-là s'accordait parfaitement à son humeur du moment.

38.

Rennes-les-Bains

À peine Léonie avait-elle quitté la bibliothèque qu'elle fut accostée dans le vestibule par Marieta et s'empressa de cacher le livre derrière son dos.

— Madomaisèla, votre frère m'envoie vous informer qu'il projette de faire une visite à Rennes-les-Bains ce matin. Il serait ravi que vous veniez avec lui.

Léonie n'hésita qu'un court instant. Elle avait hâte de mettre ses propres projets à exécution, à savoir explorer le Domaine à la recherche du sépulcre. Mais cette expédition pouvait attendre. Tandis qu'une escapade en ville avec Anatole, cela ne se refusait pas.

— Veuillez faire savoir à mon frère que je me ferai une joie de l'accompagner.

— Très bien, madomaisèla. La voiture sera prête à 10 h 30.

Grimpant les marches deux par deux, Léonie regagna vite sa chambre et jeta un regard à la ronde, en quête d'une bonne cachette. Elle n'avait pas envie d'exciter la curiosité des domestiques en laissant bien en vue un ouvrage tel que *Les Tarots*. Ses yeux se posèrent sur la boîte à ouvrage. Elle ouvrit le couvercle incrusté de nacre et enfouit le livre sous l'amas de bobines de fil, d'écheveaux de coton, de chutes de tissu, de dés à coudre, d'étuis d'aiguilles et d'épingles.

Quand elle redescendit dans le vestibule, Anatole ne s'y trouvait pas. Elle s'aventura sur la terrasse située à l'arrière de la propriété et s'appuya sur la balustrade qui surplombait les pelouses. Le soleil perçait les nuages par une trouée de rais obliques, et ce contraste violent entre ombre et lumière était éblouissant. Elle inspira profondément l'air frais et pur, qui la changeait tant de l'air pollué de Paris, puant la suie et le métal chauffé. Là-bas, le brouillard et les fumées formaient une chape qui pesait continuellement sur la ville.

Sur les parterres de fleurs en contrebas, le jardinier et son aide s'occupaient d'attacher des tuteurs aux arbustes, auprès d'une brouette en bois remplie de feuilles mortes qu'ils avaient ratissées, d'un rouge vineux. Le plus vieux portait une veste en velours brun, un feutre sur la tête, et un foulard rouge noué autour du cou. Le garçon, qui avait dans les onze ou douze ans, allait tête nue et portait une chemise sans col.

Léonie descendit les marches à leur rencontre. En la voyant approcher, le jardinier ôta son chapeau en feutre brun et le tint dans ses doigts maculés de terre.

— Bonjour.

— Bonjorn, madomaisèla, grommela-t-il.

— Il fait une belle journée.

— L'orage approche.

Léonie contempla d'un air sceptique les quelques nuages vaporeux disséminés telles de petites îles dans une immensité bleue.

— Le ciel semble dégagé, remarqua-t-elle.

— Il attend son heure, répondit le vieux en découvrant une rangée irrégulière de chicots noirâtres. L'orage, c'est l'œuvre du diable. Tous les anciens signes sont là, et ils ne trompent pas. On a entendu de la musique sur le lac, la nuit dernière.

En sentant son haleine fétide, Léonie se recula instinctivement, troublée malgré elle par la conviction du vieil homme.

— Que voulez-vous dire ? lança-t-elle, un peu sèchement.

Le jardinier se signa.

— Le diable se promène. Chaque fois qu'il sort du lac de Barrenc, il apporte avec lui de violents orages qui se pourchassent à travers tout le pays. Le défunt maître avait envoyé des hommes pour combler le lac, mais le diable est venu leur dire comme ça que, s'ils continuaient leur travail, Rennes-les-Bains serait noyée sous les eaux.

— Ce ne sont que de vaines superstitions.

— Un pacte a été conclu, ce n'est pas à moi de dire pourquoi ni comment, mais le terme de l'accord, c'était que les ouvriers s'en aillent. Le lac fut laissé en l'état. Mais maintenant, *mas ara*, l'ordre naturel a de nouveau été renversé. Tous les signes sont là. Le diable va venir réclamer son dû.

— L'ordre naturel ? murmura-t-elle. Qu'entendez-vous par là ?

— Il y a vingt et un ans, le défunt maître a appelé le diable, marmonna-t-il. La musique s'entend quand les fantômes sortent du tombeau. Ce n'est pas à moi de dire pourquoi ni comment. Le prêtre est venu.

— Le prêtre ? Quel prêtre ? demanda-t-elle, intriguée, en fronçant les sourcils.

— Léonie !

En entendant la voix de son frère, elle fit volte-face, soulagée d'échapper au vieillard et à la fois un peu gênée de lui tourner le dos. Anatole lui faisait signe depuis la terrasse.

— Le cabriolet est prêt, lui cria-t-il.

— Gardez bien votre âme, madomaisèla, marmonna le jardinier. Quand l'orage vient, les esprits sont libres d'errer et ils marchent sur la terre.

Elle fit le calcul mentalement. Il y a vingt et un ans, avait-il dit, ce qui donnait 1870. Elle frissonna. Dans son esprit, elle revit la même date imprimée sur la première page du livre *Les Tarots,* correspondant à l'année de sa publication.

Les esprits sont libres d'errer et ils marchent sur la terre.

Les paroles du jardinier faisaient si bien écho avec ce qu'elle avait lu le matin même qu'elle en était troublée. Elle s'apprêtait à lui poser encore une question, mais le vieillard avait déjà remis son chapeau et repris ses travaux. Elle hésita un instant puis, relevant ses jupes, remonta les marches à pas légers pour rejoindre son frère.

C'était intrigant. Pour ne pas dire inquiétant. Mais Léonie décida que rien ne viendrait gâcher le temps qu'elle allait passer avec Anatole.

— Bonjour, dit-il en se penchant pour poser un baiser sur sa joue empourprée, et il la considéra des pieds à la tête. Tu pourrais peut-être faire preuve d'un peu plus de décence ?

Léonie baissa les yeux sur ses bas éclaboussés de boue, bien visibles sous ses jupes relevées. Elle fit la moue et lissa ses jupes.

— Voilà. Ça ira comme ça ? Suis-je assez respectable pour môssieur Anatole ? dit-elle en lui prenant le bras.

Ils traversèrent la maison pour gagner le devant et montèrent en voiture.

— Tu as déjà fait de la couture ? lui demanda-t-il

en remarquant un morceau de fil rouge collé à sa manche. Quelle petite femme travailleuse !

— J'ai juste cherché quelque chose dans ma boîte à ouvrage, répondit-elle en ôtant le fil, sans même rougir du mensonge qui lui était venu si spontanément.

Le cocher fit claquer son fouet et la voiture s'engagea dans l'allée.

— Et tante Isolde, elle n'a pas voulu nous accompagner ? questionna Léonie en haussant la voix par-dessus le cliquetis des harnais et le martèlement des sabots.

— Elle doit s'occuper des affaires du domaine.

— Mais le souper est bien prévu pour samedi soir ?

— Oui, répliqua Anatole en tapotant la poche de son veston. J'ai même promis que nous ferions les messagers. J'ai ici les invitations à remettre aux intéressés.

Malgré les rafales de vent qui avaient secoué les hêtres pendant la nuit en faisant tomber des feuilles et des branches, l'allée qui partait du Domaine était dégagée et ils avançaient vite. Les chevaux équipés d'œillères gardaient une allure régulière, mais quand ils s'engagèrent dans la descente, les lanternes se cognèrent contre les flancs de la voiture, et ce bruit rappela à Léonie l'orage de la nuit.

— Tu as entendu le tonnerre cette nuit ? s'enquit Léonie. C'était étrange. Des roulements, puis de soudains éclats, avec sans arrêt les hurlements du vent. Tout ça sans une seule goutte de pluie.

— Apparemment, ces orages sont fréquents par ici, confirma son frère, surtout en été, où ils peuvent s'enchaîner sans répit.

— On aurait dit que le tonnerre était piégé dans la vallée, entre les collines. Comme s'il était en colère.

— Sans doute l'effet de la blanquette ! lui lança Anatole, moqueur, et Léonie lui tira la langue.

— J'ai parlé avec le jardinier, reprit-elle après un court silence. Il m'a dit qu'ici, les gens croient que les orages viennent quand les fantômes se promènent. Ou bien est-ce le contraire ? Je ne sais plus très bien.

— Quel dommage ! s'exclama Anatole, ironique.

Piquée au vif, Léonie se retourna pour s'adresser au cocher assis sur son banc.

— Connaissez-vous un endroit appelé le lac de Barrenc ? demanda-t-elle en portant la voix.

— Oc, madomaisèla.

— Est-ce loin d'ici ?

— Pas luenh. Pour les toristas, c'est un lieu à visiter, mais moi, je n'irais pas m'aventurer là-bas.

De son fouet, il désigna au milieu de bois épais une clairière où trois ou quatre mégalithes étaient plantés en terre, comme par la main d'un géant.

— Là-haut se trouve le Fauteuil du Diable. Et, à guère plus d'une matinée de marche, l'étang du Diable et la montagne des Cornes.

Si Léonie parlait de ce qui l'avait inquiétée, c'était justement pour mieux dominer sa peur, elle le savait. Pourtant, elle se retourna vers Anatole d'un air triomphal.

— Tu vois, dit-elle. Ici, ça grouille de démons et de fantômes. On en voit les signes partout.

— Les signes qu'en ce pays règne la superstition, oui, lui rétorqua Anatole en riant. Ne confondons pas, sœurette.

Le cabriolet les déposa place du Pérou.

Anatole trouva un garçonnet qui voulut bien distribuer les invitations d'Isolde pour un sou, puis ils entamèrent leur petit tour de la ville. Ils prirent la grand-rue en direction de l'établissement thermal et firent une halte à un café avec terrasse, où Léonie but un bon arabica bien noir et Anatole un verre d'absinthe. Des dames et messieurs passaient devant eux, habillés pour la promenade. Une nounou, poussant une voiture d'enfant. Des jeunes filles aux longs cheveux ornés de rubans de soie rouges et bleus, et un petit garçon en culottes courtes, qui jouait à faire rouler son cerceau avec un bâton.

Ils se rendirent ensuite aux Magasins Bousquet, le commerce le plus important et le mieux approvisionné de la ville. On y trouvait toutes sortes d'articles, depuis la mercerie et les batteries de cuisine jusqu'aux pièges, filets et fusils de chasse. Anatole confia à Léonie la liste de commissions écrite par tante Isolde et lui permit de passer les commandes, qui seraient livrées au Domaine de la Cade le samedi.

Léonie s'amusa beaucoup.

Ensuite ils admirèrent l'architecture de la ville. Beaucoup d'immeubles de la rive gauche étaient plus imposants qu'ils ne le paraissaient de la route ; certains s'élevaient de la gorge de la rivière et comptaient un nombre d'étages impressionnant. Il y en avait de plus modestes, bien entretenus. Et d'autres un peu délabrés, aux murs disjoints et affaissés, comme sous le poids des années.

Du coude de la rivière, Léonie avait une vue excellente sur les terrasses de la station thermale et les balcons situés à l'arrière de l'hôtel de la Reine. De là aussi, l'établissement semblait plus imposant, avec ses bâtiments modernes, ses piscines, ses larges baies vitrées, ses vérandas. D'étroites marches en pierre descendaient directement des terrasses au bord de l'eau, où s'alignaient des cabines de bain individuelles. C'était un temple dédié au progrès et à la science, un bout de temps. D'ailleurs, je me demande comment tu as réussi à trouver l'ouvrage de M. Baillard parmi tant d'autres. Pourquoi prends-tu cet air ? questionna-t-elle en le scrutant.

— Pour rien, répondit Anatole en tortillant les coins de sa moustache.

Sentant qu'il se dérobait, Léonie posa sa fourchette.

— Puisqu'on en parle, j'ai été surprise que tu n'aies pas remarqué la collection, quand tu es venu me rejoindre dans ma chambre hier soir, avant le souper.

— Remarqué quoi ?

— Eh bien, la collection de beaux livres, d'abord. Et puis les livres d'occultisme. Certains m'ont paru très rares.

Anatole mit un certain temps à répondre.

— Tu m'as accusé plus d'une fois d'être assommant, avec mes histoires de livres anciens, finit-il par dire. Je n'avais pas envie de t'ennuyer.

— Au nom du Ciel, Anatole, qu'est-ce qui t'arrive ? s'exclama Léonie en riant. D'après ce que tu m'en as dit toi-même, je sais qu'un bon nombre de ces livres est jugé peu recommandable. Même à Paris. On ne s'attendrait pas à les trouver dans un endroit comme ici. Et j'ai trouvé curieux que tu ne m'en aies pas parlé...

Anatole se contenta de tirer sur sa cigarette.

— Eh bien ? insista-t-elle.

— Eh bien quoi ?

— Eh bien pourquoi fais-tu mine de ne pas t'y intéresser ? Et pourquoi notre oncle avait-il une collection de ce genre aussi bien fournie ? Tante Isolde ne nous en a pas parlé.

— Si, répondit-il vivement. Décidément, tu trouves toujours à la critiquer. Tu n'as pas beaucoup d'estime ni d'affection pour elle, dirait-on.

Léonie rougit.

— Tu te trompes. Je trouve tante Isolde tout à fait charmante, protesta-t-elle, et elle haussa un peu la voix pour l'empêcher de l'interrompre. Ce n'est pas notre tante, mais plutôt cet endroit qui m'inspire quelque inquiétude. Et la présence de ces livres d'occultisme dans la bibliothèque ne fait rien pour arranger les choses.

Anatole soupira.

— Je ne les ai pas remarqués. Tu te montes la tête. L'explication la plus logique, c'est que l'oncle Jules avait des goûts éclectiques et un esprit ouvert. Ou peut-être avait-il hérité de ces livres avec la maison.

— Certains sont très récents, s'obstina-t-elle, consciente qu'elle poussait les choses trop loin et qu'Anatole risquait de mal le prendre, mais c'était plus fort qu'elle.

— Et tu es experte en la matière, lui lança-t-il d'un ton si mordant qu'elle se recroquevilla sur sa chaise.

— Non, mais justement. Toi, tu t'y connais. D'où ma surprise que tu n'aies pas jugé bon de mentionner la collection.

— Depuis ton arrivée ici, tu cherches à faire mystère de tout. Franchement, je ne comprends pas ton attitude.

Léonie se pencha en avant.

— Je te le dis, Anatole, il y a quelque chose d'étrange concernant le Domaine, que tu veuilles ou non l'admettre... À dire vrai, je me suis même demandé si tu étais bien allé dans la bibliothèque.

— Ça suffit ! rétorqua-t-il d'une voix chargée de menace. Quel esprit retors tu as aujourd'hui !

— Tu m'accuses de vouloir à tout prix voir du mystère là où il n'y en a pas. C'est possible. Mais pourquoi t'ingénies-tu à prendre le contre-pied ?

— Et tu continues ! s'insurgea Anatole en levant

les yeux au ciel. Écoute, Isolde nous a fait le meilleur accueil. Sa position n'est pas facile, et s'il y a quelque chose de bizarre, il faut l'attribuer au fait qu'elle-même est une étrangère dans cette maison, parmi des domestiques qui y travaillent depuis longtemps, et qui doivent voir d'un mauvais œil que cette nouvelle venue soit maintenant leur maîtresse. D'après ce que j'ai cru comprendre, Lascombe était souvent absent, et je suppose que le personnel avait l'habitude de tout régenter lui-même. De telles remarques sont indignes de toi.

— Je voulais seulement...

Avec une moue de dépit, Anatole jeta sa serviette sur la table.

— Moi, tout ce que je voulais, c'était te trouver un bon livre pour te tenir compagnie hier soir, que tu ne te sentes pas trop dépaysée, dit-il avec froideur. Isolde ne t'a montré que de la gentillesse, pourtant tu t'obstines à voir le mal partout.

L'esprit belliqueux de Léonie s'évapora. Pourquoi avait-elle cherché depuis le début à le forcer dans ses retranchements ? Elle ne s'en souvenait déjà plus.

— Désolée si j'ai dit quelque chose..., commença-t-elle, mais il était trop tard.

— J'ai beau tenter de te raisonner, tu ne peux t'empêcher de faire des histoires à propos de tout et de rien avec l'esprit tordu d'une sale gamine, lui assena-t-il, puis il saisit sa canne et son chapeau d'un geste brusque. Il est inutile de poursuivre plus longtemps cette conversation. Le cabriolet nous attend.

— Anatole, s'il te plaît, le supplia-t-elle, mais il traversait déjà la place.

Atterrée, Léonie n'eut d'autre choix que de le suivre. Elle était partagée entre la colère et le chagrin, mais surtout, elle regrettait de n'avoir pas su tenir sa langue.

Pourtant, à mesure qu'ils s'éloignaient de Rennes-les-Bains, la colère prit le dessus. Ce n'était pas sa faute. Enfin, peut-être au début, mais elle n'avait pas eu de mauvaises intentions. Alors qu'Anatole s'était évertué à mal prendre tout ce qu'elle disait. Mais derrière toutes les bonnes excuses qu'elle se cherchait, il y avait un autre constat, plus insidieux.

Il prend la défense d'Isolde contre moi.

C'est très injuste, alors qu'il la connaît depuis si peu de temps.

Loin d'arranger les choses, cette idée rendit Léonie malade de jalousie.

aux terrasses des cafés, les bruits de vaisselle dans les cuisines, le tumulte des voitures et des charrettes qui passaient dans la grand-rue, les cris du cocher, tandis que le courrier faisait halte sur la place du Pérou. Alors le doux tintement de la cloche de l'église lui arriva, porté par le vent.

Déjà 15 heures.

Quand elle entendit son faible écho mourir dans le silence, son esprit d'aventure s'évanouit avec lui, et les paroles du jardinier lui revinrent.

Gardez bien votre âme.

Elle regrettait de ne pas avoir demandé à quelqu'un, lui ou un autre, de lui indiquer un chemin. Il fallait toujours qu'elle n'en fasse qu'à sa tête, sans se faire aider de personne. Surtout, elle s'en voulait de n'avoir pas songé à emporter le livre.

Mais je suis allée trop loin pour rebrousser chemin, pensa-t-elle.

Relevant le menton d'un air crâne, elle avança d'un pas décidé en combattant le doute qui s'insinuait en elle et lui susurrait qu'elle s'était trompée de direction. C'était à son instinct qu'elle s'était fiée de prime abord, sans carte ni conseil d'aucune sorte. Pourtant elle regrettait sa fierté et son manque de prévoyance. Au moins, elle aurait pu penser à emprunter une carte du Domaine. Il devait bien en exister, même si elle n'en avait vu aucune dans la bibliothèque.

Il lui vint à l'esprit que personne ne savait où elle était allée. Si elle tombait ou se perdait, personne ne saurait où la retrouver. Elle aurait dû laisser une trace de son passage. Des petits bouts de papier, ou encore des cailloux blancs, comme Hansel et Gretel l'avaient fait dans les bois pour marquer le chemin du retour.

Il n'y a aucune raison pour que tu te perdes, se rassura-t-elle.

Léonie avança plus profondément dans les terres et se retrouva dans une clairière encerclée de buissons de genièvre encore couverts de baies mûres à point, épargnées par les oiseaux. Serait-ce que les oiseaux eux-mêmes n'osaient pas s'aventurer aussi profondément dans les bois ?

Des ombres mouvantes et fugaces s'infiltraient dans son champ de vision. Sous le couvert de la forêt, la lumière prenait une qualité particulière, qui transformait le monde rassurant et familier en quelque chose d'inconnaissable, quelque chose de plus ancien. Sinuant entre les arbres, les ronces, les taillis, une brume s'était installée subrepticement. Il régnait une immobilité et un calme absolus, impénétrables, car l'air chargé d'humidité étouffait tous les sons. Léonie sentait la brume enserrer son cou de ses doigts glacés et s'infiltrer sous ses jupes pour se frotter contre ses jambes comme un chat.

Alors, elle aperçut soudain devant elle à travers les arbres le contour de quelque chose qui n'était pas fait de terre, de bois ni d'écorce. Une petite chapelle, ne pouvant contenir tout au plus que cinq ou six fidèles, avec un toit en pente et une petite croix de pierre plantée sur l'arche de l'entrée.

Léonie retint son souffle.

Je l'ai trouvé !

Le sépulcre était entouré par une armée d'ifs noueux aux racines tordues et déformées comme les mains d'un vieillard, dont les ombres s'étiraient en travers du chemin. Le chemin lui-même était envahi par les ronciers et les taillis et, sur sa boue durcie, il n'y avait aucune empreinte.

Avec une fierté mêlée d'impatience, Léonie s'avança. Des feuilles mortes et des brindilles bruissèrent et craquèrent sous ses pieds. Encore un pas, et elle se retrouva devant la porte. Au-dessus d'elle, sur les poutres de l'arc en bois à l'ogive parfaite, étaient peints deux versets, en lettres gothiques noires.

Aïci lo tems s'en
Va res l'Eternitat.

Léonie lut et relut les mots à haute voix, en s'amusant de leurs sons étranges. Elle sortit de sa poche le crayon qu'elle avait toujours sur elle et gribouilla les versets sur un morceau de papier.

Soudain elle entendit un bruit derrière elle, une sorte de bruissement furtif. Peut-être un animal, un chat sauvage ? Puis il y eut un son différent, rappelant celui d'une corde qu'on fait glisser sur le pont d'un navire. Un serpent ? Perdant toute confiance, elle eut l'impression que la forêt la tenait sous le faisceau de ses yeux sombres. Des passages du livre lui revinrent avec une redoutable netteté. Prémonitions, apparitions, lieu où se lève le voile entre les mondes.

Prise d'appréhension, Léonie hésita à entrer dans le sépulcre. Mais rester seule dans la clairière sans protection lui semblait encore moins enviable. Le sang martelait ses tempes, pourtant elle avança, saisit le lourd anneau de métal rivé à la porte, le tourna et poussa. Sans résultat. S'obstinant, elle recommença plus énergiquement. Cette fois, il y eut un bruit sourd puis une sorte de déclic, quand le loquet céda. Appuyant contre le bois son épaule frêle, elle donna une poussée en pesant de tout son poids.

La lourde porte s'ébranla et s'ouvrit lentement.

40.

Quand Léonie entra dans le sépulcre, l'air glacial la saisit, avec cette odeur de poussière et d'humidité caractéristique des lieux antiques, clos dans leurs enceintes de pierre. Il s'y mêlait un vague parfum d'encens qui avait dû imprégner les murs, des siècles plus tôt. Et autre chose aussi, songea-t-elle en humant l'air, intriguée. Un effluve salé, comme celui qui émanerait de la coque d'une vieille épave rongée par les embruns.

Elle serra les poings pour empêcher ses mains de trembler et les colla contre ses flancs.

M'y voilà.

Tout de suite en entrant sur la droite se trouvait un confessionnal qui faisait environ deux mètres de haut, deux mètres cinquante de large, et guère plus de soixante centimètres de profondeur. Il était en bois foncé, très simple, sans aucun des ornements qui enjolivaient ceux des cathédrales et églises de Paris. La grille était fermée. Un seul rideau violet en grosse toile pendait devant l'un des sièges. De l'autre côté, le rideau manquait.

En découvrant le bénitier situé à gauche de l'entrée, Léonie eut un mouvement de recul. La vasque en marbre rouge et blanc reposait sur le dos d'un démon grimaçant, à la peau grêlée de taches rougeâtres, aux mains et aux pieds griffus. Il avait des yeux malveillants, d'un bleu perçant.

Toi, je te connais, songea Léonie.

C'était le frère jumeau de la gravure qui figurait sur le frontispice du livre *Les Tarots*.

Malgré l'objet sacré qu'il portait sur le dos, il n'inspirait guère confiance. Prudemment, comme si elle craignait de le voir s'animer, Léonie s'en approcha. Dessous, un texte imprimé sur une petite carte blanche jaunie par le temps lui confirma qu'elle ne s'était pas trompée : ASMODÉE, MAÇON DU TEMPLE DE SALOMON, DÉMON DU COURROUX, lut-elle à voix haute. Se hissant sur la pointe des pieds, elle regarda dans la vasque. Le bénitier était sec. Mais il y avait des lettres gravées dans le marbre, dont elle suivit le contour de ses doigts.

— Par ce signe tu le vaincras, murmura-t-elle tout haut.

Qui donc était l'ennemi à vaincre ? Le démon Asmodée lui-même ? Et qu'est-ce qui était apparu en premier, l'illustration du livre, ou le diable du bénitier ? Lequel était la copie, lequel l'original ?

Léonie savait seulement que le livre datait de 1870.

Quand elle se pencha afin d'examiner le pied de la statue en quête d'une inscription quelconque, date ou autre, le mouvement de ses jupes dessina des spirales sur les dalles couvertes de poussière. Mais non, rien n'indiquait son âge ni sa provenance.

En tout cas, cette statue ne date pas de l'époque wisigothique.

Léonie se promit de faire plus tard une recherche à ce sujet en consultant Isolde, puis elle se releva et se tourna face à la nef. Il y avait trois rangées de simples bancs de bois du côté sud du sépulcre, disposés comme ceux d'une salle de classe, mais juste assez larges pour permettre à deux fidèles de s'asseoir. Des bancs nus, sans ornements ni coussins sur lesquels s'agenouiller, équipés d'un simple repose-pieds.

Les murs du sépulcre blanchis à la chaux s'écaillaient. Les fenêtres cintrées qui étaient sans vitraux laissaient entrer la lumière, mais elles privaient l'endroit de la chaleur bienfaisante du soleil. Les stations du chemin de croix étaient représentées par de petites illustrations incrustées dans le cadre des croix en bois ; c'étaient plutôt des médaillons que des tableaux, et ils ne présentaient rien d'exceptionnel, du moins aux yeux non avertis de Léonie.

Elle remonta lentement la nef, un peu malgré elle, comme une fiancée qu'on force à se marier, de plus en plus nerveuse à mesure qu'elle s'éloignait de la porte. Une fois, elle fit même volte-face, persuadée que quelqu'un la suivait. Mais non, il n'y avait personne.

Sur sa gauche, au long de la nef étroite s'alignaient des statues de saints en plâtre, qui avaient à peu près la taille d'un enfant de cinq ans, et dont elle eut l'impression qu'elles la suivaient des yeux. Elle s'arrêta au passage pour lire sous chacune des statues le nom peint en noir sur un panneau de bois : saint Antoine d'Égypte, dit l'Ermite ; sainte Germaine, avec son tablier ouvert sur un bouquet de roses ; saint Roch le boiteux, muni de son bourdon, ou bâton. Sans doute des saints patrons de la région.

La dernière statue, la plus proche de l'autel, était une petite femme menue portant une robe rouge qui lui arrivait aux genoux, avec des cheveux noirs et raides lui tombant sur les épaules. Des deux mains, elle tenait une épée, sans pour autant menacer ni se défendre d'une attaque, aurait-on dit, mais plutôt comme si elle-même protégeait quelqu'un.

Dessous, une carte imprimée portait ce nom : La Fille d'Épées.

Peut-être était-ce une représentation de Jeanne d'Arc ? se dit Léonie, perplexe.

Il y eut encore du bruit, et elle leva les yeux vers les hautes fenêtres. Ce n'étaient que les branches des châtaigniers qui tapaient contre la vitre.

Arrivée au fond de la nef, Léonie s'accroupit pour examiner le sol, à la recherche du carré noir et des quatre lettres, C, A, D, E, que son oncle avait décrits. Elle n'en vit pas la moindre trace, mais elle découvrit une inscription creusée, ou plutôt grattée sur la surface des dalles.

« *Fujhi, poudes ; Escapa, non* », lut-elle, avant de la recopier également sur son petit bout de papier.

Puis elle se redressa et avança vers l'autel. D'après le souvenir qu'elle en avait, il correspondait avec précision à la description faite par son oncle dans *Les Tarots* : une table nue, sans aucun des accessoires religieux tels que des cierges, croix d'argent, missel, ou recueils de chants liturgiques. Il était placé dans une abside octogonale, dont la voûte était peinte d'un beau bleu de céruléum, qui lui rappela le somptueux plafond du palais Garnier. Chacun des huit panneaux était tapissé d'un papier peint décoré d'épaisses rayures horizontales d'un rose fané, où s'intercalaient une frise de fleurs de genévriers rouges et blanches et un motif répétitif de disques ou de pièces bleus. À chaque intersection, des moulures en plâtre représentaient des bâtons, peints en or.

À l'intérieur de chacun des panneaux figurait une seule image peinte.

Quand elle discerna mieux les images et comprit ce qu'elles représentaient, Léonie en eut le souffle coupé. C'étaient huit tableaux, tous différents, et tirés du tarot. On aurait dit que chacun des personnages était sorti de sa carte pour s'afficher sur le mur. Et ils portaient tous un titre, inscrit en dessous à l'encre noire sur une carte jaunie : Le Mat ; Le Pagad ; La Prêtresse ; Les Amoureux ; La Force ; La Justice ; Le Diable ; La Tour.

Ils sont de la même main que les dessins figurant dans le livre, songea Léonie.

Elle hocha la tête d'un air avisé. N'était-ce pas la meilleure preuve que le témoignage de son oncle se fondait sur des événements réels ? La question était de savoir pourquoi ces huit cartes-là avaient été distinguées sur les soixante-dix-huit qu'il énumérait dans son ouvrage. Avec une excitation croissante, Léonie s'approcha et se mit à recopier les noms, mais elle manquait de place sur le minuscule bout de papier qu'elle avait trouvé dans sa poche. Elle regarda autour d'elle pour trouver un support quelconque.

Alors elle remarqua le coin d'une feuille de papier glissée sous le pilier en pierre de l'autel, et l'en retira. C'était une partition de musique pour piano, écrite à la main sur un épais parchemin jaune. Clef de *sol* et clef de *fa*, mesure à quatre temps, sans bémol ni dièse. Le souvenir du sous-titre sur la couverture du livre de son oncle lui revint à l'esprit, ainsi qu'un passage de son témoignage... Il avait noté la musique par écrit.

Elle lissa la partition et tenta de fredonner à l'oreille les premières mesures, mais elle ne réussit pas à capter la mélodie, malgré son apparente simplicité. Il n'y avait qu'un nombre restreint de notes, qui lui rappelèrent à première vue le genre d'exercices qu'elle avait dû pratiquer étant enfant durant ses leçons de piano, pour acquérir du doigté.

Alors le motif C-A-D-E lui apparut, et un sourire lui vint aux lèvres. La même séquence de notes se répétait, telle une incantation. C'était beau. Comme le livre l'avait prétendu, cette musique semblait faite pour invoquer les esprits.

Cette idée en amena aussitôt une autre.

Puisque la musique a été conservée dans le sépulcre, pourquoi les cartes ne s'y trouveraient-elles pas aussi ?

Léonie hésita, puis gribouilla la date et le mot « Sépulcre » en haut de la partition pour indiquer où elle avait découvert la musique. L'ayant glissée dans sa poche, elle entreprit de fouiller méthodiquement la chapelle, explorant les fentes, les recoins, les renfoncements des murs de pierre à la recherche d'une cache. En vain. Il n'y avait rien, aucun meuble derrière lequel on aurait pu dissimuler un jeu de cartes.

S'il n'est pas là, où peut-il donc se trouver ? se demanda-t-elle.

Elle fit le tour de l'autel. À présent que ses yeux s'étaient accoutumés à la pénombre, elle distingua le contour d'une petite porte, dissimulée dans les huit panneaux de l'abside. Avançant la main, elle en palpa la surface et sentit bien un léger retrait, signalant sans doute une ancienne ouverture qui avait servi autrefois. Elle poussa fort, mais le panneau était fermement fixé, et il ne bougea pas d'un pouce. S'il y avait eu une porte, elle était depuis longtemps hors d'usage.

Léonie recula, les mains campées sur les hanches. Elle avait du mal à se faire une raison tant son désir était grand de trouver les cartes, mais elle avait épuisé toutes les cachettes possibles et imaginables. La seule solution, c'était de retourner vérifier dans le livre s'il n'y avait pas d'autres indications. Maintenant qu'elle avait vu les lieux, elle serait sûrement en mesure d'interpréter les sens cachés qui se trouvaient éventuellement dans le texte.

S'il s'en trouvait...

Léonie leva à nouveau les yeux vers les fenêtres assombries. Les rayons de lumière filtrés par les arbres avaient passé et ils n'éclairaient plus le tombeau. À nouveau, elle sentit sur elle les yeux des statues de plâtre. Et tandis qu'elle prenait conscience de leur présence, le lieu sembla soudain changer d'atmosphère.

Il y eut un violent courant d'air. Elle perçut de la musique sans vraiment l'entendre, comme si elle venait de l'intérieur de sa tête. Puis une présence, derrière elle, qui l'entourait, la frôlait, sans la toucher, mais en la serrant de plus en plus près, un mouvement incessant accompagné de murmures, de soupirs et de pleurs.

Son pouls se mit à battre plus vite.

Ce n'est qu'un effet de mon imagination !

Alors elle entendit un autre bruit, différent. Elle voulut l'ignorer, comme elle l'avait déjà fait de ceux, réels ou imaginaires, qui l'avaient inquiétée. Mais il revint. C'était une sorte de grattement. Comme le raclement d'ongles ou de griffes sur les dalles, et il venait de derrière l'autel.

Subitement Léonie se sentit dans la peau d'une intruse. Elle avait troublé le silence du sépulcre et la paix de ceux qui habitaient dans ses renfoncements de pierre. Osé contempler les images peintes sur les murs, et dévisager les saints de plâtre qui montaient la garde. Aux aguets, ils l'observaient, et ne lui faisaient pas bon accueil. Quand elle se retourna, ce fut pour se trouver sous l'emprise du regard malveillant d'Asmodée. Les descriptions des démons dans le livre lui revinrent avec force. Elle se remémora la terreur de son oncle, comment il avait décrit les ailes noires, les présences toutes proches qui l'enserraient, la créature qui s'était jetée sur lui et avait labouré sa chair de ses griffes.

Les marques sur les paumes de mes mains, tels des stigmates, ne se sont pas effacées.

Léonie baissa les yeux et vit, ou crut voir, des marques rouges sur les paumes retournées de ses mains glacées. Des cicatrices, qui dessinaient sur sa peau blanche la forme d'un huit couché.

Alors son courage l'abandonna.

Relevant ses jupes, elle fonça vers la porte. Le regard d'Asmodée sembla se moquer d'elle au passage, ses yeux d'un bleu perçant la suivirent tandis qu'elle descendait la courte nef. Terrorisée, elle se jeta de tout son poids contre la porte, ne réussit qu'à la fermer davantage, puis se rappela qu'elle s'ouvrait de l'intérieur. Frénétique, elle saisit la poignée et tira.

À présent, Léonie en était certaine, quelqu'un marchait derrière elle. Des griffes, des ongles raclaient les dalles. Les démons des lieux avaient été lâchés pour protéger le sanctuaire du sépulcre et ils la poursuivaient. Un sanglot de terreur s'échappa de sa gorge quand elle sortit en chancelant, dans les bois gagnés par les ténèbres.

La porte se referma lourdement derrière elle en grinçant sur ses gonds. Léonie ne craignait plus ce qui l'attendait peut-être dans la pénombre des arbres. Ce n'était rien comparé aux horreurs surnaturelles qui guettaient à l'intérieur du tombeau.

Relevant ses jupes, elle se mit à courir. Elle savait que les yeux du démon la surveillaient toujours. Juste à temps, elle avait compris que les esprits et les spectres gardaient jalousement ce lieu qu'ils considéraient comme leur domaine. Fonçant dans le crépuscule, elle perdit son chapeau, trébucha, faillit tomber, et refit tout le chemin en sens inverse, repassa le torrent à sec, courut à perdre haleine à travers les bois voilés d'obscurité pour, enfin, retrouver la sécurité des pelouses et des jardins.

Fujhi, poudes ; escapa, non.

L'espace d'un instant, la phrase lui revint avec une telle acuité qu'elle fut persuadée d'en avoir compris le sens.

41.

Quand Léonie rejoignit la maison, transie jusqu'aux os, ce fut pour trouver Anatole qui faisait les cent pas dans le vestibule. Son absence n'avait pas seulement été remarquée, elle avait aussi provoqué une immense inquiétude. Isolde la serra dans ses bras, puis se recula vite, comme gênée par cette démonstration d'affection. Quant à Anatole, après une brève étreinte, il se mit à la secouer, partagé entre la colère et le soulagement. Aucun d'eux ne fit allusion à la querelle qui les avait opposés plus tôt et avait poussé Léonie à s'aventurer seule dans les terres.

— Où étais-tu ? Comment peux-tu agir aussi inconsidérément, sans te soucier des autres ? lui demanda-t-il d'un ton furieux.

— Je me suis promenée dans les jardins.

— Tu parles d'une promenade ! Il fait presque nuit !

— Je n'ai pas vu le temps passer.

Anatole continua à la mitrailler de questions. Avait-elle croisé quelqu'un ? S'était-elle égarée au-delà des limites du Domaine ? Sous ce feu nourri, la peur qui s'était emparée d'elle dans le sépulcre relâcha son emprise et, rassemblant ses esprits, Léonie se mit à se défendre. Anatole faisait un tel foin de l'incident que son attitude l'incitait à prendre le contre-pied.

— Je ne suis plus une enfant, riposta-t-elle, exaspé-rée par la façon dont il la traitait. Je suis parfaitement capable de me débrouiller toute seule.

— Non ! hurla-t-il. Tu n'as que dix-sept ans !

— Mais enfin, à t'entendre, on croirait que j'ai failli être victime d'un enlèvement.

— Ne sois pas idiote, lança-t-il d'un ton mordant, pourtant Léonie le vit échanger un regard avec Isolde, et cela lui mit la puce à l'oreille.

— Qu'est-ce qui t'arrive ? dit-elle lentement. Qu'est-ce qui a bien pu se passer pour que tu réagisses comme ça ? Tu me caches quelque chose...

Anatole faillit lui répondre, puis se ravisa et laissa Isolde intervenir.

— Notre inquiétude doit vous sembler excessive, excusez-moi. Bien sûr vous êtes parfaitement libre de vous promener où bon vous semble, mais on nous a signalé que des bêtes sauvages, des lynx, peut-être des loups, descendaient dans la vallée à la tombée de la nuit, à proximité de Rennes-les-Bains.

Léonie s'apprêtait à mettre en doute cette explica-tion quand le souvenir des griffes raclant les dalles de pierre du sépulcre lui revint soudain. Elle frissonna. Qu'est-ce qui avait brutalement transformé son aven-ture en cauchemar ? Quelle sorte de danger l'avait poussée à s'enfuir à toutes jambes ? Elle l'ignorait. Elle savait seulement qu'elle avait craint pour sa vie.

— Regarde dans quel état tu t'es mise, lui reprocha Anatole, rageur.

— Cela suffit, Anatole, dit posément Isolde en lui effleurant le bras.

À la stupeur de Léonie, il ne protesta pas et, avec une moue de dégoût, il se détourna en soupirant, les mains sur les hanches.

— On nous a aussi prévenus que le temps allait

se gâter, ajouta Isolde. Une tempête se prépare, une perturbation venant des montagnes. Nous avons eu peur qu'elle vous surprenne.

Sa remarque fut interrompue par un puissant roulement de tonnerre. Ils regardèrent tous les trois par les fenêtres. Des nuages bas et menaçants couraient sur les cimes des montagnes, et entre les collines au loin, une brume blanche s'étirait, une sorte de fumée comme celles qui montent d'un feu de jardin. Il y eut un autre coup de tonnerre, plus proche, qui fit vibrer les carreaux.

— Venez, dit Isolde en prenant Léonie par le bras. Je vais demander à la femme de chambre de vous faire couler un bon bain chaud, puis nous souperons et nous irons nous réchauffer au coin du feu dans le salon. Si nous faisions une partie de cartes ? Bésigue ou vingt-et-un, comme il vous plaira.

À la mention des cartes, un autre souvenir lui revint et Léonie contempla les paumes de ses mains. Il n'y avait rien, aucune marque rouge zébrant sa peau.

Docile, elle se laissa conduire jusqu'à sa chambre.

Quelque temps après, quand la cloche sonna pour annoncer le souper, Léonie s'assit sur le tabouret devant sa coiffeuse. En s'observant dans le miroir, elle découvrit dans ses yeux fiévreux, et dans l'expression gravée sur son visage, l'empreinte bien visible de la peur qui l'avait saisie dans le sépulcre. Apparaîtrait-elle aussi nettement à Isolde ou à Anatole ?

Déjà ébranlée nerveusement, Léonie hésita, mais elle finit par se lever et alla retirer *Les Tarots* de sa boîte à ouvrage. Puis elle tourna les pages jusqu'à en arriver au passage désiré :

Il y eut un violent courant d'air et j'eus soudain la sensation que je n'étais plus seul. J'étais certain à

présent que le sépulcre était rempli d'êtres, ou plutôt
d'esprits, dont je ne saurais dire s'ils étaient humains.
Toutes les lois naturelles se trouvaient vaincues. Les
entités m'entouraient. Mon être et mes autres êtres,
passés et à venir, étaient également présents... Ils sem-
blaient voler autour de moi, de sorte que j'avais tou-
jours conscience de leur présence fugace... En
particulier dans l'air au-dessus de ma tête, il y avait
un mouvement incessant accompagné de murmures, de
soupirs et de pleurs.

Léonie referma le livre.

Le passage correspondait si précisément à son expérience que c'en était troublant. Restait à savoir si ces
mots s'étaient si bien immiscés dans son inconscient
qu'ils avaient ensuite influé sur ses émotions et réactions, ou si elle-même avait vécu la même expérience
que son oncle. Une autre idée lui vint en tête.

Et Isolde, ne sait-elle vraiment rien à ce propos ?

Léonie avait constaté chez sa mère comme chez
Isolde les mêmes réticences par rapport au Domaine
et à l'atmosphère qui y régnait. Chacune à leur façon,
elles avaient fait allusion au sentiment de malaise que
ces lieux leur inspiraient, sans pour autant en convenir
d'une manière explicite. Léonie forma une flèche en
joignant le bout de ses doigts, pensive. Moi aussi je
l'ai ressenti, le jour de mon arrivée au Domaine, songea-t-elle.

Tournant et retournant la question dans son esprit,
elle alla ranger le livre dans sa cachette après y avoir
glissé la partition de musique, puis se hâta de descendre rejoindre les autres. Sa peur avait cédé la place
à une vive curiosité, et elle était bien décidée à en
apprendre davantage. Elle avait une foule de questions
à poser à Isolde. Par exemple, sa tante connaissait-elle

les activités de son mari avant leur mariage ? Peut-être écrirait-elle même à sa mère pour lui demander si elle avait vécu dans son enfance des choses qui l'avaient troublée, ou pire, alarmée. Car sans savoir d'où lui venait cette conviction, Léonie était sûre que les lieux eux-mêmes recelaient ces terreurs : les bois, le lac, les arbres séculaires.

Mais en refermant la porte de sa chambre derrière elle, Léonie se rendit compte qu'elle ne pourrait pas parler de son expédition, au risque qu'on lui interdise dorénavant de retourner au sépulcre. Pour l'instant en tout cas, son aventure devait rester secrète.

La nuit tomba lentement sur le Domaine de la Cade, apportant avec elle une certaine fébrilité, un sentiment d'impatience, d'attente, d'observation.

Le dîner se déroula agréablement, avec de temps à autre de lointains roulements de tonnerre. On ne reparla plus des frasques de Léonie. Ils discutèrent de Rennes-les-Bains et des villes avoisinantes, des préparatifs de la soirée du samedi, des invités, des tâches à effectuer et du plaisir qu'ils auraient à les faire.

Bref une conversation agréable et banale, d'ordre domestique.

Après souper, ils se retirèrent dans le salon et là, leur humeur changea. À l'extérieur, l'obscurité semblait une présence vivante, palpable, et ce fut un soulagement quand l'orage éclata enfin. Le ciel lui-même se mit à frémir et à gronder. Des éclairs strièrent d'argent les sombres nuages. Le tonnerre craquait, mugissait, et son écho se répercutait sur les rochers, les arbres, pour résonner entre les vallées.

Alors le vent se calma un instant comme pour mieux rassembler ses forces, et il frappa soudain la maison de plein fouet, apportant avec lui les premières gouttes d'une pluie qui avait menacé toute la soirée. Des rafales de grêle cinglèrent les fenêtres, et des trombes d'eau s'abattirent sur la maison. Ceux qui se trouvaient à l'intérieur eurent l'impression d'être secoués, comme dans un navire assailli par d'immenses vagues.

À certains moments, Léonie crut entendre de la musique. Comme si le vent égrenait les notes qui étaient inscrites sur la partition cachée dans sa chambre. Elle se rappela alors avec un frisson la mise en garde du vieux jardinier.

Anatole, Isolde et Léonie faisaient mine d'ignorer la tempête qui se déchaînait au-dehors. Un bon feu crépitait dans l'âtre. Toutes les lampes étaient allumées et les domestiques avaient apporté des bougies en supplément. Ils étaient installés aussi confortablement que possible, pourtant Léonie craignait que les murs ne chancellent et ne finissent par s'effondrer sous l'assaut des éléments déchaînés.

Dans le vestibule, une porte s'ouvrit violemment sous la poussée du vent et l'on s'empressa de la refermer. Léonie entendit les domestiques aller et venir dans la maison pour vérifier que toutes les fenêtres et les volets étaient bien fermés. Par peur que le fin vitrage des fenêtres aux battants très anciens n'explose, on avait tiré tous les rideaux. Dans les couloirs de l'étage, il y eut des bruits de pas et les tintements métalliques de seaux et de cuvettes qu'on transportait. Isolde leur expliqua que le toit fuyait à plusieurs endroits, entre des tuiles disjointes.

Consignés dans le salon, ils discutaient en buvant un peu de vin et en passant le temps comme ils pouvaient. Anatole attisait le feu et remplissait leurs verres. Isolde demeurait assise, sagement posée, mais la façon dont elle tordait ses longs doigts pâles sur ses genoux démentait son calme apparent. Une fois, Léonie écarta le rideau pour regarder au-dehors. À travers les fentes des volets, elle ne vit pas grand-chose à part les silhouettes des arbres séculaires du parc, dessinées par la lueur des éclairs. Ils se courbaient et s'agitaient comme des chevaux rétifs tirant sur leur licou. On aurait dit que les bois eux-mêmes appelaient à l'aide.

À 22 heures, Léonie proposa une partie de bésigue. Isolde et elle s'installèrent à la table de jeu. Quant à Anatole, il resta debout à fumer une cigarette, un verre de cognac à la main, le bras appuyé sur le dessus de la cheminée.

Ils parlaient peu. Chacun feignait de ne pas s'inquiéter de la tempête, mais guettait les subtils changements du vent et de la pluie susceptibles d'indiquer que le pire était passé. Léonie remarqua qu'Isolde était devenue très pâle, comme si la tempête portait en elle une autre menace, dont elle tentait de l'avertir. Au fil de la soirée, les efforts d'Isolde pour garder contenance avaient été de plus en plus visibles. Souvent elle posait les mains sur son ventre, comme si elle était souffrante. Sinon elle triturait machinalement le tissu de ses jupes, écornait les cartes, tirait sur les franges du tapis vert.

Quand un coup de tonnerre éclata juste au-dessus de leurs têtes, ses yeux gris s'écarquillèrent, et Anatole se précipita vers elle. Avec un pincement de jalousie, Léonie se sentit exclue. C'était comme s'ils avaient oublié sa présence.

— Nous ne craignons rien, murmura-t-il. Ici, nous sommes en sûreté.

— D'après M. Baillard, intervint Léonie, une légende locale prétend que c'est le Diable lui-même qui déchaîne les tempêtes quand le monde est sens dessus dessous et que l'ordre naturel des choses est bousculé. Le jardinier m'a raconté la même histoire ce matin. Il m'a dit qu'on avait entendu de la musique sur le lac hier soir et que...

— Léonie, ça suffit ! la coupa sèchement Anatole. Toutes ces fariboles sur les démons et autres malédictions ne servent qu'à faire peur aux enfants.

Isolde jeta un autre coup d'œil vers la fenêtre.

— Quand cela va-t-il finir ? Je n'en puis plus.

Anatole posa sa main sur son épaule, puis la retira aussitôt, mais pas assez vite pour que le geste ait échappé à Léonie.

Il a envie de veiller sur elle. De la protéger, se dit-elle.

Honteuse, elle chassa cette pensée.

— L'orage va bientôt s'apaiser, insista Anatole. Ce n'est que le vent.

— Ce n'est pas le vent. Quelque chose de terrible va se produire, murmura Isolde. Je le sens. Comme s'il se rapprochait de nous.

— Isolde chérie, murmura Anatole.

— De qui parlez-vous ? s'enquit Léonie, intriguée, mais aucun d'eux ne daigna lui répondre.

Une autre rafale de vent fit claquer les volets et le ciel craqua à nouveau.

— Cette vieille et honorable demeure en a vu d'autres, continua Anatole en essayant d'adopter un ton léger. En vérité, je parie qu'elle sera encore debout quand nous serons tous morts et enterrés depuis longtemps. Il n'y a rien à craindre.

Les yeux gris d'Isolde jetèrent une lueur fiévreuse. Léonie vit que les paroles d'Anatole, loin d'avoir l'effet désiré, avaient ravivé ses craintes au lieu de les apaiser.

Morts et enterrés.

L'espace d'un instant, elle crut voir la face grima-

340

çante du démon Asmodée qui la fixait, dans les flammes bondissantes du feu, et elle tressaillit.

Elle allait confesser la vérité à Anatole, lui dire comment elle avait passé l'après-midi. Ce qu'elle avait vu et entendu. Mais quand elle se tourna vers lui, elle vit qu'il contemplait Isolde avec tant de tendresse et de sollicitude qu'elle eut presque honte d'en être le témoin.

Aussi ne dit-elle rien.

Le vent ne se calmait pas. Son imagination débordante non plus ne lui laissait aucun répit.

42.

Quand Léonie se réveilla le lendemain matin, elle fut surprise de se retrouver couchée sur la méridienne du salon au lieu d'être dans sa chambre.

Des rais de lumière dorée se glissaient par les fentes des rideaux. Dans l'âtre, le feu s'était éteint. Des cartes à jouer et des verres vides étaient posés sur la table, là où on les avait laissés la veille au soir.

Léonie resta un moment assise, à écouter le silence. Après le tumulte de la pluie et du vent, tout était calme à présent. La vieille demeure avait fini de craquer et de gémir. La tempête était terminée.

Elle sourit. Les terreurs de la nuit, toutes ces idées de fantômes et de démons, semblaient absurdes à la lumière bienveillante du matin. Bientôt, la faim la tira de sa langueur. Trottinant jusqu'à la porte, elle sortit dans le vestibule. Il y avait dans l'air une humidité pénétrante, mais aussi une fraîcheur qui avait manqué la veille. Elle passa la porte qui séparait le devant de la maison des quartiers des domestiques, sentant le froid du carrelage sous les minces semelles de ses mules, et s'engagea dans un long corridor dallé de pierres. Au bout, derrière une deuxième porte, lui parvinrent des échos de voix et de bruits de vaisselle. Quelqu'un sifflotait.

La cuisine était une pièce carrée, plus petite qu'elle

ne se l'était imaginée, mais agréable, avec des murs patinés. Au plafond, à des poutres noires, pendait toute une collection de casseroles et d'ustensiles de cuisine. Sur le fourneau noirci, installé dans une cheminée assez vaste pour loger un banc en pierre de chaque côté, un faitout bouillonnait.

La cuisinière, tenant à la main une longue palette en bois, se tourna pour accueillir la visiteuse imprévue. Quand les autres domestiques qui prenaient leur petit déjeuner se levèrent de la table placée au centre de la pièce, les pieds des chaises raclèrent bruyamment les dalles de pierre.

— Je vous en prie, restez assis, s'empressa de dire Léonie, gênée. Je me demandais si je pourrais avoir un peu de café. Et une tartine de pain, si possible.

La cuisinière hocha la tête.

— Je vais vous préparer un plateau, madomaisèla. Dans le petit salon ?

— Oui, merci. Est-ce que quelqu'un d'autre est descendu ? s'enquit-elle.

— Non, madomaisèla. Vous êtes la première, répondit-elle d'un ton courtois, mais qui lui signifiait clairement de quitter les lieux. Pourtant Léonie s'attarda.

— La tempête a-t-elle fait des dégâts ?

— Rien qu'on ne puisse réparer, répliqua la cuisinière.

— Pas d'inondation ? questionna-t-elle, inquiète que la soirée du samedi doive être différée si la route qui menait au village se révélait impraticable.

— Rien de grave à Rennes-les-Bains, paraît-il. L'une des filles a entendu dire qu'il y avait eu un glissement de terrain à Alet-les-Bains. La malle-poste est retenue à Limoux. Maintenant, si vous voulez bien m'excuser, madomaisèla, conclut la cuisinière en s'essuyant les mains sur son tablier, il y a beaucoup à faire pour le souper de ce soir.

Léonie n'eut d'autre choix que de se retirer.

— Bien sûr.

Comme elle quittait la cuisine, la pendule du couloir sonna 7 heures. Par les fenêtres le ciel lui apparut en rose derrière des nuages blancs. Dehors, on avait déjà commencé à ratisser les feuilles et à ramasser les branches cassées par l'orage.

Les jours suivants s'écoulèrent tranquillement.

Léonie avait la jouissance de la maison et des terrains alentour. Elle prenait son petit déjeuner dans ses appartements et était libre de passer la matinée comme bon lui semblait. Souvent, elle ne voyait ni son frère ni Isolde avant l'heure du déjeuner. Les après-midi, Isolde et elle se promenaient dans les terres, si le temps le permettait, ou bien elles exploraient la maison. Sa tante était pleine de prévenances à son égard, et sa gentillesse allait de pair avec un esprit vif et un grand sens de l'humour. Elles pianotaient des œuvres d'Anton Rubinstein pour piano à quatre mains avec plus d'enthousiasme que de talent, et s'amusaient en soirée à des jeux de société. Par ailleurs, Léonie lisait et peignait un paysage de la maison, vu du petit promontoire qui surplombait le lac.

Le livre de son oncle et la partition de musique qu'elle avait rapportée du sépulcre lui venaient souvent à l'esprit, mais elle s'abstint de les regarder à nouveau. Et dans ses déambulations, Léonie évitait sciemment de diriger ses pas vers le sentier envahi de broussailles qui s'enfonçait dans les bois jusqu'à la chapelle wisigothe abandonnée.

Le samedi 26 septembre, jour de la réception, vint poindre une aube claire et lumineuse.

Léonie venait de prendre son petit déjeuner quand la première des voitures de livraison venues de Rennes-les-Bains remonta cahin-caha l'allée du Domaine de la Cade. Le livreur sauta à terre et déchargea deux gros blocs de glace. Peu de temps après, une autre arrivait avec la viande, des fromages, de la crème et du lait frais.

On aurait dit que les domestiques s'affairaient dans chaque pièce de la maison. Ils ciraient les meubles, astiquaient les parquets, pliaient du linge, disposaient des cendriers et des vases sous l'œil vigilant de la vieille femme de charge.

À 9 heures, Isolde sortit de sa chambre et emmena Léonie dans les jardins. Armées de sécateurs et chaussées d'épaisses bottes en caoutchouc, elles coupèrent des fleurs encore imprégnées de la rosée du matin, qui décoreraient la table.

Quand elles rentrèrent dans la maison à 11 heures, elles avaient rempli de fleurs quatre grands paniers d'osier plats. Du café fumant les attendait dans le petit salon et Anatole, d'excellente humeur, leur sourit par-dessus les pages de son journal.

À midi, Léonie mit la dernière touche aux cartes qui indiqueraient le placement des convives autour de la table, après avoir suivi à la lettre les instructions d'Isolde. Elle extorqua à sa tante la promesse qu'une fois la table mise, elle les disposerait elle-même.

À 13 heures, il n'y avait plus rien à faire. Après un déjeuner léger, Isolde annonça son intention d'aller se reposer un peu dans sa chambre. Quant à Anatole, il se retira pour mettre à jour sa correspondance. Léonie n'eut d'autre choix que de faire de même.

Une fois dans sa chambre, elle jeta un coup d'œil à

sa boîte à ouvrage où *Les Tarots* dormait sous des affaires de couture. Le temps avait passé depuis son expédition au sépulcre, pourtant elle craignait encore de mettre en péril sa précieuse tranquillité d'esprit en se laissant une nouvelle fois happer par les mystères que le livre recelait. Et puis la perspective de la soirée lui causait une telle impatience qu'elle était bien trop agitée pour lire.

Son regard erra jusqu'à son matériel de peinture, tubes de couleur, pinceaux, chevalet et carton à dessin posés par terre. Soudain elle songea à sa mère avec un élan d'affection. C'était l'occasion idéale de faire bon usage de son temps en peignant quelque chose qu'elle lui remettrait comme souvenir, quand ils retourneraient en ville à la fin du mois d'octobre.

Peut-être mon petit présent éclipsera-t-il les souvenirs d'enfance douloureux qu'elle garde du Domaine de la Cade ? songea-t-elle.

Léonie sonna la femme de chambre afin qu'elle lui apporte un bol d'eau pour ses pinceaux et un linge en coton épais pour protéger la table. Puis elle sortit sa palette, se mit à presser ses tubes pour disposer des gouttes de carmin, d'ocre, de bleu outremer, de jaune et de vert mousse, ainsi que du noir ébène pour rehausser les contours. Elle tira de son carton à dessin une feuille de papier crème au grain épais, puis resta assise un moment, attendant l'inspiration.

Sans avoir d'idée précise, elle commença à esquisser une silhouette à gros traits. Tandis que son pinceau glissait presque machinalement sur le papier, son esprit était tout accaparé par la soirée à venir. La bonne société de Rennes-les-Bains serait-elle à son goût ? Aucun des invités n'avait décliné l'hospitalité d'Isolde. Léonie s'imagina les accueillant et recevant leurs compliments. Serait-elle dans sa robe bleue, dans la rouge, ou dans la verte, achetée à La Samaritaine ? Et quels gants de soirée choisirait-elle entre les différentes paires qu'elle avait ? Et sa coiffure ? Pour relever ses cheveux cuivrés et sublimer l'éclat de son teint, vaudrait-il mieux des peignes en nacre, ou des épingles en argent ? Pour finir, elle passa en revue dans sa tête le contenu de sa boîte à bijoux, colliers, boucles d'oreilles, bracelets, pour voir lesquels compléteraient le mieux sa parure.

Tandis que les ombres s'allongeaient sur les pelouses et qu'elle-même était plongée dans d'agréables pensées, ses coups de pinceau donnaient corps à l'image qu'elle peignait sur la feuille de papier fort.

Ce ne fut qu'après le départ de Marieta venue débarrasser la pièce que Léonie se rendit compte avec stupeur de ce qu'elle avait peint. Sans en avoir la moindre intention, elle avait reproduit l'un des personnages du tarot figurant sur le mur du sépulcre : La Force. La seule différence, c'était que la jeune fille avait maintenant de longs cheveux cuivrés et une robe très semblable à l'une de celles qui étaient pendues dans son armoire de la rue de Berlin.

En fait, elle s'était substituée au sujet initial. C'était un autoportrait.

Partagée entre la fierté devant la qualité de son travail et une certaine perplexité face au choix de son sujet, Léonie leva le portrait à la lumière. Généralement, tous les personnages qu'elle dessinait se ressemblaient et avaient peu de relation avec le sujet qu'elle s'était fixé. Mais là, il y avait plus qu'une vague ressemblance.

La Force ? Est-ce donc ainsi que je me vois ? se demanda-t-elle.

Léonie ne l'aurait pas cru. Elle étudia le tableau encore un moment, mais l'après-midi touchait à sa fin.

Après l'avoir calé sur le manteau de la cheminée en le coinçant derrière l'horloge, elle l'oublia, toute à ses préparatifs.

Marieta frappa à la porte à 19 heures.

— Madomaisèla ? dit-elle en passant la tête. Madama Isolde m'a envoyée pour vous aider à vous habiller. Avez-vous décidé ce que vous alliez porter ?

Léonie hocha la tête, comme si elle n'en avait jamais douté.

— La robe verte à encolure carrée. Et la sous-jupe garnie de broderie anglaise.

— Très bien, madomaisèla.

Marieta alla prendre les vêtements, les transporta, pliés sur ses deux bras tendus, et les déposa soigneusement sur le lit. Puis elle aida Léonie à passer son corset par-dessus sa chemise et ses dessous, le serra très fort dans le dos et l'agrafa sur le devant. Léonie virevolta devant le miroir, puis se sourit.

Grimpée sur une chaise, la femme de chambre lui passa d'abord le jupon, puis la robe. Léonie sentit le contact froid de la soie verte qui glissa en plis chatoyants sur sa peau, telle de l'eau caressée par le soleil.

Marieta sauta à bas de la chaise et s'occupa de boutonner la robe, puis elle s'assit sur les talons pour en arranger le bas, tandis que Léonie ajustait les manches.

— Comment voulez-vous que je vous coiffe, madomaisèla ?

Léonie revint s'asseoir à la coiffeuse. Inclinant la tête, elle ramassa ses boucles et en fit une torsade sur le haut de sa tête.

— Comme ça.

Relâchant ses cheveux, elle se tourna vers un petit coffret à bijoux en cuir brun.

— J'ai là des épingles à cheveux en écaille incrustées de perles, qui iront bien avec les boucles d'oreilles et le pendentif que j'ai choisi de porter.

Marieta travailla vite et bien, lui mit les boucles d'oreilles, le collier de perles autour du cou, puis se recula pour admirer son œuvre.

Léonie s'examina sans indulgence dans la psyché, en inclinant le miroir pour mieux se voir et sourit, satisfaite du résultat. La robe tombait bien ; ni trop simple ni trop extravagante, elle convenait pour l'occasion et mettait sa silhouette en valeur. Ses yeux brillaient et son visage était d'une pâleur distinguée, juste teinté d'un peu de rose aux pommettes.

D'en bas lui parvint le tintement rauque de la cloche. Puis le bruit de la grande porte d'entrée qui s'ouvrait sur les premiers invités.

Les deux jeunes filles se regardèrent.

— Quels gants voulez-vous mettre, les verts ou les blancs ? s'enquit Marieta.

— Les verts brodés de perles autour des poignets, répondit Léonie. Il y a un éventail de la même teinte ou presque dans l'un des cartons à chapeaux, en haut de l'armoire.

Quand elle fut prête, Léonie s'empressa de prendre sa pochette dans le tiroir de la commode, puis elle enfila ses escarpins en soie verte.

— Ce que vous êtes belle, madomaisèla ! souffla Marieta. On dirait un tableau.

Quand elle sortit de sa chambre, Léonie s'arrêta dans son élan en entendant le brouhaha qui montait. Elle se pencha subrepticement par-dessus la balustrade pour regarder le vestibule en contrebas. Dans leurs livrées louées pour l'occasion, les domestiques étaient très élégants. Affichant un sourire éblouissant, elle s'assura que sa robe tombait bien, puis, l'estomac un peu noué, descendit rejoindre les invités.

Quand elle fit son entrée dans le salon, Pascal l'annonça d'une voix forte, puis gâcha un peu son effet en lui adressant un clin d'œil appuyé pour l'encourager.

Debout devant la cheminée, Isolde parlait avec une jeune femme au teint hâve. D'un regard, elle convia Léonie à les rejoindre.

— Mademoiselle Denarnaud, puis-je vous présenter ma nièce, Léonie Vernier, la fille de la sœur de mon défunt mari.

— Enchantée, mademoiselle, répondit obligeamment Léonie.

Au cours de leur brève conversation, elle apprit que Mlle Denarnaud était la sœur célibataire du monsieur qui les avait aidés à descendre leurs bagages à Couiza le jour de leur arrivée. Denarnaud lui-même lui fit un signe de la main quand il vit que Léonie le regardait depuis l'autre bout de la pièce.

Elle apprit aussi qu'une cousine éloignée travaillait comme femme de charge chez le curé de Rennes-le-Château, lequel faisait lui-même partie d'une famille nombreuse. En effet, d'après ce qu'Isolde leur avait dit au dîner deux jours plus tôt, l'abbé Saunière avait dix frères et sœurs.

Elle essaya bien de participer à la conversation, mais ses tentatives se heurtèrent au regard froid de Mlle Denarnaud. Guère plus vieille qu'Isolde, celle-ci portait une robe démodée, qui aurait mieux convenu à une femme faisant deux fois son âge, et que Léonie trouva hideuse : en lourd brocart, elle était rembourrée par une tournure au bas du dos comme on n'en voyait plus à Paris depuis des années. Par contraste, Isolde resplendissait. Ses boucles blondes ramenées sur le haut de la tête étaient retenues par des peignes en nacre. Sa robe filetée d'or et de cristal en soie ivoire et taffetas doré, d'une délicatesse inouïe, semblait sortie de la dernière collection de Charles Worth. Au cou, elle portait un haut col droit du même tissu, épinglé d'une broche en perle. Au gré de ses mouvements, la robe attrapait la lumière, fluide et miroitante.

Avec soulagement, Léonie repéra Anatole posté près des fenêtres, qui fumait en discutant avec le Dr Gabignaud. Elle s'excusa et traversa la pièce pour les rejoindre, accueillie par une bonne odeur de savon au bois de santal, de brillantine et de smoking noir repassé de frais. Le visage d'Anatole s'éclaira en la voyant.

— Léonie ! s'exclama-t-il en lui passant un bras autour de la taille. Tu es tout à fait exquise, et il recula d'un pas pour inclure le médecin dans la conversation. Gabignaud, vous vous rappelez ma sœur ?

— Certainement, répondit le médecin avec une petite révérence. Mademoiselle Vernier, permettez-moi d'ajouter mes compliments à ceux de votre frère. Vous êtes ravissante.

Léonie s'empourpra, ce qui la rendit encore plus jolie.

— Quelle réunion sympathique, lui dit-elle.

Anatole lui présenta de loin les autres invités.

— Tu te souviens de Maître Fromilhague ? Et de M. Denarnaud ? Il est venu avec sa sœur, qui tient sa maison.

— Tante Isolde me l'a présentée, confirma Léonie.

— Et voici Bérenger Saunière, prêtre de la paroisse de Rennes-le-Château et ami de ton défunt oncle, poursuivit Anatole en désignant un homme grand et musclé, au front haut et aux traits décidés, dont l'allure était assez mal assortie à la longue soutane noire qu'il portait. Il m'a l'air d'un brave type, mais guère enclin

351

aux futilités. Il était plus intéressé par les recherches médicales de Gabignaud que par les banales civilités que j'ai pu débiter. N'est-ce pas, docteur ?

Gabignaud l'admit en souriant.

— Saunière est un homme d'une grande culture, dans toutes sortes de domaines. Il a soif de connaissances et pose sans arrêt des questions.

Léonie observa le prêtre un moment, puis son regard se posa sur sa voisine.

— Et la dame qui l'accompagne ?

— Mme Bousquet, une parente éloignée de notre défunt oncle. Si Lascombe ne s'était pas marié, elle aurait hérité du Domaine de la Cade, ajouta Anatole en baissant la voix.

— Elle a pourtant accepté l'invitation ?

— En effet. Mme Bousquet et Isolde entretiennent de bonnes relations, sinon cordiales, du moins courtoises. Elles se reçoivent. Isolde l'estime beaucoup.

Alors seulement Léonie remarqua un homme grand et maigre, qui se tenait debout, un peu à l'écart du petit groupe. Elle se tourna à demi pour l'observer. Il avait une drôle de tenue, tout à fait inhabituelle pour ce genre de soirée : un costume blanc, avec un mouchoir jaune fiché dans la poche de poitrine de sa veste et un gilet, jaune lui aussi.

Son visage était ridé, sa peau rendue presque transparente par les années, pourtant il n'avait pas du tout l'air d'un vieillard. Mais il émanait de lui une sorte de tristesse diffuse. Comme s'il avait connu trop de souffrances et en avait trop vu.

Anatole se tourna pour voir ce qui attirait ainsi l'attention de Léonie et il se pencha plus près.

— Ah, voici le visiteur le plus célèbre de Rennes-les-Bains, Audric Baillard, auteur de l'étrange opuscule qui t'a tant passionnée, lui murmura-t-il en souriant. Un excentrique, apparemment. D'après Gabignaud, il s'habille toujours ainsi, quelle que soit l'occasion. En costume clair et cravate jaune.

— Pourquoi ça ? demanda-t-elle au médecin *sotto voce*.

— En souvenir d'amis disparus, je crois. Des camarades tombés sur le champ de bataille. Je n'en suis pas tout à fait certain, mademoiselle Vernier.

— Tu pourras lui poser la question toi-même au cours du dîner, sœurette, dit Anatole.

La conversation se poursuivit allègrement jusqu'à ce que le gong retentisse, annonçant le dîner.

Escortée par Mᵉ Fromilhague, Isolde conduisit ses invités jusqu'à la salle à manger. Anatole accompagnait Mme Bousquet. Au bras de M. Denarnaud, Léonie ne perdait pas de vue M. Baillard, tandis que l'abbé Saunière et le Dr Gabignaud fermaient la marche en encadrant Mlle Denarnaud.

Magnifique dans sa livrée rouge et or, Pascal ouvrit les portes en grand et un murmure appréciateur s'éleva aussitôt de la petite troupe. Même Léonie, qui avait suivi les divers préparatifs au fil de la matinée, fut éblouie par la transformation. Le magnifique lustre de cristal portait trois étages de bougies blanches. La longue table ovale était ornée de brassées de lys et éclairée par trois candélabres en argent. Sur la desserte, des soupières aux couvercles bombés reluisaient comme des armures. La lueur des chandelles jetait des ombres dansantes au long des murs et sur les portraits de famille qui y étaient accrochés.

Le pourcentage de quatre dames pour six messieurs rendait la tablée un peu inégale. Isolde présidait, tandis que M. Baillard était assis à l'autre bout. Anatole était à gauche d'Isolde, avec Mᵉ Fromilhague à sa droite. À côté de Fromilhague siégeait Mlle Denarnaud, puis le Dr Gabignaud. Léonie venait ensuite, avec Audric Baillard à sa droite. Quand le serviteur tira sa chaise afin qu'elle prenne place, un sourire timide lui échappa.

De l'autre côté de la table, Anatole avait Mme Bousquet pour voisine. Suivaient Charles Denarnaud et l'abbé Saunière.

Les serviteurs leur versèrent généreusement de la blanquette de Limoux dans des coupes à fond plat, aussi grandes que des bols de petit déjeuner. Fromilhague consacrait toute son attention à son hôtesse en ignorant la sœur de Denarnaud, ce que Léonie trouvait discourtois, mais bien compréhensible, tant cette femme lui avait semblé ennuyeuse durant leur brève présentation.

Après quelques échanges de politesse avec Mme Bousquet, Léonie se rendit compte qu'Anatole était déjà lancé dans une vive discussion sur la littérature avec Me Fromilhague. Ce dernier avait des opinions bien arrêtées, et il dénigrait le dernier roman d'Émile Zola, *L'Argent*, le jugeant morne et immoral. Il condamnait aussi d'autres écrivains de la même veine tels que Guy de Maupassant, dont la rumeur disait qu'il avait tenté de mettre fin à ses jours et qu'il était maintenant enfermé dans l'asile d'aliénés du Dr Blanche, à Paris. Sans succès, Anatole faisait valoir qu'on devait séparer la vie d'un homme de son œuvre.

— Un comportement immoral déprécie l'art, plus, il l'avilit, affirmait obstinément Fromilhague.

Bientôt tous les convives participèrent au débat.

— Vous restez bien silencieuse, madomaisèla Léonie, lui dit à un moment son voisin de table, Audric Baillard. La littérature ne vous intéresse-t-elle pas ?

Soulagée, elle se tourna vers lui.

— J'adore lire. Mais en une telle compagnie, il est difficile de se faire entendre.

— En effet, reconnut-il en souriant.

— Et je dois dire qu'en général, les écrivains actuels m'ennuient passablement, continua-t-elle en rougissant un peu. Certes, leurs œuvres ne manquent pas d'idées ni de style, mais il ne s'y passe rien !

— Ce sont donc les intrigues qui captivent votre imagination ? lui demanda Audric Baillard d'un œil amusé.

— Mon frère Anatole me dit toujours que j'ai des goûts plutôt médiocres, et il a sûrement raison. Le roman le plus palpitant que j'ai lu, c'est le *Château d'Otrante*, mais j'adore aussi les histoires de fantômes d'Amelia B. Edwards et toutes les nouvelles d'Edgar Allan Poe.

— Un incontestable talent, convint Baillard. Un homme tourmenté, mais si doué pour saisir le côté sombre de notre nature humaine, ne trouvez-vous pas ?

Léonie eut un frisson de plaisir. L'attention de son voisin de table la changeait tant des mornes soirées de Paris où les autres invités l'ignoraient comme si ses opinions ne valaient pas d'être écoutées.

— Si, je suis bien de votre avis, acquiesça-t-elle. Ma nouvelle préférée, même si elle me donne des cauchemars chaque fois que je la lis, c'est « Le Cœur révélateur ». Un meurtrier qui devient fou à force d'entendre résonner les battements de cœur de l'homme qu'il a tué, et dont il a dissimulé le corps sous les lattes du plancher. Magnifique !

— La culpabilité est une émotion puissante, remarqua son voisin.

Intriguée, Léonie attendit en l'observant qu'il développe son idée, mais il n'en dit pas davantage.

— Puis-je avoir l'audace de vous poser une question, monsieur Baillard ?

— Bien sûr.

— Votre tenue est..., commença-t-elle, mais par peur de le vexer, elle s'interrompit.

Baillard sourit.

— Peu conventionnelle ? Différente de la tenue de rigueur qu'un monsieur comme il faut se doit de porter à ce genre de soirées ? dit-il avec un regard malicieux.

— Eh bien oui, reconnut Léonie en soupirant. Mais ce n'est pas tellement cet aspect-là qui m'intéresse. Mon frère m'a dit que vous étiez connu pour toujours porter du jaune. En souvenir de camarades tombés au champ d'honneur.

Le visage d'Audric Baillard s'assombrit.

— En effet, dit-il posément.

— Avez-vous combattu à Sedan ? demanda-t-elle, puis elle hésita. Mon... mon père a combattu pour la Commune. Je ne l'ai pas connu. Il a été déporté et...

La main d'Audric Baillard vint se poser sur la sienne, légère, et elle sentit le contact de sa peau, fine comme du papier. Léonie ne sut ce qui la submergea à cet instant, seulement qu'une angoisse qui l'habitait et dont elle n'avait jamais été consciente trouvait soudain à s'exprimer.

— Est-il toujours juste de se battre pour ce en quoi l'on croit, monsieur Baillard ? Même si votre entourage en paie le prix ? Je me le suis souvent demandé.

— Toujours, répondit-il posément en lui pressant doucement la main. Et aussi se souvenir de ceux qui sont tombés.

L'espace d'un instant, le brouhaha qui emplissait la pièce s'estompa, les voix, les rires, le cliquetis des verres et des couverts en argent. Léonie regarda Audric Baillard droit dans les yeux et sentit alors que

356

tous ses doutes et ses pensées les plus profondes étaient reçus et compris par la sagesse et l'expérience qui brillaient dans le regard clair de son compagnon.

Puis il sourit, ses yeux se plissèrent, et le moment d'intimité fut rompu.

— Les bons-chrétiens, autrement dit les Cathares, furent forcés de porter une croix jaune épinglée sur leurs vêtements pour qu'on les distingue des autres. Je porte ceci en souvenir d'eux, conclut-il en tapotant le mouchoir jaune d'or qui sortait de sa poche.

— Ainsi vous compatissez à leurs malheurs, monsieur Baillard, dit Léonie en inclinant la tête.

— Ceux qui sont partis avant nous n'ont pas nécessairement disparu, madomaisèla Vernier. Ils vivent là, ajouta-t-il en se touchant la poitrine, et il sourit. Vous n'avez pas connu votre père, dites-vous, et pourtant il vit en vous. N'est-ce pas ?

À sa grande surprise, Léonie sentit les larmes lui monter aux yeux. Elle hocha la tête, incapable d'articuler un mot tant elle était émue. Ce fut à certains égards un soulagement quand le Dr Gabignaud lui posa une question et qu'elle fut obligée de répondre.

43.

Les plats se succédèrent. Des truites à la chair rose et fondante, suivies de côtelettes d'agneau servies sur un lit d'asperges tardives. Aux hommes on servit du corbières, un vin rouge et corsé, tiré de l'excellente cave de Jules Lascombe. Pour les dames, ce fut un vin blanc demi-sec de Tarascon, moelleux et d'un beau jaune tirant sur le roux, comme de la pelure d'oignons roussie.

Dans une ambiance surchauffée, on discuta de foi et de politique, du nord et du sud, de la vie à la campagne par opposition à la vie citadine. Léonie observait son frère, assis de l'autre côté de la table. L'œil pétillant, avec ses beaux cheveux d'un noir lustré, Anatole était manifestement dans son élément, et Mme Bousquet ainsi qu'Isolde sous le charme. Par contre, Léonie ne put manquer de remarquer les cernes qu'il avait sous les yeux. La cicatrice qui barrait son arcade sourcilière ressortait particulièrement à la lueur dansante des bougies.

Pour se remettre de ses émotions, elle but un peu de vin. Peu à peu, la curiosité prit le pas sur la gêne et l'embarras qu'elle avait ressentis de s'être ainsi dévoilée à un homme qu'elle connaissait à peine. Et elle eut au contraire très envie de reprendre cette conversation. Mais M. Baillard était engagé dans un débat ardu avec le curé, Bérenger Saunière. Quant à son autre voisin de table, le Dr Gabignaud, c'était une vraie pipelette. Ce n'est qu'à l'arrivée du dessert que l'occasion se présenta.

— D'après tante Isolde, vous êtes expert en bien des domaines, monsieur Baillard, lui dit-elle. Les Albigeois, bien sûr, mais aussi la période wisigothique, et les hiéroglyphes égyptiens. Lors de ma première soirée ici, j'ai lu votre opuscule, *Diables, Esprits maléfiques et Fantômes de la Montagne*. Il y en a un exemplaire ici, dans la bibliothèque.

Il sourit, et Léonie sentit que lui aussi était content de reprendre leur conversation.

— J'en ai moi-même fait cadeau à Jules Lascombe, confirma-t-il.

— Cela a dû vous prendre du temps de rassembler tous ces récits en un seul volume.

— Pas tant que ça, répondit-il d'un ton léger. Il suffit d'écouter le paysage et les gens qui habitent cette région. Les histoires dont on dit souvent que ce sont des mythes ou des légendes, qui parlent d'esprits, de démons, ou d'animaux fantastiques, dessinent le caractère d'une région au même titre que les rochers, les montagnes et les lacs.

— Bien sûr, dit-elle. Mais n'y a-t-il pas aussi des mystères qu'on ne saurait expliquer ?

— Oc, madomaisèla, ieu tanben. Je le crois aussi.

— Vous parlez occitan ? s'étonna Léonie, les yeux ronds.

— C'est ma langue maternelle.

— Vous n'êtes donc pas français ?

— Non, en vérité, répliqua-t-il avec un petit sourire.

— Tante Isolde aurait voulu que les domestiques

parlent le français dans la maison, mais elle a fini par abandonner.

— L'occitan est la langue coutumière de ces régions : Aude, Ariège, Corbières, Razès et encore au-delà, en Espagne et au Piémont. C'est elle qui véhicule la poésie, les légendes et le folkore.

— Vous êtes donc originaire de cette région, monsieur Baillard ?

— Pas luèn, répondit-il, éludant sa question.

Alors il pourrait me traduire l'inscription que j'ai lue au-dessus de la porte du sépulcre, se dit Léonie, mais elle se rappela aussitôt les raclements qu'elle avait entendus, semblables aux griffures d'un animal pris au piège, et elle frissonna.

— Ces histoires d'esprits maléfiques, de fantômes et de démons sont-elles vraies, monsieur Baillard ? demanda-t-elle.

— Vertat ? répéta-t-il, en soutenant son regard un instant de ses yeux clairs. Qui peut le dire, madomai-sèla ? Pour certains, le voile qui sépare les deux dimensions est si transparent qu'il en est presque invisible. Pour d'autres, seules les lois scientifiques doi-vent nous dicter en quoi nous devons croire ou ne pas croire... Pour ma part, je dirais seulement que les dispositions d'esprit changent avec le temps. Ce qu'un siècle tient pour certain, un autre le considérera comme une hérésie.

— Monsieur Baillard, enchaîna Léonie, quand je lisais votre ouvrage, j'en suis venue à me demander si les légendes suivaient ou précédaient les lieux-dits qui composent le paysage. Le Fauteuil ou l'étang du Diable furent-ils nommés d'après les récits que l'on colportait sur ces lieux, ou ces récits sont-ils nés pour leur donner du caractère ?

— C'est une question perspicace, madomaisèla, approuva-t-il d'un hochement de tête.

Baillard parlait bas, pourtant Léonie avait l'impression que tous les autres sons dans la pièce s'étaient estompés derrière sa voix claire et intemporelle.

— Ce que nous appelons civilisation est juste une façon pour l'homme d'essayer d'imposer au monde naturel ses propres valeurs. Les livres, la musique, la peinture, toutes ces constructions qui ont tant occupé nos compagnons de ce soir cherchent à capturer l'âme de ce qui nous entoure. Une façon de donner du sens, d'ordonner nos expériences humaines en quelque chose de mesurable, de maîtrisable.

Léonie le scruta un moment.

— Mais les fantômes, monsieur Baillard, les démons, dit-elle lentement. Y croyez-vous ?

— Benleu, dit-il de sa voix douce et posée. Peut-être.

Il tourna la tête vers les fenêtres, comme pour regarder quelqu'un au-delà, puis revint à Léonie.

— Deux fois jusqu'à ce jour, le diable qui hante ces lieux a été invoqué. Deux fois il a été vaincu. Le plus récemment, avec l'aide de notre ami ici présent, dit-il en jetant un coup d'œil sur sa droite. Voilà tout ce que je puis en dire. Et j'espère n'avoir jamais à revivre de tels moments, à moins que les circonstances ne m'y obligent...

Léonie suivit son regard.

— Vous parlez de l'abbé Saunière ?

Baillard continua sans lui donner confirmation.

— Ces montagnes, ces vallées, ces pierres, et l'esprit qui leur a donné vie, existaient bien avant que les hommes viennent et tentent de capturer ce qui fait leur essence avec des mots. Ce sont nos peurs qui se reflètent dans ces noms auxquels vous vous référez.

Léonie réfléchit à ce qu'il venait de dire.

— Je ne suis pas sûre que vous ayez répondu à ma question, monsieur Baillard.

Il posa les mains sur la table, des mains pâles, veinées de bleu et constellées de taches brunes.

— Il existe un esprit qui vit dans toutes choses. La demeure où nous nous trouvons a plusieurs centaines d'années. Elle est considérée comme ancienne, selon nos critères modernes. Mais le lieu où elle fut construite date lui-même d'un temps immémorial. Notre influence sur l'univers passe comme un souffle, un murmure. Les qualités qui font son essence, l'ombre et la lumière, furent créées bien avant que l'homme tente d'imposer sa marque sur le paysage. Les fantômes de ceux qui ont disparu sont tout autour de nous, intégrés au motif du monde, ou à sa musique, si vous préférez.

Léonie se sentit soudain fiévreuse et, portant la main à son front, elle le trouva étonnamment moite et froid. La pièce oscillait, tournait étrangement. Les bougies, les voix, le bruit de fond des domestiques qui allaient et venaient, tout lui semblait indistinct, brouillé, confus.

Elle essaya de se concentrer sur le sujet abordé et avala une gorgée de vin pour calmer un peu la tension qui l'habitait.

— La musique..., reprit-elle d'une voix qui lui semblait venir de très loin. Que pourriez-vous me dire à ce sujet, monsieur Baillard ?

À l'expression de son visage, elle crut un instant qu'il avait compris la question qui se cachait derrière ces mots.

Pouvez-vous me dire pourquoi, quand je dors, quand je pénètre dans les bois, j'entends de la musique dans le vent ?

— La musique est une forme d'art qui organise les

sons et le silence, madomaisèla Léonie. Nous la consi-dérons actuellement comme une distraction, un amuse-ment, mais c'est bien plus que cela. Il s'agit plutôt d'un savoir qui s'exprime en fonction du ton, par la mélodie et l'harmonie ; du rythme, par le tempo et la mesure ; et de la qualité du son lui-même, par le timbre qu'il prend, sa dynamique et sa texture. Pour faire simple, la musique est une façon toute person-nelle de réagir à la vibration.

— J'ai lu par ailleurs qu'elle peut, dans certaines situations, établir un lien entre ce monde et l'autre, approuva Léonie. Que l'on peut grâce à elle passer de l'une à l'autre dimension. Croyez-vous qu'il puisse y avoir une part de vérité dans ce genre d'élucubrations, monsieur Baillard ?

Il croisa son regard.

— L'esprit humain ne peut rien concevoir qui n'existe déjà dans la nature, dit-il. Tout ce que nous faisons, voyons, écrivons, composons, ou plutôt trans-crivons, est l'écho des structures profondes qui cons-tituent l'univers. La musique est l'invisible rendu visible grâce au son.

Nous voilà presque au cœur du sujet, songea Léo-nie, en proie à une drôle de sensation. Depuis le début, sans s'en rendre compte, elle avait fait en sorte d'en arriver au moment où elle lui dirait comment elle avait découvert le sépulcre caché dans les bois, amenée là par les secrets obscurs que recelait le livre et la curiosité qu'ils avaient éveillée en elle. Un homme tel qu'Audric Baillard comprendrait. Il lui dirait ce qu'elle souhaitait savoir.

Léonie inspira profondément.

— Connaissez-vous le tarot, monsieur Baillard ?

Le visage de son voisin ne changea pas d'expres-sion, mais ses yeux s'aiguisèrent.

Presque comme s'il attendait cette question.

— Dites-moi, madomaisèla, dit-il après un petit silence, votre question est-elle oui ou non reliée aux sujets que nous avons déjà abordés ?

— Les deux, répondit Léonie, et elle sentit ses joues s'enflammer. Si je vous le demande c'est parce que... parce que je suis tombée par hasard sur un livre dans la bibliothèque. Un texte écrit dans un style vieillot, et en termes assez obscurs. Cependant il m'a semblé que... Je ne suis pas certaine d'avoir deviné son véritable sens.

— Continuez.

— Ce texte, qui se présente comme un témoignage et fut écrit...

Elle s'interrompit, hésitant à révéler son auteur. M. Baillard termina sa phrase pour elle.

— Fut écrit par votre oncle, dit-il en souriant devant son air étonné. Je connais ce livre.

— Vous l'avez lu ?

Il acquiesça d'un hochement de tête. Léonie poussa un soupir de soulagement.

— L'auteur, c'est-à-dire mon oncle, parle de musique tissée dans la trame du monde corporel. Certaines notes pourraient, selon lui, invoquer les esprits. Et les cartes de tarot associées à la musique ainsi qu'au lieu lui-même par leurs images prendraient vie durant cette brève communication entre les mondes... Mon oncle mentionne également un tombeau, situé dans ces terres, ainsi qu'un événement qui s'y serait déroulé autrefois... Avez-vous entendu parler de ce genre d'expériences, monsieur Baillard ? demanda-t-elle en relevant la tête.

Il croisa ses yeux verts sans ciller.

— Oui.

Avant d'engager la conversation, elle n'était pas

certaine de vouloir lui révéler son expédition, mais sous son œil avisé, interrogateur, elle s'aperçut qu'elle ne pouvait plus déguiser sa pensée.

— J'ai.... Je l'ai trouvé, dit-elle. Il est caché là-haut dans les bois, à l'est.

Léonie tourna son visage enflammé vers les fenêtres ouvertes. Soudain elle eut envie d'être dehors, loin des bougies, de la conversation, de l'air confiné qui régnait dans la pièce surchauffée. Alors elle frissonna, comme si une ombre s'était avancée derrière elle.

— Moi aussi je le connais, dit-il. Et vous avez une question à me poser, je présume ? ajouta-t-il après un temps d'attente, comme elle ne disait rien.

Léonie se tourna face à lui.

— Il y avait une inscription sur la voûte au-dessus de l'entrée du sépulcre.

Elle restitua du mieux qu'elle put les consonances qui lui étaient étrangères.

— *Aïci lotems s'en, va res l'Eternitat.*

Il sourit.

— Vous avez une bonne mémoire, madomaisèla.

— Qu'est-ce que cela signifie ?

— Pour l'essentiel, cela signifie « Ici, en ces lieux, le temps s'en va vers l'Éternité ».

Un instant leurs yeux se croisèrent. Ceux de Léonie, un peu brumeux et enfiévrés à cause de la blanquette, et les siens, calmes et pénétrants. Alors il sourit.

— Vous me rappelez beaucoup une jeune fille que j'ai connue, madomaisèla Léonie.

— Que lui est-il arrivé ? s'enquit-elle, un instant distraite de ses préoccupations.

Il ne répondit pas, mais elle vit qu'il se souvenait.

— Oh, c'est une autre histoire, dit-il enfin, avec douceur. Qui ne peut encore se raconter.

Léonie le vit se retirer en lui-même, drapé dans ses

souvenirs. Sa peau, soudain, sembla transparente, et les rides de son visage plus profondes, comme gravées dans la pierre.

— Vous disiez que vous aviez découvert le sépulcre, dit-il. Y êtes-vous entrée ?

— Oui.

— Alors vous avez lu l'inscription sur le sol, *« Fujhi, poudes ; Escapa, non »*. Et depuis, ces mots vous hantent, n'est-ce pas ?

— Oui, mais comment le savez-vous ? s'étonna Léonie en écarquillant les yeux. Je ne comprends même pas leur sens, et pourtant ils se répètent sans cesse dans ma tête.

— Dites-moi, madomaisèla, reprit-il après un petit silence, que pensez-vous avoir trouvé là-bas ? Dans le sépulcre ?

— Le lieu où marchent les esprits, s'entendit-elle répondre, et elle sut que ses mots sonnaient juste.

Baillard resta silencieux pendant ce qui sembla à Léonie durer un siècle.

— Vous m'avez demandé tout à l'heure si je croyais aux fantômes, madomaisèla, finit-il par dire. Il y a plusieurs sortes de fantômes. Ceux qui ne peuvent reposer en paix parce qu'ils ont mal agi, qui cherchent le pardon ou l'expiation, ou voudraient réparer le mal qu'ils ont fait. Et ceux à qui l'on a fait du tort, et qui sont condamnés à errer jusqu'à ce qu'ils trouvent quelqu'un qui prenne leur défense et leur rende justice.

Il la regarda.

— Avez-vous cherché les cartes, madomaisèla Léonie ?

Elle hocha la tête, puis le regretta, car la pièce se mit aussitôt à tourner autour d'elle, comme si elle se trouvait sur le pont d'un bateau par temps de houle.

— Mais je ne les ai pas trouvées. Tout ce que j'ai

trouvé, c'est une partition de musique pour piano, ajouta-t-elle d'une voix qui lui semblait étrangement cotonneuse.

— Cette partition, l'avez-vous emportée hors du sépulcre ?

Léonie se revit fourrer la musique dans la poche de sa veste alors qu'elle descendait la nef pour sortir dans le crépuscule de la forêt. Puis, plus tard, la glisser entre les pages du livre de son oncle.

— Oui, je l'ai prise, répondit-elle en bredouillant un peu.

— Léonie, écoutez-moi. Vous avez de la force et du courage. *Forca e vertu*. Ce sont de grandes qualités quand on en fait bon usage. Vous savez aimer, dit-il, et il jeta un coup d'œil vers l'autre côté de la table où Anatole était assis, puis son regard se posa sur Isolde, avant de revenir à Léonie. De grandes épreuves vous attendent, je le crains. Votre amour sera éprouvé. Vous serez amenée à agir. Les vivants auront besoin de vos services, et non les morts. Ne retournez pas au sépulcre, à moins que cela ne devienne absolument nécessaire.

— Mais je...

— Mon conseil, madomaisèla, c'est que vous remettiez *Les Tarots* dans la bibliothèque. Oubliez tout ce que vous avez lu. C'est à bien des égards un livre captivant, mais pour l'instant, il faut vous sortir tout cela de l'esprit.

— Monsieur Baillard, je...

— Vous avez dit que vous aviez peut-être mal compris le contenu du livre... Mais non, Léonie. Vous avez très bien compris.

Elle tressaillit en l'entendant l'appeler juste par son prénom, sans autre préambule.

— Alors c'est vrai ? Les cartes peuvent invoquer les esprits des morts ?

Il ne répondit pas directement.

— Avec la bonne concordance du son, de l'image et du lieu, de telles choses peuvent en effet se produire.

La tête lui tournait. Les questions se pressaient sur ses lèvres, mais elle était incapable de les formuler.

— Léonie, dit-il en la ramenant à lui. Gardez vos forces pour les vivants. Pour votre frère. Pour sa femme et son enfant. Ce sont eux qui auront besoin de vous.

Sa femme ? Son enfant ?

La confiance qu'elle avait en M. Baillard faiblit un instant.

— Non, vous faites erreur. Anatole n'a pas de...

Alors la voix d'Isolde se fit entendre du bout de la table.

— Mesdames, si vous voulez bien me suivre ?

La pièce s'emplit aussitôt du bruit des chaises tirées sur le parquet en bois tandis que les invités se levaient de table.

Léonie se dressa en chancelant un peu. Les plis de sa robe glissèrent jusqu'au sol en ondoyant.

— Je ne comprends pas, monsieur Baillard. Un moment, j'ai cru comprendre, mais je m'aperçois que je me suis trompée.

Elle s'interrompit, se rendant soudain compte de son état. L'alcool lui était monté à la tête et elle avait le plus grand mal à tenir debout. Elle s'appuya sur la chaise de son voisin pour garder l'équilibre.

— Et vous suivrez mon conseil ? lui dit-il.

— Je ferai de mon mieux, dit-elle avec un sourire de guingois.

En proie à une grande confusion, elle ne distinguait

plus très bien ce qu'ils s'étaient dit des idées tortueuses qui avaient pu lui traverser l'esprit.

— Ben, ben. Bien, reprit M. Baillard. Me voilà rassuré. Toutefois... S'il se trouvait qu'un jour vous ayez besoin de l'intermédiaire des cartes, madomaisèla, alors sachez-le, vous pourrez faire appel à moi. Et je vous aiderai.

Elle acquiesça en hochant la tête, et la pièce se mit encore à valser dangereusement.

— Monsieur Baillard, dit-elle, vous ne m'avez pas dit ce que signifiait la deuxième inscription sur le sol.

— « *Fujhi, poudes ; Escapa, non* » ?

— Oui, c'est cela.

Elle vit son regard se voiler.

— « Fuir, tu le peux ; mais non t'échapper. »

VI

Rennes-le-Château
Octobre 2007

44.

Mardi 30 octobre 2007

Meredith se réveilla le lendemain matin avec un fort mal de tête, après une nuit agitée. Le vin, le murmure du vent dans les arbres et ses rêves tortueux, tout s'était combiné pour l'empêcher d'atteindre à un sommeil profond.

Elle n'avait pas envie de songer à la nuit écoulée, aux visions qu'elle avait eues, à leur sens caché... Il fallait rester concentrée sur la tâche qu'elle était venue accomplir, ce devait être son unique préoccupation.

Après une douche prolongée, Meredith prit deux comprimés de paracétamol et but une bouteille d'eau. Puis elle s'habilla confortablement d'un jean et d'un pull rouge et descendit prendre un copieux petit déjeuner, qui la remit sur pied : œufs brouillés au bacon, baguette, accompagnés de quatre tasses de café bien noir.

Elle vérifia qu'elle avait dans son sac tout ce dont elle avait besoin, téléphone, appareil photo, carnet, stylo, lunettes de soleil et carte de la région, puis, un peu nerveuse, descendit rejoindre Hal dans le hall. Il y avait la queue à la réception. Un couple d'Espagnols se plaignait du manque de serviettes-éponges dans les chambres, un homme d'affaires français contestait les frais supplémentaires qui figuraient sur sa note et, près de la conciergerie, une montagne de bagages attendait d'être transportée dans la soute d'un autocar de touristes anglais en route pour Andorre. L'employée semblait déjà à bout de nerfs. Il n'y avait pas trace de Hal. Meredith s'y était préparée. À la froide lumière du jour, sans le courage dû à l'alcool, il regrettait sans doute l'élan qui l'avait poussé à lui demander de l'accompagner. En même temps, elle espérait qu'il viendrait. Ce n'était pas grave, vraiment pas, s'il lui avait posé un lapin. Pourtant une angoisse sourde lui nouait l'estomac.

Elle s'occupa en regardant les photographies et les tableaux suspendus aux murs qui entouraient le hall. Les peintures n'avaient rien de très original, c'étaient les habituels paysages de montagnes, de tours dans la brume, de scènes pastorales qu'on trouve dans les hôtels de charme perdus dans la campagne. Les photographies étaient plus intéressantes, on les avait manifestement choisies pour renforcer l'atmosphère fin de siècle du lieu. Des portraits encadrés en tons sépia, brun et gris. Des femmes à l'air grave, à la taille corsetée sur d'amples jupes, les cheveux relevés en chignon. Des hommes barbus et moustachus, prenant fièrement la pose en fixant l'objectif, raides comme des piquets.

Meredith parcourait les photos du regard sans s'attacher à aucune, quand un portrait attira son attention. Il était accroché en retrait, dans le renfoncement sous l'escalier, juste au-dessus du piano qu'elle avait remarqué la veille au soir en passant. Elle crut reconnaître la place de Rennes-les-Bains et avança d'un pas. Au centre de la photo, sur une chaise en fer, était assis un homme à la moustache noire, aux cheveux brun foncé plaqués en arrière, qui tenait son haut-de-forme

374

et sa canne en équilibre sur ses genoux. Derrière lui, sur sa gauche, souriait une belle femme à l'air éthéré, mince et élégante dans une veste sombre bien coupée, une chemise à haut col et une longue jupe. Sa voilette noire était relevée sur des cheveux blonds coiffés artistiquement en chignon. L'une de ses mains gantées de noir reposait, légère, sur l'épaule de son compagnon. De l'autre côté se trouvait une jeune fille portant un chapeau en feutre coquettement incliné sur de beaux cheveux bouclés, habillée d'une veste courte et ajustée, avec des boutons de cuivre et une bordure en velours.

Je l'ai déjà vue, songea-t-elle.

Meredith plissa les yeux. Le regard franc et hardi de la jeune fille résonnait en elle comme un lointain écho. Une autre photo qu'elle aurait vue ? Ou un tableau ? Elle écarta le lourd tabouret de piano et se pencha pour mieux voir en fouillant dans sa mémoire, sans succès. La jeune fille était d'une beauté frappante, avec ses boucles en cascade, son menton décidé et ses yeux qui regardaient droit dans l'objectif.

Meredith revint à l'homme assis au milieu. Entre lui et la jeune fille, il y avait un air de famille évident. Les mêmes longs cils, le même regard hardi, le même port de tête. Peut-être étaient-ils frère et sœur ? L'autre femme avait en apparence un caractère moins affirmé. Son teint et ses cheveux clairs, son expression lointaine, un peu détachée, la faisaient paraître sans substance, à côté des autres. Comme si, étant là sans y être, elle appartenait à un autre temps, un autre lieu, et pouvait à tout moment disparaître sans faire de bruit. Telle la Mélisande de Debussy, se dit Meredith, et elle sentit son cœur se serrer.

Cette même expression, elle la voyait dans les yeux de sa mère quand elle était petite. Le visage de Jeanette était parfois empreint d'une grande gentillesse, et d'autres fois déformé par la colère. Mais les bons jours comme les mauvais, elle gardait ce même air absent. Complètement ailleurs, elle voyait des gens que personne d'autre ne voyait, entendait des paroles que personne d'autre n'entendait.

Ça suffit ! s'intima-t-elle.

Décidée à ne pas se laisser happer par son passé, Meredith s'avança et souleva le cadre en bois ébréché en quête d'indications sur la date et le lieu où la photo avait été prise.

Le papier brun paraffiné se décollait un peu du cadre, mais les mots imprimés sur le verso se lisaient nettement.

RENNES-LES-BAINS, OCTOBRE 1891, puis le nom de l'atelier, ÉDITIONS BOUSQUET. Et dessous, trois noms : MADEMOISELLE LÉONIE VERNIER, MONSIEUR ANATOLE VERNIER, MADAME ISOLDE LASCOMBE.

Meredith sentit un frisson lui picoter la nuque. C'était les noms figurant sur le caveau situé tout au bout du cimetière de Rennes-les-Bains, FAMILLE LASCOMBE-BOUSQUET. Et voilà que, sur une photo, ces deux noms étaient à nouveau associés.

Elle était certaine que les deux personnages les plus jeunes étaient les Vernier frère et sœur, étant donné leur ressemblance physique. Quant à la femme, elle semblait avoir eu une existence moins protégée. Alors, subitement, Meredith comprit où elle avait déjà vu les Vernier. C'était à Paris, au moment de régler l'addition au Petit Chablisien, dans la rue où Debussy avait vécu autrefois, sur une autre photographie accrochée au mur du restaurant : à côté du compositeur au regard morose se trouvaient ce même homme et cette même jeune fille à la beauté frappante ; toutefois, sur ce

cliché-là, ils étaient en compagnie d'une femme différente, plus âgée.

Meredith s'en voulut de ne pas y avoir davantage
prêté attention, sur le moment. Un instant, elle envisa-
gea même d'appeler le restaurant pour demander s'ils
n'avaient pas des informations sur cette photo exposée
bien en évidence sur leur mur, où figurait Debussy.
Mais à l'idée d'avoir ce genre de conversation en français par téléphone, elle y renonça.

Tandis qu'elle contemplait la photo, l'autre lui
revint en mémoire et se superposa tel un voile un peu
flou et miroitant sur l'image de la jeune fille et du
jeune homme qu'elle avait sous les yeux. Un instant
elle devina, ou crut deviner, le lien qui unissait les
différents éléments qu'elle avait pu percevoir, mais
l'instant passa sans qu'elle en retienne rien de précis.

Meredith réappuya le cadre contre le mur en se
disant qu'elle pourrait l'emprunter plus tard. Tandis
qu'elle remettait en place le tabouret de piano, elle
remarqua que le couvercle de l'instrument était ouvert,
à présent. Les touches ivoire étaient un peu jaunies, et
leurs bords ébréchés. Un piano quart de queue Bluth-
ner datant de la fin du XIXᵉ siècle, estima-t-elle, et elle
enfonça le *mi* du milieu. La note résonna, claire et
forte, si bien que Meredith, embarrassée, regarda
autour d'elle. Mais les gens étaient trop occupés à
régler leurs problèmes pour s'en soucier. Toujours
debout par peur d'avoir l'air sans-gêne en s'asseyant,
Meredith joua une ou deux octaves en *do* mineur de
la main gauche, en bas du clavier. Puis elle esquissa
un arpège de la main droite. Le toucher était sensible
et agréable sous ses doigts.

Familier, même.

Le tabouret était en acajou, avec des pieds sculptés
et un siège tapissé de velours rouge piqué de clous en

cuivre. Meredith ne savait pas résister à la curiosité qui la poussait toujours à regarder chez les gens les rayons de leur bibliothèque, dès qu'ils avaient le dos tourné. Cette fois encore, elle y céda, et souleva le siège qui formait un couvercle. Une odeur de bois, de crayon, de vieux papiers s'échappa du coffre où étaient empilés des recueils et des feuilles volantes de partitions. En fouillant, Meredith découvrit avec un sourire le *Clair de Lune* et *La Cathédrale engloutie* de Debussy, bien reconnaissables à leurs couvertures jaune pâle de chez Durant. Elle trouva aussi des sonates connues de Beethoven et de Mozart, ainsi que les volumes un et deux du *Clavier bien tempéré*. Des classiques, des manuels d'exercices, un ou deux airs d'Offenbach extraits de *La Vie parisienne* et de *Gigi*.

— Surtout, prenez votre temps, dit une voix derrière son dos.

— Hal !

Confuse, elle laissa retomber le couvercle du tabouret, puis se tourna vers lui. Il avait bien meilleure mine. Les rides de souci et de chagrin avaient disparu du coin de ses yeux et il avait repris des couleurs.

— Vous avez l'air surprise, dit-il en lui souriant. Avez-vous cru que je vous avais posé un lapin ?

— Non... Enfin, disons que cela m'a traversé l'esprit.

— Eh bien je suis là, tout beau tout neuf, fin prêt et à votre service, dit-il en écartant les bras.

Comme ils restaient immobiles, un peu gênés, Hal se pencha et l'embrassa sur la joue.

— Excusez-moi d'être en retard. Mais si vous voulez continuer..., dit-il en indiquant le piano.

— Non, non, assura Meredith. Peut-être plus tard.

Ils traversèrent le hall. Meredith sentait sa présence,

toute proche, ainsi que l'odeur de son savon et de son après-rasage.

— Savez-vous par où vous voulez commencer pour retrouver sa trace ? lui demanda-t-il.

— La trace de qui ?

— De Lilly Debussy, pardi ! dit-il d'un air surpris. C'est bien ce que vous comptiez faire ce matin ? Un peu de recherche ?

— Oui, bien sûr, répondit Meredith en rougissant.

Elle n'avait pas envie d'expliquer la véritable raison de sa présence à Rennes-les-Bains. C'était trop personnel. Mais la question de Hal avait si bien correspondu à ce qui occupait son esprit qu'elle en était troublée, comme s'il était télépathe.

— Nous partons sur les traces de la première Mme Debussy, confirma-t-elle. Si vraiment Lilly est venue ici, je vais découvrir dans quelles circonstances et pourquoi.

— Si nous prenions ma voiture ? proposa Hal. Je me ferai un plaisir de vous servir de chauffeur.

Cela me laisserait la liberté de prendre des notes et de mieux m'orienter en consultant les cartes, se dit Meredith.

— Volontiers.

Alors qu'ils sortaient et descendaient les marches du perron, Meredith eut l'impression que, dans son dos, la jeune fille de la photo la suivait du regard.

45.

L'allée et les terres alentour semblaient très différentes, à la lumière du jour.

Le soleil d'octobre baignait les jardins, ravivant toutes les couleurs. Par la vitre ouverte, Meredith humait l'odeur de feux de broussailles et celle du soleil sur les feuilles encore humides. Un peu plus loin, une lumière diffuse tombait sur les buissons d'un vert profond et la haute haie de buis. Tout était souligné d'or et d'argent.

— Je vais prendre par la petite route de campagne, annonça Hal. Pour aller à Rennes-le-Château, c'est bien plus rapide que de passer par Couiza.

La route montait en lacets à travers des collines où foisonnaient des arbres et des buissons d'essences différentes, châtaigniers, chênes, genêts, noisetiers et bouleaux, dans une symphonie de couleurs chaudes allant du vert au brun, avec çà et là des taches plus vives d'écarlate, de jaune d'or, et des reflets cuivre et argent. Par terre, de grosses pommes de pin tombées semblaient avoir été mises là pour indiquer la route.

Il y eut un dernier virage, et soudain ils émergèrent des bois pour se retrouver à découvert, devant une vaste étendue de champs et de prairies.

— Quel spectacle ! s'extasia Meredith, gagnée par

une sorte d'ivresse devant le paysage qui s'offrait à elle.

— Je me suis rappelé un truc qui pourrait bien vous intéresser, lui dit Hal avec bonhomie. Quand j'ai parlé à mon oncle de la sortie que nous allions faire ce matin, il s'est montré très obligeant. Ce n'est pas tous les jours. Et il m'a rappelé qu'il existerait, paraît-il, un lien entre Debussy et Rennes-le-Château.

— C'est une plaisanterie !

— Vous connaissez l'histoire de Rennes-le-Château dans les grandes lignes, je suppose ?

— Non, à vrai dire.

— C'est de ce village qu'est partie cette affaire sur le Saint-Graal et tout le tremblement. Vous savez ? *Da Vinci Code*, l'héritage des Templiers, la lignée du Christ... ça ne vous dit rien ?

— Non, je l'avoue, répondit Meredith en faisant la moue. Je suis une fille très terre à terre. Je m'attache aux faits. Biographie, théorie, ce genre de trucs.

— Bon, bon, commenta Hal en riant. Pour aller vite, l'histoire dit que Marie-Madeleine était en fait l'épouse de Jésus et qu'ils eurent des enfants. Après la crucifixion, elle se serait réfugiée en France, d'après certains. Marseille, ainsi que beaucoup d'autres ports de la côte méditerranéenne, prétendent que c'est en leur cité qu'elle a accosté. Faisons un bond de mille neuf cents ans en avant. Nous voici en 1891, quand Bérenger Saunière, le prêtre de Rennes-le-Château, découvre des parchemins qui confirmeraient soi-disant la lignée du Christ, en remontant du présent jusqu'au Ier siècle après J.-C.

— 1891, dites-vous ? s'enquit Meredith, soudain en alerte.

— Oui. Ce fut alors que Saunière entama un grand projet de rénovation qui devait durer des années. En commençant par l'église, puis en continuant par l'aménagement des jardins, du cimetière, du presbytère, la construction d'une villa...

Il s'interrompit et Meredith sentit qu'il l'observait.

— Quelque chose ne va pas ? dit-il.

— Si si, ça va très bien. Poursuivez.

— Ces parchemins établissant la lignée du Christ auraient été cachés dans un pilier, à l'époque wisigothique. Beaucoup de gens de la région pensent que, depuis le début, tout cela n'est qu'un canular. Les archives datant de l'époque de Saunière ne mentionnent aucun grand mystère associé à Rennes-le-Château, sinon l'amélioration soudaine et considérable de la situation financière de l'abbé.

— Saunière est devenu riche ?

— Très riche. Sa hiérarchie l'accusa de simonie, autrement dit de trafic de messes. Ses paroissiens furent plus charitables. Ils pensaient qu'il avait découvert une cache contenant un trésor wisigoth et ne lui en tenaient pas rigueur, car il dépensait beaucoup pour l'église et ses fidèles.

— Quand Saunière est-il mort ? demanda-t-elle en se remémorant les dates sur le mémorial d'Henri Boudet, dans l'église de Rennes-les-Bains.

— En 1917, répondit Hal en tournant vers elle son regard bleu. Et il a tout laissé à sa gouvernante, Marie Denarnaud. Ce ne fut qu'à la fin des années 1970 que des théories de conspiration religieuse commencèrent à émerger.

Elle nota ces informations dans son carnet. Le nom de Denarnaud était apparu sur plusieurs tombes du cimetière.

— Et votre oncle, que pense-t-il de toutes ces histoires ?

Hal se rembrunit.

382

— Que c'est bon pour les affaires, répondit-il, puis il se mura dans le silence.

Visiblement, ce n'était pas le grand amour entre l'oncle et le neveu, aussi Meredith se demandait-elle pourquoi Hal s'attardait au Domaine alors que l'enterrement était passé. Mais à voir son air fermé, elle se dispensa de lui poser la question.

— Et Debussy dans tout ça ? s'empressa-t-elle de demander.

— Pardon, s'excusa Hal en sortant un peu de lui-même. On dit qu'une société secrète aurait été fondée, avec pour mission de préserver les fameux parchemins attestant la lignée du Christ, retrouvés ou non par Saunière dans le pilier wisigoth. Cette organisation comptait, paraît-il, quelques figures célèbres. Newton, Léonard de Vinci. Et Debussy.

Sidérée, Meredith partit d'un grand éclat de rire.

— Je sais, c'est un peu alambiqué comme histoire, convint Hal en faisant la grimace. Mais je vous la rapporte telle que mon oncle me l'a racontée.

— C'est absurde ! Debussy vivait pour sa musique. À part son affection discrète et loyale envers un petit groupe d'amis, il avait peu de relations sociales. Ce n'était pas du tout le genre d'homme à faire partie d'un club. L'imaginer à la tête de quelque société secrète... c'est complètement dingue ! Et sur quoi repose cette étrange théorie ?

Hal haussa les épaules.

— Au tournant du siècle dernier, Saunière a reçu à Rennes-le-Château de nombreux invités de marque, dont des Parisiens de la bonne société, ce qui a encore alimenté les théories du complot. Des chefs d'État, des cantatrices... Une femme du nom d'Emma Calvé. Ça vous dit quelque chose ?

— Oui, confirma Meredith après un petit temps de

réflexion. C'est une soprano française qui vivait en effet à cette époque. Mais je suis bien certaine qu'elle n'a jamais chanté quoi que ce soit d'important dans les œuvres de Debussy. Je vérifierai, ajouta-t-elle en sortant son carnet pour y inscrire le nom.

— Alors ça pourrait coller ?

— N'importe quelle théorie peut coller, si on force un peu les choses. Cela ne signifie pas pour autant qu'elle soit vraie.

— Je retrouve bien là notre brillante universitaire, dit-il d'un ton taquin qui ravit Meredith.

— Je me vois plutôt comme un rat de bibliothèque, remarqua-t-elle. Et à force de fouiller dans les livres, j'ai appris que la vie réelle n'est jamais bien nette. C'est un fouillis d'histoires qui s'enchevêtrent, de faits qui se contredisent. On croit trouver l'indice qui permet de tout résoudre. Puis on découvre autre chose qui renverse ce fragile édifice de certitudes péniblement construit.

Un moment, ils roulèrent dans un silence complice, tous les deux enfermés dans leurs pensées. Ils dépassèrent une grosse ferme, puis une sorte de col. De l'autre côté, le paysage changeait radicalement. Au lieu de verdure et de forêt, c'étaient des rochers gris aux arêtes aiguës, qui jaillissaient d'une terre couleur rouille. Comme si une série de violents tremblements de terre avaient forcé le cœur caché du monde à s'épancher brusquement en surface. Ces fissures de terre rouge semblaient comme des plaies lacérant le pays. C'était un environnement plus rude, moins hospitalier.

— En voyant ce genre d'endroit, on se rend compte à quel point le paysage originel a peu changé dans son essence, dit Meredith. Si on enlève les voitures et les immeubles, ce qui reste, les montagnes, les gorges, les vallées, existait déjà il y a des milliers et des milliers d'années.

Elle sentit qu'Hal l'observait en silence, et perçut avec acuité le rythme doux de sa respiration, dans l'espace étroit de la voiture.

— Hier soir, je n'en ai pas eu conscience, continuat-elle. Tout semblait trop petit, trop insignifiant pour avoir été jadis le centre d'un empire. Mais aujourd'hui... Vu d'ici, de ces hauteurs, ce pays change d'échelle et prend une autre dimension. Et je puis concevoir que Saunière ait fait une découverte importante. Je ne me prononce pas, bien sûr, mais disons que la théorie me semble plus plausible.

— Rhedae, l'ancien nom de Rennes-le-Château, était effectivement au cœur de l'Empire wisigoth méridional. Elle a joué ce rôle durant les Ve, VIe et début du VIIe siècle. Mais de l'avis d'une professionnelle comme vous, lui dit-il en lui jetant un coup d'œil, croyezvous qu'il puisse rester quelque chose d'important à découvrir, si longtemps après ? Il me semble qu'un trésor datant des Wisigoths ou même des Romains aurait été trouvé bien avant 1891, si vraiment il en existait un. Non ?

— Pas nécessairement, répondit Meredith. Regardez les manuscrits de la mer Morte, par exemple. Il est étonnant de voir comme certaines choses sortent de l'oubli alors que d'autres demeurent cachées pendant des milliers d'années. D'après le guide, on a découvert tout récemment les vestiges d'une ancienne tour de garde wisigothe près du village de Fa, ainsi que des croix wisigothes au cimetière du village de Cassaignes.

— Des croix ? s'étonna Hal. Parce que les Wisigoths étaient chrétiens ? Je l'ignorais.

— C'étaient bien des chrétiens, confirma Meredith. Mais le plus curieux, c'est qu'ils avaient l'habitude d'enterrer leurs rois et leurs nobles avec leur trésor, épées, boucles de ceinture, bijoux, fibules, gobelets, croix, dans des tombes cachées, plutôt que dans des cimetières attenant à un édifice religieux. Et leurs rites funéraires leur valaient les mêmes problèmes qu'aux anciens Égyptiens.

— Les pilleurs de tombeaux ?

— Exactement. Aussi les Wisigoths développèrent-ils une technique particulière. Ils construisaient des chambres secrètes sous le lit des rivières. Cette technique consistait à endiguer la rivière en la détournant grâce à un barrage temporaire. On creusait alors le tombeau et l'on préparait la chambre funéraire. Une fois que le roi ou le guerrier et son trésor étaient enfouis en lieu sûr, la chambre était scellée, puis camouflée avec de la boue, du sable, des graviers et d'autres matériaux, puis on démolissait le barrage. L'eau affluait, et le défunt et son trésor restaient cachés pour l'éternité.

Meredith sentit que ses paroles avaient suscité quelque chose en Hal et elle se tourna pour le regarder, mais ne parvint pas à déchiffrer son expression. Bien sûr, il avait été éprouvé durant les dernières semaines, la veille en particulier, mais cela ne suffisait pas à expliquer ses brusques changements d'humeur. D'ouvert et détendu qu'il était, il devenait soudain accablé, comme s'il portait tout le poids du monde sur les épaules.

Peut-être qu'il regrette d'être ici, avec moi, et qu'il préférerait être ailleurs ? se demanda-t-elle.

Meredith cessa de l'observer du coin de l'œil. S'il voulait se confier à elle, il le ferait. Inutile de le forcer dans ses retranchements.

Ils roulèrent en grimpant toujours plus haut sur le flanc nu de la montagne.

— Nous y sommes, déclara Hal, après un dernier virage en épingle à cheveu.

46.

Hal longea la dernière courbe de la route escarpée, bordée d'une profusion d'asters, de soleils et de fleurs sauvages.

— Au printemps, il y a des coquelicots partout, dit-il en suivant la direction de son regard.

Au-dessus d'eux, accroché à la pente, un petit village se profila, précédé d'un panneau de bienvenue.

Rennes-le-Château
Son site, ses mystères.

Peu après, ils se garèrent dans un parking poussiéreux qui surplombait tout le sud de la Haute Vallée et sortirent de voiture. Meredith embrassa le panorama du regard, puis se tourna vers le village.

Juste derrière eux, au centre du parking, se dressait un château d'eau, une tour en pierre sur laquelle un cadran solaire orienté face au sud indiquait les solstices d'été et d'hiver.

Au-dessus, il y avait une inscription. Meredith mit sa main en visière pour la lire.

Aïci lo tems s'en
Va res l'Eternitat.

Elle prit le cadran et l'inscription en photo.

En avancée du parking se trouvait un panneau

d'observation où figurait une carte. Hal sauta sur le muret et se mit à lui désigner les différents lieux : les pics de Bugarach, Soularac et Bézu, puis les villes, Quillan au sud, Espéraza au sud-ouest, Arques et Rennes-les-Bains à l'est.

Meredith respira à pleins poumons, impressionnée par la vue qui s'offrait à elle. Ce paysage grandiose, avec ses sapins, ses sommets se découpant sur le ciel infini, sa tour dans le lointain, lui rappelait quelque chose. Il ressemblait beaucoup à l'arrière-plan de la carte où figurait La Fille d'Épées. Oui, l'artiste qui en était l'auteur aurait pu s'inspirer d'un cadre comme celui-ci.

— On dit que d'ici, l'été, par temps clair, on peut voir jusqu'à vingt-deux villages, dit Hal, puis il descendit d'un bond de son muret et lui indiqua un sentier qui partait du parking.

— Si mes souvenirs sont bons, l'église et le musée doivent être par là, en contrebas.

— Qu'est-ce que c'est ? demanda Meredith en désignant une tour crénelée qui surplombait la vallée.

— La tour Magdala. À la toute fin du programme de rénovation, en 1898, 1899, Saunière construisit le belvédère ainsi que le chemin de ronde, qui court tout au long des jardins du côté sud. La tour servait à abriter sa bibliothèque.

— La collection d'origine ne s'y trouve plus, j'imagine ?

— Ça m'étonnerait fort, répondit Hal. On a dû remplacer les livres anciens par de vieux bouquins sans valeur, comme a fait mon père au Domaine de la Cade. Un jour il m'a appelé, tout fier. Il avait acheté une cargaison de livres d'occasion à un vide-grenier de Quillan et les avait disposés sur les rayons de la bibliothèque, pour recréer l'atmosphère.

— Votre père participait-il activement à la gestion du Domaine au jour le jour ?

Cette fois encore, Hal se rembrunit.

— Disons que papa a apporté les fonds. Il venait de temps en temps. Mais c'était surtout le projet de mon oncle. C'est lui qui a trouvé l'endroit, persuadé mon père d'investir, supervisé la rénovation, pris toutes les décisions... Enfin, jusqu'à cette année. Quand papa a pris sa retraite, il a changé. En mieux, d'ailleurs. Il s'est détendu, a pris le temps de se distraire. Il est venu passer quelque temps au Domaine en janvier et février, puis il a déménagé et s'y est installé pour de bon au mois de mai.

— Et votre oncle, comment a-t-il pris la chose ?

— Je ne sais pas très bien, répondit Hal d'un air contrit, en fourrant les mains dans ses poches.

— Votre père avait-il depuis toujours l'intention de s'installer en France après sa retraite ?

— En fait, je n'en sais rien, dit-il, et Meredith perçut dans sa voix une amertume teintée de confusion.

Elle comprenait très bien ce qu'il pouvait ressentir et éprouva pour lui un soudain élan de sympathie.

— Vous avez envie de rassembler ce que furent les derniers mois de la vie de votre père comme les pièces d'un puzzle, que tout cela forme de lui une image cohérente, lui dit-elle doucement.

— Oui, acquiesça Hal en relevant la tête. Nous n'étions pas très proches. Ma mère est morte quand j'avais huit ans et on m'a mis en pension. Même quand je revenais à la maison pour les vacances, mon père était toujours débordé. Je ne peux pas dire que nous étions intimes, lui et moi. Mais on avait commencé à se voir un peu plus et donc à mieux se connaître, ces deux dernières années. J'ai l'impression que je le lui dois.

390

Sentant que Hal avait besoin d'aller à son rythme dans ses confidences, Meredith ne chercha pas à savoir ce qu'il entendait par là. Elle lui posa une question anodine, pour l'aider en douceur à en arriver à l'essentiel.

— Quel métier exerçait votre père, avant sa retraite ?

— Il travaillait pour une banque d'investissement. Avec un manque total d'imagination, je suis moi-même entré dans le même établissement, à ma sortie de l'université.

— C'est aussi pour cette raison que vous avez démissionné ? Parce que vous héritez de la part qu'avait votre père dans le Domaine de la Cade ?

— C'est un prétexte plutôt qu'une raison... Mon oncle voudrait racheter ma part. Il ne l'a pas dit expressément, mais je le sais. Pourtant je persiste à penser que mon père aurait voulu que je m'investisse davantage. Que je prenne le relais.

— Vous en aviez parlé avec lui ?

— Non. Il n'y avait rien d'urgent... Comment aurais-je pu savoir qu'il... Vous comprenez ? dit-il en se tournant vers Meredith.

Ils avaient avancé lentement tout en parlant et se trouvaient maintenant dans une ruelle, devant une élégante villa de plain-pied. En face s'étendait un joli jardin à la française, avec un grand bassin en pierre et un café aux volets clos.

— J'étais avec mon père quand je suis venu ici pour la première fois, dit Hal. Il y a seize ou dix-sept ans. Bien avant que mon oncle et lui aient songé à faire affaire ensemble.

Meredith comprenait maintenant pourquoi Hal en savait tant sur Rennes-le-Château alors qu'il ignorait

391

presque tout du reste de la région. Cet endroit comptait pour lui parce qu'il le rattachait à son père.

— Le village a été complètement refait, mais à l'époque il semblait presque abandonné, poursuivit-il. L'église était ouverte une ou deux heures par jour, surveillée par une gardienne habillée tout en noir qui me fichait une trouille terrible. Ici, c'est la Villa Béthania, dit-il en désignant la demeure imposante devant laquelle ils se tenaient. Saunière l'a fait construire non pour y habiter lui-même, mais pour héberger des amis. Quand je suis venu avec papa, elle était ouverte au public, mais c'était un vrai bric-à-brac. En entrant dans l'une des chambres, on tombait sur la statue de cire de Saunière, assis bien droit dans son lit.

— Quelle horreur, dit Meredith en faisant la grimace.

— Tous les papiers et documents étaient entassés dans des vitrines qui n'étaient même pas fermées à clef, dans des pièces humides et non chauffées situées sous le belvédère.

— Le cauchemar d'un archiviste, commenta Meredith.

Il fit un signe vers les grilles qui entouraient les jardins à la française.

— Aujourd'hui, comme vous pouvez voir, l'endroit est devenu très touristique. Le cimetière lui-même, où Saunière est enterré auprès de sa gouvernante, fut fermé au public en décembre 2004, tellement le succès démentiel du *Da Vinci Code* avait fait exploser le nombre des visiteurs. Il est en bas.

Ils continuèrent à marcher en silence et atteignirent les hautes grilles qui protégeaient le cimetière.

Meredith pencha la tête en arrière pour lire l'inscription qui figurait sur une plaque en porcelaine suspendue au-dessus du portail.

Memento homo quia pulvis es et in pulverum reverteris.

— Ce qui signifie ? demanda Hal.

— Tu es poussière et tu redeviendras poussière, dit-elle en frissonnant.

Cet endroit la mettait mal à l'aise. Il y avait dans l'air quelque chose d'oppressant, elle avait l'impression qu'on la surveillait, alors que les rues du village étaient désertes. Sortant son carnet, elle y inscrivit la citation en latin.

— Vous notez toujours tout ?

— Bien sûr. Déformation professionnelle, répondit-elle en souriant, contente de voir qu'il lui souriait aussi.

Soulagée de laisser le cimetière derrière eux, Meredith suivit Hal jusqu'à un calvaire en pierre, puis ils revinrent sur leurs pas pour prendre un autre sentier qui menait à une petite statue dédiée à Notre-Dame de Lourdes, protégée par une grille en fer forgé.

Les mots PÉNITENCE, PÉNITENCE et MISSION 1891 étaient gravés sur la base du pilier en pierre sculpté.

Meredith remarqua la date. Décidément, pas moyen d'y échapper. Elle revenait sans cesse.

— Apparemment, c'est le pilier wisigoth dans lequel les parchemins furent trouvés, dit Hal.

— Il est creux ?

— Je suppose que oui.

— C'est incroyable qu'on le laisse ici. N'importe qui pourrait s'en emparer, s'étonna Meredith. Si cet endroit attire à ce point les théoriciens du complot et les chasseurs de trésor, il semble bizarre que les autorités n'aient pas mis le pilier en lieu sûr.

Tandis qu'elle contemplait le visage bienveillant de la statue qui s'y dressait, des stries apparurent sur les traits sculptés dans la pierre, presque imperceptibles au début, puis de plus en plus profondes, comme si quelqu'un s'acharnait à griffer et creuser la surface avec un ciseau de sculpteur.

N'en croyant pas ses yeux, Meredith s'avança pour toucher la pierre.

Rien. La surface était lisse. Vite, elle retira ses doigts et retourna ses paumes, comme si elle s'était brûlée et s'attendait à y voir des marques.

— Meredith ? dit Hal. Qu'est-ce qui ne va pas ?

Rien. Sauf que je commence à avoir des visions, pensa-t-elle.

— Ça va, assura-t-elle. C'est ce soleil... Il est si fort.

Hal eut l'air inquiet, ce qui lui fit étonnamment plaisir.

— Alors, que sont devenus les parchemins après que Saunière les eut trouvés ? demanda-t-elle.

— Il est monté à Paris pour les faire expertiser.

— Ça n'a pas de sens, remarqua-t-elle en fronçant les sourcils. Pourquoi serait-il allé à Paris ? Il semblerait plus logique qu'un prêtre catholique aille en référer au Vatican.

— Vous ne devez pas lire beaucoup de romans, à ce que je vois ! s'exclama Hal en riant.

— Ou alors, c'est qu'il craignait que l'Église détruise les documents, ajouta Meredith en pensant à haute voix. C'est se faire l'avocat du diable, mais...

— En tout cas, c'est la théorie la plus répandue, confirma Hal. Papa m'avait fait remarquer que si le prêtre d'une petite paroisse perdue au fin fond de la France était vraiment tombé sur quelque secret stupéfiant, tel qu'un document attestant une union ou une descendance remontant au 1er siècle après J.-C., il aurait été plus simple pour l'Église de le supprimer plutôt que de l'acheter.

— Bien vu.

Hal laissa passer un petit silence.

— Il avait aussi une tout autre théorie, ajouta-t-il avec une petite hésitation dans la voix.

Meredith se tourna face à lui.

— Laquelle ?

— Que toute la saga de Rennes-le-Château servait en fait à détourner l'attention d'événements qui se déroulaient au même moment à Rennes-les-Bains.

— Quels événements ? s'enquit Meredith en sentant son ventre se nouer.

— Saunière était un ami de la famille qui possédait le Domaine de la Cade. Or il y eut une série de morts inexpliquées dans la région... dues sans doute à une bête sauvage, loup ou autre. Mais des rumeurs prétendirent qu'une sorte de démon courait la campagne.

Les marques de griffes.

— Même si l'on n'a jamais pu prouver ce qui avait provoqué l'incendie qui détruisit presque toute la maison en 1897, il y a de fortes chances pour qu'il ait été d'origine criminelle. Peut-être afin de débarrasser la région de ce diable dont on croyait qu'il se terrait dans l'enceinte du Domaine. Autre chose était associé au Domaine. Un certain jeu de tarot, auquel l'abbé Saunière aurait également été mêlé.

Le tarot Bousquet.

— Tout ce que je sais, c'est que mon oncle et papa se sont querellés à ce sujet, dit Hal.

— Comment ça ? questionna Meredith en se forçant à garder une voix posée.

— C'est arrivé fin avril, juste avant que mon père ne prenne la décision de venir s'installer ici définitivement. J'étais chez lui, à Londres. En entrant dans la pièce où il se trouvait, j'ai surpris la toute fin de leur conversation. De leur dispute, plutôt. Je n'en ai pas saisi grand-chose : ils parlaient de l'intérieur de l'église de Saunière qui serait une copie d'un tombeau plus ancien.

— Avez-vous demandé à votre père ce qu'il voulait dire par là ?

— Il n'avait pas envie d'en parler. Tout ce qu'il m'a révélé, c'est qu'il avait appris l'existence d'un mausolée wisigoth dans les terres du Domaine, un sépulcre, qui fut détruit quand la maison fut elle-même ravagée par l'incendie. Il n'en reste plus que des ruines...

Un instant, Meredith fut tentée de se confier à Hal. Tout lui dire sur la lecture du tarot à Paris, son cauchemar de la nuit, les cartes, rangées en ce moment même au fond de son placard. Sur la vraie raison de sa venue à Rennes-les-Bains. Mais quelque chose la retint. Hal était en lutte avec ses propres démons. Cela lui rappela le délai de quatre semaines qui avait séparé l'accident de l'enterrement.

— Qu'est-ce qui est arrivé à votre père, Hal ? demanda-t-elle, puis elle s'arrêta, craignant d'être allée trop loin, trop vite. Excusez-moi, c'est malvenu de ma part de...

— Non, ça va, la rassura Hal, puis il baissa la tête. Sa voiture a quitté la route dans le virage précédant l'entrée de Rennes-les-Bains. Elle est tombée par-dessus le parapet dans la rivière en dessous.

Il parlait d'un ton monocorde, dénué de toute émotion.

— La police ne parvient pas à expliquer ce qui a pu se passer. La nuit était claire. Il ne pleuvait pas ni rien. Le pire, c'est que...

— Ne vous sentez pas obligé de me le dire si cela

vous bouleverse trop, dit-elle doucement, en posant la main au creux de ses reins.

— C'est arrivé avant le lever du jour, et la voiture n'a été découverte que plusieurs heures après. Il avait essayé d'en sortir, et la portière était restée à moitié ouverte. Mais les animaux l'ont eu en premier. Son corps et son visage étaient lacérés.

Meredith jeta un regard en arrière, vers la statue postée sur le sentier. Elle avait beau faire, elle ne pouvait s'empêcher de lier cet accident tragique survenu en 2007 aux anciennes superstitions qui semblaient hanter la région.

Tous les systèmes de divination, comme la musique elle-même, procèdent à travers des motifs, se dit-elle.

— Je pourrais accepter la situation s'il s'agissait d'un simple accident, poursuivit Hal. Mais dans leur rapport, les inspecteurs ont dit qu'il avait bu, Meredith. Or la seule chose dont je suis sûr, c'est qu'il ne buvait jamais... Jamais. Si je savais pour de bon ce qui s'était passé, ça irait. Enfin, ça n'irait pas, mais je pourrais me faire une raison. Mais c'est de ne pas savoir qui me tue. Qu'est-ce qu'il faisait là, sur cette route, à une heure pareille ? Il faut que je sache.

Meredith pensa au visage brouillé de larmes de sa mère, au sang incrusté sous ses ongles. Elle songea aux photographies sépia, à la partition de musique, au vide intérieur qui l'avait conduite jusqu'à ce coin perdu de France.

— Je ne supporte pas de ne pas savoir, répéta-t-il. Vous comprenez ?

Elle le prit dans ses bras et le serra contre elle. Il répondit à son étreinte et l'entoura à son tour. Meredith s'ajustait parfaitement au creux de ses larges épaules, lovée contre son pull qui lui grattait le nez, humant son odeur, sentant la chaleur et la rage qui bouillonnaient en lui, mais surtout, son profond désespoir.

— Oui, dit-elle posément. Je comprends.

47.

Domaine de la Cade

Avant de quitter son bureau, Julian Lawrence attendit que la femme de chambre eût terminé le ménage du premier étage. Le trajet jusqu'à Rennes-le-Château aller et retour leur prendrait bien deux heures. Il avait plus de temps qu'il n'en fallait.

Quand Hal lui avait annoncé qu'il sortait, accompagné d'une fille qui plus est, Julian en avait d'abord été soulagé. Ils avaient même discuté un moment sans que Hal prenne la mouche et sorte de la pièce en claquant la porte. Peut-être était-ce le signe que son neveu finissait par accepter ce qui s'était passé et qu'il allait reprendre le cours normal de sa vie. En finir avec ses doutes.

La situation restait dans le flou. Julian avait fait comprendre à mots couverts sa volonté d'acheter la part du Domaine de la Cade que son neveu avait héritée de son père, sans exercer de pression. Il s'était obligé à attendre que l'enterrement soit passé. Mais il commençait à s'impatienter.

Puis Hal avait dit en passant que la fille en question était écrivain, suscitant en Julian une soudaine méfiance. Étant donné la façon dont son neveu s'était comporté les quatre dernières semaines, Julian ne pouvait s'empêcher de penser qu'il avait essayé de mettre une journaliste sur le coup en lui parlant de l'accident de son père.

En vérifiant le registre de l'hôtel, Julian avait découvert que cette Meredith Martin était américaine, et qu'elle avait réservé une chambre jusqu'à vendredi. Il ignorait si elle connaissait Hal avant de venir au Domaine, ou si son neveu avait juste profité d'une oreille compatissante pour déverser son histoire avec des sanglots dans la voix. Quoi qu'il en soit, il ne pouvait prendre le risque que Hal se serve de cette fille pour faire encore des vagues. Il ne laisserait pas des ragots, des rumeurs contrarier ses projets.

Julian monta l'escalier et s'engagea dans le couloir. Avec le passe, il s'introduisit dans la chambre de Meredith Martin. Il prit d'abord un ou deux polaroïds, pour être certain de quitter la pièce dans l'état exact où il l'avait trouvée, puis il se mit à fouiller, en commençant par la table de chevet. Il vérifia rapidement les tiroirs, mais ne trouva rien sinon deux billets d'avion : un départ de Toulouse pour Paris le vendredi après-midi, et un retour pour les États-Unis prévu le 11 novembre.

Sur le bureau, un ordinateur était branché. Il ouvrit le couvercle et l'alluma. C'était facile. Il n'y avait pas de mot de passe à entrer pour accéder au système d'exploitation, et Meredith Martin s'était servie du réseau de l'hôtel.

Dix minutes plus tard, Julian avait parcouru ses e-mails, des échanges anodins, sans intérêt, puis remonté la piste de ses consultations sur le Net à travers les sites récents qu'elle avait visités, et regardé les quelques dossiers enregistrés. Aucun ne laissait penser qu'elle était une journaliste travaillant sur une enquête. Ils portaient principalement sur l'histoire locale. Il y avait des notes sur des recherches effectuées en Angleterre, ainsi que des informations générales sur Paris, adresses, dates, horaires.

Ensuite, Julian entra dans ses dossiers photos, en suivant leur ordre chronologique. Les premières photos avaient été prises à Londres. Il y avait aussi des clichés de Paris, des rues, des repères, même un panneau affichant les heures d'ouverture du parc Monceau.

Le dernier dossier portait le titre de Rennes-les-Bains. Il l'ouvrit et passa les images en revue en les regardant de plus près. Celles-ci l'inquiétèrent davantage. Il y avait plusieurs clichés de la berge de la rivière, à l'entrée nord de la ville, dont deux montrant le pont routier et le tunnel à l'endroit précis où la voiture de son frère Seymour avait basculé.

D'autres photos suivaient, du cimetière situé derrière l'église. L'une, prise depuis le perron couvert donnant sur la place des Deux-Rennes, lui permit d'identifier exactement de quel moment elles dataient. Julian croisa les doigts derrière sa tête. Il distinguait tout juste, en bas à droite de l'image, un bout de la nappe sur laquelle le livre de condoléances était posé.

Il plissa le front. La veille au soir, Meredith Martin était à Rennes-les-Bains et elle prenait des photos de l'enterrement et de la ville. Pourquoi ?

Tout en copiant le dossier d'images sur sa clé USB, Julian tenta de trouver une explication simple et anodine. Il n'y en avait pas.

Après avoir éteint l'ordinateur, il laissa tout dans l'état où il l'avait trouvé, puis gagna la penderie. Il prit encore un ou deux polaroïds, et se mit à fouiller méthodiquement les poches, piles de tee-shirts, chaussures, sans rien découvrir d'intéressant.

En bas de la penderie, sous des paires de bottes et de chaussures de sport se trouvait un sac de voyage noir. S'accroupissant, Julian l'ouvrit et regarda à l'intérieur. À part une paire de chaussettes et un bracelet en perles pris dans la doublure, le sac était vide. Il passa les doigts dans tous les recoins, sans rien trouver. Ensuite il vérifia les poches extérieures. Il y en avait une grande à chaque bout et trois petites de chaque côté. Toutes étaient vides. Il prit le sac, le retourna, le secoua, tira sur le fond en carton, et la doublure se détacha alors avec le bruit caractéristique du Velcro, pour révéler un autre compartiment. Julian en extirpa un carré de soie noire, qu'il déplia du bout des doigts. Soudain, il se figea.

Le visage de La Justice le dévisageait d'un air sévère.

Le tarot Bousquet. Un bref instant, il eut une sorte de vertige, puis il se rendit compte que ce n'était qu'une copie imprimée, plastifiée, et manipula le jeu pour s'en assurer.

Quel idiot d'avoir pu penser même une seconde que ce pouvait être l'original.

Il se leva et passa rapidement les cartes en revue au cas où cet exemplaire-là aurait quelque chose de spécial.

Mais non. Apparemment, c'était le même que celui qu'il gardait en bas, dans son coffre-fort. Aucun mot, aucune image ne différait.

Pourquoi Meredith Martin avait-elle une reproduction du jeu Bousquet, bien cachée au fond de son sac ? Ce ne pouvait être une coïncidence. Elle devait sûrement être au courant du jeu original et de son lien avec le Domaine de la Cade.

Cette découverte bouleversait tout, d'autant qu'elle venait juste après les nouvelles informations qu'il avait obtenues sur le site funéraire wisigoth de Quillan. Parmi les objets qu'on y avait trouvés figurait une ardoise, qui confirmait l'existence d'autres sites dans les environs du Domaine de la Cade. Julian n'avait pas réussi à joindre son correspondant ce matin pour en savoir plus.

Qu'en déduire d'autre ? Et si Seymour en avait dit plus à son fils que Julian ne l'avait pensé jusque-là ? Si Hal avait fait venir cette fille non pas pour enquêter sur les circonstances de l'accident, mais pour chercher les cartes ?

Il avait besoin d'un remontant. Cela avait été un tel choc d'avoir cru, même un bref instant, qu'il tenait en main le jeu de cartes original ! Il était en nage.

Julian enveloppa le jeu dans son étui de soie noire, puis le rangea dans le sac, qu'il remit au fond de la penderie. Une dernière fois, il fit des yeux le tour de la pièce. Rien n'avait bougé, en apparence. Et si Meredith Martin remarquait un changement, elle l'attribuerait aux bons offices des femmes de chambre. Il se glissa dans le couloir et regagna à pas rapides l'escalier de service.

En tout, l'opération lui avait pris moins de vingt-cinq minutes.

48.

Hal fut le premier à s'écarter, les yeux brillants, rouge de confusion.

Meredith aussi se recula. L'élan qui les avait poussés l'un vers l'autre était si fort qu'une fois le moment d'émotion passé, ce fut la gêne qui prit le dessus.

Hal se tourna vers le portail en bois perpendiculaire au chemin et voulut l'ouvrir, mais il résista et ne céda pas davantage à sa deuxième tentative.

— Ça alors, le musée est fermé. Je suis désolé. J'aurais dû appeler pour vérifier, dit Hal d'un air dépité, puis il croisa le regard de Meredith, et tous deux éclatèrent de rire.

— La station de Rennes-les-Bains aussi est fermée au public jusqu'au 30 avril, remarqua Meredith.

Hal avait beau faire, la même mèche rebelle retombait toujours sur son front. Meredith se retint d'avancer la main pour l'écarter.

— Au moins, l'église est ouverte, dit-il.

Elle le rejoignit. Sa présence lui faisait un tel effet qu'il semblait occuper toute la largeur du chemin. Il lui montra le porche triangulaire qui surplombait la porte et lut l'inscription qui y figurait.

404

— TERRIBILIS EST LOCUS ISTE... « Cet endroit inspire de la terreur », dit-il en se raclant la gorge. Vous pouvez imaginer combien cette citation a elle aussi alimenté toutes les théories du complot qui entourent Rennes-le-Château.

Ce fut surtout l'autre inscription, à peine lisible, qui retint l'attention de Meredith. IN HOC SIGNO VINCES. À nouveau le précepte de l'empereur Constantin, comme sur le mémorial d'Henri Boudet à Rennes-les-Bains. Elle revit le jeu de cartes étalé sur la table, chez Laura. L'Empereur était l'un des arcanes majeurs, près du Magicien et de La Prêtresse, au début du tirage. Et son prénom était aussi le mot de passe qu'elle avait tapé depuis sa chambre d'hôtel pour accéder à Internet et consulter son courrier...

— Qui a décidé du mot de passe électronique pour l'hôtel ?

— Mon oncle, répondit Hal sans hésiter, un peu surpris toutefois de la voir ainsi sauter du coq à l'âne. Papa n'était pas du tout doué en informatique. On y va ? lui dit-il en lui prenant la main.

La première chose qui frappa Meredith quand ils entrèrent dans l'église, ce fut sa petitesse. Elle semblait avoir été construite sur une échelle de trois-quarts, et cela faussait les perspectives.

Sur le mur de droite étaient placardés des avis écrits à la main, en français et dans un anglais approximatif. De la musique de chœurs enregistrée filtrait par des haut-parleurs discrets, suspendus dans les coins.

— Le diocèse a fait du ménage, expliqua Hal en baissant la voix. Ils se sont évertués à expurger tout ce qui nourrissait les rumeurs de trésor mystérieux et de sociétés secrètes, en essayant d'insuffler à la place un message catholique. Là, par exemple, dit-il en désignant l'un des panneaux. « *Dans cette église, le trésor, c'est vous.* »

Mais Meredith était en arrêt devant le bénitier situé juste à gauche de la porte. Il reposait sur les épaules d'une statue d'environ un mètre de haut, représentant un diable au faciès rouge malveillant, au corps déformé, aux yeux d'un bleu perçant. Elle l'avait déjà vu. Du moins une image de lui, sur une table à Paris, parmi les arcanes majeurs que Laura étalait en début du tirage.

Le Diable. Carte XV du tarot Bousquet.

— C'est Asmodée, déclara Hal. Le gardien traditionnel des trésors, des secrets, maçon du Temple de Salomon.

Avançant la main, Meredith sentit le contact froid et crayeux de la statue sous ses doigts. Elle regarda le démon grimaçant, ses mains griffues, et ne put s'empêcher de jeter un coup d'œil en arrière, vers la statue de Notre-Dame de Lourdes figée sur son pilier, dehors.

Secouant un peu la tête, elle leva les yeux vers la frise au-dessus. Un tableau représentait quatre anges dont chacun esquissait un des gestes du signe de croix, et le précepte de l'empereur Constantin y apparaissait encore, en français cette fois. Les couleurs du tableau étaient fanées, écaillées, comme si les anges étaient en train de perdre la bataille.

En dessous, deux basilics encadraient un encart contenant les lettres BS.

— Ce pourrait être les initiales de Bérenger Saunière, dit Hal. Ou celles de Boudet et Saunière accouplées, ou bien encore celle de la Blanque et de la Salz, deux rivières locales qui se rejoignent dans un bassin naturel appelé le Bénitier. Tout près d'ici.

— Les deux prêtres se connaissaient bien ?

— Oh que oui. Boudet avait servi de mentor au

406

jeune Saunière. Au tout début de son ministère, il avait passé quelques mois à la paroisse de Durban, non loin d'ici, et s'était lié d'amitié avec un troisième prêtre, Antoine Gélis, qui fut par la suite curé de la paroisse de Coustaussa.

— Je suis passée par là hier, dit Meredith. L'endroit semblait n'être qu'un tas de ruines.

— C'est vrai pour le château. Mais le village est habité. Disons plutôt le hameau, car il ne compte que quelques maisons. Gélis est mort en d'étranges circonstances. Il a été assassiné en 1897, la veille de la Toussaint.

— On n'a jamais retrouvé le coupable ?

— Pas à ma connaissance, répondit Hal, et il s'arrêta devant une autre statue de plâtre. Voici saint Antoine l'Ermite. Un célèbre saint égyptien qui vécut entre le IIIe et le IVe siècle.

L'Ermite. Une autre carte des arcanes majeurs... Ce nouvel élément chassa Gélis et sa triste fin de l'esprit de Meredith.

Tout l'inclinait à penser que le tarot Bousquet avait été conçu dans cette région. Cette chapelle dédiée à Marie-Madeleine en témoignait. La seule chose qui échappait encore à Meredith, c'était le lien qui unissait le Domaine de la Cade à toutes ces données.

Quant à ma famille, y est-elle liée ? Et si oui, de quelle manière ? se demanda-t-elle.

Meredith s'obligea à revenir au présent. Inutile de tout mélanger. Le père de Hal avait-il raison de penser que tout ce tapage autour de Rennes-le-Château avait été délibérément provoqué pour détourner l'attention de son village-frère, plus bas dans la vallée ? C'était assez convaincant, mais Meredith attendait d'en savoir plus avant de tirer des conclusions.

— C'est bon, tu en as assez vu ? demanda Hal. Ou est-ce que tu veux rester encore un peu ?

— Non, ça me va, répondit Meredith, plongée dans ses pensées.

Ce fut avec un petit temps de retard qu'elle se rendit compte, avec bonheur, qu'il l'avait tutoyée.

Ils ne parlèrent pas beaucoup en revenant vers la voiture. Le gravier du chemin crissait sous leurs pieds comme de la neige tassée. Il faisait plus frais qu'avant leur entrée dans l'église, et l'air était imprégné de l'odeur des fumées montant des feux de jardin.

Hal déverrouilla les portières, puis regarda par-dessus son épaule.

— Dans les années 1950, trois corps furent découverts dans le terrain de la Villa Béthania, dont l'un avait été lacéré et déchiqueté par des bêtes sauvages, dit-il. Des hommes, ayant entre trente et quarante ans, tous tués par balle. Le verdict officiel, c'est qu'ils avaient été tués pendant la guerre, quand les nazis occupaient cette partie de la France. La Résistance était très active, par ici. Mais d'après les gens du pays, les cadavres étaient plus anciens, ils dataient de la fin du XIXe siècle. Pour eux, ils étaient liés à l'incendie du Domaine de la Cade, et peut-être également au meurtre du curé de Coustaussa.

— Cet incendie était-il vraiment d'origine criminelle ? C'est ce que j'ai lu, en tout cas, lança Meredith en regardant Hal par-dessus le toit de la voiture.

— Les archives locales sont maigres sur ce sujet, mais on admet généralement qu'il était en effet d'origine criminelle.

— Si ces trois hommes étaient impliqués dans l'incendie ou dans le meurtre, qui donc les a supprimés ?

Au même instant, le portable de Hal se mit à sonner. Il vérifia le numéro et son regard se fit plus aigu.

— Excuse-moi, il faut que je réponde.

— Bien sûr, vas-y, dit Meredith en cachant sa frustration.

Elle monta en voiture et vit Hal s'éloigner vers un cyprès, non loin de la tour Magdala.

Il n'y a pas de coïncidence. Chaque chose arrive à son heure.

Reposant sa nuque contre l'appuie-tête, elle se remémora tout ce qui s'était déroulé depuis sa descente du train, gare du Nord. Non, plus tard. Depuis l'instant où elle avait posé le pied sur les marches colorées qui menaient chez Laura.

Meredith sortit son carnet de son sac et parcourut ses notes. La vraie question, c'était de savoir après quelle histoire elle courait ainsi. Au départ, elle était venue à Rennes-les-Bains pour retrouver la trace de sa propre famille. Dans ce cas, les cartes y jouaient-elles un rôle ? Ou bien s'agissait-il d'une tout autre histoire, certes intéressante, mais qui lui était étrangère ? Elle-même avait-elle un lien quelconque avec le Domaine de la Cade ? Avec les Vernier ?

Qu'avait dit Laura en contemplant le tirage ? Meredith feuilleta ses notes.

« La ligne temporelle est confuse. La séquence semble faire de brusques saccades en arrière, en avant, comme si les événements étaient brouillés, comme s'ils oscillaient entre passé et présent. »

Par la vitre, elle aperçut Hal qui revenait vers la voiture.

Et lui, joue-t-il un rôle dans tout ça ?

— Alors ? dit-elle comme il ouvrait la portière. Tout va bien ?

— Je regrette, Meredith, répondit-il en s'asseyant

à côté d'elle. J'allais te proposer qu'on déjeune ensemble, mais il y a du nouveau.

— Une bonne nouvelle, on dirait ?

— Oui, en quelque sorte. Le commissariat de Couiza qui s'occupe d'enquêter sur l'accident de mon père a enfin accepté de me laisser accéder au dossier. Cela fait des semaines que je le leur réclame, aussi c'est un grand pas en avant.

— Tant mieux, Hal, dit-elle en espérant qu'il ne serait pas déçu dans son attente.

— Alors je peux te déposer à l'hôtel, ou bien tu peux venir avec moi et nous irons plus tard manger quelque part. Le seul problème, c'est que je ne sais pas du tout combien de temps ça va me prendre. Ils ne sont pas du genre rapide, ici.

Un instant, Meredith fut tentée de l'accompagner pour le soutenir moralement. Puis elle se dit qu'il valait mieux qu'il s'en occupe seul. Quant à elle, il était urgent qu'elle rassemble ses idées, qu'elle se concentre sur ce qui la concernait, au lieu de se laisser happer par les problèmes d'un autre.

— Ça risque effectivement de durer, dit-elle. Si ça ne te fait rien, je préférerais que tu me déposes à l'hôtel.

Elle fut contente de voir passer sur le visage de Hal l'ombre d'un regret.

— Oui, convint-il, il vaut sans doute mieux que j'y aille seul, puisqu'ils ont l'impression de me faire une faveur.

— C'est aussi mon avis, acquiesça-t-elle en lui effleurant la main.

Hal démarra et fit demi-tour.

— Et si on se retrouvait plus tard ? proposa-t-il en s'engageant dans la rue étroite qui menait vers la sortie du village. Pour boire un verre. Ou même dîner ensemble. Si tu n'as pas d'autres projets, bien sûr.

— Volontiers, répondit-elle en s'efforçant de garder un air désinvolte. Va pour le dîner.

49.

Julian Lawrence était à la fenêtre de son bureau quand son neveu fit faire demi-tour à sa voiture et redescendit l'allée. Son regard passa à la jeune femme que Hal venait de déposer et qui adressait au conducteur un signe d'adieu.

Elle n'était pas mal du tout, cette Américaine. Petite, mais bien fichue. Une jolie silhouette, athlétique. Ce ne serait pas une telle corvée après tout, de passer un peu de temps en sa compagnie.

Alors la fille se retourna et il put la détailler tout à loisir.

Il l'avait déjà vue quelque part. Mais où ? Ah oui. C'était la petite gourde qui l'avait tanné la veille, quand la grand-rue de Rennes-les-Bains avait été fermée pour travaux, à le presser de questions avec son accent américain.

Sa paranoïa reprit le dessus. Si Meredith Martin avait informé Hal qu'elle l'avait vu circuler en ville, son neveu serait en droit de se demander où Julian s'était rendu. Et il pourrait bien se rendre compte que le prétexte fourni par son oncle pour expliquer son retard ne tenait pas debout.

Il termina son verre d'un trait, puis se décida subitement. Traversant la pièce à grands pas, il prit sa veste suspendue au dos de la porte et sortit pour intercepter la fille dans le hall.

Durant le trajet de retour, Meredith avait senti l'excitation la gagner. Jusqu'à présent, elle avait considéré le jeu de tarot offert par Laura comme un fardeau plutôt qu'un cadeau. Mais les cartes semblaient maintenant receler des possibilités insoupçonnées.

Elle attendit que la voiture de Hal ait disparu, puis remonta vivement les marches du perron de l'hôtel, en proie aux mêmes sentiments contradictoires qu'elle avait éprouvés quand elle était assise en face de Laura. Entre espoir et scepticisme, impatience et appréhension, avec la crainte d'aboutir à une révélation qu'elle n'avait ni prévue ni désirée.

— Mademoiselle Martin ? lança une voix d'homme derrière elle.

Surprise, Meredith se retourna d'un bond pour voir l'oncle de Hal qui traversait le hall à sa rencontre. Un peu crispée, elle espéra qu'après leur échange peu cordial de la veille, il ne la reconnaîtrait pas. Aujourd'hui, il était tout sourires.

— Julian Lawrence, dit-il en lui tendant la main. Je voulais juste vous souhaiter la bienvenue au Domaine de la Cade.

— Merci.

— Et aussi m'excuser pour ma brusquerie d'hier. Si j'avais su que vous étiez une amie de mon neveu, je me serais présenté, cela va de soi.

— Je ne pensais pas que vous me reconnaîtriez, monsieur Lawrence, répondit Meredith en rougissant. Je crains d'avoir moi-même manqué de tact.

— Pas le moins du monde. Hal a dû vous en parler, la journée d'hier n'a pas été facile, pour nous. Ce n'est pas une excuse, mais...

— Bien sûr. Toutes mes condoléances, monsieur Lawrence.

Comme Hal, il avait cette façon de fixer les gens sans ciller, d'un regard qui semblait effacer tout le reste, et aussi, malgré les trente ans qui les séparaient, ce charisme particulier, cette étonnante présence physique. Elle se demanda si le père de Hal avait lui-même ces qualités.

— Merci. Je vous en prie, appelez-moi Julian. Oui, ce fut un choc... En parlant de mon neveu, vous ne sauriez pas où il a pu aller ? J'avais cru comprendre que vous visiteriez Rennes-le-Château ce matin, mais qu'il serait de retour vers midi. Il faudrait que je le voie.

— Nous sommes bien allés à Rennes-le-Château, mais il a eu un appel du commissariat et il a dû me déposer avant de se rendre à Couiza pour un rendez-vous urgent.

Julian ne changea pas d'expression, mais elle vit son regard s'aiguiser et regretta aussitôt de n'avoir pas su tenir sa langue.

— Un rendez-vous ?

— Il n'a pas précisé avec qui ni pourquoi, s'empressa-t-elle d'ajouter.

— C'est dommage, j'avais besoin de lui parler. Enfin, ça peut attendre, dit-il en haussant les épaules. J'espère que vous profitez bien de votre séjour chez nous ? Tout se passe selon vos désirs ? s'enquit-il d'un air affable, mais son regard démentait la chaleur de son sourire.

— C'est parfait, dit-elle en jetant un coup d'œil vers l'escalier pour s'esquiver. Veuillez m'excuser, mais... j'ai un travail à terminer.

— Ah oui, acquiesça-t-il. Hal m'a dit que vous étiez écrivain. Vous êtes ici dans un but précis ?

Meredith se sentit coincée, comme prise au piège.

— Pas vraiment, répondit-elle. Juste quelques recherches.

— Ah, très bien, dit-il en lui tendant la main. Dans ce cas, je ne vous retiens pas plus longtemps.

Par courtoisie, Meredith lui serra la main, mais cette fois, le contact de sa peau lui fut désagréable. Sa pression avait quelque chose de trop... insistant.

— Si vous voyez mon neveu avant moi, dites-lui bien que je le cherche.

— Entendu, lui assura Meredith.

Il se tourna et traversa le hall sans un regard en arrière.

Meredith resta un moment figée sur place, déconcertée par l'attitude de cet homme sûr de lui, qui savait manifestement se dominer, et par l'étrangeté de leur échange. Puis elle s'en voulut de lui donner de l'importance et inspira profondément.

Sors-toi ça de la tête ! se raisonna-t-elle.

Elle regarda autour d'elle. La réceptionniste était occupée et lui tournait le dos. D'après le brouhaha qui sortait de la salle du restaurant, Meredith se dit que presque tous les clients devaient être en train de déjeuner. C'était l'occasion rêvée pour mettre son projet à exécution.

Elle traversa d'un pas rapide le sol en damiers rouges et noirs, contourna le piano et décrocha du mur la photographie des Vernier posant avec Isolde Lascombe. L'ayant glissée sous sa veste, elle revint sur ses pas et grimpa les marches deux par deux.

Ce ne fut qu'une fois dans sa chambre, après avoir refermé la porte derrière elle, qu'elle reprit son souffle. Elle s'arrêta un instant à l'entrée de la pièce, intriguée.

Il y avait quelque chose de différent dans l'atmosphère. Une odeur étrangère, subtile, presque imperceptible. Serrant les bras sur sa poitrine, Meredith se rappela son cauchemar. Arrête, se dit-elle en secouant la tête. Les femmes de chambre étaient venues faire le lit et un peu de ménage. Rien à voir avec ce qu'elle avait ressenti durant la nuit. Rêvé, plutôt. Ce n'était qu'un rêve.

Alors, elle eut vraiment l'impression que quelqu'un était dans la chambre avec elle. Une présence, une fraîcheur dans l'air...

Mais non. C'était juste un léger relent, sans doute dû à l'usage d'un désinfectant ou d'un quelconque produit d'entretien. Pourtant elle ne put s'empêcher de plisser le nez. Comme une odeur de mer, d'eau saumâtre stagnant sur le rivage.

50

Meredith alla tout droit à la penderie, en retira le jeu de tarot, et déplia minutieusement les quatre coins de soie noire comme si les cartes à l'intérieur étaient en verre.

Bizarre...

Dans son souvenir, La Justice était sur le sommet de la pile quand Laura lui avait tendu le jeu en l'obligeant à le prendre. Or c'était La Tour qui était posée sur le dessus, une image un peu sinistre, avec son arrière-plan gris-vert et ses arbres, qui semblaient toutefois plus vifs de couleur qu'à Paris, par cet après-midi nuageux.

Sans s'attarder, elle dégagea un peu d'espace sur le bureau, posa les cartes, puis sortit son carnet de son sac à main, en regrettant de n'avoir pas pris le temps la veille au soir de transcrire sur l'ordinateur les notes qu'elle avait gribouillées à la va-vite à propos du tirage.

Meredith hésita un moment. Si elle disposait les dix cartes ici, au calme, dans le même ordre, sans rien qui vienne la distraire de ses pensées, peut-être y verrait-elle d'autres choses ? Mais elle renonça à cette idée. C'était moins la lecture en elle-même qui l'intéressait que les données historiques qu'elle s'efforçait de rassembler sur le tarot Bousquet et la façon dont les cartes s'intégraient à l'histoire du Domaine de la Cade, des Vernier et de la famille Lascombe.

Meredith tria les cartes pour en tirer les vingt-deux arcanes majeurs. Mettant le reste de côté, elle les étala sur trois rangées, plaçant Le Fou en haut, comme Laura l'avait fait. Les cartes lui semblèrent différentes au toucher. Hier elles la rendaient nerveuse, comme si le simple fait de les manipuler la compromettait. Aujourd'hui, c'était idiot, mais elles lui semblaient animées de bonnes intentions.

Elle appuya la photographie sur le bureau devant elle et étudia les personnages en noir et blanc figés dans le temps. Puis elle baissa les yeux sur les images colorées des cartes.

Un instant, elle fixa son attention sur Le Pagad, avec ses yeux bleus, ses épais cheveux noirs, et les symboles du Tarot réunis tout autour de lui. Une image séduisante, mais était-ce un homme à qui l'on pouvait se fier ?

Alors elle eut encore ce picotement dans la nuque qui descendit tout le long de sa colonne vertébrale à mesure qu'une nouvelle idée se formait dans son esprit. Serait-ce possible ? Elle écarta Le Magicien, prit la carte I, Le Mat, et la tint près de la photo enca-drée. Maintenant qu'ils étaient côte à côte, le doute n'était plus permis : c'était M. Vernier lui-même, avec son air avenant, sa silhouette élancée, sa moustache noire.

Vint ensuite la carte II, La Prêtresse. Elle avait le teint pâle, l'air évanescent de Mme Lascombe, même si elle était sur la carte en robe de soirée décolletée, et non habillée comme sur la photo d'une tenue plus col-let monté. Plus bas, les deux personnages figuraient ensemble sous le titre Les Amants, enchaînés au pied du Diable.

Enfin, la carte VIII, La Force : Mlle Léonie Vernier en personne.

Meredith sourit malgré elle. C'était avec cette carte qu'elle se sentait le plus d'affinités, presque comme si elle connaissait la jeune fille. En fait, Léonie ressemblait à l'image qu'elle se faisait de Lilly Debussy. Elle était plus jeune, mais on retrouvait chez elle les mêmes grands yeux innocents, les mêmes lourdes boucles cuivrées ; sur la carte toutefois, ses cheveux étaient lâchés au lieu d'être disciplinés comme sur la photo en une sorte de chignon. Surtout, les deux images avaient en commun le même regard franc et direct.

Une lueur de compréhension pointa dans son esprit, qui s'éteignit avant que Meredith ait pu la saisir.

Elle tourna son attention vers les autres cartes des arcanes majeurs qui étaient sorties au cours de la journée : Le Diable, La Tour, L'Ermite, L'Empereur. Elle les étudia chacune leur tour, en ayant de plus en plus l'impression qu'elles la détournaient de son but au lieu de l'en rapprocher.

Meredith s'appuya contre le dossier du vieux fauteuil qui gémit un peu. Elle croisa les mains derrière sa tête et ferma les yeux.

Qu'est-ce qui m'échappe ?

Revenant au tirage, elle laissa libre cours à ses pensées, permit aux paroles que Laura avait prononcées de couler sur elle dans le désordre, afin que les motifs émergent d'eux-mêmes.

Les octaves. Tous les huit.

Huit, chiffre de la plénitude, de l'achèvement. Il y avait eu aussi un message explicite parlant d'interférence, d'obstacles, de conflit. Dans des jeux plus anciens, La Force et La Justice portaient toutes deux le chiffre huit. La Justice et Le Pagad avaient tous deux le symbole de l'infini, comme une figure de huit couchée sur le côté.

La musique servait de lien à tout l'ensemble. Le passé de sa famille, le tarot Bousquet, les Vernier, la lecture à Paris, la partition pour piano. Elle prit son carnet, feuilleta les pages en remontant jusqu'au nom qu'elle cherchait, celui du cartomancien américain qui avait associé le tarot à la musique. Elle alluma son ordinateur, tapota avec impatience sur la table le temps d'obtenir la connexion. Enfin, la page s'afficha et Meredith tapa PAUL FOSTER CASE. Peu après, une liste de sites apparut.

Elle alla directement sur Wikipedia, un moteur de recherche complet et rapide. PAUL FOSTER CASE avait commencé à s'intéresser aux cartes au début du xxe siècle, alors qu'il travaillait comme artiste de music-hall à bord des bateaux à vapeur, jouant du piano et de l'orgue. Trente ans plus tard, il fondait à Los Angeles un organisme destiné à promouvoir son propre système de tarot, les Builders of the Adytum, connu sous le nom de BOTA. L'une des particularités de BOTA, ce fut qu'en diffusant largement sa philosophie Case devint un personnage public, ce qui était contraire aux règles du secret absolu réservé à une élite, en vigueur chez la plupart des sociétés ésotériques de l'époque. Son système était aussi interactif. Contrairement aux autres jeux, les cartes BOTA étaient en noir et blanc, ce qui permettait à chaque individu de les colorier et d'imposer ainsi sur elles sa propre marque. Ce succès avait contribué plus que tout à répandre l'art du tarot à travers les États-Unis.

Une autre innovation de Case fut l'association de notes de musique avec les arcanes majeurs. Tous étaient liés à une note spécifique, à l'exception de la carte XX, Le Soleil, et de la IX, L'Ermite, comme si ces images seules étaient hors du commun et n'obéissaient pas aux mêmes lois.

Meredith regarda l'illustration, un clavier sur lequel des flèches indiquaient les correspondances entre les cartes et les notes. La Tour, Le Jugement et L'Empereur étaient tous associés à la note C (ou *do*) ; Le Diable était lié avec le A (ou *la*) ; Les Amants et La Force avec le D (ou *ré*) ; Le Magicien et Le Fou avec le E (ou *mi*).

C-A-D-E. Domaine de la Cade.

Elle fixa l'écran d'un œil méfiant, comme s'il tentait de l'abuser.

Rien que des notes blanches, toutes associées aux cartes des arcanes majeurs qui étaient déjà sorties.

Un autre lien lui apparut soudain, dont elle aurait dû se rendre compte depuis longtemps, tant il crevait les yeux. Elle sortit la partition de musique dont elle avait hérité : *Sépulcre 1891*. Elle connaissait le morceau par cœur, les quarante-cinq mesures, le changement de tempo dans le système du milieu, son style rétro qui évoquait les jardins fin de siècle, les promeneuses en robes blanches, avec en écho Debussy, Satie, Dukas.

Et il était construit autour des notes A, C, D, E.

Un instant, Meredith oublia ce qu'elle était en train de faire, elle s'imagina posant ses doigts sur les touches. Seule la musique existait. A, C, D, E. Elle entendit résonner le dernier arpège et l'accord final, qui s'estompa doucement.

Tout se mettait en place.

Mais qu'est-ce que cela pouvait bien vouloir dire ?

L'instant d'après, avec un brusque saut en arrière, Meredith se revit dans son lycée du Milwaukee, dans la salle de musique de Miss Bridge, répétant encore et encore le même mantra. Un sourire lui vint aux lèvres quand la voix de son professeur résonna dans sa tête. « Une octave est faite de douze tons chromatiques plus un... Le demi-ton et le ton sont les composantes de l'échelle diatonique. Il y a huit tons sur l'échelle diatonique, cinq sur la pentatonique. Les premier, troisième et cinquième tons sur l'échelle diatonique sont les composantes des accords fondamentaux, la formule de la perfection, de la beauté. »

Meredith laissa ses souvenirs affluer et lui servir de guide, cherchant entre musique et mathématiques les connexions, et non pas les coïncidences. Elle tapa FIBONACCI et lança le moteur de recherche. De nouveaux mots apparurent. En 1202, Leonardo Pisano, connu sous le nom de Fibonacci, avait développé une théorie mathématique où les nombres formaient une suite, chacun étant la somme des deux nombres précédents, après deux valeurs initiales.

0, 1, 1, 2, 3, 5, 8, 13, 21, 34, 55, 89, 144, 233, 377.

La relation entre les paires de nombres consécutifs relevait, disait-on, du nombre d'or.

En musique, le principe de Fibonacci était parfois utilisé pour déterminer des accords. Les nombres de Fibonacci apparaissaient aussi dans les structures de la nature, les branchages des arbres, la courbe des vagues, la disposition d'une pomme de pin. Par exemple, les tournesols contenaient toujours quatre-vingt-neuf graines.

Ça me revient ! songea Meredith.

Dans son grand poème orchestral, *La Mer*, Debussy avait flirté avec la suite Fibonacci. C'était l'une des merveilleuses contradictions de Debussy d'être considéré comme un compositeur attaché avant tout à l'humeur et la couleur, alors que certaines de ses œuvres les plus célèbres étaient en fait construites sur des modèles mathématiques. Plus précisément, elles se divisaient en sections qui reflétaient le nombre d'or, souvent organisées d'après les nombres de la suite Fibonacci. Ainsi dans *La Mer*, le premier mouvement comptait cinquante-cinq mesures, un nombre Fibonacci, et il se découpait en cinq sections de 21, 8, 8, 5 et 13 mesures, autant de nombres appartenant à la suite.

Meredith se força à ne pas aller trop vite. À mettre de l'ordre dans ses idées.

Elle retourna sur le site consacré à Paul Foster Case. Trois des quatre notes liées au nom du Domaine, C, A, et E, étaient des chiffres Fibonacci : O pour le Fou, I pour Le Magicien, VIII pour La Force.

Seule la note D, la carte VI, Les Amants, n'appartenait pas à la suite.

Cela signifiait-il qu'elle s'était trompée ? Ou que c'était l'exception qui confirmait la règle ?

Elle y réfléchit en tambourinant sur le bureau. À condition qu'on les considère comme des individus plutôt que comme un couple, Les Amants s'intégraient bien à la suite : Le Mat était le zéro, La Prêtresse la carte II. Or zéro et deux étaient tous deux des chiffres Fibonacci, contrairement au six.

D'accord, mais...

Même si ces correspondances étaient valables, quel lien pouvait-il y avoir entre le tarot Bousquet, le Domaine de la Cade et Paul Foster Case ? Les dates ne correspondaient pas.

Case avait fondé BOTA dans les années 1930, en Amérique qui plus est, pas en Europe. Or le jeu Bousquet datait des années 1890, sans compter les arcanes mineurs, qui étaient sans doute plus anciens. Il ne pouvait en aucune manière s'être appuyé sur le système de Case.

Et si c'était l'inverse ?

Meredith poursuivit son raisonnement. Si Case avait entendu parler de l'association du tarot avec la musique, puis l'avait lui-même peaufinée pour créer son propre système ? S'il avait appris l'existence du tarot Bousquet ? Peut-être même du Domaine de la Cade ? Ces idées avaient-elles pu passer non d'Amérique en France, mais de France en Amérique ?

Elle sortit de son sac à main l'enveloppe chiffonnée et en tira la photo du jeune homme en uniforme. Comment avait-elle pu être aussi aveugle ? Elle avait bien vu que le personnage du Mat était Anatole Vernier, mais sa ressemblance évidente avec son soldat lui avait échappé. Il avait aussi un air de famille avec Léonie. Les longs cils noirs, le haut front, la même façon de regarder droit dans l'objectif.

Elle revint au portrait. Là, les dates correspondaient. Le garçon en uniforme pouvait être un frère cadet, un cousin. Ou même un fils, qui sait ?

Et à travers lui, de génération en génération, la lignée vient jusqu'à moi, songea Meredith.

Ce fut comme si on soulevait un grand poids de sa poitrine. Comme Hal l'avait dit plus tôt, c'était si oppressant, de ne pas savoir. Et ce fardeau s'affaissait, se recroquevillait sur lui-même à mesure qu'elle approchait de la vérité. Aussitôt, la voix de la prudence la mit en garde. Elle devait trouver non ce qu'elle avait envie de voir, mais ce qui existait vraiment. Ne pas prendre ses désirs pour la réalité.

Vérifie. Il faut maintenant mettre tout ça à l'épreuve des faits, s'intima-t-elle.

Ses doigts tapèrent le nom VERNIER en volant sur les touches, tant son impatience était grande.

Mais elle ne récolta rien de conséquent et contempla l'écran, incrédule. Il devait bien y avoir quelque chose ?

Elle réessaya, adjoignant au nom de Vernier ceux de Bousquet et de Rennes-les-Bains. Cette fois, elle obtint quelques sites qui vendaient des jeux de tarot, ainsi qu'un ou deux paragraphes sur le jeu Bousquet, mais rien de plus que ce qu'elle avait déjà trouvé.

Meredith se radossa. Le moyen le plus évident d'avancer, ce serait de consulter les sites de recherches généalogiques sur les familles de la région et de voir si elle pourrait ainsi remonter le temps, mais ce serait un long processus. De son côté, peut-être que Mary pourrait l'aider.

En tapant avec fièvre, Meredith envoya un courriel à Mary, lui demandant de rechercher sur les sites Internet d'histoire locale du Milwaukee et sur les listes électorales le nom de Vernier, consciente que le soldat porterait un autre nom de famille s'il était le fils de Léonie et non celui d'Anatole. Après coup, elle rajouta le nom de Lascombe.

Il y eut une sonnerie.

Un instant, elle fixa d'un air ébahi le téléphone placé sur la table de chevet, et décrocha à la deuxième sonnerie.

— Allô ?

— Meredith ? C'est Hal... Je voulais juste te dire que j'étais rentré.

— Comment ça s'est passé ? lui demanda-t-elle, sentant à sa voix que quelque chose n'allait pas.

— Je te raconterai quand on se verra, dit-il après un silence. Je t'attendrai au bar. Je ne veux pas te détourner de ton travail.

Meredith jeta un coup d'œil au réveil et constata avec surprise qu'il était déjà 18 h 15. Elle regarda le fouillis de cartes, de notes gribouillées à la hâte, de photographies étalées sur le bureau, avec l'impression que sa tête allait exploser. Certes elle avait fait des découvertes essentielles, mais il restait tant de zones d'ombre...

Elle aurait voulu continuer, mais alors le souvenir lui revint de ces soirées qu'elle passait à réviser, quand elle était lycéenne. Mary entrait dans sa chambre, posait un baiser sur le sommet de sa tête et lui disait qu'il était temps de faire une pause. Que tout serait plus clair après une bonne nuit de sommeil.

Mary a toujours raison, se dit Meredith en souriant.

Et puis Hal semblait avoir besoin de compagnie. Mary apprécierait aussi qu'elle fasse passer les vivants avant les morts.

— Autant que je m'arrête maintenant, déclara-t-elle.

— C'est vrai ? dit Hal avec un soulagement dans la voix qui la fit sourire. Tu es sûre que je ne t'interromps pas en plein travail ?

— Sûre, dit-elle. Je descends dans dix minutes.

Meredith se changea, enfila une chemise blanche toute fraîche et sa jupe noire préférée, rien de trop habillé, puis elle fit un détour par la salle de bains, s'appliqua un nuage de poudre, un soupçon de mascara, un peu de rouge à lèvres, puis elle se brossa les cheveux et les tordit en une queue relevée.

Elle enfilait ses bottes et s'apprêtait à descendre quand son portable émit un bip lui indiquant qu'elle avait reçu un e-mail.

Meredith l'ouvrit et cliqua sur le message qui venait de Mary. Il contenait juste deux lignes, un nom, des dates, une adresse, et la promesse qu'elle recevrait d'autres informations dès que Mary en obtiendrait.

Son visage s'illumina. Je l'ai trouvé !

Elle prit la photo du soldat, qui n'était plus un inconnu. Il restait beaucoup de choses à éclaircir, mais elle y était presque. Elle glissa l'image dans le cadre, avec l'autre photo. La famille au grand complet. Sa famille.

Toujours debout, elle se pencha et cliqua pour répondre.

« Formidable ! Tu m'étonneras toujours, tapa-t-elle. Toute information supplémentaire sera la bienvenue ! Je t'embrasse. »

Meredith envoya le message. Puis, le sourire aux lèvres, elle descendit retrouver Hal.

VII

Carcassonne
Septembre-octobre 1891

51.

Dimanche 27 septembre 1891

Le lendemain matin, Léonie, Anatole et Isolde se levèrent tard. De l'avis général, la soirée avait été un grand succès. Les vastes salles et les longs couloirs du Domaine de la Cade, restés si longtemps silencieux, avaient repris vie. On entendait siffloter gaiement dans les quartiers des domestiques. Pascal vaquait à ses occupations d'un air débonnaire. Quant à Marieta, toute guillerette, elle allait d'un pas sautillant d'un point à l'autre de la maison.

Seule Léonie dénotait dans ce tableau. Suite à la quantité de vin inhabituelle qu'elle avait bue et aux contrecoups des confidences de M. Baillard, elle avait des frissons et un violent mal de tête.

Elle passa presque toute la matinée couchée sur la méridienne, une compresse froide sur le front. Quand elle se sentit assez remise, elle déjeuna d'une tartine grillée et d'un consommé de bœuf, puis fut en proie au vague à l'âme qui suit inévitablement tout grand événement. Elle avait attendu ce dîner avec tant d'impatience qu'elle ressentait maintenant comme un grand vide, une absence de perspective.

Pendant ce temps, Isolde allait de pièce en pièce avec son habituelle sérénité, mais Léonie distingua

431

chez elle un changement, une sorte de légèreté, comme si elle était libérée d'un lourd fardeau. Une nouvelle lueur dans ses yeux gris laissait penser qu'aujourd'hui, peut-être pour la première fois, elle se sentait la châtelaine du Domaine, qu'elle avait pris possession de la maison plutôt que de subir son emprise. Anatole aussi sifflotait en allant du vestibule à la bibliothèque, du salon à la terrasse, avec l'air conquérant d'un homme qui a le monde à ses pieds.

Plus tard dans l'après-midi, quand Isolde lui proposa de se promener dans les jardins, Léonie accepta. Le grand air lui ferait du bien, et elle serait contente de se dégourdir les jambes. Il faisait bon, dans la tiédeur paisible de cette après-midi d'automne, et elle retrouva vite sa bonne humeur.

Tout en marchant vers le lac, elles bavardèrent gaiement, parlant de musique, de livres, des derniers caprices de la mode.

— Alors, dit Isolde. Comment comptez-vous occuper votre séjour ? Anatole m'a dit que vous vous intéressiez à l'histoire et à l'archéologie locales ? Il y a des excursions magnifiques à faire par ici. Au château de Coustaussa, par exemple.

— Ça me plairait beaucoup.

— Anatole m'a dit aussi que vous aviez pour la lecture autant d'appétit que d'autres femmes en ont pour les bijoux et les vêtements.

— Il trouve que je lis trop, protesta Léonie en rougissant. Mais c'est parce que lui ne lit pas assez ! Il connaît tout des livres en tant qu'objets, mais ne s'intéresse pas à leur contenu.

— C'est sans doute pour cela qu'il a été recalé à son baccalauréat ! s'exclama Isolde en riant.

— Il vous l'a raconté ? s'étonna Léonie.

— Non, bien sûr, se hâta de répondre Isolde. Quel homme irait se vanter de ses échecs ?

— Alors...

— Malgré leur manque d'intimité, mon défunt mari aimait prendre des nouvelles de ses neveu et nièce auprès de votre mère.

Léonie lui jeta un coup d'œil, intriguée. Sa mère avait bien dit que la communication entre elle et son demi-frère se bornait au strict minimum. Elle s'apprêtait à la questionner, mais sa tante la précéda et l'occasion fut manquée.

— Vous ai-je dit que j'avais pris récemment un abonnement à la Société musicale et à la Lyre de Carcassonne, même si jusqu'à présent je n'ai pu assister à aucun concert ? Vous risquez de vous ennuyer, à rester ainsi cloîtrée dans ce coin perdu, si loin de toutes distractions. Je m'en rends bien compte.

— Mais non, je suis tout à fait ravie d'être ici, assura Léonie.

— C'est gentil à vous, dit Isolde en souriant. Mais je vais être obligée d'aller à Carcassonne dans les semaines à venir. Nous pourrions en profiter pour y passer quelques jours. Qu'en dites-vous ?

— Ce serait merveilleux ! répondit Léonie, enthousiaste. Quand ça, ma tante ?

— J'attends une lettre des notaires de mon défunt mari, au sujet d'un point de procédure à régler. Dès que j'aurai des nouvelles, nous organiserons notre départ.

— Et Anatole, il nous accompagnera ?

— Évidemment. Il m'a dit que vous aimeriez visiter l'ancienne cité médiévale. Suite à un remarquable travail de restauration, elle est très proche de ce qu'elle était au XIIIᵉ siècle. Il y a une cinquantaine d'années, ce n'était qu'un tas de ruines. Grâce à M. Viollet-le-

433

Duc et à ceux qui ont continué son œuvre, on a nettoyé le cœur de la ville de ses taudis et, aujourd'hui, elle se visite en toute sécurité.

Ayant atteint le bout du chemin, elles bifurquèrent vers le lac, puis gagnèrent le petit promontoire ombragé qui offrait un merveilleux point de vue sur l'eau verte et paisible.

— Maintenant que nous nous connaissons mieux, m'en voudriez-vous de vous poser une question un peu intime ? s'enquit Isolde.

— Non, tout dépend de la nature de la question, répondit Léonie, sur ses gardes, ce qui fit rire Isolde.

— Je me demandais si vous aviez un admirateur... Pardon si j'ai trop présumé de notre amitié, ajouta Isolde en voyant la jeune fille rougir jusqu'aux oreilles.

— Non, non, s'empressa de dire Léonie par crainte de paraître naïve et empotée, même si le peu qu'elle savait de l'amour romantique venait exclusivement de ses lectures. Pas le moins du monde. C'est juste que... vous m'avez prise un peu au dépourvu.

— Alors ? dit Isolde en se tournant vers elle. Avez-vous quelque soupirant ?

À sa grande surprise, Léonie éprouva un regret fugitif en constatant qu'elle n'en avait point. Bien sûr, elle avait imaginé des idylles, mais c'était en rêvant de personnages rencontrés dans les livres, de héros aperçus sur une scène de théâtre et à l'opéra, auréolés d'amour et de gloire. Jamais encore ses rêveries ne s'étaient attachées à quelqu'un de bien vivant.

— Ce genre de choses ne m'intéresse pas, déclarat-elle d'un ton péremptoire. Si vous voulez vraiment savoir ce que j'en pense, pour moi, le mariage est une forme de servitude.

Isolde dissimula un sourire.

— Autrefois, il l'était sans doute, mais à notre époque moderne ? À votre âge, toutes les jeunes filles rêvent d'amour.

— Eh bien, pas moi. J'ai trop vu pour maman ce que...

Elle s'interrompit en se rappelant les scènes, les larmes, les jours où l'argent manquait même pour acheter le strict nécessaire, les hommes qui défilaient chez eux...

Soudain le visage serein d'Isolde s'assombrit.

— Marguerite a connu des moments difficiles. Elle a fait ce qu'elle pouvait pour vous mettre vous et Anatole à l'abri du besoin. Vous ne devriez pas la juger trop sévèrement.

— Je ne la juge pas, répliqua Léonie, piquée au vif. C'est juste que... je n'ai pas envie de mener ce genre de vie.

— L'amour, le véritable amour, est une chose infiniment précieuse, Léonie, continua Isolde. Il est douloureux, inconfortable, il nous fait faire des folies, mais c'est lui qui donne couleur et sens à l'existence. Oui, l'amour est la seule chose qui puisse nous tirer de notre morne condition pour nous amener à une dimension plus haute, plus sublime.

Léonie lui jeta un coup d'œil, puis baissa la tête en regardant ses pieds.

— Il n'y a pas que maman, dit-elle. J'ai pu constater combien Anatole avait souffert. Cela a sans doute influencé ma vision des choses.

Sentant sur elle le regard pénétrant d'Isolde, Léonie garda la tête baissée.

— Il a aimé une femme, qui est morte en mars dernier, confia-t-elle. J'ignore la cause exacte de sa mort, mais je sais qu'elle s'est produite en de pénibles circonstances.

435

La gorge nouée, Léonie s'interrompit pour jeter un coup d'œil à sa tante, puis détourna le regard.

— Les mois qui ont suivi, reprit-elle, maman et moi nous sommes beaucoup inquiétées pour Anatole. C'était un homme brisé, à bout de nerfs. À tel point qu'il s'est réfugié dans des occupations... malsaines. Il passait des nuits entières dehors et...

Isolde pressa le bras de Léonie.

— Les hommes cherchent à se distraire par des moyens qui nous semblent peu recommandables. Mais vous ne devriez pas prendre ce genre de choses au tragique, ni en déduire qu'elles sont les symptômes d'un malaise plus profond.

— Vous ne l'avez pas vu ! s'écria-t-elle. Il n'était plus lui-même, comme perdu.

— Votre affection pour votre frère vous honore, Léonie, dit Isolde, mais il serait peut-être temps de vous faire moins de souci pour lui. Quelle que soit la situation, il paraît en bonne forme, à présent. Ne trouvez-vous pas ?

— J'admets qu'il va beaucoup mieux depuis quelque temps, reconnut Léonie, réticente.

— Bien. Le moment est venu de penser davantage à vous et à ce qui peut vous faire du bien. D'ailleurs, si vous avez accepté mon invitation, c'est parce que vous aviez besoin de repos. N'est-ce pas ?

Léonie hocha la tête.

— Maintenant que vous êtes là, oubliez un peu Anatole. Il est en sécurité.

Léonie songea à leur fuite précipitée de Paris, à la promesse qu'elle lui avait faite de l'aider, au sentiment de menace qui planait sur eux, à la cicatrice qui lui barrait l'arcade sourcilière, rappel constant du danger qu'il avait affronté. Alors, en un instant, ce fut comme si un lourd fardeau lui était enlevé.

— Il est en sécurité, répéta Isolde. Et vous aussi.

Elles se trouvaient à présent de l'autre côté du lac que l'on voyait de la maison, bien qu'il fût situé un peu à l'écart. Les seuls bruits qui rompaient le silence étaient ceux des brindilles craquant sous leurs pieds et des lapins détalant dans les fourrés. Loin, au-dessus de la cime des arbres, des corbeaux croassaient.

Isolde mena Léonie sur la butte, jusqu'à un banc de pierre en forme de croissant de lune dont les arêtes étaient adoucies par l'usure du temps. Elle s'y assit et invita Léonie à la rejoindre.

— Dans les jours qui ont suivi la mort de mon mari, je venais souvent ici. Je trouve cet endroit reposant.

Isolde ôta l'épingle qui retenait sa capeline et la posa sur le banc à côté d'elle. Léonie fit de même et enleva aussi ses gants, en observant sa tante à la dérobée. Elle était assise, bien droite, comme toujours, les mains posées sur les genoux. Ses cheveux dorés brillaient au soleil et le bout de ses bottines dépassait du bas de sa jupe en coton bleu pâle.

— Vous avez dû vous sentir bien seule ici, non ? demanda Léonie.

Isolde acquiesça en hochant la tête.

— Nous n'étions mariés que depuis quelques années. Jules était un homme aux habitudes assez rangées. La plupart du temps, nous ne séjournions pas ici. Du moins, pas moi.

— Mais vous vous y sentez bien, maintenant ?

— Disons que je m'y suis habituée, murmura Isolde, laconique.

Toute la curiosité de Léonie, un peu passée à l'arrière-plan à cause des préparatifs de la soirée, ressurgit d'un coup. Mille questions se pressèrent dans son esprit, dont l'une, et non des moindres, était de savoir

437

pourquoi Isolde choisissait de rester au Domaine de la Cade, alors qu'elle ne s'y sentait pas à l'aise.

— Oncle Jules vous manque-t-il à ce point ?

Au-dessus d'elles, les feuilles frémissaient et murmuraient dans le vent, comme une présence indiscrète, tendant l'oreille.

— C'était un homme estimé, répondit Isolde après un soupir. Et un bon mari, prévenant, généreux.

— Mais quand vous m'avez parlé d'amour tout à l'heure... commença Léonie, intriguée.

— On n'épouse pas toujours celui qu'on aime, l'interrompit Isolde. Les circonstances, l'occasion, les nécessités de l'existence, toutes ces choses entrent en ligne de compte.

— Je me suis demandé comment vous aviez fait connaissance, poursuivit Léonie. D'après ce qu'on m'en a dit, j'ai cru comprendre que mon oncle quittait rarement le Domaine de la Cade...

— C'est vrai, Jules n'aimait guère s'en éloigner. Il avait ici tout ce qu'il désirait, entre ses livres et les affaires du domaine, qu'il prenait très au sérieux. Pourtant il avait coutume de monter une fois par an à Paris, comme du vivant de son père. C'était devenu une sorte de rituel.

— Et ce fut durant l'une de ces visites qu'on vous présenta l'un à l'autre ?

— En effet, dit-elle.

Ce n'était pas tant les propos d'Isolde que son attitude qui intriguait Léonie. Sa tante avait porté la main à son cou, recouvert d'un haut col à la dentelle délicate, malgré la douceur de l'air. Ce geste revenait souvent chez elle, Léonie l'avait déjà remarqué. Et Isolde avait brusquement pâli. Comme si un souvenir déplaisant avait surgi dans son esprit, qu'elle préférait oublier.

438

— Donc il ne vous manque pas tant que ça, conclut Léonie.

Isolde eut l'un de ses longs sourires énigmatiques, et cette fois, Léonie n'eut plus de doute. L'homme dont Isolde avait parlé avec tant de passion et de tendresse n'était pas son défunt mari.

Elle l'observa à la dérobée, démangée par l'envie de poursuivre la conversation, mais craignant de se montrer sans-gêne. Car, malgré toutes ses confidences, Isolde ne lui avait encore rien révélé sur ses fiançailles ni sur son mariage. Par ailleurs, Léonie avait eu plusieurs fois l'impression que sa tante s'apprêtait à aborder un autre sujet, plus délicat, dont elles n'avaient pas encore parlé. Mais elle n'avait aucune idée de ce que cela pouvait bien être.

— Si nous rentrions, maintenant, suggéra Isolde, brisant le cours de ses pensées. Anatole va se demander où nous sommes.

Elle se leva. Léonie prit son chapeau, ses gants, et fit de même.

— Alors, tante Isolde, continuerez-vous à vivre ici ? questionna-t-elle tandis qu'elles descendaient du promontoire vers le chemin.

Isolde resta un instant silencieuse.

— Nous verrons, dit-elle enfin. Certes, cet endroit est magnifique, mais il n'incline pas à la paix de l'esprit.

52.

Carcassonne
Lundi 28 septembre 1891

L'employé des wagons-lits ouvrit la portière de la voiture première classe et Victor Constant en descendit pour poser le pied sur le quai de la gare de Carcassonne.

C'était comme dans l'une de ces comptines de grands-mères : « *Loup y es-tu ? Entends-tu ? Me voilà, et vous ne m'échapperez pas !* »

Il soufflait un vent à décorner les bœufs. Selon les prévisions, de violentes tempêtes allaient s'abattre très prochainement sur la région, comme on n'en avait pas vu depuis des années. Carcassonne en particulier allait en faire les frais, peut-être dès la semaine prochaine.

Constant regarda autour de lui. Au-dessus des voies de garage, les arbres se courbaient en tous sens en fouettant sauvagement l'air de leurs branches. Dans un ciel gris acier, des nuages noirs filaient, menaçants, au-dessus des toits de la ville.

— Et ce n'est que le prélude, dit Constant en souriant de sa propre plaisanterie.

Il chercha des yeux son homme de main et l'endroit du quai où il avait débarqué les bagages. En silence, ils traversèrent le hall. Constant attendit qu'il lui trouve un fiacre en regardant avec indifférence vers le canal du Midi, où les mariniers amarraient leurs péniches à des bollards ainsi qu'au pied des tilleuls qui bordaient la rive. L'eau agitée clapotait contre les chaussées en brique. Dans le kiosque à journaux, *La Dépêche de Toulouse* annonçait en gros titre la tempête qui frapperait le soir même, et n'en était qu'à son début.

Constant prit pension dans une rue étroite de la Bastide Saint-Louis. Puis, laissant à son valet la corvée qui consisterait à visiter chaque pension, hôtel ou maison d'hôtes pour montrer aux logeurs la photo de famille des Vernier dérobée dans l'appartement de la rue de Berlin, il se rendit à pied à la citadelle médiévale qui se dressait sur la rive opposée de l'Aude.

Malgré sa haine pour Vernier, Constant ne pouvait qu'admirer la façon dont il avait effacé ses traces. En même temps, il espérait que ce talent d'escamoteur conduirait son ennemi à se montrer arrogant et à oublier sa prudence. Constant avait grassement payé le concierge de la rue de Berlin pour qu'il intercepte toute correspondance venant de Carcassonne, comptant que Vernier, obligé de se cacher, ignorait encore la mort de sa mère. À Paris, le réseau se resserrait à son insu, et cette idée procurait à Constant une intense satisfaction.

Il traversa la rivière par le Pont-Vieux. En contrebas, entre ses berges inondées, l'Aude coulait, noire et bouillonnante, sur les rochers plats et entre des îlots de végétation à demi submergés. Il rajusta ses gants, tentant de soulager une rougeur qui lui irritait la peau, entre l'index et le majeur de la main gauche.

Carcassonne avait beaucoup changé depuis la dernière fois où il y avait mis les pieds. Malgré le mauvais temps, des bonimenteurs distribuaient des brochures touristiques à chaque coin de rue, semblait-il. Constant parcourut avec dédain le prospectus qu'il avait pris machinalement, passant rapidement sur des réclames pour une liqueur de la région, des savons de Marseille, des magasins de vélos et diverses pensions de famille pour en arriver au texte lui-même, qu'il trouva d'un mauvais goût achevé, avec son style ampoulé et ses références historiques très approximatives. Constant le roula en boule dans son poing ganté et le jeta sur le pavé.

Il détestait cette cité et il avait pour cela d'excellentes raisons. Trente ans plus tôt, son oncle l'avait entraîné dans les bas-fonds de la ville, au milieu des ruines et des taudis pouilleux, entre les murailles écroulées. Plus tard le même jour, gavé d'alcool de prune et d'opium, il avait eu sa première expérience. C'était dans un boudoir tapissé de soie damassée, au-dessus d'un bar de la place d'Armes. Son oncle lui avait offert pour l'occasion les services d'une professionnelle.

Ce même oncle était maintenant enfermé à Lamalou-les-Bains, fou et syphilitique au dernier degré. Constant ne lui rendait jamais visite. Il n'avait aucune envie de voir les ravages que la maladie aurait aussi sur lui, avec le temps.

C'était la première femme que Constant avait tuée. Il n'avait pas fait exprès et en était sorti choqué. Non pas d'avoir mis fin à une vie, mais que cela ait été si facile. Il revoyait sa main sur la gorge blanche de la fille, le désir exacerbé que lui avait procuré la peur qu'il avait lue dans ses yeux, quand elle s'était rendu compte que la violence de leurs ébats n'était que les prémices d'une possession plus totale et définitive.

442

Sans son oncle, sa fortune et ses bonnes relations avec la mairie, Constant n'aurait pas échappé à la guillotine ou au bagne. En fait, on l'avait laissé filer sans autre forme de procès.

L'expérience lui avait beaucoup appris, en particulier sur le pouvoir de l'argent. Face à lui, les faits n'avaient aucun poids, et l'on pouvait réécrire n'importe quel événement pour le tourner à son avantage. Oui, il avait su en tirer la leçon. Par la suite, il n'avait eu de cesse de s'attacher des gens, amis ou ennemis, par une savante combinaison d'obligations, de dettes et de peur, quand il le fallait. Pourtant, quelques années plus tard, il avait compris que toutes les leçons ont un prix. La fille avait fini par avoir sa revanche. Elle lui avait donné la maladie qui rongeait son oncle et lui gâchait la vie. Il ne pouvait plus la punir alors qu'elle reposait depuis des années six pieds sous terre, mais il s'était vengé sur d'autres.

Tout en descendant du pont, il repensa au plaisir que lui avait procuré la mort de Marguerite Vernier et une bouffée de chaleur l'envahit. Un court instant, elle avait effacé l'humiliation que son fils lui faisait subir. Après toutes les femmes qui lui étaient passées entre les mains, il devait reconnaître que le plaisir était d'autant plus intense quand la victime était belle. Le jeu en valait la chandelle.

Plus excité qu'il n'aurait voulu par ce souvenir, Constant avait senti sa respiration s'accélérer. Échauffé, il déboutonna son col. Le mélange de sang et de peur qui accompagnait ce genre d'expérience formait comme un parfum enivrant. Il serra les poings, se rappelant la sensation délicieuse de ce corps arqué qui lui résistait, de cette peau blanche profanée par ses mains avides.

Après avoir descendu la rue de la Trivalle, Constant

s'arrêta le temps de se reprendre, en découvrant la vue qui s'offrait à lui. Apparemment, les milliers de francs dépensés pour la restauration de la citadelle n'avaient pas amélioré le niveau de vie des habitants du quartier, constata-t-il avec dédain. Tout aussi délabré et misérable que trente ans plus tôt, il semblait crouler sous la main pesante du temps. À l'entrée des masures aux murs avachis, des gamins aux pieds nus traînaient par terre, dans la saleté. Une vieille aveugle emmitouflée dans des hardes puantes tendait la main aux passants. Sans un regard, Constant continua son chemin.

Il traversa la place Saint-Gimer où se dressait la nouvelle église construite par Viollet-le-Duc, qu'il trouva fort laide. Sur ses talons, des gamins des rues accompagnés de chiens galeux se mirent à lui quémander quelques sous en proposant de lui servir de guide ou de messager. Il les ignora, jusqu'à ce que l'un d'eux s'approche d'un peu trop près. Levant sa canne ferrée, Constant le frappa d'un coup qui lui entailla la joue, et la meute de petits voyous décampa.

Il arriva à une ruelle qui menait au pied des remparts de la Cité et la remonta. La chaussée était glissante, jonchée d'immondices, à l'image des laissés-pour-compte qui vivaient ici, en marge de la société. Des yeux l'épiaient par les fentes des persiennes.

Il s'arrêta devant une petite maison écrasée par l'ombre des murailles et frappa de sa canne à la porte. Pour trouver Vernier et sa putain, il devait recourir aux offices de celui qui y habitait. Ensuite, il saurait se montrer patient. Oui, il attendrait aussi longtemps qu'il le faudrait dès qu'il serait certain que les Vernier étaient bien dans la région.

Un guichet en bois fut tiré et, dans les yeux injectés de sang qui le fixèrent, la peur succéda vite à la surprise. Le guichet fut refermé. Puis, après un bruit de verrou tiré et de clef tournant dans la serrure, la porte s'ouvrit.

Constant entra.

53

Domaine de la Cade

Le venteux et changeant septembre céda la place à un octobre doux et clément.

Deux semaines à peine s'étaient écoulées depuis que Léonie avait quitté Paris. Pourtant elle avait déjà du mal à se rappeler le train-train de ses journées à la maison de la rue de Berlin. À son grand étonnement, rien ne lui manquait de son ancienne vie, ni les rues de Paris, ni la compagnie de sa mère ou de leurs voisins.

Depuis le soir du dîner, Isolde et Anatole s'étaient comme métamorphosés. L'angoisse ne voilait plus les yeux gris d'Isolde et elle avait un teint resplendissant, même si elle était facilement fatiguée et restait souvent le matin dans sa chambre, à se reposer. Le succès de la soirée et les sincères remerciements qui avaient suivi avaient dû la rassurer. Manifestement, la bonne société de Rennes-les-Bains était toute prête à accueillir en son sein Mme veuve Lascombe.

Quant à Léonie, elle passait le plus clair de son temps dehors, à explorer le moindre recoin du domaine, même si elle évitait toujours le sentier abandonné qui menait au sépulcre. Le soleil associé aux précoces pluies d'automne avait ravivé les couleurs du monde, le pourpre flamboyant des hêtres, le vert profond des cyprès, le revers doré des feuillages et, çà et là, l'éclair jaune vif d'un genêt tardif. Léonie aimait aussi le mélange des sons qu'elle entendait tout en marchant. Le chant des oiseaux, les aboiements d'un chien solitaire montant en écho de la vallée, le bruissement fait par un lapin détalant dans les fourrés, le claquement sec de ses bottines sur les cailloux et les brindilles qui jonchaient le chemin, le chœur des cigales qui vibrait de plus en plus fort à mesure que le soleil montait. Le Domaine de la Cade était vraiment un endroit fabuleux. Plus le temps mettait à distance les funestes impressions qu'elle avait ressenties au premier soir de son arrivée ainsi que sa mésaventure dans le sépulcre, plus Léonie se sentait ici chez elle. Et moins elle parvenait à comprendre comment sa mère, étant enfant, avait pu trouver inquiétants à ce point la demeure et ses alentours. C'était un endroit d'une telle tranquillité, se disait-elle, comme pour mieux s'en persuader.

Ses journées avaient adopté une agréable routine. Presque tous les matins, elle passait un peu de temps à son chevalet. Au départ, elle avait eu pour projet de peindre une série de paysages traditionnels de la région où s'illustrerait le caractère changeant de la saison. Mais après l'étonnant autoportrait qu'elle avait réalisé sans même s'en rendre compte l'après-midi précédant la soirée, elle changea d'idée et décida de restituer sous forme de série les sept autres tableaux de tarot qu'elle avait vus dans le sépulcre, à partir du souvenir qu'elle en avait. Et elle en ferait cadeau non à sa mère, mais à Anatole, en souvenir de leur séjour. Jusqu'à présent, les charmes de la nature l'avaient laissée froide, et c'était à Paris, dans les galeries, les musées, les grandes avenues, les parcs qu'elle se sentait chez elle. Mais ici et maintenant, Léonie se découvrait une profonde affinité avec les arbres et les paysages qu'elle voyait de sa fenêtre. Et dans chaque illustration, elle peignait tout naturellement en arrière-plan les divers paysages du Domaine de la Cade.

Certains des tableaux venaient plus spontanément que d'autres sous son pinceau. L'image du Mat prit l'apparence d'Anatole, l'expression de son visage, sa silhouette, sa carnation. La Prêtresse possédait l'élégance, le charme un peu éthéré que Léonie associait à Isolde.

Quant au Diable, elle le laissa de côté.

Après le déjeuner, Léonie restait généralement à lire dans sa chambre, sinon elle se promenait avec Isolde dans les jardins. Sa tante continuait à être très réservée sur les circonstances de son mariage, mais, petit à petit, Léonie réussit à récolter assez de bribes d'informations pour reconstruire une histoire à peu près satisfaisante.

Isolde avait grandi dans la banlieue parisienne sous la férule d'une vieille tante, une femme froide et aigrie pour qui elle n'était guère plus qu'une dame de compagnie à qui l'on n'avait pas à payer de gages. Libérée par la mort de sa parente, et disposant de quelque pécule, elle avait eu la chance de trouver une place en ville, à l'âge de vingt et un ans, au service d'un financier et de son épouse. Cette dame, ancienne relation de la tante d'Isolde, avait perdu la vue quelques années plus tôt et il lui fallait une assistance quotidienne. Pourtant les devoirs d'Isolde n'étaient guère pesants, ils se bornaient à prendre des lettres et autres correspondances sous la dictée, à lire à haute voix les journaux et les derniers romans, à accompagner sa patronne aux concerts ainsi qu'à l'opéra. À la douceur de sa voix quand elle évoquait ces années, Léonie comprit qu'Isolde avait pris en affection le financier et sa femme. Grâce à eux, elle s'était cultivée, avait appris les usages de la bonne société, suivi les exigences de la mode. Isolde n'avait pas expliqué en détail les raisons de son renvoi, mais Léonie devina que le fils du financier et son comportement déplacé y étaient pour beaucoup.

Au sujet de son union avec l'oncle de Léonie, Isolde était plus réservée. Manifestement, c'était davantage un mariage de raison que d'amour. Les circonstances, les nécessités de l'existence l'avaient poussée à accepter la demande faite par Jules Lascombe.

Léonie en apprit aussi davantage sur les incidents qui avaient troublé la paix de Rennes-les-Bains et auxquels M. Baillard avait fait allusion. Par contre, elle n'avait pas encore cerné pour quelle raison ils avaient été associés au Domaine de la Cade, et sur ce point, Isolde ne l'avait pas éclairée. Dans les années 1870, selon la rumeur, des cérémonies dépravées s'étaient tenues à l'intérieur de la chapelle désacralisée située dans les bois de la propriété.

En l'apprenant, Léonie avait eu du mal à dissimuler son trouble. Le sang avait soudain quitté ses joues. Elle avait repris quelque couleur en se rappelant ce que lui avait précisé M. Baillard : on avait fait appel à l'abbé Saunière pour tenter d'apaiser les esprits du lieu. Léonie aurait voulu en savoir plus, mais Isolde n'était pas présente au moment des faits et, malgré elle ou à dessein, ce qu'elle en disait restait trop vague.

Au cours d'une autre conversation, Isolde raconta à sa nièce que Jules Lascombe était considéré en ville comme une sorte de reclus. Après la mort de sa belle-mère et le départ de sa demi-sœur, il s'était satisfait de son isolement. Selon Isolde, il n'avait besoin d'aucune compagnie, encore moins d'une épouse. Pourtant, Lascombe s'était retrouvé en butte à des soupçons. La bonne société de Rennes-les-Bains ne voyait pas ce célibataire d'un bon œil, plus, elle s'interrogeait vivement sur les raisons qui avaient poussé sa sœur à fuir la propriété quelques années plus tôt. Et si, vraiment, elle en était partie.

Toujours d'après Isolde, les rumeurs enflèrent à tel point que Lascombe fut contraint de réagir. À l'été 1885, Bérenger Saunière, le nouveau prêtre de la paroisse de Rennes-le-Château, lui suggéra que la présence d'une femme au Domaine ferait taire les ragots et rassurerait le voisinage.

Un ami commun présenta Isolde et Lascombe l'un à l'autre. Celui-ci fit bien comprendre à sa jeune épousée qu'il ne verrait aucun inconvénient, au contraire, à ce qu'elle passe le plus clair de son temps en ville, étant entendu qu'il couvrirait ses frais, pourvu qu'elle se rende à Rennes-les-Bains chaque année dès qu'il le lui demanderait. Le mariage avait-il été consommé ? La question traversa l'esprit de Léonie, mais elle n'eut pas l'audace de la poser.

Une histoire pas romantique pour un sou, un arrangement plutôt, qui répondait à la plupart des questions que Léonie s'était posées sur la nature du couple qu'avaient formé sa tante et son oncle. Pourtant elle n'expliquait pas de quel homme Isolde avait parlé avec tant de fougue et de tendresse durant leur première promenade, en évoquant une grande passion telle qu'on en trouve dans les romans. Ce fascinant aperçu avait laissé Léonie rêveuse.

Durant ces paisibles semaines d'octobre, les prévisions de tempêtes se révélèrent erronées. Le soleil brillait, mais pas trop fort. Il soufflait une brise modérée qui ne troublait en rien la tranquillité de leurs journées.

Elles s'écoulaient dans une routine agréable, chacun vaquant à ses occupations.

La seule ombre au tableau, c'était qu'ils n'avaient aucune nouvelle de leur mère. Certes, Marguerite avait tendance à négliger sa correspondance, mais de là à ne donner aucun signe de vie... Anatole essayait de rassurer Léonie en arguant qu'une lettre avait sans doute été perdue lors de l'accident de la malle-poste qui s'était renversée non loin de Limoux, la nuit de la tempête. Le postier l'avait informé que tout un chargement de lettres, colis et télégrammes avait été précipité dans la Salz et englouti dans les flots.

Sur l'insistance de Léonie et malgré ses réticences, Anatole se résolut à écrire en adressant la lettre rue de Berlin. Peut-être que Du Pont avait été obligé de rentrer à Paris et que Marguerite serait là pour la recevoir.

En regardant Anatole sceller l'enveloppe et la remettre au garçon de course pour qu'il la poste à Rennes-les-Bains, Léonie fut saisie d'une soudaine angoisse. Elle faillit tendre la main pour le retenir, mais se domina. C'était idiot. Les créanciers d'Anatole avaient dû abandonner leurs poursuites.

Quel mal y avait-il à envoyer une lettre ?

À la fin de la deuxième semaine d'octobre, alors que l'air était imprégné d'une odeur d'humus et de feux de jardin, Léonie suggéra à Isolde qu'elles pourraient rendre visite à M. Baillard, ou encore l'inviter au Domaine de la Cade. Mais Isolde lui répondit que celui-ci avait inopinément quitté Rennes-les-Bains, et qu'on n'attendait pas son retour avant la Toussaint.

— Où est-il allé ?

— Nul ne le sait, répliqua Isolde. Dans les montagnes, semble-t-il, mais personne n'est certain de la durée de son absence, ni de l'endroit où il a pu aller.

Déçue, Léonie insista malgré tout pour se rendre à

Rennes-les-Bains. Peut-être que M. Baillard serait déjà de retour. Anatole et Isolde résistèrent, puis, s'avouant vaincus, ils projetèrent une visite pour le vendredi 16 octobre.

Après avoir passé en ville une agréable matinée, ils tombèrent sur Charles Denarnaud et prirent un café avec lui à la terrasse de l'hôtel de la Reine. Malgré sa bonhomie et sa cordialité, il déplaisait toujours autant à Léonie. À l'attitude et à la réserve d'Isolde, elle devina que sa tante éprouvait pour lui la même antipathie.

— Il ne m'inspire pas confiance, murmura Léonie. Il y a quelque chose de faux dans sa manière d'être.

Isolde ne répondit rien, mais elle haussa les sourcils d'une façon qui montrait qu'elle partageait ses réticences. Léonie vit avec soulagement Anatole se lever pour prendre congé.

— Alors, c'est d'accord, Vernier ? Un matin, vous vous joindrez à moi pour une partie de chasse, dit Denarnaud en lui serrant la main. Ça grouille de sangliers à cette époque de l'année. Sans parler des bécasses et des pigeons.

À cette perspective, une lueur brilla dans les yeux d'Anatole.

— J'en serais ravi, Denarnaud, confirma-t-il. Mais je dois vous prévenir que j'ai plus d'enthousiasme que de talent. Et qu'à mon grand regret, je n'ai point de fusil.

— Si vous vous chargez du casse-croûte, c'est moi qui fournirai les armes et les munitions, fit Denarnaud d'un air bonhomme en lui tapant dans le dos.

— Marché conclu, dit Anatole d'un air si réjoui que, malgré son aversion envers cet homme, Léonie ne put s'empêcher de sourire aussi.

— Mesdames, les salua Denarnaud en ôtant son chapeau. Vernier. Disons lundi prochain ? En prévision, je ferai porter au Domaine de quoi vous équiper, si Mme Lascombe n'y voit pas d'inconvénient, bien sûr.

— Aucun, confirma Isolde.

Pendant leur promenade, Léonie s'aperçut qu'Isolde suscitait une certaine curiosité. Il n'y avait pas d'hostilité ni de suspicion dans les regards qu'on lui lançait, mais une sorte de vigilance. Isolde s'était habillée de noir et, pour marcher dans les rues, elle avait baissé sa voilette. Léonie trouvait surprenant que, neuf mois après l'événement, sa tante fût encore forcée de porter le deuil. Manifestement, les coutumes d'ici différaient de celles de Paris, où la période à observer était brève.

Pour Léonie, le moment le plus fort de leur visite fut la présence d'un photographe ambulant posté sur la place du Pérou, la tête cachée sous un épais tissu noir, son appareil posé en équilibre sur un trépied en bois ferré aux extrémités. Il venait d'un atelier de Toulouse et avait pour mission de photographier les villes et villages de la Haute Vallée pour la postérité. Il avait déjà visité Rennes-le-Château, Couiza et Coustaussa. Après Rennes-les-Bains viendraient Espéraza et Quillan.

— Et s'il nous prenait en photo ? Ce serait un souvenir de notre séjour ici, proposa Léonie en tirant son frère par la manche. Anatole, s'il te plaît ? Un cadeau pour maman ?

À peine eut-elle prononcé ces mots que les larmes lui vinrent aux yeux. Surprise, Léonie se rendit compte à quel point sa mère lui manquait.

Percevant peut-être son émotion, Anatole capitula. Il prit place au milieu, sur une vieille chaise que les pavés ronds rendaient un peu bancale, sa canne et son chapeau sur ses genoux. Élégante dans son tailleur sombre, Isolde se tenait derrière lui, l'une de ses mains gantées de noir posée sur l'épaule de son neveu. Quant à Léonie, toute pimpante dans une veste brun-roux aux boutons de cuivre bordée de velours, elle était debout à droite de son frère et souriait à l'objectif.

— Voilà, dit Léonie quand ce fut fini. Désormais nous garderons toujours le souvenir de cette journée.

Avant leur départ de Rennes-les-Bains, Anatole fit son pèlerinage habituel à la poste restante, tandis que Léonie se rendait au modeste logement d'Audric Baillard pour s'assurer qu'il n'y était pas. Elle avait glissé dans sa poche la partition dérobée dans le sépulcre et était décidée à la lui montrer. Elle souhaitait aussi lui confier qu'elle avait commencé une série de tableaux d'après les fresques qui figuraient sur le mur de l'abside.

Et tenter grâce à lui d'en savoir un peu plus sur les rumeurs qui circulaient à propos du Domaine de la Cade.

Isolde attendit patiemment tandis que Léonie frappait à la porte en bois bleue, comme si elle pouvait en faire sortir M. Baillard par la seule force de sa volonté. Les volets étaient clos et les fleurs dans les jardinières extérieures couvertes de feutre, en prévision des premières gelées. On aurait dit que la maison se préparait à hiberner, comme si personne ne comptait y retourner avant longtemps.

Elle frappa encore, et tandis qu'elle observait la demeure claquemurée, la mise en garde de M. Baillard de ne pas retourner au sépulcre et de remettre le livre de son oncle dans la bibliothèque lui revint avec force. Léonie n'avait passé qu'une soirée en sa compagnie, pourtant elle avait pleinement confiance en lui. Et quelques semaines après cette soirée, face à la porte obstinément close de sa demeure, elle se rendait compte à quel point elle tenait à lui faire savoir qu'elle avait suivi ses conseils à la lettre.

Enfin presque.

Car elle n'était pas retournée là-bas pour en savoir plus. Et si elle n'avait pas encore replacé le livre de son oncle dans la bibliothèque, elle ne l'avait plus rouvert depuis sa visite au sépulcre.

Malgré la déception que lui valait l'absence de M. Baillard, Léonie n'en était pas moins décidée à respecter ses recommandations. Il lui vint même à l'esprit qu'il ne serait pas prudent d'agir autrement.

Se détournant, elle prit Isolde par le bras, et toutes deux rejoignirent Anatole.

Quand ils furent de retour au Domaine de la Cade une demi-heure plus tard, Léonie courut jusqu'au renfoncement sous l'escalier et rangea la partition de musique dans le coffre du tabouret de piano, sous un exemplaire mangé aux mites du *Clavier bien Tempéré* de Bach. Elle comprenait à présent pourquoi elle n'avait jamais essayé de la jouer, alors qu'elle l'avait depuis si longtemps en sa possession.

Cette nuit-là, dans sa chambre, quand Léonie souffla la lumière, elle regretta pour la première fois de ne pas avoir remis *Les Tarots* dans la bibliothèque. C'était comme si le livre de son oncle, pourtant enfoui sous les pelotes, les rubans, les bobines de fil, avait une présence palpable. Des images s'immiscèrent dans son esprit, de démons, d'enfants enlevés de leur lit, de griffures sur le sol et les pierres évoquant quelque esprit du mal ayant rompu ses chaînes. Au milieu de la nuit, elle se réveilla brusquement sous le coup d'une vision où les huit tableaux vivants du tarot l'entouraient, l'oppressaient. Alarmée, elle s'empressa d'allu-

mer une bougie pour faire fuir les fantômes, décidée à
ne pas se laisser entraîner.

Car à présent, la mise en garde d'Audric Baillard
prenait tout son sens. Léonie savait que les esprits du
lieu étaient venus la chercher pour l'obliger à les
suivre. Et elle était décidée à ne plus leur en donner
l'occasion.

54.

Le temps clément dura jusqu'au mardi 20 octobre.

Un ciel vert-de-gris s'installa bas sur l'horizon. Une brume épaisse voilait le Domaine de ses doigts glacés. Les arbres n'étaient plus que de vagues silhouettes. Un vent violent soufflant du sud-ouest ridait la surface du lac et ployait sous ses assauts les massifs de genévriers et de rhododendrons.

Heureusement, la partie de chasse avec Charles Denarnaud a déjà eu lieu, se dit Léonie en regardant par la fenêtre.

Anatole était parti un matin, ses fusils prêtés en bandoulière, et il était revenu plus tard dans l'après-midi, le teint hâlé, manifestement ravi de cette journée passée au grand air et gardant encore dans ses yeux l'excitation de la chasse, avec dans sa besace un couple de pigeons ramiers. Un jour maussade comme aujourd'hui, le plaisir n'aurait pas été le même.

Après le petit déjeuner, Léonie alla s'installer dans le petit salon. Allongée sur la méridienne, elle s'y prélassait en lisant le recueil de nouvelles de Margaret Oliphant quand le courrier arriva du village. Elle entendit Marieta ouvrir la porte d'entrée, échanger quelques mots avec le facteur, puis trottiner sur le sol carrelé du vestibule pour gagner le bureau.

Cette période de l'année était très prenante pour

Isolde. En effet, dans un mois, soit le 11 novembre, on établirait l'exercice comptable de la propriété et on ferait le bilan de l'année écoulée, en procédant dans certains cas à des ruptures de contrat de fermage. Ce même jour, on fixerait pour l'année à venir les loyers des métayers. Isolde expliqua à Léonie qu'en tant que châtelaine, elle se devait de bien tenir son rôle. En fait, il s'agissait surtout d'écouter l'intendant et de suivre ses avis quant aux décisions à prendre. Pourtant Isolde avait passé les deux dernières matinées à s'occuper des affaires du Domaine, cloîtrée dans son bureau.

Léonie reprit sa lecture.

Quelques minutes plus tard, elle entendit des éclats de voix, puis la sonnette du bureau retentit, ce qui était inhabituel. Intriguée, Léonie reposa son livre, traversa la pièce en courant sans remettre ses chaussures et entrouvrit la porte. Elle eut juste le temps de voir Anatole dévaler l'escalier quatre à quatre pour disparaître dans le bureau.

— Anatole ? s'écria-t-elle en courant après lui. Des nouvelles de Paris ?

Mais le claquement de la porte qu'il referma derrière lui dut couvrir sa voix, car son frère ne lui répondit pas.

Comme c'est étrange, songea Léonie.

Elle attendit un peu en scrutant la porte close, espérant voir ressurgir son frère, puis, lassée d'attendre, retourna dans le petit salon.

À 11 heures, Marieta y apporta le café et posa le plateau sur la table. Il y avait trois tasses, comme d'habitude.

— Ma tante et mon frère vont-ils me rejoindre ?

— On ne m'a pas donné d'autres ordres, madomaisèla.

À cet instant, Anatole et Isolde apparurent sur le seuil.

— Bonjour, sœurette, lança-t-il d'un air guilleret.

— J'ai entendu des exclamations, dit Léonie en se levant aussitôt. Je me suis demandé si tu avais reçu des nouvelles de Paris.

Une ombre passa sur le visage de son frère.

— Non, aucune nouvelle de maman. Désolé.

— Alors... qu'y a-t-il ? demanda-t-elle en s'apercevant qu'Isolde aussi était dans un grand état d'excitation.

Les joues roses, l'œil brillant, sa tante traversa la pièce et lui pressa la main.

— J'ai reçu ce matin la lettre que j'attendais de Carcassonne.

Anatole s'était placé devant le feu, les mains derrière le dos.

— Or Isolde avait parlé d'une sortie au concert, si je ne m'abuse, remarqua-t-il.

— C'est vrai ? On y va ? s'exclama Léonie en sautant de joie, et elle embrassa sa tante. Oh ! C'est merveilleux !

— Nous nous doutions que cela te ferait plaisir, remarqua Anatole en riant. Ce n'est pas la meilleure saison pour voyager, mais on ne choisit pas toujours.

— Quand partirons-nous ? demanda Léonie en les regardant tour à tour.

— Jeudi matin. Isolde a envoyé un télégramme à ses notaires pour leur faire savoir qu'elle serait là-bas à 14 heures.

Il s'interrompit et échangea avec Isolde un regard qui n'échappa point à Léonie.

Il souhaite me parler d'autre chose, se dit-elle, le cœur palpitant.

— Ce n'est pas tout, reprit Anatole. Voilà : Isolde

nous a gentiment proposé de prolonger notre séjour ici. Peut-être jusqu'au Nouvel An. Qu'en dis-tu ?

Léonie fixa son frère d'un air ébahi, ne sachant quoi penser de cette proposition. Ce séjour à la campagne aurait-il autant de charme s'il se prolongeait ?

— Mais... Et ton travail ? La revue peut-elle se passer de toi si longtemps ? N'as-tu pas besoin d'être sur place pour veiller à tes intérêts ?

— Oh, je suis bien certain que la revue pourra se débrouiller sans moi encore un petit moment, répondit-il avec insouciance en prenant la tasse de café que lui tendait Isolde.

— Et maman ? dit Léonie, assaillie par l'image soudaine de sa mère, assise toute seule dans le salon de la rue de Berlin.

— Si Du Pont veut bien se passer d'elle, nous avons pensé l'inviter à nous rejoindre ici.

Il sait très bien qu'elle ne voudra jamais quitter Paris. Surtout pas pour venir ici, se dit Léonie en dévisageant son frère, éberluée.

— À mon avis, le général ne verra pas ça d'un très bon œil, prétexta-t-elle pour excuser par avance le refus qui suivrait immanquablement cette invitation.

— C'est peut-être que tu t'ennuies trop en ma compagnie ? lança Anatole et, la rejoignant, il lui passa un bras autour des épaules. L'idée de passer encore plusieurs semaines confinée ici avec ton frère te déprime-t-elle à ce point ?

— Quel idiot ! Je serais ravie de rester encore un peu. Rien ne me ferait plus plaisir. Mais...

— Mais quoi ?

— J'aimerais bien avoir des nouvelles de maman, répondit Léonie, et son sourire s'effaça.

Anatole reposa sa tasse et alluma une cigarette.

— Moi aussi, confirma-t-il posément. Pas de nouvelles, bonnes nouvelles, dit le proverbe. C'est sans doute parce qu'elle prend du bon temps qu'elle n'a pas trouvé celui de nous écrire. Et puis l'on a dû faire suivre ma lettre dans la Marne. D'où ce retard.

— Je croyais que d'après toi, ils étaient déjà rentrés à Paris ? s'étonna-t-elle.

— Ce n'était pas une certitude, juste une supposition, dit-il doucement, puis son visage s'éclaira de nouveau. Alors, cette virée à Carcassonne, ça te tente ?

— Oh oui !

— Bien. Jeudi, nous prendrons le train du matin pour Couiza. La diligence part de la place du Pérou à 5 heures.

— Combien de temps y séjournerons-nous ?

— Deux jours, peut-être trois.

— Seulement ? Ça ne vaut pas le coup, protesta Léonie, déçue.

— Mais si, tu verras. Ce sera bien assez long, répondit-il en souriant, et cette fois encore, Léonie ne put manquer de remarquer le regard complice qu'il échangea avec Isolde.

55.

Les amants étaient allongés sous les draps. Une unique bougie éclairait leurs visages.

— Tu devrais regagner ta chambre, dit-elle. Il est tard.

— Justement. Tout le monde est couché, répliqua Anatole, et il croisa les bras derrière sa nuque.

Isolde sourit. Manifestement, il n'avait pas l'intention de s'en aller.

— Jamais je n'aurais cru que je vivrais un jour un tel bonheur. Que nous serions ici, ensemble, dit-elle d'une voix sereine, puis le sourire s'effaça de son visage, et elle porta machinalement la main à sa gorge. J'ai peur qu'il ne dure pas.

Anatole se pencha pour l'embrasser là où la peau était abîmée, mais Isolde ne put s'empêcher de se rétracter et il le sentit. La cicatrice était un douloureux rappel de sa brève et violente liaison avec Victor Constant.

Leur idylle durait déjà depuis plusieurs mois quand, après la mort de son mari, Isolde avait enfin permis à Anatole de la voir sans le foulard ni le col montant qui cachaient en permanence sa vilaine cicatrice. Et il avait encore attendu plusieurs semaines avant d'obtenir de son amante qu'elle lui raconte comment elle avait reçu cette blessure.

À tort, il avait cru que parler de son passé l'aiderait peut-être à le surmonter. Or cela n'avait fait que la perturber davantage. Encore aujourd'hui, neuf mois après leur première rencontre et alors que la liste des sévices physiques que Constant avait infligés à Isolde lui était familière, Anatole tressaillait en se rappelant son ton neutre et posé quand elle lui avait décrit comment, dans une crise de jalousie, Constant l'avait marquée au fer rouge. Il s'était servi de tisonniers pour chauffer sa chevalière sur les braises avant d'appuyer le métal rougi sur sa gorge jusqu'à ce qu'elle perde connaissance. Effaré, Anatole avait presque senti l'odeur écœurante de la chair brûlée.

La funeste liaison d'Isolde et Constant n'avait duré que quelques semaines. Les doigts brisés avaient guéri, les contusions s'étaient effacées ; cette cicatrice était la seule trace physique des mauvais traitements qu'il lui avait fait subir trente jours durant. Mais les séquelles psychologiques persistaient. Malgré sa beauté, sa grâce, son élégance, Isolde était devenue timorée, elle avait perdu toute confiance en elle, en la vie, et Anatole le déplorait.

— Mais si, notre bonheur durera, tu verras, assura-t-il en la caressant.

Sa main suivit les courbes et les creux de ce corps tant aimé pour s'arrêter sur la peau blanche de ses cuisses.

— Tout est arrangé, reprit-il. Nous avons l'autorisation. Demain nous verrons les notaires de Lascombe à Carcassonne. Dès que nous saurons quels sont exactement tes droits sur cette propriété, nous pourrons prendre nos dispositions. Et tout sera joué, conclut-il en claquant des doigts.

Son bras nu et musclé émergea des draps pour

prendre son étui à cigarettes sur la table de chevet. Il alluma deux cigarettes, en passa une à Isolde.

— Certains refuseront de nous recevoir, dit-elle. Mme Bousquet, Me Fromilhague.

— Eh bien tant pis, répliqua-t-il en haussant les épaules. Leur opinion t'importe-t-elle à ce point ?

— Mme Bousquet a des raisons de se plaindre, remarqua Isolde sans répondre à sa question. Si Jules ne s'était pas marié sur un coup de tête, elle aurait hérité du Domaine. Elle pourrait même contester le testament.

Anatole secoua la tête.

— Mon instinct me dit que si elle en avait eu l'intention, elle l'aurait fait juste après la mort de Lascombe, à l'ouverture du testament. Attendons de voir ce que dira le codicille avant de nous inquiéter d'éventuelles objections, remarqua-t-il en tirant une bouffée de sa cigarette. Je concède que Me Fromilhague ait pu déplorer la précipitation avec laquelle vous vous êtes mariés. Il pourrait effectivement élever des objections. Mais il n'y a aucun lien de sang entre nous, et puis en quoi cela le regarde-t-il ? Non, conclut-il en haussant les épaules. Il finira par changer d'avis, avec le temps. Fromilhague est avant tout quelqu'un de pragmatique. Il ne voudra pas rompre les liens qui l'unissent à la propriété.

Isolde acquiesça d'un hochement de tête. Plus parce qu'elle veut y croire que parce que je l'ai convaincue, songea Anatole.

— Tu es toujours d'avis que nous devrions vivre ici plutôt que nous cacher à Paris, sous le couvert de l'anonymat ? demanda-t-elle.

Anatole se rappela combien Isolde s'angoissait dès qu'elle retournait à la capitale. Elle n'était plus que l'ombre d'elle-même. Les bruits, les odeurs, les vues de Paris, tout semblait lui rappeler douloureusement sa brève liaison avec Constant. Pour lui comme pour elle, c'était invivable.

— Si cela nous est possible, je pense en effet que nous devrions nous établir ici... Surtout si tes soupçons se confirment, reprit-il en posant doucement sa main sur le ventre d'Isolde. Je n'arrive toujours pas à croire que je vais être papa, avoua-t-il en la regardant avec une lueur de fierté dans les yeux.

— C'est le tout début, répondit-elle avec douceur. Pourtant je suis certaine de ne pas me tromper.

Elle posa la main sur la sienne et ils restèrent un moment silencieux.

— Tu ne crains pas que nous soyons punis pour notre subterfuge du mois de mars ? murmura-t-elle.

Anatole fronça les sourcils d'un air de ne pas comprendre.

— La clinique. Faire comme si j'avais été contrainte de... d'avorter.

— Mais non, voyons, assura-t-il.

— Promets-moi que ta décision de ne pas rentrer à Paris n'a rien à voir avec Victor, dit-elle enfin, après un autre silence. Là-bas, tu es chez toi, Anatole. Souhaites-tu vraiment t'exiler pour de bon ?

Anatole éteignit sa cigarette, puis se passa les doigts dans les cheveux.

— Nous en avons déjà trop parlé, dit-il. Mais si cela doit te rassurer, je te donne ma parole qu'après avoir mûrement pesé ma décision, je reste persuadé que le Domaine de la Cade est pour nous la demeure idéale. Cela n'a rien à voir avec Constant. Rien à voir avec Paris. C'est juste qu'ici, nous avons la possibilité de nous établir, de vivre une vie simple et tranquille.

— Et Léonie ?

— J'espère qu'elle aussi voudra bien s'installer ici, avec nous.

Isolde retomba dans le silence. Anatole sentit qu'elle se figeait, se raidissait, comme si elle s'apprêtait à prendre la fuite.

— Pourquoi lui permets-tu d'avoir sur toi une telle emprise ? lui dit-il.

Elle baissa les yeux, et il regretta immédiatement sa franchise. Isolde savait combien Anatole supportait mal que Constant occupe si souvent ses pensées. Au tout début de leur liaison, il lui avait dit que cette peur qu'il sentait constamment chez elle le faisait douter de lui-même. Comme s'il n'était pas capable de la protéger, de lui inspirer assez de confiance pour bannir à jamais les spectres de son passé. Et il ne lui avait pas caché son irritation.

En conséquence, elle avait décidé de tenir sa langue, Anatole le savait. Pourtant les souvenirs des souffrances qu'elle avait endurées la tourmentaient toujours, et il le comprenait à présent. Contrairement aux séquelles physiques, elle en gardait encore l'empreinte et il lui faudrait du temps pour en guérir. Mais ce qu'Anatole avait du mal à saisir, c'était pourquoi elle en éprouvait tant de honte. Plus d'une fois elle avait tenté de lui expliquer quelle humiliation c'était pour elle de s'être ainsi laissé abuser par cet homme au point d'en tomber amoureuse. Elle se sentait souillée par lui comme par les émotions qu'il lui avait inspirées.

Aux heures les plus sombres, Anatole craignait qu'Isolde ne se remette jamais de ces désillusions, qu'elle considère que cette erreur de jugement passagère la privait à jamais de son droit au bonheur. Et il s'affligeait du fait qu'elle ne se sente toujours pas en sécurité, malgré toutes les paroles rassurantes qu'il lui avait prodiguées, les efforts insensés qu'ils avaient fournis pour échapper à Constant et à ses recherches, en allant jusqu'à ce simulacre d'enterrement au cimetière Montmartre.

— Si Constant était encore à nos trousses, nous le saurions maintenant. Rappelle-toi le début de l'année. Il n'a pas cherché à dissimuler ses intentions malveillantes... T'a-t-il jamais connue sous ton vrai nom, à ton avis ?

— Non. On nous a présentés l'un à l'autre chez un ami commun par nos seuls prénoms.

— Savait-il que tu étais mariée ?

— Oui. Il savait que mon mari habitait en province et qu'il tolérait une certaine dose d'indépendance, dans les limites de la respectabilité et pourvu que je sois discrète. C'était un sujet que nous laissions de côté. Quand je lui ai annoncé mon départ, j'ai invoqué l'obligation de rejoindre mon époux.

Elle frissonna, et Anatole sut qu'elle songeait à la nuit où Constant avait failli la tuer.

— Constant n'a donc jamais rencontré Jules Lascombe ? insista-t-il.

— Non, jamais.

— Et a-t-il eu connaissance d'éléments susceptibles de le relier à lui, hormis l'appartement de la rue Feydeau ?

— Non... Du moins pas par moi.

— Eh bien, l'enterrement a eu lieu il y a six mois, et depuis, rien n'est venu troubler notre tranquillité, n'est-ce pas ? conclut Anatole, sûr de son fait.

— Sauf l'agression dont tu as été victime passage des Panoramas.

— Constant n'y était pour rien, affirma-t-il.

— Mais ils t'ont seulement dérobé la montre de ton

467

père, protesta-t-elle. Quel voleur laisserait un porte-feuille rempli de billets à sa victime ?

— Je suis tombé au mauvais endroit au mauvais moment, voilà tout, dit-il, et, se penchant sur elle, il lui caressa la joue. Depuis mon arrivée au Domaine, j'ai été sans cesse sur mes gardes, Isolde. Je n'ai rien vu, rien entendu de suspect ni d'inquiétant. Au village, personne n'est venu poser de questions. Et l'on n'a signalé aucun rôdeur dans les environs.

— Et Marguerite... Cela ne t'inquiète pas de n'avoir reçu d'elle aucune nouvelle ? demanda Isolde.

— Si, je l'avoue, dit-il en s'assombrissant. Mais après tous les efforts que nous avions faits pour dissimuler nos allées et venues, j'ai hésité à lui écrire. On ne peut que supposer qu'elle s'est laissé accaparer par Du Pont.

Isolde décela dans sa voix une légère amertume, qui la fit sourire.

— Le seul crime de ce Du Pont, c'est d'aimer votre mère, lui fit-elle gentiment remarquer.

— Alors pourquoi est-ce qu'il ne l'épouse pas ? rétorqua-t-il, plus vivement qu'il n'en avait eu l'intention.

— Tu sais bien pourquoi, répondit-elle avec douceur. Elle est la veuve d'un communard. Du Pont n'est pas le genre d'homme à braver les conventions.

Anatole en convint d'un hochement de tête, puis il poussa un soupir.

— À vrai dire, malgré l'antipathie qu'il m'inspire, cela m'arrange qu'il s'occupe de maman, reconnut Anatole. Je préfère la savoir en sa compagnie dans la vallée de la Marne, plutôt que seule à Paris.

Isolde tendit la main vers son peignoir, posé sur un fauteuil à côté du lit, et s'en drapa.

— Tu as froid ? s'enquit-il d'un air inquiet.

— Un peu.

— Veux-tu que j'aille te chercher quelque chose ?

— Non, ça va, dit Isolde en posant une main sur son bras.

— Mais dans ton état tu devrais...

— Allons, Anatole, je ne suis pas malade. Mon état, comme tu dis, est parfaitement normal, dit-elle d'un air taquin, mais son sourire s'effaça. En parlant de famille, je suis toujours d'avis que nous devrions confier à Léonie la véritable raison de notre visite à Carcassonne et lui faire part de nos intentions.

— Et moi je pense qu'il vaut mieux la laisser dans l'ignorance tant que nous ne serons pas fixés nous-mêmes sur la suite des événements.

Il alluma une cigarette et les volutes de fumée blanche semblèrent dessiner des lettres dans l'air.

— Comment peux-tu croire que Léonie ne nous en voudra pas, à toi comme à moi ?

— Tu l'aimes bien, hein ? Ça me fait plaisir.

— Justement, je répugne à la tromper plus long-temps.

Anatole tira une longue bouffée.

— Elle comprendra que nous ayons préféré ne pas l'impliquer dans nos projets à l'avance. C'eût été lui imposer un trop lourd fardeau.

— Je soutiens le contraire. Je suis convaincue que Léonie ferait n'importe quoi pour toi. Tu pourrais lui confier tous tes soucis, elle les comprendrait et accep-terait de grand cœur de t'aider. Par contre, ajouta-t-elle après un petit haussement d'épaules, si elle découvre que nous ne lui avons pas fait confiance, elle en sera terriblement blessée, avec raison. Je crains alors que sa colère ne la conduise à réagir de façon regrettable.

— Que veux-tu dire ?

— Ce n'est plus une enfant, Anatole, remarqua-t-elle en lui prenant la main.

— Elle n'a que dix-sept ans ! protesta-t-il.

— Elle jalouse déjà les attentions que tu as envers moi.

— Absurde.

— Comment crois-tu qu'elle se sentira quand elle découvrira que tu l'as trompée ?

— Il ne s'agit pas là de tromperie, mais de discrétion. Moins il y aura de gens au courant de nos intentions, mieux cela vaudra, conclut-il, et il posa la main sur le ventre d'Isolde pour lui signifier que le débat était clos.

La prenant doucement par la nuque, il l'attira à lui pour l'embrasser. Puis, lentement, il fit glisser le peignoir de ses épaules, lui dénudant les seins. Isolde ferma les yeux.

— Bientôt, ce sera fini, mon amour, murmura-t-il en humant sa peau laiteuse. Bientôt, tout éclatera au grand jour. Et nous pourrons entamer un nouveau chapitre de notre vie.

56.

À 4 h 30 du matin, le cabriolet s'engagea sur l'allée pour sortir du Domaine. Marieta était assise sur le devant, à côté de Pascal qui conduisait. Une unique couverture leur couvrait les genoux. Quant à Anatole, Léonie et Isolde, ils avaient pris place dans la voiture dont la capote au cuir craquelé protégeait mal du froid du petit matin. Léonie était emmitouflée dans sa longue cape noire, la capuche relevée, blottie entre son frère et sa tante. Les plaids en fourrure qui les couvraient des orteils au menton venaient juste d'être sortis de leur malle et ils sentaient encore la naphtaline.

Ce départ dans la nuit et le froid avec juste un trait de lueur bleutée à l'horizon, la perspective de ces deux jours à venir à déambuler dans une ville inconnue où ils iraient au concert, mangeraient au restaurant... Tout cela donnait à Léonie l'impression d'être au début d'une grande aventure et la faisait vibrer d'impatience.

Tandis qu'ils rejoignaient la route de Sougraigne, les lanternes cognaient contre les flancs de la voiture qui cahotait en trouant l'obscurité de deux points lumineux. Isolde admit qu'elle avait passé une mauvaise nuit et se sentait un peu nauséeuse. Elle parlait peu. Anatole aussi était silencieux.

Quant à Léonie, tous les sens en éveil, elle humait avec délices la senteur forte de la terre lourde et mouillée, les parfums mêlés des cyclamens, des buissons de mûres et des châtaigniers gorgés d'humidité. Il était trop tôt pour entendre chanter l'alouette ou roucouler les pigeons ramiers, et seuls les hululements des chouettes revenant d'une nuit de chasse perçaient le silence.

Malgré leur départ matinal, le train arriva avec plus d'une heure de retard à Carcassonne à cause des intempéries.

Léonie et Isolde attendirent tandis qu'Anatole hélait un fiacre. Peu après, ils traversèrent le pont Marengo pour gagner un hôtel au nord de la Bastide Saint-Louis, que leur avait recommandé le Dr Gabignaud.

Situé rue du Port, au coin d'une petite rue proche de l'église Saint-Vincent, l'hôtel était modeste, mais confortable. Un perron de trois marches semi-circulaires menait à une porte d'entrée peinte en noir ornée d'un bel encadrement de pierre sculptée. Sur le trottoir, tout au long du mur, des arbustes en pot semblaient monter la garde. Aux fenêtres, des jardinières fleuries jetaient des taches de couleur vertes et blanches sur les volets repeints de frais. Sur le mur latéral, les mots HÔTEL-RESTAURANT étaient peints en grosses lettres.

Anatole se chargea de remplir les formalités et de faire monter leurs bagages. Ils prirent une suite au premier étage pour Isolde, Léonie et Marieta, plus une chambre pour lui juste en face, de l'autre côté du couloir.

Après un léger déjeuner à la brasserie de l'hôtel, ils

convinrent de se retrouver ici même à 16 h 45 pour dîner tôt avant le concert. Le rendez-vous d'Isolde avec les notaires de son défunt mari était fixé à 14 heures. L'étude était sise rue Mage. Anatole avait offert à Isolde de l'accompagner. Avant de partir, il exigea de Léonie la promesse qu'elle n'irait nulle part sans Marieta et ne s'aventurerait pas sans chaperon de l'autre côté de la rivière, au-delà des limites de la Bastide.

La pluie s'était remise à tomber. Léonie passa le temps en bavardant avec une autre cliente, une veuve âgée du nom de Mme Sanchez, qui séjournait régulièrement à Carcassonne depuis des années. Elle expliqua comment la Ville Basse était construite sur un quadrilatère, tout comme les cités modernes d'Amérique. Empruntant à Léonie son vieux crayon à papier, Mme Sanchez encercla l'hôtel et la place centrale sur le plan de la ville fourni par le patron, en la prévenant que beaucoup de rues avaient été rebaptisées.

— Les saints ont cédé la place aux généraux, dit-elle d'un air marri. À présent, nous écoutons la fanfare square Gambetta et non plus square Sainte-Cécile. Tout ce que je puis vous dire, c'est que cela ne change rien à la musique !

Remarquant que la pluie diminuait et impatiente de commencer ses explorations, Léonie s'excusa en assurant à Mme Sanchez qu'elle se débrouillerait très bien, et elle se prépara en hâte pour sortir.

Tandis que Marieta s'efforçait de se maintenir à sa hauteur, elle avança d'un bon pas vers la place aux Herbes, en se guidant d'après les cris des marchands et les bruits des charrettes qui lui parvenaient par la rue étroite. En approchant, elle vit que la plupart des échoppes du marché étaient déjà à moitié démontées. Mais il flottait dans l'air une délicieuse odeur de marrons chauds et de pain sortant du four. Et un marchand ambulant servait à la louche du punch parfumé au sucre et à la cannelle en puisant dans de grosses bassines en métal suspendues au dos d'une voiture à bras.

La place aux Herbes était sans prétention, mais bien proportionnée. Elle formait un carré bordé sur ses quatre côtés par des immeubles de six étages et par des ruelles qui partaient de chaque coin. Au centre trônait une fontaine du XVIIIe siècle dédiée à Neptune dont Léonie n'apprécia pas le style, trop chargé à son goût. Sous son chapeau à large bord, elle lut pourtant le nom de l'artiste par acquit de conscience, mais ne s'attarda pas.

Les grands platanes aux vastes ramures perdaient leurs feuilles, et celles qui leur restaient avaient des teintes cuivre, vert pâle et or un peu passées. Sous une foule de grands parasols aux couleurs vives, les paniers disposés sur les étals contenaient des fruits et des légumes frais, des herbes aromatiques, des fleurs de saison. Des femmes vêtues de noir à la peau tannée par le vent et le soleil vendaient aussi du pain et des fromages de chèvre dans des corbeilles en osier.

Léonie découvrit avec ravissement qu'un grand magasin occupait presque toute la façade d'un des côtés de la place. PARIS CARCASSONNE, lisait-on en grosses lettres sur un écriteau fixé par des cordons d'acier aux balcons en fer forgé. Il n'était que 14 h 30, pourtant on sortait déjà sur le devant du magasin les présentoirs d'articles soldés avec leurs pancartes PRIX SACRIFIÉS. Des objets disparates étaient suspendus aux auvents par des crochets en métal, fusils, robes de prêt-à-porter, paniers, poêles à frire et, sur le trottoir, on avait même installé des fours et des cuisinières.

Si j'achetais des articles de chasse pour Anatole ? songea Léonie.

Mais elle avait peu d'argent sur elle et aucune possibilité qu'on lui fasse crédit. Et puis elle ne saurait quel article choisir. L'idée lui sortit de la tête aussi vite qu'elle y était venue. Fascinée, Léonie fit le tour du marché. Ici, les commerçants avaient un air affable, des visages ouverts et souriants, et elle osa tâter les fruits, frotter de fines herbes entre ses doigts, respirer le parfum des fleurs à grandes tiges, ce qu'elle ne se serait jamais permis à Paris, de peur d'essuyer des rebuffades.

Quand elle eut épuisé tout ce que la place aux Herbes avait à offrir, elle décida de s'aventurer dans les rues latérales qui l'entouraient. Prenant vers l'ouest, elle se retrouva dans la rue Mage, où se trouvait l'étude de notaire. En haut de la rue, il y avait surtout des bureaux et des ateliers de couture. Elle s'arrêta un instant devant la boutique des Tissus Cathala pour regarder par la vitrine les étoffes multicolores et les articles de mercerie. Sur les volets en bois qui encadraient l'entrée, des dessins de modes masculine et féminine étaient punaisés, costumes pour messieurs, robes ou capes pour dames, tenues de jour ou de soirée.

Léonie resta à examiner les patrons tout en jetant de temps à autre un coup d'œil vers l'étude. Peut-être verrait-elle Isolde et Anatole en sortir. Mais elle finit par abandonner et descendit la rue, attirée par les boutiques qu'elle apercevait plus bas.

Avec Marieta sur les talons, elle marcha en direction de la rivière. Elle s'arrêta pour regarder les devantures de plusieurs magasins d'antiquités. Il y avait une librairie exposant des rayonnages en bois foncé couverts de livres en cuir reliés rouges, verts et bleus. Au numéro 75 était sise une épicerie fine d'où s'échappait un délicieux arôme de café grillé fraîchement moulu.

Un instant, elle resta campée sur le trottoir à regarder par les trois hautes vitrines. Dedans, sur des étagères en bois et en verre, s'alignaient des bocaux contenant diverses sortes de grains, ainsi que des marmites et des casseroles. Au-dessus de la porte on lisait le nom de l'épicier, *Élie Huc*. D'un côté du magasin, des chapelets de saucissons pendaient à des crochets. De l'autre s'entassaient des ballots remplis de thym, de sauge, de romarin, près d'une table où des coupes et des jarres étaient disposées, remplies de cerises au vinaigre et de fruits confits.

Pour remercier Isolde d'avoir organisé cette escapade à Carcassonne, Léonie décida de lui acheter un petit quelque chose. Laissant Marieta se morfondre sur le trottoir, elle entra dans l'épicerie comme si c'était la caverne d'Ali Baba et en ressortit quelques minutes plus tard avec un paquet enveloppé de papier contenant les grains d'un café d'Arabie suave et délicat, ainsi qu'un gros bocal de fruits confits.

Marieta commençait sérieusement à lui taper sur les nerfs, à la suivre comme un toutou avec son air anxieux.

Si j'osais..., se dit-elle.

Anatole se fâcherait pour de bon. Mais il n'en saurait rien, à condition qu'elle agisse vite et que Marieta tienne sa langue. Tout excitée par l'idée qui s'était glissée malicieusement dans son esprit, presque malgré elle, Léonie jeta un coup d'œil des deux côtés de la rue. Il y avait quelques promeneuses non accompagnées, des dames de la bonne société. Visiblement, ce n'était pas courant, mais il y en avait. Et personne ne semblait lui prêter attention. Décidément, Anatole se faisait du souci pour rien.

En plein jour et dans un quartier aussi tranquille, je

n'ai vraiment pas besoin d'un chien de garde, songea-t-elle.

— Tiens, dit-elle à Marieta avec autorité en lui donnant le paquet, je n'ai pas envie de m'encombrer de ça, puis elle fit mine de regarder le ciel. Hum ! Ça se couvre, on dirait. J'ai bien peur que la pluie ne se remette à tomber. Il vaudrait mieux que tu portes ce paquet à l'hôtel et que tu reviennes avec un parapluie. Je t'attendrai ici.

— Mais le sénher Vernier a dit que je devais rester avec vous, protesta Marieta avec une lueur d'angoisse dans les yeux.

— Cela ne te prendra qu'une dizaine de minutes, affirma Léonie. Il n'en saura rien. Ce café est un cadeau pour ma tante et je ne voudrais pas qu'il se gâte, dit-elle en tapotant le paquet. Rapporte donc un parapluie. Comme ça, nous serons parées... Tu crois que mon frère serait content si jamais j'attrapais un rhume à cause de toi ? conclut-elle en lui assenant son dernier argument comme un coup de massue.

Marieta hésita en regardant le paquet.

— Allons, dépêche-toi, s'impatienta Léonie. Je t'attends ici.

Marieta s'éloigna d'un pas vif pour remonter la rue Mage, jetant plusieurs fois un regard en arrière comme pour s'assurer que sa jeune maîtresse n'avait pas disparu.

Ravie de son innocent subterfuge, Léonie sourit. Elle n'avait pas l'intention de désobéir aux instructions d'Anatole en quittant la Bastide. Par contre, en toute bonne conscience, elle estimait qu'elle pouvait bien marcher jusqu'à la rivière pour apercevoir la citadelle médiévale depuis la rive droite de l'Aude. Elle avait trop envie de voir la cité dont Isolde lui avait parlé et qui était si chère à M. Baillard.

Sortant la carte de sa poche, elle l'étudia.

Ça ne devait pas être bien loin et si par malheur Marieta revenait avant elle, Léonie expliquerait qu'elle avait juste cherché l'étude du notaire afin de pouvoir rentrer à pied avec son frère et sa tante, et s'était en conséquence séparée un moment de la servante.

Satisfaite de son plan, elle traversa la rue Pelissier la tête haute, avec la sensation grisante d'être une jeune fille libre, indépendante, en route vers l'aventure. Dépassant les colonnes en marbre de l'Hôtel de Ville, elle se dirigea vers ce qui devait être, d'après la carte, les ruines de l'ancien monastère des Clarisses. Il n'en restait qu'un clocher coiffé d'une jolie coupole.

Elle quitta le réseau des rues fréquentées pour l'espace calme et dégagé du square Gambetta. Une plaque rendait hommage à l'œuvre de Léopold Petit, l'architecte carcassonnais qui avait conçu les jardins. Au centre du parc s'étendait un grand lac d'où des jets d'eau s'élançaient vers le ciel en diffusant une nuée blanche et vaporeuse. Autour d'un kiosque à musique de style japonisant, les chaises blanches en désordre, les détritus qui jonchaient le sol, mégots, papiers gras, débris de cornets de glace, prospectus, laissaient supposer qu'il y avait eu récemment un concert. Se penchant, Léonie ramassa un vieux programme.

Sortant du square Gambetta, elle prit à droite et s'engagea dans une rue pavée plutôt sinistre qui longeait le côté d'un hôpital et semblait déboucher sur un beau point de vue, au pied du pont Vieux.

Une statue de bronze surplombait une fontaine située à un croisement. Léonie frotta la plaque pour lire l'inscription. La statue représentait au choix la Samaritaine, Flore ou Pomone. À l'entrée du pont, depuis l'hôpital, un saint Vincent de Paul aux bras déployés semblait promener un regard bienveillant sur

478

la chapelle adjacente, avec sa porte en ogive et sa rosace. L'ensemble parlait à la fois de richesse et de charité.

Léonie tourna à angle droit et, saisie d'émerveillement, elle découvrit pour la première fois la citadelle, perchée sur une colline de l'autre côté de la rivière. La cité était à la fois plus grandiose et d'une échelle plus humaine qu'elle ne se l'était figuré. Sur des cartes postales, elle avait lu la fameuse citation de Gustave Nadaud : « Il ne faut pas mourir sans avoir vu Carcassonne », et l'avait prise pour un vulgaire slogan publicitaire. À présent qu'elle était sur place, la phrase du chansonnier lui semblait au contraire sonner juste.

La rivière était très haute. Par endroits, les berges étaient inondées, l'eau se jetait contre les fondations de la chapelle Saint-Vincent-de-Paul et des bâtiments de l'hôpital. Léonie n'avait pas l'intention de désobéir encore à Anatole, pourtant elle ne put s'empêcher d'avancer sur la douce inclinaison du pont qui enjambait la rivière en une suite d'arcs de pierre.

Encore quelques pas et je m'en retourne, se dit Léonie.

En face, l'autre rive était très boisée. À travers les rideaux d'arbres, Léonie apercevait les moulins, les toits plats des distilleries et des filatures. Tout cela gardait un air étonnamment campagne et semblait appartenir à un monde plus ancien.

Levant les yeux, elle découvrit une statue de Jésus sur la croix éprouvée par le temps, située dans une niche au bec central du pont, où des voyageurs pouvaient s'asseoir un moment à l'écart du bruit des charrettes et des voitures à bras halées par les déchargeurs.

Elle fit encore un pas, et quitta ainsi sans même s'en rendre compte la sécurité de la Bastide pour entrer dans la dimension hautement romanesque de la cité.

57.

Isolde et Anatole étaient debout devant l'autel.

Une heure plus tôt, tous les papiers avaient été signés. Après les retards dus à l'été, les clauses du testament de Jules Lascombe avaient enfin été vérifiées.

Lascombe léguait ses biens à sa veuve qui en aurait la jouissance sa vie durant. Par un étonnant coup du sort, il avait souhaité que, dans l'éventualité où elle se remarierait, la propriété aille au fils de sa demi-sœur, Marguerite Vernier née Lascombe.

Quand le notaire avait lu les termes tout haut de sa voix sèche et éraillée, Anatole avait mis un moment à se rendre compte que c'était à lui que le document se référait et il avait réprimé à grand-peine un éclat de rire. Ainsi, dans un sens comme dans l'autre, le Domaine de la Cade leur revenait de droit.

Dans la petite chapelle jésuite, le prêtre prononça les dernières paroles d'usage, clôturant ainsi la brève cérémonie qui les unissait par les liens du mariage, et Anatole prit les mains d'Isolde dans les siennes.

— Madame Vernier, enfin, murmura-t-il. Mon amour.

Les témoins, choisis au hasard dans la rue, sourirent devant cet élan de tendresse, tout en trouvant dommage de donner si peu d'écho à l'événement.

Lorsque Anatole et Isolde sortirent dans la rue, les cloches se mirent à sonner à toute volée et ils entendirent gronder le tonnerre. Rassurés de savoir que Léonie et Marieta les attendaient confortablement à l'hôtel, ils descendirent la rue et entrèrent dans le premier établissement qui leur parut fréquentable afin de passer la première heure de leur vie d'époux en tête à tête.

Anatole commanda une bouteille de Cristal, le meilleur champagne figurant sur la carte, et ils échangèrent leurs cadeaux. Il offrit à son épouse un médaillon en argent où leur portrait à chacun apparaissait en miniature, et reçut de la part d'Isolde une montre en plaqué or portant ses initiales gravées sur le couvercle, pour remplacer celle qu'on lui avait dérobée lors de son agression dans le passage des Panoramas.

Les nouveaux mariés passèrent l'heure suivante à bavarder tout en sirotant du champagne dans une agréable intimité, tandis que les premières gouttes de pluie s'écrasaient contre les larges vitres de l'auberge.

58.

En descendant du pont, Léonie eut un petit moment d'angoisse. Elle ne pouvait plus faire comme si elle dérogeait juste un peu aux recommandations d'Anatole. Chassant vite cette pensée de son esprit, elle jeta un coup d'œil en arrière et remarqua que de gros nuages noirs se massaient au-dessus de la Bastide.

Il semblait plus judicieux de rester de ce côté-ci de la rivière, là où l'orage menaçait le moins, plutôt que de retourner dans la Basse Ville pour l'instant, raisonna-t-elle. Et puis une aventurière digne de ce nom ne renoncerait pas à ses pérégrinations pour suivre à la lettre les prescriptions d'un frère aîné un peu trop autoritaire.

Le quartier de la Trivalle était beaucoup plus déshérité qu'elle ne se l'était imaginé. Tous les enfants allaient nu-pieds. Une mendiante aveugle aux yeux vitreux emmitouflée dans de vieilles hardes couleur bitume tendait une sébile aux passants d'une main incrustée de saleté. Léonie y jeta une pièce. Ce quartier puait la crasse et la pauvreté. Plissant le nez, elle remonta à petits pas la rue pavée bordée d'immeubles mal entretenus et surpeuplés, aux volets disjoints et écaillés.

Ce sera sûrement mieux à l'intérieur de la cité, se rassura Léonie.

La rue en pente douce l'amena en terrain dégagé, aux abords verdoyants de la citadelle. Sur sa gauche, en haut d'un escalier en pierre délabré, elle aperçut dans un renfoncement des vieux murs une lourde porte en bois et lut sur un panneau rongé d'humidité qu'il s'agissait jadis du couvent des Capucins.

Léonie et Anatole n'avaient pas été élevés sous la férule de l'Église. Leur mère était pour cela trop libre d'esprit, et comme Anatole l'avait une fois expliqué à Léonie, les convictions de leur père, Léo Vernier, lui faisaient considérer le clergé comme un ennemi nuisant à l'établissement d'une véritable république au même titre que l'aristocratie. Pourtant Léonie regrettait avec un certain romantisme qu'on sacrifie par principe sur l'autel de la politique et du progrès des œuvres qui, selon elle, aspiraient à la beauté, au-delà des questions religieuses. Ainsi la qualité architecturale du lieu lui parlait, même si elle restait insensible aux paroles prononcées dans l'enceinte du couvent.

Songeuse, elle poursuivit son chemin et passa devant la Maison de Montmorency, un bel édifice avec des pans de bois et des fenêtres à meneaux dont les vitres en losanges reflétaient la lumière en des prismes bleus, roses et jaunes, malgré le gris terne du ciel.

En haut de la rue de la Trivalle, elle tourna à droite. Devant elle se profilèrent soudain les hautes tourelles couleur sable de la porte Narbonnaise, l'entrée d'origine de la cité. Et Léonie découvrit alors, émerveillée, les deux lignes de remparts ainsi que l'enfilade d'énormes tours aux toits d'ardoises ou de tuiles rouges qui ressortaient magnifiquement sur le ciel gris de plomb.

Prise d'un regain d'enthousiasme, elle releva ses jupes pour gravir la pente à son aise et aperçut tout en marchant les cimes de monuments funéraires, anges aux ailes déployées, croix monumentales, qui dépassaient des hauts murs d'un cimetière.

Au-delà s'étendaient des champs et des prairies.

Léonie s'arrêta un instant pour reprendre son souffle. On pénétrait dans la citadelle par un pont pavé enjambant de larges fossés herbeux. À l'entrée du pont se dressait une cabine de péage. Coiffé d'un haut-de-forme cabossé, le préposé en faction arborait des favoris à l'ancienne mode. Les mains dans les poches, il attendait les charretiers et marchands qui transportaient des tonneaux de bière dans la cité pour leur faire acquitter un droit de passage.

Perché sur le muret du pont, un homme blaguait avec deux soldats en riant fort. Il portait une vieille cape bleue datant de l'époque napoléonienne et fumait une pipe à long tuyau, aussi noire que l'étaient ses dents. Un instant, Léonie crut voir passer une lueur de surprise dans ses yeux quand il l'aperçut. Il soutint son regard avec un brin d'insolence, puis détourna la tête. Troublée, la jeune fille se hâta de dépasser les trois compères.

Quand elle s'engagea sur le pont, le vent du nord-ouest la frappa de plein fouet et elle dut maintenir son chapeau d'une main de peur qu'il ne s'envole, tout en plaquant ses jupes de l'autre pour éviter qu'elles ne s'enroulent autour de ses jambes. Elle avança péniblement en plissant les paupières pour se protéger de la poussière et du sable que les rafales lui projetaient dans les yeux.

À l'instant où elle pénétra dans la cité, elle fut à l'abri du vent. Elle s'arrêta un instant pour se rajuster, puis reprit sa route en s'efforçant de ne pas tremper ses bottines dans l'eau de la rigole qui courait au milieu des pavés et arriva en terrain dégagé, entre les fortifications intérieures et extérieures. Là, autour d'une pompe, deux garçonnets tiraient de l'eau dans un seau en fer-blanc. De chaque côté, on voyait les ruines d'humbles baraques qui venaient d'être démolies. À la hauteur d'un premier étage, contre un pan de mur donnant sur du vide, la pierre d'un âtre noire de suie témoignait d'un foyer qui avait dû chercher logis ailleurs.

Regrettant fort de n'avoir pas emporté son guide avant de quitter l'hôtel au lieu de la seule carte de la Bastide, Léonie demanda son chemin. Le château était droit devant, derrière les murs ouest des fortifications. Après la vue grandiose de la citadelle et les larges espaces battus des vents des lices hautes, entre les deux lignes de remparts, l'intérieur de la cité était plus resserré et plus sombre qu'elle ne se l'était figuré. Plus sale aussi. Les pavés glissants étaient couverts de boue et des détritus de toutes sortes jonchaient les rigoles et les caniveaux.

Léonie suivit la rue étroite où un écriteau peint à la main indiquait le château Comtal, transformé en caserne. Lui aussi était décevant. D'après ses lectures, elle savait qu'il était jadis la demeure des Trencavel, les anciens seigneurs de la cité. Mais au lieu du château de contes de fées qu'elle s'était imaginé, semblable à ceux des bords du Rhône ou de la Loire, il avait bien l'aspect austère de ce qu'il était en réalité : un bâtiment militaire où logeait une garnison. La Tour de la Vade située à l'ombre des murailles faisait office de poudrière. Une seule sentinelle montait la garde en se curant les dents. C'était un lieu morne, négligé, qui n'évoquait en rien les salles de bal, les dames en robes à corolles, les chevaliers partant à la bataille auxquels avait rêvé Léonie.

Elle contempla le pont nu et l'entrée étroite de la forteresse, mais ne leur trouva décidément rien de romanesque. Elle doutait que la cité elle-même devienne un jour un pôle d'attraction touristique. Malgré les tentatives d'aménagement, elle répondait mal aux goûts et aux couleurs de l'époque. Avec leurs pierres trop régulières, leurs tuiles mécaniques, les constructions récemment restaurées contrastaient trop avec les bâtiments d'origine et soulignaient encore leur délabrement. On ne pouvait qu'espérer que l'atmosphère changerait quand les travaux seraient finis. Que de nouveaux restaurants, des boutiques, un hôtel, qui sait, ramèneraient de la vie dans les rues sinueuses. Pour l'instant, Léonie avait du mal à les imaginer grouillant de monde. Elle arpenta une suite de ruelles en croisant quelques visiteurs, dames gardant leurs mains au chaud dans des manchons, messieurs munis de cannes et coiffés de hauts-de-forme, qui lui dirent bonjour au passage.

Le vent soufflait encore plus fort ici, et Léonie fut obligée de sortir son mouchoir pour se protéger le nez et la bouche. Elle s'engagea prudemment dans une enfilade de ruelles compliquée et se retrouva auprès d'une vieille croix de pierre qui surplombait des jardins maraîchers en terrasses, avec des carrés de légumes, des vignes, des poulaillers, des clapiers et, en dessous, un groupe de petites maisons biscornues.

De là où elle se trouvait, on voyait que la rivière était vraiment très haute. Sa masse noire et tourbillonnante fonçait en faisant tourner les aubes des moulins. Au-delà s'étendait la Bastide. Léonie distinguait la flèche de la cathédrale Saint-Michel et le fin clocher de l'église Saint-Vincent, tout près de leur hôtel. Avec une pointe d'anxiété, elle scruta le ciel menaçant et s'aperçut qu'elle pourrait bien se retrouver piégée par la montée des eaux de ce côté-ci de la rivière. La Basse Ville lui sembla soudain très éloignée. La fable qu'elle pensait raconter à Anatole, selon laquelle elle s'était perdue dans le réseau étroit de rues et de ruelles de la Bastide, ne servirait à rien si elle était retenue par les inondations.

Un mouvement au-dessus de sa tête lui fit lever les yeux. Sur le fond de ciel gris, un vol de corbeaux survolait les remparts et les tourelles en luttant contre le vent.

Léonie hâta le pas. Une première goutte de pluie lui mouilla la joue. Puis d'autres, de plus en plus froides et rapprochées. Puis il y eut un crépitement ressemblant à de la grêle, suivi d'un brusque coup de tonnerre et, soudain, des trombes d'eau s'abattirent.

La tempête qui menaçait depuis si longtemps avait fini par arriver.

59.

Léonie scruta les alentours à la recherche d'un abri, mais n'en trouva point. Elle était à mi-parcours de la calade qui reliait en pente raide la citadelle au quartier de la Barbacane, et il n'y avait ni arbres ni bâtiments d'aucune sorte. L'idée de devoir remonter tout le chemin en sens inverse pour rejoindre la cité ne la tentait guère, tant ses jambes étaient fatiguées.

Il ne me reste plus qu'à continuer vers le bas, se dit-elle.

Elle descendit donc la calade en trébuchant un peu sur les galets inégaux, les jupes relevées au-dessus des chevilles pour éviter de les tremper dans l'eau qui dévalait la pente, tandis que des bourrasques de vent mouillé lui giflaient les oreilles et le visage en passant sous le bord de son chapeau et s'engouffraient dans son manteau, qui se plaquait et s'entortillait autour de ses jambes.

Elle ne vit pas les deux hommes qui la guettaient depuis la rambarde, près de la croix de pierre. L'un avait une haute silhouette et une allure distinguée, tandis que l'autre, brun et trapu, disparaissait sous une cape informe. Ils échangèrent quelques mots, puis il y eut une brève lueur dans la pénombre quand des pièces d'argent passèrent d'une main gantée dans les paumes crasseuses du vieux soldat, et les deux hommes se séparèrent. Le soldat s'en retourna vers la cité et disparut.

Quant à l'autre, il suivit Léonie.

Lorsqu'elle atteignit la place Saint-Gimer, elle était trempée jusqu'aux os.

Comme il n'y avait alentour aucun endroit public, elle n'eut d'autre choix que de se réfugier dans l'église. Gravissant les marches à la hâte, elle franchit le portail en fer entrouvert accolé aux grilles noires et poussa une porte en bois pour pénétrer à l'intérieur. Des cierges brillaient sur l'autel et dans les chapelles latérales, pourtant elle frissonna, car l'air y était plus froid qu'à l'extérieur, empreint d'une odeur d'encens et de pierre humide. Tapant des pieds pour chasser l'eau restée coincée dans ses bottines, elle hésita à ôter ses gants et son chapeau trempés, puis se décida. Elle risquait de demeurer ici un bon bout de temps, et il valait mieux négliger un peu son apparence que d'attraper froid.

Tandis que ses yeux s'accoutumaient à la pénombre, Léonie se rendit compte avec soulagement que d'autres avaient aussi trouvé refuge en ces lieux pour échapper à la tempête. C'était en vérité une étrange assemblée. Les gens allaient et venaient en silence dans la nef et les chapelles latérales. Une dame et un monsieur en haut-de-forme et pardessus à l'air pincé étaient assis sur l'un des bancs du milieu, raides comme des piquets. Des habitants du quartier plus négligés, en godasses, mal fagotés, s'étaient accroupis sur les dalles de pierre. Il y avait même un âne et une paysanne, tenant un poulet sous chaque bras.

— Quel spectacle, dit une voix à son oreille. Mais il est vrai qu'un lieu comme celui-ci est censé accueillir tous ceux qui cherchent asile en son sein.

Choquée d'être ainsi abordée sans préliminaires, Léonie fit volte-face. L'homme qui s'était adressé à elle était apparemment un monsieur de la bonne société. Tout l'indiquait dans sa tenue, le haut-de-forme gris, la redingote, la canne à pommeau d'argent, les gants en chevreau. Cette élégance un peu conventionnelle faisait paraître ses yeux bleus d'autant plus frappants. Un instant, Léonie crut l'avoir déjà vu. Puis elle se rendit compte que, bien qu'il fût plus corpulent, il avait quelque ressemblance avec son frère, dans les traits et la carnation.

Autre chose aussi dans son regard direct et son profil aigu provoqua en elle un tumulte inattendu, et son cœur se mit à battre plus fort tandis qu'une chaleur l'envahissait, sous ses vêtements trempés. Troublée, elle baissa les yeux en rougissant.

— Pardonnez-moi, je ne voulais pas vous offenser, dit-il. D'ordinaire, je ne me serais pas adressé à une dame sans lui avoir été présenté, cela va de soi. Même en un lieu comme celui-ci. Mais les circonstances sont un peu exceptionnelles, n'est-ce pas ? ajouta-t-il en souriant.

— En effet, admit-elle en relevant la tête, rassurée par son attitude courtoise.

— Entre compagnons d'infortune, les règles de bienséance ne sont plus tout à fait de mise. Du moins ai-je cru que nous pouvions y déroger, alors que la tempête fait rage et que nous voici condamnés à rester ici quelque temps.

Il souleva son chapeau, révélant un front haut et des cheveux luisants, coupés bien net juste au-dessus du faux col.

— Permettez-moi donc de me présenter. Ou serait-ce abuser de la situation ?

— Non, faites, je vous en prie. Il se peut en effet

que nous devions demeurer ici un certain temps, répondit Léonie sans hésitation, mais avec une voix qui sonna, à son grand regret, un peu trop aiguë.

Souriant toujours, l'étranger ne sembla pas le remarquer.

— Très bien, fit-il et, sortant une carte de visite de sa poche, il inclina le buste. Victor Constant, pour vous servir.

Léonie prit la carte joliment gravée et tenta de dissimuler son émoi en lisant le nom qui y figurait. Elle aurait voulu trouver une repartie amusante et regrettait d'avoir ôté ses gants. Sous le regard bleu turquoise de son interlocuteur, elle se sentait un peu à nu.

— Et puis-je avoir l'audace de vous demander votre nom ? reprit son interlocuteur.

— Naturellement, suis-je bête, répondit-elle après un petit rire. Je m'appelle Léonie Vernier.

Constant lui prit la main et la porta à ses lèvres.

— Enchanté.

Léonie tressaillit en sentant ses lèvres s'attarder sur sa peau et le rouge lui monta aux joues. Honteuse de sa réaction, elle retira sa main.

Galamment, il feignit de ne rien remarquer, ce dont Léonie lui sut gré.

— Vous m'avez d'office appelée mademoiselle, dit-elle quand elle se sentit assez sûre de sa voix. Qu'en savez-vous ? Je pourrais très bien être accompagnée de mon époux.

— Ma foi, je ne peux croire qu'un mari manquerait d'égards envers sa jeune et belle épouse au point de l'abandonner en pareille compagnie, déclara-t-il en dirigeant son regard vers la populace trempée et débraillée qui s'était agglutinée dans les coins.

Flattée du compliment, Léonie dissimula un sourire.

— Mon mari pourrait être parti chercher de l'aide, tout simplement, remarqua-t-elle.

— Ce serait faire preuve d'une belle inconséquence, dit-il, et sa voix vibra d'un accent passionné, presque farouche, qui fit un étrange effet à Léonie.

Il baissa les yeux sur la main nue de la jeune fille, où ne brillait aucune alliance.

— Eh bien, je dois admettre que vous êtes très perspicace, monsieur Constant, répondit-elle. Effectivement, je ne suis pas mariée. Si je comprends bien, vous-même ne traiteriez jamais votre femme de la sorte ? ajouta-t-elle en se rendant compte trop tard de l'audace de ses propos.

— Hélas je ne suis pas marié, avoua-t-il, et ses lèvres s'étirèrent en un lent sourire. Je voulais juste dire que, si j'avais la chance de vous avoir pour épouse, je ne saurais vous négliger, ne serait-ce qu'un instant.

Les éclats bleu et vert de leurs regards se croisèrent. Léonie rit pour cacher son émoi, et parmi les hôtes temporaires de Saint-Gimer, plusieurs se tournèrent vers elle d'un air outré.

— Chut ! fit Constant en posant un doigt sur ses lèvres. Manifestement, on n'apprécie guère nos badineries, dit-il en baissant la voix, de sorte qu'elle dut se rapprocher.

Ils étaient maintenant très près l'un de l'autre, presque à se toucher, et Léonie sentait la chaleur qui se dégageait de lui. C'était comme si tout son flanc droit était exposé aux flammes d'un ardent brasier. Elle se rappela les paroles prononcées par Isolde à propos de l'amour quand elles étaient assises au-dessus du lac sur le promontoire et, pour la première fois, pressentit ce que ce mot pouvait signifier.

— Vous confierai-je un secret ? demanda-t-il.

492

— Faites donc.

— Je crois savoir ce qui vous a amenée en ces lieux, mademoiselle Vernier.

— Vraiment ? s'étonna Léonie en haussant les sourcils.

— Vous avez l'air d'une jeune dame en quête d'aventure. Vous êtes entrée seule dans cette église, trempée par l'orage, ce qui laisse supposer qu'aucune servante ne vous accompagnait, car elle vous aurait certainement fourni un parapluie. Et dans vos yeux d'émeraude brille une certaine fièvre qui ne trompe pas.

Il y eut des éclats de voix qui détournèrent un instant l'attention de Constant. Non loin de là, une famille espagnole se querellait. Léonie n'était pas tout à fait dans son état normal, pourtant elle se rendait compte du danger qu'il y aurait à dire dans l'intensité de l'instant des choses qu'elle risquait de regretter par la suite.

Vos yeux d'émeraude... Le compliment résonnait encore à son oreille.

— Il y a beaucoup d'ouvriers travaillant dans le textile, dans ce quartier, dit Constant en changeant de sujet, comme s'il sentait son trouble. Jusqu'en 1847, année où débutèrent les travaux de rénovation de la forteresse médiévale, la cité était le centre d'industrie textile de la région.

— Vous êtes bien informé, monsieur Constant, dit-elle en se forçant à la concentration. Avez-vous participé aux travaux de rénovation ? Vous êtes peut-être architecte ?

Elle crut voir passer dans ses yeux bleus une lueur de contentement.

— Vous me flattez, mademoiselle Vernier. Mais

non. Rien de si glorieux. Je porte juste à ces questions un intérêt d'amateur.

— Je vois, répondit platement Léonie.

Décidée à trouver un nouveau sujet pour entretenir la conversation, elle regarda autour d'elle. Elle avait envie de briller à ses yeux, qu'il lui trouve de l'esprit, du charme, de l'intelligence. Fort heureusement, Victor Constant vint à sa rescousse.

— Il y avait une chapelle dédiée à Saint-Gimer près de ce site, datant de la fin du XIe siècle. Quant à l'église actuelle, elle fut consacrée en 1859, quand on convint que le bâtiment d'origine était dans un tel état de délabrement qu'il valait mieux construire un nouvel édifice plutôt que de se lancer dans une restauration.

— Je vois, dit-elle, puis elle tressaillit de dépit.

Ma parole, j'ai l'air d'une demeurée, se lamenta-t-elle.

— L'église fut commencée sous les auspices de M. Viollet-le-Duc, continua Constant, mais sa construction fut vite confiée à un architecte de la région, M. Cal, qui acheva les travaux d'après les plans initiaux.

Il posa les mains sur les épaules de Léonie et la fit se retourner pour la placer face à la nef. Le souffle coupé, Léonie sentit une vague de chaleur l'envahir.

— L'autel, la chaire, les chapelles et les cloisons sont l'œuvre de Viollet-le-Duc. Un mélange de styles très particulier, aussi bien du nord que du sud. On a transféré ici beaucoup d'éléments provenant de la chapelle d'origine. C'est un peu trop moderne à mon goût, mais l'ensemble ne manque pas de caractère. Qu'en pensez-vous, mademoiselle Vernier ?

Léonie sentit les mains de son compagnon quitter ses épaules en frôlant au passage le creux de ses reins. Se méfiant de sa voix, elle se contenta de hocher la tête.

Une femme assise par terre dans l'allée latérale, à l'ombre dorée d'un reliquaire enfoncé dans une niche du mur, se mit à fredonner une berceuse pour calmer son bébé qui s'agitait.

Heureuse de cette diversion, Léonie se tourna vers elle.

Aquèla Trivala
Ah qu'un polit quartier
Es plen de gitanòs.

Les paroles résonnèrent à travers l'église jusqu'à la nef où se tenaient Léonie et Victor.

— Il y a beaucoup de charme dans les choses simples, remarqua-t-il.

— C'est de l'occitan, dit-elle en souhaitant l'impressionner. À la maison, les domestiques le parlent dès que nous avons le dos tourné.

Elle sentit qu'il lui prêtait soudain une vive attention.

— À la maison ? s'étonna-t-il. Pardonnez-moi, mais d'après votre mise et votre maintien, j'ai supposé que vous étiez juste de passage dans cette région. Je vous ai prise pour une vraie Parisienne.

Le compliment fit sourire Léonie.

— Ce que je suis. Décidément, monsieur Constant, votre perspicacité vous honore. Mon frère et moi ne sommes effectivement que de passage dans le Languedoc. Nous habitons le 9e arrondissement, non loin de la gare Saint-Lazare. Connaissez-vous ce quartier ?

— Seulement d'après ce qu'en montrent les tableaux de M. Monet, hélas.

— Depuis les fenêtres de notre salon, nous avons vue sur la place de l'Europe, dit-elle. Si vous connaissiez le 9ᵉ, vous pourriez situer précisément notre immeuble.

— Dans ce cas, mademoiselle Vernier, aurais-je l'audace de vous demander ce qui vous a amenée dans cette région ? Il est bien tard dans la saison pour voyager.

— Nous séjournons chez notre tante pour un mois.

— Toute ma sympathie, dit-il en faisant la grimace, et Léonie comprit avec un temps de retard qu'il la taquinait.

— Oh non, ce n'est pas du tout ce que vous croyez ! répliqua-t-elle en riant. Isolde n'a rien d'une vieille rombière du genre naphtaline et eau de Cologne. Elle est jeune, belle, et vient également de Paris, à l'origine.

Un éclair d'intérêt, presque de ravissement, passa dans les yeux bleus de Victor Constant, et Léonie rougit de plaisir de voir qu'il goûtait autant qu'elle à leurs galants échanges.

Posant une main sur son cœur, Constant inclina le buste.

— Mille excuses.

— Vous êtes tout pardonné, répliqua-t-elle.

— Et votre tante, la belle et charmante Isolde autrefois de Paris, réside maintenant à Carcassonne ?

— Non. Nous sommes descendus en ville pour quelques jours. Ma tante avait des affaires à régler concernant la succession de son défunt mari. Et ce soir, nous irons au concert.

— Carcassonne est une ville charmante. Elle s'est beaucoup améliorée ces dix dernières années. Il y a maintenant d'excellents restaurants, des boutiques, des hôtels... Mais vous avez peut-être loué quelque chose ?

— Oh non, précisa Léonie en riant. Nous ne sommes là que pour un jour ou deux, monsieur

Constant. L'hôtel Saint-Vincent pourvoit amplement à nos besoins.

La porte de l'église s'ouvrit sur d'autres passants qui entraient s'y réfugier et le courant d'air fit frissonner Léonie, déjà glacée sous ses jupes trempées qui se plaquaient contre ses jambes.

— Craignez-vous l'orage ? interrogea aussitôt son compagnon.

— Non, pas le moins du monde, répondit-elle, ravie de son empressement. La propriété de ma tante est située haut dans les montagnes. Ces deux dernières semaines, nous avons eu des orages bien plus terribles que celui-ci.

— Alors vous êtes à bonne distance de Carcassonne ?

— Au sud de Limoux, dans la Haute Vallée. Non loin de la station thermale de Rennes-les-Bains. Vous connaissez ? demanda-t-elle avec un brin de coquetterie.

— Non, et je le regrette, dit-il. Cette région revêt soudain un intérêt considérable à mes yeux. Peut-être serai-je amené à la visiter dans les prochains jours, qui sait ?

Léonie rougit du compliment.

— C'est assez isolé, mais le paysage est magnifique, approuva-t-elle.

— Y a-t-il une vie sociale animée à Rennes-les-Bains ? s'enquit Victor Constant, ce qui fit rire Léonie.

— Non, mais nous nous satisfaisons de cette vie tranquille. En ville, mon frère mène une existence assez agitée. Nous sommes ici pour nous reposer.

— Eh bien, j'espère que notre beau Midi aura le plaisir de jouir un peu plus longtemps de votre présence, dit-il doucement.

Léonie s'efforça de garder une expression sereine.

La famille espagnole qui se bisbillait toujours un peu plus loin se leva soudain. Léonie se retourna et vit que les portes principales de l'église étaient grandes ouvertes, à présent.

— On dirait que la pluie a cessé, mademoiselle Vernier. Quel dommage, conclut Constant d'un ton posé, si bien que Léonie lui jeta un regard en coin, étonnée d'une déclaration aussi franche.

Mais il gardait un air innocent, et elle se demanda si elle ne s'était pas méprise sur le sens de ses paroles. Regardant vers les portes, elle vit qu'un soleil vif éclairait les marches humides d'une lumière éblouissante.

Le monsieur en haut-de-forme aida sa compagne à se lever. Précautionneusement, ils se glissèrent hors de leur allée dans la nef et gagnèrent la sortie. Chacun des hôtes de passage se mit à faire de même. Léonie fut surprise du nombre de gens qui s'étaient réfugiés là. Elle les avait à peine remarqués.

M. Constant lui offrit son bras.

— Allons-y, proposa-t-il d'une voix qui la fit frissonner de la tête aux pieds.

Léonie n'hésita qu'un bref instant. Comme au ralenti, elle se vit tendre sa main nue pour la poser sur la manche grise de la redingote.

— C'est très aimable à vous, dit-elle.

Ce fut ainsi que Léonie Vernier et Victor Constant quittèrent l'église de concert pour s'avancer sur la place Saint-Gimer.

60.

Malgré son allure échevelée et l'aspect négligé de sa tenue, Léonie nageait en pleine euphorie en évoluant sur la place Saint-Gimer. Cela lui semblait si naturel de marcher au bras d'un homme. Bien qu'ayant souvent imaginé pareil moment, elle avait vraiment l'impression de vivre quelque chose d'extraordinaire.

Non, ce n'est pas un rêve, se dit-elle.

Victor Constant continuait à se comporter en parfait gentleman, attentif sans être trop empressé ni familier. Il lui demanda la permission de fumer, et comme Léonie la lui accordait, lui fit l'honneur de lui offrir l'une de ses cigarettes turques épaisses et brunes, bien différentes du fin tabac blond qu'Anatole appréciait. Elle déclina son offre, mais fut flattée qu'on la traite en adulte.

Chemin faisant, leur conversation roula, sans surprise, sur le temps, les charmes de Carcassonne, la splendeur des Pyrénées, et ils atteignirent ainsi l'autre côté du Pont-Vieux.

— C'est ici que j'ai le regret de devoir vous quitter, dit-il.

Brusquement dégrisée, Léonie réussit à cacher sa déception en faisant bonne figure.

— Vous avez été fort obligeant, monsieur Constant...

Moi aussi, je dois m'en retourner. Mon frère va se demander ce que je suis devenue.

Un instant, ils restèrent plantés l'un devant l'autre en proie à un certain embarras. C'était une chose de faire connaissance de façon inopinée à cause des intempéries. C'en était une autre de pousser plus loin une relation naissante, qui autrement resterait sans lendemain.

Léonie avait beau se croire affranchie des conventions, elle attendit néanmoins qu'il parle le premier. Il aurait été tout à fait inconvenant que ce fût elle qui suggère un autre rendez-vous. Mais elle lui sourit d'un air encourageant, pour bien lui montrer qu'il n'essuierait de sa part aucune rebuffade s'il se décidait à lancer une invitation.

— Mademoiselle Vernier, dit-il avec un trémolo dans la voix qui attendrit Léonie.

— Oui, monsieur Constant ?

— J'espère que vous me pardonnerez mon audace, mais je me demandais si vous aviez déjà eu le plaisir de visiter le square Gambetta, dit-il en faisant un signe vers la droite. C'est à deux pas d'ici.

— Oui, je m'y suis promenée ce matin.

— J'ai cru comprendre que vous appréciez la musique. Or il y a un excellent concert chaque vendredi matin à 11 heures. Et je compte bien y assister.

Léonie dissimula un sourire, admirant la finesse avec laquelle il lui donnait rendez-vous sans franchir les bornes de la bienséance.

— Nous étions justement convenues avec ma tante de profiter de notre séjour pour assister à quelque événement musical, dit-elle en inclinant la tête.

— Dans ce cas, peut-être aurai-je le bonheur de croiser à nouveau votre chemin d'ici peu, mademoiselle, dit-il en soulevant son chapeau. Et le plaisir de rencontrer votre tante ainsi que votre frère.

Il la fixa de son œil bleu et, l'espace d'un instant, Léonie eut l'impression qu'un fil invisible les unissait, qu'elle était irrésistiblement attirée vers lui tel un poisson ramené par un pêcheur du bout de sa ligne. Elle retint son souffle. Son seul désir à cet instant, c'était que Victor Constant la prenne par la taille et l'embrasse.

— À bientôt, dit-il, rompant le charme.

Léonie rougit, comme s'il pouvait lire ses pensées les plus secrètes.

— Entendu, balbutia-t-elle. À bientôt.

Alors elle tourna le dos et remonta d'un pas vif la rue du Pont-Vieux, craignant de se couvrir de honte en laissant transparaître les espoirs fous qui lui agitaient l'esprit.

Constant la regarda s'éloigner, et il vit à sa démarche, sa posture, son port de tête qu'elle se savait observée.

Telle mère telle fille.

À dire vrai, c'était presque trop facile. Ces rougeurs d'écolière, ces yeux écarquillés, ces lèvres entrouvertes sur un bout de langue rose... Il aurait pu l'entraîner, s'il l'avait voulu. Mais cela n'aurait pas servi ses desseins. Il serait infiniment plus plaisant de jouer avec ses sentiments. De la pervertir, en faisant en sorte qu'elle tombe amoureuse de lui. Cette idée tourmenterait Vernier bien plus que s'il l'avait prise de force.

Et elle tomberait amoureuse de lui. Elle était jeune, impressionnable, bref, mûre à point pour être cueillie.

Il claqua des doigts. L'homme en cape bleue qui le suivait à distance s'approcha aussitôt.

— Monsieur.

Constant rédigea une brève missive qu'il lui

501

ordonna de porter à l'hôtel Saint-Vincent. Imaginer l'expression de Vernier quand il lirait la lettre le faisait jubiler. Il avait envie de les faire souffrir, lui et sa putain. Qu'ils passent les jours à venir dans une angoisse indicible, hantés par sa présence, à regarder sans cesse par-dessus leurs épaules en se demandant quand il frapperait.

Il jeta une bourse à l'homme qui l'attrapa dans ses mains crasseuses.

— Suis-les, ordonna-t-il. Ne les lâche pas d'une semelle. Et tiens-moi au courant de leurs allées et venues par la voie habituelle. C'est clair ? Crois-tu parvenir à remettre ce mot avant que la fille ne rentre à l'hôtel ?

— C'est ma ville, marmonna l'homme d'un air vexé, puis il tourna des talons et disparut dans une allée étroite qui longeait l'arrière de l'hôpital.

Constant se sortit la jeune fille de l'esprit et réfléchit à la marche à suivre. Au cours de leur ennuyeux tête-à-tête dans l'église, elle lui avait non seulement donné le nom de l'hôtel où ils séjournaient, mais surtout, elle lui avait dit où Vernier et sa putain s'étaient établis.

Il connaissait bien Rennes-les-Bains et ses traitements thérapeutiques. L'endroit conviendrait parfaitement à ses plans. Il ne pouvait pas s'en prendre à eux dans une cité peuplée comme Carcassonne, où une confrontation attirerait trop l'attention. Mais une propriété isolée dans la campagne ? Il avait quelques relations en ville, en particulier un individu au tempérament cruel et sans scrupules à qui il avait jadis rendu service. Constant n'aurait aucun mal à le persuader que le temps était venu de lui payer sa dette.

Il prit un fiacre pour rejoindre le cœur de la Bastide, puis s'engagea dans le réseau de rues situé derrière le café des Négociants pour déboucher sur le boulevard

Barbès. C'était là que se trouvaient sûrement les clubs privés. Il boirait du champagne, s'offrirait une fille, qui sait. Si loin dans le Sud, ce serait sans doute des noiraudes au lieu des blondes à la peau claire qui avaient sa préférence. Mais, aujourd'hui, il se sentait d'humeur festive et tout prêt à faire une exception.

61.

Léonie traversa au pas de course le square Gambetta, ses allées, ses plates-bandes détrempées où des flaques d'eau miroitaient sous les pâles rayons du soleil puis, dépassant un affreux bâtiment municipal, elle arriva à la Bastide et s'y enfonça.

Elle avait à peine conscience de l'agitation qui l'entourait. Les trottoirs étaient bondés, dans les rues coulait une eau noire qui emportait dans ses remous des débris charriés jusqu'en bas de la ville par la force de la tempête.

Maintenant seulement elle s'interrogeait sur les suites de son escapade et, trempée, les nerfs tendus à l'extrême, hâtait le pas en se demandant de quelle manière Anatole la punirait. Car elle paierait certainement sa désobéissance. Pourtant, loin de s'en repentir, elle ne regrettait rien. Au contraire.

Elle regarda la plaque indiquant le nom de la rue et découvrit qu'elle se trouvait non rue Mage comme elle l'avait supposé, mais rue Courtejaire. À vrai dire, elle s'était égarée. Son plan de la ville était tellement détrempé qu'il se délitait dans ses mains. L'encre avait coulé, les noms des rues étaient devenus quasiment illisibles. Léonie tourna d'abord à droite, puis à gauche à la recherche d'un indice quelconque, mais les boutiques avaient baissé leur rideau de fer pour se protéger des intempéries et les rues étroites de la Bastide se ressemblaient toutes.

Elle se trompa plusieurs fois de chemin, si bien qu'il se passa presque une heure avant qu'elle réussisse à repérer l'église Saint-Vincent puis, de là, regagne la rue du Port et leur hôtel. Alors qu'elle gravissait les marches du perron, les cloches de la cathédrale sonnèrent 6 heures.

Elle traversa le hall d'un pas précipité, espérant ainsi pouvoir vite se changer dans sa chambre avant de se confronter à son frère. Mais Anatole l'attendait dans le vestibule en faisant les cent pas, une cigarette à la bouche. Quand il la vit, il se rua sur elle, la prit par les épaules et la secoua comme un prunier.

— Où diable étais-tu passée ? cria-t-il. J'ai cru devenir fou !

Léonie resta figée sur place, comme hébétée par la violence de sa colère.

— Alors ? exigea-t-il.

— Je... Je suis désolée. J'ai été surprise par l'orage.

— Ne te fiche pas de moi, Léonie ! hurla-t-il. Je t'avais expressément interdit de sortir seule. Tu as congédié Marieta sous un faux prétexte, puis tu as disparu. Où es-tu allée, bon sang ? Réponds-moi tout de suite, tu m'entends ? Petite idiote !

Jamais il ne l'avait insultée de la sorte. Jamais.

— Il aurait pu t'arriver n'importe quoi ! Une jeune fille seule, dans une ville inconnue ! Tu te rends compte des risques que tu as pris ?

Léonie jeta un coup d'œil au patron, qui n'en perdait pas une miette.

— Anatole, je t'en prie, murmura-t-elle. Je vais t'expliquer. Allons quelque part, dans un endroit tranquille, dans ta chambre par exemple et je... je t'expliquerai.

— As-tu enfreint ma consigne ? Es-tu sortie de la Bastide ? demanda-t-il en la secouant encore. Alors ?

— Non, répondit-elle, trop effrayée pour dire la vérité. Je me suis promenée square Gambetta, puis j'ai admiré l'architecture de la Bastide. Oui, j'ai envoyé Marieta chercher un parapluie. Je n'aurais pas dû, je l'admets, mais quand la pluie s'est mise à tomber, j'ai cru plus sage de m'abriter plutôt que de rester à découvert, en me disant que c'est ce que tu m'aurais conseillé toi aussi. Marieta vous a-t-elle dit que nous étions allées rue Mage à votre recherche ?

— Non, elle ne nous l'a pas dit, dit-il d'un air sombre. Et tu nous as vus ?

— Non, je...

Anatole l'interrompit et repartit à l'assaut.

— Qu'importe. La pluie s'est arrêtée il y a plus d'une heure. Nous étions convenus de nous retrouver à 17 h 30. Dans cette ville, il est impossible d'oublier l'heure, avec toutes ces cloches qui sonnent à la ronde. Ne me mens pas, Léonie. Ne fais pas comme si tu ne t'étais pas rendu compte de l'heure, je ne te croirais pas.

— Ce n'était pas mon intention, argua-t-elle d'une petite voix.

— Où t'es-tu réfugiée ?

— Dans une église.

— Laquelle ?

— Je ne sais pas. Près de la rivière.

Anatole lui serra le bras.

— Dis-moi la vérité, Léonie. As-tu traversé la rivière pour entrer dans la cité ?

— L'église n'était pas dans la cité, protesta-t-elle de bonne foi, troublée de sentir des larmes lui piquer les yeux. De grâce, Anatole, tu me fais mal.

506

— Et personne ne t'a abordée ? Personne n'a essayé de te faire du mal ?

— Tu vois bien que non, répondit-elle en essayant de se dégager.

Son frère la scruta d'un œil furieux, puis, sans prévenir, il la relâcha en la repoussant.

Léonie songea à la carte de M. Constant qui se trouvait dans l'une de ses poches.

Si jamais il trouve ça maintenant..., se dit-elle.

— Tu me déçois, dit-il en s'éloignant d'un pas, avec une telle froideur qu'elle en fut mortifiée. Je te fais confiance et voilà comment tu te conduis.

Une colère sourde l'envahit. Elle faillit rétorquer que son seul crime était de s'être promenée sans être accompagnée, mais elle préféra tenir sa langue plutôt que de l'échauffer encore davantage.

— Pardon, murmura-t-elle en baissant la tête.

— Va dans ta chambre et fais tes bagages, répliqua-t-il en se détournant.

— Faire mes bagages ? Pourquoi ? lança-t-elle en relevant la tête, toute sa hargne lui revenant.

— Ne pose pas de questions, Léonie, fais ce que je te dis.

S'ils partaient ce soir, elle ne pourrait pas retrouver Victor Constant demain, au square Gambetta. Léonie n'avait pas encore décidé si elle irait ou non, mais elle voulait au moins avoir le choix.

Que pensera-t-il de moi si je ne viens pas au concert ? se demanda-t-elle.

— S'il te plaît, je t'en conjure, supplia-t-elle en se précipitant vers son frère et en lui prenant le bras. J'ai dit que je regrettais. Punis-moi si tu veux, mais pas de cette manière. Je n'ai aucune envie de partir.

— Il y a eu des alertes de tempêtes et d'inondations, dit-il d'un air farouche en s'écartant. Cela n'a rien à voir avec toi. À cause de ton inconséquence, j'ai dû envoyer Isolde et Marieta en avant pour qu'elles prennent nos billets à la gare.

— Mais, et le concert ? s'écria Léonie. Je veux rester ! S'il te plaît ! Tu me l'as promis.

— Va faire tes bagages ! hurla-t-il en scandant chaque mot avec fureur.

Mais Léonie ne pouvait s'y résoudre.

— Que s'est-il passé pour que vous vouliez partir si brusquement ? demanda-t-elle en haussant le ton elle aussi. C'est à cause du rendez-vous d'Isolde chez le notaire ?

— Il ne s'est rien passé du tout, répondit Anatole en reculant, comme si elle l'avait frappé.

Sans prévenir, il cessa soudain de crier et son visage s'adoucit.

— Des concerts, il y en aura d'autres, dit-il, et il s'approcha pour la prendre par les épaules, mais elle le repoussa.

— Je te déteste ! s'écria-t-elle avant de filer vers l'escalier.

À présent, elle se fichait bien qu'on la vît pleurer. Elle grimpa les marches en courant, prit le couloir et, une fois dans sa chambre, se jeta à plat ventre sur le lit. Là, elle versa toutes les larmes de son corps.

Je ne partirai pas. Je ne partirai pas, s'obstina-t-elle.

Mais au fond, Léonie se savait impuissante. Elle disposait de très peu d'argent. Quelle que soit la véritable raison de leur départ précipité, dont elle doutait fort qu'il soit dû au mauvais temps, elle n'avait pas le choix. Anatole était décidé à la punir pour son incartade et il avait choisi le moyen le plus sûr de le faire.

Sa crise de larmes passée, Léonie alla à la penderie pour se changer et fut stupéfaite de la trouver vide, à l'exception de sa cape de voyage. Elle ouvrit la porte qui séparait les pièces communicantes et entra dans le petit salon, qu'elle trouva désert. Marieta avait pratiquement tout emporté.

En piteux état dans ses vêtements trempés qui lui irritaient la peau, elle rassembla les quelques objets que la servante avait laissés sur la coiffeuse et prit sa cape au passage. En sortant dans le couloir, elle tomba sur Anatole.

— Marieta ne m'a laissé aucun vêtement de rechange. Je suis trempée jusqu'aux os et j'ai froid, protesta-t-elle.

Mais il se contenta de la toiser sans rien dire, lui tourna le dos et entra dans sa chambre en claquant la porte.

Léonie fit volte-face et rentra dans la sienne.

Très bien. Jusqu'à présent, elle s'était toujours efforcée de bien se conduire, mais Anatole l'obligeait à prendre des mesures plus radicales. Elle enverrait un mot à M. Constant lui expliquant qu'elle ne pouvait honorer leur engagement pour une raison indépendante de sa volonté. Au moins, il ne penserait pas du mal d'elle. Peut-être même écrirait-il pour exprimer sa tristesse de voir de fâcheuses circonstances couper court à leur amitié naissante.

Empourprée, pleine de défi et de détermination, Léonie se rua vers le secrétaire et en sortit une feuille de papier à lettres. Avant de perdre courage, elle gribouilla à la va-vite quelques lignes d'excuse et conclut en suggérant qu'un courrier envoyé poste restante à Rennes-les-Bains lui serait transmis, au cas où il voudrait bien la rassurer en confirmant qu'il avait reçu son mot. Elle ne se crut pas en droit de donner elle-même l'adresse du Domaine de la Cade. Anatole serait furieux.

Tant pis. C'était bien fait pour lui. Puisqu'il persistait à la traiter comme une enfant, elle se conduirait comme telle. Puisqu'il ne lui permettait pas de décider par elle-même, elle ne tiendrait pas compte de son avis.

Elle scella l'enveloppe et y inscrivit le nom du destinataire. Après une hésitation, elle sortit de son sac sa bouteille de parfum et en vaporisa la lettre, imitant ainsi les héroïnes de ses romans préférés. Puis elle la porta à ses lèvres comme pour l'imprégner un peu d'elle-même.

Restait à trouver le moyen de confier la lettre au patron de l'hôtel sans qu'Anatole le sache, pour qu'elle soit remise en mains propres demain, à l'heure convenue du rendez-vous square Gambetta.

Ensuite, elle n'aurait plus qu'à voir venir.

Dans la chambre d'en face, prostré, Anatole était assis la tête entre les mains. Dans son poing serré, roulée en boule, se trouvait la missive qui avait été remise à l'hôtel une demi-heure avant le retour de Léonie.

C'était à peine une lettre. Juste cinq mots qui restaient gravés dans son âme, comme marqués au fer rouge.

« CE N'EST PAS LA FIN. »

Il n'y avait pas de signature, pas d'adresse au dos, mais Anatole n'en comprenait que trop bien le sens. C'était une réponse au mot « FIN » qu'il avait inscrit sur la dernière page de son journal. Journal qu'il avait laissé à Paris, dans l'appartement de la rue de Berlin.

Au désespoir, il releva la tête. Dans son visage livide, ses yeux brûlaient de fièvre à cause du choc qu'il venait de recevoir.

D'une manière ou d'une autre, Constant savait. Il savait que l'enterrement au cimetière Montmartre n'avait été qu'un canular, qu'Isolde était en vie, et même qu'elle était ici avec lui, dans le Midi.

Anatole se passa les mains dans les cheveux. Comment Constant avait-il appris qu'ils se trouvaient à Carcassonne ? Personne, à part Léonie, Isolde et les domestiques du domaine, ne savait qu'ils étaient en ville.

Si. Le notaire le savait. Ainsi que le prêtre.

Mais ils ignoraient qu'ils étaient descendus à cet hôtel en particulier.

Anatole se força à se concentrer. Il ne pouvait se permettre de s'interroger sur la façon dont ils avaient été découverts. Le temps viendrait pour ce genre d'analyse morbide, mais, pour l'heure, il fallait décider de la conduite à tenir.

Au souvenir de l'expression d'Isolde quand elle avait appris, ses épaules s'affaissèrent. Il aurait donné n'importe quoi pour lui épargner ce coup, mais elle était venue vers lui juste après qu'il eut reçu la lettre, et il avait été incapable de lui cacher la vérité.

Envolée, la perspective radieuse d'une nouvelle existence où ils vivraient ensemble, sans avoir peur ni se cacher. L'allégresse de l'après-midi n'était plus que cendres.

Il avait eu l'intention d'apprendre à Léonie l'heureuse nouvelle de leur mariage dans la soirée. Mais il n'en était plus question. D'ailleurs sa décision de la tenir à l'écart de leur union se trouvait justifiée. Par son inconduite, elle avait prouvé qu'on ne pouvait pas compter sur elle.

Anatole gagna la fenêtre et écarta les lamelles du store pour regarder dehors. Il n'y avait personne dans la rue à part un ivrogne enveloppé dans une cape militaire, affalé contre le mur d'en face, les genoux remontés sous le menton.

Il laissa retomber les lamelles du store avec un claquement sec.

Il n'avait aucun moyen de savoir si Constant était
lui-même à Carcassonne, ou bien à quelle distance il
se trouvait. Son instinct lui disait que leur meilleure
chance de salut était de retourner sur-le-champ à
Rennes-les-Bains.

Si Constant avait eu connaissance du Domaine de
la Cade, il aurait envoyé la lettre là-bas, se persuada
Anatole, et il se raccrocha au fil ténu de cet espoir.

62.

Les mains croisées devant elle, en silence, Léonie attendait Anatole dans le hall. Une lueur de défi brillait encore dans ses yeux, mais ses nerfs étaient tendus à l'extrême tant elle craignait que le patron ne la dénonce.

Anatole descendit l'escalier sans dire un mot. Il alla au bureau de la réception, parla brièvement avec le patron, puis passa devant elle pour sortir dans la rue, où le fiacre attendait de les conduire à la gare.

Léonie poussa un soupir de soulagement et alla elle-même dire au revoir au patron.

— Merci, monsieur, dit-elle posément.

— Je vous en prie, mademoiselle Vernier, lui répondit-il avec un clin d'œil, en tapotant sa poche de poitrine. Je veillerai à ce que cette lettre soit remise à qui de droit.

Léonie lui fit un petit salut de la tête, puis elle s'empressa de rattraper son frère.

— Monte, lui ordonna-t-il d'un ton sec qui la fit rougir, comme s'il tançait une servante trop indolente.

Puis il se pencha pour glisser une pièce d'argent au cocher.

— Aussi vite que vous le pourrez, lui ordonna-t-il.

Durant le court trajet qui menait à la gare, il ne lui

adressa pas la parole. À vrai dire, il ne lui jeta même pas un regard.

En ville, la circulation était ralentie par les intempéries et ils arrivèrent avec très peu d'avance. Ils se hâtèrent tout au long du quai qui glissait à cause de la pluie jusqu'aux voitures de première classe situées en tête du convoi. Le contrôleur les fit monter et la portière se referma sur eux en claquant.

Isolde et Marieta étaient installées dans le coin du compartiment. En voyant sa tante, Léonie eut un tel coup qu'elle en oublia tous ses ressentiments.

Isolde était exsangue, ses yeux gris rougis de larmes.

— J'ai pensé qu'il valait mieux rester avec madame plutôt que de gagner mon compartiment, murmura Marieta en se levant.

— Tu as bien fait, répliqua Anatole sans quitter Isolde du regard. J'arrangerai ça avec le contrôleur.

Il s'assit sur la banquette à côté d'Isolde et prit sa main qui pendait, inerte. Léonie aussi se rapprocha.

— Qu'est-ce qui vous arrive, ma tante ?

— Je crains d'avoir attrapé froid, répondit Isolde. Le voyage, le temps, tout cela m'a épuisée. Je regrette tellement que par ma faute, vous ratiez ce concert, ajouta-t-elle en regardant Léonie du fond de ses yeux gris. Je sais à quel point vous vous en faisiez une joie.

— Léonie peut comprendre que votre santé passe en premier, intervint sèchement Anatole, sans laisser à sa sœur le temps de répondre. Et puis nous ne pouvions prendre le risque de rester en rade si loin du Domaine, en dépit de sa fugue inconsidérée.

Son injuste réprimande piqua Léonie au vif, mais elle réussit à tenir sa langue. Quelle que soit la raison de leur départ précipité, Isolde était malade. De toute évidence, elle avait besoin de se retrouver au chaud, dans le confort de sa maison.

Si Anatole m'en avait prévenue, je n'aurais pas rechigné à partir, songea Léonie.

Soudain tout son ressentiment resurgit. Comment avait-il pu la laisser se fourvoyer ? C'était impardonnable. À cause de lui, ils s'étaient disputés. Il eut dès lors tous les torts à ses yeux, et elle, aucun. Aussi, persuadée d'être dans son bon droit, elle prit un air excédé, bouda, et resta les yeux obstinément fixés sur la fenêtre du compartiment.

Mais quand elle jeta un coup d'œil à Anatole pour voir s'il s'en rendait compte, elle vit combien il s'inquiétait pour Isolde, et oubliant leur vaine querelle, elle se mit à se faire du souci pour la santé de sa tante.

Il y eut un coup de sifflet. Un gros nuage de vapeur s'échappa dans l'air venteux chargé d'humidité. Et le train s'ébranla.

Quelques minutes plus tard, l'inspecteur Thouron descendait du train en provenance de Marseille sur le quai d'en face, accompagné de deux officiers de police parisiens, avec deux heures de retard sur l'horaire prévu. En effet, un glissement de terrain provoqué par les trombes d'eau avait obstrué la voie à la sortie de Béziers, et il avait fallu la dégager.

Thouron fut accueilli par l'inspecteur Bouchou, de la gendarmerie de Carcassonne. Les deux hommes échangèrent une poignée de main. Puis, refermant sur eux leurs manteaux dont les pans claquaient au vent et enfonçant leurs chapeaux sur leurs têtes, ils progressèrent tant bien que mal, courbés sous les bourrasques qui leur venaient en pleine face.

Le passage souterrain qui reliait l'un des quais à l'autre étant inondé, le chef de gare attendait de faire sortir les passagers par un petit portail latéral qui donnait sur la rue. Il cramponnait la chaîne de peur qu'elle ne cède et que la grille ne s'arrache de ses gonds.

— Content de vous rencontrer, Bouchou, dit Thouron, fatigué et de fort méchante humeur, après son voyage long et inconfortable.

Bouchou était un homme corpulent au teint rougeaud, proche de l'âge de la retraite, avec le teint mat et le corps râblé que Thouron associait aux hommes du Midi. À première vue, il avait l'air plutôt affable, et Thouron, qui craignait que des gens du Nord, pire, des Parisiens comme lui et ses hommes, soient mal considérés par les Méridionaux, oublia ses appréhensions.

— Ravi de pouvoir vous aider, lui cria Bouchou par-dessus les rafales de vent. Même si, je vous l'avoue, je suis passablement intrigué de voir quelqu'un de votre position se déplacer en personne. Est-ce juste afin de retrouver Vernier pour l'informer du meurtre de sa mère ? Ou bien y a-t-il autre chose ? ajouta-t-il en dévisageant Thouron avec une certaine malice.

— Allons nous abriter de ce vent et je vous dirai tout.

Dix minutes plus tard, ils étaient installés dans un petit café tout près du palais de justice, où ils pourraient parler sans crainte d'être entendus par des oreilles indiscrètes. La plupart des clients étaient des collègues de la gendarmerie ou appartenaient au personnel de la prison.

Bouchou commanda deux verres d'une liqueur de la région appelée La Micheline, puis il rapprocha sa chaise pour mieux écouter. Thouron trouva la liqueur un peu trop douceâtre à son goût, mais il la sirota avec gratitude, tout en expliquant les dessous de l'affaire.

Marguerite Vernier, veuve d'un communard, plus

récemment maîtresse d'un héros de guerre fort influent et couvert de médailles, avait été retrouvée morte assassinée au domicile familial le soir du dimanche 20 septembre. Depuis, un mois avait passé et on n'avait retrouvé ni son fils ni sa fille pour les informer de ce décès.

À vrai dire, même s'il n'y avait aucune raison de considérer Vernier comme suspect, on avait découvert un certain nombre de détails pour le moins intriguants. Par exemple, le fait que le frère et la sœur avaient délibérément dissimulé leurs allées et venues pour induire en erreur d'éventuels poursuivants. Ainsi les hommes de Thouron avaient-ils mis du temps avant de se rendre compte que les Vernier étaient partis pour le sud depuis la gare de Lyon, et non pour l'ouest ou le nord depuis la gare Saint-Lazare, comme on l'avait cru.

— Et si l'un de mes hommes n'avait pas veillé au grain, nous en serions restés là sans pousser plus loin, reconnut Thouron.

— Continuez, dit Bouchou, que ce récit tenait manifestement en haleine.

— Quatre semaines après le crime, vous comprendrez qu'il m'était impossible vis-à-vis de mes supérieurs de maintenir une surveillance constante de l'appartement.

— Évidemment, acquiesça Bouchou.

— Fort heureusement, l'un de mes officiers, Gaston Leblanc, un petit gars futé, s'était disons... lié d'amitié avec une soubrette attachée à la famille Debussy. Or ces Debussy habitent justement l'étage en dessous de chez les Vernier, rue de Berlin. Ladite soubrette a rapporté à Leblanc qu'elle avait vu un individu donner de l'argent de la main à la main au concierge et que celui-ci lui avait en retour tendu une enveloppe.

— Et le concierge a-t-il reconnu les faits ? s'enquit Bouchou en s'accoudant.

— Oui, confirma Thouron. Au début, il a nié, comme c'est d'usage dans la profession. Mais quand on l'a menacé de le mettre au trou, il a fini par admettre qu'il avait été payé, et grassement, pour transmettre toute correspondance adressée chez les Vernier.

— Payé par qui ?

Thouron haussa les épaules.

— Il a prétendu ne pas le savoir. D'après lui, les transactions se faisaient toujours par l'intermédiaire d'un sous-fifre. Il nous a quand même livré un détail intéressant, ajouta Thouron en vidant son verre. Il n'a rien voulu affirmer, mais selon lui, l'écriture figurant sur l'enveloppe ressemblait fort à celle d'Anatole Vernier. Et le cachet de la poste indiquait que la lettre venait de l'Aude.

— D'où votre présence ici.

— C'est plutôt léger, je l'admets, remarqua Thouron en faisant la grimace. Mais c'est la seule piste dont nous disposons.

Bouchou leva la main pour commander une autre tournée.

— La liaison de Mme Vernier avec ce général rend toute cette affaire très délicate, je présume, dit-il à son collègue.

Thouron approuva d'un hochement de tête.

— Le général Du Pont jouit d'une grande influence. Il n'est pas soupçonné du crime, mais...

— Vous en êtes certain ? l'interrompit Bouchou. Ne serait-ce pas plutôt que votre préfet n'a guère envie de se trouver mêlé à quelque scandale retentissant ?

518

Pour la première fois, Thouron se permit un sourire qui le rajeunit, et il parut moins que ses quarante ans.

— Certes mes supérieurs auraient été... disons, contrariés, de devoir traîner Du Pont devant les tribunaux, concéda-t-il. Fort heureusement, beaucoup de facteurs plaident en la faveur du général et permettent de le disculper. Cependant il s'inquiète de cette ombre qui plane sur lui. Il croit, à juste titre, que tant que l'assassin n'aura pas été pris et traduit en justice, des rumeurs circuleront, qui terniront sa réputation.

Tout ouïe, Bouchou écouta Thouron lui exposer les raisons qui l'inclinaient à croire en l'innocence de Du Pont, le tuyau anonyme, le fait que l'heure de la mort estimée par le médecin légiste était bien antérieure à celle à laquelle on avait découvert le corps et qu'à ce moment-là, Du Pont assistait à un concert où il avait été vu, enfin, le mystérieux personnage qui avait soudoyé le concierge.

— Un rival amoureux ? suggéra Bouchou.

— J'avoue y avoir pensé, admit Thouron. Il y avait deux coupes de champagne, mais également un verre de cognac brisé dans le foyer de la cheminée. Et si des indices prouvent que l'appartement des Vernier a été fouillé, les domestiques affirment que la seule chose qui a été dérobée, c'est une photo de famille encadrée qui était posée sur le buffet.

Thouron sortit une photo similaire, qui avait été prise durant la même séance de pose au studio parisien. Bouchou la contempla sans faire de commentaires.

— Je me rends bien compte que même si les Vernier ont séjourné dans l'Aude, poursuivit Thouron, ils peuvent ne plus s'y trouver à l'heure actuelle. Par ailleurs la région est vaste. S'ils sont ici, à Carcassonne, ou dans une maison de campagne des environs, nous aurons sans doute du mal à obtenir des informations sur leurs allées et venues.

— Avez-vous des doubles de cette photo ?

Thouron hocha la tête.

— Alors pour commencer, je vais lancer une recherche dans les hôtels et pensions de famille de Carcassonne, proposa Bouchou. Puis dans les quelques villes touristiques importantes, plus au sud. On les aura davantage remarqués à la campagne qu'en ville. Cette jeune fille a quelque chose de frappant, remarqua-t-il en contemplant la photo. Cela pourrait nous aider. Je verrai ce que je peux faire, Thouron, conclut-il en glissant la photo dans la poche de son veston.

L'inspecteur poussa un long soupir.

— Je vous en suis très reconnaissant, Bouchou. Cette affaire traîne en longueur.

— Je vous en prie. Et maintenant, si nous allions nous restaurer ?

Ils dînèrent d'un plat de côtelettes suivi d'un plum-pudding, le tout arrosé d'un pichet de vin rouge du Minervois. Dehors, le vent et la pluie s'acharnaient toujours et battaient la façade du restaurant. D'autres clients entrèrent, tapant des pieds, secouant leurs chapeaux. On apprit que l'Aude menaçait de déborder et que la mairie avait donné l'alerte, parlant de risques d'inondations.

— Chaque automne, c'est la même rengaine. Mais ça n'arrive jamais ! déclara Bouchou avec une moue de mépris.

— Vraiment ? s'étonna Thouron.

— En tout cas, ça ne s'est pas produit depuis des années, concéda Bouchou. À mon avis, les renforcements des berges tiendront cette fois encore.

Peu après 20 heures, la tempête frappa la Haute Vallée alors que le train transportant Léonie, Anatole et Isolde vers le sud approchait de la gare de Limoux.

Au premier coup de tonnerre, Isolde hurla, et son cri fut suivi d'un éclair qui déchira le ciel violet. Aussitôt, Anatole se précipita auprès d'elle pour l'apaiser en lui murmurant des paroles rassurantes.

Un autre roulement de tonnerre fit sursauter Léonie. L'orage se rapprochait en survolant les plaines. Les pins maritimes, les platanes, les hêtres se courbaient toujours plus bas sous le crescendo du vent qui soufflait par rafales de plus en plus violentes. Même les pieds de vigne pourtant bien enracinés et disposés en ordre de bataille étaient secoués par la tempête.

Léonie frotta la vitre embuée. En proie à une exaltation mêlée d'effroi, elle regarda le paysage qui défilait dans la tourmente, tandis que les éléments se déchaînaient autour d'eux. Le train continuait à rouler vaille que vaille. Plusieurs fois, il dut pourtant s'arrêter entre les haltes pour qu'on débarrasse les rails de branches tombées et d'arbustes arrachés par la pluie torrentielle aux pentes raides des gorges.

À chaque station, il montait deux fois plus de passagers à bord du train qu'il n'en descendait, les chapeaux enfoncés sur la tête, les cols remontés contre les bourrasques de pluie qui venaient heurter les vitres minces des wagons. Et chaque fois, l'attente était un peu plus longue, tandis que les rescapés s'entassaient dans les compartiments déjà bondés.

Deux heures plus tard, ils arrivèrent à Couiza. La tempête faisait moins rage dans les vallées, mais il n'y avait aucun fiacre de libre et la diligence était partie depuis longtemps. Anatole fut obligé de réveiller un boutiquier en frappant à sa porte pour que son garçon de course aille à dos de mulet jusqu'au Domaine prévenir Pascal, afin qu'il vienne les chercher avec le cabriolet.

En attendant, ils trouvèrent refuge dans la brasserie miteuse accolée à la gare. Il était trop tard pour souper. Mais en voyant l'allure dépenaillée de la petite troupe, le teint blafard d'Isolde, l'expression angoissée de l'homme qui l'accompagnait, la patronne les prit en pitié et leur apporta des bols fumants de consommé de bœuf, une corbeille de pain rassis, ainsi qu'une bouteille de vin de Tarascon.

Deux hommes entrèrent dans la brasserie, deux autres rescapés de la tempête. D'après les dernières nouvelles, leur dirent-ils, l'Aude était près de rompre ses berges à Carcassonne. Il y avait déjà des zones inondées dans les quartiers de la Trivalle et de la Barbacane.

Léonie devint soudain toute pâle en imaginant l'eau noire léchant les marches de l'église Saint-Gimer. Dire qu'elle avait failli rester piégée là-bas. Si ce qu'on disait était vrai, les rues qu'elle avait arpentées étaient inondées à présent. Alors ses pensées allèrent à Victor Constant. Était-il en sécurité ?

L'idée qu'il puisse être en danger la tourmenta tout au long du trajet, de sorte qu'elle en oublia les rigueurs du voyage et l'âpre combat des chevaux dont les sabots glissaient sur les routes périlleuses qui montaient vers le Domaine.

Quand ils s'engagèrent dans l'allée qui menait à la maison, Isolde était bien près de perdre conscience. Elle battait des paupières et sa peau était glacée.

Anatole se précipita dans la maison en criant des instructions aux domestiques. Marieta fut chargée de préparer une potion pour aider sa maîtresse à s'endormir, une autre servante alla chercher une bouillotte pour chauffer son lit tandis qu'une troisième activait le feu qui brûlait dans l'âtre. Puis, voyant qu'Isolde était trop faible pour marcher, Anatole la souleva dans ses bras pour la monter à l'étage et les longs cheveux blonds d'Isolde coulèrent comme de la soie pâle sur le costume noir d'Anatole.

Ébahie, Léonie les regarda s'éloigner. Quand elle eut recouvré ses esprits, tout le monde avait disparu, la laissant seule, livrée à elle-même.

Glacée jusqu'aux os, elle monta l'escalier, puis se dévêtit et se mit au lit. Sa chambre n'avait rien d'accueillant. Pas de feu dans la cheminée, et les draps semblaient mouillés tant ils étaient glacés.

Elle s'efforça de s'endormir, mais Anatole qui faisait les cent pas dans le couloir l'en empêcha. Plus tard, elle l'entendit arpenter le vestibule en dessous, tel un soldat faisant sa ronde une nuit de veille. En plus du claquement sec de ses bottes sur le carrelage, il y eut le bruit de la porte d'entrée qui s'ouvrait.

Puis ce fut le silence.

Léonie finit par sombrer dans un sommeil agité, en rêvant de Victor Constant.

VIII

Hôtel de la Cade
Octobre 2007

63.

Lorsqu'elle arriva au bar, Meredith vit Hal la première, et cela lui valut un petit sursaut d'émotion. Il était affalé dans l'un des trois fauteuils qui entouraient une table basse, vêtu de la même manière que plus tôt dans la journée, d'un jean et d'une chemise blanche. Il avait juste troqué son pull bleu contre un autre, marron clair. Quand il écarta les cheveux qui lui tombaient sur le visage, Meredith sourit tant ce geste lui était déjà familier, et elle traversa la salle pour le rejoindre. Il se leva en la voyant arriver.

— Salut, dit-elle en posant la main sur son épaule. Alors, l'après-midi n'a pas été trop pénible ?

— J'ai connu mieux, dit-il en l'embrassant sur la joue, puis il se retourna pour faire signe au serveur. Qu'est-ce qui te ferait plaisir ?

— Le vin que tu m'as recommandé hier soir était fameux.

— Une bouteille du Domaine Bégude, s'il vous plaît, Georges. Et trois verres.

— Trois verres ? s'enquit Meredith.

Elle vit Hal se rembrunir.

— Je suis tombé sur mon oncle en rentrant, expliqua-t-il. Quand il a su que nous nous retrouvions au

527

bar, il s'est invité. Apparemment, il a pensé que tu n'y verrais pas d'inconvénient. Il m'a dit que vous aviez fait connaissance et que vous aviez discuté un bon moment, tous les deux.

— Pas du tout, s'empressa-t-elle de rectifier. Il m'a demandé où tu étais allé après m'avoir déposée ici. J'ai répondu que je ne savais pas au juste. Et c'est tout. On ne s'est rien dit de plus. Tu vois, c'était plutôt succinct, comme conversation, conclut-elle pour dissiper tout malentendu, puis elle se pencha vers lui. Alors, et ton après-midi ?

Hal jeta un coup d'œil vers l'entrée du bar.

— Je te raconterai tout à l'heure. Je n'ai pas envie de commencer pour devoir m'interrompre dans quelques minutes, dès que mon oncle arrivera. Ça manquerait un peu de naturel, tu ne crois pas ? Et si je réservais une table pour le dîner ? Ça te tente ?

— Oh oui, volontiers, répondit Meredith avec enthousiasme. Je n'ai rien mangé à midi et je meurs de faim.

— Je reviens tout de suite, lança Hal en se levant, tout content.

Meredith le suivit des yeux tandis qu'il gagnait la sortie, appréciant la façon dont sa large carrure se découpait dans l'espace. Elle le vit hésiter, puis se retourner, comme s'il avait senti qu'elle l'observait. Leurs regards se croisèrent et restèrent un instant accrochés l'un à l'autre, malgré la distance. Puis Hal lui adressa un petit sourire et disparut dans le couloir.

Ce fut au tour de Meredith d'écarter la frange de cheveux noirs qui lui tombait dans les yeux. Une chaleur l'envahit, ses paumes devinrent moites, et elle secoua la tête en se sentant rougir comme une écolière.

Georges apporta la bouteille dans un seau à glace et lui versa du vin dans un grand verre en forme de tulipe. Meredith en avala plusieurs gorgées, puis elle prit la carte des cocktails posée sur la table et s'éventa tout en contemplant les rayons chargés de livres qui s'étageaient dans la pièce du sol au plafond. Y avait-il parmi eux des volumes qui avaient survécu à l'incendie ? Elle pourrait toujours poser la question à Hal. La famille Bousquet possédait une imprimerie. Peut-être existait-il des ouvrages ayant un lien avec les familles Lascombe et Vernier ? Ou bien il ne restait plus rien de la bibliothèque d'origine et tous ces livres provenaient en fait d'un vide-grenier.

Elle regarda par la fenêtre l'obscurité qui s'étendait au-dehors. Tout au fond, on distinguait encore les silhouettes mouvantes des arbres qui oscillaient, telle une armée d'ombres. Fugitivement, elle se sentit épiée, comme si quelqu'un venait juste de passer devant la fenêtre pour regarder à l'intérieur. Elle scruta la pénombre, mais ne vit rien.

Puis elle entendit des pas se rapprocher derrière elle et, tout émotionnée, elle se retourna, les yeux brillants.

Mais au lieu de Hal, c'était son oncle, Julian Lawrence, qui se tenait devant elle. Gênée, elle se ressaisit et se leva.

— Je vous en prie, mademoiselle Martin, restez assise, dit-il en posant une main sur son épaule, et elle sentit dans son haleine une légère odeur de whisky.

Julian s'affala d'autorité dans le fauteuil en cuir à la droite de Meredith, avant qu'elle puisse lui dire que c'était la place de Hal. Se penchant en avant, il se versa un verre de vin et se radossa.

— Santé, dit-il en levant son verre. Et mon neveu ? Il s'est encore évaporé ?

— Il est allé réserver une table pour le dîner, répliqua-t-elle d'un ton courtois, quoique assez peu cordial.

Julian se contenta de sourire. Il était vêtu d'un costume en lin clair et d'une chemise bleue ouverte au col. Bien calé dans le fauteuil rouge, il semblait toujours aussi à l'aise et sûr de lui, avec son teint hâlé, son allure sportive. Cependant il était un peu congestionné, remarqua Meredith en le détaillant l'air de rien. Et ses mains trahissaient son âge. En fait, il devait avoir la cinquantaine bien sonnée, au lieu des quarante-cinq ans qu'elle lui avait prêtés. Il ne portait pas d'alliance.

Oppressée par le silence qui s'éternisait, Meredith leva la tête vers son visage. Il la fixait toujours du même regard franc.

Le même que celui de Hal, songea-t-elle.

Elle chassa la comparaison de son esprit.

— Que savez-vous sur les cartes de tarot, mademoiselle Martin ? lui demanda Julian en reposant son verre.

Sa question la prit complètement au dépourvu. Ébahie, elle le regarda en se demandant pourquoi diable il abordait ce sujet-là, sans préliminaires. Ses pensées allèrent à la photographie qu'elle avait dérobée dans le hall, au jeu de cartes, aux sites qu'elle avait consultés, aux notes musicales, aux arcanes qui leur étaient associés, et elle se sentit rougir comme s'il l'avait prise sur le fait, alors qu'il n'en pouvait rien savoir. Pis, elle vit que son embarras lui faisait manifestement plaisir.

— Tout ce que j'en connais, c'est ce qu'en dit le personnage de Jane Seymour dans le film *Vivre et laisser mourir*, répondit-elle, comme par boutade.

— Ah oui, la belle Solitaire... Personnellement, poursuivit-il, voyant que Meredith restait silencieuse, l'histoire du tarot m'intéresse, même si je ne crois pas un seul instant qu'il faille se fier à la cartomancie pour conduire sa vie.

530

Sa voix aussi ressemblait à celle de Hal, se dit Meredith. Ils avaient la même façon de scander leurs phrases en insistant sur chaque mot. Seule différence, et elle était de taille, Hal ne savait pas cacher ses sentiments, alors qu'il y avait toujours une nuance de moquerie dans la voix de Julian. De sarcasme même. Elle jeta un coup d'œil vers la porte du bar, qui restait obstinément close.

— Connaissez-vous les principes qui sous-tendent l'interprétation des cartes de tarot, mademoiselle Martin ?

— Non, je n'y connais pas grand-chose, répondit-elle en souhaitant vivement qu'il change de sujet.

— Ah ? D'après ce que m'a dit mon neveu, j'aurais cru que cela vous intéressait. Il paraît que les cartes de tarot n'ont cessé de ponctuer votre promenade de ce matin à Rennes-le-Château. J'ai dû mal comprendre, ajouta-t-il en haussant les épaules.

Meredith repensa à la matinée. Certes, elle avait eu en permanence le tarot à l'esprit, mais elle ne se souvenait pas d'en avoir parlé avec Hal. Julian la fixait toujours sans ciller, et elle crut voir une lueur de défi dans ses yeux. Comme le silence qui s'étirait devenait pesant, elle finit par répondre.

— L'idée générale, c'est que si les cartes semblent être tirées au hasard, la façon dont on les bat permet à des connexions invisibles de se manifester.

— Bien résumé, déclara-t-il sans la quitter des yeux. Et vous a-t-on jamais tiré les cartes, mademoiselle Martin ?

Un rire étranglé lui échappa.

— Pourquoi cette question ?

— Simple curiosité.

Meredith le foudroya du regard, furieuse qu'il réussisse à la mettre aussi mal à l'aise et qu'elle se laisse atteindre à ce point.

Alors une main s'abattit sur son épaule et elle se retourna en tressaillant. Cette fois, c'était Hal, et il lui souriait.

— Pardon, dit-il. Je ne voulais pas te surprendre.

Il salua son oncle, puis s'assit en face de Meredith. Sortant la bouteille du seau à glace, il se servit du vin.

— Nous parlions de tarot, informa Julian.

— Ah oui ? dit Hal en les dévisageant tour à tour. Et qu'en disiez-vous ?

Meredith n'avait pas envie de poursuivre sur ce sujet, mais elle devina que c'était pour Hal une bonne façon d'éviter que son oncle ne le questionne sur sa visite au commissariat.

— Je demandais juste à Mlle Martin si elle s'était déjà fait tirer les cartes, expliqua Julian. Elle allait me répondre quand tu es arrivé.

Décidément, impossible d'y échapper. À voir la façon dont il la ramenait sans cesse au même sujet, on aurait dit qu'il essayait de la piéger.

— En fait, on m'a tiré les cartes pour la première fois il y a deux jours, finit-elle par admettre du ton le plus neutre possible. Quand j'étais à Paris.

— Et l'expérience vous a-t-elle été agréable, mademoiselle Martin ?

— Intéressante, en tout cas. Et vous, monsieur Lawrence ? Cela vous est-il arrivé ?

— Je vous en prie, appelez-moi Julian, dit-il d'un air amusé où Meredith discerna comme un regain d'intérêt. Non, cela ne m'est jamais arrivé. Je ne suis guère attiré par ce genre de pratiques. Pourtant, le symbolisme associé au tarot m'intrigue assez, je l'avoue.

Meredith se crispa soudain. Ses soupçons se vérifiaient. Ce n'était pas une conversation anodine : il cherchait à lui soutirer une information précise. Elle but une autre gorgée de vin et afficha un air détaché.

— Ah oui ?

— Oui. Le symbolisme des nombres, par exemple, continua-t-il en enfonçant la main dans sa poche.

Meredith se raidit encore. Ce serait affreux s'il sortait maintenant un jeu de tarot. Il soutint son regard un instant, comme s'il savait exactement ce qui lui traversait l'esprit, puis sortit de sa poche un paquet de cigarettes et un Zippo.

— Une cigarette, mademoiselle Martin ? proposat-il en lui tendant le paquet. Remarquez, cela nous obligerait à aller la fumer dehors.

— Je ne fume pas, rétorqua Meredith, furieuse de s'être laissé prendre et surtout d'avoir montré son désarroi.

— Tant mieux pour vous, dit Julian en posant le paquet sur la table. Le symbolisme des chiffres dans l'église de Rennes-le-Château est tout à fait fascinant, par exemple, reprit-il, l'air de rien.

Meredith chercha Hal du regard avec l'espoir qu'il intervienne pour la tirer de ce mauvais pas, mais il semblait un peu ailleurs, sans doute à dessein.

— Je n'ai rien remarqué, dit-elle.

— Non ? Le nombre vingt-deux en particulier revient étonnamment souvent.

Malgré son aversion pour cet homme, Meredith eut envie d'en savoir plus, et elle ne réussit pas à cacher son intérêt.

— Sous quelle forme ? s'enquit-elle.

— Le bénitier à l'entrée, la statue du démon Asmodée. Vous avez dû la voir ? répondit Julian avec un fin sourire.

Meredith confirma d'un petit hochement de tête.

— D'après la légende, Asmodée était l'un des gardiens du Temple de Salomon. Or le Temple fut détruit en 598 av. J.-C. Si l'on ajoute chaque chiffre au suivant, cinq plus neuf plus huit, cela donne vingt-deux. Vous devez savoir que les arcanes majeurs comprennent vingt-deux cartes, n'est-ce pas, mademoiselle Martin ?

— En effet... Et il y a d'autres occurrences, je suppose ?

— Oh que oui. Le 22 juillet est le jour de la Sainte-Marie-Madeleine, à qui l'église est consacrée. Une statue de cette sainte est placée entre les tableaux treize et quatorze du chemin de croix ; elle figure également dans deux des trois vitraux situés derrière l'autel. Il existe aussi un lien avec Jacques de Molay, le dernier chef des Templiers. On établit en effet un rapport entre les Templiers et le château du Bézu, de l'autre côté de la Vallée. Or Jacques de Molay était le vingt-deuxième grand maître des Pauvres Chevaliers du Temple de Jérusalem, nom complet de la confrérie. Et puis il y a le cri que Jésus poussa sur la croix : *« Elie, Elie, lamah sabactani ? »*, « Mon Dieu, mon Dieu, pourquoi m'as-tu abandonné ? » Lui aussi contient vingt-deux lettres. C'est également par ce vers que commence le psaume 22.

Dans l'absolu, tout cela était très intéressant, mais Meredith ne voyait pas pourquoi il l'entretenait obstinément sur ce sujet. Pour tester sa réaction ? Voir jusqu'où précisément allait sa connaissance du tarot ?

Et si tel est le cas, dans quel but ? se demanda-t-elle.

— Enfin, Bérenger Saunière, le prêtre de Rennes-le-Château, est mort le 22 juillet 1917. On raconte à ce propos une étrange histoire. À ce qu'on dit, sa dépouille fut placée sur un trône, sur le belvédère de sa propriété. Les villageois défilèrent devant lui et chacun arracha une torsade de fil au bas de sa robe. En fait, cela ressemble beaucoup à l'image du Roi des Deniers dans le tarot Rider-Waite. Et si l'on ajoute deux plus deux à l'année de sa mort, on obtient...

— C'est bon, j'ai mon compte, marmonna Meredith, perdant patience, et elle se tourna résolument vers Hal. Pour quelle heure notre table est-elle réservée ?

— 19 h 15. Dans dix minutes.

Mais Julian ignora son interruption.

— Évidemment, poursuivit-il, si l'on se fait l'avocat du diable, on peut dire qu'il suffit de prendre n'importe quel chiffre pour en déduire de la même manière toute une série de recoupements en leur prêtant une signification particulière.

Il prit la bouteille de vin et se pencha pour en servir à Meredith, mais elle couvrit le verre de sa main, et Hal refusa aussi en secouant la tête. Avec un haussement d'épaules, Julian vida le reste de la bouteille dans le sien.

— Ce n'est pas comme si l'un de nous devait prendre le volant, déclara-t-il d'un air désinvolte.

Meredith vit Hal serrer les poings.

— Je ne sais si mon neveu vous en a parlé, mademoiselle Martin, mais il existe une théorie selon laquelle l'église de Rennes-le-Château aurait été construite d'après les plans d'un ancien édifice qui se trouvait jadis sur nos terres.

— Ah oui ? fit Meredith, que le silence crispé de Hal obligeait à réagir.

— L'imagerie du tarot figure en bonne place à l'intérieur de l'église, continua-t-il. L'Empereur, L'Ermite, Le Hiérophante, qui symbolise dans l'iconographie du tarot l'église établie, comme vous le savez certainement...

— Non, je n'en savais rien, protesta-t-elle.

— Certains diraient que Le Magicien est présent à

travers le personnage du Christ lui-même. Et puis des tours apparaissent dans quatre des tableaux du Chemin de Croix, sans parler de la Tour Magdala située sur le belvédère.

— Celle-là n'y ressemble pas du tout, remarqua-t-elle malgré elle.

Julian se pencha vivement en avant.

— À quoi ne ressemble-t-elle pas, mademoiselle Martin ? demanda-t-il, et elle perçut de l'excitation dans sa voix, comme s'il pensait l'avoir piégée.

— À Jérusalem, répondit-elle, sortant la première chose qui lui venait à l'esprit.

— Dites plutôt qu'elle ne ressemble pas aux cartes de tarot que vous avez pu voir, conclut-il.

Un silence pesant s'installa. Hal semblait mal à l'aise, sans que Meredith sache très bien pourquoi. Avait-il senti la tension qui était montée entre son oncle et elle au fil de leurs échanges, et l'avait-il mal interprétée ?

Soudain Julian vida son verre, le posa sur la table et se leva.

— Sur ce, je vous laisse, déclara-t-il en souriant comme s'ils venaient de passer un excellent moment. Mademoiselle Martin. Je vous souhaite une bonne fin de séjour parmi nous.

Il posa la main sur l'épaule de son neveu et Meredith vit que Hal luttait pour ne pas se dégager.

— Hal, pourrais-tu passer me voir dans mon bureau après le dîner ? Il y a une ou deux choses dont j'aimerais te parler.

— Ce soir ?

— Ce soir, répondit Julian en soutenant son regard.

Hal hésita, puis acquiesça d'un bref hochement de tête.

Ils restèrent assis en silence jusqu'à ce que Julian soit hors de vue.

— Je ne sais pas comment tu fais pour..., commença Meredith, puis elle s'interrompit.

Règle numéro un : ne jamais critiquer la famille d'autrui.

— Comment je fais pour le supporter ? compléta Hal d'un air farouche. Je ne le supporte pas. Dès que j'aurai réglé la situation, je me tire d'ici.

— Et tu approches du but ?

Meredith vit son humeur belliqueuse le quitter d'un coup, comme si ses pensées passaient de sa haine pour son oncle à la douleur qu'il ressentait d'avoir perdu son père. Il se leva, fourra ses mains dans ses poches, et lui jeta un regard voilé par le chagrin.

— Je te raconterai ça au dîner.

64.

Julian ouvrit une nouvelle bouteille, se servit un whisky bien tassé, puis s'assit à son bureau. Le paquet de cartes était posé devant lui.

Ce n'est qu'une perte de temps, se dit-il.

Cela faisait des années qu'il épluchait chaque figure du jeu Bousquet à la recherche d'un code ou d'un élément clef qui lui aurait échappé. Quant à la quête du jeu original, elle l'occupait depuis sa première venue dans la vallée de l'Aude, quand il avait eu vent des rumeurs qui circulaient à propos d'un trésor enterré sous les montagnes, les rochers, le lit des rivières.

Puis Julian avait acquis le Domaine de la Cade, et comme bien d'autres avant lui, il en était vite venu à la conclusion que toutes ces légendes entourant Rennes-le-Château n'étaient qu'un canular, et que les prospections de l'abbé Saunière visaient des trésors plus matériels que spirituels.

Alors on lui avait parlé à diverses reprises d'un certain jeu de cartes. Selon les histoires qu'il avait glanées ici et là, ces cartes révélaient non pas l'emplacement d'un seul tombeau, mais celui du trésor de l'Empire wisigoth dans son entier. Il s'agissait peut-être même des richesses qu'avait contenues le Temple de Salomon, pillées par les Romains à la fin du Ier siècle apr. J.-C., et dont les Wisigoths s'étaient à

leur tour emparés lors de la chute de Rome, au
Ve siècle.

Or, d'après les rumeurs, les cartes étaient cachées
dans l'enceinte même du domaine. Julian avait
dépensé jusqu'à son dernier sou pour tenter de les
retrouver en effectuant des fouilles systématiques à
partir des ruines du sépulcre wisigoth et de la zone
environnante. Ce n'était pas un terrain facile. Il avait
donc fallu engager à grands frais une main-d'œuvre
importante.

Sans résultat.

Une fois son prêt bancaire épuisé, il avait commencé à se servir dans les caisses de l'hôtel. Heureusement, les rentrées d'argent se faisaient en partie en
liquide. Mais les frais généraux étaient lourds, et l'affaire commençait à peine à tourner qu'il avait fallu
rembourser les échéances des emprunts. Il avait continué à se servir, en pariant sur l'avenir.

Ce n'est qu'une question de temps, se rassura-t-il.

Julian vida son verre d'un trait.

Seymour aurait dû faire preuve de patience et lui
garder sa confiance. Ne pas s'en mêler alors qu'il touchait presque au but. C'était sa faute à lui.

J'aurais remboursé l'argent, songea-t-il.

Il hocha la tête, puis alluma une cigarette et inspira
une longue bouffée. Il s'était entretenu avec le commissaire de Couiza juste après que Hal eut quitté le
poste de police. Le commissaire lui avait vivement
conseillé de parler à son neveu, pour qu'il cesse de
poser des questions. Cela devenait gênant, à la longue.
Julian s'y était engagé, et il l'avait invité à passer chez
lui prendre un verre dans le courant de la semaine.

Il se versa encore une rasade de whisky et se repassa
la scène du bar. À vrai dire, il avait manqué de subti-
lité en insistant aussi lourdement, mais c'était le seul

539

moyen de percer à jour ce que l'Américaine avait en tête. Elle était vive, la garce. Et séduisante. Il avait dû la pousser dans ses retranchements pour l'obliger à parler du tarot.

Que savait-elle au juste ?

Julian s'aperçut que le bruit entêtant qu'il entendait était celui de ses doigts tambourinant sur le bureau. Il regarda sa main comme si elle ne lui appartenait pas, puis s'obligea à la tenir immobile.

Dans un tiroir verrouillé de son secrétaire, les actes de transfert de propriété attendaient, prêts à être signés et renvoyés au notaire d'Espéraza. Hal n'était pas stupide, il n'avait pas envie de rester au Domaine de la Cade. Et ils ne pourraient jamais travailler comme associés, pas plus que Seymour et lui n'en avaient été capables. Julian avait observé un délai convenable avant de faire part à Hal de ses projets.

— Ce n'est pas ma faute, murmura-t-il d'une voix pâteuse.

Il faudrait reparler à cette Américaine. Elle savait quelque chose à propos du jeu de cartes original, sinon, pourquoi serait-elle ici ? Sa présence n'avait rien à voir avec l'accident de Seymour, son neveu ou les finances de l'hôtel, Julian l'avait compris. Elle était ici pour la même raison que lui. Et il ne s'était pas tapé tout le sale boulot pour qu'une fichue Amerloque se pointe la bouche en cœur et cueille le fruit de ses efforts en trouvant les cartes avant lui.

Son regard alla vers les bois. La nuit était tombée. Julian tendit la main pour allumer la lampe de bureau. Il poussa un hurlement.

Son frère était là, debout, juste derrière lui. Le teint cireux, le visage creux, couvert d'entailles à cause de l'accident, les yeux morts, injectés de sang, tel que Julian l'avait vu à la morgue.

540

Il bondit de son fauteuil qui bascula en arrière. Le verre de whisky valsa sur le bois poli du bureau et se renversa.

Julian fit volte-face.

Personne.

Pétrifié, il scruta la pièce du regard, fouilla dans les coins sombres, revint à la fenêtre. Alors il comprit. C'était son propre reflet qu'il avait vu sur la vitre sombre. Les yeux éteints, le teint blafard étaient les siens.

Il inspira profondément.

Son frère était mort et enterré. Il l'avait drogué en mélangeant du Rufenol au contenu de son verre. Puis il avait conduit la voiture jusqu'au pont, à la sortie de Rennes-les-Bains, installé péniblement Seymour au volant, desserré le frein à main. Et il avait vu la voiture basculer dans le vide.

— Tu m'y as obligé, marmonna-t-il.

Son regard alla à nouveau vers la fenêtre. Il cligna des yeux. Rien.

Il expira longuement, puis se pencha pour relever le fauteuil. Un instant, il resta cramponné au dos du siège, si fort que les jointures de ses mains devinrent blanches. Un filet de sueur dégoulina le long de son dos, entre ses omoplates.

Puis il se reprit, chercha nerveusement ses cigarettes, et projeta son regard vers l'obscurité des bois.

Les cartes originales sont là, à portée de ma main, j'en suis certain, pensa-t-il.

— La prochaine fois, murmura-t-il.

Oui, la prochaine fois, la chance lui sourirait. Il le savait.

Le whisky renversé atteignit le bord du bureau et s'écoula lentement sur le tapis.

65.

— Raconte-moi ce qui s'est passé, dit Meredith.

Hal s'accouda à la table.

— En bref, la police ne voit aucun motif sérieux de rouvrir l'enquête et se contente des conclusions établies.

— Lesquelles sont ?

— Mort accidentelle. Et le commissaire affirme que papa avait bu, ajouta-t-il d'un ton rogue, qu'il a perdu la maîtrise de son véhicule et a basculé par-dessus le pont pour tomber dans la Salz. D'après le rapport toxicologique, son taux d'alcoolémie était trois fois plus élevé que le maximum légal.

Ils étaient assis près d'une fenêtre, dans un renfoncement du mur formant une alcôve. Il était encore tôt, la salle du restaurant était presque vide, aussi pouvaient-ils discuter sans crainte d'être entendus. Sur la nappe en lin blanc, à la lueur tremblotante de la bougie, Meredith posa sa main sur celle de Hal.

— Apparemment, il y a un témoin, reprit-il. Une Anglaise, une certaine Shelagh O'Donnell, qui habite dans le coin.

— C'est plutôt positif, non ? Est-ce qu'elle a vu l'accident ?

— Non, c'est bien là le problème. D'après le dossier, elle a juste entendu quelqu'un freiner brusquement, mais elle n'a rien vu.

— Est-elle venue le rapporter au poste de police ?

— Pas tout de suite. Selon le commissaire, beaucoup de conducteurs amorcent trop vite le virage qui précède l'entrée dans Rennes-les-Bains. Ce n'est que le lendemain matin, quand elle a vu l'ambulance et les véhicules de police au moment où on retirait la voiture de la rivière, qu'elle a fait le rapprochement... Je me suis dit que je pourrais essayer de la contacter pour voir si elle se souvient d'autre chose.

— Tu ne crois pas qu'elle en aurait déjà parlé à la police ?

— J'ai eu l'impression qu'ils ne prenaient pas son témoignage très au sérieux.

— Pourquoi ça ?

— Ils ne se sont pas étendus là-dessus, mais ils ont insinué qu'elle avait bu. Et puis il n'y avait aucune trace de pneus sur la route, alors il est peu probable qu'elle ait pu entendre quelque chose. Enfin, d'après eux... Ils ont refusé de me donner son adresse, mais j'ai réussi à recopier son numéro quand j'ai eu accès au dossier. En fait... je l'ai invitée à venir me retrouver ici demain.

— Ce n'est peut-être pas une très bonne idée, remarqua Meredith. La police peut prendre ça pour de l'ingérence et cela risque de les dissuader de t'aider à faire toute la vérité sur l'affaire, non ?

— De toute façon, ils me prennent déjà pour un emmerdeur, répliqua-t-il avec humeur. Avec eux, j'ai l'impression de me heurter à un mur. Alors un peu plus ou un peu moins, ça m'est égal. Pendant des semaines, j'ai pris des gants, j'ai été patient, mais cela ne m'a mené nulle part, conclut-il avec aigreur, puis il s'interrompit. Excuse-moi. Tout cela n'est pas très drôle pour toi, ajouta-t-il d'un air confus.

— Mais non, ne t'inquiète pas, répondit-elle en songeant combien Hal et son oncle se ressemblaient à certains égards.

Bien sûr, Hal n'apprécierait pas la comparaison, mais ils avaient tous deux tendance à s'emporter, puis à s'en vouloir l'instant d'après.

— Il n'y a pas de raison pour que tu prennes tout ce que je dis pour argent comptant, reprit-il, mais je ne crois pas à la version officielle des événements. Mon père était loin d'être parfait et, à vrai dire, nous n'avions pas grand-chose en commun. Il n'était pas du genre expansif, plutôt distant, réservé, mais je suis sûr qu'il n'aurait jamais bu avant de conduire.

— Tu sais, Hal, il nous arrive à tous de boire un verre de trop, de faire une petite entorse à la règle, ajouta-t-elle, tout en sachant qu'elle ne l'avait jamais fait.

— Pas mon père. Il appréciait le bon vin, mais il refusait catégoriquement de boire ne serait-ce qu'un verre s'il devait prendre la route, affirma-t-il.

Soudain, il se tassa sur son siège, comme accablé.

— Ma mère a été tuée par un chauffard qui avait bu, reprit-il en baissant la voix. Alors qu'elle allait me chercher à l'école du village où l'on habitait, en plein après-midi. Un taré en BMW, qui revenait du pub et s'était soûlé au champagne. Il a traversé le village en roulant comme un dingue.

Meredith comprenait à présent pourquoi Hal ne parvenait pas à accepter les conclusions de l'enquête. Mais on ne pouvait changer la réalité par la seule force de sa volonté. Elle aussi était passée par là. S'il suffisait de souhaiter une chose pour qu'elle se réalise, sa mère aurait guéri. Toutes ces scènes, ces violences n'auraient jamais eu lieu.

— Papa n'aurait pas pris la voiture s'il avait bu, répéta Hal en la dévisageant.

Meredith lui répondit par un sourire évasif.

— Les analyses ont prouvé qu'il avait de l'alcool dans le sang, remarqua-t-elle. Qu'a répondu la police quand tu as souligné cette contradiction ?

— Manifestement, ils ont pensé que j'étais trop bouleversé par les événements pour avoir les idées claires.

— Bon. Abordons la question sous un autre angle. Les tests pourraient-ils être faux ?

— La police affirme que non.

— Ont-ils cherché autre chose ?

— Quoi par exemple ?

— La présence de drogues dans son organisme ?

— Non, ils n'ont pas jugé cela nécessaire.

— C'est peut-être simplement qu'il conduisait trop vite et qu'il est sorti du virage ?

— Ça nous ramène à l'absence de traces de pneus sur l'asphalte prouvant qu'il aurait dérapé. Et comment expliquer l'alcool qu'on a trouvé dans son sang ?

— Alors quoi, Hal ? Qu'es-tu en train de me dire ? lui demanda-t-elle en le scrutant sans ciller.

— Ou bien les analyses sont fausses, ou bien quelqu'un a versé une substance dans sa boisson... Tu ne me crois pas, dit-il en voyant son expression.

— Je ne dis pas ça, s'empressa-t-elle de répondre. Mais en supposant que ce soit possible, qui aurait fait une chose pareille ? Et pourquoi ?

Hal soutint son regard, jusqu'à ce que Meredith comprenne où il voulait en venir.

— Ton oncle ?

Il hocha la tête.

— Ce ne peut être que lui, confirma-t-il.

— Tu ne parles pas sérieusement ? Je sais bien que vous ne vous entendez pas, mais de là à l'accuser de...

— Je sais, ça semble grotesque, mais réfléchis-y, Meredith. Qui d'autre à part lui ?

Elle secoua la tête d'un air consterné.

— As-tu porté cette accusation devant la police ?

— Pas dans ces termes, répondit-il, mais j'ai effectivement déposé une requête pour que le dossier soit transmis à la police judiciaire.

— Ce qui veut dire ?

— La police judiciaire enquête sur les crimes. Pour l'instant, le décès a été considéré comme accidentel. Mais si je parvenais à trouver des indices susceptibles d'incriminer Julian, cela pourrait les obliger à reconsidérer leurs conclusions... Si tu voulais bien t'entretenir avec Shelagh O'Donnell, je suis sûr qu'elle serait plus coopérative qu'avec moi.

Meredith se radossa. Quelle histoire de fou ! Hal avait imaginé ce scénario et il y croyait dur comme fer. Il lui fallait un coupable, pour évacuer sa colère et son chagrin. Malgré toute la compassion qu'il lui inspirait, elle était certaine qu'il se trompait. Et elle savait d'expérience que la vérité, aussi pénible fût-elle, valait toujours mieux que le doute ou l'ignorance, qui vous empêchaient de tirer un trait sur le passé et d'aller de l'avant.

— Meredith ?

— Pardon. Je réfléchissais.

— Pourrais-tu être là demain, quand Shelagh O'Donnell viendra ? Je t'en serais vraiment reconnaissant, ajouta-t-il en la voyant hésiter.

— Bon, convint-elle enfin. Entendu.

— Merci, soupira-t-il, visiblement soulagé.

La serveuse vint prendre la commande et l'atmosphère s'allégea aussitôt. Ce fut de nouveau un dîner en tête à tête. Hal choisit une bouteille de vin rouge de la région pour accompagner deux chateaubriands. Un moment, ils se sourirent d'un air gêné, sans savoir quoi dire, puis Hal rompit le silence.

— Bon, assez parlé de mes soucis. Vas-tu me dire maintenant la vraie raison de ta venue ici ?

Meredith se figea.

— Pardon ?

— Ce n'est pas juste pour ton livre sur Debussy, n'est-ce pas ?

— Qu'est-ce qui te fait dire ça ? lança-t-elle plus vivement qu'elle ne l'aurait voulu, ce qui le fit rougir.

— Eh bien, pour commencer, durant notre promenade de ce matin, il m'a semblé que les choses auxquelles tu t'intéressais avaient peu de rapport avec Lilly Debussy. Mais davantage avec l'histoire des lieux entourant Rennes-les-Bains et des gens qui y avaient vécu. J'ai remarqué aussi que la photographie accrochée au-dessus du piano avait disparu. Quelqu'un a dû l'emprunter, conclut-il avec un petit sourire.

— Et qu'est-ce qui te fait croire que c'est moi ?

— Je t'ai vue la contempler ce matin..., répondit-il d'un air contrit. Et puis je vous ai observés, mon oncle et toi. Visiblement, le courant ne passait pas, entre vous. Je me trompe peut-être, mais j'ai eu l'impression que... que tu cherchais à percer le personnage, à en savoir plus sur lui, conclut-il en bredouillant.

— Tu penses que je suis ici pour me renseigner sur ton oncle ? Tu plaisantes, j'espère ?

— Eh bien... Je ne voulais pas te vexer, mais...

Meredith leva la main.

— Mettons les choses au clair. Tu ne crois pas que la mort de ton père soit accidentelle, tu penses que les

547

résultats ont pu être falsifiés, ou bien que quelqu'un a versé de la drogue dans son verre et qu'on a poussé la voiture pour qu'elle bascule dans le vide... Pour résumer, tu soupçonnes ton oncle d'avoir provoqué la mort de ton père. N'est-ce pas ?

— Ça paraît un peu abrupt dit comme ça, mais...

Meredith poursuivit en haussant le ton.

— Et comme il faut que tout rentre dans ton scénario bien ficelé, tu en déduis que mon apparition a forcément un lien avec tout ça et que j'y suis mêlée d'une façon ou d'une autre. C'est ce que tu penses, Hal ? Tu me prends pour l'une de ces héroïnes de roman policier à l'anglaise, qui enquêtent incognito ?

Elle se renfonça dans son siège et le fixa d'un air morose.

Il eut la grâce de paraître confus.

— Je ne voulais pas t'offenser, dit-il. Mais au mois d'avril, suite à la conversation dont je t'ai parlé un peu plus tôt, papa a laissé entendre qu'il n'appréciait pas la façon dont Julian gérait les affaires du domaine et qu'il allait intervenir.

— Si tel était le cas, ton père ne t'aurait-il pas lui-même fait part de ses soupçons ? Il me semble que toi aussi tu étais concerné au premier chef par la bonne marche de l'hôtel.

— Non, papa n'était pas comme ça. Il détestait les commérages, les rumeurs. Par principe, en accord avec la présomption d'innocence, il n'aurait jamais rien dit à personne, pas même à moi, avant d'être certain de ce qu'il avançait.

— Bon, admettons. Mais tu persistes à penser qu'il y avait un différend entre eux ?

— Il s'agissait peut-être d'une broutille, pourtant j'ai eu l'impression que c'était sérieux. Que ça concernait le Domaine de la Cade et son histoire, et que ce n'était pas une simple question d'argent. Désolé d'être aussi confus, Meredith, conclut-il en haussant les épaules.

— Il ne t'a rien laissé ? Un dossier ? Des notes ?

— Rien du tout. Crois-moi, j'ai cherché partout.

— Alors tu t'es dit qu'il avait peut-être engagé quelqu'un pour fouiner dans les affaires de ton oncle, au cas où il en sortirait quelque chose, dit-elle, puis elle s'interrompit et le regarda bien en face. Pourquoi ne pas me l'avoir demandé, tout simplement ? lui lança-t-elle avec un éclair de colère dans les yeux, alors qu'elle savait fort bien pourquoi il ne l'avait pas fait.

— Eh bien, parce que cela ne m'est venu à l'esprit que cette après-midi, en y réfléchissant.

Meredith croisa les bras.

— Alors ce n'est pas pour cette raison que tu m'as abordée hier soir au bar ?

— Bien sûr que non ! protesta-t-il avec une consternation qui paraissait sincère.

— Alors pourquoi m'as-tu abordée ? demanda-t-elle d'un ton impérieux.

Hal devint écarlate.

— Bon sang, Meredith, tu t'en doutes, non ? Ça me paraît assez clair.

Cette fois, ce fut au tour de Meredith de rougir.

66

Hal insista pour payer l'addition. Tout en l'observant, Meredith se demanda si son oncle l'obligeait à régler les notes, alors qu'il possédait en théorie la moitié de l'hôtel. Aussitôt, ses inquiétudes ressurgirent.

Ils quittèrent le restaurant et sortirent dans le hall. En bas de l'escalier, Meredith sentit les doigts de Hal agripper les siens.

Main dans la main, en silence, ils montèrent l'escalier. Meredith se sentait parfaitement calme. Aucun doute ne l'habitait quant à ce qui allait suivre. Comme c'était agréable, d'être ainsi en accord avec soi-même. Sans avoir besoin d'en parler, ils se dirigèrent d'eux-mêmes vers la chambre de Meredith. C'était le mieux, pour eux, maintenant.

Une fois au premier étage, ils atteignirent le bout du couloir sans rencontrer personne. Le bruit de la clef tournant dans la serrure résonna dans le silence. Ils entrèrent de façon un peu guindée, toujours main dans la main.

À travers les fenêtres, une pleine lune d'équinoxe projetait dans la chambre des traits de lumière blanche qui dessinaient des motifs sur le sol et se reflétaient sur le miroir, sur le sous-verre du portrait encadré des Vernier et d'Isolde Lascombe, appuyé sur le bureau.

Meredith tendait la main pour allumer quand Hal la retint.

— Non, murmura-t-il, puis, la prenant doucement par la nuque, il l'attira à lui.

Meredith respira son odeur, ce mélange de laine et de savon qu'elle avait déjà senti à Rennes-les-Bains, devant l'église.

Ils s'embrassèrent, timidement au début, avec sur leurs lèvres un léger goût de vin, mais cette simple marque de tendresse se mua vite en un besoin pressant, impérieux. Meredith sentit une chaleur monter en elle de la plante des pieds au creux de son ventre, gagner les paumes de ses mains et se répandre jusqu'à sa tête, tel un afflux de sang chaud.

D'un seul mouvement, Hal se pencha, la prit dans ses bras et la souleva. Meredith lâcha la clef qui atterrit avec un bruit sourd sur le tapis épais.

— Légère comme une plume, murmura-t-il en l'embrassant dans le cou.

Il la déposa délicatement sur le lit, puis s'assit à côté d'elle, un peu raide. On aurait dit un acteur jouant une scène d'amour dans un vieux film d'Hollywood, avec le souci de ne pas choquer la censure.

— Tu es... Tu es sûre de vouloir...

— Chut..., fit Meredith en posant un doigt sur ses lèvres.

Lentement, elle commença à se déshabiller en déboutonnant son chemisier, puis lui prit la main, tel un guide invitant un novice à entrer en pays inconnu. Elle entendit Hal reprendre son souffle.

Dans la chambre mouchetée d'argent, assise jambes croisées au bord du lit en acajou, Meredith se pencha pour l'embrasser. Ses cheveux noirs lui tombèrent sur le visage. À présent, leur différence de taille ne comptait plus.

Hal se débattit pour ôter son pull et resta entortillé tandis que Meredith glissait les mains sous son tee-shirt en coton. Après un petit rire timide, ils se levèrent pour finir de se déshabiller.

Meredith n'éprouvait aucune gêne. Cela semblait si naturel. Ce séjour à Rennes-les-Bains était hors temps. Comme si, pour quelques jours, elle était sortie du cours normal de sa vie pour entrer en un lieu où les règles en vigueur étaient différentes, et où elle-même n'était plus cette petite personne responsable, soucieuse de ses gestes et de leurs conséquences. Enfin, elle se retrouva nue comme Ève et avança d'un pas. Il y eut le contact de leurs peaux, intime, surprenant, tandis qu'ils restaient l'un devant l'autre, orteil contre orteil. Hal la désirait, elle le sentait, mais il était content d'attendre, de la laisser mener le jeu.

Elle lui prit la main et l'entraîna vers le lit. Ils se glissèrent entre les draps de lin frais au toucher, par contraste avec la chaleur que leurs corps dégageaient. Un instant, ils restèrent allongés côte à côte, tels deux gisants du Moyen Âge, puis Hal s'appuya sur un coude et lui caressa la tête.

Meredith inspira profondément et se détendit, sentant le désir l'enflammer à mesure que la main de Hal allait plus lentement, glissait de ses épaules au creux de sa gorge, lui effleurait les seins. Ses doigts se nouèrent aux siens, ses lèvres, sa langue frôlèrent sa peau. Le désir sinuait tel un fil rouge et elle suivait sa trace le long de ses veines, ses artères, ses os, dans toutes les parties de son corps. Elle se dressa vers lui, avide, cherchant sa bouche. Juste au moment où l'attente devenait intolérable, Hal changea de position et se lova entre ses jambes. Meredith le regarda dans les yeux et, un instant, elle vit s'y refléter tous les possibles. Le meilleur, et le pire.

— Tu es sûre ?

Meredith sourit et le guida en elle.

Un moment ils restèrent sans bouger, goûtant à la paix suprême d'être enfin unis l'un à l'autre. Puis leurs corps s'embrasèrent et décidèrent pour eux du rythme de leurs étreintes, tandis que Meredith cherchait avidement sa langue et se cramponnait à son dos puissant, sentant la force de ses bras, de ses mains, et le sang qui pulsait en elle, en lui, comme si c'était le même.

Leurs poussées s'accélérèrent, les emportant tous deux toujours plus loin, plus haut, et Meredith se cabra à l'instant où Hal criait son nom en frémissant.

Ils retombèrent. Dans l'immobilité qui suivit leurs ébats, Meredith sentit le bouillonnement s'apaiser dans sa tête tandis que son corps redevenait conscient du poids de Hal qui lui écrasait la poitrine et l'empêchait de respirer. Pourtant elle ne bougea pas, le tint dans ses bras et caressa son épaisse tignasse noire. Ce ne fut qu'en lui touchant le visage quelques instants plus tard qu'elle se rendit compte qu'il pleurait en silence. Émue, elle lui embrassa le front.

— Parlez-moi de vous, mademoiselle Martin, dit-il peu après. Vous savez tout de moi, mais de vous, je ne sais rien.

— Vous êtes bien pompeux, monsieur Lawrence, dit-elle avec un petit rire tout en le caressant.

Hal arrêta sa main.

— Je suis sérieux ! Je ne sais même pas où tu habites, d'où tu viens, ce que font tes parents. Vas-y, raconte-moi.

— D'accord, acquiesça Meredith en mêlant ses doigts aux siens. Pour résumer, j'ai grandi dans le Milwaukee où je suis restée jusqu'à mes dix-huit ans, puis je suis entrée à l'université de Caroline du Nord. C'est là que j'ai passé mon doctorat, puis j'ai enseigné comme assistante dans différentes facultés, à St Louis et aux environs de Seattle, tout en essayant de trouver des financements pour terminer ma biographie de Debussy. Deux ans plus tard, mes parents adoptifs ont tout plaqué et ont quitté le Milwaukee pour s'installer à Chapel Hill, près de mon ancienne université. En début d'année, on m'a proposé un poste dans un établissement privé non loin de l'université de Caroline du Nord, et j'ai enfin décroché un contrat d'édition.

— Tes parents adoptifs ? s'étonna Hal.

— Ma vraie mère, Jeanette, n'était pas capable de m'élever, commença Meredith après un petit soupir. Mary est une parente, une cousine au second degré. Quand Jeanette était malade, je trouvais refuge chez elle. Et lorsque les choses ont fini par mal tourner, je suis allée y vivre pour de bon. Elle et son mari m'ont adoptée officiellement deux ans plus tard, quand ma mère est... est morte.

Les mots simples qu'elle avait choisis avec soin ne rendaient pas compte des années difficiles : les coups de téléphone en pleine nuit, les visites-surprises, les hurlements dans la rue, le lourd fardeau pour l'enfant qu'était Meredith d'avoir une mère imprévisible, à l'esprit dérangé, dont elle se sentait responsable malgré son jeune âge. Et le ton neutre, terre à terre qu'elle avait employé passait sous silence la culpabilité qu'elle portait encore en elle, tant d'années après, d'avoir éprouvé en apprenant la mort de sa mère non pas du chagrin, mais du soulagement.

Cela, elle ne pouvait se le pardonner.

— Dis donc, ce n'est pas tout rose, comme vie, constata Hal avec une expression qui fit sourire Meredith.

— J'ai eu de la chance dans mon malheur, dit-elle en se collant contre lui. Mary est vraiment quelqu'un de fantastique. C'est elle qui m'a fait commencer le violon, puis le piano. Je leur dois tout, à elle et à Bill.

— Alors comme ça, tu es vraiment en train d'écrire une biographie de Debussy ? lança-t-il pour la taquiner.

— Parfaitement ! s'exclama Meredith en lui donnant une tape sur le bras.

Un moment, ils restèrent dans un silence complice, à savourer leur intimité.

— Pourtant je suis sûr que tu es ici pour autre chose, finit par dire Hal, et il tourna la tête vers la photo de famille posée sur le bureau. Est-ce que je me trompe ?

Meredith se redressa et remonta le drap sur ses seins.

— Non, tu ne te trompes pas.

Comprenant qu'elle hésitait encore à parler, Hal se redressa aussi et sortit du lit.

— Tu veux que je t'apporte quelque chose à boire ?

— Oui, un verre d'eau, s'il te plaît.

Elle le regarda disparaître dans la salle de bains, en revenir deux secondes plus tard avec deux verres à dents, puis sortir deux bouteilles du minibar avant de regagner le lit.

— Tiens.

— Merci, dit Meredith, puis elle but un peu d'eau à la bouteille. Jusqu'à présent, tout ce que je savais de ma famille maternelle, c'est qu'elle avait dû quitter cette région de la France durant la Première Guerre mondiale, ou juste après, pour s'installer aux États-Unis. J'ai une photographie d'un soldat en uniforme de l'armée française, prise sur la place de Rennes-les-Bains en 1914, et je suis presque sûre qu'il s'agit de mon arrière-grand-père. Il aurait fini sa vie à Milwaukee, paraît-il, mais comme je ne connais pas son nom, je n'ai pas pu le vérifier. Depuis le début du XIXᵉ siècle, la ville a accueilli beaucoup d'immigrants venant d'Europe. Le premier à s'y installer était un certain Jacques Veau, un Français, qui établit un comptoir commercial au confluent des trois rivières Milwaukee, Menomonee et Kinnickinnic. Cette hypothèse est donc plausible.

Les minutes qui suivirent, elle lui raconta dans les grandes lignes ce qu'elle avait découvert depuis son arrivée au Domaine de la Cade, sans fioritures et en s'en tenant aux faits. Elle lui expliqua pourquoi elle avait subtilisé le portrait dans le hall et lui parla de la partition de musique léguée par sa grand-mère, Louisa Martin. Mais elle ne mentionna pas les cartes. La discussion sur le tarot au bar plus tôt dans la soirée avait été assez pénible, et Meredith n'avait pas du tout envie que l'oncle de Hal ressurgisse dans la conversation.

— Alors tu crois que ton soldat inconnu est un Vernier, conclut Hal quand Meredith résolut enfin de se taire.

— La ressemblance est frappante, confirma-t-elle avec un hochement de tête. Ce sont les mêmes traits, la même carnation. Ce pourrait être un frère cadet ou un cousin, mais étant donné les dates et l'âge qu'il paraît avoir sur la photo, il me paraît plus probable qu'il soit un descendant direct...

Hal vit son visage s'éclairer d'un sourire.

— Et puis juste avant que je descende pour le dîner, reprit-elle, j'ai reçu un e-mail de Mary disant qu'une tombe du cimetière de Mitchell Point, dans le Milwaukee, porte bien le nom de Vernier.

— Et tu penses qu'Anatole Vernier était son père ?

— Je l'ignore. C'est la prochaine étape, dit-elle en soupirant. Il pourrait aussi être le fils de Léonie.

— Dans ce cas, il ne s'appellerait pas Vernier.

— Sauf si elle ne s'était pas mariée.

— C'est juste, reconnut Hal.

— Voilà, tu sais tout. Demain, après notre entrevue avec Shelagh O'Donnell, voudras-tu m'aider à faire des recherches sur les Vernier ?

— Marché conclu, répondit-il d'un ton léger, mais Meredith sentit qu'il se crispait. Je sais ce que tu penses, ajouta-t-il, tu trouves que j'en fais trop, mais je préférerais vraiment que tu sois là. Elle vient à 10 heures.

— Très bien, murmura-t-elle doucement, sentant le sommeil la gagner. Tu as raison, elle parlera sans doute plus facilement en présence d'une femme.

Ses paupières se fermèrent malgré elle et Meredith se sentit dériver lentement loin de Hal. La lune argentée poursuivit sa promenade à travers le ciel du Midi tandis qu'en dessous, dans la vallée, la cloche sonnait les heures.

67.

Dans son rêve, Meredith était assise au piano, en bas de l'escalier. La mélodie venait tout naturellement sous ses doigts qui couraient sur le clavier, habitués à son toucher. C'était le morceau fétiche de Louisa, et jamais elle ne l'avait si bien joué, rendant cette douceur obsédante qui faisait tout son charme.

Puis le piano disparut et Meredith se mit à remonter un couloir étroit et vide. Au bout il y avait une flaque de lumière ainsi qu'un perron de pierre, dont les marches avaient été creusées au milieu par l'usure du temps et le passage des gens. Elle avait beau faire demi-tour, elle se retrouvait toujours devant ce même perron dont elle savait qu'il était situé à l'intérieur du Domaine de la Cade. Pourtant il n'était ni dans la maison, ni dans les terrains avoisinants qu'elle connaissait.

La lumière provenait d'une lampe à gaz accrochée au mur, qui siffla et crachota à son passage. Elle dessinait sur le sol un carré parfait. Face à Meredith, en haut des marches, une vieille tapisserie poussiéreuse représentait une scène de chasse. Elle la contempla un moment, détaillant les rictus de cruauté sur les visages des hommes, leurs lances tachées de sang. En regardant mieux avec les yeux du rêve, elle se rendit compte qu'ils ne traquaient pas un animal, ours, sanglier ou loup, mais une sombre créature qui se dressait sur des jambes aux pieds fourchus, et dont les traits presque humains étaient déformés par la rage. Un démon, aux griffes tachées de sang.

Asmodée.

En arrière-plan de la scène de chasse, les bois étaient dévorés par les flammes.

Dans son lit, Meredith gémit et changea de position tandis que, dans le rêve, elle poussait une vieille porte en bois. Le sol était tapissé d'une poussière argentée qui scintillait, à la lueur de la lune ou à celle de la lampe à gaz, elle n'aurait su dire.

Il n'y avait pas un brin d'air. Pourtant, la pièce n'était pas imprégnée de cette froide humidité qu'on trouve dans les lieux fermés depuis longtemps. Il y eut un saut dans le temps, et Meredith entendit à nouveau le piano. Sauf qu'à présent, le son était déformé. Lugubre, angoissant, il évoquait l'écho lointain d'un manège ou d'une fête foraine.

Haletante, elle agrippa les couvertures dans son sommeil tandis que, dans le rêve, elle saisissait la clenche de la porte et sentait le contact froid du métal sur ses mains.

La porte s'ouvrit, et Meredith franchit le seuil.

Elle se trouvait à présent dans une sorte de chapelle avec de hauts plafonds, des dalles en pierre, un autel et des vitraux aux fenêtres. Dans les fresques qui couvraient les murs, elle reconnut aussitôt les personnages des cartes. C'était un sépulcre. Un lieu où régnait un silence absolu que rien ne troublait, à part l'écho de ses pas. Pourtant, peu à peu, l'air se mit à vibrer. Et elle perçut des voix dans la pénombre, derrière le silence. Qui murmuraient, chantaient même.

Quand elle avança, elle sentit un dégagement dans l'air, comme si des esprits invisibles noyés dans la lumière reculaient pour la laisser passer. Le lieu lui-même semblait retenir son souffle ; il pulsait en rythme avec les lourds battements de son cœur.

Meredith arriva devant l'autel, à un point situé à égale distance des quatre fenêtres percées dans le mur octogonal. Elle se tenait maintenant à l'intérieur d'un carré dessiné en noir sur le sol de pierre. Autour, des lettres étaient inscrites.

Aide-moi.

L'espace sembla se replier, se resserrer. Il y avait quelqu'un dans le noir et le silence. Meredith avait beau ne rien voir, elle en était certaine. Une présence vivante, qui respirait, se mouvait, et qu'elle avait déjà vue ou sentie, sous le pont, sur la route, au pied de son lit. L'air, l'eau, le feu, et la terre, à présent. Les quatre suites du tarot, contenant en elles tous les possibles.

Écoute-moi. Écoute-moi.

Meredith se sentit tomber dans un lieu d'immobilité et de paix. Elle n'avait pas peur. C'était comme si elle n'était plus tout à fait elle-même et regardait de l'extérieur.

— Léonie ? s'entendit-elle prononcer dans son sommeil, d'une voix claire et posée qui résonna dans la chambre.

Dans la pénombre qui entourait la silhouette drapée de sa cape, la qualité de l'air changea, il y eut comme un souffle de vent. D'un léger mouvement de tête, la jeune fille assise au pied du lit rejeta sa capuche en arrière, dégageant son visage, ses cheveux. Meredith reconnut les longues boucles cuivrées, la peau translucide, les yeux verts, presque transparents. Forme sans substance, dont les couleurs n'avaient ni matière ni profondeur, elle portait sous sa cape une longue robe noire.

Alors Meredith entendit la voix d'une jeune fille de l'ancien temps résonner dans sa tête.

Je suis Léonie.

De nouveau, l'atmosphère de la chambre sembla changer, comme si l'espace s'emplissait d'un long soupir de soulagement.

Je ne puis dormir. Tant que l'on ne m'aura pas découverte, je ne pourrai me reposer. Écoute ce que j'ai à te dire. Apprends la vérité.

— La vérité ? Mais à quel sujet ? murmura Meredith alors que la lumière faiblissait.

L'histoire est dans les cartes.

Il y eut un brusque courant d'air, une réfraction de la lumière, l'éclat miroitant de quelque chose, non, de quelqu'un, qui se retirait. L'atmosphère changea encore. À présent l'obscurité contenait une menace que Léonie avait tenue à distance. Sa présence bienveillante s'était évanouie, cédant la place à une volonté destructrice. Il faisait froid maintenant, un froid oppressant. Comme une brume matinale en bord de mer, mélange âcre de sel, de poisson et de fumée. Meredith était à nouveau dans le sépulcre. Sans savoir pourquoi, elle eut envie de s'enfuir, d'en sortir au plus vite, et se glissa furtivement vers la porte.

Il y avait quelque chose derrière elle. Une sombre créature. Meredith sentait presque sur sa nuque son haleine pestilentielle, qui formait des nuages de vapeur blanche dans l'air glacé. La nef sembla se rétrécir, la porte en bois reculer en rapetissant.

Loup, y es-tu ? Entends-tu ? Me voilà, et vous ne m'échapperez pas !

La chose se ruait sur elle, cherchant à l'attraper, prête à bondir. Meredith se mit à courir, la peur redonna des forces à ses jambes flageolantes. Mais ses baskets qui glissaient sur les dalles en pierre la firent trébucher, et elle entendit haleter derrière elle.

J'y suis presque.

Elle se jeta contre la porte. Sous le choc, la douleur fusa de son épaule dans tout son bras. La créature était juste derrière elle, hérissée de poils, empestant le fer et le sang, et cette puanteur pénétrait Meredith par tous les pores de sa peau, son cuir chevelu, ses plantes de pied. Elle saisit la clenche, la secoua, la tira en tous sens, en vain.

Alors elle se mit à donner de grands coups dans la porte en s'empêchant de regarder en arrière, de peur d'être prise dans le faisceau immonde des yeux bleus du démon. Le silence autour d'elle s'appesantit. Et le démon s'abattit sur elle. Elle sentit le froid suintant de ses bras autour de son cou, le contact de sa peau rugueuse. Et à nouveau cette odeur saline, celle de la mer qui l'entraînait toujours plus bas, dans ses funestes profondeurs.

68.

— Meredith ! Meredith. Tout va bien. Tu n'as rien à craindre.

Elle se réveilla en sursaut, étouffant presque. Les nerfs à vif, les muscles raidis, les doigts tétanisés, agrippés aux draps froissés. Un instant, elle se sentit consumée par une rage effroyable, comme si le démon avait réussi à s'insinuer en elle par tous les pores de sa peau.

— Meredith ! C'est bon, je suis là !

Effarée, elle tenta de se dégager, puis comprit peu à peu en sentant une peau tiède contre la sienne que les bras qui l'enserraient ne cherchaient pas à lui faire du mal, mais à la sauver.

— Hal...

— Chut, c'est fini. Tu as fait un cauchemar, dit-il. Tout va bien.

— Elle était là. Elle était là... Mais après il est venu et...

Avançant la main vers Hal, elle suivit des doigts les contours de son visage. Puis elle scruta la pénombre autour d'elle, comme si quelque chose pouvait en surgir à tout moment. Enfin la tension qui l'habitait se relâcha, et elle laissa Hal la prendre dans ses bras. Rassurée par sa chaleur et sa force, elle attendit que les rythmes affolés de son cœur et de sa respiration se calment peu à peu dans sa poitrine.

— Je l'ai vue, murmura-t-elle, plus pour elle-même que pour Hal.

— Qui ça ? demanda-t-il. Sois tranquille, il n'y a que nous ici, répéta-t-il comme elle ne répondait pas. Rendors-toi.

Il lui caressa la tête en écartant la frange de cheveux noirs de son front lisse, comme le faisait Mary pour l'apaiser et chasser ses cauchemars, quand elle habitait chez eux, au début.

— Elle était là, répéta Meredith.

Peu à peu, sous le geste doux et répétitif de la main de Hal sur son front, sa terreur se dissipa. Ses paupières devinrent lourdes, ses membres, son corps aussi s'appesantirent, tandis que chaleur et sensations leur revenaient.

4 heures du matin.

À cause des nuages qui masquaient la lune, il faisait nuit noire. Apprenant à se connaître, les amants enlacés finirent par sombrer dans le sommeil, nimbés du bleu profond qui précède le lever du jour.

IX

La clairière
Octobre-novembre 1891

69.

Vendredi 23 octobre 1891

Quand Léonie s'éveilla le lendemain matin, sa première pensée fut pour Victor Constant, tout comme elle avait été sa dernière avant qu'elle s'endorme.

Elle eut envie de sentir de l'air frais sur son visage. Elle s'habilla rapidement et sortit dans le matin naissant. La tempête de la veille avait partout laissé ses traces, branches cassées, feuilles arrachées aux arbres par le vent. Maintenant, le calme était revenu dans le ciel d'aurore rose et limpide. Mais à l'horizon, au-dessus des Pyrénées, de gros nuages gris menaçants annonçaient de nouveaux orages.

Léonie fit le tour du lac, s'arrêtant un instant sur le petit promontoire qui dominait les eaux clapotantes, puis revint lentement vers la maison en traversant la pelouse. L'ourlet de ses jupes scintillait de rosée. Ses pieds laissaient à peine leur empreinte sur l'herbe mouillée.

Elle contourna la maison pour se rendre à la porte principale, qu'elle avait laissée déverrouillée lorsqu'elle s'était esquivée. Une fois dans le vestibule, elle tapa des bottines sur le paillasson. Puis elle repoussa sa capuche, défit l'agrafe de sa cape et la remit sur la patère.

Tout en traversant le vestibule à carreaux rouges et noirs pour se rendre à la salle à manger, elle se prit à espérer qu'Anatole ne soit pas encore descendu pour le petit déjeuner. Bien que l'état d'Isolde la préoccupât, Léonie en voulait toujours à son frère de leur départ précipité de Carcassonne et n'avait aucune envie de s'obliger à être polie avec lui.

Elle ouvrit la porte et trouva la pièce déserte. Il n'y avait que la bonne, qui posait la cafetière en émail à motifs bleus et rouges sur le dessous-de-plat en métal au centre de la table.

Marieta fit une petite révérence.

— Madomaiselà.

— Bonjour.

Léonie prit sa place habituelle au bout de la longue table ovale, face à la porte.

Une pensée la tourmentait. Si le mauvais temps sévissait toujours à Carcassonne, le patron de l'hôtel ne pourrait pas se rendre au square Gambetta pour remettre sa lettre à Victor Constant. Le concert avait peut-être même été annulé à cause de la pluie torrentielle. Elle se sentait impuissante et terriblement frustrée car elle n'avait aucune manière de s'assurer que M. Constant avait bien reçu son message.

Pas à moins qu'il m'écrive pour me le faire savoir, se dit-elle.

Elle soupira et secoua sa serviette de table.

— Mon frère est-il descendu, Marieta ?

— Non, madomaiselà. Vous êtes la première.

— Et ma tante ? S'est-elle remise, après hier soir ?

Marieta hésita, puis baissa la voix, comme si elle lui confiait un grand secret.

— Vous ne savez donc pas, madomaiselà ? Madama s'est trouvée si mal cette nuit que le sénher Anatole a dû envoyer chercher le docteur.

568

— Quoi ? s'étrangla Léonie en se levant. Je l'ignorais. Je devrais monter la voir.

— Mieux vaut la laisser tranquille, fit rapidement Marieta. Madama dormait comme un bébé il n'y a pas une demi-heure.

Léonie se rassit.

— Et alors, qu'a dit le docteur ? demanda-t-elle. Le Dr Gabignaud, c'est ça ?

Marieta hocha la tête.

— Que Madama avait pris un coup de froid qui menaçait d'empirer. Il lui a donné une poudre pour faire tomber la fièvre. Il est resté avec elle, et votre frère aussi, toute la nuit.

— Quel est le diagnostic, maintenant ?

— Vous allez devoir poser la question au sénher Anatole, madomaiselà. Le docteur lui a parlé en tête à tête.

Léonie eut honte de ses pensées peu charitables de la veille. Elle se repentait aussi d'avoir dormi toute la nuit sans se douter le moins du monde de la crise qui se déroulait ailleurs dans la maison. L'estomac noué comme une boule de ficelle, elle se sentait bien incapable d'avaler la moindre bouchée.

Mais quand Marieta posa devant elle une assiette de bacon salé, d'œufs frais et de pain blanc chaud avec une coquille de beurre baratté, elle eut le sentiment qu'elle y parviendrait peut-être.

Elle mangea en silence. Ses pensées tressautaient comme des poissons lancés sur la berge, passant de l'inquiétude pour sa tante au souvenir plus agréable de M. Constant, puis revenant à Isolde.

Elle entendit des pas dans le vestibule. Jetant sa serviette sur la table, elle bondit, courut vers la porte et se retrouva nez à nez avec Anatole.

Il était pâle et ses yeux creusés, comme marqués de traces de doigts noires, trahissaient une nuit blanche.

— Pardonne-moi, Anatole, je viens d'apprendre. Marieta m'a dit qu'il valait mieux laisser dormir tante Isolde. Le docteur revient-il ce matin ? Est-elle...

Malgré sa mine affreuse, Anatole sourit. Il leva la main, comme pour dévier la salve de questions.

— Calme-toi, dit-il en posant un bras sur ses épaules. Le pire est passé.

— Mais...

— Isolde va s'en sortir. Gabignaud est très compétent. Il lui a donné quelque chose pour l'aider à dormir. Elle est faible mais elle n'a plus de fièvre. Quelques jours de repos au lit, et elle sera remise.

Léonie fut surprise de fondre en larmes. Elle venait tout juste de comprendre à quel point elle s'était attachée à sa tante, si tranquille et douce.

— Allez, sœurette, dit-il affectueusement. Inutile de pleurer. Tout ira pour le mieux. Pas la peine de te mettre dans tous tes états.

— Ne nous querellons plus jamais, sanglota Léonie. Je ne supporte pas que nous ne soyons pas amis.

— Moi non plus, dit-il en tirant son mouchoir de sa poche pour le lui tendre.

Léonie essuya son visage trempé de larmes et se moucha.

— Voilà qui n'est pas très distingué ! gloussa-t-il. Maman serait mécontente de toi. (Il lui sourit.) Bon, as-tu pris ton petit déjeuner ?

Léonie hocha la tête.

— Pas moi. Tu veux bien me tenir compagnie ?

Léonie ne quitta plus son frère de la journée, se refusant à penser à Victor Constant, du moins jusqu'à nouvel ordre. Pour l'instant, son cœur et son esprit se concentraient uniquement sur le Domaine de la Cade et sur ceux qu'il abritait.

Durant tout le week-end, Isolde resta alitée. Elle était faible et fatiguée, mais Léonie lui faisait la lecture l'après-midi, et petit à petit ses joues reprirent des couleurs. Anatole s'occupait pour elle des affaires de la propriété et passait les soirées dans sa chambre. Si les domestiques s'étonnaient d'une telle familiarité, ils n'en firent pas la remarque en présence de Léonie.

À plusieurs reprises, Léonie surprit Anatole qui la regardait comme s'il était sur le point de lui faire une confidence. Mais chaque fois qu'elle l'interrogeait, il souriait en lui répondant que ce n'était rien, puis détournait les yeux et reprenait ce qu'il était en train de faire.

Dimanche soir, Isolde avait retrouvé assez d'appétit pour qu'on lui monte un plateau dans sa chambre. Léonie fut heureuse de constater qu'elle n'avait plus les joues creuses et les traits tirés, et qu'elle semblait avoir repris un peu de poids. D'ailleurs, à certains égards, elle avait meilleure mine qu'auparavant. Son teint avait de l'éclat, ses yeux brillaient. Léonie savait qu'Anatole l'avait remarqué, lui aussi. Il circulait dans la maison en sifflotant, l'air extrêmement soulagé.

Les terribles inondations de Carcassonne alimentaient les conversations de l'office. Du vendredi matin au dimanche soir, la ville et la campagne avaient été dévastées par une série d'orages. L'accès à certains secteurs était difficile, voire impossible. Quant à la situation aux alentours de Rennes-les-Bains et de Quillan, elle était certes préoccupante, mais pas plus qu'on ne pouvait s'y attendre durant les orages d'automne.

Mais dans la soirée de lundi, les nouvelles de la catastrophe qui avait frappé Carcassonne atteignirent le Domaine de la Cade. Après trois jours de pluies incessantes, pires dans les plaines que dans les villages situés en hauteur, à l'aube du dimanche matin, l'Aude avait débordé, inondant la Bastide et les zones de basse altitude. D'après les premiers comptes rendus, les quartiers de la Trivalle et de la Barbacane étaient presque entièrement sous l'eau. Le Pont-Vieux reliant la cité médiévale à la Bastide était submergé mais praticable. Les jardins de l'Hôpital des Malades étaient inondés d'une eau noire qui arrivait jusqu'aux genoux. Plusieurs édifices de la rive gauche s'étaient effondrés sous les torrents.

Plus en amont du fleuve en crue, vers le barrage de Païcherou, des arbres entiers avaient été déracinés, tordus, et s'agrippaient désespérément à la boue.

Léonie écoutait ces nouvelles avec une anxiété croissante. Elle s'inquiétait pour M. Constant. Elle n'avait aucune raison de croire qu'il lui fût arrivé malheur, mais ses inquiétudes la tourmentaient sans relâche. Son angoisse lui était d'autant plus pénible qu'elle ne pouvait avouer à Anatole qu'elle connaissait les quartiers inondés ou qu'elle avait des raisons personnelles de s'intéresser à l'affaire.

Léonie se réprimanda. Il était parfaitement absurde d'éprouver des sentiments aussi vifs pour une personne avec laquelle elle avait passé à peine plus d'une heure. Pourtant, M. Constant s'était installé à demeure dans son esprit romantique et elle ne pouvait s'empêcher de penser à lui. Alors qu'au cours des premières semaines d'octobre, quand elle s'asseyait à la fenêtre, c'était en se demandant si sa mère lui avait enfin écrit, désormais elle se demandait plutôt si une lettre de Carcassonne attendait d'être réclamée au bureau de poste de Rennes-les-Bains.

Mais comment se rendre en ville ? Elle ne pouvait confier une affaire aussi délicate à l'un des domestiques, pas même à l'affable Pascal ou à la douce Marieta. Elle avait une autre raison de s'inquiéter : si le concert n'avait pas été annulé, et si le patron de l'hôtel n'avait pas remis son mot à l'heure dite au square Gambetta, M. Constant – qui était manifestement un homme de principe – se sentirait tenu par l'honneur de ne pas la relancer.

L'idée qu'il ne sache pas où la retrouver – ou qu'il puisse penser du mal d'elle, la trouver grossière de ne pas s'être rendue à leur rendez-vous tacite – taraudait constamment son esprit.

70.

L'occasion se présenta trois jours plus tard.

Le mercredi soir, Isolde allait assez bien pour se joindre à Anatole et Léonie au dîner. Elle mangea peu. Ou plutôt, elle goûta à plusieurs plats, mais aucun ne sembla lui plaire. Même le café, préparé avec les grains achetés par Léonie à Carcassonne, n'était pas à son goût.

Anatole était aux petits soins pour elle, suggérant sans arrêt des mets qui pourraient la tenter, mais il ne parvint finalement qu'à la persuader de manger un peu de pain blanc et de beurre baratté, avec un petit chèvre frais et du miel.

— Y a-t-il quoi que ce soit qui puisse vous plaire ? Qu'importe ce que c'est, je tenterai de vous le trouver.

Isolde sourit.

— Tout a un goût tellement bizarre.

— Vous devez manger, dit-il fermement. Vous devez retrouver vos forces car...

Il se tut brusquement. Léonie remarqua le regard qu'ils échangeaient et se demanda une fois de plus ce qu'il s'apprêtait à dire.

— Je peux aller à Rennes-les-Bains demain et acheter tout ce que vous voulez, reprit-il.

Léonie eut soudain une idée.

— Je pourrais y aller, moi, leur proposa-t-elle en

affectant un ton dégagé. On a besoin de toi ici, Anatole, et je serais ravie d'aller en ville.

Elle se tourna vers Isolde.

— Je connais bien vos goûts, ma tante. Si vous pouvez vous passer du cabriolet demain matin, Pascal peut me conduire en ville. (Elle se tut un instant.) Je pourrais rapporter une boîte de gingembre cristallisé des Magasins Bousquet.

Ravie et excitée, Léonie remarqua qu'une lueur d'intérêt traversait les yeux gris clair d'Isolde.

— Je l'avoue, je crois que je pourrais manger cela...

— Et peut-être aussi, ajouta Léonie en révisant rapidement la liste des friandises préférées d'Isolde, pourrais-je passer chez le pâtissier pour acheter une boîte de jésuites ?

Léonie détestait ces lourds gâteaux à la crème, mais elle savait qu'Isolde en était friande.

— Ce serait peut-être une nourriture un peu riche pour moi en ce moment, remarqua Isolde en souriant, mais j'aurais assez envie de leurs biscuits au poivre noir.

Anatole lui souriait en hochant la tête.

— Très bien, dit-il, alors c'est réglé. (Il couvrit la main de Léonie de la sienne.) Je serais ravi de t'accompagner si tu le souhaites.

— Il n'en est pas question. Ce sera une aventure. Je suis certaine que tu as beaucoup à faire ici.

Il jeta un coup d'œil à Isolde.

— C'est vrai, acquiesça-t-il. Eh bien, si tu en es vraiment sûre, Léonie.

— J'en suis sûre. Je partirai à 10 heures, afin d'être rentrée à temps pour le déjeuner. Je vais faire une liste.

— Vous êtes très gentille de vous donner tout ce mal pour moi, dit Isolde.

— C'est avec plaisir, répondit Léonie sincèrement.

Elle avait réussi. À condition qu'elle puisse s'éclipser au cours de la matinée pour passer au bureau de poste à l'insu de Pascal, elle pourrait se rassurer quant aux intentions de M. Constant à son égard.

Quand Léonie se retira en fin de soirée, elle rêva au plaisir d'avoir une lettre de lui, au contenu d'un billet doux, aux sentiments qu'il pourrait exprimer.

D'ailleurs, quand elle finit par s'endormir, elle avait déjà rédigé cent fois dans son esprit une réponse éloquente aux expressions d'affection et d'estime élégamment formulées par M. Constant.

La matinée du mardi 29 octobre était resplendissante.

Le Domaine de la Cade baignait dans une douce lumière cuivrée, sous un ciel bleu infini ponctué çà et là de nuages blancs et dodus. Il faisait doux. Les jours d'orage étaient passés, cédant la place aux brises de l'été indien.

À 9 h 45, Léonie descendait du cabriolet sur la place du Pérou, vêtue pour la circonstance de sa robe écarlate préférée, avec une veste et un chapeau assortis. Sa liste de courses à la main, elle entra dans toutes les boutiques de la grand-rue. Pascal, qui l'accompagnait, portait les emplettes faites aux Magasins Bousquet, chez les Frères Marcel Pâtisserie et Chocolaterie, à la boulangerie et à la mercerie, où elle avait acheté du fil. Elle s'arrêta pour boire un sirop de grenadine dans le café de la petite rue adjacente à la Maison Gravère, là où Anatole et elle avaient pris le café le jour de leur arrivée, et se sentit tout à fait chez elle.

D'ailleurs, Léonie avait l'impression d'appartenir à cette ville, et qu'elle lui appartenait. Bien qu'une ou deux personnes qu'elle connaissait vaguement aient semblé lui battre froid – les femmes avaient détourné les yeux et leurs maris avaient à peine soulevé leur chapeau en la croisant – Léonie ne voyait pas en quoi elle avait pu les offenser. Bien qu'elle se considérât comme une vraie Parisienne, elle se sentait plus vivante, plus énergique dans le paysage boisé des montagnes et des lacs de l'Aude qu'elle ne l'avait jamais été en ville.

Désormais, le souvenir des rues sales et de la suie du 8e arrondissement – et des limites imposées à sa liberté – la consternait. Si Anatole pouvait convaincre leur mère de se joindre à eux pour Noël, Léonie serait enchantée de prolonger son séjour au Domaine de la Cade jusqu'au Nouvel An, voire plus longtemps.

Ses emplettes furent vite expédiées. À 11 heures, il ne lui restait plus qu'à tromper la vigilance de Pascal assez longtemps pour faire un détour par le bureau de poste. Elle lui demanda de rapporter les paquets au cabriolet, que gardait l'un de ses nombreux neveux près de l'abreuvoir, un peu au sud du square principal, en déclarant qu'elle avait l'intention de présenter ses respects à M. Baillard.

Les traits de Pascal se durcirent.

— Je ne savais pas qu'il était rentré à Rennes-les-Bains, madomaisèla Léonie.

Elle soutint son regard.

— Je n'en suis pas sûre, avoua-t-elle. Mais ce n'est pas très loin. Je te rejoins place du Pérou tout à l'heure.

Tout en parlant, Léonie imagina un subterfuge pour lire la lettre sans être épiée.

— En fait, Pascal, ajouta-t-elle aussitôt, tu peux me laisser ici. Je crois que je vais plutôt rentrer à pied au Domaine de la Cade. Inutile de m'attendre.

Pascal s'empourpra.

— Je suis certain que le sénher Anatole ne souhaiterait pas que je vous abandonne ici pour vous laisser rentrer à pied.

Son expression en disait long sur la façon dont son frère avait grondé Marieta d'avoir laissé Léonie échapper à sa surveillance à Carcassonne.

— Mon frère ne t'a pas donné l'ordre de ne pas me laisser seule, n'est-ce pas ? rétorqua-t-elle.

Pascal fut obligé d'admettre que ce n'était pas le cas.

— Alors très bien. Je connais le sentier forestier, trancha-t-elle. Quand nous sommes arrivés, Marieta nous a fait entrer par l'arrière du Domaine de la Cade, comme tu le sais. C'est une si belle journée, peut-être la dernière journée ensoleillée de l'année. Je ne peux pas croire que mon frère refuserait que je profite du bon air.

Pascal ne bougeait pas.

— Ce sera tout, fit Léonie d'une voix plus cassante qu'elle ne l'aurait souhaité.

Il la dévisagea encore un moment, d'un air impassible, puis soudain, il sourit.

— Comme vous voulez, madomaisèla Léonie, déclara-t-il d'une voix calme et ferme, mais c'est vous qui devrez en répondre au sénher Anatole.

— Je lui dirai que j'ai insisté pour que tu me laisses ici.

— Et si vous le permettez, j'enverrai Marieta déverrouiller les grilles et vous rejoindre à mi-chemin. Au cas où vous vous tromperiez de route.

L'humeur égale et la sollicitude de Pascal face à sa propre mauvaise humeur firent honte à Léonie. En réalité, malgré ses fanfaronnades, elle était un peu inquiète à l'idée de traverser les bois toute seule.

— Merci, Pascal, répondit-elle d'une voix douce.

Je promets de faire vite. Ma tante et mon frère ne remarqueront même pas mon absence.

Il hocha la tête, puis s'en fut, les bras chargés de colis. Léonie le regarda s'éloigner.

Lorsqu'il tourna à l'angle, quelque chose attira l'attention de Léonie. Elle avait aperçu du coin de l'œil un homme vêtu d'une cape bleue se faufiler dans une ruelle qui menait à l'église, comme s'il ne voulait pas qu'elle le voie. Léonie fronça les sourcils, mais bientôt, elle n'y songea plus. Elle revint sur ses pas pour se diriger vers le fleuve.

Par précaution, au cas où Pascal se serait avisé de la suivre, elle avait décidé de se rendre au bureau de poste par la rue où logeait M. Baillard.

Elle sourit à des connaissances d'Isolde mais ne s'arrêta pas pour bavarder. Quelques minutes plus tard, elle avait atteint sa destination. À son grand étonnement, les volets bleus de la minuscule maisonnette étaient ouverts.

Léonie s'arrêta. Isolde était certaine que M. Baillard serait absent de Rennes-les-Bains pour quelque temps. Jusqu'à la Saint-Martin, du moins c'était ce qu'on lui avait dit. La maison avait-elle été louée à quelqu'un d'autre en attendant ? Ou était-il rentré plus tôt que prévu ?

Léonie jeta un coup d'œil vers la rue de l'Hermite qui menait à la rue où était situé le bureau de poste. Elle était fiévreuse à l'idée d'avoir pu recevoir une lettre. Elle ne pensait qu'à cela depuis plusieurs jours. Mais après cette délicieuse attente, elle redoutait soudain que ses espoirs fussent déçus, et qu'il puisse n'y avoir aucune lettre de M. Constant.

Et puis M. Baillard, absent depuis plusieurs semaines, lui manquait. Si elle passait sans s'arrêter et découvrait plus tard qu'elle avait raté l'occasion de renouer avec lui, elle ne se le pardonnerait jamais.

S'il y a une lettre, elle y sera toujours dans dix minutes, songea-t-elle.

Léonie s'avança pour frapper à la porte.

Personne ne répondit. En collant l'oreille à la porte, elle distingua enfin un bruit de pas sur un sol carrelé.

— *Oc ?* fit une voix d'enfant.

Elle recula d'un pas quand la porte s'ouvrit, soudain timide à l'idée de s'être ainsi invitée. Un petit garçon aux cheveux sombres et aux yeux couleur de mûre la dévisageait.

— M. Baillard est-il là ? Je suis Léonie Vernier. La nièce de Mme Lascombe. Du Domaine de la Cade.

— Il vous attend ?

— Non. Je passais par là alors je me suis permis de lui rendre visite à l'improviste. Si le moment est mal choisi...

— *Que ès ?*

Le garçonnet se retourna. Léonie sourit en entendant M. Baillard. Enhardie, elle éleva la voix.

— C'est Léonie Vernier, monsieur Baillard.

Quelques instants plus tard, la silhouette en costume blanc, qu'elle se rappelait si nettement depuis le soir du dîner, se profila au bout du couloir. Même dans la pénombre de l'entrée exiguë, Léonie pouvait distinguer son sourire.

— Madomaisèla Léonie, quel plaisir inattendu.

— Je faisais quelques courses pour ma tante – elle a été souffrante – et Pascal est parti devant. Je vous croyais absent de Rennes-les-Bains, mais quand j'ai vu les volets ouverts, j'ai...

Elle se rendit compte qu'elle babillait et se tut brusquement.

580

— J'en suis ravi, dit Baillard. Je vous en prie, entrez.

Léonie hésita. Bien qu'il eût bonne réputation, qu'il fût l'ami de tante Isolde et l'hôte du Domaine de la Cade, elle savait qu'il était inconvenant qu'une jeune fille entrât seule chez un homme.

Mais personne ne me verra, se rassura-t-elle.

— Merci. C'est bien aimable à vous, répondit-elle en franchissant le seuil.

71.

Léonie suivit M. Baillard dans le couloir, qui s'ouvrait sur une pièce agréable à l'arrière de la petite maison. Il n'y avait qu'une seule fenêtre, qui occupait la totalité d'un mur.

— Oh, s'exclama-t-elle, quelle vue magnifique, on dirait un tableau !

— En effet, sourit-il. J'ai de la chance.

Il fit tinter une clochette en argent posée sur une longue desserte basse à côté de la bergère à oreilles où il était manifestement installé quelques instants auparavant, près de la large cheminée de pierre. Le petit garçon réapparut. Léonie examina discrètement la pièce, toute simple, meublée de chaises dépareillées et d'une table boudoir derrière le canapé. Des étagères chargées de livres recouvraient entièrement le mur qui faisait face à la cheminée.

— Je vous en prie, asseyez-vous. Racontez-moi les nouvelles, madomaisèla Léonie. J'espère que tout va bien au Domaine de la Cade. Vous m'avez dit que votre tante était souffrante. Rien de grave, j'espère ?

Léonie retira son chapeau et ses gants, puis s'installa face à lui.

— Elle va beaucoup mieux. Nous avons été surpris par les intempéries de la semaine dernière et ma tante a pris froid. Le médecin a dû venir, mais le pire est passé et elle reprend des forces tous les jours.

— Son état peut en être affecté, dit-il. Il est encore un peu tôt pour se prononcer. Mais tout ira pour le mieux.

Léonie le dévisagea sans comprendre, mais à ce moment-là, le petit garçon revint avec un plateau en laiton où étaient posés deux gobelets en verre ainsi qu'un pichet en argent semblable à une cafetière, orné de motifs de losanges tourbillonnants, et sa question mourut sur ses lèvres.

— Il vient de Terre sainte, lui expliqua son hôte. Un vieil ami me l'a offert, il y a plusieurs années.

Le domestique lui tendit un verre rempli d'un épais liquide rouge.

— Qu'est-ce que c'est, monsieur Baillard ?

— Une liqueur à la cerise de fabrication locale, le guignolet. J'avoue que j'ai un faible pour cette boisson, particulièrement délicieuse avec ces biscuits au poivre noir. (Il hocha la tête et le garçon offrit l'assiette à Léonie.) Ce sont des spécialités locales. On peut en acheter n'importe où, mais selon moi, ceux des Frères Marcel sont les meilleurs.

— Je viens d'en acheter, répliqua Léonie.

Elle prit une gorgée de guignolet et toussa aussitôt. C'était sucré, avec un goût prononcé de cerise sauvage, mais c'était vraiment très fort.

— Vous êtes rentré plus tôt que prévu, reprit-elle. Ma tante m'avait laissé entendre que vous seriez absent au moins jusqu'en novembre, peut-être même jusqu'à Noël.

— J'ai mis moins de temps que je ne le croyais à conclure mes affaires, alors je suis rentré. Des bruits courent, dans la ville. J'ai pensé que je serais plus utile ici.

Utile ? Léonie trouva ce mot curieux, mais n'en dit rien.

— Où êtes-vous allé, monsieur ?

— Rendre visite à de vieux amis. De plus, j'ai une maison à la montagne, dans un minuscule village appelé Los Seres, pas très loin de la vieille forteresse-citadelle de Montségur. Je voulais m'assurer que tout était prêt, au cas où je devrais m'y rendre dans quelque temps.

Léonie fronça les sourcils.

— Je croyais que vous aviez pris un logement en ville pour éviter les rigueurs de l'hiver en montagne.

Les yeux d'Audric Baillard pétillèrent.

— J'ai passé de nombreux hivers en montagne, madomaisèla, dit-il d'une voix douce. Certains rigoureux, d'autres moins. (Il se tut un moment et sembla plongé dans ses pensées.) Mais dites-moi, fit-il enfin en reprenant ses esprits, qu'avez-vous fait au cours des dernières semaines ? Avez-vous eu d'autres aventures, madomaisèla Léonie, depuis la dernière fois que nous nous sommes rencontrés ?

Elle le regarda dans les yeux.

— Je ne suis pas retournée au sépulcre, monsieur Baillard, si c'est à cela que vous pensez.

Il sourit.

— C'était en effet à cela que je pensais.

— Bien que, je dois l'avouer, le sujet du tarot m'intéresse toujours. (Elle le dévisagea, mais son visage usé par le temps ne trahissait rien.) J'ai aussi entamé une série de tableaux. (Elle hésita.) Des reproductions des images qui sont sur les murs.

— Tiens !

— Des études à l'aquarelle. Non, en fait, ce sont plutôt des copies.

Il se pencha vers elle.

584

— Avez-vous reproduit toutes les images ?

— Non, répondit-elle en trouvant la question singulière. Seulement les premières. Celles qu'on appelle les arcanes majeurs, et là encore, pas tous les personnages. Je suis peu encline à m'attaquer à certaines images. Le Diable, par exemple.

— Et La Tour ?

Elle plissa les yeux.

— En effet. Pas La Tour. Comment avez-vous...

— Quand avez-vous commencé à les peindre, madomaisèla ?

— L'après-midi précédant le grand dîner. Je cherchais simplement à m'occuper en attendant les invités. Sans en avoir eu la moindre intention, je me suis peinte dans le tableau, monsieur Baillard, alors j'ai eu le sentiment que je devais continuer la série.

— Puis-je vous demander dans quel arcane ?

— La Force.

Elle se tut, puis frissonna en se rappelant les émotions complexes qui l'avaient envahie à ce moment-là.

— Son visage était le mien, reprit-elle. Pourquoi, d'après vous ?

— L'explication la plus évidente est que vous percevez cette force en vous-même.

Léonie attendit qu'il poursuive, mais M. Baillard n'ajouta rien.

— Je suis de plus en plus intriguée par mon oncle et par les expériences qu'il décrit dans sa monographie, *Les Tarots*. Je ne voudrais pas être indiscrète, monsieur Baillard, mais je me demandais si vous connaissiez mon oncle à l'époque des événements décrits dans son livre. (Elle scruta son visage pour chercher des signes d'encouragement ou de mécontentement, mais son expression demeurait impénétrable.) D'après ce que j'ai compris, la... chose s'est produite entre le moment où ma mère a quitté le Domaine de la Cade et celui où mon oncle a épousé ma tante. (Elle hésita.) Sans vouloir lui manquer de respect, j'imagine que mon oncle était de nature solitaire. Il n'était guère sociable, n'est-ce pas ?

Elle se tut à nouveau, pour laisser à M. Baillard la possibilité de réagir. Il demeura parfaitement immobile, ses mains striées de veines posées sur ses cuisses, se contentant d'écouter.

— D'après certains propos de tante Isolde, reprit laborieusement Léonie, j'ai cru comprendre que c'était grâce à vous que mon oncle et l'abbé Saunière s'étaient rencontrés, au moment où le dernier a été affecté à la paroisse de Rennes-le-Château. Elle a aussi fait allusion, tout comme vous, à des événements déplaisants, des rumeurs, des incidents tirant leur origine du sépulcre, qui ont nécessité l'intervention d'un prêtre.

— Ah.

Audric Baillard pressa ses doigts les uns contre les autres.

Elle inspira profondément.

— L'abbé Saunière a pratiqué un exorcisme à la demande de mon oncle, n'est-ce pas ? Un tel... événement a-t-il eu lieu dans le sépulcre ?

Cette fois, après avoir posé sa question, Léonie se tut pour permettre au silence d'exercer sa force de persuasion. Pendant une éternité, lui sembla-t-il, on n'entendit que le tic-tac de l'horloge. Dans une pièce au bout du couloir, elle distinguait un lointain tintement de vaisselle et le frottement d'un balai sur le parquet en bois.

— Pour chasser le mal, finit-elle par dire. C'est bien ça ? J'ai ressenti sa présence à une ou deux reprises. Je comprends désormais que ma mère ait pu la ressentir, elle aussi, monsieur, quand elle était petite. Elle a quitté le Domaine dès qu'elle l'a pu.

72

— Dans certains jeux de tarot, dit enfin Baillard, la carte représentant le Diable prend pour modèle la tête de Baphomet, l'idole que les Pauvres Chevaliers du Temple de Salomon furent accusés – à tort – d'adorer.

Léonie hocha la tête, bien qu'elle eût du mal à comprendre la pertinence de cette digression.

— On raconte qu'un presbytère des Templiers s'élevait non loin d'ici, à Bézu, reprit-il. Il n'a jamais existé. La mémoire collective a confondu les Albigeois et les Pauvres Chevaliers. Ils étaient bel et bien contemporains, mais n'avaient rien en commun. Il s'agit d'une coïncidence historique, pas d'une collusion.

— Mais quel rapport cela a-t-il avec le Domaine de la Cade, monsieur Baillard ?

Il sourit.

— Vous avez remarqué, lors de votre visite au sépulcre, la statue d'Asmodée ? Celle qui portait le bénitier ?

— En effet.

— Le nom d'Asmodée, qu'on appelle aussi Ashmadia ou Asmodia, est très probablement dérivé d'une variante du persan : l'expression *aeshma-deva* signifie démon du courroux. Asmodée apparaît dans le livre deutérocanonique de Tobie, et à nouveau dans le Testament de Salomon, un ouvrage épigraphique de l'Ancien Testament. Autrement dit, un ouvrage censé avoir été écrit par, et attribué à Salomon, ce qui est improbable du point de vue de la vérité historique.

Léonie hocha la tête, bien que sa connaissance de l'Ancien Testament fût assez restreinte. Ni elle ni Anatole n'avaient pris de cours de catéchisme. Les superstitions religieuses, affirmait leur mère, seyaient mal aux sensibilités modernes. Traditionnelle quant aux mœurs et à la bienséance, Marguerite s'opposait avec véhémence à l'Église. Léonie se demanda soudain, pour la première fois, si la violence des sentiments anticléricaux de sa mère tirait son origine de l'atmosphère du Domaine de la Cade, qu'elle avait dû supporter toute son enfance, et se promit de lui poser la question à la première occasion.

La voix calme de M. Baillard la tira de ses réflexions.

— On raconte que le roi Salomon invoqua Asmodée afin qu'il l'aide à construire le temple. Asmodée, démon associé à la concupiscence, lui est effectivement apparu, mais il prédit à Salomon que son royaume serait un jour divisé.

Baillard se leva, traversa la pièce et prit un petit livre relié en cuir brun sur une étagère. Il tourna les feuilles minces de ses doigts délicats jusqu'à ce qu'il retrouve le passage qu'il cherchait.

— Voilà : « Ma constellation est comme un animal qui repose dans sa tanière, dit le démon. Alors ne me demande pas autant de choses, Salomon, car un jour ton royaume sera divisé. Ta gloire n'est que temporaire. Tu nous auras à ta disposition pour nous tourmenter un court moment ; puis nous nous disperserons à nouveau parmi les hommes et nous serons adorés comme des dieux car les hommes ne savent pas le nom des anges qui règnent sur nous. » (Il referma le livre et leva les yeux.) Testament de Salomon, chapitre cinq, versets quatre et cinq.

Ne sachant comment réagir, Léonie garda le silence.

— Asmodée, comme je l'ai déjà dit, est un démon associé aux désirs charnels, reprit Baillard. Il est tout particulièrement l'ennemi des jeunes mariés. Dans le livre apocryphe de Tobie, il persécute une dénommée Sarah, tuant chacun de ses sept maris avant que le mariage soit consommé. La huitième fois, l'ange Raphaël recommande au dernier prétendant de placer le cœur et le foie d'un poisson sur des braises chauffées au rouge. La fumée nauséabonde rebute Asmodée et le pousse à fuir en Égypte, où Raphaël l'emprisonne et le prive de ses pouvoirs.

Léonie frissonna, non pas à cause de ces paroles, mais parce qu'elle se rappelait soudain la puanteur, vague mais répugnante, qui l'avait assaillie dans le sépulcre. Une odeur inexplicable d'humidité, de fumée et de mer.

— Ces paraboles vous semblent assez archaïques, n'est-ce pas ? dit son hôte. Elles sont censées exprimer une vérité plus profonde, mais souvent, elles ne servent qu'à la rendre plus obscure. (Il tapota le livre de ses longs doigts minces.) Dans le livre de Salomon, on dit aussi qu'Asmodée déteste être près de l'eau.

Léonie se redressa.

— D'où, peut-être, le bénitier posé sur ses épaules ? C'est pour ça, monsieur Baillard ?

— Peut-être, acquiesça-t-il. Asmodée apparaît dans d'autres ouvrages de commentaires religieux. Dans le Talmud, par exemple, il correspond à Ashmedai, personnage beaucoup moins maléfique que l'Asmodée de Tobie, qui convoite Bethsabée et les femmes de Salomon. Quelques années plus tard, au milieu du xve siècle, Asmodai apparaît sous les traits du démon de la concupiscence dans le *Malleus Maleficarum*, catalogue assez simpliste, à mon sens, des démons et de leurs œuvres pernicieuses. Votre frère, qui est collectionneur, le connaît peut-être ?

Léonie haussa les épaules.

— C'est possible, oui.

— Certains croient que les différents démons ont des pouvoirs particuliers à différents moments de l'année.

— Et quand Asmodée est-il censé être le plus puissant ?

— Au mois de novembre.

— Novembre, répéta-t-elle. (Elle réfléchit un moment.) Mais, monsieur Baillard, que signifie ce mélange de superstitions et de suppositions – les cartes, le sépulcre, ce démon avec sa peur de l'eau et sa haine du mariage ?

Il rangea le livre sur l'étagère, puis s'approcha de la fenêtre et posa les mains sur le rebord en lui tournant le dos.

— Monsieur Baillard ? insista-t-elle.

Il se retourna. Un instant, le soleil cuivré se déversant par la grande fenêtre l'entoura d'une sorte de halo. Léonie eut l'impression de contempler l'un de ces prophètes de l'Ancien Testament que l'on voit dans les tableaux.

Puis il revint vers le centre de la pièce et l'illusion fut rompue.

— Cela signifie, madomaisèla, que quand les superstitions du village parlent d'un démon qui parcourt les vallées et les collines boisées, quand l'époque est aux bouleversements, nous ne devrions pas les considérer comme des contes. Il existe certains endroits – comme le Domaine de la Cade – où des forces anciennes sont à l'œuvre. (Il se tut un instant.) Certains choisissent de convoquer de telles créatures, de communiquer avec les esprits, sans comprendre qu'on ne peut pas être maître du mal.

Elle n'en croyait pas un mot, mais son cœur fit un bond.

— Et c'est cela qu'a fait mon oncle, monsieur Baillard ? Vous me demandez de croire que Jules Lascombe, par l'entremise des cartes et de l'esprit des lieux, a convoqué le démon Asmodée ? Qu'il s'est retrouvé incapable de le maîtriser ? Que toutes ces histoires de bête sont véridiques ? Que mon oncle est responsable, du moins moralement, de tous les meurtres qui ont eu lieu dans la vallée ? Et qu'il le savait ?

Audric Baillard soutint son regard.

— Il le savait.

— C'est pour cela qu'il a été obligé de faire appel à l'abbé Saunière, poursuivit-elle, pour bannir le monstre qu'il avait libéré ? (Elle se tut un instant.) Tante Isolde le savait-elle ?

— C'était avant qu'elle n'arrive. Elle n'était pas au courant.

Léonie se leva et s'approcha de la fenêtre.

— Je ne crois pas à toutes ces histoires de diables et de démons, déclara-t-elle brusquement. On ne peut donner foi à de tels contes dans le monde moderne.

Puis sa voix s'étrangla en songeant aux victimes.

— Ces pauvres enfants, murmura-t-elle.

Elle fit les cent pas. Les planches du parquet craquèrent sous ses pieds.

— Je n'y crois pas, répéta-t-elle d'une voix moins assurée.

— Le sang appelle le sang, dit Baillard d'une voix douce. Certaines choses attirent le mal. Un lieu, un objet, une personne peuvent, par la force de leur volonté maléfique, attirer des malheurs, des méfaits, des péchés.

Léonie s'immobilisa, car ses pensées suivaient un autre chemin. Elle dévisagea son hôte, puis s'affala à nouveau dans son fauteuil.

— À supposer que j'accorde crédit à de telles histoires, qu'en est-il du jeu de cartes, monsieur Baillard ? Si je ne m'abuse, vous laissez entendre qu'elles peuvent agir pour le bien ou le mal, selon les circonstances.

— En effet. Voyez comme l'épée peut être l'instrument du bien ou du mal. C'est la main qui la brandit qui en décide, pas l'acier.

Léonie hocha la tête.

— Quelle est la provenance des cartes ? Qui les a peintes à l'origine, et dans quel but ? Quand j'ai lu pour la première fois le livre de mon oncle, j'ai cru comprendre que les images sur le mur du sépulcre étaient capables, d'une quelconque manière, d'en descendre pour s'imprimer sur les cartes.

Audric Baillard sourit.

— Si c'était le cas, madomaisèla Léonie, il n'y aurait que huit cartes, alors qu'il y a un jeu complet.

Son cœur se serra.

— Oui, sans doute. Je n'y avais pas songé.

— Cependant, reprit-il, cela ne signifie pas pour autant qu'il n'y ait pas un grain de vérité dans ce que vous dites.

— Dans ce cas, monsieur Baillard, pourquoi ces huit images en particulier ? (Ses yeux verts scintillaient car une nouvelle idée lui était venue.) Serait-il possible que les images figurant sur les murs soient celles que mon oncle a convoquées ? Et que, dans une autre situation, une autre communication du même genre entre les mondes, d'autres images, d'autres cartes, apparaîtraient à leur tour sur les murs ? (Elle se tut un instant.) Des images provenant de tableaux, par exemple ?

Audric Baillard se permit un léger sourire.

— Les cartes de moindre importance, les simples cartes à jouer, remontent à une époque infortunée où la foi poussa à nouveau les hommes à se massacrer, à opprimer et à chasser l'hérésie, plongeant le monde dans un bain de sang.

— Les Albigeois ? lança Léonie en se rappelant les conversations d'Anatole et d'Isolde au sujet de l'histoire tragique du Languedoc au XIIIe siècle.

Il eut un hochement de tête résigné.

— Ah, si seulement l'on pouvait tirer les leçons du passé, madomaisèla. Mais ce n'est pas le cas, hélas.

Ces mots prononcés d'une voix grave semblaient chargés d'une sagesse vieille de plusieurs siècles. Léonie, qui ne s'était jamais intéressée aux événements du passé, avait soudain envie de les comprendre.

— Je ne parle pas des Albigeois, madomaisèla Léonie, mais de guerres de religion plus tardives, des conflits du XVIe siècle entre la maison catholique des Guises et ce que j'appellerai, pour simplifier, la maison huguenote des Bourbons. Comme toujours, et il en sera peut-être à jamais ainsi, les exigences de la foi devinrent très vite inextricablement liées à celles du territoire et du pouvoir.

— Les cartes remontent à cette époque ? l'aiguillonna-t-elle.

— Les cinquante-six cartes originales, simplement destinées à passer les longues soirées d'hiver, reprenaient pour l'essentiel la tradition du jeu italien des *tarrochi*. Une centaine d'années avant l'époque dont je vous parle, la cour et la noblesse italiennes s'adonnaient à ce genre de distraction. Quand la République est née, les figures royales furent remplacées par celles du Maître et de la Maîtresse, du Fils et de la Fille, comme vous l'avez constaté.

— La Fille d'Épées, dit-elle en se rappelant l'image au mur du sépulcre. Quand ?

— Ce n'est pas très clair. Il semblerait qu'à l'époque de la Révolution française le tarot soit devenu une méthode de divination, une façon de relier le visible et le connu à l'invisible et à l'inconnu.

— Alors le jeu de cartes se trouvait déjà au Domaine de la Cade ?

— Les cinquante-six cartes étaient possédées par la maison, si vous voulez, plutôt que par les individus qui s'y trouvaient. Le vieil esprit des lieux était à l'œuvre ; les légendes et les rumeurs investissaient les cartes d'un sens et d'un but supplémentaires. Les cartes attendaient celui qui compléterait la séquence.

— Mon oncle.

C'était une affirmation, pas une question. Baillard hocha la tête.

— Lascombe avait lu les livres publiés par les cartomanciens de Paris – des ouvrages anciens comme celui d'Antoine Court de Gébelin, les écrits contemporains d'Éliphas Lévi et de Romain Merlin – et il en avait été séduit. Au jeu de cartes dont il avait hérité, il ajouta les vingt-deux arcanes majeurs – ceux qui parlent des tournants fatidiques de la vie et de l'au-delà – et il fixa ceux qu'il voulait convoquer au mur du sépulcre.

— Mon oncle a peint les vingt-deux cartes supplémentaires ?

— En effet. (Il se tut un instant.) Alors vous croyez vraiment, madomaisèla Léonie, que par l'intermédiaire des cartes du tarot – dans un lieu précis et des conditions qui rendent de telles choses possibles – les démons et les fantômes peuvent être convoqués ?

— Cela n'est guère plausible, monsieur Baillard, et pourtant, je constate que je le crois, en effet. (Elle se tut et réfléchit un instant.) Ce que je ne comprends pas, toutefois, c'est la façon dont les cartes contrôlent les esprits.

— Justement pas, et c'est l'erreur qu'a commise votre oncle. Les cartes peuvent convoquer les esprits, certes, mais jamais les contrôler. Les images recèlent toutes les possibilités – tous les caractères, tous les désirs humains, bénéfiques ou maléfiques, toutes nos histoires entremêlées – mais, si on les libère, elles assument une vie autonome.

— Je ne comprends pas, dit Léonie en fronçant les sourcils.

— Les images sur le mur sont les empreintes des dernières cartes convoquées à cet endroit. Mais si l'on modifiait, d'un coup de pinceau, les traits de l'une ou l'autre de ces cartes, ces images en reprendraient les caractéristiques. Les cartes peuvent raconter des histoires différentes.

— Cela serait-il vrai où que se trouvent les cartes ? Ou seulement au Domaine de la Cade, dans le sépulcre ?

— C'est la combinaison, madomaisèla, de l'image, du son et de l'esprit des lieux qui engendre ce phénomène. En cet unique endroit. En même temps, le lieu influe sur les cartes. Ainsi, par exemple, il se peut que La Force se soit désormais spécifiquement attachée à vous, par l'intermédiaire de votre aquarelle.

Léonie le dévisagea.

— Mais je n'ai pas vu les cartes. D'ailleurs, je n'ai pas peint des cartes, simplement des reproductions, sur un papier ordinaire, de ce que j'ai vu aux murs.

Il sourit lentement.

— Les choses ne sont pas toujours aussi simples, madomaisèla. De plus, vous ne vous êtes pas contentée de vous représenter vous-même dans ces aquarelles, n'est-ce pas ? Vous avez aussi peint les portraits de votre frère et de votre tante.

Elle rougit.

— Ce ne sont que des souvenirs de notre séjour.

— Peut-être. Grâce à ces œuvres, vos histoires perdureront alors que vous-même ne serez plus là pour les raconter.

— Vous me faites peur, monsieur, s'écria-t-elle.

— Ce n'était pas mon intention.

Léonie hésita un instant avant de poser la question qui lui brûlait les lèvres depuis qu'elle avait découvert l'existence des tarots.

— Le jeu de carte existe-t-il toujours ?

Il la fixa de son regard avisé.

— Oui, il existe, répondit-il enfin.

— Dans la maison ? demanda-t-elle aussitôt.

— L'abbé Saunière a supplié votre oncle de brûler les cartes, afin qu'aucun homme ne soit tenté de les utiliser. Il voulait aussi détruire le sépulcre. (Baillard secoua la tête.) Mais Jules Lascombe était un érudit. Il ne pouvait pas plus détruire quelque chose d'aussi ancien que l'abbé ne pouvait renier son Dieu.

— Les cartes sont-elles cachées dans le domaine ? Je suis certaine qu'elles ne se trouvent pas dans le sépulcre.

— Elles sont en sécurité. Cachées sous le lit tari de la rivière, là où les rois anciens furent jadis ensevelis.

— Mais si c'est le cas, alors...

Audric Baillard posa un doigt sur ses lèvres.

— Je vous ai raconté ceci pour apaiser votre nature inquisitrice, madomaisèla Léonie, pas pour attiser votre curiosité. Je comprends ce qui a pu vous attirer dans cette histoire : votre désir de mieux comprendre votre famille et les événements qui ont façonné sa destinée. Mais je répète mon avertissement : il est dangereux de tenter de retrouver les cartes, surtout en ce moment, dans une conjoncture aussi précaire.

— En ce moment ? Que voulez-vous dire par là, monsieur Baillard ? C'est parce que le mois de novembre approche ?

Mais manifestement, il n'avait pas l'intention d'en dire plus. Léonie tapa du pied. Elle avait tant de questions à lui poser. Elle s'apprêtait à parler, quand il la devança.

— Il suffit, dit-il.

Par la fenêtre ouverte, le carillon de la minuscule église de Saint-Celse et Saint-Nazaire sonna midi sur une seule note grêle, marquant la fin de la matinée.

Ce son rappela Léonie au temps présent. Elle avait complètement oublié sa mission. Elle bondit.

— Pardonnez-moi, monsieur Baillard. J'ai assez abusé de votre temps. (Elle enfila ses gants.) Et ce faisant, j'ai complètement oublié mes responsabilités. Le bureau de poste... Si je me dépêche, je peux encore...

Attrapant son chapeau, Léonie courut jusqu'à la porte. Audric Baillard se leva, silhouette élégante et intemporelle.

— Puis-je vous rendre à nouveau visite, monsieur ?

— Bien sûr, madomaisèla. Tout le plaisir sera pour moi.

Léonie agita la main, sortit de la pièce, dévala le couloir et se retrouva dans la rue, laissant Audric Baillard seul dans la pièce silencieuse, plongé dans ses réflexions. Le petit garçon surgit de l'ombre et referma la porte derrière elle.

Baillard se rassit.

— *Si es atal es atal !* marmonna-t-il. Les choses seront ce qu'elles seront. Mais pour cette enfant, j'aimerais qu'il n'en soit pas ainsi.

73.

Léonie parcourut la rue de l'Hermite au pas de course, tout en tirant ses gants sur ses poignets et en se débattant avec les boutons. Elle prit à droite et parvint au bureau de poste.

La double porte en bois était fermée et verrouillée. Mais il devait bien y avoir quelqu'un à l'intérieur ?

— Il y a quelqu'un ? C'est vraiment important !

Aucun signe de vie. Elle frappa et appela à nouveau, mais personne ne se manifesta. Une femme revêche, coiffée de deux tresses grises, se pencha à la fenêtre d'en face et lui cria d'arrêter de cogner.

Léonie s'excusa. C'était idiot d'attirer ainsi l'attention. Si une lettre de M. Constant l'attendait, elle était destinée à rester là pour l'instant. Impossible de demeurer à Rennes-les-Bains jusqu'à ce que le bureau de poste rouvre, plus tard dans l'après-midi. Il faudrait simplement qu'elle trouve une nouvelle occasion de se rendre en ville.

Elle éprouvait des émotions confuses. Elle s'en voulait de ne pas avoir accompli sa mission. En même temps, elle avait le sentiment qu'on lui avait accordé un sursis.

Au moins, je ne sais pas que M. Constant n'a *pas* écrit, songea-t-elle.

Ce raisonnement embrouillé, étrangement, la réconforta.

Léonie descendit vers la rivière. À gauche, les patients de la station thermale étaient assis dans l'eau ferrugineuse. Derrière eux, une rangée d'infirmières en uniforme blanc, leurs grandes coiffes perchées sur leurs têtes comme des oiseaux de mer géants, attendaient patiemment que leurs patients émergent.

Elle passa sur l'autre berge et retrouva assez facilement le sentier qu'ils avaient emprunté avec Marieta. La forêt avait changé d'aspect. Certains arbres avaient perdu leurs feuilles, soit à cause de l'approche de l'automne, soit suite à la férocité des orages qui s'étaient abattus sur les collines. Sous les pieds de Léonie, le sol était tapissé de feuilles couleur lie de vin, dorées, rouges et cuivrées. Elle s'arrêta un instant, en songeant aux aquarelles auxquelles elle travaillait. L'image du Mat lui vint à l'esprit et elle se dit qu'elle changerait peut-être les couleurs du fond pour les accorder aux nuances automnales de la forêt.

Elle reprit son chemin sous la voûte verte des pins. Brindilles, branches cassées et cailloux craquaient sous ses pieds. Le sol était jonché de pommes de pin et de châtaignes. Soudain, Paris lui manqua. Elle songea à sa mère qui, en octobre, l'emmenait avec Anatole au parc Monceau pour ramasser les châtaignes. Elle se frotta les doigts en se rappelant les sensations et les textures des automnes de son enfance.

Rennes-les-Bains était hors de vue. Léonie pressa le pas ; elle savait que la ville restait à portée de voix, mais se sentait malgré cela coupée de la civilisation. Un oiseau qui s'envola dans un grand bruissement d'ailes la fit sursauter. Elle eut un petit rire nerveux en comprenant qu'il ne s'agissait que d'un pigeon ramier. Au loin, elle entendait des coups de fusil et se demanda si c'était Charles Denarnaud qui avait pressé la détente.

Pressant le pas, Léonie atteignit bientôt les limites du Domaine de la Cade. Quand elle en aperçut le portail, une bouffée de soulagement l'envahit. Elle s'y précipita en s'attendant à voir la bonne surgir avec les clés.

— Marieta ?

Seul l'écho de sa voix lui répondit. À la profondeur du silence, Léonie sut qu'il n'y avait personne. Elle fronça les sourcils. Cela ne ressemblait pas à Pascal de manquer à sa parole. Et bien que Marieta fût facilement décontenancée, en général on pouvait compter sur elle.

Ou alors, elle est venue et elle a renoncé à m'attendre ? se dit-elle.

Léonie secoua les battants du portail. Ils étaient verrouillés. Furieuse, puis frustrée, elle resta un moment plantée sur place, les poings sur les hanches, à considérer la situation.

Elle n'avait aucune envie de contourner le domaine pour atteindre l'entrée principale. Ses expériences de la matinée et sa longue marche à flanc de colline l'avaient épuisée.

Il devait y avoir un autre moyen de pénétrer dans le parc.

Léonie doutait que les rares domestiques employés par Isolde puissent entretenir parfaitement un domaine aussi vaste. Menue comme elle était, en cherchant bien, elle trouverait une ouverture assez large pour s'y glisser. De là, il lui serait facile de regagner le sentier.

Elle regarda à droite, puis à gauche, en se demandant de quel côté se diriger. Finalement, elle décida que les parties du domaine les moins bien entretenues étaient sans doute celles qui étaient les plus éloignées de la maison et partit vers l'est. Au pire, elle suivrait simplement les limites de la propriété jusqu'à en avoir fait le tour.

Elle marcha rapidement en scrutant la haie, écartant les bruyères tout en évitant l'enchevêtrement vicieux des ronces, recherchant une faille quelconque dans la clôture en fer forgé. Aux environs immédiats du portail elle ne présentait aucune faiblesse, mais Léonie se rappelait que, lors de leur arrivée au Domaine de la Cade, l'impression de délabrement et d'abandon s'était intensifiée au fur et à mesure qu'elle avançait.

Elle cherchait depuis cinq minutes à peine lorsqu'elle repéra un endroit où la clôture bâillait. Elle retira son chapeau, s'accroupit et, inspirant profondément, se glissa, soulagée, par l'étroite ouverture. Une fois passée, elle retira les épines et les feuilles de sa veste, brossa l'ourlet de sa jupe pour nettoyer la boue, puis poursuivit son chemin avec une énergie renouvelée, ravie d'arriver bientôt à destination.

Le sentier se fit plus escarpé, la voûte des arbres plus sombre et oppressante. Léonie comprit très vite qu'elle se trouvait de l'autre côté du bois de hêtres et que, si elle n'y prenait pas garde, ses pas la mèneraient au sépulcre. Elle fronça les sourcils. Y avait-il un autre chemin ?

Il y avait un chassé-croisé de petites pistes, plutôt qu'une seule bien nette. Toutes les clairières et tous les taillis se ressemblaient. Pour s'orienter Léonie n'avait que le soleil qui brillait au-dessus de la voûte de feuillage, mais elle ne pouvait s'y fier dans les zones d'ombre. Cependant, à condition de marcher droit devant elle, elle finirait bien vite par atteindre la pelouse et la maison. Il n'y avait plus qu'à espérer qu'elle éviterait le sépulcre.

Elle gravit la pente en suivant un vague sentier qui

déboucha sur une petite clairière. Soudain, par une éclaircie entre les arbres, elle aperçut un petit bois sur la rive opposée de l'Aude, où se dressait le groupe de mégalithes que Pascal lui avait désigné. Elle éprouva un choc en comprenant que tous les lieux diaboliques des environs étaient visibles depuis le Domaine de la Cade : le Fauteuil du Diable, l'Étang du Diable, la Montagne des Cornes. Elle scruta l'horizon. On apercevait aussi l'endroit où se rejoignaient les rivières de la Blanque et de la Salz, surnommé le Bénitier, lui avait dit Pascal.

Léonie chassa de son esprit l'image du corps contorsionné du démon et de ses yeux bleus malveillants. Elle pressa le pas, marchant à longues enjambées sur le terrain accidenté, en se disant qu'il était absurde de se laisser troubler par une statue ou par l'illustration d'un livre.

La colline montait en pente raide. La nature du terrain avait changé et, bientôt, la terre succéda sous ses bottines à un lit de bruyères et de pommes de pin. L'endroit, bordé de buissons et d'arbres, était entièrement dénudé. C'était comme si on avait arraché un lambeau au paysage, en ne laissant qu'une bande de papier brun.

Léonie s'arrêta pour regarder devant elle. Le mur escarpé de la colline se dressait devant elle, lui barrant la voie. Au-dessus de sa tête se trouvait une plate-forme naturelle, qui ressemblait presque à un pont surplombant la bande de terre où elle se trouvait. Sans doute s'agissait-il d'un lit de rivière asséché. Jadis, un torrent, surgi en grondant de l'une des anciennes sources celtes des cimes, avait creusé cette profonde dépression à flanc de colline.

Les paroles de M. Baillard lui revinrent à l'esprit.

Cachées sous le lit tari de la rivière, là où les rois anciens furent jadis ensevelis.

Léonie regarda autour d'elle, recherchant quelque chose qui sorte de l'ordinaire, examinant la forme du terrain, des arbres, des broussailles. Son attention fut attirée par une dépression peu profonde dans le sol, et par une roche grise et plate à côté de celle-ci, à peine visible sous les racines et les branches enchevêtrées d'un genévrier sauvage.

Elle s'en rapprocha et s'accroupit. Elle tendit la main pour arracher les broussailles entremêlées et scruta l'espace humide et vert où s'enfonçaient les racines. Elle distinguait un cercle de pierres, huit en tout. Elle plongea les mains, tachant ses gants de vase et de boue, pour essayer de découvrir ce que cachait le feuillage.

La plus grande des pierres fut facile à déloger. Léonie, assise par terre, la posa sur ses genoux. On avait dessiné un motif sur la pierre avec du goudron ou de la peinture noire. Une étoile à cinq pointes entourée d'un cercle.

Pressée de savoir si elle était tombée par hasard sur l'endroit où le jeu de tarot était dissimulé, Léonie creusa autour de chacune des pierres à l'aide d'un bout de bois, en amassant la terre sur le côté. Elle aperçut un fragment de tissu épais caché par la boue et maintenu en place par les pierres.

Elle continua à creuser, en se servant d'une branche morte comme d'une pelle, grattant les cailloux et des tessons de tuiles jusqu'à ce qu'elle parvienne à extirper le bout de tissu. Il recouvrait un petit trou. Galvanisée, elle le sonda du bâton pour tenter de dégager ce qui y était enterré, repoussant la boue, les vers de terre et les hannetons noirs jusqu'à ce qu'elle tombe sur quelque chose de solide.

Après un dernier effort, elle mit au jour un coffret en bois auquel étaient fixées des poignées métalliques. Elle les agrippa de ses gants maculés de boue et tenta de le soulever. La terre ne voulait pas céder, mais Léonie tira et tordit le coffret dans tous les sens jusqu'à ce qu'enfin elle lui abandonnât son trésor avec un bruit de succion.

Haletante, Léonie hissa la boîte hors de la dépression jusqu'à un coin de terre sèche et la posa sur le tissu. Elle sacrifia ses gants pour nettoyer le couvercle en bois et le souleva lentement. Une autre boîte se trouvait à l'intérieur, un coffre-fort en métal semblable à celui où sa mère rangeait ses possessions les plus précieuses.

Elle sortit le coffre-fort, referma le coffret et posa la boîte métallique sur le couvercle. Elle était fermée par un petit cadenas. Léonie fut étonnée de constater qu'il était ouvert. Elle tenta de soulever le couvercle, centimètre par centimètre. Il grinça mais céda assez aisément.

Les arbres ne laissaient filtrer qu'une faible lumière et ce qui se trouvait à l'intérieur du coffre-fort était de couleur sombre. Quand elle fut habituée à la pénombre, elle distingua un paquet enveloppé d'un tissu foncé, qui avait la taille et les proportions d'un jeu de cartes. Elle essuya ses mains humides sur ses jupons, puis écarta avec précaution les coins du bout de tissu.

Elle contemplait le dos d'une carte à jouer, plus grande que celles auxquelles elle était habituée. Il était vert forêt, orné d'un motif tourbillonnant de lignes or et argent en filigrane.

Léonie s'arrêta un instant pour se donner courage. Elle inspira, compta mentalement jusqu'à trois et retourna la carte du dessus.

L'image étrange d'un homme au teint sombre, vêtu

d'une longue robe rouge à glands et assis sur un trône au sommet d'un belvédère en pierre, la dévisageait. Elle crut reconnaître les montagnes, à l'horizon. Elle lut l'inscription : le Roi des Pentacles.

Elle examina plus attentivement l'image car le visage du Roi lui était familier. Puis elle comprit. C'était celui du prêtre auquel son oncle avait fait appel pour bannir le démon du sépulcre et qui l'avait supplié de détruire le jeu de cartes. Béranger Saunière.

C'était la preuve indéniable que son oncle, comme le lui avait affirmé M. Baillard une demi-heure à peine auparavant, n'avait pas suivi ses conseils.

— Madomaisèla ? Madomaisèla Léonie ?

Léonie se retourna vivement, alarmée d'entendre qu'on l'appelait.

— Madomaisèla ?

C'étaient Pascal et Marieta. Manifestement, se dit Léonie, elle était absente depuis si longtemps qu'ils étaient partis à sa recherche. Elle remballa rapidement les cartes. Elle voulait les emporter, mais elle n'avait aucun endroit où les cacher sur elle.

Avec une immense réticence, mais ne voulant pas qu'on sache ce qu'elle avait découvert, elle replaça les cartes dans le coffre-fort, puis le coffre-fort dans le coffret, qu'elle fit glisser dans le trou. Elle se releva et repoussa la terre à l'aide des semelles déjà boueuses de ses bottines. Quand elle eut presque fini, elle laissa tomber ses gants souillés et les recouvrit également.

Puisque personne, jusque-là, n'avait découvert les cartes, il était peu probable qu'on les trouvât maintenant. Elle reviendrait, la nuit, et les reprendrait discrètement.

— Madomaisèla Léonie !

Elle perçut la panique dans la voix de Marieta.

Léonie revint sur ses pas, grimpa sur la plate-forme,

puis dévala le sentier en se dirigeant vers l'endroit d'où elle était venue. Elle coupa à travers bois, quittant le sentier pour qu'on ne devine pas son point de départ. Enfin, lorsqu'elle estima qu'elle était suffisamment éloignée du trésor, elle s'arrêta, reprit son souffle et appela :

— Je suis ici ! s'écria-t-elle. Marieta ! Pascal ! Par ici !

Quelques instants plus tard, ils surgirent d'une clairière visiblement soucieux. Marieta s'arrêta tout net, incapable de dissimuler l'étonnement et l'inquiétude que lui causait l'état des vêtements de Léonie.

— J'ai perdu mes gants, mentit-elle spontanément. J'ai été obligée de revenir sur mes pas pour les chercher.

Marieta la scruta d'un œil inquisiteur.

— Et vous les avez retrouvés, madomaisèla ?

— Hélas non.

— Vos vêtements...

Léonie regarda ses bottes boueuses, ses jupons tachés, ses jupes maculées de boue et de lichens.

— J'ai fait un faux pas et j'ai glissé sur le sol humide, c'est tout.

Manifestement Marieta avait des doutes, mais elle préféra tenir sa langue. Ils rentrèrent à la maison en silence.

Léonie eut à peine le temps de brosser ses ongles terreux et de se changer avant que sonne la cloche du déjeuner.

Isolde les rejoignit dans la salle à manger. Elle était ravie des emplettes que Léonie lui avait rapportées de la ville et réussit à avaler quelques cuillerées de soupe. Quand ils eurent terminé, elle demanda à Léonie de lui tenir compagnie. Léonie accepta bien volontiers, mais tandis qu'elles bavardaient et jouaient aux cartes, elle avait l'esprit ailleurs. Elle réfléchissait à une manière de retourner dans les bois pour récupérer les cartes. Elle cherchait aussi un prétexte pour retourner à Rennes-les-Bains.

Le reste de la journée se déroula paisiblement. Les nuages s'amoncelèrent au crépuscule et il y eut des averses dans la vallée et sur la ville, mais le Domaine de la Cade n'en fut pas affecté.

Le lendemain matin, Léonie se réveilla plus tard que d'habitude.

Quand elle sortit sur le palier, elle vit Marieta traverser le vestibule en direction de la salle à manger, portant des lettres sur un plateau. Elle n'avait aucune raison de croire que M. Constant, ayant réussi à se procurer son adresse, lui ait écrit. D'ailleurs, elle redoutait qu'il l'ait complètement oubliée. Mais parce que Léonie vivait dans un brouillard perpétuel de rêveries romantiques, elle s'imaginait aisément toutes sortes de rebondissements improbables.

Bien qu'elle n'espérât pas qu'une lettre lui fût adressée de Carcassonne, elle dévala l'escalier dans l'intention d'intercepter Marieta. Elle redoutait et espérait à la fois découvrir les armoiries de la carte que Victor Constant lui avait présentée dans l'église, et qui étaient gravées dans sa mémoire.

Elle colla l'œil contre la porte entrebâillée de la salle à manger, au moment où Marieta l'ouvrait de l'intérieur et sortait avec le plateau vide.

Elles glapirent toutes les deux de saisissement.

— Madomaisèla !

Léonie referma la porte pour que le bruit n'attire pas l'attention d'Anatole.

— Tu n'as pas remarqué s'il y avait des lettres de Carcassonne, j'imagine, Marieta ?

La bonne lui lança un regard inquisiteur.

— Non, pas que je sache, madomaisèla.

— Tu en es certaine ?

Marieta semblait maintenant perplexe.

— Il y avait les circulaires habituelles, une lettre de Paris pour le sénher Anatole, ainsi qu'une lettre pour votre frère et une autre pour madama, qui sont arrivées de la ville.

Léonie poussa un soupir de soulagement teinté de déception.

— Des invitations, je crois, ajouta Marieta. Des enveloppes de très belle qualité, avec une écriture élégante et des armoiries. Pascal dit qu'elles ont été portées par un homme étrange vêtu d'une vieille cape.

Léonie se figea.

— De quelle couleur était cette cape ?

Marieta la regarda, étonnée.

— Je n'en ai aucune idée, madomaisèla. Pascal ne me l'a pas dit. Maintenant, si vous voulez bien m'excuser...

— Bien sûr. (Léonie s'écarta.) Oui, bien sûr.

Elle hésita un instant sur le seuil, sans comprendre pourquoi au juste elle était soudain aussi angoissée à l'idée de se retrouver seule avec son frère. C'était son sentiment de culpabilité qui lui faisait croire que ces lettres avaient un quelconque rapport avec elle, rien de plus. C'était sûrement cela, elle le savait, mais elle n'en était pas moins inquiète.

Elle fit volte-face et gravit rapidement l'escalier.

Anatole, attablé devant son petit déjeuner, fixait la lettre sans la voir.

Sa main tremblait lorsqu'il alluma sa troisième cigarette au mégot de la précédente. Dans la pièce fermée, l'air était saturé de fumée. Trois enveloppes étaient posées sur la table. L'une, toujours scellée, portait un cachet postal parisien. Les deux autres étaient gravées d'armoiries. Une feuille de papier à lettres ornée du même emblème aristocratique gisait devant lui dans une assiette vide.

À vrai dire, Anatole avait toujours su qu'une telle lettre lui parviendrait un jour. Malgré ce qu'il racontait à Isolde pour la rassurer, il l'attendait depuis son agression au passage des Panoramas en septembre. Le message persifleur qu'ils avaient reçu à l'hôtel de Carcassonne la semaine précédente n'avait fait que le confirmer : Constant avait percé à jour leur imposture et, pis encore, il les avait débusqués.

Bien qu'Anatole eût tenté de traiter à la légère les peurs d'Isolde, tout ce qu'elle lui avait raconté sur Constant le poussait à redouter les réactions de ce dernier. Les symptômes de la maladie de Constant ainsi que sa nature, ses névroses et ses paranoïas, son caractère impétueux, tout portait à croire que cet homme ferait n'importe quoi pour se venger de la femme dont il croyait qu'elle avait trompé sa confiance.

Anatole prit de nouveau la lettre cérémonieuse, délicieusement insultante tout en restant parfaitement polie et convenable. Victor Constant le provoquait officiellement à se battre en duel le lendemain, samedi le 31 octobre, à la tombée du jour. Constant avait choisi de se battre au pistolet. Il laissait à Vernier le soin de proposer un terrain adéquat au sein du Domaine de la Cade – une propriété privée, afin que leur combat, illégal, ne puisse être observé.

Il concluait en informant Vernier qu'il logeait à l'hôtel de la Reine à Rennes-les-Bains et qu'il attendait qu'Anatole confirme, en homme d'honneur, qu'il relevait le défi.

Ce n'était pas la première fois qu'Anatole regrettait de ne pas avoir réagi au cimetière de Montmartre. Il avait senti la présence de Constant et il lui avait fallu toutes ses forces pour ne pas faire volte-face et l'abattre sur place, de sang-froid, sans se préoccuper des conséquences. Quand il avait décacheté la lettre ce matin, sa première impulsion avait été d'aller en ville pour affronter Constant dans son repaire.

Mais une réaction aussi impétueuse ne réglerait rien.

Anatole resta longtemps assis en silence dans la salle à manger. Sa cigarette se consuma entièrement et il en alluma une autre, mais il était trop abattu pour la fumer.

Il aurait besoin d'un second pour le duel, quelqu'un du coin, évidemment. Peut-être Charles Denarnaud ? Au moins, c'était un homme du monde. Anatole persuaderait Gabignaud d'assister au duel en qualité de médecin. Bien qu'il fût certain que le jeune docteur serait réticent, il ne croyait pas qu'il pût lui refuser ce service. Anatole avait été obligé de mettre Gabignaud dans la confidence de son mariage, à cause de l'état d'Isolde. Il croyait donc que le docteur accepterait, plus pour Isolde que pour lui.

Il tenta de se persuader que le duel aurait une issue favorable. Constant blessé, obligé de lui serrer la main, mettrait fin à sa vendetta. Mais il n'y parvint pas. Même s'il sortait vainqueur, il n'était absolument pas persuadé que Constant respectât les termes du combat.

Évidemment, il n'avait pas le choix : il devait relever le défi. Il était homme d'honneur, même si, cette année, ses actions n'avaient rien eu d'honorable. S'il ne se battait pas contre Constant, rien ne changerait. Isolde vivrait dans une tension insoutenable, dans l'attente perpétuelle que Constant frappe. Comme eux tous, d'ailleurs. L'appétit de persécution de cet homme, à en juger par cette lettre, semblait ne jamais devoir s'apaiser. S'il refusait de le rencontrer, Anatole savait que la campagne de Constant contre eux – contre tous leurs proches – s'intensifierait.

Au cours des jours précédents, Anatole avait entendu les domestiques parler dans l'office de bruits qui circulaient en ville sur le Domaine de la Cade. On laissait entendre que la bête qui avait tant terrorisé la région du vivant de Jules Lascombe était revenue. Anatole avait accordé peu d'importance à ces ragots. Maintenant, il soupçonnait Constant d'être à l'origine de ces rumeurs malveillantes.

Il chiffonna la feuille de papier dans son poing. Il se refusait à ce que son enfant grandisse en pensant que son père était un lâche. Il devait relever le défi. Il devait tirer pour l'emporter.

Pour tuer.

Anatole tambourina des doigts sur la table. Le courage ne lui faisait pas défaut. Mais il n'était pas bon tireur. Il était plus habile à manier l'épée ou le fleuret que le pistolet.

Anatole repoussa cette pensée. Il réglerait ce problème, avec Pascal ou peut-être grâce à l'aide de Charles Denarnaud, en temps voulu. Pour l'instant, il devait prendre des décisions plus pressantes, notamment celle de se confier ou pas à sa femme.

Anatole éteignit une autre cigarette. Isolde risquait-elle d'apprendre la nouvelle du duel ? Cela pourrait provoquer une rechute et compromettre la santé du bébé. Non, il ne pouvait rien lui dire. Il demanderait à Marieta de ne pas parler du courrier de ce matin.

Il glissa l'enveloppe adressée à Isolde par Constant, identique à la sienne, dans la poche de sa veste. Il ne pouvait espérer passer longtemps la situation sous silence, mais il pouvait préserver la tranquillité d'esprit d'Isolde pour quelques heures encore.

Si seulement il pouvait envoyer Isolde au loin. Il eut un sourire résigné, sachant qu'il n'arriverait jamais à la persuader de quitter le Domaine de la Cade sans une explication satisfaisante. Et puisque c'était précisément ce qu'il ne pouvait pas lui fournir, ces pensées ne menaient à rien.

Il était plus délicat de décider s'il devait se confier à Léonie.

Anatole comprenait désormais qu'Isolde avait raison. Son attitude envers sa petite sœur se fondait plus sur la fillette qu'elle avait été que sur la jeune femme qu'elle était devenue. Il la trouvait encore impétueuse et souvent enfantine, incapable de se maîtriser ou de tenir sa langue. Cependant, son affection indéniable pour Isolde et la sollicitude avec laquelle, depuis leur retour de Carcassonne, elle soignait sa tante jouaient en sa faveur.

Anatole avait résolu de parler à Léonie au cours du

week-end précédent. Il avait eu l'intention de tout lui raconter, depuis le début de ses amours avec Isolde jusqu'à leur situation actuelle.

La maladie d'Isolde avait retardé ces aveux, mais après avoir reçu cette lettre, la conversation devenait urgente. Il décida d'avouer à Léonie qu'Isolde et lui étaient mariés. Selon la réaction de Léonie, il lui parlerait ou non du duel, s'il le jugeait approprié.

Il se leva. Prenant toutes les lettres avec lui, il passa dans le vestibule et sonna.

Marieta parut.

— Pourrais-tu inviter Mlle Léonie à me rejoindre à midi dans la bibliothèque ? Je voudrais lui parler en tête à tête, alors si elle pouvait ne pas en parler à... ? Je t'en prie, Marieta, fais-lui comprendre que c'est important. De plus, il n'est pas utile de dire à Mme Isolde que nous avons reçu des lettres ce matin. Je lui en parlerai moi-même.

Marieta parut perplexe mais ne remit pas ses ordres en question.

— Où est Pascal en ce moment ?

Au grand étonnement d'Anatole, la bonne rougit.

— Dans la cuisine, je crois, sénher.

— Dis-lui de me rejoindre derrière la maison dans dix minutes.

Anatole retourna dans sa chambre pour enfiler une tenue de campagne. Il rédigea une réponse sèche et compassée à Constant, pressa un buvard sur l'encre, puis scella l'enveloppe afin de protéger la missive des regards indiscrets. Maintenant, il ne songeait plus qu'au moyen, pour le bien d'Isolde et pour celui de leur enfant, de ne pas rater sa cible. Il ne pouvait pas se le permettre.

La lettre de Paris resta cachetée dans la poche de sa veste.

Léonie faisait les cent pas dans sa chambre, retournant dans tous les sens les raisons pour lesquelles Anatole avait demandé à la voir à midi, et en tête à tête. Avait-il découvert son subterfuge ? Ou bien qu'elle avait renvoyé Pascal et qu'elle était rentrée seule de la ville ?

Des voix lui parvinrent par la fenêtre ouverte. Elle se pencha, les mains posées sur le rebord en pierre : Anatole traversait la pelouse avec Pascal, qui portait une longue boîte en bois. Cela ressemblait beaucoup à un coffret à pistolet. Léonie n'en avait jamais vu dans la maison mais son défunt oncle avait dû posséder des armes.

Peut-être vont-ils à la chasse ? se dit-elle.

Elle fronça les sourcils. Ce ne pouvait être le cas. Anatole n'était pas en tenue de chasse. De plus, ni lui ni Pascal ne s'étaient munis de carabines, seulement de pistolets.

La peur l'étreignit soudain, d'autant plus puissante qu'elle restait sans nom. Elle saisit son chapeau et sa veste, et enfila fébrilement ses chaussures de marche, décidée à les suivre.

Puis elle s'immobilisa.

Trop souvent, Anatole l'avait accusée d'agir sans réfléchir. Il n'était pas dans sa nature de rester à attendre les bras croisés, mais à quoi bon le suivre ? Si ses intentions étaient innocentes, le pister comme un chien de chasse ne ferait que le vexer, à tout le moins. Il n'avait sans doute pas l'intention d'être longtemps absent puisqu'il lui avait donné rendez-vous à midi. Elle jeta un coup d'œil à l'horloge de la cheminée. Deux heures à attendre.

Elle lança son chapeau sur le lit, envoya valser ses chaussures puis regarda autour d'elle. Il valait mieux qu'elle reste dans sa chambre et trouve une façon de se distraire en attendant l'heure du rendez-vous fixé par son frère.

Le regard de Léonie tomba sur sa boîte de couleurs. Elle hésita, puis se dirigea vers le secrétaire et déballa ses pinceaux et ses papiers. C'était l'occasion rêvée de reprendre sa série d'illustrations. Elle n'en avait que trois à terminer.

Elle remplit un verre d'eau, y trempa son pinceau et traça à l'encre noire les contours du sixième des huit tableaux du mur du sépulcre.

La carte XVI : La Tour.

76.

Dans le salon particulier du rez-de-chaussée de l'hôtel de la Reine à Rennes-les-Bains, deux hommes étaient assis face à un feu allumé pour dissiper l'humidité matinale. Deux domestiques, l'un parisien, l'autre carcassonnais, se tenaient derrière eux à distance respectueuse. De temps en temps, quand ils pensaient que leur maître ne les regardait pas, ils se lançaient l'un à l'autre des regards méfiants.

— Vous croyez qu'il vous demandera vos services dans cette affaire ?

Charles Denarnaud, le visage encore rougi par la quantité d'excellent cognac consommé la veille au dîner, tira longuement sur son cigare jusqu'à ce qu'il prenne. Son visage grêlé arborait une expression suffisante. Il renversa la tête en arrière et lança un anneau de fumée vers le plafond.

— Vous êtes sûr que vous ne voulez pas vous joindre à moi, Constant ?

Victor Constant leva la main. Un gant dissimulait sa peau à vif. Il ne se sentait pas très bien ce matin. La chasse tirait à sa fin et cela lui irritait les nerfs.

— Vous êtes certain que Vernier fera appel à vous ? insista-t-il.

Surpris par la dureté du ton de Constant, Denarnaud se redressa.

— Je ne crois pas m'être trompé sur son compte, répondit-il aussitôt, craignant d'avoir offusqué son interlocuteur. Vernier a peu d'amis à Rennes-les-Bains. Du moins, pas d'amis assez intimes pour leur demander un tel service, et dans une telle affaire. Je suis certain qu'il fera appel à moi. Il n'aura pas le temps de faire venir quelqu'un de l'extérieur.

— En effet, fit sèchement Constant.

— Je crois qu'il demandera à Gabignaud, l'un des médecins de la ville, d'être présent.

Constant hocha la tête. Il se tourna vers le domestique le plus proche de la porte.

— Les lettres ont bien été portées ce matin ?

— Oui, monsieur.

— On t'a vu ?

L'homme secoua la tête.

— Je les ai remises au valet pour qu'il les mette avec le courrier du matin.

Constant réfléchit un moment.

— Personne ne sait que tu es à l'origine des bruits qui courent ?

Le domestique secoua à nouveau la tête.

— J'ai simplement glissé quelques mots à l'oreille de ceux qui étaient le plus susceptibles de les répéter, en laissant entendre que la bête convoquée par Jules Lascombe avait été aperçue de nouveau. Le dépit et la superstition ont fait le reste. Selon eux, les tempêtes sont déjà de mauvais augure.

— Excellent. (Constant fit un geste de la main.) Retourne au Domaine et observe les actions de Vernier. Tu me feras un rapport à la tombée du jour.

— Très bien, monsieur.

Il recula vers la porte en attrapant sa cape bleue de grognard au dos d'une chaise avant de s'éclipser.

Dès que la porte se fut refermée, Constant se leva.

— Je tiens à ce que cette affaire soit vite résolue, Denarnaud, et qu'elle attire le moins d'attention possible. C'est clair ?

Surpris par la façon abrupte dont se concluait l'entretien, Denarnaud se hissa péniblement de son fauteuil.

— Bien sûr, monsieur. Je me charge de tout.

Constant claqua des doigts. Son valet de chambre s'avança, une petite bourse à la main. Dégoûté par la peau malsaine de l'homme, Denarnaud ne put s'empêcher de reculer d'un pas.

— Voici la moitié de ce que je vous ai promis, dit Constant en lui remettant l'argent. Le reste suivra quand l'affaire se sera conclue à ma satisfaction. Vous comprenez ?

Les mains avides de Denarnaud se refermèrent sur la bourse.

— Vous confirmerez que je ne suis en possession d'aucune autre arme, dit Constant d'une voix froide et dure. Vous avez bien compris ?

— Il y aura une paire de pistolets à duel, monsieur, chacun avec une seule balle. Si vous portez une autre arme, je ne la trouverai pas. (Il eut un sourire sournois.) Bien que j'aie du mal à croire, monsieur, qu'un homme comme vous n'arrive pas à atteindre sa cible du premier coup.

Cette vile flagornerie arracha à Constant une moue méprisante.

— Je ne rate jamais ma cible.

77.

— Que le diable l'emporte, s'écria Anatole en donnant un coup de pied au sol du talon de sa botte.

Pascal s'avança vers le stand de tir improvisé qu'il avait installé dans une clairière bordée de genévriers sauvages. Il aligna à nouveau les bouteilles, puis rejoignit Anatole et rechargea le pistolet.

Des six coups de feu, deux s'étaient perdus, l'un avait frappé le tronc d'un hêtre et deux la clôture en bois : leur vibration avait fait tomber les bouteilles. Un seul tir avait fait mouche, mais n'avait qu'ébréché le culot épais de la bouteille de bière.

— Essayez encore, sénher, dit Pascal d'une voix calme. Visez bien.

— C'est ce que je fais, maugréa Anatole.

— Levez l'œil vers la cible, puis baissez-le. Imaginez la trajectoire de la balle dans le canon. (Pascal recula d'un pas.) Doucement, sénher. Visez bien. Ne vous précipitez pas.

Anatole leva le bras. Cette fois, au lieu d'une bouteille de bière, c'était le visage de Victor Constant qu'il voyait.

— Maintenant, dit doucement Pascal. Feu.

Anatole mit en plein dans le mille. La bouteille se fracassa, explosant en pluie de verre comme un feu d'artifice. Le son ricocha sur les troncs d'arbres et les oiseaux s'éparpillèrent à tire-d'aile.

Une minuscule bouffée de fumée s'échappa du canon. Anatole souffla dessus, puis se tourna vers Pascal, les yeux brillants de satisfaction.

— Bien visé, dit le domestique, dont le large visage, d'ordinaire impassible, reflétait pour une fois ses sentiments. Et quand aura lieu ce... rendez-vous ?

Le sourire d'Anatole s'évanouit.

— Demain à la tombée du jour.

Pascal traversa la clairière, faisant craquer les brindilles sous ses pieds, et raligna une fois de plus les bouteilles restantes.

— Voyons si vous pouvez faire mouche une deuxième fois, sénher, vous voulez ?

— Si Dieu le veut, je n'aurai à le faire qu'une seule fois, se dit Anatole à voix basse.

Mais il laissa Pascal recharger le pistolet et s'exerça jusqu'à ce que chacune des bouteilles ait été fracassée et que l'odeur de poudre et de bière surie saturât l'air de la clairière.

78

Cinq minutes avant midi, Léonie quitta sa chambre, longea le couloir et descendit l'escalier. Elle semblait tranquille et maîtresse de ses émotions, mais son cœur battait comme le tambour d'un soldat de plomb.

Lorsqu'elle traversa le vestibule carrelé, il lui sembla que le claquement sonore de ses talons dans la maison silencieuse était de mauvais augure. Elle jeta un coup d'œil à ses mains et remarqua des petites taches de peinture vertes et noires sur ses ongles. Elle avait, au cours de cette angoissante matinée, terminé l'image de La Tour, mais elle n'en était pas satisfaite. Bien qu'elle se fût efforcée de peindre à touches légères les feuilles des arbres et les couleurs du ciel, une présence troublante, menaçante, s'exprimait à travers ses coups de pinceau.

Elle passa devant les vitrines qui menaient à la porte de la bibliothèque, remarquant à peine les médailles, curiosités et autres souvenirs tant elle était préoccupée par l'entretien à venir.

Sur le seuil, elle hésita. Puis elle redressa le menton, leva la main et frappa fermement à la porte, avec plus de courage qu'elle n'en ressentait.

— Entre.

Au son de la voix d'Anatole, Léonie ouvrit la porte et entra.

— Tu voulais me voir ?

Elle avait l'impression d'être convoquée par un tribunal plus que par son frère adoré.

— En effet, dit-il en lui souriant. Entre, Léonie. Assieds-toi.

Son expression et son regard la rassurèrent, bien qu'elle sentît qu'il était lui aussi angoissé.

— Tu me fais peur, Anatole, souffla-t-elle. Tu as l'air tellement grave.

Il lui posa la main sur l'épaule et la guida vers un fauteuil à dossier en tapisserie.

— Je dois te parler d'une affaire sérieuse.

Il lui avança le fauteuil, puis s'éloigna de quelques pas avant de se retourner pour lui faire face, les mains derrière le dos. Léonie remarqua alors qu'il tenait quelque chose entre ses doigts. Une enveloppe.

— Qu'est-ce que c'est ? fit-elle, le cœur serré à l'idée que ses pires craintes puissent être sur le point de se confirmer.

Et si M. Constant avait, à force d'habileté, trouvé son adresse pour lui écrire directement ?

— C'est une lettre de maman ? De Paris ? fit-elle.

Une expression étrange se peignit sur les traits d'Anatole, comme s'il venait de se rappeler quelque chose qu'il avait oublié, mais il se reprit aussitôt.

— Non. Enfin, oui, c'est une lettre, mais c'est moi qui l'ai écrite. Elle t'est adressée.

Une étincelle d'espoir se ralluma dans le cœur de Léonie : tout n'était peut-être pas perdu.

— À moi ?

Anatole se lissa les cheveux de la main et soupira.

— Je me trouve dans une situation délicate, dit-il d'une voix blanche. Il y a... des choses dont nous devons discuter, mais maintenant que le moment est venu, je suis trop timide pour t'en parler.

Léonie éclata de rire.

— Je ne vois pas comment ce serait possible, dit-elle. Je ne t'intimide pas, tout de même ?

Elle voulait le taquiner, mais son sourire se figea lorsqu'elle vit l'expression très sombre du visage d'Anatole. Elle bondit et courut vers lui.

— Qu'est-ce que c'est ? exigea-t-elle de savoir. C'est maman ? Isolde ?

Anatole contempla la lettre qu'il tenait.

— J'ai pris la liberté de coucher ma confession sur papier.

— Ta confession ?

— Cette lettre recèle des informations que j'aurais dû – que *nous* aurions dû – te communiquer depuis longtemps. Isolde l'aurait fait, mais je me croyais le meilleur juge en la matière.

— Anatole ! s'exclama-t-elle en le secouant par le bras. Dis-moi !

— Il vaut mieux que tu sois seule pour lire. Une situation bien plus grave requiert mon attention pressante, et ton aide.

Il dégagea son bras de la petite main de Léonie et lui tendit la lettre.

— J'espère que tu pourras me pardonner, dit-il, la voix rauque. J'attendrai dehors.

Sans un mot de plus, il traversa la pièce, ouvrit brusquement la porte et disparut.

La porte se referma en claquant. Le silence retomba.

Abasourdie et bouleversée par la souffrance évidente d'Anatole, Léonie contempla l'enveloppe. Son propre nom était inscrit à l'encre noire de la main élégante et romantique d'Anatole.

Elle la fixa, redoutant ce qu'elle pouvait contenir, puis la déchira pour l'ouvrir.

Ma chère petite Léonie,

Tu m'as toujours accusé de te traiter en enfant, même à l'époque où tu étais encore en rubans et en jupe courte et que j'avais du mal à apprendre mes leçons. Cette fois, tes accusations sont fondées. Car demain soir à la tombée du jour, j'affronterai, dans une clairière du bois de hêtres, l'homme qui a fait tout ce qui était en son pouvoir pour nous perdre.

Si l'issue du duel ne m'est pas favorable, je ne veux pas te laisser sans réponse face à toutes les questions que tu m'aurais sûrement posées. Quelle que soit cette issue, je veux que tu saches la vérité.

J'aime Isolde de tout mon cœur et de toute mon âme. C'est à son enterrement que tu t'es rendue en mars dernier. Grâce à ce subterfuge désespéré, elle tentait – nous tentions – de nous prémunir contre les intentions violentes d'un homme avec lequel elle avait eu une brève et malencontreuse liaison. Feindre sa mort et ses obsèques nous semblait la seule façon de la tirer de la terreur dans laquelle elle vivait.

Léonie tendit la main derrière elle et trouva à tâtons le dossier du fauteuil. Elle s'y posa prudemment.

J'avoue que je m'attendais à ce que tu perces à jour notre supercherie. Au cours de ces mois pénibles du printemps et du début de l'été, alors même que l'on m'éreintait dans les journaux, je croyais à tout moment que tu arracherais le masque, mais j'ai trop bien joué mon rôle. Toi, si sincère de cœur et d'intention, comment aurais-tu pu te douter que mes lèvres pincées et mes yeux hagards n'étaient pas dus à la débauche, mais à la douleur ?

Je dois te dire qu'Isolde n'a jamais souhaité te mentir. Dès que nous sommes arrivés au Domaine de la Cade et qu'elle t'a connue, elle a été convaincue que ton amour pour moi – elle espérait qu'avec le temps, tu éprouverais pour elle le même amour fraternel – te permettrait d'ou-

blier les considérations morales et de nous soutenir dans notre subterfuge.

Comme un imbécile, je ne l'ai pas écoutée.

Tout en écrivant ceci, à la veille de ce qui sera peut-être mon dernier jour sur terre, j'avoue que mon plus grand défaut a été la lâcheté morale – un défaut parmi tant d'autres.

Mais ces dernières semaines passées avec Isolde et toi dans les sentiers et les jardins paisibles du Domaine de la Cade ont été merveilleuses.

Il y a autre chose. Une dernière duperie. À défaut de me pardonner, je prie pour qu'au moins tu me comprennes. À Carcassonne, tandis que tu explorais innocemment les rues, Isolde et moi nous sommes mariés. Elle est désormais Mme Vernier, ta sœur selon la loi aussi bien que par l'affection.

Et je serai bientôt père.

Mais en ce jour qui devait être si heureux, nous avons appris qu'il nous avait débusqués. Voilà la véritable explication de notre départ précipité. Voilà aussi l'explication du dépérissement d'Isolde et de sa fragilité. Sa santé ne résistera pas à ces assauts répétés sur ses nerfs. L'affaire ne peut rester en suspens.

Après avoir percé à jour la supercherie des funérailles, il a réussi à nous débusquer, d'abord à Carcassonne, puis à Rennes-les-Bains. Voilà pourquoi j'ai relevé son défi. C'est la seule façon de résoudre l'affaire pour de bon.

Demain soir, je vais l'affronter. Je te demande ton aide, sœurette, comme j'aurais dû le faire il y a plusieurs mois. J'ai grand besoin de tes services : mon Isolde bien-aimée ne doit pas apprendre que ce duel a lieu. Si je devais ne pas en revenir, je te confie ma femme et mon enfant. La maison leur appartient.

Ton frère affectueux et aimant,

A.

Léonie laissa retomber ses mains sur ses cuisses. Les larmes qu'elle tentait en vain de retenir roulèrent en silence sur ses joues. Elle pleura les mensonges et les malentendus qui les avaient écartés l'un de l'autre. Elle pleura pour Isolde, pour la façon dont Anatole et elle l'avaient trompée, pour les mensonges qu'elle-même leur avait racontés, jusqu'à ce que ses émotions se tarissent.

Puis elle y vit plus clair. Le mystère de la curieuse expédition matinale d'Anatole était élucidé.

Dans quelques jours, quelques heures, il serait peut-être mort, songea-t-elle.

Elle courut à la fenêtre et l'ouvrit toute grande. Après un début de matinée ensoleillé, le ciel s'était couvert de nuages. Tout était figé sous les rayons du soleil faiblissant. Une brume d'automne flottait sur les pelouses et les jardins, ensevelissant le monde sous un calme trompeur.

Demain, à la tombée du jour.

Elle contempla son reflet dans la vitre : comme il était étrange qu'elle ait la même apparence, alors qu'elle avait changé du tout au tout. Pourtant, ses yeux, son visage, son menton, sa bouche, tout était à sa place, celle qu'ils occupaient à peine trois minutes auparavant.

Léonie frissonna. Le lendemain, c'était la Toussaint. Une nuit d'une beauté terrible, celle où le voile entre le bien et le mal était le plus ténu. Un temps propice à des événements comme celui-ci. Un temps favorable aux démons et aux maléfices.

Le duel ne devait pas avoir lieu. C'était à elle de l'arrêter. Cette charade épouvantable ne pouvait se poursuivre. Mais alors même que ses pensées se bousculaient furieusement dans sa tête, Léonie savait déjà que c'était peine perdue. Elle ne persuaderait pas Anatole de revenir sur sa décision.

— Il ne doit pas rater sa cible, murmura-t-elle.

Prête à lui faire face, elle se rendit à la porte et l'ouvrit.

Son frère l'attendait dans un nuage de fumée de cigarette. L'angoisse de ces longues minutes d'attente avait creusé ses traits.

— Ah, Anatole ! gémit-elle en le serrant dans ses bras.

Les yeux du jeune homme se remplirent de larmes.

— Pardonne-moi, murmura-t-il en se laissant étreindre. Je suis tellement navré. Tu peux me pardonner, sœurette ?

79.

Léonie et Anatole passèrent presque tout le reste de la journée ensemble. Dans l'après-midi, Isolde se reposa, ce qui leur permit de parler en tête à tête. Anatole était tellement accablé que Léonie avait l'impression que leurs rôles s'étaient inversés : c'était elle, l'aînée.

Elle oscillait entre la colère d'avoir été ainsi bernée, et pendant aussi longtemps, et l'attendrissement face à l'amour manifeste qu'il éprouvait pour Isolde et aux efforts déployés pour la protéger.

— Maman est au courant de la supercherie ? lui demanda-t-elle à plusieurs reprises, hantée par le souvenir du cercueil vide auprès duquel elle s'était recueillie au cimetière de Montmartre. Étais-je la seule à ne pas savoir ?

— Je ne l'ai pas mise dans la confidence, répondit-il. Mais je crois qu'elle avait des soupçons.

— Et la clinique ? Il y a eu un enfant ?

— Non. Encore un mensonge pour rendre notre mise en scène plus crédible.

C'était seulement dans ses moments de solitude, quand Anatole la quittait un instant, que Léonie se permettait de trembler à l'idée de ce qui pouvait se produire le lendemain. Il parlait peu de son ennemi, sauf pour dire qu'il avait fait beaucoup de mal à Isolde durant le peu de temps qu'ils s'étaient fréquentés. Anatole avoua néanmoins que l'homme était parisien et qu'il avait manifestement réussi à débrouiller les fausses pistes laissées à son intention, et à les débusquer dans le Midi. Mais il n'arrivait pas à s'expliquer comment il était parvenu jusqu'à Rennes-les-Bains depuis Carcassonne. Il se refusait également à prononcer son nom.

Tout en écoutant ce récit de l'obsession, du désir de vengeance qui animait leur ennemi – les attaques sur son frère dans les journaux, l'agression du passage des Panoramas, ses efforts pour perdre Isolde et Anatole – ,Léonie percevait la peur réelle tapie derrière les paroles de son frère.

Ils évitèrent de parler de ce qui se produirait si Anatole ratait sa cible. Pressée par son frère, Léonie donna sa parole : s'il manquait à sa tâche et n'était plus en mesure de les protéger, elle trouverait un moyen de quitter immédiatement, et en secret, le Domaine de la Cade avec Isolde.

— Ce n'est donc pas un homme d'honneur ? dit-elle. Tu crains qu'il ne respecte pas les règles du combat ?

— Je le crains, répliqua-t-il gravement. Si les choses se passent mal demain, je ne veux pas qu'Isolde soit ici quand il viendra la chercher.

— À t'entendre, on croirait que tu parles d'un démon.

— Et moi, j'ai été imbécile de croire que cela pouvait se terminer autrement, lâcha Anatole d'une voix blanche.

Plus tard ce soir-là, quand Isolde se fut retirée pour la nuit, Anatole et Léonie se rejoignirent au salon afin de se mettre d'accord sur le plan de campagne du lendemain.

Elle n'aimait pas se rendre complice d'une tromperie – surtout après avoir elle-même été victime du même genre de mensonge – mais elle admettait que, dans son état, Isolde ne devait pas apprendre ce qui allait se passer. Anatole la chargea d'occuper sa femme afin qu'à l'heure dite, Pascal et lui puissent s'éclipser. Il avait envoyé un mot à Charles Denarnaud pour l'inviter à être son second, demande que ce dernier avait acceptée sans hésitation. Le Dr Gabignaud, malgré ses réticences, apporterait une assistance médicale si elle se révélait nécessaire.

Bien qu'elle fît mine d'acquiescer, Léonie n'avait pas la moindre intention d'obéir à Anatole. Elle ne pouvait rester les bras croisés dans le salon, à regarder les aiguilles de l'horloge avancer lentement, en sachant que son frère allait au combat. Elle devait confier Isolde à quelqu'un d'autre à la tombée de la nuit, bien qu'elle ne sût pas encore au juste comment elle s'y prendrait.

Mais elle ne laissa rien deviner de ses intentions, ni par ses paroles, ni par ses actions. Absorbé par ses projets enfiévrés, Anatole ne songea pas à douter de son obéissance.

Quand il se retira à son tour pour la nuit, quittant le salon avec une bougie pour s'éclairer jusqu'à son lit, Léonie resta seule un bon moment à réfléchir à la façon de procéder.

Elle devait être forte. Elle ne se laisserait pas dominer par la peur. Tout irait pour le mieux. Anatole blesserait ou tuerait son adversaire. Elle refusait d'envisager l'alternative.

Mais tandis que les heures de la nuit s'écoulaient, elle comprit que l'espoir ne suffirait pas à lui seul à infléchir le cours des événements.

80.

Samedi 31 octobre

La veille de la Toussaint s'annonça par une aube rose et froide.

Léonie avait à peine dormi tant le cours pesant du temps l'écrasait. Après le petit déjeuner, que ni elle, ni Anatole ne réussirent à avaler, il passa la matinée enfermé avec Isolde.

Assise dans la bibliothèque, elle les entendait rire, chuchoter, faire des projets. La joie que prenait Isolde à la compagnie de son frère était d'autant plus douloureuse à Léonie qu'elle savait que ce bonheur risquait de lui être ravi.

Quand elle les rejoignit pour le café dans le petit salon, Anatole leva la tête. Son regard exprimait tant d'angoisse, de terreur et de douleur qu'elle détourna les yeux de crainte de trahir son secret.

Après le déjeuner, ils passèrent l'après-midi à jouer aux cartes et à lire à voix haute, de façon à retarder l'heure de la sieste d'Isolde, comme l'avaient projeté la veille Léonie et Anatole. Il était déjà 16 heures lorsque Isolde déclara qu'elle se retirait dans sa chambre jusqu'au dîner. Quand Anatole revint un quart d'heure plus tard, un chagrin profond creusait ses traits.

— Elle dort, déclara-t-il.

Ils contemplèrent ensemble le ciel abricot et les derniers vestiges du soleil reflété par les nuages. La force de Léonie l'abandonna enfin.

— Il n'est pas trop tard, s'écria-t-elle. Il est encore temps de tout annuler. (Elle saisit sa main.) Je t'en supplie, Anatole, n'y va pas.

— Tu sais que je ne peux pas refuser de l'affronter maintenant, sœurette, dit-il doucement. Autrement, ça ne finira jamais. De plus, je ne veux pas que mon fils grandisse en croyant que son père est un lâche. (Il lui serra la main.) Ni, d'ailleurs, ma courageuse et loyale petite sœur.

— Ou ta fille, ajouta-t-elle.

— Ou ma fille, répéta Anatole en souriant.

Ils se retournèrent tous deux en entendant des pas sur le sol carrelé.

Pascal s'arrêta au pied de l'escalier, le pardessus d'Anatole sur le bras. À en juger par son expression, il n'avait aucune envie d'être mêlé à cette affaire.

— Il est temps, sénher, dit-il.

Léonie s'agrippa.

— Je t'en prie, Anatole. Je t'en prie, n'y va pas ! Pascal, ne le laisse pas y aller !

Pascal eut un regard compatissant tandis qu'Anatole, doucement, se dégageait de son emprise.

— Occupe-toi d'Isolde, lui chuchota-t-il. Mon Isolde. J'ai laissé une lettre dans ma garde-robe, si jamais... Elle ne doit manquer de rien. Ni elle, ni l'enfant. Protège-les.

Léonie le regarda, muette de désespoir, tandis que Pascal l'aidait à passer son pardessus, puis les deux hommes se dirigèrent d'un pas ferme vers la porte. Sur le seuil, Anatole se retourna. Il porta la main à ses lèvres.

— Je t'aime, sœurette.

L'air humide du soir s'engouffra dans la maison, puis la porte se referma lourdement sur eux. Léonie écouta le crissement sourd de leurs bottes sur le gravier jusqu'à ce qu'elle n'entende plus rien.

Puis la réalité de la situation la frappa de plein fouet. Elle s'affala sur la dernière marche, posa la tête sur ses bras et sanglota. Marieta se glissa hors de l'ombre en dessous de l'escalier. Elle hésita, puis s'assit sur la marche à côté de Léonie et lui entoura l'épaule du bras.

— Tout ira bien, madomaisèla, murmura-t-elle. Pascal ne laissera personne faire de mal au maître.

Un gémissement de chagrin, de terreur et de désespoir franchit les lèvres de Léonie, comme le hurlement d'une bête prise au piège. Puis, se rappelant qu'elle avait promis de ne pas réveiller Isolde, elle ravala ses larmes.

Ses sanglots s'apaisèrent rapidement. Elle avait le vertige et se sentait curieusement vidée de toute émotion. Elle avait la sensation que quelque chose était pris dans sa gorge. Elle se frotta les yeux à l'aide de sa manche.

— Est-ce que ma...

Elle se tut, ne sachant plus très bien, désormais, comment désigner Isolde.

— Est-ce que ma tante dort encore ? reprit-elle.

Marieta se leva et lissa son tablier. D'après son expression, Pascal avait dû la mettre dans la confidence.

— Vous voulez que j'aille voir si madama est réveillée ?

Léonie secoua la tête.

— Non, laisse-la se reposer.

— Je peux vous apporter quelque chose ? Une tisane, peut-être ?

Léonie se leva à son tour.

— Non, ça va aller, maintenant. (Elle sourit.) Je suis sûre que tu as à faire. En plus, mon frère aura besoin de se restaurer lorsqu'il rentrera. Il ne faudra pas le faire attendre.

Les regards des deux jeunes filles se croisèrent.

— Très bien, madomaisèla, dit enfin Marieta. Je vais m'assurer que tout soit prêt à la cuisine.

Léonie resta un moment dans le vestibule, à épier les bruits de la maison, pour s'assurer qu'aucun témoin ne puisse la surprendre. Quand elle fut bien certaine que tout était tranquille, elle gravit rapidement l'escalier, la main posée sur la rampe en acajou, et courut sur la pointe des pieds jusqu'à sa chambre.

Des bruits lui parvinrent des appartements d'Anatole. Elle se figea, doutant d'avoir bien entendu, car elle l'avait vu quitter la maison une demi-heure auparavant avec Pascal.

Elle était sur le point de poursuivre son chemin quand la porte s'ouvrit brusquement sur Isolde, qui faillit lui tomber dans les bras. Ses cheveux blonds étaient dénoués et sa chemise, ouverte sur son cou. Elle semblait hagarde, comme si un démon ou un fantôme l'avait tirée de son sommeil. Léonie ne put s'empêcher de remarquer les vilaines cicatrices rouges qu'elle portait au cou, et détourna les yeux. Elle éprouvait un tel choc à voir sa tante, toujours si élégante et posée, dans un tel état d'hystérie, qu'elle parla d'une voix plus cinglante qu'elle ne l'aurait voulu.

— Isolde ! Qu'est-ce qu'il y a ? Qu'est-il arrivé ?

Isolde secouait la tête, comme pour exprimer un violent désaccord, en brandissant un papier.

— Il est parti ! Pour se battre ! s'écria-t-elle. Nous devons l'en empêcher !

Le sang de Léonie se glaça dans ses veines. Isolde

avait trouvé trop tôt la lettre qu'Anatole lui avait laissée dans sa garde-robe.

— Je n'arrivais pas à dormir, alors je suis allée le rejoindre. Et j'ai trouvé ceci. (Isolde se tut brusquement et regarda Léonie droit dans les yeux.) Vous saviez, dit-elle d'une voix soudainement calme.

L'espace d'une seconde, Léonie oublia qu'au moment même où elle parlait Anatole traversait les bois pour aller se battre en duel. Elle tenta de sourire et tendit la main pour prendre celle d'Isolde.

— Je suis au courant, pour le mariage, fit-elle d'une voix douce. J'aurais aimé y assister.

— Léonie, je voulais... Nous voulions vous le dire.

Léonie l'enlaça. En un instant, leurs rôles s'étaient inversés.

— Et vous savez qu'Anatole sera bientôt père ? souffla Isolde.

— Je le sais aussi. Quelle merveilleuse nouvelle !

Isolde s'arracha soudain à son étreinte.

— Mais vous saviez aussi, pour ce duel ?

Léonie hésita. Elle était sur le point d'esquiver la question quand elle se ravisa. Il y avait eu assez de mauvaise foi entre elles. Trop de mensonges destructeurs.

— Je le savais, avoua-t-elle. La lettre lui a été portée hier. Denarnaud et Gabignaud l'accompagnent.

Isolde pâlit.

— Elle lui a été portée, dites-vous, murmura-t-elle. Alors il est ici. Ici même.

— Anatole ne ratera pas sa cible, affirma Léonie avec une conviction qu'elle n'éprouvait pas.

Isolde releva la tête et redressa les épaules.

— Je dois le rejoindre.

Prise de court par ce brusque revirement d'humeur, Léonie bafouilla.

— Vous ne pouvez pas, protesta-t-elle.

Isolde fit comme si elle n'avait rien entendu.

— Où doit avoir lieu le duel ?

— Isolde, vous êtes souffrante. Ce serait de la folie de tenter de le suivre.

— Où ? insista-t-elle.

Léonie soupira.

— Dans une clairière du bois de hêtres. Je ne sais pas où au juste.

— Là où poussent les genévriers sauvages. Il y a une clairière où mon défunt mari s'exerçait parfois au tir.

— Peut-être. Il n'a rien dit de plus.

— Je dois m'habiller, s'écria Isolde en s'arrachant aux bras de Léonie.

Léonie n'eut d'autre choix que de la suivre.

— Même si nous partons maintenant, et si nous trouvons l'endroit précis, Anatole est parti avec Pascal il y a plus d'une demi-heure.

— Si nous partons maintenant, nous pouvons encore tout arrêter.

Sans prendre le temps de passer son corset, Isolde enfila sa robe de promenade grise et une veste, fourra ses pieds élégants dans ses bottines, glissant les lacets n'importe comment dans les œillets de ses doigts fébriles, puis courut vers l'escalier, talonnée par Léonie.

— Son adversaire respectera-t-il l'issue du combat ? demanda brusquement Léonie, en espérant une réponse différente de celle d'Anatole.

Isolde s'arrêta pour se tourner vers elle, ses yeux gris pleins de désespoir.

— Ce n'est... ce n'est pas un homme d'honneur.

Léonie lui agrippa la main, autant pour se rassurer que pour la réconforter. Une autre question lui était venue à l'esprit.

— Quand l'enfant doit-il naître ?

Le regard d'Isolde s'adoucit un instant.

— Si tout se passe bien, en juin. Ce sera un bébé de l'été.

Lorsqu'elles traversèrent précipitamment le vestibule, il sembla à Léonie que le monde avait pris des couleurs plus dures. Des choses autrefois familières et précieuses – les tables cirées et les portes vernies, le piano et le tabouret en tapisserie où Léonie avait caché la partition prise dans le sépulcre – semblaient leur avoir tourné le dos. Ce n'étaient plus que des objets froids et morts.

Léonie décrocha les lourdes capes des patères de l'entrée, en tendit une à Isolde et s'enveloppa de l'autre, puis ouvrit la porte. L'air frais du crépuscule se faufila entre ses jambes comme un chat, s'entortillant autour de ses bas et de ses chevilles. Elle prit une lampe allumée sur la desserte.

— À quelle heure doit avoir lieu le duel ? demanda Isolde d'une voix sourde.

— À la tombée du jour, répondit Léonie. À 18 heures.

Elles levèrent les yeux pour scruter le ciel dont le bleu profond s'assombrissait au-dessus de leurs têtes.

— Si nous voulons arriver à temps, dit Léonie, nous devons nous dépêcher. Allez, vite.

81.

— Je t'aime, sœurette, se répéta Anatole tandis que la porte d'entrée se refermait derrière lui.

Suivi de Pascal, qui tenait une lanterne, il marcha en silence jusqu'au bout de l'allée, où les attendait la voiture de Denarnaud.

Anatole salua d'un signe de tête Gabignaud, dont l'expression trahissait le peu d'envie qu'il avait de prendre part à cette expédition. Charles Denarnaud serra la main d'Anatole.

— Vernier et le docteur montent derrière, annonça Denarnaud d'une voix qui résonna dans l'air glacé du crépuscule. Votre homme et moi, nous monterons devant.

La capote était relevée. Gabignaud et Anatole montèrent. Denarnaud et Pascal, qui semblait mal à l'aise en cette compagnie, leur faisaient face. Le long coffret à pistolets était posé en équilibre sur leurs genoux.

— Vous connaissez le lieu de rendez-vous, Denarnaud ? demanda Anatole. La clairière dans la forêt de hêtres à l'est de la propriété ?

Denarnaud se pencha à la portière pour donner ses instructions. Le cocher donna une chiquenaude aux rênes et le cabriolet s'ébranla, les harnais et les brides tintant dans l'air du soir.

Denarnaud était le seul qui ait envie de parler. Il

racontait des duels auxquels il avait assisté, dont le principal protagoniste s'était toujours tiré sain et sauf, de justesse. Anatole comprit qu'il tentait de le rassurer, mais il aurait préféré qu'il se taise.

Assis droit comme un « i », il contemplait la campagne automnale en se disant que c'était peut-être la dernière fois qu'il voyait le monde. L'allée d'arbres bordant l'avenue était couverte de givre. Le parc résonnait du bruit lourd des sabots. Le ciel d'un bleu de plus en plus sombre semblait scintiller comme un miroir, tandis qu'une lune pâle se levait, blanche et splendide.

— Ce sont mes propres pistolets, expliqua Denarnaud. Je les ai chargés moi-même. Le coffret est scellé. Vous tirerez au sort pour savoir si l'on utilise ceux-ci ou ceux de votre adversaire.

— Je sais, fit sèchement Anatole, puis regrettant son ton abrupt, il ajouta : Je vous présente mes excuses, Denarnaud. J'ai les nerfs à vif. Je vous suis très reconnaissant de votre assistance.

— Il vaut toujours mieux réviser les règles, affirma Denarnaud d'une voix plus sonore que ne le justifiaient la situation et l'espace confiné du cabriolet.

Anatole comprit alors que Denarnaud était nerveux, lui aussi, malgré ses fanfaronnades.

— Mieux vaut éviter les malentendus. Autant que je sache, on fait peut-être les choses autrement à Paris.

— Je ne crois pas.

— Vous vous êtes exercé au tir, Vernier ?

Anatole hocha la tête.

— Avec des pistolets qui se trouvaient à la maison.

— Vous êtes sûr de vous ?

— J'aurais aimé avoir plus de temps.

Le cabriolet prit un virage et se mit à rouler sur un terrain plus accidenté.

Anatole tenta de se représenter son Isolde chérie, endormie dans son lit, ses cheveux étalés sur l'oreiller, ses sveltes bras blancs. Il songea aux yeux brillants, verts et interrogateurs de Léonie. Au visage de l'enfant à naître. Il tenta de graver leurs traits bien-aimés dans son esprit.

Je fais ceci pour eux, songea-t-il.

Mais le monde s'était rétréci jusqu'à se résumer au cabriolet cahotant, à la boîte en bois sur les genoux de Denarnaud, à la respiration rapide et nerveuse de Gabignaud.

Anatole sentit le cabriolet virer à gauche. Sous les roues, le sol devint encore plus inégal. Soudain, Denarnaud tapa sur la portière et cria au cocher de prendre un petit chemin sur la droite.

Le cabriolet emprunta un sentier en terre qui courait entre les arbres pour déboucher sur une clairière. Une autre voiture s'était rangée au bout de cette clairière. Avec un coup au cœur, bien qu'il s'y attendît, Anatole reconnut les armoiries or sur noir de Victor Constant, comte de Tourmaline. Deux chevaux bais, empanachés et portant des œillères, frappaient de leurs sabots le sol dur et froid. Un petit groupe d'hommes se tenait près d'eux.

Denarnaud descendit le premier, suivi de Gabignaud, puis de Pascal portant le coffret à pistolets. Anatole descendit enfin. Même à cette distance, parmi ces hommes tous vêtus de noir, il distinguait Constant. Avec un frisson de révulsion, il reconnut aussi les traits grêlés, rongés de cloques rouge vif, de l'un des deux hommes qui l'avaient agressé la nuit de l'émeute de l'Opéra, au passage des Panoramas. Un homme plus petit se tenait à côté de lui, un vieux soldat à tête de débauché, portant une cape de grognard. Anatole crut le reconnaître, lui aussi.

Il inspira profondément. Bien qu'il n'ait cessé de penser à Victor Constant dès l'instant où il avait rencontré Isolde et en était tombé amoureux, les deux hommes ne s'étaient pas croisés depuis leur seule et unique querelle, en janvier.

Il fut étonné de la rage qui lui brûlait les veines. Il serra les poings. Il lui fallait du sang-froid et non un impétueux désir de vengeance. Mais, soudain, la forêt lui parut trop petite. Les troncs dénudés des hêtres semblaient se rapprocher de lui pour le cerner.

Il trébucha sur une racine exposée et faillit tomber.

— Tout doux, Vernier, murmura Gabignaud.

Anatole se ressaisit et regarda Denarnaud s'avancer vers Constant et ses acolytes. Pascal le suivait en portant le coffret à pistolets dans ses bras comme un cercueil d'enfant.

Les seconds se saluèrent cérémonieusement, chacun s'inclinant brièvement, sèchement, puis ils s'avancèrent dans la clairière. Anatole sentait sur lui le regard froid et perçant de Constant, droit comme une flèche au-dessus de la terre gelée. Il remarqua également qu'il semblait malade.

Les seconds marchèrent jusqu'au milieu de la clairière, non loin de l'endroit où Pascal, la veille, avait installé le stand de tir improvisé, puis comptèrent les pas qui devaient séparer les adversaires. Pascal et le valet de Constant enfoncèrent deux cannes dans le sol humide pour marquer précisément l'endroit d'où ils devaient tirer.

— Vous tenez le coup ? murmura Gabignaud. Je peux vous apporter quelque...

— Rien, l'interrompit Anatole. Je n'ai besoin de rien.

Denarnaud revint.

— Hélas, nous avons perdu à pile ou face : nous

n'utiliserons pas nos pistolets. (Il tapa sur l'épaule d'Anatole.) Je suis sûr que cela n'a aucune importance. Ce qui compte, c'est de bien viser, peu importe l'arme.

Anatole avait l'impression d'être un somnambule. La scène lui semblait irréelle, comme si ce n'était pas lui qui la vivait. Il aurait dû être inquiet à l'idée d'utiliser les pistolets de son adversaire, il le savait, mais il n'éprouvait rien.

Les deux groupes se rapprochèrent l'un de l'autre.

Denarnaud retira son pardessus à Anatole. Le second de Constant en fit de même pour lui. Anatole regarda Denarnaud palper de manière ostentatoire les poches de la veste de Constant et celles de son gilet pour s'assurer qu'il n'avait ni arme cachée, ni livre, ni papiers qui puissent lui servir d'armure.

Denarnaud hocha la tête.

— Tout est en règle.

Anatole leva les bras tandis que le valet de Constant le palpait à son tour pour s'assurer que lui non plus n'avait pas caché d'arme. Il sentit qu'on retirait sa montre de son gousset et qu'on la détachait de sa chaîne.

— Une nouvelle montre, monsieur ? Gravée. De la belle ouvrage.

Il reconnut cette voix rauque, celle de l'homme qui lui avait volé la montre de son père quand il avait été agressé à Paris. Il serra les poings pour ne pas le frapper.

— Ne la touchez pas, marmonna-t-il farouchement.

L'homme lança un regard à son maître, puis haussa les épaules et s'éloigna.

Anatole sentit Denarnaud le prendre par le coude pour le guider vers l'une des cannes.

— Vernier, voici où vous devez vous tenir.

Je n'ai pas le droit à l'erreur, songea-t-il.

On lui remit un pistolet. Il était lourd et froid dans sa main : c'était une arme de bien meilleure qualité que celle de son oncle. Le canon était long et poli ; la crosse portait les initiales de Constant, gravées en lettres d'or.

Anatole eut le sentiment de se contempler depuis une hauteur vertigineuse. Il distinguait un homme qui lui ressemblait trait pour trait, avec les mêmes cheveux de jais, la même moustache, le même visage pâle et un nez rougi par le froid.

Face à lui, à quelques pas, il reconnaissait un homme qui ressemblait en tout point à celui qui l'avait persécuté de Paris jusque dans le Midi.

Une voix lui parvint, de loin. Brusquement, avec une rapidité absurde, cette affaire était sur le point de se dénouer.

— Êtes-vous prêts, messieurs ?

Anatole hocha la tête. Constant aussi.

— Un coup de feu chacun.

Anatole leva le bras. Constant fit de même.

Puis la même voix :

— Feu !

Anatole n'avait conscience de rien, il ne voyait, n'entendait, ne sentait rien ; il éprouvait une absence totale d'émotion. Il pensait n'avoir rien fait et pourtant les muscles de son bras s'étaient contractés et son doigt avait pressé la détente ; il y eut un bruit sec quand le percuteur se libéra. Il vit la poudre s'enflammer et la bouffée de fumée s'élever dans l'air. Deux détonations retentirent dans la clairière. Les oiseaux s'envolèrent des cimes des arbres environnants dans un grand froissement d'ailes affolé.

Anatole eut le souffle coupé. Ses jambes se dérobèrent sous lui. Il tombait, il tombait à genoux sur la terre dure, en pensant à Isolde et Léonie, puis une chaleur se répandit sur sa poitrine, comme un bain chaud, suintant sur son corps transi.

— Il est touché ?

La voix de Gabignaud, peut-être ? Peut-être pas.

Des silhouettes sombres l'entourèrent, mais il n'arrivait plus à identifier Gabignaud ou Denarnaud, il ne voyait plus qu'une forêt de pantalons noirs rayés de gris, des mains emmitouflées dans des gants fourrés, de lourdes bottes. Puis il entendit quelque chose. Un cri sauvage, son nom charrié par la souffrance et le désespoir, déchirant l'air glacial.

Anatole s'effondra sur le flanc. Il s'imaginait entendre la voix d'Isolde qui l'appelait. Mais aussitôt, il comprit que les autres entendaient aussi ces cris. Le groupe qui l'entourait s'écarta, assez pour qu'il la voie s'élancer vers lui d'entre les arbres, suivie de Léonie.

— Non, Anatole, non ! hurlait Isolde. Non !

Autre chose attira son attention, à la lisière de son champ visuel, malgré le voile noir qui tombait sur ses yeux. Il tenta de s'asseoir ; une douleur au flanc, aussi cruelle qu'un coup de couteau, lui coupa le souffle. Il tendit la main, mais ses forces le quittaient. Il s'affala.

Tout bougeait au ralenti. Anatole comprit ce qui allait se produire. Ses yeux le trahissaient-ils ? Denarnaud l'avait assuré que tout était en règle. Un coup de pistolet, un seul. Pourtant, Constant laissait tomber son pistolet de duel, fouillait dans sa veste et en tirait une deuxième arme, si petite que le canon tenait entre son index et son majeur. Son bras continua à s'élever, puis se tendit vers la droite et fit feu.

Une deuxième arme, alors qu'il aurait dû n'y en avoir qu'une seule.

Anatole retrouva enfin sa voix pour crier. Trop tard.

Le corps d'Isolde se figea, resta suspendu un instant

dans les airs, puis fut renversé par la force de l'impact. Ses yeux s'écarquillèrent, d'abord de surprise, puis de choc et enfin de douleur. Il la regarda tomber. Comme lui, par terre.

Anatole sentit un cri lui déchirer la poitrine. Autour de lui, au sein du chaos et des hurlements, il crut entendre un rire, mais c'était impossible. Son regard aveuglé passa du noir au blanc, drainant toute la couleur du monde.

Ce rire fut le dernier son qu'il entendit avant que les ténèbres se referment sur lui.

82

Un hurlement fendit l'air. Léonie l'entendit, sans comprendre que ce cri était sorti de ses lèvres.

Elle resta un moment figée sur place, incapable de croire le témoignage de ses yeux. La clairière et chaque personne qui s'y trouvait semblaient fixées par l'objectif d'un appareil photo. Sans vie, sans mouvement, comme la reproduction sur carte postale de leurs êtres de chair et de sang.

Puis la réalité déferla à nouveau sur elle, la frappant de plein fouet. Léonie scruta l'obscurité.

Isolde gisait sur la terre humide, sa robe grise tachée de sang.

Anatole luttait pour se hisser sur un coude, le visage creusé par la douleur, avant de s'effondrer. Gabignaud était accroupi à côté de lui.

Mais ce qui la choqua le plus profondément fut le visage de leur assassin. L'homme qu'Isolde redoutait tellement, qu'Anatole détestait par-dessus tout, se dressait devant elle.

Le sang de Léonie se glaça et son courage l'abandonna.

— Non, murmura-t-elle.

Une culpabilité acérée comme un éclat de verre la transperça. L'humiliation, puis la colère, la submergèrent comme un fleuve en crue. À peine à deux pas d'elle se tenait l'homme qui hantait ses pensées les plus intimes, celui dont elle rêvait depuis Carcassonne. Victor Constant.

L'assassin d'Anatole. Le persécuteur d'Isolde.

Était-ce elle qui l'avait conduit jusqu'ici ?

Léonie éleva sa lampe jusqu'à ce qu'elle distingue nettement les armoiries de la porte du cabriolet rangé un peu à l'écart, bien qu'elle n'eût besoin d'aucune confirmation. Elle savait qu'il s'agissait bien de lui.

Une rage soudaine, violente, totale, fondit sur elle. Sans égard pour sa propre sécurité, elle s'arracha aux ombres protectrices des arbres pour foncer vers la clairière, courant vers le groupe d'hommes qui entourait Anatole et Gabignaud.

Le docteur semblait tétanisé, tellement stupéfait qu'il était incapable d'agir. Il se redressa en titubant, faillit perdre pied et se tourna, l'œil hagard, vers Constant et ses hommes, puis, ahuri, vers Charles Denarnaud, qui avait fouillé Constant et prétendu que les règles du duel avaient été respectées.

Léonie atteignit d'abord Isolde. Elle se jeta par terre auprès d'elle et souleva sa cape. L'étoffe gris pâle du côté gauche de sa robe était teinté d'écarlate, comme par une fleur de serre obscène. Léonie retira son gant et, relevant la manche d'Isolde sur son bras, chercha son pouls. Il était faible, mais il battait. Un peu de vie demeurait en elle. Rapidement, elle passa les mains sur le corps prostré d'Isolde et vit que la balle l'avait atteinte au bras. Si elle ne perdait pas trop de sang, elle survivrait.

— Docteur Gabignaud, vite ! s'écria-t-elle. Aidez-la. Pascal !

Ses pensées se tournèrent ensuite vers Anatole. La buée ténue qui sortait de sa bouche et de ses narines dans la pénombre lui fit espérer que lui non plus n'était pas mortellement blessé.

Elle se redressa et fit un pas vers son frère.

— Je vous serais reconnaissant de rester où vous êtes, mademoiselle Vernier. Vous aussi, Gabignaud.

La voix de Constant l'arrêta net. Léonie venait de se rendre compte qu'il pointait son arme sur elle, doigt sur la détente, prêt à appuyer dessus, et qu'il ne s'agissait pas d'un pistolet de duel. D'ailleurs, elle reconnaissait le Protector, destiné à être glissé dans une poche ou un sac à main. Sa mère possédait une arme identique.

Il avait d'autres balles.

Léonie se dégoûtait d'avoir imaginé Constant en train de lui murmurer des mots tendres à l'oreille. De l'avoir encouragé à lui faire la cour, sans égard pour sa pudeur ou sa réputation.

Et c'est moi qui l'ai conduit à eux, pensa-t-elle.

Elle s'obligea à retrouver son sang-froid. Elle releva le menton et le regarda droit dans les yeux.

— Monsieur Constant, cracha-t-elle, comme si ce nom était un poison roulant sur sa langue.

— Mademoiselle Vernier, répondit-il, pointant son arme sur Gabignaud et Pascal. Quel plaisir inattendu. Je m'étonne que Vernier ait voulu vous exposer à de telles horreurs.

Elle jeta un coup d'œil à Anatole, puis regarda à nouveau Constant.

— Je suis ici de mon propre chef.

Constant fit un signe de la tête. Son valet s'avança, suivi d'un soldat loqueteux que reconnut Léonie : c'était lui qui l'avait suivie d'un regard impertinent quand elle était entrée dans la cité médiévale de Carcassonne. Désespérée, elle comprit que Constant n'avait rien laissé au hasard.

Les deux hommes s'emparèrent de Gabignaud, lui coincèrent les bras derrière le dos et jetèrent sa lampe par terre. Léonie entendit le verre se fracasser tandis que la flamme s'éteignait avec un sifflement dans les feuilles humides. Puis, avant qu'elle ne comprenne ce qui se passait, le plus grand des deux hommes tira une arme de sa poche, la colla sur la tempe de Gabignaud et appuya sur la détente.

La force de l'impact souleva Gabignaud de terre. L'arrière de sa tête explosa, inondant son bourreau de sang et d'éclats d'os. Son corps tressaillit, eut un mouvement convulsif puis s'immobilisa.

Comme on met peu de temps à tuer un homme, à séparer son âme de son corps.

Cette idée lui traversa l'esprit une seconde. Puis Léonie pressa la main contre sa bouche, sentant la nausée lui monter dans la gorge, se plia en deux et vomit.

Du coin de l'œil, elle aperçut Pascal qui reculait d'un pas, puis d'un autre. Elle n'arrivait pas à croire qu'il s'apprêtât à fuir – elle n'avait jamais douté de sa loyauté ni de sa résolution – mais que pouvait-il faire d'autre ?

Puis il croisa son regard et baissa les yeux pour lui faire comprendre son intention.

Léonie se redressa et se tourna vers Charles Denarnaud.

— Monsieur, dit-elle d'une voix forte pour faire diversion, je suis étonnée de trouver en vous un allié de cet homme. Vous serez condamné lorsqu'on apprendra votre duplicité.

Il fit une grimace suffisante.

— Par qui, mademoiselle Vernier ? Il n'y a que nous ici.

— Taisez-vous, lui ordonna Constant.

— N'avez-vous aucun égard pour votre sœur ? le

défia Léonie, pour votre famille que vous déshonorez ainsi ?

Denarnaud tapota sa poche.

— L'argent parle plus haut, et plus longtemps.

— Denarnaud, ça suffit !

Léonie jeta un coup d'œil à Constant, et remarqua pour la première fois que sa tête semblait constamment trembler, comme s'il avait du mal à contrôler ses mouvements.

Puis elle vit tressaillir le pied d'Anatole.

Était-il vivant ? Pouvait-il l'être ? Le soulagement l'envahit, aussitôt remplacé par la terreur. S'il était encore vivant, il ne le resterait qu'aussi longtemps que Constant le croyait mort.

La nuit était tombée. Bien que la lampe du docteur fût cassée, les autres lanternes jetaient des flaques inégales de lumière jaune sur le sol.

Léonie s'obligea à faire un pas vers l'homme qu'elle avait cru aimer.

— Cela en valait-il la peine, monsieur ? De vous damner ? Et pour quelle raison ? La jalousie ? La vengeance ? Car ce n'est assurément pas l'honneur.

Elle fit encore un pas, cette fois de côté, espérant couvrir Pascal.

— Laissez-moi m'occuper de mon frère. D'Isolde.

Elle était maintenant assez près pour distinguer l'expression méprisante qu'affichait Constant. Elle n'arrivait pas à croire qu'elle lui avait trouvé des traits distingués, nobles. Il semblait si manifestement vil, avec sa bouche cruelle et ses pupilles en tête d'épingle. Il la dégoûtait.

— Vous n'êtes pas en position de donner des ordres, mademoiselle Vernier. (Il se tourna vers l'endroit où gisait Isolde.) Quant à cette putain... Une seule balle, c'était trop beau pour elle. J'aurais voulu la faire souffrir autant qu'elle m'a fait souffrir.

Léonie soutint son regard bleu sans fléchir.

— Vous ne pouvez plus rien contre elle, assura-t-elle en mentant sans hésiter.

— Vous me pardonnerez, mademoiselle Vernier, de ne pas vous croire sur parole. D'ailleurs, je ne vois pas couler vos larmes. (Il jeta un coup d'œil au corps de Gabignaud.) Vous avez des nerfs d'acier, mais je ne vous crois pas le cœur aussi dur.

Il hésita, comme s'il s'apprêtait à tirer. Léonie se raidit dans l'attente de la balle qui la frapperait fatalement. Elle se rendit compte que Pascal se préparait à agir. Il lui fallut toute sa volonté pour ne pas regarder dans sa direction.

— D'ailleurs, reprit Constant, par votre caractère, vous me rappelez beaucoup votre mère.

Tout se figea, comme si le monde retenait son souffle. Les nuages blancs, glacés dans l'air nocturne, le frémissement du vent entre les branches dénudées des arbres, le bruissement des buissons de genévrier. La langue de Léonie se délia enfin.

— Que voulez-vous dire par là ?

Chaque mot retombait comme du plomb dans l'air glacial.

La satisfaction de Constant émanait de lui comme les miasmes sortant d'une tannerie, âcres et pestilentiels.

— Vous ne savez donc toujours pas ce qui est arrivé à votre mère ?

— Que dites-vous là ?

— Tout Paris en parle. Il paraît que c'est l'un des meurtres les plus horribles qui aient frappé l'esprit prosaïque des gendarmes du 8e arrondissement depuis très longtemps.

Léonie recula d'un pas, comme s'il l'avait frappée.

— Elle est morte ?

Ses dents commencèrent à s'entrechoquer. Le silence de Constant lui fit comprendre qu'il disait la vérité, mais son esprit ne voulait pas l'accepter. Autrement, elle s'effondrerait. Pendant ce temps, Isolde et Anatole perdaient leur sang.

— Je ne vous crois pas, parvint-elle à articuler.

— Mais si, mademoiselle Vernier, je le vois à votre expression.

Il laissa retomber son bras, cessant un instant de viser Léonie. Elle recula d'un pas. Derrière elle, elle sentit Denarnaud se déplacer, se rapprocher, lui barrer la route. Devant elle, Constant se rapprochait rapidement. Puis, du coin de l'œil, elle vit Pascal s'accroupir, saisir l'un des pistolets de la boîte qu'ils avaient apportée.

— Attention ! lui cria-t-il.

Léonie réagit sans hésitation et se jeta par terre tandis qu'une balle sifflait au-dessus de sa tête.

Denarnaud s'écroula, frappé dans le dos.

Ripostant aussitôt, Constant tira dans le noir mais rata sa cible. Léonie entendit Pascal dans les broussailles et comprit qu'il contournait Constant.

Sur l'ordre de Constant, le vieux soldat s'approcha de l'endroit où gisait Léonie. L'autre homme s'élança vers l'orée du bois, à la recherche de Pascal, tirant au hasard.

— Il est ici ! cria-t-il à son maître.

Constant fit à nouveau feu. Une fois de plus, il rata sa cible.

Soudain, la vibration d'un pas de course résonna sur le sol. Léonie leva la tête vers l'endroit d'où provenait le bruit et entendit des cris.

— *Arèst !*

Elle reconnut la voix de Marieta dans l'obscurité, puis d'autres voix. Plissant les yeux, elle discerna la lueur de plusieurs lanternes se rapprochant, se précisant, oscillant dans l'obscurité. Le fils du jardinier, Émile, surgit de l'autre côté de la clairière, brandissant un flambeau d'une main et un bâton de l'autre.

Léonie vit que Constant analysait la situation. Il fit feu, mais le garçon, plus rapide, s'abrita derrière un hêtre. Constant tendit le bras droit devant lui et fit à nouveau feu dans le noir. Puis le visage tordu par la démence, il se tourna vers Ánatole et lui tira deux balles dans le torse.

Léonie hurla.

— Non !

Elle rampa, désespérée, vers le sol boueux où gisait son frère.

— Non !

Les domestiques, qui étaient huit avec Marieta, se précipitèrent vers eux.

Constant ne s'attarda pas. Jetant son manteau sur son épaule, il traversa la clairière pour gagner la pénombre, là où son fiacre l'attendait.

— Pas de témoins, ordonna-t-il.

Sans un mot, son valet se tourna vers le vieux soldat et lui tira une balle dans la tête. Pendant un instant, le visage de l'homme agonisant eut une expression stupéfaite. Puis il tomba à genoux et s'écroula tête la première.

Pascal sortit de l'ombre et fit feu. Constant tituba et faillit s'effondrer, mais il continua à avancer en boitant vers la voiture. Dans le vacarme et le chaos, elle entendit les portes de la voiture claquer, les harnais et les lampes cliqueter, tandis que la voiture fonçait vers les bois, en direction du portail arrière du domaine.

Marieta s'occupait déjà d'Isolde. Pascal s'élança

vers Léonie et s'accroupit auprès d'elle. Un sanglot échappa à la jeune fille. Elle se leva péniblement et trébucha jusqu'au corps de son frère, à quelques mètres de là.

— Anatole ? murmura-t-elle.

Elle lui entoura les épaules du bras, le secoua, tenta de le réveiller.

— Anatole, s'il te plaît.

Il ne bougeait pas.

Léonie agrippa la lourde étoffe du pardessus d'Anatole pour le retourner sur le ventre. Elle retint son souffle, tant il y avait de sang par terre, à l'endroit où il gisait, le corps troué de balles. Elle berça la tête de son frère dans ses bras et repoussa ses cheveux de son visage. Ses yeux bruns étaient grands ouverts, mais sa vie s'était éteinte.

83.

Après la fuite de Constant, tout alla très vite.

Aidée par Pascal, Marieta entraîna Isolde, à peine consciente, jusqu'au cabriolet de Denarnaud pour la ramener à la maison. Bien que sa blessure au bras ne fût pas grave, elle avait perdu beaucoup de sang. Léonie lui parla, mais Isolde ne répondit rien. Elle se laissa emmener, sans sembler reconnaître rien ni personne. Elle était de ce monde, mais hors du monde.

Léonie avait froid, elle tremblait dans ses vêtements imprégnés d'odeurs de sang, de poudre et de terre humide, mais elle refusa de quitter Anatole. Le fils du jardinier et les valets d'écurie improvisèrent un brancard avec leurs manteaux et les manches des armes dont ils s'étaient servis pour chasser Constant et ses hommes. Ils transportèrent le corps sans vie d'Anatole sur leurs épaules, à pied. Leurs flambeaux crépitaient férocement dans l'air noir et glacial. Léonie, pleureuse solitaire, suivit ce cortège funèbre improvisé.

On transporta également le Dr Gabignaud. On enverrait la charrette plus tard pour prendre les corps du vieux soldat et du traître Denarnaud.

Les nouvelles de la tragédie qui avait frappé le Domaine de la Cade s'étaient déjà répandues quand Léonie parvint à la maison. Pascal avait envoyé un messager à Rennes-le-Château pour apprendre la catastrophe à Béranger Saunière et lui demander de venir. Marieta avait envoyé chercher à Rennes-les-Bains une femme qui faisait la toilette des morts.

Mme de Saint-Loup était accompagnée d'un petit garçon qui portait un sac en coton deux fois grand comme lui. Quand Léonie, revenant à elle-même, tenta de discuter de ses gages, elle fut informée que ceux-ci avaient déjà été réglés par son voisin, M. Baillard. La générosité de son ami fit monter les larmes aux yeux de Léonie.

Les corps furent exposés dans la salle à manger. Léonie regarda, incrédule, Mme de Saint-Loup remplir un bol en porcelaine de l'eau d'une bouteille qu'elle avait apportée.

— De l'eau bénite, madomaisèla, marmonna-t-elle en réponse à la question muette de Léonie.

Elle y trempa un brin de buis, puis alluma deux cierges et récita la prière des morts. Le garçonnet inclina la tête.

— *Peyre Sant*, reçois ton serviteur...

Bercée par ces paroles, Léonie n'éprouvait rien. Aucun moment de grâce, aucune sensation de paix, aucune lumière ne pénétrait son âme pour la ramener dans le cercle des croyants. Les prières de la vieille femme ne recelaient aucune consolation, aucune poésie : elles n'étaient que l'écho d'une perte incommensurable.

Mme de Saint-Loup se tut et fit signe au garçonnet de prendre dans son sac une paire de grands ciseaux, puis se mit à découper les vêtements d'Anatole. L'étoffe était raide de sang et de boue ; le processus fut long et ardu.

— Madomaisèla ?

Elle remit à Léonie deux enveloppes trouvées dans les poches d'Anatole. La première, frappée d'armoiries noires et argent, était de Constant. La seconde, portant un cachet de poste de Paris, n'était pas ouverte. Toutes deux étaient bordées d'un liseré de sang couleur rouille.

Léonie ouvrit la seconde lettre. C'était une notification officielle de la gendarmerie du 8e arrondissement, annonçant à Anatole le meurtre de sa mère dans la nuit du dimanche 20 septembre. L'auteur n'avait pas encore été appréhendé. La lettre était signée par un certain inspecteur Thouron ; on l'avait fait suivre d'une adresse à l'autre jusqu'à ce qu'elle parvienne à Anatole à Rennes-les-Bains.

La lettre lui demandait de se manifester dès que possible.

Léonie froissa la feuille dans son poing glacé. Elle n'avait pas douté un instant de la véracité des paroles cruelles que Constant lui avait lancées dans la clairière une heure auparavant, mais ce n'était que maintenant, face à ces mots officiels écrits noir sur blanc, qu'elle en saisissait le sens. Sa mère était morte depuis plus d'un mois.

Le cœur endeuillé de Léonie se tordit à l'idée que sa mère n'ait été ni pleurée, ni réclamée par les siens. Anatole parti, cette responsabilité lui incombait. Qui d'autre pourrait s'en charger ?

Mme de Saint-Loup se mit à laver le corps, essuyant le visage et les mains d'Anatole si tendrement que cela bouleversa Léonie. Elle sortit enfin plusieurs draps en lin, jaunis et balafrés de reprises au fil noir, comme s'ils avaient déjà servi plusieurs fois.

Léonie ne put supporter plus longtemps ce spectacle.

— Prévenez-moi quand l'abbé Saunière arrivera, dit-elle en quittant la pièce pour laisser la femme s'acquitter de la tâche sinistre qui consistait à coudre le linceul d'Anatole.

Lentement, comme si ses jambes étaient lestées de plomb, Léonie gravit l'escalier pour se diriger vers la chambre d'Isolde. Marieta veillait au chevet de sa maîtresse. Un médecin que Léonie ne reconnut pas, coiffé d'un haut-de-forme noir et vêtu d'un habit à col cassé, était arrivé du village, accompagné d'une infirmière très digne en tablier blanc amidonné. Tous deux, qui travaillaient à la station thermale, avaient également été engagés par M. Baillard.

Quand Léonie entra dans la chambre, le docteur administrait un sédatif à Isolde. L'infirmière avait remonté sa manche : il piquait son bras mince d'une grosse aiguille argentée.

— Comment va-t-elle ? chuchota Léonie à Marieta.

La bonne secoua la tête.

— Elle se bat pour rester avec nous, madomaisèla.

Léonie s'approcha du lit. Même à ses yeux de profane, il semblait évident qu'Isolde, consumée par une fièvre féroce, oscillait entre la vie et la mort. Elle s'assit à son chevet et lui prit la main. Les draps furent bientôt trempés : on les changea. L'infirmière posait des serviettes imprégnées d'eau froide sur son front brûlant, qui ne la rafraîchissaient qu'un instant.

Quand la drogue eut agi, la chaleur tourna au froid et le corps d'Isolde s'agita sous les draps, comme pris d'une danse de Saint-Guy.

Léonie craignait tant pour la vie d'Isolde qu'elle ne songeait plus aux scènes violentes auxquelles elle venait d'assister ni aux pertes qu'elle venait de subir de peur de céder à l'accablement. Sa mère, morte. Anatole, mort. La vie d'Isolde et de l'enfant qu'elle portait ne tenant qu'à un fil.

La lune montait dans le ciel. C'était la veille de la Toussaint.

Peu de temps après qu'11 heures eurent sonné à l'horloge, on frappa à la porte. Pascal parut.

— Madomaisèla Léonie, chuchota-t-il, des... messieurs veulent vous voir.

— Le prêtre ? L'abbé Saunière est arrivé ?

Il secoua la tête.

— M. Baillard. Et aussi la police.

Prenant congé du médecin et promettant à Marieta qu'elle reviendrait dès que possible, Léonie suivit rapidement Pascal.

Du haut de l'escalier, elle scruta le rassemblement de hauts-de-forme noirs et de pardessus dans le vestibule. Deux hommes portaient l'uniforme de la gendarmerie parisienne ; un troisième, une version provinciale et râpée de la même tenue. Dans la forêt de vêtements sombres et sinistres se détachait une mince silhouette en costume clair.

— Monsieur Baillard, s'écria-t-elle en dévalant l'escalier pour lui prendre la main. Je suis si contente que vous soyez ici. Anatole...

Sa voix se brisa. Elle était incapable d'en dire plus.

Baillard hocha la tête.

— Je suis venu vous présenter mes condoléances, dit-il cérémonieusement, en ajoutant d'une voix plus basse afin que ses compagnons ne l'entendent pas : Et madama Vernier ? Comment va-t-elle ?

— Mal. C'est surtout son état mental qui inquiète le médecin, plus que les conséquences de sa blessure. Bien qu'il importe d'éviter l'infection, la balle n'a fait que lui écorcher le bras.

Léonie se tut brusquement. Elle venait de se rendre compte de ce que M. Baillard avait dit.

— Vous saviez qu'ils étaient mariés ? souffla-t-elle. Pas moi... Comment...

Baillard posa un doigt sur ses lèvres.

— Cette conversation ne doit pas avoir lieu maintenant ni en telle compagnie.

Il lui sourit, puis éleva la voix.

— C'est par hasard, madomaisèla Léonie, que ces messieurs et moi nous rendions au Domaine de la Cade. Il s'agit d'une pure coïncidence.

Le plus jeune des deux policiers se décoiffa et s'avança vers eux. Il avait les yeux cernés, comme s'il n'avait pas dormi depuis plusieurs jours.

— Inspecteur Thouron, dit-il en tendant la main. Paris, commissariat du 8ᵉ arrondissement. Depuis plusieurs semaines, je recherche votre frère pour l'informer – et vous aussi, d'ailleurs – que...

Léonie tira la lettre de sa poche.

— Ne vous donnez pas cette peine, monsieur l'inspecteur, souffla-t-elle d'une voix morne. Je sais que ma mère est morte. Ceci est arrivé hier, après plusieurs détours. Et aussi, ce soir, Vic...

Elle s'interrompit, résolue à ne pas prononcer son nom.

Thouron plissa les yeux.

— Nous avons eu du mal à vous retrouver, votre frère et vous.

Léonie devinait une intelligence vive sous l'allure débraillée et les traits exténués de l'inspecteur.

— Et au vu de la... tragédie de ce soir, je me demande si les événements du mois dernier à Paris et ceux qui se sont produits ici ne sont pas liés.

Léonie jeta un coup d'œil à M. Baillard, puis à un homme plus âgé qui se tenait près de l'inspecteur Thouron. Ses cheveux étaient grisonnants et il avait les traits sombres et vigoureux des hommes du Midi.

— Vous ne m'avez pas encore présenté votre collègue, inspecteur Thouron, dit-elle en espérant gagner un peu de temps avant l'entretien officiel.

— Je vous demande pardon, dit-il. Voici l'inspecteur Bouchou de la gendarmerie de Carcassonne. Il m'a aidé à vous retrouver.

— Je ne comprends pas, inspecteur Thouron. Vous avez envoyé une lettre de Paris, mais vous êtes aussi venu en personne ? Et vous êtes ici ce soir. Comment cela se fait-il ?

— Puis-je vous proposer, dit Audric Baillard d'une voix calme mais avec une autorité qui ne permettait aucun refus, de poursuivre cette conversation dans un lieu plus discret ?

Léonie sentit les doigts de Baillard sur son bras et comprit qu'elle devait prendre une décision.

— Il y a du feu au salon, dit-elle.

Le petit groupe traversa le vestibule carrelé et Léonie ouvrit la porte.

Dans cette pièce, tant de souvenirs d'Anatole lui revinrent qu'elle défaillit. Elle le revoyait debout près de la cheminée, les cheveux brillants, dans son habit à queue-de-pie, tournant le dos au feu pour se réchauffer. Ou alors près de la fenêtre, une cigarette entre les doigts, en train de parler au Dr Gabignaud, lors du grand dîner. Ou encore penché au-dessus du tapis de cartes en reps vert, les regardant tandis qu'elle jouait au vingt-et-un avec Isolde. La pièce était imprégnée de sa présence et Léonie ne s'en apercevait que maintenant, avec douleur.

Thouron relata les événements de la nuit du meurtre de sa mère le 20 septembre, tels qu'ils les avaient reconstitués : la découverte du corps, puis les pénibles avancées de l'enquête qui les avaient menés jusqu'à Carcassonne, et de là à Rennes-les-Bains.

Léonie entendait ces paroles comme si elles lui parvenaient de très loin. Bien que Thouron parlât de Marguerite – et qu'elle aimât sa mère –, la perte d'Anatole avait dressé un mur autour de son cœur, qui ne permettait à aucune autre émotion d'y accéder. Le temps viendrait de pleurer Marguerite. Et aussi le docteur, si gentil, si honorable. Mais pour l'instant, seul Anatole – et la promesse qu'elle avait faite à son frère de protéger sa femme et son enfant – avait prise sur son esprit.

— Donc, conclut Thouron, le concierge a avoué qu'il avait été payé pour transmettre toute correspondance. La bonne des Debussy a également confirmé qu'elle avait vu un homme traîner dans la rue de Berlin au cours des jours précédant et suivant le... l'événement. (Thouron se tut un instant.) D'ailleurs, sans la lettre adressée par votre frère à votre mère, nous ne serions jamais parvenus à vous retrouver.

— Vous avez identifié l'homme, Thouron ? s'enquit Baillard.

— Nous avons seulement son signalement. Un individu patibulaire au teint rougeaud, chauve ou presque, avec un cuir chevelu couvert de cloques.

Léonie sursauta. Trois paires d'yeux se braquèrent sur elle.

— Vous le connaissez, mademoiselle Vernier ? demanda Thouron.

Elle le revit pointer son arme vers la tempe du Dr Gabignaud et appuyer sur la détente. L'explosion d'os et de sang maculant la clairière.

Elle inspira profondément.

— C'est le domestique de Victor Constant.

Thouron et Bouchou échangèrent un regard.

— Le comte de Tourmaline ?

— Je vous demande pardon ?

— C'est le même homme. Constant. Tourmaline. Il porte l'un ou l'autre nom au gré des circonstances ou de la compagnie.

— Il m'a donné sa carte, dit-elle d'une voix hagarde. Victor Constant.

Elle sentit la pression rassurante de la main d'Audric Baillard sur son épaule.

— Le comte de Tourmaline est-il soupçonné dans cette affaire, inspecteur Thouron ? s'enquit-il.

Le policier hésita, puis, décidant qu'il ne gagnait rien à dissimuler ce qu'il savait, il hocha la tête.

— Et lui aussi, nous l'avons appris, est descendu de Paris dans le Midi, quelques jours après le défunt M. Vernier.

Léonie n'entendait rien. Elle ne songeait plus qu'à la façon dont son cœur avait bondi lorsque Victor Constant lui avait pris la main et dont elle avait rêvé de lui jour et nuit.

C'était elle qui l'avait conduit jusqu'ici. Par sa faute, Anatole était mort.

— Léonie, demanda doucement M. Baillard. Est-ce bien ce Constant qui persécutait Mme Isolde Vernier ? Et avec qui Anatole s'est battu en duel ce soir ?

— C'est lui, confirma Léonie d'une voix éteinte.

— D'après vos expressions, messieurs, dit-il en glissant le verre entre les doigts glacés de la jeune fille, je crois que cet homme ne vous est pas inconnu.

— En effet, confirma Thouron. Son nom est revenu plusieurs fois au cours de l'enquête, mais nous n'avons jamais trouvé de preuves nous permettant de l'incriminer. Il menait une vendetta contre M. Vernier, une campagne astucieuse et secrète jusqu'à ces dernières semaines, où il est devenu moins prudent.

— Ou plus arrogant, intervint Bouchou. Il y a eu

un incident dans un... certain établissement du quartier Barbès à Carcassonne. Une fille a été gravement défigurée.

— D'après nous, son comportement de plus en plus erratique est dû en partie à l'aggravation dramatique de sa... maladie, qui commence à atteindre son cerveau.

Thouron articula le mot en silence, afin que Léonie ne l'entende pas : « Syphilis ».

— Racontez ce que vous savez à l'inspecteur Thouron, dit Baillard en lui prenant la main.

Léonie porta le verre à ses lèvres et but une nouvelle gorgée. L'alcool lui brûlait la gorge, mais chassait l'amertume qu'elle avait dans la bouche.

Elle se mit à parler, sans rien cacher, racontant en détail tout ce qui s'était passé, de l'enterrement à Montmartre à l'agression du passage des Panoramas, puis du moment où elle et son Anatole bien-aimé étaient descendus du courrier sur la place du Pérou jusqu'aux événements sanglants de la soirée dans la forêt du Domaine de la Cade.

À l'étage, Isolde restait prisonnière de la fièvre qui s'était emparée d'elle à l'instant où elle avait vu Anatole tomber.

Des images, des pensées lui traversaient l'esprit. Pendant un bref instant, elle se crut allongée dans les bras d'Anatole, la lueur vacillante des bougies allumant des étincelles dans ses yeux bruns, mais cette vision s'évanouit. Le visage de son bien-aimé se décharna et ne fut plus qu'une tête de mort, avec des trous noirs à la place des yeux.

Et, toujours, des chuchotements, des voix ; celle de Constant s'insinuant, doucereuse, dans son cerveau enfiévré. Elle s'agitait sur son oreiller pour chasser l'écho qui résonnait dans sa tête, mais le tumulte ne faisait qu'empirer, sans qu'elle parvienne à distinguer la voix de son écho.

Elle rêva qu'elle voyait leur fils, pleurant le père qu'il ne connaîtrait jamais. Elle les appelait tous deux, mais aucun son ne sortait de ses lèvres. Quand elle tendit la main, la vitre vola en une myriade d'éclats tranchants et au lieu de la tiédeur de la peau, ce qu'elle toucha avait la froideur et la dureté du marbre. Ce n'étaient que des statues.

Souvenirs, rêves, prémonitions. Un esprit à la dérive.

Tandis que l'horloge égrenait les minutes jusqu'à minuit, l'heure fatale, le vent se mit à siffler, à hurler, à secouer les cadres en bois des fenêtres de la maison.

Une nuit agitée. Une nuit à ne pas passer dehors.

X

Le lac
Octobre 2007

84.

Mercredi 31 octobre 2007

Quand Meredith se réveilla, Hal avait disparu.

Elle tendit la main vers l'endroit où il avait dormi. Le drap était froid, mais l'oreiller, creusé là où sa tête avait reposé, restait imprégné de son odeur.

Il faisait noir dans la chambre aux volets fermés. Meredith consulta le réveil. 8 heures du matin. Hal n'avait sans doute pas voulu que le personnel le voie sortir de chez elle ; il avait dû regagner sa propre chambre. Elle posa la main sur sa joue, comme si sa peau pouvait se rappeler le baiser qu'il y avait déposé avant de partir, bien qu'elle-même ne s'en souvînt pas.

Elle resta blottie un moment sous les couvertures, à penser à Hal, à ce qu'elle avait éprouvé avec lui, aux émotions qui l'avaient submergée la veille. De Hal, ses pensées dérivèrent vers Léonie, la fille aux cheveux cuivrés, son autre compagne de la nuit.

Je ne peux pas dormir.

Meredith se rappelait avoir entendu ces paroles en rêve, sans qu'elles aient été prononcées. Un sentiment de pitié, d'agitation : Léonie attendait quelque chose d'elle.

Meredith se glissa hors du lit et enfila d'épaisses chaussettes pour avoir chaud aux pieds. Hal avait oublié son pull, qui gisait à côté de la chaise sur laquelle il l'avait lancé la veille. Elle le pressa contre son visage pour respirer son odeur. Puis elle le passa – il était beaucoup trop grand pour elle – et mit un jogging.

Elle contempla le portrait. La photo sépia du soldat, son arrière-grand-père Vernier, était calée dans un coin du cadre, là où elle l'avait glissée la veille. Elle était sur la bonne piste. Les informations disparates qu'elle avait accumulées s'étaient ordonnées dans son esprit pendant son sommeil.

Tout d'abord, elle devait découvrir si Anatole Vernier s'était marié, mais c'était plus facile à dire qu'à faire. Elle devait également déterminer la nature de ses liens, et de ceux de Léonie Vernier, avec Isolde Lascombe. Avaient-ils vécu dans cette maison en 1891, à l'époque où la photo avait été prise, ou étaient-ils simplement de passage cet automne-là ? Comme le lui avait rappelé son enquête en ligne de la veille, les gens ordinaires n'apparaissaient pas sur Internet. Il lui faudrait des noms, des dates, des lieux de naissance et de décès pour avoir la moindre chance d'obtenir des informations en épluchant les sites généalogiques.

Elle démarra l'ordinateur et se connecta. Elle fut déçue, mais pas étonnée, de constater que Mary ne lui avait pas écrit ; elle envoya un mail à Chapel Hill pour la mettre au courant de ce qu'elle avait découvert au cours des vingt-quatre heures précédentes et lui demander de vérifier quelques détails. Elle ne lui dit rien de Hal, ni de Léonie. Inutile de l'inquiéter. Elle termina son message en promettant de donner des nouvelles, puis cliqua sur « envoi ».

Comme elle avait un peu froid et soif, Meredith passa dans la salle de bains pour remplir la bouilloire. En attendant que l'eau bouille, elle parcourut des yeux les dos des livres sur l'étagère au-dessus de la commode. Son attention fut attirée par l'un d'entre eux, intitulé *Diables, esprits maléfiques et fantômes de la montagne*. Elle l'ouvrit. D'après la page de garde, il s'agissait d'une nouvelle édition de l'ouvrage d'un auteur local, Audric S. Baillard, décédé en 2005, qui avait vécu à Los Seres, un village des Pyrénées. On n'indiquait nulle part l'année de la première édition, mais c'était manifestement un classique local. D'après la quatrième de couverture, c'était l'ouvrage de référence en matière de folklore des montagnes pyrénéennes.

Meredith parcourut la table des matières. Les récits étaient répartis par localités – Couiza, Coustaussa, Durban, Espéraza, Fa, Limoux, Rennes-les-Bains, Rennes-le-Château, Quillan. L'illustration du chapitre consacré à Rennes-les-Bains était une photo en noir et blanc de la place des Deux-Rennes, prise vers 1900, à l'époque où elle s'appelait encore place du Pérou. Meredith sourit. Le lieu lui semblait si familier. Elle pouvait même repérer l'endroit précis, sous les branches déployées des platanes, où son ancêtre avait posé pour le photographe.

La bouilloire siffla et s'arrêta avec un déclic. Elle versa un sachet de chocolat en poudre dans une tasse, ajouta deux sucres puis alla s'installer, avec le livre et la tasse, dans un fauteuil près de la fenêtre.

Les récits du recueil étaient tous semblables – histoires de diables et de démons remontant à plusieurs générations, voire à des millénaires, liant le folklore aux phénomènes naturels : le Fauteuil du Diable, la Montagne des Cornes, le lac du Diable, tous les noms qu'elle avait déjà repérés sur les cartes de la région. Elle revint à la page de garde, pour s'assurer qu'il n'y avait bien aucun indice sur l'année de la première édition. L'information n'y figurait pas. L'histoire la plus récente remontait au début des années 1900, mais comme l'auteur n'était mort que deux ans auparavant, il avait dû recueillir ces récits à une date plus récente.

Le style de Baillard était clair et concis, relatant les faits avec le minimum de fioritures. Meredith fut ravie de découvrir qu'un chapitre entier était consacré au Domaine de la Cade. La famille Lascombe en était devenue propriétaire après les guerres de Religion au cours desquelles catholiques et huguenots s'étaient affrontés, de 1562 à 1568. De vieilles familles avaient été spoliées de leurs biens au profit de parvenus récompensés pour leur loyauté, soit par la maison catholique des Guises, soit par la maison calviniste des Bourbons.

Elle parcourut rapidement les paragraphes. Jules Lascombe avait hérité de la propriété à la mort de son père, Guy Lascombe, en 1865. Il avait épousé Isolde Labourde en 1885, et était mort sans héritier en 1891. Elle sourit : un autre morceau du puzzle trouvait sa place. Elle contempla Isolde, la veuve sans âge de Jules, à travers la vitre du cadre. Puis elle songea tout d'un coup qu'elle n'avait pas remarqué le prénom d'Isolde sur le caveau familial des Lascombe-Bousquet à Rennes-les-Bains. Pourquoi ?

Encore quelque chose à vérifier, songea-t-elle.

Elle revint au livre. Baillard relatait ensuite les légendes liées au Domaine. Des rumeurs avaient couru pendant plusieurs années au sujet d'une bête féroce qui aurait terrorisé la campagne environnant Rennes-les-Bains, attaquant les enfants et les paysans dans les fermes isolées. Ces attaques avaient toutes un point commun : le visage des victimes portait trois grandes balafres semblables à des marques de griffes.

Meredith interrompit sa lecture en songeant aux

blessures subies par le père de Hal alors que sa voiture gisait dans la gorge du fleuve, et à la statue défigurée de la Vierge perchée sur le pilier wisigoth, devant l'église de Rennes-le-Château. Une bribe de son cauchemar lui revint alors – l'image d'une tapisserie suspendue au-dessus d'un escalier mal éclairé. La sensation d'être pourchassée, de griffes et de fourrure frôlant sa peau, effleurant ses mains.

Un, deux, trois, loup.

Retour au cimetière de Rennes-les-Bains, au souvenir de l'un des noms gravés sur le monument aux morts de la Première Guerre mondiale : Saint-Loup.

Coïncidence ?

Meredith étira ses bras au-dessus de sa tête pour tenter de chasser le froid, la raideur du petit matin et ses souvenirs de la nuit, puis reprit sa lecture. Les morts et les disparitions inexpliquées s'étaient multipliées entre 1870 et 1885. Puis, après une période de relative accalmie, les rumeurs avaient repris de plus belle à partir de l'automne 1891 : on racontait qu'une créature – un démon, selon le folklore local – s'abritait dans un sépulcre wisigoth au sein du Domaine de la Cade. Il y avait eu, par intermittence, des morts mystérieuses au cours des six années suivantes, puis les attaques avaient brusquement cessé en 1897. Sans l'affirmer explicitement, l'auteur laissait entendre que la fin de la vague de terreur était liée à la destruction d'une partie de la maison ainsi que du sépulcre dans un incendie.

Meredith referma le livre et se blottit dans le fauteuil. Elle sirota son chocolat tout en tentant de mettre de l'ordre dans ses idées. Elle venait de comprendre ce qui la tracassait. N'était-il pas étrange qu'un ouvrage consacré au folklore et aux légendes locales ne fasse aucune allusion au jeu de tarot ? Audric Baillard avait dû en entendre parler au cours de ses recherches. Non seulement le jeu avait été inspiré par les paysages environnants et imprimé par la famille Bousquet, mais il datait précisément de l'époque dont traitait le livre.

Était-ce une omission volontaire ?

Puis, soudain, la sensation revint. Un froid, une densité de l'air, indécelable l'instant d'avant. L'impression d'une présence, pas dans la chambre mais tout près. Fugace, une simple trace.

Léonie ?

Meredith se sentit attirée vers la fenêtre. Elle ouvrit le gros loquet en métal, écarta les deux battants, puis les volets, qu'elle repoussa contre le mur. L'air froid lui mordit la peau et lui piqua les yeux. Les cimes des arbres oscillaient, sifflaient et soupiraient dans le vent qui sinuait autour de leurs troncs antiques à travers l'enchevêtrement de feuillages. L'air agité charriait l'écho d'une musique. Des notes flottaient dans la brise. La mélodie du lieu.

Alors qu'elle scrutait le terrain, Meredith perçut un mouvement du coin de l'œil. Une silhouette mince et gracieuse revêtue d'une longue cape, une capuche sur la tête, sortait de la maison.

Il lui sembla que le vent forcissait ; il s'engouffrait maintenant dans l'arche taillée à même la haute haie de buis qui donnait sur les prés. Au loin, les crêtes blanches des vagues du lac déferlaient jusque sur l'herbe de la berge.

La silhouette restait dans l'ombre, filant sous le pâle soleil levant qui dardait entre de minces strates de nuages courant dans le ciel rose. Elle semblait glisser au-dessus de l'herbe humide de rosée. Une odeur de terre, d'automne, d'humus, de chaume brûlé, de feux de joie montait jusqu'à Meredith. Une odeur d'os calcinés.

Silencieuse et fascinée, elle suivit des yeux la silhouette – une silhouette féminine, Meredith en était sûre – qui se dirigea vers la rive la plus éloignée du lac, et s'arrêta un instant sur un petit promontoire surplombant l'eau. Meredith eut alors l'impression que son champ visuel se rétrécissait, se rapprochait de la silhouette, comme une caméra qui fait un zoom. Elle imagina que la capuche tombait pour révéler le visage pâle et gracieux de la jeune fille, dont les yeux verts avaient jadis étincelé comme des émeraudes. Une ombre sans couleurs. L'écheveau de boucles se déroula, torsades de cuivre battu, transparentes dans la lumière matinale, sur les épaules de sa robe rouge et jusqu'à sa taille. Une forme sans substance. Elle semblait soutenir le regard de Meredith, en lui renvoyant ses propres espoirs, ses craintes, ses rêves.

Puis elle s'éclipsa dans les bois.

— Léonie ? souffla Meredith au silence.

Elle monta encore la garde un moment à la fenêtre, fixant l'endroit où s'était dressée la silhouette, de l'autre côté du lac. L'air était immobile. Rien ne se mouvait dans l'ombre.

Elle finit par refermer la fenêtre.

Quelques jours auparavant – non, quelques heures à peine – elle aurait été morte de peur. Elle aurait redouté le pire. Elle se serait regardée dans le miroir, qui lui aurait renvoyé le visage de Jeanette.

Plus maintenant.

Meredith n'arrivait pas à se l'expliquer, mais tout avait changé. Elle avait l'esprit clair. Elle allait très bien. Elle n'avait pas peur. Non, elle n'était pas en train de devenir folle. Ces apparitions, ces visions formaient une séquence, comme un morceau de musique. Sous le pont à Rennes-les-Bains – l'eau. Sur la route de Sougraine – la terre. Ici à l'hôtel – et en particulier dans cette chambre, où la présence était la plus forte –, l'air.

Les épées, arcanes de l'air, représentaient l'intelligence et l'intellect. Les coupes étaient associées à l'eau et aux émotions. Les pentacles, à la terre, à la réalité physique, aux trésors. Des quatre séries, seul le feu manquait. Les bâtons, de la série du feu, de l'énergie et du conflit.

L'histoire est dans les cartes.

Ou alors, la séquence avait déjà été complétée, mais dans le passé plutôt que dans le présent, au cours de l'incendie qui avait dévasté une grande partie du Domaine de la Cade plus de cent ans auparavant...

Meredith reprit le jeu que Laura lui avait offert, retournant les cartes, scrutant les figures comme elle l'avait déjà fait la veille, pour les forcer à dévoiler leurs secrets. Tout en les étalant, elle laissa vagabonder son esprit. Elle repensa à sa conversation avec Hal, alors qu'ils se rendaient à Rennes-le-Château, sur la façon dont les Wisigoths enterraient leurs rois et leurs nobles avec leurs trésors dans des sépultures cachées plutôt que dans des cimetières. Des tombes secrètes sous des cours d'eau détournés le temps d'excaver le site et de préparer la chambre funéraire.

Si le jeu original avait survécu à l'incendie, dissimulé dans le Domaine de la Cade, quelle meilleure cachette qu'une ancienne sépulture wisigothe ? Le sépulcre, d'après Baillard, datait de cette période. S'il y avait une rivière dans le domaine, ce serait la cachette idéale. Visible de tous et pourtant totalement inaccessible.

Dehors, enfin, le soleil perçait entre les nuages.

Meredith bâilla. Elle avait le vertige tant elle manquait de sommeil, mais l'adrénaline bouillonnait dans ses veines. Elle jeta un coup d'œil au réveil. Hal avait dit que Shelagh O'Donnell passerait à 10 heures, mais elle avait encore une heure devant elle.

C'était bien suffisant pour ce qu'elle avait l'intention de faire.

Dans sa chambre de l'aile réservée au personnel, Hal pensait à Meredith.

Il l'avait aidée à se rendormir après son cauchemar mais n'avait pu retrouver le sommeil. Comme il ne voulait pas la déranger en allumant, il avait finalement décidé de s'éclipser pour regagner sa chambre et réviser ses notes avant son entretien avec Shelagh O'Donnell. Il voulait être préparé.

Il jeta un coup d'œil à sa montre. 9 heures. Dans une heure, il reverrait Meredith.

Ses fenêtres, au dernier étage, donnaient sur le sud et l'est : il avait une vue dégagée sur les pelouses et le lac ainsi que sur la cuisine et les offices. Il regarda l'un des portiers jeter un sac d'ordures dans une benne. Un autre, bras croisés pour se réchauffer, fumait une cigarette. Son haleine faisait des nuages blancs dans l'air matinal limpide.

Hal s'assit sur le rebord de la fenêtre, puis se leva et traversa la pièce pour prendre un verre d'eau, avant de se raviser. Il était trop nerveux pour se poser. Il savait qu'il ne devait pas espérer que Shelagh O'Donnell lui fournisse toutes les réponses à ses questions. Mais il ne pouvait s'empêcher de croire qu'elle serait à tout le moins capable de lui donner des informations sur la nuit de la mort de son père. Elle se rappellerait peut-être quelque chose qui obligerait la police à considérer cette mort comme suspecte plutôt que comme un accident de la route.

Il se passa les doigts dans les cheveux.

Ses pensées revinrent à Meredith. Il sourit. Quand

tout serait fini, peut-être accepterait-elle qu'il lui rende visite aux États-Unis. Il coupa court à cette pensée. Il était ridicule de faire de tels projets alors qu'il ne la connaissait que depuis deux jours, mais il savait. Il n'avait jamais éprouvé de sentiments aussi forts pour une femme.

Qu'y avait-il pour le retenir ? Il avait démissionné de son poste, vidé son appartement de Londres. Il serait aussi bien en Amérique qu'ailleurs. Il pouvait faire comme bon lui semblait. Il en aurait les moyens. Il savait que son oncle rachèterait ses parts.

Si Meredith voulait bien de lui.

Hal regarda par la fenêtre la vie de l'hôtel se dérouler comme un film muet. Il replia les bras au-dessus de la tête et bâilla. Une voiture remontait lentement l'allée. Une grande femme mince aux cheveux courts et bruns en sortit, puis gravit l'escalier d'un pas hésitant.

Quelques instants plus tard, le téléphone sonna sur sa table de chevet. C'était Éloïse à l'accueil, lui annonçant que son invitée était arrivée.

— Quoi ? Elle a près d'une heure d'avance !

— Je lui demande d'attendre ?

Hal hésita.

— Non, c'est bon. Je descends tout de suite.

Il prit sa veste au dos d'une chaise, puis dévala les deux étages de l'étroit escalier de service. Arrivé en bas, il s'arrêta pour mettre sa veste et passer un coup de fil.

Meredith enfila le pull brun clair de Hal sur son jean et son tee-shirt à manches longues, chaussa ses bottes et prit sa veste en jean, une écharpe et une paire de gants en laine, en se disant qu'il faisait sans doute encore froid dehors. Elle avait déjà posé la main sur la poignée de la porte quand le téléphone sonna.

Elle se précipita pour décrocher.

— Salut, toi, dit-elle avec un frisson de plaisir en entendant la voix de Hal.

Mais il répondit sèchement.

— Elle est là.

85.

— Qui ? Léonie ? bégaya Meredith dont les pensées se court-circuitaient.

— Qui ? Non, Shelagh O'Donnell. Elle est déjà là.
Je suis à la réception. Tu peux nous rejoindre ?

— Bien sûr, soupira-t-elle. Donne-moi cinq minutes.

Elle retira sa veste, remplaça le pull d'Hal par un
pull rouge ras du cou, se brossa les cheveux et sortit de
la chambre. Du haut de l'escalier, elle scruta le vestibule. Hal parlait à une grande femme brune qu'elle
reconnaissait vaguement. Meredith mit un moment à
la situer, puis elle se souvint l'avoir vue fumer,
appuyée contre un mur sur la place des Deux-Rennes,
le soir de son arrivée.

— Ça alors, marmonna-t-elle.

Le visage de Hal s'illumina lorsqu'il l'aperçut.

— Salut, dit-elle en lui faisant une petite bise, avant
de tendre la main à Shelagh O'Donnell. Je suis Meredith. Désolée de vous avoir fait attendre.

La femme plissa les yeux. Elle aussi, visiblement,
se demandait où elle l'avait rencontrée.

— Nous avons échangé deux mots le soir des
obsèques, précisa Meredith. Devant la pizzeria, sur la
place.

— Ah oui, en effet, répondit-elle, et son visage se
détendit.

— Je vais demander qu'on nous apporte du café au bar, dit Hal en montrant le chemin. Nous y serons plus tranquilles pour discuter.

Meredith et Shelagh O'Donnell le suivirent. Meredith interrogea poliment cette dernière pour briser la glace. Depuis combien de temps vivait-elle à Rennes-les-Bains, pourquoi s'y était-elle installée, que faisait-elle dans la vie ? Les questions habituelles.

Shelagh O'Donnell répondait facilement, mais ses propos laissaient filtrer une certaine nervosité. Son regard ne se fixait nulle part et elle n'arrêtait pas de se frotter le bout des doigts contre le pouce. Elle ne devait pas avoir plus de la trentaine, mais elle avait la peau ridée et la silhouette émaciée d'une femme plus âgée. Meredith comprenait pourquoi la police n'avait pas pris au sérieux son témoignage sur la nuit de l'accident.

Ils s'installèrent à la table qu'ils avaient occupée la veille avec l'oncle de Hal. De jour, l'ambiance était très différente. On avait du mal à se rappeler le vin et les cocktails de la soirée avec l'odeur de la cire d'abeille et des fleurs fraîches posées sur le bar, à côté d'une pile de cartons attendant d'être déballés.

— Merci, dit Hal quand la serveuse posa devant eux un plateau avec le café.

Il y eut un moment de silence tandis qu'il les servait. Shelagh O'Donnell prit un café noir. Meredith remarqua à nouveau les cicatrices rouges sur ses poignets et se demanda ce qui s'était passé.

— Avant toute chose, dit Hal, je tiens à vous remercier d'avoir accepté de me rencontrer.

Meredith fut soulagée de constater qu'il semblait calme, posé, rationnel.

— Je connaissais votre père. C'était un type bien, un ami. Mais je dois vous dire que je n'ai rien de nouveau à vous apprendre, déclara son interlocutrice, visiblement sur la réserve.

— Je comprends, répondit Hal, mais je vous demande un peu de patience. Je sais bien que l'accident s'est produit il y a plus d'un mois, mais certains aspects de l'enquête ne me satisfont pas. J'espérais que vous seriez capable de m'en dire un peu plus sur la nuit de l'accident. D'après la police, vous pensez avoir entendu quelque chose, n'est-ce pas ?

Shelagh regarda Meredith, puis Hal, et détourna les yeux.

— Ils soutiennent toujours que Seymour est sorti de la route parce qu'il était ivre ?

— C'est ça que j'ai du mal à accepter. Ça ne ressemble pas à mon père.

Shelagh retira un fil de son pantalon. Elle semblait tendue.

— Comment avez-vous fait la connaissance du père de Hal ? lui demanda Meredith pour la mettre à l'aise.

Hal sembla surpris de son intervention, mais Meredith hocha imperceptiblement la tête, et il la laissa mener la barque à sa façon.

Shelagh O'Donnell sourit. Son visage en fut transformé et Meredith songea qu'elle aurait pu être séduisante si la vie ne s'était pas acharnée sur elle.

— Ce soir-là, sur la place, vous m'avez demandé ce que le mot « estimé » voulait dire.

— En effet.

— Eh bien, voilà ce qu'était Seymour. Tout le monde l'aimait. Et tout le monde le respectait, même ceux qui ne le connaissaient pas bien. Il était toujours poli, courtois avec les serveurs, les commerçants, il traitait tout le monde avec respect, pas comme...

Elle s'interrompit. Meredith et Hal échangèrent un

regard. Ils pensaient tous deux à la même chose – Shelagh comparait Seymour à Julian Lawrence.

— Évidemment, il n'était pas souvent là, reprit-elle rapidement, mais j'ai appris à le connaître quand...

Elle se tut et se mit à tripoter un bouton de sa veste.

— Oui ? l'encouragea Meredith. Vous avez appris à le connaître quand... ?

Shelagh soupira.

— J'ai traversé une... période difficile, il y a environ deux ans. Je travaillais sur un chantier archéologique pas loin d'ici, dans les monts Sabarthès, et je me suis laissé entraîner à faire de mauvais choix. (Elle se tut un moment.) Bref, ça va mal depuis ce temps-là. Ma santé n'est pas très bonne, je ne travaille que quelques heures par semaine : je fais de petites expertises pour les ateliers de Couiza. (Elle se tut à nouveau.) Je suis venue vivre à Rennes-les-Bains il y a environ dix-huit mois. J'ai une amie, Alice, qui vit dans un village pas loin d'ici, Los Seres, avec son mari et sa fille, alors il me semblait logique de m'installer ici.

Meredith reconnut le nom du village.

— C'est bien de Los Seres qu'était originaire l'écrivain Audric Baillard, n'est-ce pas ?

Hal haussa les sourcils.

— Je lisais l'un de ses livres, tout à l'heure, dans ma chambre. L'une des trouvailles de ton père dans le vide-grenier.

Il sourit, visiblement ravi qu'elle se soit rappelé l'anecdote.

— En effet, acquiesça Shelagh. Mon amie Alice l'a bien connu. (Son regard s'assombrit.) Moi aussi, je l'ai rencontré.

Meredith devinait, à l'expression de Hal, que la

conversation lui avait rappelé quelque chose à lui aussi, mais il n'en dit rien.

— Tout ça pour dire que j'avais des problèmes d'alcool. (Shelagh se tourna vers Hal.) J'ai rencontré votre père dans un bar à Couiza. J'étais fatiguée, j'avais probablement trop bu. On s'est mis à discuter. Il était gentil, un peu inquiet pour moi. Il a tenu à me raccompagner en voiture jusqu'à Rennes-les-Bains. Sans arrière-pensées. Le lendemain matin, il m'a ramenée à Couiza pour que je reprenne ma voiture. (Elle se tut un instant.) Il n'en a plus jamais reparlé, mais après ça, il passait me voir chaque fois qu'il arrivait d'Angleterre.

Hal hocha la tête.

— Alors vous ne croyez pas qu'il aurait pris le volant s'il n'avait pas été en état de conduire ?

Shelagh haussa les épaules.

— Je ne peux pas en être sûre, mais non, je ne crois pas.

Meredith les trouvait un peu naïfs, tous les deux. Beaucoup de personnes disaient une chose et en faisaient une autre. Mais elle était tout de même impressionnée par l'admiration et le respect évidents de Shelagh pour le père de Hal.

— La police a dit à Hal que vous pensiez avoir entendu l'accident, mais que vous n'aviez compris de quoi il s'agissait que le lendemain matin, dit-elle doucement. C'est exact ?

Shelagh porta sa tasse de café à ses lèvres d'une main tremblante, avala une ou deux gorgées, puis la posa un peu maladroitement sur sa soucoupe.

— À vrai dire, je ne sais pas ce que j'ai entendu. Je ne sais pas si cela a un rapport avec l'accident.

— Allez-y.

— Je suis sûre d'avoir entendu quelque chose, pas

le grincement de freins ou le crissement de pneus d'une voiture qui prend trop rapidement un virage, rien qu'une sorte de grondement, il me semble. (Elle se tut un instant.) J'écoutais *Solid Air* de John Martyn. C'est une musique assez douce, mais quand même, je n'aurais pas entendu ce son s'il ne s'était pas produit entre la fin d'un morceau et le début du suivant.

— Quelle heure était-il ?

— Environ une heure du matin. Je me suis levée pour regarder par la fenêtre, mais je n'ai rien vu. L'obscurité était totale, le silence aussi. J'en ai simplement conclu qu'une voiture était passée. Je ne me suis posé de questions que le lendemain matin quand j'ai vu la police et l'ambulance près du fleuve.

D'après son expression, Hal ne saisissait pas où Shelagh voulait en venir. Meredith, en revanche, avait compris.

— Attendez, dit-elle, si je comprends bien, vous n'avez pas vu de lueur de phares, c'est bien ça ?

Shelagh hocha la tête.

— Et vous l'avez dit à la police ?

Hal les regarda tour à tour.

— Je ne vois pas très bien en quoi c'est important.

— Ce n'est peut-être pas important, répliqua Meredith, mais c'est curieux. D'abord, même si ton père roulait beaucoup trop vite – je ne dis pas que ça ait été le cas –, aurait-il vraiment roulé sans phares ?

Hal fronça les sourcils.

— Mais si la voiture est tombée du pont dans le fleuve, les phares ont peut-être été fracassés.

— Bien entendu, mais tu m'as dit que la voiture n'était pas très abîmée, poursuivit-elle. De plus, d'après la police, Shelagh a entendu des freins grincer, c'est bien ça ?

Il hocha la tête.

— Sauf que Shelagh vient de nous affirmer que c'est précisément cela qu'elle n'a pas entendu.

— Je ne vois toujours pas...

— Deux choses. Un, pourquoi le rapport de la police est-il inexact ? Deux – et là, je l'avoue, il s'agit d'une pure spéculation –, si ton père a perdu le contrôle de sa voiture au virage et s'il est passé par-dessus bord, est-ce que ça n'aurait pas fait plus de bruit et été visible ? Je n'arrive pas à croire que tous les phares soient tombés en panne en même temps.

Hal commençait à changer d'expression.

— Tu insinues que la voiture a pu être poussée par-dessus bord ?

— C'est une hypothèse, dit Meredith.

Ils se regardèrent fixement pendant un moment. Leurs rôles s'étaient inversés. C'était Hal qui était sceptique et Meredith qui défendait ses arguments.

— Il y a autre chose, intervint Shelagh.

Ils se tournèrent tous deux vers elle. Pendant un moment, ils avaient presque oublié sa présence.

— Quand je me suis couchée, environ un quart d'heure plus tard, j'ai entendu une autre voiture sur la route. À cause de ce qui venait de se passer, j'ai regardé par la fenêtre.

— Et ? dit Hal.

— C'était une Peugeot bleue, qui roulait vers le sud en direction de Sougraigne. Ce n'est que le lendemain matin que je me suis dit que cette voiture était passée après l'accident : il était environ une heure et demie à ce moment-là. S'il venait de la ville, le conducteur aurait forcément remarqué qu'il y avait une voiture dans le fleuve. Alors pourquoi ne pas en avoir averti la police ?

Meredith et Hal se regardèrent, en songeant à la

688

voiture garée derrière la maison, dans le parking du personnel.

— Comment pouvez-vous être sûre qu'il s'agissait d'une Peugeot bleue ? demanda Hal d'une voix égale. Il faisait noir, non ?

Shelagh rougit.

— J'ai une voiture du même modèle. Tout le monde en a, par ici, dit-elle, sur la défensive. En plus, il y a un réverbère devant la fenêtre de ma chambre.

— Comment ont réagi les policiers quand vous le leur avez dit ?

— Ça ne leur a pas semblé important. (Elle jeta un coup d'œil vers la porte.) Désolée, je vais devoir y aller.

Elle se leva. Meredith et Hal en firent de même.

— Écoutez, dit-il en fourrant ses mains dans ses poches, je sais que c'est beaucoup vous demander, mais y aurait-il moyen de vous persuader de venir au commissariat de Couiza avec moi ? Pour répéter ce que vous venez de me raconter ?

Shelagh secoua la tête.

— Je ne sais pas. J'ai déjà fait ma déposition.

— Je sais. Mais si nous y allions ensemble..., insista-t-il. J'ai vu le rapport de l'accident et la plupart des choses que vous m'avez dites n'y figurent pas. (Il passa les doigts dans sa tignasse.) Je vous emmène ? (Il la fixa de ses yeux bleus.) Je veux simplement connaître le fond de cette affaire. Pour mon père.

Meredith comprenait le dilemme de Shelagh. Manifestement, elle n'avait aucune envie d'avoir à nouveau affaire à la police. Mais son affection pour le père de Hal l'emporta. Elle hocha la tête.

Hal soupira, soulagé.

— Merci. Merci mille fois. Je passerai vous

prendre vers, disons, midi. Pour vous laisser le temps de faire le point. Ça vous irait ?

Shelagh hocha la tête.

— J'ai quelques courses urgentes à faire ce matin – c'est pour ça que je suis venue ici plus tôt que prévu – mais je serai à la maison vers 11 heures.

— Très bien. Et vous habitez où ?

Shelagh lui donna son adresse. Ils se serrèrent tous la main – même Hal et Meredith, ce qui était un peu curieux, vu les circonstances – puis retournèrent dans le vestibule. Meredith remonta dans sa chambre, laissant Hal raccompagner Shelagh O'Donnell jusqu'à sa voiture.

Ni l'un ni l'autre n'entendit le bruit de la porte – celle du bureau au fond du bar – qui se refermait.

86.

La respiration de Julian Lawrence était saccadée. Son sang lui battait dans les tempes. Il s'enferma dans son bureau en faisant claquer la porte tellement fort que les portes vitrées des étagères vibrèrent.

Il fouilla la poche de sa veste pour trouver ses cigarettes et son briquet. Sa main tremblait tant qu'il dut s'y reprendre à plusieurs fois pour en allumer une. Le commissaire avait bien parlé d'un témoin, une Anglaise dénommée Shelagh O'Donnell, mais selon lui elle n'avait rien vu. Ce nom n'était pas inconnu à Julian, mais il n'y avait pas repensé. Puisque la police ne semblait pas la prendre au sérieux, cela ne lui avait pas paru important. D'après eux, c'était une ivrogne.

Même quand elle avait débarqué à l'hôtel ce matin, il n'avait pas fait le rapprochement. S'il s'était glissé dans le bureau du fond du bar pour épier sa conversation avec Hal et Meredith Martin, c'était parce qu'il l'avait déjà aperçue chez un antiquaire de Couiza. Il en avait déduit que Meredith Martin l'avait invitée pour parler du tarot Bousquet.

Au fil de leur discussion, il avait enfin compris pourquoi le nom d'O'Donnell lui était familier. En juillet 2005, un incident avait eu lieu sur un chantier archéologique dans les monts Sabarthès. Julian ne s'en rappelait pas les détails précis, mais plusieurs personnes avaient péri, y compris un auteur local bien connu dont le nom lui échappait. Mais cela n'avait aucune importance.

Ce qui importait, c'était qu'elle avait vu sa voiture. Julian était certain qu'on n'arriverait jamais à prouver que c'était la sienne, plutôt que l'un des nombreux véhicules identiques de la région, mais ce témoignage suffirait peut-être à faire pencher la balance. La police n'avait pas pris O'Donnell au sérieux auparavant mais si Hal insistait, elle pourrait changer d'avis.

Il ne croyait pas qu'O'Donnell ait fait le rapprochement entre la Peugeot et le Domaine de la Cade, autrement elle ne serait pas venue sur place ce matin. Mais il ne pouvait pas courir le risque qu'elle reconnaisse sa voiture.

Il devait agir. Une fois de plus, on lui forçait la main, comme cela avait été le cas pour son frère. Julian jeta un coup d'œil au tableau accroché au-dessus de son bureau : un symbole du tarot, offrant des possibilités infinies, alors qu'il se sentait de plus en plus pris au piège.

Sur l'étagère, en dessous du tableau, étaient exposés des objets découverts au cours de ses excavations dans le domaine. Il avait mis du temps à admettre que les ruines du sépulcre n'étaient qu'un tas de vieilles pierres, rien de plus. Mais il avait déniché un ou deux objets intéressants. Une montre de bonne qualité, bien qu'assez abîmée, portant les initiales A.V., et un médaillon en argent contenant deux miniatures, tous deux trouvés dans des tombeaux qu'il avait fouillés, au bord du lac.

Voilà ce qui lui importait : le passé. Trouver les cartes. Et non régler les problèmes du présent.

Julian se dirigea vers le nécessaire à liqueur et se

versa un cognac pour se calmer les nerfs. Il l'engloutit cul-sec, puis jeta un coup d'œil à l'horloge.

10 h 15.

Il prit sa veste suspendue derrière la porte, glissa une pastille à la menthe dans sa bouche, saisit les clés de sa voiture et sortit.

87.

Meredith quitta Hal alors qu'il parlait au téléphone,
pour tenter d'obtenir un rendez-vous au commissariat
de Couiza avant d'aller chercher Shelagh O'Donnell,
comme prévu.

Elle l'embrassa sur la joue. Il leva la main et articula en silence qu'il la verrait plus tard, puis revint à
sa conversation. Meredith s'arrêta pour demander à la
gentille réceptionniste si elle savait où elle pourrait
emprunter une pelle. Éloïse ne parut pas étonnée de
cette curieuse requête : elle lui suggéra simplement de
s'adresser au jardinier.

— Merci, je vais lui poser la question, dit Meredith.

Elle s'enroula son écharpe autour du cou et franchit
les portes vitrées donnant sur la terrasse. Les brumes
matinales s'étaient presque entièrement dissipées,
mais une rosée argentée luisait encore sur la pelouse.
Tout était baigné d'une lumière dorée et cuivrée, sur
le fond de ciel froid tavelé de nuages blancs et roses.

L'odeur entêtante des feux de jardin embaumait l'atmosphère. Meredith la huma : les senteurs de l'automne
lui rappelaient son enfance. Elle et Mary, découpant
religieusement des visages dans les citrouilles pour en
faire des lanternes d'Halloween. Elle, préparant son
déguisement pour aller quêter des bonbons chez les
voisins. Elle revêtait en général un costume de fan-

tôme : un drap percé de deux trous pour les yeux, avec une bouche effrayante dessinée au feutre noir.

Tout en dévalant d'un pas léger les marches menant au sentier en gravier, elle se demanda ce que faisait Mary en ce moment. Mais il n'était que 5 heures moins le quart, là-bas, à la maison. Mary dormait encore. Elle l'appellerait peut-être plus tard pour lui souhaiter un bon Halloween.

Le jardinier n'était pas là mais il avait laissé sa brouette. Meredith inspecta les environs au cas où il réapparaisse, mais ne vit rien. Elle hésita, puis saisit une petite truelle posée sur un tas de feuilles mortes, la glissa dans sa poche et se dirigea vers le lac en coupant à travers la pelouse. Elle la rapporterait dès qu'elle le pourrait.

C'était une sensation curieuse, mais elle avait l'impression de marcher dans les pas de la silhouette qu'elle avait aperçue plus tôt.

Aperçue ? Imaginée ?

Elle se retourna pour scruter la façade de l'hôtel et tenter de repérer sa fenêtre, en se demandant si elle avait réellement pu voir d'aussi loin ce qu'elle avait cru voir.

Lorsqu'elle parvint au bout du sentier contournant le lac par la gauche, le terrain se mit à monter. Elle escalada une pente herbeuse jusqu'à un petit promontoire qui dominait le lac, juste en face de l'hôtel. Cela semblait insensé, mais elle était convaincue que c'était précisément là que s'était dressée la silhouette qu'elle avait vue ce matin.

Imaginée.

Le banc de pierre en forme de croissant de lune luisait de rosée. Meredith l'essuya avec ses gants avant de s'y asseoir. Comme chaque fois qu'elle était au bord de l'eau, elle pensa à Jeanette et à la façon dont elle avait choisi de mettre fin à ses jours. En marchant dans le lac Michigan, les poches pleines de cailloux. Comme Virginia Woolf. Meredith l'avait appris à l'école bien des années plus tard, mais sans doute sa mère adoptive le savait-elle.

Tout en contemplant le lac, Meredith fut étonnée de constater qu'elle se sentait en paix. Elle pensait à sa mère naturelle sans éprouver ses sentiments habituels de culpabilité. Ni cœur battant, ni bouffée de honte, ni regrets. Cet endroit était un lieu de recueillement, de calme et d'intimité. Le croassement des corbeaux dans les arbres, les pépiements plus aigus des pinsons dans l'épaisse haie de buis, la maison, au loin, de l'autre côté du lac...

Elle s'attarda encore un moment avant de poursuivre son chemin. Deux heures auparavant, elle s'était sentie frustrée de ne pas pouvoir se précipiter à la recherche des ruines du sépulcre. Après avoir entendu le témoignage de Shelagh O'Donnell, sans doute Hal aurait-il beaucoup à faire. Il ne rentrerait probablement pas avant 13 heures.

Elle regarda son portable pour vérifier qu'elle était toujours sur le réseau. S'il avait besoin d'elle, il pourrait l'appeler.

Prenant garde à ne pas glisser sur l'herbe mouillée, elle redescendit jusqu'à la berge du lac et examina les environs. À droite, le sentier longeait le lac pour revenir à la maison. À gauche, une piste embroussaillée plongeait dans la forêt de hêtres.

Meredith prit à gauche. En quelques minutes, elle fut au cœur des bois. Le sentier menait à un enchevêtrement de pistes toutes semblables. Certaines allaient en montant, d'autres semblaient descendre vers la vallée. Elle avait l'intention de repérer les ruines du sépulcre wisigoth, puis de rechercher l'endroit où les cartes avaient pu être dissimulées. Toute cachette trop évidente aurait été découverte depuis plusieurs années, mais c'était de toute façon un bon point de départ.

Meredith emprunta une piste qui déboucha sur une petite clairière. Après quelques minutes, la pente devint beaucoup plus escarpée. Le sol, sous ses pieds, avait changé. Elle raidit les jambes, descendant prudemment pour ne pas glisser sur les pierres humides. Le gravier, les pommes de pin et les brindilles roulaient sous ses pieds. Elle aboutit à une espèce de plate-forme naturelle, qui ressemblait presque à un pont. Sous cette plate-forme, à la perpendiculaire, se trouvait une bande de terre brune bordée d'arbres.

À l'horizon, Meredith distinguait sur une colline un ensemble de mégalithes, gris sur fond de verdure, peut-être ceux que Hal lui avait désignés alors qu'ils roulaient vers Rennes-le-Château.

Ses cheveux se dressèrent sur sa nuque.

Elle comprit que de là, tous les lieux dont Hal lui avait parlé – le Fauteuil du Diable, le Bénitier, l'Étang du Diable – étaient visibles. Qui plus est, de l'endroit où elle se tenait, elle reconnaissait tous les paysages figurant en toile de fond des cartes.

Le sépulcre remontait à l'époque wisigothe. Il était donc raisonnable d'en déduire que d'autres sépultures wisigothes se trouvaient dans le domaine. Meredith inspecta les environs. Elle n'était pas experte en géologie, mais la bande de terre brune ressemblait beaucoup à un lit de rivière asséché.

Tentant de contenir son excitation, elle chercha un endroit par où descendre. Il n'y en avait aucun. Elle hésita, puis s'accroupit et manœuvra de façon à se retrouver assise au bord de la plate-forme. Elle resta un moment suspendue dans le vide. Puis elle se laissa glisser et tomba pendant une fraction de seconde, le cœur affolé.

Ses genoux encaissèrent sa chute ; elle se redressa et poursuivit sa descente. L'endroit, luisant sous la bruine d'automne, ressemblait en effet au lit asséché d'un torrent à la fin de l'été. Tout en s'efforçant de ne pas glisser sur les pierres branlantes et la terre humide, Meredith chercha des yeux quelque chose qui sorte de l'ordinaire.

À première vue, il n'y avait aucune brèche dans les broussailles enchevêtrées et dégoulinantes de rosée. Puis, un peu plus loin, juste avant que la piste plonge comme un toboggan entre les broussailles, Meredith remarqua une dépression peu profonde. Elle se rapprocha jusqu'à ce qu'elle distingue une pierre grise et plate, émergeant des racines d'un genévrier aux feuilles piquantes, chargé de baies violettes. La dépression n'était pas assez étendue pour dissimuler une tombe, mais la pierre ne semblait pas être arrivée là par hasard. Meredith sortit son portable et prit quelques photos.

Elle rangea son portable, puis tira sur les broussailles. Les fines branches étaient robustes et drues, mais elle réussit à les écarter suffisamment pour distinguer ce qui se nichait sous les racines.

Une bouffée d'adrénaline lui parcourut les veines. Il y avait un cercle de pierres, huit en tout. Leur disposition lui rappelait quelque chose. Elle plissa les yeux, puis elle comprit : le cercle de pierres reproduisait la couronne d'étoiles de la Force. D'ailleurs, le paysage, en ce lieu précis, ressemblait fort, par sa couleur et ses tons, à celui qui était représenté sur la carte.

Avec une impatience grandissante, Meredith plongea les mains entre les feuillages, la vase et la boue transperçant ses gants en laine, et tira jusqu'à ce qu'elle parvienne à déplacer la plus grosse des pierres.

Elle en essuya la surface et poussa un soupir de satisfaction. Une étoile à cinq pointes entourée d'un cercle y était tracée au goudron ou à la peinture noire.

Le symbole de la série des deniers. La série des trésors.

Elle prit encore quelques photos avant de poser la pierre à côté du trou. Elle tira la truelle de sa poche et se mit à creuser, raclant contre des pierres et des tessons d'argile. Elle retira l'un des plus gros morceaux pour l'examiner. On aurait dit une tuile : il était curieux d'en trouver une enterrée ici, aussi loin de la maison.

La truelle heurta enfin un objet plus volumineux. De peur de l'abîmer, Meredith posa son outil et termina sa tâche à la main, fouillant la boue, écartant les vers et les hannetons. Elle retira ses gants et tâtonna à l'aveuglette.

Enfin, elle sentit un bout d'étoffe épaisse, une toile cirée. Elle passa la tête sous les feuillages pour regarder et, repoussant les coins de l'étoffe, découvrit un ravissant petit coffret précieux au couvercle laqué incrusté de nacre. On aurait dit un coffre à bijoux ou la boîte à ouvrage d'une dame. Il portait deux initiales de bronze terni et rongé.

L.V.

Meredith sourit. Léonie Vernier. Forcément.

Elle allait soulever le couvercle quand elle hésita. Et si les cartes s'y trouvaient ? Qu'est-ce que cela signifierait ? Voulait-elle seulement les voir ?

Une sensation d'isolement s'abattit sur elle. Les bruits de la forêt, jusque-là si doux, si rassurants, lui semblaient maintenant oppressants, menaçants. Elle tira son téléphone de sa poche pour regarder l'heure. Et si elle appelait Hal ? Le désir d'entendre une autre voix humaine – *sa* voix – la transperça. Puis elle se ravisa. Il ne souhaitait sans doute pas être dérangé au beau milieu de son entretien avec les policiers. Elle hésita, décida de lui envoyer un SMS et le regretta aussitôt. C'était une activité de substitution. Et elle ne devait surtout pas donner l'impression d'être en demande.

Meredith contempla à nouveau la boîte.

L'histoire est dans les cartes.

Elle essuya sur son jean ses paumes rendues moites par l'effort et la nervosité. Enfin, lentement, elle souleva le couvercle. Le coffret était rempli de bobines de fil, de rubans et de dés à coudre. L'intérieur matelassé du couvercle était criblé d'aiguilles et d'épingles. De ses doigts terreux, meurtris par le froid et la fouille, Meredith retira quelques bobines, fouissant entre les bouts de feutre et de tissu comme elle avait creusé la terre et la poussière quelques instants auparavant.

Puis elles apparurent. Elle vit le dos vert de la carte du dessus, avec ses délicats motifs en filigrane or et argent. Les couleurs étaient plus crayeuses que celles de son propre jeu, et peintes à la main plutôt qu'imprimées. Elle en parcourut la surface du bout des doigts. La texture était différente, plus rugueuse, semblable à du parchemin, alors que le jeu moderne était en carton plastifié.

Meredith s'obligea à compter jusqu'à trois, pour se donner le courage de retourner la carte du dessus.

Son propre visage la fixait. La carte XI. La Justice.

Tout en contemplant l'image, elle fut à nouveau consciente qu'une voix chuchotait dans sa tête. Pas comme les voix qui avaient hanté sa mère : celle-ci était douce et gentille, c'était la voix qu'elle avait entendue en rêve, portée par l'air, glissant entre les branches et les troncs des arbres.

Ici le temps s'en va vers l'éternité.

Meredith se releva. Le plus logique, maintenant, serait d'empocher les cartes et de rentrer à l'hôtel pour les étudier dans le confort de sa chambre, avec ses notes, son accès Internet et son propre jeu de cartes comme point de comparaison.

Mais elle entendait toujours la voix de Léonie. En un instant, le monde entier semblait avoir rétréci pour ne plus occuper que ce lieu. L'odeur de la terre dans ses narines, la boue et le gravier sous ses ongles, l'humidité qui s'infiltrait de la terre jusque dans ses os.

Mais ce n'est pas le lieu.

Quelque chose l'appelait, l'attirait au fond des bois. Le vent sifflait de plus en plus fort, charriant autre chose que les bruits de la forêt : une musique entendue sans que personne écoute. Elle décelait une mélodie ténue dans le bruissement des feuilles mortes et le frémissement des branches nues des hêtres.

Des notes simples, une mélodie mélancolique en mode mineur, et toujours ces mots dans sa tête qui la guidaient vers le sépulcre en ruine.

Aïci lo tems s'en va res l'Eternitat.

Julian laissa sa voiture déverrouillée dans le parking à l'entrée de Rennes-les-Bains, puis marcha rapidement jusqu'à la place des Deux-Rennes, coupa à travers le square et se dirigea vers la petite rue qu'habitait Shelagh O'Donnell.

Il desserra le nœud de sa cravate. Des auréoles de sueur s'étalaient sous ses bras. Plus il réfléchissait à la situation, plus elle lui semblait préoccupante. Il voulait simplement retrouver les cartes. Tout ce qui pouvait l'en empêcher ou le retarder était intolérable. Il ne devait négliger aucun détail.

Il n'avait pas songé à ce qu'il allait dire. Il savait

simplement qu'il ne pouvait pas la laisser aller au commissariat avec Hal.

Il contourna le coin de la rue et l'aperçut, assise en tailleur sur le muret qui séparait la terrasse de sa propriété du sentier déserté qui longeait le fleuve. Elle fumait et passait la main dans ses cheveux, tout en parlant au téléphone.

Que disait-elle ?

Julian s'arrêta, soudain pris de vertige. Maintenant, il entendait sa voix, son accent discordant, tout en voyelles plates, sa conversation à sens unique assourdie par le sang qui lui battait dans la tête.

Il s'approcha d'un pas pour mieux l'entendre. Shelagh O'Donnell se pencha en avant et éteignit sa cigarette en l'écrasant à petits coups brusques dans un cendrier argenté. Ses paroles bondirent vers lui.

— Il faut que je vérifie, pour la voiture.

Julian tendit la main pour s'appuyer au muret. Il avait dans la bouche comme un goût de poisson séché, amer et désagréable. Il lui aurait fallu un verre d'alcool pour s'en débarrasser. Il regarda autour de lui, les idées embrouillées. Un bâton gisait par terre, dépassant à moitié de dessous la haie. Il le ramassa. Elle parlait toujours, elle n'arrêtait pas, elle racontait ses mensonges. Pourquoi ne se taisait-elle donc pas ?

Julian brandit le bâton et l'abattit violemment sur sa tête.

Shelagh O'Donnell poussa un cri. Il la frappa encore, pour l'empêcher de faire du bruit. Elle s'affala de côté sur les pierres. Puis ce fut le silence.

Julian lâcha son arme. Pendant un moment, il resta immobile. Puis, horrifié, incrédule, il repoussa le bâton dans la haie d'un coup de pied et se mit à courir.

XI

Le sépulcre
Novembre 1891-octobre 1897

88.

Domaine de la Cade
Dimanche 1er novembre 1891

Anatole fut inhumé au Domaine de la Cade, sur le petit promontoire dominant le lac, près du banc de pierre en forme de croissant de lune où Isolde aimait s'asseoir.

L'abbé Saunière célébra la modeste cérémonie, à laquelle seuls Léonie au bras d'Audric Baillard, Me Fromilhague et Mme Bousquet assistèrent.

Isolde resta dans sa chambre, sous constante surveillance, sans même savoir que les funérailles avaient eu lieu. Prisonnière d'un monde silencieux, enfermée entre les quatre murs de son esprit, elle vivait dans un temps suspendu, sans avoir aucune conscience des heures qui s'écoulaient, comme si chaque minute pouvait aussi bien, à elle seule, contenir l'expérience de toute une vie. Elle savait qu'il faisait jour ou nuit, que tantôt la fièvre la brûlait ou que le froid la glaçait, mais elle était piégée entre deux mondes, ensevelie sous un voile qu'elle ne pouvait repousser.

Le même petit groupe rendit hommage le lendemain au Dr Gabignaud, au cimetière de l'église paroissiale de Rennes-les-Bains ; mais cette fois, les citoyens de la ville, qui avaient connu et admiré le jeune homme, se joignirent à eux. Le Dr Courrent prononça l'éloge funèbre, louant le travail de Gabignaud, sa passion et son sens du devoir.

Après les obsèques, Léonie, assommée par le chagrin et les responsabilités qui reposaient désormais sur ses frêles épaules, se retira au Domaine de la Cade et n'en sortit que rarement. La petite maisonnée se replia sur une routine sans joie, où les journées se succédaient à l'identique.

Dans les bois de hêtres dénudés, la neige tomba tôt, recouvrant les pelouses et le parc d'un manteau blanc. Le lac gelé tendait un miroir de glace aux nuages bas.

Le successeur du Dr Gabignaud venait tous les jours surveiller la santé d'Isolde.

— Le pouls de Mme Vernier est rapide ce soir, dit-il gravement en rangeant ses instruments dans sa trousse en cuir noir et en retirant son stéthoscope. L'intensité de son chagrin, les fatigues que lui impose sa grossesse... Si cet état persiste, je crains qu'à la longue elle ne retrouve pas toutes ses facultés mentales.

En décembre, l'hiver frappa de plein fouet. Le vent soufflait du nord par bourrasques, charriant une grêle qui criblait par vagues le toit et les fenêtres de la maison.

La vallée de l'Aude était prise dans la glace. S'ils avaient de la chance, les sans-abri étaient hébergés par leurs voisins. Les bêtes crevaient de faim dans les champs ; leurs sabots prisonniers de la boue glacée pourrissant sur place. Les rivières gelèrent. Les sentiers devinrent impraticables. Il n'y avait rien à manger, ni pour le bétail, ni pour les hommes. Dans les campagnes, la cloche du sacristain tintait à travers champs tandis que l'on portait les derniers sacrements à un mourant, sur des chemins rendus périlleux par la neige. On aurait dit que tous les êtres vivants allaient simplement, un à un, cesser d'exister. Plus de lumière, plus de chaleur ; comme des bougies qu'on aurait soufflées.

Dans l'église paroissiale de Rennes-les-Bains, le curé Boudet célébrait des messes pour les morts ; le clocher ne cessait de sonner le glas de son timbre mélancolique. À Coustaussa, le curé Gélis ouvrit les portes du presbytère aux plus démunis qui trouvèrent asile sur ses dalles froides. À Rennes-le-Château, l'abbé Saunière dénonçait dans ses sermons le mal rôdant dans les campagnes et exhortait ses ouailles à chercher leur salut au sein de la seule véritable Église.

Les domestiques du Domaine de la Cade restaient loyaux, bien qu'ils fussent troublés par les événements et par le rôle qu'ils y avaient joué. Comme Isolde ne se rétablissait pas, ils reconnurent en Léonie la maîtresse de maison. Mais Marieta s'inquiétait, car le chagrin dérobait à Léonie l'appétit et le sommeil ; elle maigrissait et pâlissait à vue d'œil. Ses yeux verts avaient perdu leur éclat. Pourtant son courage ne l'abandonnait pas. Elle avait promis à Anatole de protéger Isolde et son enfant, et elle était résolue à ne pas manquer à sa parole.

Victor Constant fut accusé du meurtre de Marguerite Vernier à Paris, du meurtre d'Anatole Vernier à Rennes-les-Bains et de la tentative de meurtre sur Isolde Vernier, veuve Lascombe. Il était également poursuivi pour l'agression d'une prostituée à Carcassonne, et soupçonné – sans qu'une enquête soit jugée nécessaire tant ces soupçons semblaient dignes de foi – d'avoir ordonné les meurtres du Dr Gabignaud, de Charles Denarnaud et d'un troisième comparse, même si son doigt n'avait pas appuyé sur la détente.

La ville condamnait le mariage secret d'Anatole et d'Isolde, plutôt parce qu'il avait été précipité que parce qu'il avait uni Isolde au neveu de son premier mari. Mais il semblait qu'avec le temps, on finirait par l'accepter.

Dans l'arrière-cuisine, la pile de bûches décroissait. Isolde ne recouvrait pas ses facultés mentales, mais le bébé grandissait en elle. Dans sa chambre du premier étage, un bon feu crépitait jour et nuit. Les courtes journées réchauffaient à peine le ciel avant la tombée de la nuit.

Prisonnière de sa douleur, Isolde se tenait à la croisée des chemins entre un monde dont elle s'était temporairement absentée et la contrée inconnue qui s'étendait au-delà. Les voix qui lui tenaient compagnie lui chuchotaient que si elle s'y aventurait, elle retrouverait ceux qu'elle aimait, qui l'attendaient dans des clairières ensoleillées. Anatole y serait, baignant dans une lumière douce et accueillante. Il n'y avait rien à craindre. Par moments, elle souhaitait la mort. Être avec lui. Mais l'esprit de l'enfant à naître prenait le dessus.

Par un après-midi maussade et silencieux, sans rien qui le distingue des jours précédents ou à venir, Isolde sentit les sensations revenir à ses membres graciles. Au début, dans les doigts, si subtilement qu'on aurait pu s'y méprendre. Une réaction automatique, involontaire. Un fourmillement, tout au bout des doigts, sous les ongles. Puis ses pieds tressaillant sous les couvertures. Et un picotement dans la nuque.

Elle bougea la main, et sa main obéit.

Isolde entendit un bruit. Non plus le murmure incessant des voix qui l'habitaient, mais un son normal, familier, celui d'un pied de chaise raclant le parquet. Pour la première fois depuis plusieurs mois, ce son n'était ni déformé, ni amplifié ou étouffé : direct, distinct, il parvenait à sa conscience à l'état brut.

Elle sentit quelqu'un se pencher sur elle, un souffle chaud sur son visage.

— Madama ?

Elle laissa ses paupières frémir et s'ouvrir. Elle entendit quelqu'un retenir sa respiration, un bruit de course, une porte qui s'ouvrait brusquement, des cris dans le couloir ; des clameurs s'élevèrent du vestibule, de plus en plus intenses, de plus en plus réelles.

— Madomaisèla Léonie ! Madama s'éveille !

Isolde cligna des yeux dans la lumière. Encore des bruits, puis la fraîcheur d'une main sur la sienne. Lentement, elle tourna la tête et aperçut le visage pensif de sa nièce penché sur elle.

— Léonie ?

On lui pressa les doigts.

— Je suis là.

— Léonie... Anatole, dit seulement Isolde d'une voix défaillante.

Sa convalescence fut lente. Elle marchait, mangeait, dormait, mais ses progrès physiques étaient irréguliers et la lumière s'était éteinte dans ses yeux gris. Le chagrin l'avait détachée d'elle-même. Tout ce qu'elle pensait, voyait, touchait et sentait réveillait de douloureux souvenirs.

Le soir, elle s'asseyait au salon avec Léonie pour parler d'Anatole, ses mains posées sur son ventre arrondi. Léonie écoutait Isolde raconter leur amour depuis leur première rencontre, leur décision de saisir le bonheur qui s'offrait à eux, l'imposture du cimetière de Montmartre, la joie éphémère de leur mariage dans l'intimité à Carcassonne, la veille du grand orage.

Mais Isolde avait beau répéter l'histoire, le dénouement restait le même. Un amour de conte de fées, privé de sa fin heureuse.

L'hiver finit enfin. La neige fondit, bien qu'une gelée mordante couvrit encore les petits matins jusqu'en février.

Au Domaine de la Cade, Léonie et Isolde demeuraient prisonnières de leur deuil, à contempler les ombres qui s'allongeaient sur la pelouse. Elles recevaient peu de visiteurs, à l'exception d'Audric Baillard et de Mme Bousquet, qui, bien que le mariage de Jules Lascombe lui eût fait perdre le Domaine, se révéla à la fois une amie généreuse et une voisine aimable.

De temps en temps, M. Baillard apportait des nouvelles de la traque de Victor Constant, qui avait disparu de l'hôtel de la Reine à Rennes-les-Bains dans la nuit du 31 octobre, et n'avait pas été revu en France.

La police l'avait recherché dans les stations thermales et les asiles traitant les hommes atteints de sa maladie, sans succès. L'État tentait de saisir ses biens, considérables. Sa tête était mise à prix. Malgré cela, personne ne l'avait vu et il ne circulait aucune rumeur le concernant.

Le 25 mars, qui par une malheureuse coïncidence était l'anniversaire du faux enterrement d'Isolde au cimetière de Montmartre, Léonie reçut un courrier officiel de l'inspecteur Thouron. Il l'informait qu'ayant des raisons de croire que Constant avait fui le pays, et sans doute passé la frontière d'Andorre ou d'Espagne, on allait réduire les effectifs affectés à sa recherche. Il la rassura : le fugitif serait arrêté et guillotiné s'il remettait les pieds en France. Mme et Mlle Vernier n'avaient donc plus rien à redouter de la part de Victor Constant.

Fin mars, alors que le mauvais temps les avait

empêchées de sortir depuis plusieurs jours, Léonie prit la plume pour écrire à l'ancien ami et voisin d'Anatole, Achille Debussy. Elle savait qu'il se faisait désormais appeler Claude Debussy, bien qu'elle fût incapable de lui donner ce prénom.

Leur correspondance combla la solitude de son existence confinée, mais surtout, elle apaisa un peu son cœur brisé en l'aidant à conserver un lien avec Anatole. Achille lui racontait ce qui se passait sur les boulevards où Anatole et elle s'étaient jadis sentis chez eux : les disputes, les rivalités mesquines à l'Académie, les auteurs en vogue ou en disgrâce, les querelles d'artistes, les compositeurs snobés, les scandales et les adultères.

Léonie n'éprouvait aucun intérêt pour ce monde désormais si lointain, si fermé, mais il lui rappelait ses conversations avec Anatole. Parfois, jadis, quand il revenait d'une nuit passée en compagnie d'Achille au Chat Noir, il entrait chez sa sœur, s'affalait dans le vieux fauteuil au pied de son lit et Léonie, couvertures tirées jusqu'au menton, l'écoutait raconter ses histoires. Debussy parlait surtout de lui-même, couvrant des pages entières de son écriture en pattes de mouche, mais, loin d'ennuyer Léonie, cela la distrayait de ses malheurs. Elle souriait lorsqu'il lui décrivait ses visites du dimanche matin à l'église Saint-Gervais pour écouter des chants grégoriens avec ses amis athées, assis dos tourné à l'autel en signe de défi, offensant à la fois les fidèles et le prêtre.

Léonie ne pouvait quitter Isolde et, même si elle avait pu voyager, l'idée de rentrer à Paris lui eût été pénible. Il était trop tôt. À sa demande, Achille et Gaby Dupont se rendaient régulièrement au cimetière de Passy dans le 16e arrondissement pour déposer des fleurs sur la tombe de Marguerite Vernier. Cette tombe, payée par Du Pont dans un dernier accès de générosité, jouxtait celle du peintre Édouard Manet, lui écrivait Achille. C'était un lieu paisible, ombragé. Léonie se disait que sa mère était heureuse de reposer en une telle compagnie.

Le temps changea : avril débarqua comme un général sur un champ de bataille, agressif, bruyant et belliqueux. Des bourrasques déferlaient des montagnes. Les journées commencèrent à rallonger, les matins devinrent plus lumineux. Marieta sortit ses aiguilles et ses bobines de fil. Elle ajouta des lés généreux aux chemises d'Isolde et défit les pinces de ses jupes pour accommoder sa silhouette arrondie.

Des fleurs des champs mauves, blanches et roses percèrent timidement la terre durcie pour lever leurs visages vers le soleil. Leurs éclaboussures colorées comme des gouttes de peinture devinrent plus vives et plus nombreuses, vibrant sur le fond de verdure des plates-bandes et des sentiers.

Mai arriva sur la pointe des pieds, annonciateur des longs jours de l'été et des rayons de soleil miroitant sur l'eau calme. Lorsqu'elle se rendait à Rennes-les-Bains, Léonie passait chez M. Baillard ou prenait le thé avec Mme Bousquet dans le salon de l'hôtel de la Reine. Devant les modestes maisons de la ville, des canaris chantaient dans les cages suspendues aux fenêtres. À tous les coins de rue, on vendait dans des brouettes les primeurs importées d'Espagne.

Le Domaine de la Cade resplendit soudain sous un ciel bleu infini. L'éclatant soleil de juin frappa les pics blancs des Pyrénées. L'été était enfin arrivé.

De Paris, Achille écrivait à Léonie que maître Maeterlinck lui avait accordé la permission de faire un opéra de sa nouvelle pièce, *Pelléas et Mélisande*. Il lui envoyait aussi un exemplaire de *La Débâcle* de Zola, dont l'action se déroulait durant l'été 1870 et la guerre franco-prussienne. Il y avait joint un mot pour préciser que cela aurait intéressé Anatole autant que lui, puisqu'ils étaient tous deux fils de communards. Léonie eut du mal à lire le roman, mais elle fut reconnaissante à Achille de ce cadeau si attentionné.

Elle ne se permettait pas de repenser au jeu de tarot. Il était lié aux événements sinistres de la veille de la Toussaint, et bien qu'elle ne parvînt pas à persuader l'abbé Saunière de lui raconter ce qu'il avait vu ou fait pour son oncle, M. Baillard l'avait mise en garde contre le démon Asmodée, qui rôdait dans les vallées durant les périodes de bouleversements. Bien qu'elle ne crût pas à ces superstitions, du moins s'en persuadait-elle, Léonie ne voulait pas courir le risque de provoquer le retour d'une telle terreur.

La jeune fille rangea sa série inachevée d'aquarelles, qui lui rappelait trop douloureusement son frère et sa mère, sans peindre Le Diable ni La Tour. Elle ne retourna pas non plus au lit de rivière asséché cerclé de genévriers. Il était trop proche de la clairière où Anatole était tombé.

Isolde ressentit ses premières contractions le matin du vendredi 24 juin, jour de la Saint-Jean-Baptiste.

M. Baillard avait engagé une sage-femme de son village natal de Los Seres. Elle arriva juste à temps pour l'accouchement.

À l'heure du déjeuner, les contractions d'Isolde étaient déjà assez rapprochées. Léonie lui baignait le front de compresses froides ; elle ouvrit les fenêtres pour laisser entrer dans la chambre de l'air frais, embaumé de genièvre et de chèvrefeuille. Marieta lui mouillait les lèvres d'une éponge trempée dans du vin blanc au miel.

À l'heure du thé, sans complications, Isolde accoucha d'un garçon en bonne santé, qui braillait à pleins poumons.

Léonie espérait que cette naissance marquerait le début du complet rétablissement d'Isolde. Qu'elle serait moins apathique, moins fragile, moins coupée du monde qui l'entourait. Comme toute la maisonnée, elle croyait qu'un enfant, l'enfant d'Anatole, allait apporter à Isolde l'amour et la raison de vivre dont elle avait tant besoin.

Mais les ténèbres engloutirent à nouveau Isolde trois jours après la naissance. Elle se préoccupait du bien-être de son fils, mais elle luttait pour ne pas sombrer dans l'abattement qui s'était emparé d'elle aussitôt après le meurtre d'Anatole. Son tout petit garçon, qui ressemblait tant à son père, lui rappelait celui qu'elle avait perdu, plus qu'il ne lui donnait la force de s'accrocher à la vie.

On engagea une nourrice.

Au fil de l'été, l'état d'Isolde ne s'améliora guère. Elle était gentille et remplissait ses devoirs auprès de son fils lorsque c'était nécessaire, mais autrement, elle vivait dans un monde intérieur, constamment persécutée par ses voix.

Alors qu'Isolde restait distante, Léonie tomba inconditionnellement amoureuse de son neveu. Louis-Anatole était un bébé épanoui, avec les cheveux noirs et les longs cils d'Anatole bordant les magnifiques prunelles grises qu'il tenait de sa mère. Toute au bonheur d'être avec l'enfant, Léonie oubliait, parfois pendant de longues heures, la tragédie qui les avait frappés.

Au cours des journées caniculaires de juillet et août, elle s'éveillait de temps en temps avec un sentiment d'espoir ; puis ses souvenirs lui revenaient et elle replongeait dans l'ombre. Mais son amour pour le fils d'Anatole et sa détermination à le protéger l'aidaient à reprendre courage.

d'espoir, puis les souvenirs se forçaient, et elle replongeait dans l'ombre. Mais son amour pour le fils d'Anatole et sa détermination à le protéger l'aidaient à reprendre courage.

89.

Le printemps 1893 succéda à l'automne 1892, sans que Constant reparût au Domaine de la Cade. Léonie se permit de croire qu'il était mort, mais elle eût préféré en recevoir la confirmation.

L'automne 1893 fut, comme celui de l'année précédente, d'une chaleur et d'une sécheresse africaines, suivies d'inondations torrentielles dans tout le Languedoc, qui emportèrent des pans entiers de terre, révélant des caves et des cachettes longtemps dissimulées sous la boue.

Achille Debussy était toujours un correspondant fidèle. En envoyant ses vœux de Noël, il apprit à Léonie que la Société nationale allait donner une représentation de *L'Après-midi d'un Faune*, nouvelle composition qui devait être la première d'un triptyque. Tout en lisant ses descriptions naturalistes du faune dans sa clairière, Léonie se rappela celle où elle avait, deux ans auparavant, découvert le jeu de cartes. Un instant, elle fut tentée de retracer ses pas pour voir si les tarots s'y trouvaient encore.

Elle n'en fit rien.

Loin des boulevards de Paris, son monde restait circonscrit par le bois de hêtres à l'est, la longue allée au nord et les pelouses au sud. Elle n'avait pour se sustenter que l'amour d'un petit garçon et son affection pour la femme belle mais ravagée dont elle avait promis de s'occuper.

Louis-Anatole était devenu la mascotte de la ville et de la maisonnée, où on le surnommait « pichon », le petit. Il était malicieux mais toujours charmant. Il posait des tas de questions, ressemblant en cela plutôt à sa tante qu'à son défunt père, mais il était également capable d'écouter. Lorsqu'il grandit, Léonie put se promener avec lui sur les sentiers et dans les bois du Domaine de la Cade. Pascal lui apprit à pêcher et à nager dans le lac. De temps à autre, Marieta lui permettait de gratter le bol à gâteau ou de lécher la cuiller en bois dont elle s'était servie pour préparer un soufflé aux framboises ou une mousse au chocolat. Il se perchait sur un vieux tabouret coincé contre le bord de la table de la cuisine, ceint de l'un des grands tabliers blancs amidonnés de la bonne, qui lui arrivait aux chevilles. Marieta, debout derrière lui pour l'empêcher de tomber, lui apprenait à pétrir la pâte à pain.

Quand Léonie l'emmenait à Rennes-les-Bains, il adorait s'asseoir à la terrasse du café qu'avait tant aimé Anatole. Avec ses boucles, sa chemise blanche à jabot et sa culotte en velours marron bien serrée aux genoux, il s'asseyait jambes pendantes sur le grand tabouret en bois. Il buvait du sirop de cerises ou du jus de pomme frais, et mangeait des mousses au chocolat.

Pour son troisième anniversaire, Mme Bousquet offrit à Louis-Anatole une canne à pêche en bambou. À Noël, Mᵉ Fromilhague lui fit porter une boîte de soldats de plomb.

Il rendait aussi régulièrement visite à Audric Baillard, qui lui racontait des histoires du Moyen Âge sur les chevaliers qui avaient défendu l'indépendance du Midi contre les envahisseurs nordiques. Plutôt que de plonger le petit garçon dans les livres d'histoire poussiéreux de la bibliothèque du Domaine de la Cade, M. Baillard donnait vie au passé. L'histoire préférée de Louis-Anatole était celle du siège de Carcassonne en 1209 et de ses courageux défenseurs : des hommes, des femmes et même des enfants à peine plus âgés que lui, qui s'étaient ensuite réfugiés dans les villages de la Haute Vallée.

Quand il eut quatre ans, Audric Baillard lui offrit la copie d'une épée médiévale, dont la poignée était gravée de ses initiales. Léonie lui fit acheter à Quillan, par l'intermédiaire de l'un des nombreux cousins de Pascal, un poney alezan avec une épaisse crinière blanche et une étoile blanche sur le chanfrein. Tout l'été, Louis-Anatole fut un preux chevalier combattant les Français ; il disputait des joutes en renversant les boîtes de conserve alignées sur une clôture en bois installée par Pascal sur la pelouse. De la fenêtre du salon, Léonie l'observait en se rappelant comment, petite fille, elle avait regardé Anatole courir, se cacher et grimper aux arbres du parc Monceau avec le même sentiment d'admiration mêlée d'envie.

Louis-Anatole manifestait aussi un réel talent musical : c'était comme si les leçons de piano prodiguées en vain à Anatole avaient profité à son fils. Léonie engagea un professeur de piano à Limoux. Une fois par semaine, il arrivait dans un dog-cart bringuebalant, avec sa cravate blanche et sa barbe mal taillée, et pendant deux heures il faisait faire des gammes à Louis-Anatole. Chaque semaine, en repartant, il priait Léonie de faire répéter le petit garçon en posant des verres d'eau en équilibre sur ses mains, pour qu'il conserve une bonne position. Léonie et Louis-Anatole hochaient la tête ; le lendemain et le surlendemain, ils s'y essayaient. Mais les verres d'eau se renversaient, détrempant les culottes en velours de Louis-Anatole et éclaboussant les ourlets des amples jupes de Léonie ; ils éclataient alors de rire et se mettaient à jouer des duos.

Quand il était seul, le petit garçon s'approchait du piano sur la pointe des pieds pour faire des expériences. Léonie s'asseyait en haut de l'escalier pour écouter sans qu'il la voie les douces et obsédantes mélodies nées sous ses doigts d'enfant. La plupart du temps, il retrouvait des accords en *la* mineur. Léonie songeait alors à la partition qu'elle avait dérobée jadis au sépulcre, toujours cachée dans le tabouret de piano, et se demandait si elle devrait la ressortir pour lui. Mais redoutant sa puissante influence sur le lieu, elle se ravisait.

Pendant ce temps, Isolde habitait son monde crépusculaire, errant à travers les pièces et les couloirs du Domaine de la Cade comme un spectre. Elle parlait peu, mais elle était gentille avec son fils et très aimée des domestiques. Il n'y avait que lorsqu'elle plongeait son regard dans celui de Léonie qu'une étincelle s'y ranimait. Pendant une seconde, le chagrin et les souvenirs s'embrasaient dans ses yeux, avant qu'une chape de ténèbres s'abatte à nouveau sur elle. Parfois, Isolde émergeait de l'ombre comme le soleil qui point entre les nuages. Mais quand les voix qui la hantaient revenaient, elle pressait les mains contre ses oreilles en pleurant, et Marieta la ramenait doucement à l'intimité et à la pénombre de sa chambre, en attendant des jours meilleurs. Les périodes d'accalmie devenaient plus courtes. Les ténèbres qui l'enveloppaient s'épaississaient. Anatole n'était jamais loin de ses pensées. Pour sa part, Louis-Anatole acceptait sa mère comme elle était – il ne l'avait jamais connue autrement.

Ce n'était pas là l'existence dont Léonie avait rêvé. Elle aurait voulu aimer, voir le monde, être elle-même.

Mais elle adorait son neveu et elle avait pitié d'Isolde ; déterminée à respecter la parole donnée à Anatole, elle accomplissait son devoir sans fléchir.

Aux automnes cuivrés succédaient les hivers glaciaux ; à Paris, la neige recouvrait d'un manteau blanc la tombe de Marguerite Vernier. Les printemps verdoyants cédaient la place aux cieux d'or flamboyants et aux pâturages brûlés par le soleil, et les buis s'enchevêtraient sur la tombe modeste d'Anatole, surplombant le lac du Domaine de la Cade.

La terre, le vent, l'eau et le feu, éléments éternels de la Nature.

Leur existence paisible n'allait pas durer. En 1897, entre Noël et le Nouvel An, une succession de signes – de présages, d'avertissements – indiquèrent que tout n'allait pas pour le mieux.

À Quillan, un petit ramoneur se cassa le cou en tombant. À Espéraza, un incendie dans une fabrique de chapeaux tua quatre ouvrières espagnoles. Dans l'atelier de la famille Bousquet, un apprenti se prit la main droite dans une presse typographique en métal brûlant et perdit quatre doigts.

Léonie fut elle-même affectée par ce sentiment de malaise général lorsque M. Baillard lui annonça qu'il devait quitter Rennes-les-Bains. C'était l'époque des foires d'hiver – Brenac le 19 janvier, Campagne-sur-Aude le 20 et Belvianes le 22. Il devait visiter ces villages avant de se rendre dans la montagne. L'air préoccupé, il lui expliqua que ses devoirs, plus anciens et plus contraignants que son rôle officieux de tuteur de Louis-Anatole, ne sauraient être négligés plus longtemps. Léonie regretta sa décision mais elle savait qu'il était inutile de l'interroger. Il lui donna sa parole qu'il serait de retour pour la Saint-Martin en novembre, au moment de la collecte des loyers.

Elle s'affligeait d'une aussi longue absence, mais elle savait depuis longtemps que M. Baillard ne se laissait jamais fléchir dès lors qu'il avait pris une décision.

Son départ imminent – et sans explications – fit comprendre à Léonie qu'elle connaissait bien peu son ami et protecteur. Elle ignorait même son âge : selon Louis-Anatole, il devait avoir au moins sept cents ans pour avoir autant d'histoires à raconter.

Quelques jours à peine après le départ de Baillard, un scandale éclata à Rennes-le-Château. L'abbé Saunière avait pratiquement terminé la restauration de son église. Dans les premiers mois glaciaux de 1897, les statues commandées à un atelier de Toulouse furent livrées. Parmi celles-ci se trouvait un bénitier reposant sur les épaules d'un démon grimaçant. Des voix s'élevèrent pour objecter que cette statue ainsi que d'autres n'avaient pas leur place dans un lieu de culte. Des lettres de protestation, dont certaines étaient anonymes, furent envoyées à la mairie et à l'évêché pour exiger que Saunière rende des comptes, mais aussi pour qu'on lui interdise de pratiquer des fouilles dans le cimetière.

Jusque-là, Léonie avait ignoré les rumeurs selon lesquelles Saunière creusait de nuit autour de l'église, et arpentait les montagnes du crépuscule à l'aube à la recherche d'un trésor. Elle se tint à l'écart de la controverse, et ne joignit pas sa voix à la marée montante des doléances contre un prêtre qu'elle croyait dévoué à sa paroisse. Mais la ressemblance entre les statues commandées par Saunière et celles du sépulcre la troublait. C'était comme si quelqu'un guidait la main de l'abbé Saunière, tout en complotant contre lui derrière son dos.

Léonie savait que Saunière avait vu ces statues du vivant de son oncle. Pourquoi, douze ans plus tard, avait-il choisi de reproduire des images qui avaient fait autant de tort autrefois ? Elle n'y comprenait rien. En l'absence de son ami et mentor Audric Baillard, elle ne pouvait discuter de ses craintes avec personne.

Le mécontentement se répandit de la montagne à la vallée et jusqu'à Rennes-les-Bains. On chuchotait que les maux qui s'étaient abattus sur la ville quelques années auparavant allaient à nouveau sévir. On parlait de tunnels secrets reliant Rennes-le-Château et Rennes-les-Bains, de chambres funéraires wisigothes. On prétendait que le Domaine de la Cade abritait une bête féroce. Des chiens, des chèvres et même des bœufs furent attaqués par des loups ou des chats sauvages qui ne semblaient redouter ni les pièges, ni les fusils des chasseurs. Selon la rumeur, ces massacres étaient perpétrés par une créature surnaturelle.

Bien que Pascal et Marieta tentassent d'empêcher les ragots de parvenir jusqu'aux oreilles de Léonie, elle eut vent de ces récits malveillants. La campagne de calomnies était subtile, aucune allégation n'était prononcée à haute voix, de sorte que Léonie était incapable de répondre à la pluie d'accusations dirigées contre le Domaine de la Cade et ses habitants.

Il était impossible d'identifier la source de ces bruits, mais ils s'intensifiaient. Un printemps froid et humide succéda à l'hiver, et les rumeurs d'événements surnaturels au Domaine de la Cade se multiplièrent. Des apparitions de fantômes et de démons, des rituels sataniques célébrés de nuit dans le sépulcre : on en était revenu aux jours sombres de l'époque où Jules Lascombe était le maître du domaine. Les jaloux et les aigris rappelaient les événements de la veille de la Toussaint 1891 ; on prétendait que la terre ne trouvait pas le repos. Qu'elle cherchait à châtier les péchés commis dans le passé.

D'anciennes formules magiques en langue d'oc furent tracées sur les rochers en bord de route pour chasser le démon qui rôdait dans la vallée, comme jadis. Des pentagrammes furent dessinés au goudron noir. Des offrandes votives de fleurs et de rubans furent déposées sur des autels improvisés.

Un après-midi, alors que Léonie était assise avec Louis-Anatole sur son banc préféré, sous les platanes de la place du Pérou, une phrase, lâchée d'une voix cassante, attira son attention.

« Lou Diable se ris. »

Quand elle rentra, elle demanda à Marieta le sens de ces paroles.

— Le Diable se rit, traduisit-elle à contrecœur.

Si Léonie n'avait pas su que c'était impossible, elle aurait soupçonné Victor Constant d'être à l'origine de cette campagne.

Elle se reprocha d'avoir pu le penser.

Constant était mort. Du moins selon la police. Il était forcément mort. Autrement, pourquoi les aurait-il laissés en paix pendant près de cinq ans, pour ne revenir qu'aujourd'hui ?

90.

Carcassonne

Lorsque la chaleur de juillet eut bruni les verts pâturages de Rennes-le-Château et de Rennes-les-Bains, Léonie se sentit incapable de supporter plus longtemps sa réclusion. Elle avait besoin de changer d'air.

Les rumeurs au sujet du Domaine de la Cade s'étaient encore intensifiées.

D'ailleurs, l'ambiance lors de sa dernière visite à Rennes-les-Bains avec Louis-Anatole avait été si désagréable qu'elle avait décidé de ne plus y mettre les pieds, du moins pendant quelque temps. Les salutations et les sourires de jadis s'étaient mués en silences et en regards soupçonneux. Elle ne voulait pas exposer Louis-Anatole à de telles rebuffades.

Léonie avait choisi, pour son excursion, le jour de la fête nationale. Carcassonne donnait un spectacle de feux d'artifice au-dessus de la citadelle médiévale. La jeune fille ne s'y était pas rendue depuis son bref et malencontreux séjour avec Anatole et Isolde, mais pour faire plaisir à son neveu – ce serait un cadeau un peu tardif pour son cinquième anniversaire – elle passerait outre ses mauvais souvenirs.

Elle devait convaincre Isolde de les accompagner. Sa tante était de plus en plus nerveuse ces derniers temps. Elle soutenait qu'elle était suivie, épiée depuis l'autre rive du lac, qu'il y avait des visages sous l'eau. Elle voyait de la fumée dans les bois même lorsqu'il n'y avait pas de feu. Léonie ne souhaitait pas la laisser seule pendant aussi longtemps, malgré sa confiance en Marieta.

— Je vous en prie, Isolde, dit-elle en lui caressant la main. Cela vous ferait du bien de voyager. De sentir le soleil sur votre visage. (Elle lui pressa les doigts.) Cela me ferait tellement plaisir. Et ce serait le plus beau cadeau d'anniversaire que vous puissiez offrir à Louis-Anatole. Accompagnez-nous, je vous en prie.

Isolde la regarda de ses profonds yeux gris, qui semblaient receler une grande sagesse et pourtant ne rien voir.

— Si vous voulez, dit-elle de sa voix argentine. Je viendrai.

Léonie en fut tellement stupéfaite qu'elle fit sursauter Isolde en la serrant dans ses bras. Ce faisant, elle sentit combien sa tante était maigre sous ses vêtements et son corset. Mais peu importait. Elle ne s'était pas attendue à ce qu'Isolde acquiesçât et elle en était ravie. C'était peut-être le signe qu'elle était enfin prête à aller de l'avant. Elle pourrait alors apprendre à connaître son magnifique petit garçon.

Le petit groupe prit le train pour Carcassonne.

Marieta veillait sur sa maîtresse. Pascal était chargé de distraire Louis-Anatole grâce aux récits des exploits militaires des Français au Dahomey et en Côte d'Ivoire. Pascal parlait avec une telle passion des déserts, des chutes rugissantes et d'un monde perdu caché dans les hauts plateaux que Léonie le soupçonna d'emprunter ses descriptions aux romans de Jules Verne plutôt qu'aux journaux. Louis-Anatole, pour sa part, régalait Pascal des histoires de M. Baillard sur les chevaliers médiévaux. Tous deux furent donc très satisfaits de leur trajet peuplé de sanglants récits.

Ils arrivèrent le 14 juillet à l'heure du déjeuner et prirent des chambres dans une pension de la Bastide basse, tout près de la cathédrale Saint-Michel et très loin de l'hôtel où Isolde, Léonie et Anatole étaient descendus six ans auparavant. Léonie passa l'après-midi à visiter la ville avec son neveu qui écarquillait les yeux et à qui elle permit de manger bien trop de crème glacée.

Ils regagnèrent leurs chambres à 17 heures pour se reposer. Léonie trouva Isolde allongée sur un canapé près de la fenêtre, à contempler les jardins du boulevard Barbès. Le cœur serré, elle comprit aussitôt que sa tante n'avait pas l'intention d'assister avec eux aux feux d'artifice.

Léonie se tut dans l'espoir d'être détrompée, mais lorsque le moment vint de sortir pour assister au spectacle, Isolde déclara qu'elle se sentait incapable d'affronter les foules. Louis-Anatole n'en fut pas déçu car, à dire la vérité, il ne s'était pas attendu à ce que sa mère les accompagnât. Mais Léonie, qui s'énervait pourtant rarement, éprouva un pincement irrité à l'idée qu'Isolde fût incapable de faire un effort pour son fils, rien qu'une fois.

Laissant Marieta veiller sur sa maîtresse, Léonie et Louis-Anatole sortirent avec Pascal. Le spectacle était offert par un industriel local, M. Sabatier, inventeur de l'apéritif Or-Kina et de la liqueur Micheline, surnommée « la reine des liqueurs ». Il s'agissait d'une première expérience, mais si elle était couronnée de succès, le spectacle serait redonné, à plus grande échelle, l'année suivante. Sabatier était présent partout, dans les prospectus que Louis-Anatole collectionnait comme souvenirs de leur expédition, et sur les murs criblés d'affiches.

À la tombée du jour, les foules se massèrent sur la rive droite de l'Aude, dans le quartier de la Trivalle, pour contempler les remparts restaurés de la cité. Enfants, jardiniers et bonnes des grandes maisons, vendeuses de magasins et cireurs de chaussures pullulaient autour de l'église Saint-Gimer, où Léonie s'était jadis abritée avec Victor Constant. Elle repoussa ce souvenir.

Sur la rive gauche, les badauds s'étaient regroupés devant l'hôpital des Malades, pour s'agripper ou se percher partout où l'on avait prise. Des enfants s'étaient juchés sur le mur adjacent à la chapelle Saint-Vincent-de-Paul. À la Bastide, on se rassemblait autour de la porte des Jacobins et sur les berges. Personne ne savait à quoi s'attendre au juste.

— Et hop, pichon ! dit Pascal en hissant le garçonnet sur ses épaules.

Léonie, Pascal et Louis-Anatole s'installèrent sur le Pont-Vieux, en se faufilant sur l'un des « becs » pointus – les alcôves qui donnaient sur le fleuve. Léonie chuchota à l'oreille de Louis-Anatole, comme si elle lui confiait un grand secret, qu'on disait que l'évêque de Carcassonne en personne s'était aventuré hors de son évêché pour assister à cette grande fête républicaine.

La nuit tombée, les clients des restaurants du quartier se joignirent aux badauds sur le vieux pont. La foule devenait cohue. Léonie jeta un coup d'œil à son neveu : elle redoutait qu'il ne fût un peu trop tard pour qu'il fût dehors, ou que l'odeur de la poudre l'effrayât. Mais elle constata, ravie, que Louis-Anatole affichait la même expression de concentration intense qu'Achille Debussy lorsqu'il composait sa musique.

Léonie sourit en constatant qu'elle était désormais capable de savourer ses souvenirs sans se sentir écrasée par son deuil.

À cet instant, la cité s'embrasa. Les murs médiévaux furent baignés de flammes furieuses, rouges et orangées, d'étincelles et de fumée de toutes les couleurs. Les fusées s'élançaient en sifflant dans le ciel nocturne avant d'exploser.

Des nuages de vapeur âcre roulèrent de la colline vers le fleuve, piquant les yeux des spectateurs, mais la splendeur du spectacle en compensait l'inconfort. Le ciel bleu était mauve, maintenant, illuminé de feux d'artifice verts, blancs et rouges qui enveloppaient la citadelle de flammes, de tonnerre et de lumière aveuglante.

Léonie sentit la petite main chaude de Louis-Anatole se glisser jusqu'à son épaule. Elle la recouvrit de la sienne. Ceci marquait peut-être un nouveau début ? Le chagrin qui dominait son existence depuis si longtemps, trop longtemps, relâcherait peut-être son emprise, permettant d'envisager un avenir plus heureux.

— À l'avenir, souffla-t-elle en pensant à Anatole.

Louis-Anatole l'entendit.

— À l'avenir, tante Léonie.

Il se tut, avant d'ajouter :

— Si je suis sage, on pourra revenir l'an prochain ?

À la fin du spectacle, la foule se dispersa et Pascal transporta le garçonnet ensommeillé jusqu'à leur pension.

Léonie le coucha. Tout en lui promettant une nouvelle expédition l'année suivante, elle l'embrassa et se retira en lui laissant une bougie allumée, comme toujours, pour éloigner les fantômes, les mauvais esprits et les monstres de la nuit. Elle était épuisée, autant par les sensations fortes de la journée que par ses émotions. Le souvenir de son frère – et du rôle qu'elle avait joué en guidant Victor Constant jusqu'à lui – l'avait constamment taraudée.

Pour être sûre de dormir, Léonie se prépara un somnifère. Elle regarda la poudre blanche se dissoudre dans un verre de cognac chaud. Elle le but lentement, puis se glissa entre les draps et sombra dans un lourd sommeil sans rêves.

Une aube brumeuse rampait sur les eaux de l'Aude ; les pâles lueurs du matin redonnaient forme au monde.

Les berges du fleuve et les pavés de la Bastide étaient jonchés de papiers. La pointe cassée d'une canne de buis, une partition piétinée par la foule, une casquette égarée. Et, partout, les prospectus de M. Sabatier.

L'eau de l'Aude, lisse comme un miroir, remuait à peine dans le calme de l'aurore. Le vieux passeur Baptistin Cros, surnommé Tistou par les Carcassonnais, manœuvrait son bac à fond plat sur le fleuve en direction du barrage de Païcherou. En amont, il y avait peu de traces de la fête du 14 juillet. Ni cartouches, ni serpentins, ni odeur de poudre ou papiers roussis. Il contempla la lueur violette qui nimbait la montagne Noire au nord tandis que le ciel passait du noir au bleu, puis à la blancheur du matin.

La perche de Tistou heurta quelque chose, sous l'eau. Il se retourna pour voir de quoi il s'agissait.

C'était un cadavre.

Lentement, le vieux passeur fit faire demi-tour à son bac. L'eau clapota jusqu'au bord de la coque sans s'y déverser. Il s'arrêta un instant.

Les câbles qui reliaient les deux rives du fleuve

pour sa traversée semblaient chanter dans le doux air matinal, bien qu'il n'y eût pas un souffle de vent.

Tistou ancra son bateau en plongeant profondément sa perche dans la boue et s'agenouilla pour scruter les eaux. Sous leur surface verte, il distinguait tout juste la silhouette d'une femme. Elle flottait à moitié, sur le ventre. Tistou en fut soulagé. Les yeux vitreux des noyés étaient difficiles à oublier, tout comme leurs lèvres bleuies et l'air étonné de leur visage comme sculptés dans du saindoux. Elle n'est pas dans l'eau depuis longtemps, songea Tistou. Son corps n'avait pas encore eu le temps de changer.

La femme semblait étrangement paisible avec ses longs cheveux blonds oscillant comme des algues. Leur mouvement hypnotisait l'esprit lent de Tistou. Son dos était cambré ; ses bras et ses jambes se balançaient gracieusement sous ses jupes, comme si elle se muait au gré du fleuve, en accord avec lui.

Encore un suicide, se dit-il.

Tistou s'arc-bouta et se pencha en avant, coinçant ses genoux fléchis contre le banc de nage. Il tendit le bras et agrippa la robe grise de la femme ; bien que détrempée et visqueuse de vase, elle semblait de qualité. Il tira. Le bac oscilla dangereusement, mais Tistou avait déjà fait ce geste d'innombrables fois et il connaissait le point de basculement de son embarcation. Il inspira profondément, puis tira à nouveau, agrippant le col de la robe pour avoir meilleure prise.

— Un, deux, trois, allez, dit-il à haute voix tandis que le corps glissait par-dessus bord et retombait, comme un poisson pris à la nasse, dans la coque humide.

Tistou s'essuya le front de son foulard et rajusta sa casquette. Machinalement, poussé par l'instinct plutôt que par la foi, il fit le signe de croix.

Il retourna le corps. C'était une femme, plus toute jeune, mais encore belle et manifestement de condition aisée. Ses yeux gris étaient ouverts et ses cheveux s'étaient dénoués dans l'eau. Ses mains blanches étaient douces, pas comme celles d'une femme qui devait travailler pour gagner sa vie.

Fils de drapier et de couturière, Tistou savait reconnaître un coton égyptien de bonne qualité. Il trouva l'étiquette du tailleur – parisien – toujours lisible sur le col. Le médaillon d'argent massif qu'elle portait au cou contenait deux miniatures, celle de la femme elle-même et celle d'un homme aux cheveux sombres. Tistou le lui laissa au cou. Il était honnête – contrairement aux détrousseurs de cadavres qui travaillaient dans les barrages du centre-ville, et qui dépouillaient les noyés avant des les rapporter aux autorités – mais il aimait connaître ceux qu'il tirait des eaux.

Isolde fut rapidement identifiée. Léonie avait signalé sa disparition au point du jour, dès que Marieta, en s'éveillant, avait découvert l'absence de sa maîtresse.

Ils durent rester quelques jours en ville pour s'acquitter des formalités, mais le verdict ne faisait aucun doute : suicide dans un moment d'aliénation mentale.

Ce fut par une journée maussade, nuageuse et silencieuse de juillet que Léonie ramena Isolde au Domaine de la Cade pour la dernière fois. Coupable du péché mortel d'avoir attenté à ses jours, Isolde n'avait pas le droit de reposer en terre consacrée. De plus, Léonie n'aurait pas supporté qu'elle soit ensevelie dans le caveau de la famille Lascombe.

Elle fit donc appel au curé Gélis de Coustaussa, le village au château fort en ruine situé entre Couiza et Rennes-le-Château, pour célébrer une messe en mémoire d'Isolde au Domaine de la Cade. Elle se serait adressée à l'abbé Saunière, mais au vu des circonstances – il était toujours persécuté par ses détracteurs – mieux valait ne pas l'associer au scandale d'un suicide.

À la tombée du jour, le 20 juillet 1897, on enterra Isolde au côté d'Anatole sur le promontoire surplombant le lac. Une nouvelle pierre tombale fut sertie dans l'herbe, portant leurs noms et les dates de leur naissance et de leur décès.

Tout en écoutant les prières murmurées par le prêtre, Léonie, agrippant la main de Louis-Anatole, se souvint du jour où elle s'était recueillie sur la tombe d'Isolde, à Paris, six ans auparavant. Les souvenirs s'abattirent sur elle, si violemment qu'elle en eut le souffle coupé. Elle se revit debout dans leur ancien salon rue de Berlin, mains jointes devant un cercueil clos, une feuille de palme flottant dans un bol de verre posé sur le buffet. L'odeur douceâtre de la mort s'était insinuée dans les moindres recoins de l'appartement ; on faisait brûler de l'encens et des bougies pour en masquer les miasmes. Sauf qu'il n'y avait pas de cadavre. À l'étage du dessous, Achille n'arrêtait pas de jouer du piano. Les notes filtraient entre les lattes du parquet et Léonie avait cru que cette musique la rendrait folle.

Maintenant, en écoutant le bruit sourd de la terre retombant sur le couvercle en bois du cercueil, sa seule consolation était que cette épreuve ait été épargnée à Anatole.

Comme s'il devinait ses pensées, Louis-Anatole lui prit le bras de sa petite main.

— Ne t'inquiète pas, tante Léonie. Je m'occuperai de toi.

91.

La fumée âcre des cigarettes turques saturait l'air du salon particulier de l'hôtel, situé du côté espagnol des Pyrénées.

Malgré la chaleur d'août, le client, qui était arrivé quelques semaines auparavant, portait un lourd pardessus gris et des gants en veau souple. Sa silhouette était émaciée et sa tête ne cessait de dodeliner, comme s'il répondait par la négative à une question qu'il était le seul à entendre. D'une main tremblante, il porta à ses lèvres un verre de bière à la réglisse. Il la sirota précautionneusement entre des lèvres aux commissures couvertes de croûtes et de pustules. Mais, malgré son allure hagarde, ses yeux étaient encore capables de commander, de pénétrer l'âme de ceux qui l'observaient comme une pointe de stylet.

Il leva son verre.

Son valet s'avança avec la bouteille de bière pour remplir le verre de son maître. L'invalide défiguré et son domestique grisonnant au cuir chevelu couvert de cloques, à vif à force d'être gratté, formèrent un instant un tableau grotesque.

— Des nouvelles ?

— On dit qu'elle s'est noyée. Volontairement, répliqua le domestique.

— Et l'autre ?

— Elle s'occupe de l'enfant.

Constant ne répondit rien. Ses années d'exil et la progression impitoyable de sa maladie l'avaient affaibli. Son corps flanchait. Il avait du mal à marcher. Mais son esprit n'en était que plus acéré. Six ans auparavant, il avait été contraint d'agir plus rapidement qu'il ne l'aurait souhaité, ce qui l'avait privé du plaisir de savourer sa vengeance. Il n'avait voulu déshonorer la sœur que pour torturer Vernier : peu importait qu'il ne soit pas parvenu à ses fins. Mais il regrettait que la mort de Vernier eût été aussi rapide et indolore ; maintenant, celle d'Isolde lui avait également été dérobée.

À cause de sa fuite précipitée par-delà la frontière espagnole, Constant n'avait appris les nouvelles qu'un an après les événements de la veille de la Toussaint 1891 : non seulement la putain avait survécu, mais elle avait accouché d'un fils. Le fait qu'elle lui ait échappé à jamais l'obsédait.

C'était dans l'espoir de parachever sa vengeance qu'il faisait preuve d'une telle patience depuis six ans. Les démarches entamées par le ministère public pour saisir ses biens avaient failli le ruiner. Il lui avait fallu toute l'habileté et l'immoralité de ses avocats pour conserver une part de sa fortune sans trahir l'endroit où il se cachait.

Constant avait dû se montrer prudent, rester en exil en Espagne jusqu'à ce qu'on cessât de s'intéresser à lui. Enfin, l'hiver dernier, l'inspecteur Thouron avait été promu et chargé d'enquêter sur le capitaine Dreyfus, affaire qui mobilisait toutes les forces de la police parisienne. On avait aussi informé Constant que l'inspecteur Bouchou, de la gendarmerie de Carcassonne, avait enfin pris sa retraite quatre semaines auparavant.

La voie était donc libre : Constant pouvait discrètement rentrer en France.

Au printemps, il avait envoyé son valet en éclaireur. Par l'intermédiaire de lettres anonymes adressées à la mairie et aux autorités de l'Église, il lui avait été facile d'attiser les flammes d'une campagne de calomnie contre l'abbé Saunière, intime du Domaine de la Cade et témoin des événements qui avaient eu lieu à l'époque de Jules Lascombe. Constant avait entendu parler du démon qui avait terrorisé les campagnes et qui, selon la rumeur, s'abritait au Domaine de la Cade.

Des hommes à sa solde avaient ravivé ces rumeurs : une bête rôdait dans les vallées et attaquait le bétail. Son valet était passé de village en village pour exciter les foules en leur chuchotant que le sépulcre du Domaine de la Cade était à nouveau un foyer d'activités occultes. Il commença par s'attaquer aux plus vulnérables, aux va-nu-pieds qui dormaient à la belle étoile ou s'abritaient sous les charrettes de cantonniers, aux bergers isolés dans la montagne, aux misérables qui suivaient les marchés de village en village. Il fit couler le fiel de Constant dans l'oreille des drapiers et des vitriers, des cireurs de chaussures et des filles de cuisine.

Les villageois étaient superstitieux et crédules. Leurs traditions, leurs mythes et leurs souvenirs corroboraient les calomnies de Constant. On murmurait que les marques laissées sur les victimes n'étaient pas celles des griffes d'un animal. Qu'on entendait d'étranges hurlements dans la nuit. Que des miasmes putrides flottaient dans l'air. Tout cela démontrait qu'un démon était venu punir le mariage contre nature contracté au Domaine de la Cade entre la veuve Lascombe et le neveu de son mari.

Tous trois étaient morts, désormais.

À l'aide de ses fils invisibles, Constant resserrait sa nasse autour du Domaine de la Cade.

Cependant, toutes ces agressions n'avaient pas été perpétrées par son valet. Constant supposait qu'il s'agissait de chats sauvages ou de loups rôdant dans les pâturages de haute altitude.

Puisque l'inspecteur Bouchon avait pris sa retraite, le moment était venu d'agir. Parce qu'il avait trop attendu, il avait perdu l'occasion de punir Isolde comme elle le méritait. De plus, malgré ses cures thermales incessantes et ses traitements au mercure et au laudanum, Constant se mourait. Il savait qu'avant longtemps il perdrait l'esprit. Il reconnaissait les symptômes et pouvait poser un diagnostic plus sûr que celui de n'importe quel médecin. Sa seule crainte, c'était que sa lucidité s'éteigne, soufflée comme la flamme d'une bougie, avant que la mort ne s'abatte sur lui.

Constant comptait franchir la frontière début septembre pour regagner Rennes-les-Bains. Vernier était mort. Isolde aussi. Restait leur fils.

De la poche de son gilet, il tira la montre dérobée à Vernier au passage des Panoramas, près de six ans auparavant. Dans les ombres qui s'allongeaient, il la retourna dans ses mains rongées de syphilitique en pensant à son Isolde.

92.

Le 20 septembre, date anniversaire du meurtre de Marguerite Vernier, un autre enfant fut enlevé sur la berge du fleuve, en aval de Sougraigne. C'était le premier depuis plus d'un mois. Le corps de la fillette fut retrouvé près de la fontaine des Amoureux, le visage défiguré par des balafres aux joues et au front. Contrairement aux autres enfants, gamins des rues vite oubliés, c'était la cadette adorée d'une grande famille qui avait des parents dans plusieurs villages de l'Aude et de la Salz.

Deux jours plus tard, deux garçons disparurent dans la forêt aux environs du lac de Barrenc, censé être hanté par un démon. Leurs corps furent découverts au bout d'une semaine, dans un état si lamentable qu'on mit du temps à s'apercevoir qu'eux aussi avaient été lacérés par un animal.

Léonie tenta de ne pas prêter attention à la coïncidence des dates. Tant qu'on eut l'espoir de retrouver les enfants sains et saufs, elle offrit l'aide de ses domestiques pour participer aux battues. On la refusa. Pour ne pas effrayer Louis-Anatole, elle restait calme en apparence, mais pour la première fois elle songeait à quitter le Domaine de la Cade, du moins jusqu'à ce que la tempête fût passée.

Me Fromilhague et Mme Bousquet soutenaient qu'il

s'agissait certainement de chiens sauvages ou de loups descendus des montagnes. Tant qu'il faisait jour, Léonie pouvait, elle aussi, mépriser les rumeurs de démons ou de créatures surnaturelles. Mais à la tombée de la nuit, connaissant l'histoire du sépulcre et la présence des cartes sur les terres, elle en était moins sûre.

En ville, l'ambiance devenait de plus en plus menaçante. Le Domaine subit plusieurs actes de vandalisme.

Un après-midi, Léonie rentra d'une promenade dans les bois pour trouver un attroupement de domestiques devant la porte de l'un des bâtiments de la propriété.

Intriguée, elle pressa le pas.

— Qu'est-ce que c'est ? demanda-t-elle.

Pascal fit volte-face, l'air horrifié, pour lui cacher le spectacle de sa robuste silhouette.

— Rien, madama.

Léonie scruta son visage, puis ceux du jardinier et de son fils Émile. Elle avança d'un pas.

— Pascal ?

— S'il vous plaît, madama, ce n'est pas un spectacle pour vous.

Le regard de Léonie se durcit.

— Allez, dit-elle d'un ton dégagé. Je ne suis plus une enfant. Je suis certaine que ce que tu me caches ne peut être aussi terrible que cela.

Pascal ne bougeait toujours pas. Partagée entre la curiosité et l'irritation d'être ainsi protégée, Léonie posa une main gantée sur son bras.

— Je t'en prie.

Tous les regards se braquèrent sur Pascal qui, pendant un moment, ne se laissa pas ébranler. Puis, lentement, il s'écarta pour permettre à Léonie de voir ce qu'il souhaitait tant lui cacher.

La carcasse écorchée d'un lapin, vieille de plusieurs jours, avait été fichée sur la porte avec un gros clou. Un essaim de mouches bourdonnait furieusement autour d'une croix grossièrement tracée sur le bois avec du sang. Ces mots étaient inscrits en dessous au goudron : PAR CE SIGNE TU LE VAINCRAS.

Léonie porta sa main à sa bouche : la puanteur de cet horrible spectacle lui donnait la nausée. Mais elle conserva son sang-froid.

— Veille à ce que ce soit retiré, Pascal, dit-elle. Et je te serais reconnaissante de rester discret.

Elle dévisagea les domestiques, dont le regard superstitieux reflétait ses propres craintes.

— Cela s'applique à vous aussi.

Léonie restait résolue à ne pas se laisser chasser du Domaine de la Cade, du moins avant le retour de M. Baillard. Il devait rentrer avant la Saint-Martin. Elle lui avait écrit rue de l'Hermite, de plus en plus fréquemment ces derniers temps, mais elle n'avait aucun moyen de savoir si ses lettres l'avaient retrouvé durant ses pérégrinations.

La situation s'envenima. Le 22 octobre, date anniversaire du mariage clandestin d'Anatole et Isolde, la fille d'un avocat, parée de rubans blancs et d'une jupe à volants, fut enlevée place du Pérou. Le tollé fut immédiat.

Par un malencontreux hasard, Léonie était à Rennes-les-Bains lorsque le corps déchiqueté de l'enfant fut retrouvé. Le cadavre avait été abandonné près du Fauteuil du Diable, non loin du Domaine de la Cade. Un brin de genièvre avait été glissé entre les doigts sanglants de la fillette.

Le sang de Léonie se glaça dans ses veines lorsqu'elle l'apprit : ce message s'adressait à elle. La charrette en bois roulait sur la grand-rue, suivie d'un cortège de villageois. Des hommes faits, endurcis par leur pénible existence quotidienne, pleuraient ouvertement.

Personne ne parlait. Puis une femme au visage empourpré et à la bouche amère l'aperçut et pointa du doigt. Léonie frémit quand les regards accusateurs de la ville se tournèrent vers elle : ils cherchaient un bouc émissaire.

— Nous devrions partir, madame, chuchota Marieta en l'entraînant.

Décidée à cacher sa peur, Léonie fit volte-face, tête haute, pour regagner sa voiture. La rumeur enflait. Les insultes immondes de la foule la frappèrent comme une volée de coups de poing.

Deux jours plus tard, un torchon enflammé, imbibé d'huile et de graisse d'oie, fut introduit par une fenêtre entrouverte de la bibliothèque. On le découvrit avant que le feu n'ait fait trop de dégâts, mais la malheureuse maisonnée, constamment aux aguets, devint encore plus craintive.

Les amis et alliés de Léonie – ainsi que ceux de Pascal et Marieta – firent de leur mieux pour convaincre ses accusateurs qu'ils se trompaient en croyant que le domaine abritait une bête ; mais la ville, avec son esprit étriqué, avait tranché. Le vieux démon de la montagne était revenu se venger, comme à l'époque de Jules Lascombe. Il n'y avait pas de fumée sans feu.

Léonie tentait de ne pas voir en Victor Constant l'auteur omniprésent des persécutions du Domaine, mais elle restait convaincue qu'il s'apprêtait à frapper. Elle tenta d'en persuader la gendarmerie, supplia la mairie, implora Me Fromilhague d'intercéder en sa faveur, en vain. Le Domaine ne pouvait compter que sur ses propres forces.

Après trois jours de pluie, les domestiques durent éteindre plusieurs feux dans la propriété. Des incendies volontaires. Le corps éventré d'un chien fut abandonné durant la nuit sur l'escalier de l'entrée : une petite bonne s'évanouit en le découvrant. Des lettres anonymes leur parvinrent, décrivant de façon obscène et explicite les amours incestueuses d'Anatole et Isolde, qui avaient attiré la terreur sur la vallée.

Léonie restait seule avec ses craintes et ses soupçons. Elle comprit alors que c'était précisément à cela que Constant voulait en venir, depuis le début : il cherchait à attiser la haine de la ville contre elle. Elle comprit aussi, bien qu'elle n'osât pas se l'avouer, que cela ne finirait jamais. L'obsession de Victor Constant était trop tenace. S'il se trouvait bien aux environs de Rennes-les-Bains, comme Léonie le redoutait, il savait forcément qu'Isolde était morte. Puisqu'il s'acharnait encore sur eux, Léonie devait mettre Louis-Anatole à l'abri. Elle emporterait ce qu'elle pourrait, dans l'espoir de regagner le Domaine de la Cade d'ici peu. C'était le foyer de Louis-Anatole. Elle ne permettrait pas à Victor Constant de le priver de ce qui lui revenait de naissance.

C'était un plan plus facile à concevoir qu'à exécuter.

Car Léonie n'avait nulle part où aller. Elle n'avait plus d'appartement à Paris : le général Du Pont avait depuis longtemps cessé d'en payer le loyer. Mis à part Audric Baillard, Mme Bousquet et Me Fromilhague, son existence cloîtrée au Domaine de la Cade ne lui avait pas permis de se faire des amis. Achille était trop loin et de plus, il avait ses propres préoccupations. Par la faute de Victor Constant, Léonie n'avait plus de parents proches.

Mais elle n'avait pas le choix.

Ne confiant ses projets qu'à Pascal et Marieta, elle s'apprêta à partir. Elle était certaine que Constant frapperait son dernier coup à la veille de la Toussaint. Non seulement c'était l'anniversaire de la mort d'Anatole – et l'attention que portait Constant aux dates laissait croire qu'il souhaiterait le commémorer – mais de plus, Isolde, dans l'un de ses rares moments de lucidité, avait un jour avoué que c'était le 31 octobre 1890 qu'elle avait rompu sa brève liaison avec Constant. Tout était parti de là.

Léonie décida que, s'il venait la veille de la Toussaint, il ne les trouverait pas.

Dans l'après-midi froid et clair du 31 octobre, Léonie mit son chapeau et son manteau pour retourner dans la clairière où poussaient les genévriers sauvages. Elle ne voulait pas laisser les tarots là où Constant pourrait mettre la main dessus, bien qu'il fût improbable qu'il les retrouvât dans un si grand domaine. En attendant de pouvoir rentrer sans danger avec Louis-Anatole – et en l'absence de M. Baillard –, elle pensait les confier à Mme Bousquet.

Elle était sur le point de franchir les portes de la terrasse lorsqu'elle entendit Marieta l'appeler. Elle sursauta et fit volte-face.

— Je suis là. Qu'y a-t-il ?

— Une lettre, madama, dit Marieta en lui tendant une enveloppe.

Léonie fronça les sourcils. Ces derniers temps, elle traitait avec circonspection tout ce qui sortait de l'ordinaire. Elle examina l'enveloppe : elle ne reconnaissait pas l'écriture.

— De qui ?

— Le garçon a dit qu'elle venait de Coustaussa.

Les sourcils froncés, Léonie la décacheta. Le vieux

prêtre de la paroisse, Antoine Gélis, lui demandait de passer chez lui dans l'après-midi pour une affaire urgente. Comme il vivait en reclus – Léonie ne l'avait rencontré que deux fois en six ans, en compagnie d'Henri Boudet à Rennes-les-Bains lors du baptême de Louis-Anatole, et à l'enterrement d'Isolde –, une telle convocation la plongeait dans la perplexité.

— Y a-t-il une réponse, madama ? s'enquit Marieta.

Léonie releva les yeux.

— Le messager est-il toujours ici ?

— Oui.

— Appelle-le, veux-tu ?

Un petit garçon fluet, vêtu d'un pantalon marron, d'une blouse et d'un foulard rouge, agrippant sa casquette, fut introduit dans le vestibule. Il semblait muet de terreur.

— N'aie pas peur, le rassura Léonie. Tu n'as rien fait de mal. Je voulais simplement te demander si le curé Gélis t'avait lui-même confié cette lettre ?

Il secoua la tête. Léonie sourit.

— Alors peux-tu me dire qui te l'a remise ?

Marieta poussa le petit garçon devant elle.

— Madama t'a posé une question.

Petit à petit, gênée plutôt qu'aidée par les interventions acerbes de Marieta, Léonie réussit à lui soutirer les informations essentielles. Alfred habitait chez sa grand-mère à Coustaussa. Il jouait dans les ruines du château fort quand un homme était sorti du presbytère et lui avait offert un sou pour porter une lettre urgente au Domaine de la Cade.

— C'est la nièce du curé Gélis qui lui sert de gouvernante, madama Léonie, précisa Marieta. Elle lui prépare ses repas et elle fait sa lessive.

— Cet homme était-il un domestique ?

Alfred haussa les épaules.

Convaincue qu'elle ne tirerait rien de plus du garçon, Léonie le renvoya.

— Irez-vous, madama ? demanda Marieta.

Léonie réfléchit. Elle avait encore énormément à faire avant leur départ. Mais elle ne pouvait croire que le curé Gélis lui aurait envoyé une telle missive sans une bonne raison. C'était un dilemme.

— J'irai, trancha-t-elle après un moment d'hésitation. Demande à Pascal de me rejoindre devant la maison avec le cabriolet, immédiatement.

Ils quittèrent le Domaine de la Cade à 15 h 30.

L'air était chargé de l'odeur des feux d'automne. Des brins de buis et de romarin étaient fixés aux cadres des portes des maisons et des fermes devant lesquelles ils passèrent. Aux intersections, des autels improvisés avaient été édifiés pour la Toussaint. D'anciennes prières et invocations griffonnées sur des lambeaux de papier ou d'étoffe y étaient déposées en offrande.

Léonie savait que déjà, dans les cimetières de Rennes-les-Bains et de Rennes-le-Château, comme dans toutes les paroisses de la montagne, des veuves voilées vêtues de crêpe noir s'agenouillaient sur la terre humide, priant pour la délivrance de ceux qu'elles avaient aimés. Plus encore cette année, à cause du fléau qui s'abattait sur la région.

Pascal poussait les chevaux ; la vapeur montait de leurs dos par bouffées et leurs naseaux se dilataient dans l'air froid. Malgré cela, il faisait presque nuit quand ils eurent parcouru la distance qui séparait Rennes-les-Bains de Coustaussa et négocié le chemin très escarpé qui menait de la route principale au village.

Léonie entendit sonner quatre heures dans la vallée. Laissant Pascal garder le cabriolet et les chevaux, elle traversa à pied les rues désertes. Coustaussa était minuscule, à peine une poignée de maisons, sans café ni boulangerie.

Léonie trouva sans mal le presbytère, adjacent à l'église. Il n'y avait aucun signe de vie à l'intérieur. Elle ne distinguait pas de lumière dans la maison.

Avec un sentiment d'inquiétude croissant, elle frappa à la lourde porte. Personne ne répondit. Elle frappa un peu plus fort.

— Monsieur le curé ?

Au bout d'un moment, Léonie décida d'aller voir dans l'église. Elle contourna l'édifice. Toutes les portes étaient verrouillées. Une lampe à huile crachotante, suspendue à un crochet en fer, jetait une lueur faible.

De plus en plus impatiente, Léonie se dirigea vers la demeure de l'autre côté de la rue. Elle frappa, entendit des pas traînants, puis une vieille femme fit glisser la grille en fer d'un vasistas.

— Qui est là ?

— Bonsoir, dit Léonie. J'ai rendez-vous avec le curé Gélis mais on ne répond pas au presbytère.

La vieille dame dévisagea Léonie d'un air maussade et méfiant, sans rien dire. Léonie fouilla dans sa poche et en tira un sou, dont la femme se saisit.

— Ritou n'est pas là, lâcha-t-elle à contrecœur.

— Ritou ?

— Le prêtre. Il est allé à Couiza.

Léonie la fixa.

— C'est impossible. Je viens de recevoir une lettre de lui, il y a deux heures à peine, m'invitant à passer le voir.

745

— Je l'ai vu partir, fit la femme avec un plaisir évident. Vous êtes la deuxième à lui rendre visite.

Léonie passa les doigts à travers la grille pour empêcher la vieille femme de la refermer, ne laissant qu'un mince filet de lumière s'écouler de l'intérieur de la maison.

— Quelle sorte de personne était-ce ? Un homme ?

Silence. Léonie lui offrit une seconde piécette.

— Un Français, cracha la vieille comme s'il s'agissait d'une insulte.

— Quand était-ce ?

— Avant la tombée de la nuit. Il faisait encore jour.

Perplexe, Léonie retira ses doigts. La grille se referma aussitôt.

Elle s'éloigna, en serrant sa cape pour se protéger du froid de la nuit tombante. Le temps que le petit garçon se rende de Coustaussa au Domaine de la Cade, le curé Gélis avait peut-être renoncé à l'attendre ; il n'avait pu retarder plus longtemps son départ. Peut-être avait-il été obligé de s'occuper d'une autre affaire urgente ?

Pressée de rentrer après son déplacement inutile, Léonie sortit du papier et un crayon de la poche de sa cape et écrivit à la hâte un mot au curé, pour lui dire qu'elle était désolée de l'avoir raté. Elle la glissa dans la boîte aux lettres du presbytère et rejoignit rapidement Pascal.

Pascal poussa encore plus durement les chevaux sur le chemin du retour, mais chaque minute semblait s'allonger à l'infini et Léonie faillit crier de soulagement quand les lumières du Domaine de la Cade apparurent. Le cabriolet ralentit dans l'allée rendue glissante par le givre ; Léonie aurait voulu sauter pour courir devant.

Quand ils s'arrêtèrent enfin, elle descendit d'un bond pour s'élancer jusqu'à la porte d'entrée, prise d'une peur sans nom et sans visage de ce qui avait pu se produire en son absence. Elle se précipita à l'intérieur.

Louis-Anatole accourut vers elle.

— Il est ici ! s'écria-t-il.

Le sang de Léonie se glaça dans ses veines.

S'il vous plaît, mon Dieu, non. Pas Victor Constant.

La porte claqua derrière elle.

93.

— Bonsoir, madomaisèla, fit une voix dans l'ombre.

Léonie crut que ses oreilles la trompaient. Il s'avança pour l'accueillir.

— J'ai été absent trop longtemps.

Elle courut vers lui en tendant les bras.

— Monsieur Baillard, s'écria-t-elle. Vous êtes le bienvenu, vraiment le bienvenu !

Il sourit à Louis-Anatole qui sautillait à côté de lui.

— Ce jeune homme s'est très bien occupé de moi. Il m'a fait passer le temps en jouant du piano.

— Écoute-moi, tante Léonie ! lança Louis-Anatole. J'ai trouvé ça dans le tabouret de piano. Je l'ai appris tout seul.

Une mélodie obsédante en *la* mineur, harmonieuse et douce, dont ses petites mains avaient du mal à jouer les accords. Une musique enfin entendue. Jouée, si joliment, par le fils d'Anatole.

Sépulcre 1891.

Léonie sentit les larmes lui monter aux yeux. La main sèche d'Audric Baillard saisit la sienne. Ils écoutèrent jusqu'à ce que le dernier accord s'évanouisse.

Louis-Anatole posa ses mains sur ses cuisses, inspira profondément comme s'il écoutait encore l'écho des dernières notes, puis se tourna vers eux, tout fier.

— Je l'ai répété pour toi, tante Léonie.

— Vous avez beaucoup de talent, sénher, dit M. Baillard en applaudissant.

Louis-Anatole eut un grand sourire.

— Si je ne peux pas être un soldat quand je serai grand, alors j'irai en Amérique et je deviendrai un pianiste célèbre.

— De nobles occupations ! s'esclaffa Baillard.

Puis son sourire s'effaça.

— Mais maintenant, mon jeune et talentueux ami, je dois discuter avec ta tante de certaines affaires. Tu veux bien nous excuser ?

— Mais je...

— Nous n'en aurons pas pour longtemps, mon petit, trancha Léonie. Nous t'appellerons quand nous aurons fini.

Louis-Anatole soupira, haussa les épaules et, avec un sourire, courut vers la cuisine en appelant Marieta.

Dès qu'il eut disparu, M. Baillard et Léonie passèrent au salon. Interrogée rapidement et minutieusement, Léonie apprit à son ami tout ce qui s'était produit depuis son départ de Rennes-les-Bains en janvier – le tragique, l'irréel, l'étrange –, y compris ses soupçons quant au retour de Victor Constant.

— Je vous ai bien écrit pour vous raconter nos problèmes, dit-elle, sans pouvoir masquer son ton de reproche, mais je n'avais aucun moyen de savoir si vous aviez reçu mes lettres.

— J'en ai reçu certaines, mais d'autres ne me sont pas parvenues, répondit-il, l'air sombre. Je n'ai appris la mort tragique de madama Isolde qu'en rentrant cet après-midi. J'en suis navré.

Léonie le dévisagea. Il avait l'air frêle et fatigué.

— Ce fut une délivrance. Elle était malheureuse depuis si longtemps, dit-elle d'une voix douce. Mais dites-moi, où étiez-vous ? Vous m'avez tellement manqué.

Il joignit les bouts de ses longs doigts fins, comme s'il priait.

— S'il ne s'était agi d'une affaire de la plus haute importance pour moi, je ne vous aurais pas quittée. On m'avait fait savoir qu'une personne... une personne que j'attendais depuis de longues, de très longues années était revenue. Mais... (Il se tut et, dans le silence, Léonie perçut la douleur aiguë affleurant sous ces simples paroles.) Mais ce n'était pas elle.

Léonie oublia un instant ses préoccupations. Elle ne l'avait entendu mentionner qu'une seule fois cette personne, mais elle avait eu l'impression que la jeune femme dont il parlait si tendrement était morte depuis des années.

— Je ne suis pas certaine de vous comprendre, monsieur Baillard, dit-elle prudemment.

— Non, répondit-il doucement, avant de prendre un air plus résolu. Si j'avais su, je n'aurais jamais quitté Rennes-les-Bains. (Il soupira.) Mais j'ai profité de mon voyage pour vous préparer un refuge, à Louis-Anatole et à vous.

Léonie écarquilla les yeux.

— Mais j'ai décidé de partir il y a moins d'une semaine, objecta-t-elle. Vous êtes absent depuis dix mois. Comment avez-vous pu...

Il sourit lentement.

— Je redoute depuis longtemps que cela ne devienne nécessaire.

— Mais comment...

Il leva la main.

— Vos soupçons sont fondés, madomaisèla Léonie. Victor Constant est bien, en effet, aux environs du Domaine de la Cade.

Léonie se figea.

— Si vous avez des preuves, il faut en informer les autorités. Jusqu'ici, elles ont refusé de prendre mes inquiétudes au sérieux.

— Je n'ai aucune preuve, seulement des soupçons. Mais je suis certain que Constant est ici dans un but précis. Vous devez partir cette nuit. Ma maison dans la montagne est prête à vous accueillir. Je vais indiquer le chemin à Pascal. (Il se tut un instant.) Lui et Marieta – qui est maintenant son épouse, je crois – partiront-ils avec vous ?

Léonie hocha la tête.

— Je leur ai confié mes intentions.

— Vous pouvez demeurer à Los Seres aussi longtemps que vous le désirez. En tout cas jusqu'à ce que vous puissiez rentrer sans danger.

— Merci.

Les larmes aux yeux, Léonie regarda tout autour d'elle.

— Je serai désolée de quitter cette maison, fit-elle doucement. Ma mère et Isolde y ont été malheureuses. Mais malgré les chagrins que j'y ai vécus, je m'y sens chez moi.

Elle s'interrompit.

— J'ai une confession à vous faire, monsieur Baillard.

Le regard du vieillard devint plus perçant.

— Il y a six ans, je vous ai donné ma parole de ne plus retourner au sépulcre, dit-elle posément, et j'ai tenu ma promesse. Mais quant aux cartes, je dois vous avouer qu'après vous avoir quitté ce jour-là à Rennes-les-Bains... avant le duel d'Anatole...

751

— Je m'en souviens.

— J'avais décidé de rentrer à pied à travers bois pour tenter de retrouver la cachette. Je voulais simplement savoir si je réussirais à dénicher le jeu de tarot.

Elle dévisagea M. Baillard en s'attendant à ce que la déception, voire le reproche, se peignent sur ses traits. Elle fut étonnée de constater qu'il souriait.

— Et vous l'avez trouvé.

— En effet. Mais je vous donne ma parole, s'empressa d'ajouter Léonie, qu'après avoir regardé les cartes, je les ai remises dans leur cachette. (Elle se tut un instant.) Mais maintenant, je ne veux pas les laisser ici. Il pourrait les découvrir et alors...

Tandis qu'elle parlait, Audric Baillard fouillait dans la poche de son costume blanc. Il en tira un grand carré de soie noire et l'ouvrit. La figure de La Force apparut.

— Vous les avez ! s'exclama Léonie en s'approchant d'un pas avant de se figer. Vous saviez que je les avais trouvées ?

— Vous avez eu l'amabilité de laisser vos gants en guise de souvenir. Vous l'aviez oublié ?

Léonie rougit jusqu'à la racine de ses cheveux cuivrés.

Il replia le carré de soie noire.

— Je suis allé les prendre parce que, comme vous, je ne crois pas qu'un homme comme Victor Constant doive posséder les cartes. Et... (Il se tut un instant.) Nous pourrions en avoir besoin.

— Vous m'avez mise en garde contre l'utilisation des cartes, protesta-t-elle.

— À moins qu'il n'y ait pas d'autre choix possible, dit-il posément. Je crains que cette heure soit arrivée.

Le cœur de Léonie s'affola.

— Partons maintenant, tout de suite.

752

Elle fut soudain terriblement consciente de la lour-deur de ses jupons d'hiver, de ses bas qui lui grattaient la peau. Dans ses cheveux, les peignes en nacre offerts par Isolde lui mordaient le cuir chevelu comme des dents.

— Partons. Maintenant.

Inopinément, elle se rappela le bonheur de ses pre-mières semaines au Domaine de la Cade avec Anatole et Isolde, avant que la tragédie ne s'abatte sur eux. Lors de cet automne 1891, si lointain, c'était la noir-ceur des nuits qu'elle redoutait le plus, impénétrable et absolue après les lumières éblouissantes de Paris.

Elle était alors une tout autre femme, une innocente que les ténèbres et les chagrins n'avaient pas encore atteinte. Les larmes lui brouillèrent les yeux ; elle baissa les paupières.

Un bruit de pas précipités dans le vestibule la tira de sa rêverie. Elle se leva d'un bond et courut vers la porte, au moment même où elle s'ouvrait brusquement sur Pascal, qui se précipita dans la pièce.

— Madama Léonie, sénher Baillard ! cria-t-il. Il y a... des hommes. Ils ont déjà forcé la grille !

Léonie courut vers la fenêtre. À l'horizon, elle dis-tinguait une file de flambeaux, or et ocre sur le fond noir du ciel.

Puis, plus près, elle entendit un bruit de vitres brisées.

94

Louis-Anatole, s'arrachant à Marieta, s'élança dans le salon pour se jeter dans les bras de Léonie. Il était pâle et sa lèvre inférieure tremblait, mais il tentait bravement de sourire.

— Qui sont-ils ? demanda-t-il d'une petite voix.

Léonie le serra fort contre elle.

— Des gens méchants, mon petit.

Elle alla regarder par la fenêtre. La foule était encore loin, mais elle avançait vers la maison. Chaque envahisseur brandissait un flambeau d'une main, une arme de l'autre. On aurait dit une armée à la veille d'une bataille. Léonie supposa qu'ils attendaient un signal de Constant pour monter à l'assaut.

— Ils sont si nombreux, murmura-t-elle. Comment s'y est-il pris pour dresser toute la ville contre nous ?

— Il a misé sur leur superstition naturelle, répliqua Baillard. Républicains ou royalistes, ils ont entendu toute leur vie des histoires sur le démon qui hante la région.

— Asmodée.

— Son nom change au gré des époques, mais il a toujours le même visage. Et si, de jour, les bonnes gens de la ville prétendent ne pas croire à de tels contes, la nuit, leur âme plus profonde et plus ancienne leur chuchote dans le noir des histoires de créatures surnaturelles qui déchirent et lacèrent les corps et qui ne peuvent pas être tuées, d'endroits obscurs et interdits où les araignées tissent leurs toiles.

Léonie savait qu'il avait raison. Elle revit en un éclair la nuit de l'émeute au palais Garnier. Puis la haine affichée la semaine précédente par ces gens qu'elle connaissait pourtant si bien, à Rennes-les-Bains. Elle savait à quel point la soif du sang pouvait rapidement et facilement s'emparer d'une foule.

— Madama ? la pressa Pascal.

Les flammes dardaient en léchant l'air noir, reflétées par les feuilles humides des grands marronniers qui bordaient l'allée. Léonie tira les rideaux et s'éloigna de la fenêtre.

— Persécuter mon frère et Isolde jusque dans la tombe, même cela ne lui a pas suffi, murmura-t-elle.

Elle contempla la tête brune et bouclée de Louis-Anatole, blotti contre elle, en espérant qu'il ne l'avait pas entendue.

— On ne peut pas leur parler ? s'enquit l'enfant. Leur demander de nous laisser tranquilles ?

— Il n'est plus temps de parler, mon ami, répliqua Baillard. Il vient toujours un moment où le désir d'agir, même pour de mauvaises raisons, est plus fort que l'envie d'écouter.

— On va se battre ?

Baillard sourit.

— Un bon soldat sait quand il est temps d'affronter son ennemi, et quand il vaut mieux battre en retraite. Ce soir, nous ne nous battrons pas.

Louis-Anatole hocha la tête.

— Y a-t-il le moindre espoir ? souffla Léonie.

— Il y a toujours de l'espoir, répondit-il d'une voix douce.

Puis son expression se durcit. Il se tourna vers Pascal :

— Le cabriolet est-il prêt ?

Pascal hocha la tête.

— Il nous attend dans la clairière près du sépulcre. Il devrait être suffisamment à l'écart pour ne pas attirer l'attention de la foule. J'espère pouvoir nous faire sortir sans que nous soyons remarqués.

— Bien. Nous sortirons par-derrière et nous couperons à travers bois, en priant pour que la maison soit leur première cible.

— Et les domestiques ? s'inquiéta Léonie. Ils doivent partir, eux aussi.

Le visage large et franc de Pascal s'empourpra.

— Ils ne partiront pas. Ils veulent défendre la maison.

— Je ne veux pas qu'ils courent de risques pour nous, Pascal, répliqua aussitôt Léonie.

— Je le leur dirai, madama, mais je ne crois pas que cela ébranlera leur résolution.

Léonie vit qu'il avait les yeux humides.

— Merci, fit-elle d'une voix douce.

— Pascal, nous prendrons soin de ta Marieta jusqu'à ce que tu nous rejoignes.

— *Oc*, sénher Baillard.

Il embrassa sa femme et sortit du salon.

Pendant un moment, personne ne parla. Puis l'urgence de la situation s'imposa à nouveau et ils se ressaisirent.

— Léonie, n'emportez que le strict nécessaire. Marieta, va prendre le sac de voyage et les fourrures de madama Léonie. Le trajet sera long et il fait froid.

Marieta ravala un sanglot.

— Dans mon sac de voyage, Marieta, tu trouveras un petit portefeuille, à l'intérieur de ma boîte à ouvrage. Des aquarelles, environ grandes comme ça. (Léonie mima la taille d'un missel.) Emporte la boîte à ouvrage. Mets-la en sécurité. Mais rapporte-moi ce portefeuille, veux-tu ?

Marieta hocha la tête et s'élança dans le vestibule.

Léonie attendit qu'elle fût partie avant de se tourner vers M. Baillard.

— Ce n'est pas votre combat non plus, Audric.

— Sahjë, fit-il doucement. Mes amis m'appellent Sahjë.

Elle sourit, honorée de cette confidence inattendue.

— Très bien, Sahjë. Vous m'avez dit, il y a plusieurs années, que c'étaient les vivants et non les morts qui auraient le plus besoin de mes services. Vous vous en souvenez ? (Elle jeta un coup d'œil au petit garçon.) Il n'y a plus que lui qui compte, maintenant. Si vous l'emmenez, je saurai que je n'ai pas manqué à mon devoir.

Il sourit.

— L'amour – le véritable amour – dure à jamais, Léonie. Votre frère, Isolde et votre mère le savaient. Vous ne les avez pas perdus.

Léonie se souvint des paroles d'Isolde alors qu'elles étaient assises ensemble sur le banc de pierre du promontoire, au lendemain de leur grand dîner au Domaine de la Cade. Léonie l'ignorait à ce moment-là, mais c'était de son amour pour Anatole qu'elle parlait ainsi. Un amour si grand que, sans lui, la vie d'Isolde eût été intolérable. Léonie aurait voulu connaître, elle aussi, un amour aussi fort.

— Je veux que vous me donniez votre parole d'emmener Louis-Anatole à Los Seres. (Elle se tut un instant.) De plus, s'il vous arrivait malheur, je ne me le pardonnerais pas.

Il secoua la tête.

— Mon heure n'est pas venue, Léonie. J'ai encore beaucoup à faire avant qu'il me soit permis d'entreprendre ce voyage.

Elle contempla le mouchoir jaune familier, enfoncé dans la poche de sa veste.

Marieta reparut dans l'embrasure de la porte, portant à la main les vêtements d'hiver de Louis-Anatole.

— Viens, pichon, dit-elle. Allez, vite.

Le petit garçon lui obéit et se laissa vêtir. Puis, soudain, il se précipita dans le vestibule.

— Louis-Anatole ! lui lança Léonie.

— Je dois aller chercher quelque chose, s'écria-t-il, reparaissant l'instant d'après avec une partition. Il ne faudrait pas qu'on manque de musique, là où on va, affirma-t-il en scrutant les visages graves des adultes. En tout cas, pas moi.

Léonie s'accroupit devant lui.

— Tu as bien raison, mon petit.

— Même si je ne sais pas où on va, balbutia-t-il.

À l'extérieur, un cri s'éleva. Un cri de guerre. Léonie se redressa aussitôt. La petite main de son neveu se glissa dans la sienne. Aiguillonnés par la peur des ténèbres et de tout ce qui rôdait dans la nuit en cette veille de Toussaint, les hommes armés de flambeaux, de gourdins et de carabines s'avançaient vers la maison.

— Nous y voilà, dit Baillard. Courage, Léonie.

Ils se regardèrent. Lentement, comme à regret, il lui remit le jeu de tarot.

— Vous vous rappelez les écrits de votre oncle ?

— Parfaitement.

Il eut un petit sourire.

— Même si vous m'avez fait croire que vous aviez replacé le livre dans la bibliothèque sans jamais le relire ? la tança-t-il doucement.

758

Léonie rougit.

— Je l'ai peut-être consulté à une ou deux reprises.

— C'est peut-être pour le mieux. Les vieux ne sont pas toujours sages. (Il se tut un instant.) Mais vous comprenez que votre sort est lié à ceci ? Si vous décidez d'insuffler la vie aux tableaux, si vous convoquez le démon, vous savez qu'il vous emportera, vous aussi ?

La peur étincela dans les yeux verts de Léonie.

— Je le sais.

— Très bien.

— Ce que je ne comprends pas, c'est pourquoi le démon Asmodée n'a pas emporté mon oncle.

Baillard haussa les épaules.

— Le mal attire le mal. Votre oncle ne souhaitait pas payer son acte de sa vie et il a combattu le démon. Mais il en est resté à jamais marqué.

— Mais si je n'arrive pas...

— Assez, trancha-t-il. Vous verrez bien le moment venu.

Léonie prit le paquet enveloppé de soie noire et l'enfouit dans la large poche de sa cape, puis s'élança vers la cheminée pour prendre une boîte d'allumettes posée sur la tablette en marbre.

Se hissant sur la pointe des pieds, elle déposa un baiser sur le front de Baillard.

— Merci, Sajhë, souffla-t-elle. Pour les cartes. Pour tout.

Le vestibule était plongé dans l'obscurité lorsque Léonie, Audric Baillard, Louis-Anatole et Marieta sortirent du salon.

Dans chaque recoin de la maison, Léonie décelait des signes d'activité. Le fils du jardinier, Émile, qui était devenu un homme grand et fort, distribuait au

759

personnel de maison toutes les armes qu'il avait pu trouver. Un vieux mousquet, un coutelas pris dans les vitrines, des bâtons. Les autres domestiques étaient munis de carabines, de râteaux, de pioches et de faux.

Léonie perçut le saisissement de Louis-Anatole lorsqu'il découvrit, ainsi transformés, les compagnons de sa vie quotidienne. La main du petit garçon se resserra sur la sienne. Elle s'arrêta pour leur parler d'une voix ferme :

— Vous êtes loyaux et courageux, mais je ne veux pas que vous risquiez vos vies. Je sais que mon frère et madama Isolde auraient été du même avis que moi. Nous ne pouvons pas remporter ce combat. (Elle contempla leurs visages familiers.) Je vous en prie, je vous en supplie, partez maintenant, tant que c'est encore possible. Rejoignez vos familles, vos enfants.

Personne ne bougea. La vitre de la photographie suspendue au-dessus du piano scintilla, attirant son regard. Léonie hésita. Le souvenir d'un après-midi ensoleillé place du Pérou, jadis : Anatole assis, Isolde et elle debout derrière lui, si heureux d'être ensemble. Un instant, elle fut tentée de décrocher la photo. Mais Baillard lui avait conseillé de n'emporter que le strict nécessaire. Le portrait demeurerait là où il avait toujours été, pour monter la garde sur la maison et sur ses habitants.

Comme les domestiques restaient inébranlables, Léonie et Louis-Anatole s'éclipsèrent par les portes de la terrasse. Baillard et Marieta les suivirent. Du groupe rassemblé au pied de l'escalier, une voix s'éleva :

— Bonne chance, madama Léonie. Et à toi, pichon. Nous serons ici quand vous reviendrez.

— Et à vous aussi, fit le garçonnet d'une voix argentine.

Il faisait froid. L'air glacial leur mordit les joues et

leur brûla les oreilles. Léonie rabattit sa capuche sur sa tête. Ils entendaient la populace, devant la maison ; elle était encore loin, mais ce son les remplit de terreur.

— Où allons-nous, tante Léonie ? chuchota Louis-Anatole.

Léonie devina sa peur.

— Nous allons traverser les bois. Pascal nous attend avec le cabriolet.

— Pourquoi attend-il là-bas ?

— Parce qu'on ne doit pas nous voir ni nous entendre, répliqua-t-elle aussitôt. Puis, en faisant toujours très attention de ne pas nous faire remarquer, nous nous rendrons chez M. Baillard, dans la montagne.

— C'est loin ?

— Oui.

Le petit garçon se tut un moment.

— Quand rentrerons-nous ?

Léonie se mordit les lèvres.

— Fais comme si c'était un jeu. Comme si tu jouais à cache-cache. (Elle posa un doigt sur ses lèvres.) Mais nous devons nous dépêcher, Louis-Anatole. Et être silencieux, très, très silencieux.

— Et très courageux.

Léonie saisit le jeu de cartes dans sa poche.

— Oh oui, murmura-t-elle. Très courageux.

95.

— Mettez le feu !

Sur l'ordre de Constant, la foule qui s'était massée derrière la maison, près du lac, plongea ses flambeaux dans la haie de buis. En quelques minutes, la haie flamba : d'abord les branches, puis les troncs, qui crachèrent et crépitèrent comme les feux d'artifice au-dessus des murs de la cité.

La voix glaciale s'éleva à nouveau :

— À l'attaque !

Une masse humaine grouilla sur les pelouses et autour de l'eau, piétina les plates-bandes et gravit l'escalier de la terrasse en renversant les jardinières.

Cigarette à la main, lourdement appuyé sur sa canne, Constant suivit la foule en boitant, comme s'il assistait à un défilé sur les Champs-Élysées.

À 16 heures, après s'être assuré que Léonie était déjà en route pour Coustaussa, Constant avait fait porter en ville le corps d'un dernier enfant supplicié. Son domestique avait laissé le cadavre lacéré dans un char à bœufs sur la place du Pérou et avait attendu l'attroupement. Il n'avait pas fallu beaucoup d'efforts à Constant, même dans son état de faiblesse, pour attirer l'attention de la foule. Des blessures aussi effroyables n'avaient pu être infligées par aucun animal : il s'agissait forcément d'une créature surnaturelle. Une créature qu'on cachait au Domaine de la Cade. Un diable, un démon.

Un palefrenier du Domaine se trouvait à Rennes-les-Bains à ce moment-là. La foule s'était retournée contre le jeune homme pour exiger de savoir comment la créature était contrôlée, où elle était cachée. Il avait nié ces accusations absurdes de sorcellerie, mais n'avait réussi qu'à attiser la colère de la foule.

C'était Constant qui avait suggéré de fouiller la maison pour en avoir le cœur net. L'idée avait aussitôt fait son chemin : la foule se l'était appropriée. Il se laissa assez rapidement convaincre d'organiser l'assaut sur le Domaine de la Cade.

Constant s'arrêta au pied de la terrasse, épuisé d'avoir marché. Il vit la foule se répartir en deux colonnes, qui essaimèrent vers l'avant et l'arrière de la maison.

L'auvent rayé tendu au-dessus de la terrasse fut incendié par un garçon qui grimpa au lierre et coinça son flambeau entre des plis du tissu. Bien que l'étoffe fût humide, elle prit feu en quelques secondes, et le flambeau retomba sur la terrasse. Une odeur d'huile et de roussi remplit l'air nocturne, portée par une fumée noire et âcre.

Une voix s'éleva du chaos.

— Suppôts de Satan !

Le spectacle des flammes exacerba la fureur des assaillants. Une première fenêtre vola en éclats, fracassée par la pointe du soulier ferré d'un villageois. L'un des éclats se ficha dans l'étoffe grossière de son pantalon : il le fit retomber d'une secousse. D'autres fenêtres furent brisées. L'une après l'autre, les pièces élégantes furent dévastées par la foule qui mit le feu aux rideaux.

Trois hommes s'emparèrent d'une urne de pierre

pour en faire un boutoir afin d'enfoncer la porte. Le verre se brisa, le métal se tordit, puis le cadre de la porte céda. Le trio laissa retomber l'urne et la populace envahit la bibliothèque. Avec des torchons imbibés d'huile et de goudron, on incendia les étagères en acajou. Les livres flambèrent, le papier sec et les reliures anciennes en cuir s'embrasant comme de la paille. Crépitant et crachant, les flammes bondirent d'étagère en étagère.

Les envahisseurs arrachèrent les rideaux. La chaleur du brasier fit éclater les fenêtres ; ils cassèrent les carreaux intacts avec des pieds de chaises. Grimaçant de rage et d'envie, ils renversèrent la table à laquelle Léonie s'était assise pour lire *Les Tarots* et arrachèrent l'escabeau du mur à grand-peine, car les attaches en cuivre leur résistaient. Les flammes mordirent les bordures des tapis, puis ce fut la conflagration générale.

La populace fit irruption dans le vestibule. Lentement, en avançant péniblement sur ses jambes raidies, Constant la suivit.

Ils tombèrent sur les défenseurs de la maison au pied de l'escalier principal.

Bien que les assaillants fussent beaucoup plus nombreux, les domestiques luttèrent courageusement. Eux aussi avaient pâti des rumeurs, des ragots, des calomnies : ils défendaient leur honneur autant que la réputation du Domaine de la Cade.

Un jeune valet de pied assomma un homme qui s'avançait vers lui. Le villageois tituba, la tête ensanglantée.

Ils se connaissaient. Ils avaient grandi ensemble, ils étaient cousins, amis, voisins, et pourtant ils se combattaient en ennemis. Émile fut terrassé par le violent coup de soulier ferré d'un homme qui l'avait jadis porté sur ses épaules pour aller à l'école.

Les cris se firent plus perçants.

Les jardiniers et les gardes-chasse, armés de carabines, tirèrent dans la foule, atteignant un homme au bras, un autre à la jambe. Le sang jaillit, des bras s'élevèrent pour faire dévier les coups. Mais les attaquants étaient trop nombreux, et les domestiques furent bientôt écrasés. Le vieux jardinier fut le premier à succomber, le tibia broyé sous un pied. Émile tint tête un peu plus longtemps, jusqu'à ce qu'il fût saisi par deux hommes ; un troisième lui laboura la figure de coups de poing. Il s'effondra. Les fils de ces hommes avaient été les compagnons de jeu d'Émile. Ils le hissèrent par-dessus la rampe d'escalier et le précipitèrent dans le vide. Il sembla suspendu en l'air une fraction de seconde, puis il atterrit au pied de l'escalier, bras et jambes désarticulés, les yeux fixes. Un mince filet de sang coulait à la commissure de ses lèvres.

Le cousin de Marieta, Antoine, un peu simple d'esprit mais capable de distinguer le bien du mal, reconnut l'homme qui s'avançait vers lui ceinture à la main. C'était le père de l'un des enfants suppliciés. Son visage était tordu par l'amertume et la douleur.

Sans réfléchir, Antoine se jeta sur lui et le prit à bras-le-corps pour tenter de le jeter par terre. Antoine était fort et costaud, mais il ne savait pas se battre. Il fut aussitôt plaqué au sol. Il leva les mains pour se protéger le visage, mais trop lentement.

Quand la ceinture le frappa en pleine figure, la boucle métallique l'atteignit à l'œil. Le monde d'Antoine vira au rouge.

Au pied de l'escalier, Constant, la main levée pour s'abriter de la chaleur et de la suie, attendait le rapport de son domestique.

— Ils ne sont pas ici, haleta ce dernier. J'ai cherché

partout. Il semble qu'ils aient décampé avec un vieillard et la gouvernante il y a environ un quart d'heure.

— À pied ?

Le domestique hocha la tête.

— J'ai trouvé ceci, monsieur. Dans le salon.

Victor Constant prit l'objet d'une main tremblante. C'était une carte de tarot, la figure d'un démon grotesque avec deux amants enchaînés à ses pieds. Il tenta de l'examiner, mais la fumée l'empêchait d'en distinguer les détails. Il lui sembla cependant que le démon bougeait, qu'il ployait sous un fardeau invisible ; quant aux amants, ils avaient pris les traits de Vernier et d'Isolde.

Il frotta ses yeux endoloris de ses doigts gantés, puis il eut une idée.

— Quand tu iras t'occuper de Gélis, laisse cette carte près du corps. Cela embrouillera l'affaire. Tout Coustaussa sait que la fille est passée.

Le valet hocha la tête.

— Et vous, monsieur ?

— Aide-moi à regagner la voiture. Un enfant, une femme et un vieillard ? Ils ne peuvent pas être allés très loin. Ils se cachent sans doute quelque part dans la propriété. La forêt est dense et les pentes sont escarpées. Il n'y a qu'un seul endroit où ils puissent se réfugier.

— Et eux ?

Le domestique désigna la foule d'un signe de tête.

Les cris se faisaient de plus en plus assourdissants ; le combat atteignait son paroxysme. Bientôt, le pillage commencerait. Même si le petit garçon échappait à Constant, il ne trouverait plus rien à son retour. Il serait ruiné.

— Laisse-les faire.

96.

Quand ils atteignirent la forêt, le trajet devint plus pénible. Même si Louis-Anatole était vigoureux et M. Baillard, malgré son grand âge, étonnamment agile, ils avançaient lentement. Ils avaient emporté une lampe, mais ne l'avaient pas allumée de crainte d'attirer l'attention.

Léonie constata que ses pieds connaissaient le chemin du sépulcre, pourtant si longtemps évité. Sa longue cape noire soulevait les feuilles mortes sur le sol humide de la colline. Elle songea à tous ses trajets au sein du domaine – vers la clairière bordée de genévriers où Anatole avait péri ; vers les tombes de son frère et d'Isolde, côte à côte sur le promontoire au bord du lac – et son cœur se serra à l'idée de ne jamais les revoir. Elle s'était longtemps sentie confinée dans les limites étroites de son existence ; maintenant que l'heure était venue de la quitter, elle n'en avait plus aucune envie. Les rochers, les collines, les bosquets, les sentiers faisaient désormais partie de la femme qu'elle était devenue.

— Sommes-nous bientôt arrivés, tante Léonie ? gémit Louis-Anatole au bout d'un quart d'heure. Mes bottes me font mal aux pieds.

— Presque, répondit-elle en lui pressant la main. Attention de ne pas glisser.

— Tu sais, affirma-t-il d'une voix qui démentait ses propos, je n'ai pas du tout peur des araignées.

Ils ralentirent le pas en atteignant la clairière. L'allée de cyprès semblait plus dense, plus enchevêtrée, et ses cimes plus impénétrables que la première fois que Léonie y était venue.

Pascal les attendait. Les deux lanternes du cabriolet crachotaient dans l'air froid et les chevaux grattaient le sol durci.

— Qu'est-ce que c'est que cet endroit, tante Léonie ? demanda Louis-Anatole, sa curiosité l'emportant sur la peur. Sommes-nous toujours dans la propriété ?

— Oui. C'est un ancien mausolée.

— Là où on enterre les gens ?

— Parfois.

— Pourquoi papa et maman n'y sont-ils pas enterrés ?

Léonie hésita.

— Parce qu'ils préfèrent être dehors, parmi les arbres et les fleurs. Ils reposent ensemble au bord du lac, tu n'as pas oublié ?

Louis-Anatole fronça les sourcils.

— Parce qu'ils veulent entendre les oiseaux ?

Léonie sourit.

— C'est ça.

— Pourquoi ne m'as-tu jamais emmené jusqu'ici ? s'enquit-il en s'avançant d'un pas vers la porte. Parce qu'il y a des fantômes ?

Léonie le retint d'une main.

— Le temps presse, Louis-Anatole.

Son visage se décomposa.

— Je ne peux pas entrer ?

— Pas maintenant.

— Il y a des araignées ?

— Peut-être, mais comme tu n'as pas peur des araignées, ça ne te ferait rien.

Il hocha la tête mais il avait blêmi.

— Nous reviendrons une autre fois, fit-il. Quand il
fera jour.

— C'est une excellente idée.

Elle sentit la main de M. Baillard sur son bras.

— Nous ne devons pas nous attarder, dit Pascal.
Nous devons être en route lorsque Constant se rendra
compte que nous ne sommes pas dans la maison. (Il
se pencha pour attraper Louis-Anatole et le déposer
dans le cabriolet.) Alors, pichon, prêt pour l'aventure ?

Louis-Anatole hocha la tête.

— C'est loin, ajouta Pascal.

— Plus loin que le lac de Barrenc ?

— Bien plus loin, répondit Pascal.

— Ça ne fait rien, dit Louis-Anatole. Marieta voudra bien jouer avec moi ?

— Bien sûr.

— Et tante Léonie me racontera des histoires.

Les adultes échangèrent des regards affligés. En
silence, M. Baillard et Marieta montèrent dans le
cabriolet et Pascal s'installa sur le banc du cocher.

— Viens, tante Léonie, dit Louis-Anatole.

Léonie referma la portière rapidement.

— Prenez soin de lui.

— Vous n'êtes pas obligée, fit Baillard. Constant
est malade. Il est possible que le temps et la nature
mettent bientôt fin à cette vendetta. Si vous patientez,
tout ceci se terminera par la force des choses.

— C'est possible, répliqua-t-elle d'une voix
farouche. Mais je ne veux pas courir ce risque. Cela
pourrait mettre trois, cinq, voire dix ans. Je ne veux pas
que Louis-Anatole grandisse sous une telle menace, me
demander constamment quand le malheur fondra sur

nous, guetter les ténèbres en sachant que quelqu'un, quelque part, attend le moment de frapper.

Un souvenir d'Anatole, épiant la rue de Berlin par la fenêtre de leur ancien appartement. Un autre, du visage hanté d'Isolde scrutant l'horizon, voyant le danger partout.

— Non, reprit-elle d'une voix plus ferme. Je ne veux pas que Louis-Anatole mène une telle existence. (Elle sourit.) Il faut en finir. Maintenant, ce soir, ici. (Elle inspira profondément.) C'est aussi votre avis, Sajhë.

Un instant, dans la lueur vacillante des lanternes, leurs regards se croisèrent. Puis il hocha la tête.

— Je replacerai les cartes dans leur cachette, fit-il d'une voix douce, quand le garçon sera en sécurité et que personne ne pourra m'observer. Vous pouvez me faire confiance.

— Tante Léonie ? lança Louis-Anatole d'un ton anxieux.

— Mon petit, j'ai quelque chose à faire, dit-elle en tentant de maîtriser sa voix, je ne peux pas venir avec toi pour l'instant. Tu seras tout à fait en sécurité avec Pascal, Marieta et M. Baillard.

Le visage de l'enfant se chiffonna et il tendit les bras vers elle, comprenant d'instinct qu'il ne s'agissait pas d'une séparation temporaire.

— Non ! s'écria-t-il. Je ne veux pas te quitter, ma tante ! Je ne te laisserai pas ici !

Il se mit en travers du siège pour se jeter au cou de Léonie. Elle l'embrassa et lui caressa les cheveux, puis se dégagea fermement.

— Non ! hurla le petit garçon en se débattant.

— Sois sage avec Marieta, dit-elle, la voix éraillée. Et occupe-toi bien de M. Baillard et de Pascal.

770

Reculant d'un pas, elle tapa sur la portière du cabriolet.

— Partez, s'écria-t-elle. Partez !

Pascal fit claquer son fouet et le cabriolet s'ébranla. Tandis qu'il s'éloignait, Léonie tenta de ne pas écouter la voix, de plus en plus assourdie, de Louis-Anatole qui l'appelait en pleurant.

Quand elle n'entendit plus le cliquetis des roues sur le sol durci par le gel, elle fit volte-face et s'avança vers la porte de la vieille chapelle. Aveuglée par les larmes, elle agrippa la poignée métallique. Elle hésita et se retourna à demi pour regarder par-dessus son épaule. Une lueur orangée s'élevait à l'horizon, crachant des étincelles et des nuages de fumée grise dans le ciel noir.

La maison brûlait.

Son courage s'affermit. Elle fit tourner la poignée, poussa la porte et franchit le seuil du sépulcre.

97

Une lourde bouffée d'air glacial l'assaillit.

Léonie laissa ses yeux se faire à l'obscurité. Elle tira la boîte d'allumettes de sa poche, ouvrit le panneau vitré de sa lanterne et tint l'allumette contre la mèche jusqu'à ce qu'elle prenne.

Les yeux bleus d'Asmodée étaient fixés sur elle. Léonie pénétra dans la nef. Les peintures murales semblaient palpiter, osciller et s'avancer vers elle tandis qu'elle marchait lentement vers l'autel. Dans le silence de la tombe, la poussière et le gravillon crissaient bruyamment contre les dalles, sous ses semelles.

Elle ne savait pas au juste quoi faire en premier. Elle tâta les cartes dans sa poche. Dans l'autre poche, le portefeuille en cuir contenait les aquarelles qui les représentaient, Anatole, Isolde et elle : Léonie n'avait pas voulu les abandonner.

Elle avait enfin avoué à M. Baillard qu'après avoir découvert les cartes, elle était retournée à plusieurs reprises consulter le livre de son oncle, jusqu'à le connaître par cœur. Malgré cela, elle ne comprenait toujours pas très bien l'explication de M. Baillard sur la façon dont la vie recelée par les cartes et la musique portée par le vent pouvaient agir l'une sur l'autre pour convoquer les fantômes qui habitaient ce lieu ancien.

Est-ce bien vrai ? se demanda-t-elle.

Pourtant Léonie avait compris que ce n'étaient ni les cartes, ni la musique, ni le lieu, mais la concordance des trois qui agissait au sein du sépulcre.

Si le manuscrit de son oncle était à prendre au pied de la lettre, elle ne pourrait pas faire demi-tour. Les esprits s'empareraient d'elle. Ils avaient déjà tenté de le faire – et ils avaient échoué – mais cette nuit elle les laisserait l'emporter, s'ils emportaient aussi Constant.

Et Louis-Anatole sera en sécurité, se dit-elle.

Soudain un grattement, puis de petits coups secs la firent sursauter. Elle regarda autour d'elle ; ce n'étaient que des branches d'arbre qui tapaient contre la fenêtre. Elle poussa un soupir de soulagement.

Posant la lampe par terre, Léonie fit craquer une seconde allumette, puis d'autres, pour allumer les cierges en suif fixés aux murs. Des gouttes de graisse glissèrent sur les mèches mortes pour se figer sur le métal froid des appliques, mais peu à peu, les mèches s'enflammèrent, baignant le sépulcre d'une lueur jaune et vacillante.

Léonie s'avança ; elle avait l'impression que les huit tableaux de l'abside observaient ses moindres mouvements. Elle retrouva l'endroit, devant l'autel, où plus d'une génération auparavant, Jules Lascombe avait tracé le nom du Domaine sur une dalle. C-A-D-E.

Sans savoir au juste comment procéder, elle sortit les cartes, les déballa et plaça le jeu au milieu du carré tracé sur la dalle ; les mots de son défunt oncle lui revinrent à l'esprit. Elle posa son portefeuille à côté du jeu, sans en retirer ses aquarelles.

Dont le pouvoir me permettrait alors de pénétrer dans une autre dimension.

Léonie redressa la tête. Tout se figea un instant. Le vent sifflait entre les arbres. Elle tendit l'oreille. La fumée montait encore toute droite des cierges, mais elle croyait déceler une musique, des notes chétives, un sifflement aigu dans le vent qui s'insinuait entre les branches des bouleaux et des cyprès de l'allée, qui s'infiltrait sous la porte et par les interstices des vitraux.

Il y eut un violent courant d'air et j'eus soudain la sensation que je n'étais plus seul.

Léonie sourit en se rappelant ce passage du manuscrit. Elle n'avait plus peur, maintenant : elle était plutôt curieuse. Une seconde, en levant les yeux vers l'abside octogonale, elle crut voir bouger le visage de La Force. Un sourire presque imperceptible s'était dessiné sur son visage. Un instant, la figure ressembla trait pour trait au visage qu'elle avait peint dans ses reproductions des tarots. La même chevelure cuivrée, les mêmes yeux verts, le même regard direct.

Mon être et mes autres êtres, passés et à venir, étaient également présents.

Autour d'elle, Léonie sentait des mouvements. Étaient-ce les esprits ou les cartes qui prenaient vie ? Elle n'aurait su le dire. Les Amants, sous son regard plein d'espoir, prenaient les traits aimés d'Anatole et d'Isolde. Un court instant, Léonie crut reconnaître ceux de Louis-Anatole scintillant derrière la figure de La Justice, avec sa balance et son ourlet brodé de notes de musique : l'enfant était contenu dans la silhouette de la femme. Puis, du coin de l'œil, le temps d'un éclair, les traits d'Audric Baillard – Sajhë – semblèrent s'imprimer sur le jeune visage du Pagad.

Léonie, absolument immobile, laissa la musique l'envahir. Les visages, les costumes, les paysages semblaient bouger, changer, scintiller comme des étoiles, tournoyer dans l'air argenté, suspendus à un courant de musique invisible. Elle perdit conscience d'elle-même. Les dimensions, l'espace, le temps, la masse, tout s'était évanoui.

L'air vibra tandis que les fantômes lui frôlaient les épaules et le cou, lui effleuraient le front, l'entouraient, doux et bons, sans vraiment la toucher. Le chaos silencieux grandit dans la cacophonie muette des chuchotements et des soupirs.

Léonie tendit les bras devant elle. Elle se sentait sans poids, transparente, comme si elle flottait dans l'eau, bien que sa robe fût toujours écarlate et sa cape, noire sur ses épaules. Ils attendaient qu'elle les rejoigne. Elle retourna ses mains tendues et vit, très nettement, le symbole de l'infini apparaître dans la chair pâle de ses paumes. Comme un huit.

— *Aïci lo tems s'en va res l'eternitat.*

Les mots tombèrent de ses lèvres. Maintenant, enfin, elle savait ce qu'ils signifiaient.

Ici le temps s'en va vers l'éternité.

Léonie sourit, et en songeant à Louis-Anatole après elle, puis à sa mère, à son frère et à sa tante devant elle, elle s'avança vers la lumière.

Les secousses de la voiture sur le sol inégal l'avaient beaucoup fait souffrir ; plusieurs des lésions qui recouvraient ses mains et son dos s'étaient ouvertes. Le pus suintait sous les pansements.

Constant descendit de voiture.

Il tâta le sol de sa canne. Deux chevaux avaient attendu ici – et récemment. D'après les ornières laissées par les roues, il n'y avait qu'une voiture et elle semblait s'être éloignée du sépulcre.

— Attends-moi ici, ordonna-t-il à son valet.

Un vent puissant s'insinuait entre les troncs serrés de l'allée de cyprès qui menait à la porte de la tombe. De sa main libre, Constant resserra son pardessus autour de son cou. Il huma l'air. Il n'avait presque plus d'odorat et pourtant il décelait une odeur désagréable, un bizarre mélange d'encens et d'algues pourrissantes.

Bien que le froid le fît pleurer, il distinguait de la lumière à l'intérieur du sépulcre. L'idée que le petit garçon s'y cachait peut-être lui donna la force d'avancer. Il marcha sans prêter attention aux bruits étranges qui l'entouraient, un grondement semblable à celui d'un cours d'eau, un sifflement rappelant celui du vent dans les fils télégraphiques ou la vibration des rails à l'approche d'un train.

On aurait presque dit de la musique.

Il refusait de se laisser distraire par les ruses que Léonie Vernier avait pu inventer, en se servant de lumière, de fumée et de sons.

Constant s'approcha de la lourde porte. Au début, la poignée refusa de céder. Supposant qu'elle était verrouillée ou bloquée par une barricade de meubles empilés, il fit une nouvelle tentative. Cette fois, la porte s'ouvrit aussitôt. Constant faillit perdre l'équilibre et trébucha en entrant dans le sépulcre.

Il la vit immédiatement, debout, de dos, devant le petit autel de l'abside octogonale. Elle ne cherchait d'ailleurs pas à se cacher. Aucune trace de l'enfant.

Le menton en avant, regardant de gauche à droite, Constant remonta la nef en tapant de sa canne sur les dalles tout en traînant maladroitement les pieds. Il y avait une alcôve vide juste à côté de la porte, aux bords dentelés, comme si on avait abattu la statue qui s'y était dressée. Des saints en plâtre, disposés contre les murs derrière les modestes rangées de bancs vides, semblaient observer sa progression.

— Mademoiselle Vernier, dit-il brusquement, offensé par l'absence de réaction de Léonie.

Elle ne bougeait toujours pas. Elle ne semblait même pas se rendre compte de sa présence.

Constant s'arrêta pour examiner les cartes disposées par terre devant l'autel.

— Qu'est-ce que c'est que cette absurdité ? dit-il en s'avançant au centre du carré.

Léonie se retourna enfin pour lui faire face. Sa capuche retomba sur ses épaules. Le sourire de Constant mourut sur ses lèvres. Il leva ses mains malades pour protéger ses yeux de la lumière. C'était incompréhensible. Il distinguait les traits de la jeune fille, son regard direct, ses cheveux dénoués comme dans le portrait qu'il avait dérobé, rue de Berlin, mais elle était transformée.

Tandis qu'il se tenait devant elle, captivé et aveuglé, elle se mit à changer. Les os, les tendons, le crâne sous la peau se mirent à affleurer.

Constant hurla.

Quelque chose s'abattit sur lui et le silence qui n'en était pas un fut rompu par une cacophonie de cris et de hurlements. Il pressa ses mains contre ses oreilles pour empêcher les créatures d'entrer dans sa tête, mais ses doigts furent écartés par des serres et des griffes qui ne laissaient aucune trace.

On aurait dit que les figures peintes sur les murs en étaient descendues : leurs traits harmonieux s'étaient transformés, comme si elles se muaient en une version plus redoutable des mêmes personnages. Leurs ongles devenaient des griffes, leurs doigts, des serres, leurs yeux glacés jetaient des flammes. Constant se recroquevilla et, laissant tomber sa canne, leva les bras pour protéger son visage. Il tomba à genoux en haletant. Son cœur s'affolait. Il tenta de sortir du carré, mais une force invisible, comme un vent puissant, l'y repoussait sans cesse. Le hurlement, la vibration de la musique s'intensifiaient. Ils semblaient provenir à la fois de l'extérieur et de l'intérieur, résonnant dans sa tête. Écartelant son esprit.

— Non ! hurla-t-il.

Mais les voix devenaient plus fortes. Sans comprendre ce qui lui arrivait, il chercha Léonie des yeux. Il ne la voyait nulle part. La lumière était trop vive, l'air scintillait d'une fumée incandescente.

Puis, derrière lui, ou plutôt sous la surface même de sa peau, surgit un nouveau bruit. Un raclement, comme celui des griffes d'une bête sauvage, faisait crisser ses os. Il tressaillit, hurla de douleur puis tomba par terre, comme renversé par une bourrasque.

Et soudain, dans une puanteur saumâtre, un démon difforme et décharné dont la peau rouge avait la texture du cuir, avec un front cornu et d'étranges yeux bleus pénétrants, s'accroupit sur sa poitrine. Un démon qu'il savait ne pas pouvoir exister. Qui n'existait pas. Pourtant, le visage d'Asmodée se penchait vers le sien.

— Non ! hurla-t-il une dernière fois, avant que le démon ne l'emporte.

Aussitôt, le vent retomba dans le sépulcre. Les chuchotements et les soupirs des esprits s'assourdirent jusqu'à ce que le silence revienne. Les cartes étaient éparpillées par terre. Les figures sur le mur n'avaient plus que deux dimensions, mais leurs expressions et leurs attitudes s'étaient subtilement modifiées. Elles ressemblaient à ceux qui avaient vécu – et péri – au Domaine de la Cade. Aux aquarelles de Léonie.

Dans la clairière, le domestique de Constant se recroquevillait sous les assauts du vent, de la fumée et de la lumière aveuglante. Il entendit son maître hurler une fois, deux fois. Ce son inhumain le pétrifia.

Mais lorsque le calme revint et que les lumières du

sépulcre cessèrent de vaciller, il s'enhardit assez pour sortir de sa cachette. Lentement, il s'approcha de la lourde porte et la trouva légèrement entrebâillée. Sa main hésitante ne rencontra aucune résistance.

— Monsieur ?

Il entra.

— Monsieur ? répéta-t-il.

Un courant d'air frais, comme un soupir, vida le sépulcre de sa fumée ; seule une lampe l'éclairait.

Il vit aussitôt le corps de son maître qui gisait sur le ventre devant l'autel, entouré de cartes éparpillées. Le domestique se précipita pour le retourner. Le visage de Constant était marqué de trois profondes balafres, comme celles qu'aurait pu laisser une bête sauvage.

Comme des coups de griffes. Comme les marques dont il avait entaillé les visages des enfants qu'ils avaient tués.

L'homme fit machinalement le signe de croix et se pencha pour fermer les yeux grands ouverts de Constant, remplis d'horreur. Il suspendit son geste en reconnaissant la carte posée sur la poitrine de Constant, à la place du cœur. Le Diable.

Ainsi, c'était son maître qui l'avait ?

Le domestique ébahi glissa la main dans sa poche, là où, il aurait pu le jurer, il avait glissé la carte que son maître lui avait ordonné de placer près du cadavre du curé Gélis, à Coustaussa. La poche était vide.

L'avait-il laissée tomber ? Il n'y avait pas d'autre explication possible.

Puis il reconnut le visage du Diable. Il s'éloigna en titubant du corps de son maître et remonta la nef en courant sous le regard aveugle des statues, fuyant le sépulcre et le visage grimaçant de la carte.

Dans la vallée, la cloche sonna minuit.

XII

Les ruines
Octobre 2007

98.

Domaine de la Cade
Mercredi 31 octobre 2007

— Shelagh O'Donnell ! lança à nouveau Hal.

Il était 12 h 10. Il attendait depuis plus d'un quart d'heure devant chez elle. Il avait frappé à sa porte, puis chez ses voisins, tous absents. Alors il était allé faire un tour. Quand il était revenu, il avait encore frappé. Toujours rien.

Hal était certain d'être à la bonne adresse – il l'avait vérifiée à plusieurs reprises – et il ne croyait pas qu'elle ait pu oublier leur rendez-vous. Il tentait de rester positif, mais cela lui était de plus en plus difficile à chaque seconde qui passait. Où pouvait-elle bien être ? Il y avait de la circulation ce matin, elle était peut-être coincée dans les embouteillages ? Ou alors elle était sous la douche et elle ne l'avait pas entendu ?

Dans le pire des cas – et, il devait se l'avouer, le plus probable – Shelagh s'était ravisée et ne voulait plus l'accompagner au commissariat. Son aversion pour la police était évidente : sans Meredith et Hal pour l'encourager, elle avait peut-être flanché.

Il passa les doigts dans sa chevelure, recula d'un pas et scruta les fenêtres aux volets fermés. La demeure de Shelagh était située au milieu d'une coquette rangée de maisons au bord de l'Aude, isolée de la rue par une clôture en fer et en bambou. Il songea qu'il pourrait peut-être apercevoir le jardin depuis le sentier qui longeait le fleuve. Il fit le tour du pâté de maisons : vues de l'arrière, il était difficile de les distinguer les unes des autres, mais elles étaient de couleurs différentes – l'une bleu clair, une autre jaune pâle, il repéra enfin celle de Shelagh O'Donnell.

Il y avait un muret perpendiculaire à la haie. Hal s'en rapprocha pour tenter d'apercevoir la terrasse. Il reprit espoir en distinguant une silhouette.

— Mme O'Donnell ? C'est moi, Hal Lawrence. Il est midi et quart.

Pas de réponse.

Shelagh était allongée sur le ventre sur la petite terrasse jouxtant la maison. L'endroit était abrité et il faisait assez doux pour la fin octobre, mais ce n'était pas un temps à prendre un bain de soleil. Elle lisait peut-être. Il avait du mal à la voir car deux jardinières lui bloquaient la vue. Quoi qu'il en soit, elle avait manifestement décidé de faire comme s'il n'était pas là.

Son téléphone vibra dans sa poche. Distraitement, il l'en sortit et lut le SMS.

« Je les ai trouvées. Je vais au sépulcre maintenant. Bis. »

Hal fixa sans comprendre les mots affichés à l'écran, puis il eut un déclic et sourit : il avait saisi le sens du message de Meredith.

— Au moins, sa matinée à elle a été fructueuse, marmonna-t-il.

Il n'avait aucune intention de renoncer. Après tous ses efforts pour persuader le commissaire de les recevoir, il n'allait pas laisser Shelagh se défiler.

— Dr O'Donnell, répéta-t-il. Je sais que vous êtes là.

Il commençait à se poser des questions. Même si elle avait changé d'avis, son absence totale de réaction était curieuse. Il hésita, puis enjamba le muret. Un gros bâton gisait sur la terrasse, à moitié repoussé sous la haie. En le ramassant, il remarqua des traces sur le bois.

Du sang.

Il s'élança vers la terrasse où Shelagh O'Donnell gisait, immobile. Il constata aussitôt qu'elle avait reçu plusieurs coups à la tête. Il vérifia son pouls. Elle respirait toujours, mais elle avait l'air mal en point.

Hal tira son téléphone de sa poche et composa le numéro d'urgence, les doigts tremblants.

— Tout de suite ! hurla-t-il après avoir donné trois fois l'adresse. Oui, elle respire. Mais faites vite !

Il raccrocha, se précipita dans la maison, trouva une couverture sur le dossier d'un canapé et ressortit en courant. Il l'étala précautionneusement sur Shelagh pour la réchauffer. Il savait qu'il ne devait pas essayer de la déplacer. Puis il passa par l'intérieur de la maison pour ressortir. Il se sentait coupable de ce qu'il s'apprêtait à faire, mais il n'avait pas le temps de rester à Rennes-les-Bains jusqu'à l'arrivée des secours. Il devait rentrer à l'hôtel.

Il frappa à la porte d'un voisin. Il expliqua ce qui s'était passé à la femme effarée qui lui ouvrit, lui demanda de demeurer auprès de Shelagh jusqu'à l'arrivée de l'ambulance, puis détala vers sa voiture avant qu'elle puisse protester.

Il fit vrombir le moteur et pressa le pied sur l'accélérateur. Une seule personne pouvait être responsable de cet acte. Il fallait qu'il rentre au Domaine de la Cade. Et qu'il retrouve Meredith.

Julian Lawrence referma brutalement la portière de sa voiture et grimpa quatre à quatre les marches d'entrée de l'hôtel.

Il n'aurait pas dû céder à la panique.

Des gouttes de sueur dégoulinaient sur son visage, imbibant son col de chemise. Il pénétra dans le vestibule d'un pas chancelant. Il devait regagner son bureau et se calmer. Puis décider de ce qu'il allait faire.

— Monsieur ? Monsieur Lawrence ?

Il fit volte-face, le regard un peu embrouillé : la réceptionniste agitait la main.

— Monsieur Lawrence, dit Éloïse avant de s'interrompre. Vous allez bien ?

— Très bien, rétorqua-t-il. Qu'est-ce que c'est ?

Elle cilla.

— Votre neveu m'a demandé de vous remettre ceci.

Julian parcourut en trois enjambées l'espace qui le séparait d'Éloïse et lui arracha le papier des mains. C'était un mot de Hal, bref et expéditif, lui demandant de le voir à 14 heures.

Julian chiffonna le papier.

— À quelle heure vous a-t-il donné ça ?

— Vers 10 h 30, monsieur, juste après votre départ.

— Mon neveu est-il à l'hôtel en ce moment ?

— Je crois qu'il est allé à Rennes-les-Bains un peu avant midi, pour passer prendre la dame qui est venue le voir ce matin. À ma connaissance, il n'est pas encore rentré.

— Et l'Américaine, elle était avec lui ?

— Non. Elle est dans le jardin, répondit Éloïse en jetant un coup d'œil vers les portes de la terrasse.

— Depuis longtemps ?

— Au moins une heure, monsieur.

— Elle a dit ce qu'elle allait y faire ? Où elle allait ? Vous l'avez entendue parler à mon neveu, Éloïse ? Ils se sont dit quelque chose ?

Le regard de la réceptionniste trahissait son inquiétude croissante, mais elle répondit posément :

— Non, monsieur, mais...

— Quoi ?

— Avant d'aller dans le jardin, elle a demandé si elle pouvait emprunter une pelle.

Julian tressaillit.

— Une pelle ?

Éloïse fit un bond en arrière lorsque Julian tapa sur le comptoir, laissant des empreintes de paumes humides sur le bois. Meredith Martin n'aurait pas demandé une pelle si elle n'avait pas eu l'intention de creuser. Et elle avait attendu qu'il ait quitté l'hôtel.

— Les cartes, marmonna-t-il. Elle sait où elles se trouvent.

— Qu'est-ce qu'il y a, monsieur ? fit Éloïse, alarmée. Vous semblez...

Julian ne répliqua rien. Il fit volte-face, traversa le vestibule et ouvrit la porte de la terrasse si violemment qu'elle claqua contre le mur.

— Que dois-je dire à votre neveu lorsqu'il rentrera ? lança Éloïse.

De la petite fenêtre située derrière le comptoir de réception, elle le vit s'éloigner à grandes enjambées. Pas vers le lac, comme l'avait fait Mlle Martin plus tôt, mais en direction de la forêt.

99.

Il y avait une allée de cyprès, droit devant, et les traces d'un sentier abandonné. Il ne semblait mener nulle part, mais lorsque Meredith examina plus attentivement le terrain, elle décela les contours d'une fondation, ainsi que quelques pierres cassées. C'étaient les traces d'un bâtiment.

C'est ici.

Serrant contre elle la boîte contenant les cartes, elle s'avança lentement vers l'ancien emplacement du sépulcre. L'herbe était mouillée, comme s'il avait plu récemment. Une sensation d'abandon, d'isolement émanait du sol même.

Meredith était déçue. Quelques pierres, les restes d'un mur, puis plus rien : le vide. De l'herbe à perte de vue.

Regarde de plus près, s'intima-t-elle.

Meredith scruta le sol. Elle remarqua alors que sa surface n'était pas entièrement plane. Avec un peu d'imagination, elle pouvait à peu près deviner l'empreinte du sépulcre. Une dépression d'environ six mètres de long sur trois mètres de large. Agrippant plus fort les poignées de la boîte, elle s'avança. Ce faisant, elle se rendit compte qu'elle avait soulevé le pied.

Comme si je franchissais un seuil.

Aussitôt, la lumière parut changer. Devenir plus dense, plus opaque. Le vent rugit plus fort dans ses oreilles : on aurait dit une note aiguë qui se répétait, ou le bourdonnement de fils téléphoniques dans la brise. Elle décela une discrète odeur d'encens, une senteur entêtante de pierres humides et de cérémonies anciennes.

Elle posa la boîte par terre, se redressa et regarda autour d'elle. Une brume légère semblait s'élever de la terre. Des points lumineux apparurent un à un pour se suspendre autour des contours de la ruine, comme si une main invisible allumait de minuscules bougies. Dans leurs halos, les murs disparus du sépulcre prenaient forme. À travers la brume, Meredith crut distinguer des lettres tracées par terre – C-A-D-E. Le sol, sous ses bottes, semblait aussi s'être transformé. L'herbe était remplacée par des dalles de pierre.

Meredith s'agenouilla, sans prendre garde à l'humidité qui transperçait son jean. Elle sortit les cartes et referma le coffret. Comme elle ne voulait pas salir les cartes, elle retira sa veste et l'étala sur la boîte à ouvrage. Elle battit les cartes, comme Laura lui avait enseigné à le faire à Paris, puis divisa le jeu en trois piles de la main gauche. Elle les rassembla – la pile du milieu d'abord, puis celle du dessus et celle du dessous – et plaça le jeu complet, face en dessous, sur sa table improvisée.

Je ne peux pas dormir.

Meredith était bien incapable de tenter une lecture toute seule. Chaque fois qu'elle consultait ses notes à ce sujet, elle était de plus en plus perplexe. Elle avait simplement l'intention de retourner les cartes – huit, peut-être, pour respecter la concordance de la musique et du lieu – jusqu'à ce qu'un schéma apparaisse.

Jusqu'à ce que les cartes, comme l'avait promis Léonie, lui racontent l'histoire.

Elle tira la première carte et sourit en découvrant les traits familiers de La Justice. Même après avoir battu et coupé les cartes, celle qui était sur le dessus quand elle avait trouvé le jeu réapparaissait.

La deuxième carte fut La Tour, annonciatrice de conflits et de menaces. Elle la plaça à côté de la première, puis tira à nouveau. Les yeux bleu clair du Pagad la dévisagèrent, une main indiquant le ciel et l'autre la terre, un symbole de l'infini au-dessus de la tête. C'était une figure légèrement menaçante, ne penchant nettement ni vers le bien, ni vers le mal. Meredith avait l'impression que son visage lui était familier, sans le reconnaître.

La quatrième carte la fit à nouveau sourire : Le Mat. Anatole Vernier, dans son costume blanc, coiffé d'un canotier, sa canne à la main, tel que l'avait représenté sa sœur. La Prêtresse le suivait : Isolde Vernier, belle, élégante et sophistiquée. Puis Les Amoureux, Anatole et Isolde réunis.

La septième fut celle du Diable. La main de Meredith resta un instant suspendue au-dessus de la carte : les traits malveillants d'Asmodée prenaient forme sous ses yeux. Le démon, l'incarnation des terreurs de la montagne relatées par Audric S. Baillard.

Meredith devinait, d'après la séquence qu'elle avait tirée, ce que serait la dernière carte. Chacun des protagonistes du drame était là, tel que Léonie l'avait représenté.

L'odeur de l'encens dans les narines et les couleurs du passé dans la tête, Meredith sentit le temps s'enfuir. Un présent continu : ce qui était advenu et ce qui allait advenir, tout s'était rejoint lorsqu'elle avait disposé les cartes.

Comme si les événements oscillaient entre passé et présent.

Meredith toucha la dernière carte du bout des doigts et sans même la retourner, elle sentit Léonie sortir de l'ombre.

La carte VIII : La Force.

La laissant face en dessous, Meredith s'assit à même le sol sans sentir le froid et l'humidité, et contempla les cartes disposées en octave sur le coffret. Les images se transformaient. Son regard fut attiré par Le Mat. Au début, ce fut une tache de couleur qui n'y était pas auparavant. Une tache de sang, presque trop infime pour être décelée, qui grandit, s'épanouit comme une fleur rouge sur le costume blanc d'Anatole. Recouvrant son cœur. Un instant, les yeux peints parurent soutenir son regard.

Meredith retint son souffle, effarée mais incapable de s'arracher à ce spectacle : elle avait compris qu'Anatole Vernier était en train de mourir. La figure glissa lentement vers le sol, dévoilant les montagnes de Soularac et de Bézu représentées en arrière-plan.

Elle ne voulait plus voir, mais elle savait qu'elle n'avait pas le choix. Un mouvement dans la carte adjacente attira son regard. Meredith se tourna vers La Prêtresse. Le beau visage d'Isolde Vernier, sereine dans sa longue robe bleue et ses gants blancs qui mettaient en valeur de longs doigts élégants et des bras graciles, la contemplait depuis la carte II. Puis ses traits se mirent à changer ; son visage passa du rose au bleu. Ses yeux s'écarquillèrent, ses bras semblèrent flotter au-dessus de sa tête comme si elle nageait.

Comme si elle se noyait.

L'écho de la mort de la mère de Meredith.

La carte devenait plus sombre, la jupe d'Isolde se gonflait dans l'eau autour de ses jambes gainées de bas de soie, dans un monde aquatique d'un vert opaque ; des doigts vaseux retiraient ses chaussures ivoire de ses pieds.

Les yeux d'Isolde se refermèrent, mais tandis que ses paupières s'abaissaient, Meredith s'aperçut que son regard exprimait, plutôt que la peur ou l'horreur de la noyade, un sentiment de libération. Comment était-ce possible ? Sa vie était-elle devenue un tel fardeau qu'elle voulait mourir ?

Elle regarda la dernière carte de la rangée, Le Diable, et sourit. Les deux figures enchaînées aux pieds du démon n'y étaient plus. Les chaînes pendaient, vides, le long du socle. Asmodée était seul.

Meredith inspira profondément. Si les cartes pouvaient raconter le passé, qu'en était-il de Léonie ? Elle tendit la main sans parvenir à retourner la dernière carte. Elle voulait désespérément connaître la vérité. Mais elle redoutait ce qu'elle risquait de découvrir à travers les métamorphoses de l'image.

Elle glissa l'ongle sous le coin de la carte, ferma les yeux et compta jusqu'à trois. Puis elle la retourna.

La carte était vierge.

Meredith se redressa, doutant de ses yeux. Elle rabattit la carte, puis la retourna à nouveau.

Elle était toujours complètement blanche : elle ne portait même plus la trace des paysages verts et bleus du Midi.

Des bruits la tirèrent de ses réflexions. Une brindille cassée, des pierres roulant sur le sentier, le battement d'ailes d'un oiseau s'envolant d'un arbre.

Meredith se releva en jetant un coup d'œil par-dessus son épaule, mais ne vit rien.

— Hal ?

Mille pensées lui traversèrent l'esprit : aucune d'entre elles n'était rassurante. Elle les repoussa.

C'était forcément Hal. Elle lui avait dit où elle allait. Personne d'autre ne savait qu'elle était ici.

— Hal, c'est toi ?

Le bruit de pas se rapprochait. Quelqu'un marchait rapidement dans les bois, faisant bruisser les feuilles et craquer les brindilles.

Si c'était bien Hal, pourquoi ne répondait-il pas ?

— Hal ? Ce n'est pas drôle.

Meredith ne savait pas quoi faire. Il aurait mieux valu s'enfuir, sans attendre de savoir ce que lui voulait l'inconnu.

Non, il vaut mieux que je garde mon sang-froid, songea-t-elle.

Elle tenta de se convaincre qu'il s'agissait simplement d'un client de l'hôtel qui se promenait dans les bois, comme elle. Cependant, elle rangea rapidement les cartes. Elle remarqua alors que plusieurs d'entre elles étaient vierges. La deuxième carte qu'elle avait tirée, La Tour, mais aussi Le Pagad, étaient vides de toute image.

Rendue maladroite par la peur et le froid, elle saisit les cartes. Elle eut la sensation qu'une araignée lui courait sur la peau. Elle agita la main pour s'en débarrasser mais il n'y avait rien, bien qu'elle la sentît encore.

L'odeur aussi avait changé. Ce n'était plus celle des feuilles mortes, de la pierre humide ou de l'encens, comme elle se l'était imaginé quelques minutes auparavant, mais une puanteur de poisson pourri ou d'eau saumâtre. Et de feu : pas de feu de jardin dans la vallée, mais une odeur de cendre brûlante, de fumée âcre et de pierre chauffée à blanc.

Puis plus rien. Meredith cligna des yeux et revint brusquement à elle. Du coin de l'œil, elle perçut un mouvement. Une sorte d'animal, à la fourrure noire et hirsute, rôdait dans les broussailles, contournait la clairière. Meredith se figea. La bête avait la taille d'un loup ou d'un sanglier. Elle semblait avancer par bonds saccadés. Meredith pressa le coffret contre sa poitrine. Elle distinguait maintenant des pattes difformes, obscènes, dont la peau fendillée était semblable à du cuir. L'espace d'une seconde, la créature darda son regard bleu perçant sur Meredith. Une douleur aiguë lui transperça la poitrine, comme si la pointe d'un couteau s'y enfonçait, puis la créature se détourna et le cœur de Meredith se remit à battre normalement.

Meredith entendit alors un grand bruit. Elle baissa les yeux et vit la balance de la justice tomber des mains de la figure de la carte XI. Les plateaux de cuivre et les poids de fer s'éparpillèrent sur le sol en pierre de l'image dans un énorme fracas.

Je viens te chercher.

Les deux histoires s'étaient confondues, comme Laura l'avait prédit. Le passé et le présent, rassemblés par les cartes.

Les cheveux de Meredith se dressèrent sur sa nuque : pendant qu'elle scrutait les bois pour distinguer la bête tapie dans les ténèbres, elle avait oublié l'inconnu qui s'approchait d'elle.

Il était trop tard pour fuir.

Quelqu'un – ou quelque chose – était là.

100.

— Donnez-moi les cartes, ordonna-t-il.

Le cœur de Meredith fit un bond.

Elle fit volte-face en serrant les cartes contre elle, puis eut aussitôt un mouvement de recul. Julian Lawrence, toujours impeccable lorsqu'elle l'avait croisé à Rennes-les-Bains et à l'hôtel, était maintenant dans un piteux état, chemise ouverte sur le cou, inondé de sueur, empestant l'alcool.

— Il y a quelque chose, là-bas ! s'écria-t-elle sans réfléchir. Un loup, ou quelque chose comme ça. Je l'ai vu, je vous le jure ! Derrière les murs.

Il eut l'air perplexe.

— Des murs ? Quels murs ? De quoi parlez-vous ?

Meredith regarda autour d'elle. Les bougies vacillaient encore, lançant des ombres qui traçaient les contours du sépulcre wisigoth.

— Vous ne les voyez pas ? Pourtant, on les distingue nettement. Les lumières qui brillent à l'endroit où s'élevait le sépulcre ?

Un sourire sournois se dessina sur les lèvres de Julian.

— Ah. Je comprends ce que vous manigancez, dit-il, mais ça ne prendra pas. Des loups, des bêtes, des fantômes : vous cherchez à faire diversion, mais vous ne m'empêcherez pas d'obtenir ce que je veux. (Il s'avança d'un pas.) Donnez-moi les cartes.

Meredith recula. Un instant, elle fut tentée d'obéir. Elle était sur sa propriété, elle fouillait ses terres sans autorisation. C'était elle qui était dans son tort, pas lui. Mais l'expression de Julian lui glaçait le sang. Ses yeux bleus perçants, ses pupilles dilatées. Un frisson lui parcourut l'échine lorsqu'elle songea qu'ils se trouvaient dans un lieu isolé au fond des bois.

Elle devait gagner du temps. Elle l'observa prudemment tandis qu'il scrutait la clairière.

— Vous avez trouvé le jeu ici ? demanda-t-il. Non. J'ai creusé ici. Il n'y était pas.

Jusqu'alors, Meredith n'avait pas adhéré aux théories de Hal sur son oncle. Même si Shelagh O'Donnell avait raison, et si c'était bien la Peugeot bleue de Julian Lawrence qu'elle avait aperçue sur la route juste après l'accident, Meredith avait trouvé peu plausible qu'il ne se soit pas arrêté pour porter secours à la victime. Maintenant, rien de ce que lui avait dit Hal ne lui semblait absurde.

Meredith recula d'un pas.

— Hal va arriver d'un instant à l'autre, dit-elle.

— Et qu'est-ce que ça changera ?

Elle regarda autour d'elle, en se demandant si elle devait tenter de fuir. Elle était beaucoup plus jeune et en bien meilleure forme que Lawrence. Mais elle ne voulait pas abandonner la boîte à ouvrage de Léonie. De plus, même si Julian Lawrence croyait qu'elle tentait simplement de l'effrayer avec ses histoires de loup, elle savait qu'elle avait vu quelque chose, un prédateur, rôdant à l'orée de la clairière juste avant qu'il arrive.

— Donnez-moi les cartes et je ne vous ferai aucun mal.

Meredith recula encore d'un pas.

— Je ne vous crois pas.

— Peu importe que vous me croyiez ou non.

Puis, comme si on avait appuyé sur un commutateur, il explosa soudain et rugit :

— Donnez-les-moi !

Meredith trébucha en arrière en pressant les cartes contre sa poitrine. Puis elle sentit de nouveau l'odeur, plus forte qu'auparavant. Une puanteur nauséabonde de poisson pourri et d'incendie.

Mais Lawrence ne se rendait compte de rien : il était obnubilé par les cartes. Il avançait toujours vers elle, il se rapprochait de plus en plus, la main tendue.

— Ne t'approche pas d'elle !

Meredith et Lawrence se retournèrent en direction de la voix. Hal émergea de la forêt en hurlant, et se précipita sur son oncle.

Lawrence pivota, fonça vers son neveu et lui décocha un direct à la mâchoire. Pris par surprise, Hal s'effondra. Le sang jaillit de sa bouche et de son nez.

— Hal !

Il envoya un coup de pied à son oncle et le frappa sur le côté du genou. Lawrence tituba sans tomber. Hal tenta de se relever, mais bien que Julian fût plus vieux et beaucoup plus lourd, il savait se battre et s'était servi de ses poings plus souvent que Hal. Ses réactions étaient plus rapides. Il joignit les mains et les abattit sur la nuque du jeune homme.

Meredith bondit vers la boîte à ouvrage, y jeta les cartes, referma le couvercle, puis courut vers l'endroit où Hal gisait, inconscient.

Julian n'a rien à perdre, songea-t-elle.

— Remettez-moi les cartes, mademoiselle Martin.

Il y eut une autre bourrasque, charriant une odeur

de brûlé. Cette fois, Lawrence la sentit aussi. Il parut un instant perplexe.

— Je vous tuerai s'il le faut, lâcha-t-il d'un ton désinvolte qui rendait sa menace encore plus crédible.

Meredith ne répondit rien. Les lumières vacillantes des bougies s'étaient transformées en flammes bondissantes. Le sépulcre s'embrasait. Une fumée noire envahissait la clairière, léchait les pierres. Meredith crut entendre la peinture des saints de plâtre craqueler. Les vitraux explosèrent, leurs cadres métalliques se tordirent.

— Vous ne voyez donc pas ? hurla-t-elle. Vous ne voyez pas ce qui se passe ?

L'inquiétude déforma les traits de Lawrence ; puis ses yeux s'écarquillèrent d'horreur. Meredith se retourna, mais pas assez vite pour voir nettement la chose qui fonçait derrière elle. Une sorte d'animal à la fourrure noire et hirsute qui se mouvait par saccades, et qui bondit.

Lawrence hurla.

Meredith, horrifiée, le vit tomber, tenter de reculer sur le dos, puis s'arc-bouter comme un crabe grotesque. Il releva les bras, comme s'il luttait contre une créature invisible, frappant l'air, hurlant comme si quelque chose lui déchirait le visage, les yeux, la bouche. Ses mains griffaient sa gorge, raclaient sa peau, comme s'il tentait de se délivrer d'une emprise.

Meredith entendit parmi les chuchotements une voix différente, plus grave et plus forte que celle de Léonie. Elle ne reconnut pas les mots mais en comprit le sens.

Fujhi, poudes ; escapa, non.

Tu peux fuir mais tu ne peux pas t'échapper.

Elle vit Lawrence abandonner le combat : il retomba par terre.

Le silence se fit aussitôt dans la clairière. Elle regarda autour d'elle. Elle était au milieu d'un talus. Les flammes, les murs, l'odeur de cimetière, tout avait disparu.

Hal revenait à lui. Il s'accouda, passa la main sur sa figure puis regarda sa paume gluante de sang.

— Qu'est-ce qui s'est passé ?

Meredith courut vers lui pour l'enlacer.

— Il t'a frappé. Tu as perdu connaissance.

Hal cligna des yeux, puis tourna la tête vers l'endroit où gisait son oncle. Ses yeux s'écarquillèrent.

— Tu l'as... ?

— Non, répliqua-t-elle aussitôt. Je ne l'ai pas touché. Je ne sais pas ce qui s'est passé. L'instant d'avant, il était...

Elle se tut. Elle ne savait pas comment décrire à Hal la scène à laquelle elle venait d'assister.

— Crise cardiaque ?

Meredith se pencha sur Julian. Son visage était blanc comme de la craie, teinté de bleu autour des lèvres et des narines.

— Il est toujours en vie, dit-elle en sortant son téléphone pour le lancer à Hal. Appelle des secours. S'ils font vite...

Il attrapa le téléphone sans faire mine de composer le numéro d'urgence. Elle comprit ses intentions.

— Non, fit-elle doucement. Pas comme ça.

Il soutint son regard. Il aurait voulu rendre à son oncle tout le mal que ce dernier lui avait fait : il avait sur lui, en cet instant, un pouvoir magique de vie et de mort.

— Appelle, Hal.

La décision demeura en suspens. Puis elle vit son regard se brouiller et il revint à lui. La justice, pas la vengeance. Il composa le numéro.

Meredith s'accroupit auprès de Julian, qui n'était plus terrifiant, mais pathétique. Ses paumes, tournées vers le ciel, portaient une étrange marque rouge, comme un huit. Elle posa la main sur la poitrine de Julian. Il ne respirait plus.

Elle se redressa lentement.

— Hal.

Il la regarda. Meredith secoua la tête.

— C'est trop tard.

101.

Samedi 11 novembre

Onze jours plus tard, Meredith se tenait sur le promontoire surplombant le lac, contemplant un petit cercueil de bois qu'on portait en terre.

Il n'y avait pas grand monde : elle et Hal, désormais seul propriétaire du Domaine de la Cade, Shelagh O'Donnell, dont la tête portait toujours les traces de l'agression de Julian, ainsi que le prêtre de la paroisse et un représentant de la mairie. Il avait fallu insister un peu pour qu'on accorde le permis d'inhumer : mais puisque les tombes d'Anatole et d'Isolde Vernier se trouvaient déjà sur le promontoire, la mairie avait fini par céder. Julian Lawrence les avait pillées, mais il avait laissé les ossements intacts.

Maintenant, plus d'un siècle plus tard, Léonie pouvait enfin reposer auprès des dépouilles de son frère bien-aimé et de son épouse.

Meredith avait une boule dans la gorge.

Dans les heures qui avaient suivi la mort de Julian, les restes de Léonie avaient été exhumés d'une tombe peu profonde sous les ruines du sépulcre. On aurait cru qu'elle s'était allongée à même le sol pour se reposer. Personne ne comprenait comment il se faisait qu'elle n'ait jamais été retrouvée en dépit des nombreuses

801

fouilles menées sur le site, ni pourquoi ses os n'avaient pas été dispersés par les bêtes sauvages.

Mais Meredith avait vu la tombe de Léonie, la façon dont les teintes de la terre sous son corps endormi, les nuances cuivrées des feuilles qui la recouvraient et les fragments délavés de l'étoffe qui enveloppait son corps et la tenait au chaud s'accordaient à l'illustration de l'une des cartes du tarot. Pas la reproduction, l'original. La carte VIII : La Force. Pendant un instant, Meredith avait cru voir le reflet de larmes sur la joue froide de Léonie.

La terre, l'air, le feu, l'eau.

On n'avait jamais pu déterminer ce qu'il était advenu de Léonie dans la nuit du 31 octobre 1897. Il y avait eu un incendie au Domaine de la Cade, les archives en attestaient. Il avait éclaté à la tombée du jour et avait dévasté une partie de la maison en quelques heures. La bibliothèque et le bureau avaient subi les dégâts les plus importants. On savait aussi qu'il s'agissait d'un incendie volontaire.

Le lendemain, au matin de la Toussaint, plusieurs corps avaient été retirés des décombres fumants, des domestiques qui – on le supposait – s'étaient retrouvés pris au piège des flammes. Il y avait d'autres victimes, des hommes qui ne travaillaient pas dans la propriété, des habitants de Rennes-les-Bains.

On ne savait pas pourquoi Léonie avait choisi – ou avait été forcée – de demeurer au Domaine de la Cade alors que d'autres membres de la maisonnée, parmi lesquels son neveu Louis-Anatole, avaient fui. On ne s'expliquait pas non plus comment l'incendie avait pu se propager aussi loin, aussi vite, pour détruire le sépulcre. *Le Courrier de l'Aude* et d'autres journaux locaux parlaient de vents violents cette nuit-là, mais comment auraient-ils pu pousser les flammes de la maison jusqu'à la tombe wisigothe, en pleine forêt ?

Meredith savait qu'elle tirerait tout cela au clair un jour. Avec le temps, elle parviendrait à reconstituer le puzzle.

La lumière du soleil levant ricochait sur l'eau, les arbres et le paysage qui avait si longtemps tu son secret. Un souffle de vent chuchotait dans la vallée. La voix du prêtre, claire et intemporelle, rappela Meredith au présent.

— Au nom du Père, du Fils et du Saint-Esprit.

Hal lui prit la main.

Amen. Ainsi soit-il.

Le curé, imposant dans sa lourde pèlerine de feutre noir, sourit à Meredith. Il avait le bout du nez rouge, et ses yeux bruns, pleins de bonté, pétillaient dans l'air froid.

— Mademoiselle Martin, c'est à vous.

Elle inspira profondément. Maintenant que le moment était venu, elle se sentait soudain intimidée. Réticente. Hal lui pressa les doigts, puis les relâcha doucement.

Luttant pour contenir ses émotions, Meredith s'avança jusqu'au bord de la fosse. De sa poche, elle tira deux objets retrouvés dans le bureau de Julian Lawrence, un médaillon d'argent et une montre d'homme. Les deux portaient simplement des initiales et une date, 22 octobre 1891, commémorant le mariage d'Anatole Vernier et d'Isolde Lascombe. Meredith hésita, puis s'accroupit et les laissa tomber doucement dans la fosse.

Elle leva les yeux vers Hal, qui sourit et hocha imperceptiblement la tête. Elle inspira à nouveau profondément, puis tira de sa poche une enveloppe : la partition, l'héritage le plus précieux de Meredith, emportée par Louis-Anatole par-delà l'océan, de France en Amérique, et transmise de génération en génération jusqu'à elle.

Il était pénible à Meredith d'y renoncer, mais elle savait que la partition revenait à Léonie.

Elle contempla la petite pierre tombale en ardoise sertie à même le sol, grise dans l'herbe verte :

LÉONIE VERNIER

22 AOÛT 1874 – 31 OCTOBRE 1897

REQUIESCAT IN PACE

Meredith laissa retomber l'enveloppe, qui tourbillonna dans l'air immobile, éclair de blancheur libéré par ses doigts gantés de noir.

Que les morts reposent en paix. Qu'ils dorment du sommeil éternel.

Elle recula, les mains jointes, la tête inclinée. Le petit groupe se recueillit en silence. Puis Meredith adressa un signe de tête au prêtre.

— Merci, monsieur le curé.

— Je vous en prie.

D'un geste intemporel, il rassembla tous ceux qui s'étaient réunis sur le promontoire, et guida le petit groupe jusqu'au lac. Alors qu'ils traversaient la pelouse scintillante de rosée matinale, le soleil levant, reflété par les carreaux des fenêtres de la maison, lança des flammes.

Meredith s'arrêta brusquement.

— Tu me donnes une minute ?

Hal hocha la tête.

— Je les fais entrer et je te rejoins.

Elle le regarda s'éloigner, gagner la terrasse, puis elle se retourna pour contempler le lac. Elle voulait rester là encore un moment.

Meredith resserra son manteau contre elle. Ses

orteils et ses doigts étaient paralysés par le froid et ses yeux picotaient. Les formalités étaient terminées. Elle n'avait pas envie de quitter le Domaine de la Cade mais elle savait qu'il était temps. À la même heure, le lendemain, elle serait en route pour Paris. Le jour suivant, mardi 13 novembre, elle serait au-dessus de l'Atlantique, sur le chemin du retour. Puis elle devrait décider ce qu'elle allait bien pouvoir faire.

Décider si Hal et elle avaient un avenir ensemble.

Meredith contempla le promontoire par-delà les eaux dormantes, plates comme la surface d'un miroir. Alors, à côté du vieux banc de pierre, elle crut apercevoir une silhouette, scintillante, évanescente, vêtue d'une robe verte et blanche à la taille sanglée, aux jupes évasées et aux manches bouffantes. Ses cheveux dénoués avaient des reflets cuivrés dans les froids rayons du soleil. Derrière elle, les arbres argentés de givre avaient l'éclat du métal.

Meredith crut réentendre la musique, sans savoir si elle surgissait de l'intérieur de sa tête ou des profondeurs du sol.

Elle resta immobile et silencieuse, à guetter, sachant que c'était la dernière fois. Il y eut un scintillement sur l'eau, peut-être le reflet d'un rayon de soleil, et Meredith vit Léonie lever la main. Un bras mince dessiné sur fond de ciel blanc. De longs doigts gantés de noir.

Elle songea au jeu de tarot. Aux cartes de Léonie, peintes plus de cent ans auparavant pour raconter son histoire et celle des êtres qu'elle avait aimés. Dans la confusion et le chaos des heures qui avaient suivi la mort de Julian le jour d'Halloween – pendant que Hal était au commissariat et qu'elle ne cessait de donner ou de recevoir des coups de fil entre l'hôpital où l'on soignait Shelagh, et la morgue où l'on avait emporté le corps de Julian –, Meredith avait discrètement replacé les cartes dans la boîte à ouvrage de Léonie et les avait remises dans leur vieille cachette, dans les bois.

Comme la partition, *Sépulcre 1891*, leur place était sous terre.

Elle garda les yeux fixés là où Léonie lui était apparue, mais l'image s'estompait.

C'était le désir de justice qui avait retenu Léonie jusqu'à ce que toute son histoire soit révélée. Maintenant, elle pouvait reposer en paix dans la terre paisible qu'elle avait tant aimée.

Meredith sentit Hal s'approcher derrière elle.

— Ça va ? fit-il doucement.

Que les morts reposent en paix. Qu'ils dorment du sommeil éternel.

Meredith savait qu'il se débattait pour trouver un sens à tout ce qui s'était passé. Au cours des dix derniers jours, ils n'avaient pas cessé de parler. Elle lui avait raconté ce qui était arrivé avant qu'il fasse irruption dans la clairière, quelques minutes après son oncle – au sujet de Léonie, de sa lecture de tarots à Paris, de l'obsession remontant à plus d'un siècle qui avait coûté tant de vies, des démons et de la musique du lieu, de son sentiment d'avoir été en quelque sorte attirée au Domaine de la Cade. Mythes, légendes, faits, histoire, le tout mélangé.

— Tu es sûre que ça va ? insista Hal.

— Ça va. J'ai juste un peu froid.

Meredith fixait toujours l'horizon. La lumière était en train de changer. Même les oiseaux avaient arrêté de chanter.

— Ce que je ne comprends toujours pas, dit Hal en enfonçant ses mains dans ses poches, c'est pourquoi

806

tu as été choisie. Enfin, je sais que tu es une descendante des Vernier, mais tout de même...

Il se tut, ne sachant comment poursuivre.

— Peut-être, dit-elle posément, est-ce parce que je ne crois pas aux fantômes.

Elle n'était plus consciente de la présence de Hal ni de la froide lumière mauve qui baignait la vallée de l'Aude. Elle ne voyait que le visage de la jeune fille de l'autre côté de l'eau. Son fantôme se confondait avec les arbres et le givre, il s'échappait. Léonie avait presque disparu, maintenant. Ses contours oscillaient, s'éloignaient, s'effaçaient comme l'écho d'une note de musique.

Du gris au blanc, puis à l'absence.

Meredith leva la main, comme pour faire signe, alors que les contours scintillants s'évanouissaient enfin. Alors, lentement, elle baissa le bras.

Requiescat in pace.

Enfin, il n'y eut plus que le silence et l'espace.

— Tu es vraiment sûre que ça va ? répéta Hal, inquiet.

Elle hocha lentement la tête.

Pendant quelques minutes encore, Meredith fixa le vide, incapable de rompre son lien avec ce lieu. Puis elle inspira profondément et tendit la main vers Hal. Vers son corps chaud, fait de chair et de sang.

— On rentre ? dit-elle.

Main dans la main, ils traversèrent la pelouse en direction de la terrasse. Leurs pensées suivaient des cours très différents. Hal rêvait d'un café. Meredith pensait à Léonie. Elle allait beaucoup lui manquer.

Trois ans plus tard

Samedi 31 octobre 2010

— Mesdames et messieurs, bonsoir. Je m'appelle Mark et j'ai le grand honneur d'accueillir Meredith Martin dans notre librairie.

Des applaudissements enthousiastes mais dispersés crépitèrent, puis le silence retomba dans la minuscule librairie. Hal, assis au premier rang, sourit à Meredith pour l'encourager. Du fond de la salle, son éditrice leva le pouce.

— Comme plusieurs d'entre vous le savent déjà, reprit le gérant de la librairie, Meredith Martin est l'auteur d'une biographie du compositeur Claude Debussy publiée l'an dernier, qui a reçu des critiques dithyrambiques. Toutefois, ce que vous ne savez peut-être pas...

Mark était un vieil ami, et Meredith eut le sentiment affreux qu'il allait remonter très loin, jusqu'à l'école primaire, puis évoquer leurs années de lycée et d'université, avant d'aborder le sujet du livre.

Elle laissa son esprit vagabonder sur des sentiers familiers. Elle repensa à tout ce qui s'était passé pour qu'elle en arrive là. Trois années d'enquête, de vérifications et de contre-vérifications, pour rassembler les morceaux épars de l'histoire de Léonie, tout en se démenant pour rendre dans les temps sa biographie de Debussy.

Meredith n'avait jamais su si Lilly Debussy s'était bien rendue à Rennes-les-Bains, mais les deux récits s'entrecroisaient de façon bien plus intéressante. Elle avait appris que les Vernier et les Debussy avaient été voisins rue de Berlin, à Paris. Et quand elle était allée voir la tombe de Debussy au cimetière de Passy où Manet, Berthe Morisot, Fauré et André Messager étaient également inhumés, elle avait par hasard découvert la tombe de Marguerite Vernier, blottie sous les arbres dans un coin du cimetière.

L'année suivante, de retour à Paris avec Hal, Meredith était allée déposer des fleurs sur sa tombe.

Après avoir remis le manuscrit de la biographie au printemps 2008, Meredith s'était entièrement consacrée à ses recherches sur le Domaine de la Cade et sur l'itinéraire de son aïeul, de la France à l'Amérique.

Elle avait commencé par Léonie. Plus Meredith en apprenait sur Rennes-les-Bains et sur l'abbé Saunière de Rennes-le-Château, plus elle était convaincue que Hal avait raison : toute cette histoire n'avait été qu'un écran de fumée destiné à détourner l'attention de ce qui s'était produit au Domaine de la Cade. Elle était persuadée que les trois cadavres découverts dans les années 1950 dans le jardin de l'abbé Saunière étaient des protagonistes des événements du 31 octobre 1897 au Domaine de la Cade.

Meredith soupçonnait l'un des trois corps d'être celui de Victor Constant, l'homme qui avait assassiné Anatole et Marguerite Vernier. D'après certains documents, Constant s'était réfugié en Espagne et avait été soigné dans plusieurs cliniques pour une syphilis de stade tertiaire, mais il était rentré en France à l'automne 1897. Le deuxième corps était peut-être celui du valet de Constant, qui, selon les témoignages, s'était mêlé à la foule montée à l'assaut de la maison, mais dont le corps n'avait pas été retrouvé dans les décombres. Le troisième était plus difficile à identifier : c'était une personne à l'épine dorsale déformée et aux bras anormalement longs, qui ne mesurait pas plus d'un mètre vingt.

Un autre événement avait intrigué Meredith : le meurtre du curé de Coustaussa, Antoine Gélis, quelques heures avant les événements du 31 octobre 1897. Gélis vivait en reclus. À première vue, sa mort ne semblait pas liée aux événements du Domaine de la Cade, sauf par la date. Il avait d'abord été frappé avec un tisonnier, puis avec une hache retrouvée dans l'âtre du vieux presbytère. Selon *Le Courrier de l'Aude*, il avait reçu quatorze coups à la tête ayant occasionné plusieurs fractures du crâne.

Les auteurs de ce meurtre particulièrement sauvage et apparemment sans motif n'avaient jamais été retrouvés. Tous les journaux locaux de l'époque l'avaient rapporté et les détails se recoupaient. Après avoir tué le vieillard, les meurtriers avaient allongé le corps et croisé les mains du prêtre sur sa poitrine. La maison avait été fouillée et le coffre-fort ouvert, mais selon la gouvernante du prêtre, sa nièce, il était vide de toute façon. Rien ne semblait avoir été dérobé.

Meredith avait cependant relevé dans un article deux détails révélateurs. Premièrement, au cours de l'après-midi du 31 octobre, une jeune fille correspondant au signalement de Léonie Vernier avait rendu visite au presbytère de Coustaussa. On avait retrouvé un mot d'elle adressé au curé. Deuxièmement, une carte de tarot avait été glissée entre les doigts de la main gauche du mort.

La carte XV : Le Diable.

Quand Meredith avait lu cela, elle s'était souvenue de ce qui s'était produit dans les ruines du sépulcre et avait cru comprendre. Le diable, par l'intermédiaire de son serviteur Asmodée, avait repris les siens.

Quant à savoir qui avait placé la boîte à ouvrage de Léonie et le jeu de tarot dans leur cachette sous le torrent asséché, elle n'avait pas réussi à le découvrir. Dans son cœur, Meredith aimait s'imaginer que Louis-Anatole était revenu de nuit au Domaine de la Cade et qu'il avait remis les cartes à leur emplacement d'origine pour honorer la mémoire de sa tante. Mais sa raison lui disait que c'était probablement un certain Audric Baillard, dont elle n'avait pas encore pleinement élucidé le rôle dans cette histoire.

Sa propre généalogie avait été plus facile à retracer. Au cours de l'été et du début de l'automne 2008, grâce à l'aide d'une employée ingénieuse et extrêmement efficace de la mairie de Rennes-les-Bains, Meredith avait reconstitué l'histoire de Louis-Anatole. Fils d'Anatole et d'Isolde, il avait été élevé par Audric Baillard à Los Seres, un petit village des monts Sabarthès. Après la mort de Léonie, Louis-Anatole n'était jamais retourné au Domaine de la Cade et la propriété était tombée en ruine. Le tuteur de Louis-Anatole était sans doute le père ou le grand-père de cet Audric S. Baillard qui avait écrit *Diables, esprits maléfiques et fantômes de la montagne*.

Louis-Anatole Vernier et un domestique de la famille, Pascal Barthes, s'étaient enrôlés en 1914 et avaient fait campagne. Pascal avait reçu de nombreuses décorations, mais il n'avait pas survécu à la guerre, contrairement à Louis-Anatole. Après l'armistice, en 1918, ce dernier avait émigré en Amérique, cédant officiellement la propriété en ruine du Domaine de la Cade à la famille Bousquet, avec laquelle il avait des liens de parenté. Au début, il avait gagné sa vie en jouant du piano à bord de bateaux à vapeur sur le Mississippi et dans des théâtres de vaudeville. Sans pouvoir le démontrer, Meredith aimait penser qu'il avait un jour croisé la route d'un autre musicien de vaudeville, Paul Foster Case.

Louis-Anatole s'était installé près de Milwaukee, dans un lieu qui s'appelait aujourd'hui Mitchell Park. Meredith avait aisément reconstitué le chapitre suivant. Louis-Anatole avait eu une liaison avec une femme mariée, Lillian Matthews, qui était tombée enceinte de lui. Peu de temps après la naissance de leur fille Louisa, ils avaient rompu. Lillian et Louis-Anatole semblaient s'être perdus de vue. Rien n'attestait que le père et la fille se soient revus, mais Meredith espérait qu'à tout le moins, Louis-Anatole avait suivi de loin l'itinéraire de sa fille.

Louisa avait hérité des talents de musicien de son père. Devenue pianiste, elle avait entamé une carrière de concertiste dans l'Amérique des années 1930. Après son premier concert dans une petite salle de Milwaukee, elle avait découvert une enveloppe posée devant la porte des coulisses. Elle contenait la photo d'un jeune homme en uniforme et une partition : *Sépulcre 1891*.

À la veille de la Seconde Guerre mondiale, Louisa s'était fiancée à un autre musicien, un violoniste dont elle avait fait la connaissance en tournée. Jack Martin était un homme nerveux et instable ; ses expériences dans un camp de prisonniers birman avaient achevé de le briser. Il était rentré en Amérique toxicomane, souffrant d'hallucinations et de cauchemars. Lui et Louisa avaient eu une fille, Jeanette, mais leur couple était en difficulté et quand Jack avait disparu dans les années 1950, Louisa n'avait pas dû beaucoup le regretter.

Jeanette avait hérité de la beauté, du talent et du caractère de son grand-père Louis-Anatole et de sa mère Louisa, mais aussi de la fragilité, de la vulnérabilité de son arrière-grand-mère française Isolde et de son père Jack.

Meredith contempla la couverture du livre posé sur ses cuisses. Une reproduction de la photo de Léonie, Anatole et Isolde prise sur la place de Rennes-les-Bains en 1891. Sa famille.

Après trois ans de recherches approfondies, elle avait rendu son manuscrit.

Mark, le gérant de la librairie, parlait encore. Hal croisa le regard de Meredith et fit mine de se zipper les lèvres.

Meredith sourit. Hal s'était installé aux États-Unis en octobre 2008 : c'était le plus beau cadeau d'anniversaire qu'on ait jamais offert à Meredith. À Rennes-les-Bains, les problèmes de succession avaient été difficiles à régler car on avait eu beaucoup de mal à déterminer les raisons précises du décès de Julian Lawrence. Ce n'était ni un accident cardio-vasculaire, ni un infarctus. Il ne portait aucune trace visible de traumatisme, mis à part des cicatrices inexplicables dans ses paumes. Son cœur avait simplement cessé de battre.

S'il avait survécu, il n'aurait sans doute pas été poursuivi pour le meurtre de son frère ou la tentative de meurtre sur Shelagh O'Donnell. Les preuves indirectes de sa culpabilité dans les deux affaires étaient convaincantes, mais la police n'avait aucune envie de rouvrir l'enquête sur la mort de Seymour. Shelagh n'avait pas vu son agresseur et il n'y avait aucun témoin.

Cependant, on avait découvert des preuves incontestables d'abus de biens sociaux : depuis plusieurs années, Julian Lawrence détournait les bénéfices de l'hôtel, dont il se servait pour garantir des prêts destinés à financer sa quête obsessionnelle des cartes. Plusieurs objets wisigoths de grande valeur, issus de fouilles illégales, furent retrouvés. On découvrit dans son coffre-fort des relevés retraçant en détail ses excavations dans la propriété, ainsi que des carnets entiers de notes au sujet d'un jeu de tarot. Quand Meredith avait été interrogée, en novembre 2007, elle avait avoué posséder une reproduction du même jeu, mais avait précisé que l'original avait sans doute été détruit lors de l'incendie de 1897.

Hal avait vendu le Domaine de la Cade en mars 2008, car l'affaire était criblée de dettes. Il avait apaisé ses fantômes. Il était prêt à aller de l'avant. Mais il était resté en rapport avec Shelagh O'Donnell, qui vivait maintenant à Quillan ; elle leur avait appris qu'un couple anglais avec deux enfants adolescents avait racheté le Domaine de la Cade et en avait fait l'un des hôtels familiaux les plus florissants du Midi.

— Alors, mesdames et messieurs, merci d'applaudir Meredith Martin.

Il y eut un tonnerre d'applaudissements, sans doute parce que Mark avait arrêté de parler, se dit Meredith.

Elle inspira profondément et se leva.

— Merci de m'avoir aussi gentiment présentée, Mark. Je suis ravie d'être ici ce soir. La genèse de ce livre, comme certains d'entre vous le savent, provient d'un déplacement que j'ai fait alors que je travaillais sur ma biographie de Debussy. Mon enquête m'a menée jusqu'à une ravissante petite ville des Pyrénées appelée Rennes-les-Bains et, de là, à faire des recherches sur les origines de ma propre famille. À travers ces mémoires, j'ai tenté d'apaiser les fantômes du passé. (Elle se tut un instant.) L'héroïne de ce livre s'appelle Léonie Vernier. Sans elle, je ne serais pas ici aujourd'hui. (Elle sourit.) Mais ce livre est dédié à Mary, ma mère. Comme Léonie, c'est une femme formidable.

Meredith vit Hal passer un mouchoir en papier à Mary, assise au premier rang entre lui et Bill.

— C'est Mary qui m'a fait découvrir la musique. C'est elle qui m'a encouragée à toujours poser des questions et à ouvrir mon esprit à toutes les possibilités. C'est elle qui m'a appris à m'obstiner, même quand je traversais une période difficile. Et surtout, dit-elle en prenant un ton plus léger, ce qui tombe à pic, vu la date, c'est Mary qui m'a appris à faire les plus belles lanternes d'Halloween !

La foule de parents et d'amis éclata de rire.

Meredith attendit, nerveuse mais excitée, que le silence revienne dans la salle. Elle ouvrit le livre et se mit à lire :

Cette histoire commence dans une cité d'ossuaires. Dans les allées de la mort. Sur les avenues, les promenades, les impasses silencieuses du cimetière de Montmartre à Paris, au milieu des tombes, des anges de pierre, des âmes errantes de ceux qu'on oublia avant même que le froid du tombeau les eût saisis.

Tandis que ses paroles flottaient vers le public et rejoignaient toutes les histoires narrées en cette nuit d'Halloween, les bruits rassurants du vieil immeuble accompagnaient la voix de Meredith. Des chaises grinçant sur le parquet de bois, la vieille tuyauterie crachotant dans le plafond, le vacarme des klaxons dans la rue, la respiration sifflante du percolateur. Des notes de piano montaient du bar voisin. Des notes noires et blanches s'insinuant sous les plinthes, les lattes du parquet, les recoins cachés entre le plancher et le plafond.

Meredith ralentit le débit en parvenant à la fin de sa lecture.

Car à la vérité, cette histoire commence non par les ossuaires d'un cimetière parisien, mais par un jeu de cartes.

Le tarot Vernier.

Il y eut un moment de silence, puis les applaudissements crépitèrent.

Meredith se rendit compte alors qu'elle avait retenu son souffle, et soupira de soulagement. Parmi ses amis, sa famille, ses collègues, elle crut un instant apercevoir une jeune fille aux longs cheveux cuivrés et aux yeux vert clair qui lui souriait du fond de la salle.

Meredith répondit à son sourire. Mais lorsqu'elle regarda à nouveau, il n'y avait personne.

Elle songea à tous les fantômes qui avaient touché sa vie. À Marguerite Vernier dans le cimetière de Passy. Au cimetière de Milwaukee, près de l'endroit où se rejoignaient les trois rivières, où son arrière-grand-père Louis-Anatole Vernier – soldat français, citoyen américain – avait été inhumé. À Louisa Martin, pianiste, dont les cendres avaient été dispersées dans le vent. À sa mère naturelle, engloutie par les eaux du lac Michigan à la tombée du jour. Mais surtout, elle pensa à Léonie, paisiblement endormie dans la terre du Domaine de la Cade.

L'air, l'eau, le feu, la terre.

— Merci à tous, dit Meredith quand les applaudissements se turent. Merci infiniment d'être venus.

Sepulchre 1891

NOTE DE L'AUTEUR
SUR LE TAROT VERNIER

Le Tarot Vernier est un jeu de cartes imaginaire, créé pour *Sépulcre* par le peintre Finn Campbell-Notman et inspiré par le jeu classique de Rider Waite (1910).

Les experts ne s'accordent pas sur les origines du tarot – la Perse, la Chine, l'Égypte ancienne, la Turquie, l'Inde peuvent toutes prétendre l'avoir inventé. Mais ils s'accordent à dire que le format des cartes que nous associons au jeu actuel date du milieu du XVe siècle, en Italie. Il existe des centaines de jeux de tarot – et on en publie de nouveaux chaque année. Les plus populaires sont le tarot de Marseille, avec ses illustrations caractéristiques, jaunes, bleues et rouges, et le tarot universel Waite, plus narratif, créé en 1916 par l'occultiste anglais Arthur Edward Waite et illustré par l'artiste américaine Pamela Colman Smith. C'est ce jeu qui est utilisé par Solitaire dans le film de James Bond *Vivre et laisser mourir*.

Pour ceux qui souhaitent en savoir plus sur le tarot, il existe plusieurs ouvrages et sites Internet. Le guide le plus complet est celui de Rachel Pollack, *Tarot : À la découverte des secrets des tarots*, publié aux éditions Könemann (2001).

REMERCIEMENTS

J'ai l'immense chance d'avoir été soutenue, conseillée et aidée par plusieurs personnes au cours de la rédaction de *Sépulcre*. Il va sans dire que toutes les erreurs, factuelles ou d'interprétation, sont les miennes.

Mon agent Mark Lucas est un éditeur magnifique et un bon ami, mais aussi grand rédacteur de mots multicolores sur Post-It – en rouge, cette fois ! Merci également à toute l'équipe de LAW pour son travail et son soutien, et tout spécialement à Alice Saunders, Lucinda Bettridge et Petra Lewis. Merci aussi à Nicki Kennedy pour son enthousiasme, à Sam Edenborough et à l'équipe d'ILA ; à Catherine Eccles, mon amie et compatriote carcassonnaise, ainsi qu'à Anne Louise Fisher.

Au Royaume-Uni, j'ai la chance d'être publiée par Orion. Tout a commencé grâce à Malcolm Edwards et à l'incomparable Susan Lamb. L'éditeur Jon Wood (super énergique), l'éditrice Genevieve Pegg (super efficace et calme) et la correctrice Jane Selley ont également œuvré inlassablement à *Sépulcre*, et rendu tout le processus très amusant du début à la fin ! Merci aussi aux héros méconnus de la production, des ventes, du marketing, de la publicité, etc. – et en particulier à Gaby Young, Mark Rusher, Dallas Manderson, Jo Carpenter et à tout le monde chez LBS.

Aux États-Unis, j'aimerais remercier George Lucas et ma

824

merveilleuse éditrice chez Putnam, Rachel Kahan. Mais également, chez Droemer en Allemagne, Annette Weber ; chez Lattès en France, Philippe Dorey et Isabelle Laffont.

Un remerciement tout particulier à l'auteur-compositeur Greg Nunes, qui m'a aidée dans les passages portant sur Fibonnaci et qui a composé le magnifique morceau *Sépulcre 1891*, reproduit dans ce livre et dans sa version audio. Je suis aussi très reconnaissante à Finn Campbell-Notman et au service graphique d'Orion pour les huit cartes du tarot Vernier.

Toute ma gratitude aux lecteurs de tarot et aux amateurs des deux côtés de l'Atlantique, qui m'ont généreusement offert leurs conseils, leurs suggestions et leurs expériences – j'aimerais spécialement remercier Sue, Louise, Estelle et Paul ; Mysteries à Covent Garden ; et Ruby (la romancière Jill Dawson) qui a fait la lecture de Meredith ; ainsi que tous ceux qui préfèrent conserver l'anonymat.

En France, merci à Martine Rouche et à Claudine l'Hôte-Azema à Mirepoix ; à Régine Foucher à Rennes-les-Bains ; à Michelle et Roland Hill de m'avoir laissée consulter leur journal ; à Mme Breithaupt et à son équipe à Carcassonne ; et à Pierre Sanchez et Chantal Billautou pour toute l'aide qu'ils m'apportent depuis dix-huit ans.

Un grand merci à tous mes amis, et particulièrement à Robert Dye, Lucinda Montefiore, Kate et Bob Hingston, Peter Clayton, Sarah Mansell, Tim Bouquet, Cath et Pat O'Hanlon, Bob et Maria Pulley, Paul Arnott, Lydia Conway, Amanda Ross, Tessa Ross, Kamila Shamsie et Rachel Holmes. Une mention spéciale revient à l'équipe d'enquêteurs de Rennes-les-Bains, Maria Rejt, Jon Evans et Richard Bridges, qui ont passé plus de temps qu'ils ne l'auraient souhaité à la pizzeria !

Et par-dessus tout, je tiens à exprimer mon amour et ma gratitude à ma famille, et particulièrement à mes merveilleux parents, Richard et Barbara Mosse, ainsi qu'à ma belle-mère Rosie Turner, qui mène si bien la barque.

Notre fille, Martha, est toujours heureuse et enthousiaste, optimiste et positive : elle n'a jamais douté que j'arriverais à terminer ce livre. Felix a passé des mois entiers à se promener avec moi à Sussex Downs, à discuter d'idées, à faire des suggestions pour l'intrigue, à offrir des conseils éditoriaux et des idées – sans son apport, *Sépulcre* serait un livre très différent.

Enfin, comme toujours, merci à Greg. Son amour et sa confiance en moi, ses conseils éditoriaux et pratiques, sa sauvegarde de mes fichiers et les dîners qu'il a préparés tous les soirs ont fait toute la différence, dans tous les domaines. Comme toujours.

Pas à pas... Tout au long du chemin.

Kate Mosse
dans Le Livre de Poche

Labyrinthe   nᵒ 37207

Juillet 1209 : dans la cité de Carcassonne, Alaïs, dix-sept
ans, reçoit de son père un manuscrit censé renfermer le
secret du Graal. Bien qu'elle n'en comprenne ni les symboles ni les mots, elle sait que son destin est d'en assurer la
protection et de préserver le mystère du labyrinthe, né dans
les sables de l'ancienne Égypte.
Juillet 2005 : lors de fouilles dans des grottes aux environs
de Carcassonne, Alice Tanner trébuche sur deux squelettes
et découvre, gravé dans la roche, un langage ancien qu'elle
croit pouvoir déchiffrer.
Elle finit par comprendre, mais trop tard, qu'elle vient de
déclencher une succession d'événements terrifiants : désormais, son destin est lié à celui que connurent les Cathares
huit siècles auparavant...
Traduit dans trente-six pays, *Labyrinthe* a été récompensé
aux British Book Awards.

 **www.livredepoche.com**

- le **catalogue** en ligne et les dernières parutions
- des **suggestions de lecture** par des libraires
- une **actualité éditoriale permanente** : interviews d'auteurs, extraits audio et vidéo, dépêches...
- **votre carnet de lecture** personnalisable
- des **espaces professionnels** dédiés aux journalistes, aux enseignants et aux documentalistes

Composition réalisée par NORD COMPO

Achevé d'imprimer en avril 2009 en France sur Presse Offset par
Maury-Imprimeur - 45330 Malesherbes
N° d'imprimeur : 145739
Dépôt légal 1re publication : mai 2009
LIBRAIRIE GÉNÉRALE FRANÇAISE - 31, rue de Fleurus - 75278 Paris Cedex 06